魔都

久生十蘭

『日比谷公園の鶴の噴水が歌を唄うということですが一体それは真実《ほんとう》でしょうか』──昭和九年の大晦日，銀座のバーで新聞記者・古市加十に話し掛けてきたのは，来遊中の安南国皇帝だった。奇妙な邂逅をきっかけに古市が皇帝の妾宅へ招かれた直後，彼の眼前で愛妾が墜死，皇帝は忽然と行方を晦ましてしまう。この大事件を記事にしようと古市が目論む一方，調査を担当する眞名古明警視は背後に潜む陰謀に気付き，単身事件に挑む──。絢爛と狂騒に彩られた帝都・東京の三十時間を活写した，小説の魔術師・久生十蘭の長篇探偵小説。初出誌〈新青年〉の連載を書籍化，新たに校訂を施して贈る。

登場人物

古市加十《ふるいちかじゅう》……「夕陽新聞《ゆうようしんぶん》」記者
眞名古明《まなこあきら》……警視庁刑事部捜査第一課長。警視
宗龍王《そうりゅうおう》……安南国《あんなんこく》皇帝。宗方龍太郎《むねかたりゅうたろう》という日本名をもつ
松谷鶴子《まつたにつるこ》……有明荘《ありあけそう》の住人。宗龍王の愛人
村雲笑子《むらくもえみこ》……同。銀座のバー「巴里《パリー》」のマダム
印東忠介《いんどうちゅうすけ》……同。横浜の有名な高利貸・犬居《いぬい》仁平《じんぺい》の養子
岩井通保《いわいみちやす》……同。伯爵家の当主。朝鮮捕鯨会社社長
山木元吉《やまきもときち》……同。百万長者・珊瑚王の息子
川俣踏絵《かわまたふみえ》……同。アメリカ帰りの舞踊家
ジョン・ハッチソン……同。ホヴァス通信社の通信員。大島譲次《おおしまじょうじ》という日本名をもつ
お馬《うま》……有明荘の小使

葦高《あしたか》とめ……松谷宅の通いの家政婦

桃澤花子《ももざわはなこ》……有明荘の崖下の素人屋《しもたや》に住む縫子《おはり》

幸田《こうだ》節三《せつぞう》……夕陽新聞社社長兼「夕陽新聞」編輯長

酒月《さかづき》守《まもる》……日比谷《ひびや》公園園丁長

兼清《かねきよ》博士……理学博士

林《はやし》　謹直《きんちよく》……林コンツェルンの総帥

小口翼《おぐちたすく》……林コンツェルンと双璧をなす日興コンツェルンの総帥

駒形伝次《こまがたでんじ》……林コンツェルン傘下の道灌山前田《どうかんやままえだ》組《ぐみ》の幹部

安井《やすい》亀二郎《かめじろう》……日興コンツェルン傘下の野毛山鶴見《のげやまつるみ》組《ぐみ》の元組員。
通称・安亀

宋秀陳《そうしゅうちん》……安南国皇帝附諜報部長

魔　都

久生十蘭

創元推理文庫

TOKYO METROPOLIS

by

Juran Hisao

1936-1937

魔都

連載長篇　第一回

一　古市加十《ふるいちかじゅう》、月を見る事、並《ならび》に美人の嬌態《きょうたい》の事

甲戌《きのえいぬ》の歳も押詰って今日は一年のドン尻という極月《ごくげつ》の三十一日、電飾眩《まば》ゆい東京會舘《とうきょうかいかん》の大玄関から一種慨然たる面持で立現れて来た一人の人物、鷲掴《わしづか》みにしたキャラコの手巾《ハンカチ》で焼腹《やけ》に鼻面を引っ擦《こす》り引っ擦り、大巾《おおはば》に車寄《くるまよせ》の石段を踏み降りると野暮な足音を舗道に響かせながらお濠端《ほりばた》の方へ歩いて行く。見上ぐれば、大内山《おおうちやま》の翠松《すいしょう》の上には歯切れの悪い晦日《みそか》の月。柳眉悲泣《りゅうびひきゅう》と言った工合《ぐあい》に引っ掛っている。

件《くだん》の人物は富国生命《ふこくせいめい》の建築場の角でフト足を止めて空を仰いでいたが、やがて、

『チェッ、月かア、馬鹿にしてやがる』

と吐き出すように独語《ひとりごと》するとクルリと板塀の方へ向直り筒音高く水鉄砲を弾き始めた。察するところ何かヨクヨク肚《はら》のおさまらぬ事があるのだと思われる。

人物人物と言って居てはお判りになるまいから些《いささ》か閑筆《かんぴつ》を弄してその人態《にんてい》を叙述しように、年の頃は二十八、九歳、中肉中脊《ちゅうぜい》、例の三十二番という既製洋服《レデー・メード》が縫直しもせずにキッチリと

当欲《あてはま》るという当世風な身丈《みたけ》。乙《おつ》に着こなした外套はチェスターフィールドだが襟裏を引っ繰返して検《あらた》めて見ると、「東京テーラー」という有名な古手問屋の商標《レベル》がついていようという寸法。他は推して知るべし。貌《かおかたち》に至ってはこれと言って書き立てるがものはない。午砲時《ひるめしどき》に仲之通《なかのとおり》に汗牛充棟《かんぎゅうじゅうとう》する通勤人面《サラリーマンづら》の一種で、馬鹿には見えぬ代り決して優雅にも見えぬせせっこましい人相。但《ただ》し、への字なりに強情らしく引結んだ唇は何か磅礴《ほうはく》たる気宇を示すように見える。と言えば何か一《ひ》と廉《かど》の人物らしく聞えようが実はそんなのじゃなくって、これは「夕陽新聞《ゆうようしんぶん》」という四頁《ページ》新聞の雑報記者で古市加十という人物。読者に於《おい》ても既にお察しの如くどんな鬱懐があったか知らぬが罪もない月に喰ってかかるようでは新聞記者の年季は未《ま》だ未だ浅いものと見ねばなるまい。

この様な名前の新聞はついぞ我々の家庭には舞い込まぬから御存じのない方もあろうが、新聞年鑑を見ると「夕陽新聞」というのは確かに存在することになっている。夕刊四頁毎夕発行、日本橋《にほんばし》の末廣《すえひろ》ビルの三階に本社があって副業に「化粧品新報《けしょうひんしんぽう》」というのを発行している。尤《もっと》もどちらが本職なのか判らない。評判に依《よ》ればこの新報の方が押売が利くので本業より儲かるという評判だがその詮索はここでは大して必要はあるまい。一方本業の方は名は体を表わすで社運は頽勢《たいせい》を辿る一方、恰《あたか》も山の端に臼づく秋の夕陽の如くやがてはトップリ暮れようという心細い有様。今日《きょう》しも同業者の忘年会が東京會舘で行われるにつき古市加十は「夕陽新聞」を代表して出席したが、記者の食卓に古市加十の席が見当らぬ。追々《おいおい》尋ねて行くと遙かに霞む末席の「銀座《ぎんざ》だより」という怪しげな花柳新聞の隣に加十の名札が放り出されていた。この人物は度胸もない癖に概して血気に逸《はや》る方だから、これを見るとカッと逆上して席札を引っ掴んで上席の方へ進んで行き朝日《あさひ》新聞《しんぶん》の隣の席に座を占めようとしたが、元来朝日の隣に夕陽《ゆうひ》が割込むなどということは有り得べき筈はない。忽《たちま》ち駈け寄って来た幹事に猫吊しに吊し上げられ席札諸共《もろとも》元の席へ抛《な》げ返《か》えされた上、小間物屋の席は此処《ここ》だと顎でしゃくられたのである。警視庁の新聞記者室などでも平素から人交《ひとまじわ》りをして呉《く》れぬのだからこの位《くら》いの屈辱には馴れ切って居る筈の古市加十でも、満座の中でこれ程までに晴れがましい恥辱を受けては流石《さすが》に最早《もはや》居たたまれない。奮然と席を蹴って東京會舘を飛出したが、何としても胸のムシャクシャは治まらぬ。根がしがない雑報記者の事だからこの際複雑な感懐などが起るべき筈はなく、只無暗《ただむやみ》に腹を立てたのである。磨き出したような黄色い新月さえも花王石鹸《かおうせっけん》の広告の様に見えて一層ムシャクシャし、思わず馬鹿にしていやアがる、と叱咤《しった》した件《くだり》は先刻既に述べた通り。

　やがて加十は筒先を蔵《おさ》めてブラブラ歩き出そうとすると、この時背後《うしろ》に当って轟《とどろ》くが如き拍手の音と共にドッと歓声が挙《あが》った。思わず振返って見ると会場では今や宴酣《えんたけなわ》と見え皎々《こうこう》と照し出された窓ガラスの向うを四、五人の同業が踊るような手ぶりで通り過ぎて行くのが見える。

加十は怨《うら》めしげにその方を見上げながら、

『畜生、今に見ろ。明日になったらてめえ等の肝っ魂をでんぐり返してやる。わが夕陽新聞にどんな奇想天外な計画があるか、よもやてめえ等は知らねえだろう。それにしてもわが社の編輯長幸田《こうだ》節三《せつぞう》というのは仲々の穎才《えいさい》に違いない。ああ一夜明けたら――』

と意味あり気な事を呟《つぶ》やくと、それから急に足取りを早めて有楽町《ゆうらくちょう》の方へ歩いて行った。作者はこれから古市加十を銀座裏に引張って行く。どういう宿縁か古市加十はそこで或る怪しい人物に邂逅《かいこう》する事になる。これが波瀾万丈の怪事件の端緒になろうというのだが、その経緯《いきさつ》については次なる章を御読み取り願い度《た》い。

二　加十、怪人物に逢う事、並に鶴の噴水の事

服部《はっとり》の時計台はまさに九時を報じ出そうとする。銀座は今が人の出盛り。紋日紋日《もんぴ》には訳もなく銀座へ銀座へと押出して来る物欲しげな人波が、西の片側道を小波《さざなみ》立てて流れて行く。夜会の崩れにしては時刻が早過ぎるが、粧々《けばけば》しいお振袖《ふりそで》や燕尾服の白チョッキがそこここに横行するのは如何《いか》にも年越の晩らしい風景。古市加十が人波に押されながらコロンバンの前までやって来ると、八雲町《やくもちょう》の交番の方から燃立つような夜会服《ソワレ》の裾をヒラヒラと蹴返しながら蓮歩楚楚《れんぽそそ》として進み寄って来た年の頃三十二、三の専太郎《せんたろう》好みの乙な美人、古市の傍《そば》を摺り抜けようとして不図《ふと》足を止めると、鶯《うぐいす》の様な嬌声を発して、

『アラ、古市さんじゃアなくッて』

と声を掛けた。

この婦人は村雲笑子《むらくもえみこ》と言って四、五年前までは相当に鳴らした映画女優だったが案外眼先の利くところがあって、映画会社の重役を退っ引《の》《ぴき》ならぬ関係に嵌め込み、人気の外《ほか》には収入《みいり》も無

い映画女優などは後足で砂を掛け、土橋《どばし》に近い銀座裏の或る町角に「巴里《パリー》」という秘密めかしいバーを出させてその女将《おかみ》におさまり、この二、三年の内にもう十万は溜め込んだろうという評判のある才色兼備の婦人。

笑子は古市と同郷の北海道のとある僻村の産で古市が知って居る頃はその村の小学校の教師をしていたが、近親に当る年下の青年と怪《け》しからぬ関係になったという風評が立ったと思う間にどういう訳かその青年は自殺をして了《しま》った。笑子はこの事件の為に村に居たたまれなくなって東京に出て来て「白猫《しろねこ》」というカフェーで女給に住み込んだが計らずもこれが出世の緒《いとぐち》になった。

加十の知っている頃の笑子は燈芯《とうしん》の様に瘠《や》せた脂ッ気のない女ッぷりであったが、今では肩と腰に少し脂肪が乗り過ぎそれがどうやら笑子の悩みの種になっている塩梅《あんばい》。以前は少し険のある乾いた眼元も今は色と慾の精脂《あぶら》でシットリと程よく艶拭《つやぶ》巾《きん》をかけられ、人を小馬鹿にしたようなしゃくった鼻さえもこうなればいっそ愛嬌に見えようというもの。笑子はぴったりと古市に寄添うようにしながら、

『やっぱり古市さんでしたわねえ。かけ違ってちっともお眼にかからなかったけどその後お変りはなくって』

と一息に言ってのけると急にツと腕を伸して古市の手を執《と》り、脂湿《あぶらじめ》りのする生温《なまぬ》るい掌《て》の中へ加十の指先を巻込みながら、

『加十さん、貴君《あなた》位い薄情な方はなくってよ、東京にいながら一度も尋ねて来て下さらないん

ですもの、お怨みするわ。貴君《あなた》ひどい方よ』

と媚《なまめ》かしい眼元にありったけの思いを籠めて怨《えん》じるように言う。

同郷人の出世は古市にとっても慶賀に堪えぬところだから、今から二年程前に一度「巴里」へ敬意を表しに出かけて行ったことがあったが水一杯振舞われずに無情《すげ》なく追い返えされた覚えがある。下宿へ帰って気がついてみると、肩に白いザラザラしたものが附いているから指先で摘んでチョイと舐《なめ》てみるとこれが塩《しょ》っぱかった。このような訳柄だったから村雲笑子が今夜に限ってどうしてこんなに馴々しくするのか古市加十にすればまるで狐に摘まれたような心持。

飽気《あっけ》にとられて只々笑子の顔を瞶《みつ》めるばかり。笑子は焦《じ》れったそうに加十の腕を揺すぶり、

『何とか言ってよう。暫《しばら》くでした位いのことはお言いなさいな。ええええ、どうせ妾《わたし》は淪落《りんらく》の女よ、とてもお歯には合いますまいが、でも昔は教員室のあのぼろストーヴで一緒に尻焙りした仲でしょう、そんなに素気《すげ》なくなさらなくともいいと思うわ。そんな顔をして見せたって今夜はもう決して離しゃアしないから。さア妾《あたし》と一緒に「巴里」へいらっしゃい、貴君《あなた》の薄情を思い知らしたげるから』と言って古市の手の甲へ血の滲むほど爪の先を突っ立て、

『どうだ、行くか行かないか。いやなら厭と言って御覧なさい、こうして手を摑んだまま盗人《どろぼう》盗人《どろぼう》って怒鳴ってやるから。どう、やって見せようか』

笑子は早や大分底に入っている体でそういううちにも怪しき御気色《みけしき》になり、舗道の上に両股を踏ん張って真実今にも喚き出そう風だから古市もとうとう兜を脱ぎ、ままよ、という気になって言われるままに引かれて行くことになった。両人は五丁目の角から折れ曲り、人目も恥じ

ずに手を執り合ったまま銀座裏の暗い横丁へ。

威勢の悪い姫小松が五寸釘で磔《はりつけ》になっている形ばかりの門松の下を潜《くぐ》って酒場の扉《バー・ドア》を引開けると、途端にワッと言うひどい諸声《もろごえ》と共に、高低様々に調子を外した童謡の合唱が聞えて来る。内部《なか》なる宴会は既に大乱痴気になっている證拠《しょうこ》。笑子の姿を見ると煙りっぽい薄暗い片隅からヒョイと立上って来た一人の紅毛人《こうもうじん》。これは加十も見知り越しのジョン・ハッチソンという「ホヴァス通信社」の通信員で、これが犬掻泳《いぬかき》ぎをするように泳ぎ出して来て、いきなり笑子の腰に抱きついたが、平手で思い切り横っ面を撲《なぐ》られて、痛いです痛いですと叫びながら引き退《さが》って行った。大体このような騒ぎの間を通り抜けながら笑子は加十を壁に添った奥まった卓子《テーブル》の方に導いて行き其処《そこ》の椅子に加十を引据えると、

『一寸《ちょっと》待っててね、逃げ出したりしたら承知しねえぞ』

と艶然たる睨みを一つ呉れて置いて酒場台《コントワール》の横の赤い垂幕を捲《ま》くるとそそくさとその奥へ入って行ってしまった。

酒場は大体に於て外国の夜倶楽部《ナイト・クラブ》を摸倣《もほう》したものらしく、隔席などは置かずに中央の踊り場の周りに約十五ほどの丸卓子《テーブル》を配置した構え。見渡すところどの卓子《テーブル》の上にも驚くばかりに三鞭酒《シャンパン》の瓶が林立しいずれも杯盤狼藉《はいばんろうぜき》たる有様。のみならず不思議なことには三十人にも余る男女の酒客は殆《ほと》んど満足に椅子に掛けているものなぞはない。いずれも酒場のお仕着せらしい馬糞紙製の王冠をすッとこ冠《かむ》りにし、顎の先から酒の雫《しずく》を垂らしながら男と女が縄のように絡《もつ》れて床の上を転げ廻っている。踊り場の上で誰《た》れ彼《か》れ関《かま》わず引ッつるんでステップを踏んでいる

タキシードは横浜《よこはま》の有名な高利貸の伜《せがれ》で印東忠介《いんどうちゆうすけ》という気障《きざ》な巴里帰り。入口に近い小暗い隅で三人まで美少女を膝に抱き上げて頻《しき》りに高笑いをしている白ネクタイは岩井通保《いわいみちやす》という伯爵家の当主。一時はタキシイの運転手にまで成り下ったが、朝鮮捕鯨会社《ちようせんほげいがいしや》に拾い上げられてこの頃は大分羽振りがいいと取沙汰されている人物。膝の上の三人の美少女は横浜本牧《ほんもく》に住居《すまい》する、お雪《ゆき》、初《はつ》ちゃん、幾代《いくよ》という名代の女傑ぞろい。高声に喚き立てる口説《くぜつ》を聞けばこれからニュウ・グランドへ繰込もうか箱根《はこね》の環水楼《かんすいろう》へ押し出そうかという下相談と思われる。酒場の通路に長々と寝そべっているのは山木元吉《やまきもときち》という有名な好事家的遊蕩児で、それをしっかりと足で踏んまえているのは川俣踏絵《かわまたふみえ》という当時売出しの亜米利加《アメリカ》帰りの舞踊家。人造ダイヤの留金《とめがね》のついた銀色の踊り靴で頻りに元吉の脊骨を蹴りつけるが好事家《ヂレッタント》は仲々起きて来ぬ。己れが吐き出した尾籠《びろう》なものの中へスッポリと鼻を突込んで何かウダウダ言っているのは多分マラルメの詩でも朗誦しているのであろうか。踏絵は小焦ったくなったものかヒラリと傍《かたわら》の丸卓子《テーブル》の上に飛び上るといきなり腿の辺りまで裾を捲《まく》り上げ、譬《たと》えて言うならば小鹿のような形のいい脚を前後に放り出すようにして勢い劇《はげ》しく踊り出した。下着類の構築が不完全なのに遠慮会釈もなく天井を蹴りつけるものだから実にどうも際どい風情になる。酔漢どもはドッと歓声をあげて丸卓子《テーブル》の傍に寄って来てその縁にズラリと額《ひたい》を並べ下から見上げてキャッキャッと笑う大騒ぎ。

　中には手を伸しかけて額を蹴られて仰向けに引繰返える者もあれば、卓子《テーブル》の上に上って行こうとして椅子から足を踏み外し床の上で腰を抜かす者もある。他はいずれも酒瓶を叩き立てて、クカラチャクカラチャと合唱する百声千声《ももごえちごえ》に宛《さなが》ら耳も聾するばかりである。

然《しか》しこんな事をいつまで書いていたって仕様がない。後は大体読者の御想像に委《まか》せるとして、さて古市加十はどうなったかと言えば、先刻《さっき》から為す事もなく茫然と手を束《つか》ねてこの乱痴気騒ぎを眺めていたのである。本来このような散財は自分でやってこそ面白かろうが見ているだけでは一向感興が乗って来ないものである。まして加十の身分としてはこんな散財などはたとえどう望んだとて及ばぬ鯉の滝登りだと思うから、いっそ忌々しさが先に立って見ていればいるほど、腹が立って来るばかり。しかしこういう豪勢のいい大愉快の中で己れ独り素面のまま碌《ろく》碌《ろく》と顎を撫でているのは大して器量のいい図ではないから、傍の棕梠《しゅろ》の蔭に身を隠すようにして猶《なお》も見るともなくその方を眺めていると図らずも此処に一つの怪しい風景を発見することになったのである。

気がついて見ると引繰返すようなその大騒ぎの真只中で居住いも崩さずに独り端然と酒盃《さかずき》を挙げている人物がある。それは年の頃三十才ばかりの白皙美髯《はくせきびぜん》の青年紳士で、一と目でそれと知れる倫敦《ウエスト・エンド》仕立のタキシードをきっちりと身につけ、襟の鈕《ボタン》穴には阿娜《あだ》に挿したる臙脂《えんじ》色のカアネーション。大きな金剛石《ダイヤモンド》の指輪を篏めた白い嫋《なよ》やかな指の間にウィスキー・ソーダの酒杯《コップ》を持ちながら少し反り身になって馬鹿騒ぎを眺めている。その悠揚《ゆうよう》迫らざる態度というものは実に異様であって宛ら帝王が臣下共の無礼講をニンマリ片笑み浮べながら愉し気に眺めているといった風。気障にも見えず嫌味でもなくそれがぴったりと板についているところが甚《はなは》だ以《もっ》て妙なのである。

作者はこの人物を大分奇妙がったが、或いは読者の中にはこんな事が何が奇妙だと立腹される向もないではないと思うから手廻しよく大いに怪しいその次第をもう少し精細に述べて見ように、先《ま》ず何にもまして怪しいのはその異相である。異相と言っても藪睨《ひんがらめ》の菊面《あばた》のと言うのではない。諸君の中には手にされた方もあろうが、その人相は神宮館《じんぐうかん》発行の例の九星運勢暦の附録についている「人相の部」のうち「貴人の相」というのにまさに匹敵するというから怪しい。こんなのを龍眼鳳眦《りゅうがんほうし》というのか一重瞼の切れの長い眼の中には淀まぬ清い光があり、唇は無限の威厳を示して寛濶《かんかつ》に引結ばれている。耳に至っては非凡中の非凡であって、風鐸《ふうたく》なりの肉の厚い巨大な耳が丁度眦《まなじり》の下辺りから顎の辺りまで福々と垂れ下り顎には漆黒の長い顎髯が密生して襟巻のように喉を蔽《おお》い隠している。手っ取り早く言えば秦《しん》の始皇帝《しこうてい》がタキシードを着てウィスキーを飲んでいると思ってくれればよろしい。何しろこういう工合に挙止人相共に一方ならず非凡だから古市加十は我れを忘れてその人物の横顔を眺めていると、やがてその人物は加十の視線を感じたものか悠然と顔を回《めぐ》らして加十の方へ振返えったので、ここに端なくも両人の視線がガッチリと絡み合うことになった。加十は狼狽して急いで視線を外らそうとする間も無くその人物はホンノリと眼を微笑ませながら此方《こっち》の卓子《テーブル》へやって来いという合図をした。加十は根が田舎者《いなかもの》でこういう高飛車の態度に合うと手も足も出なくなる性質《たち》だから忽ち電気に感電《かか》ったようになって、立つともなく席から立ち上り騒ぎの間を擦り抜けてその人物と差向いの席につくと、その人物は妙に器用な手つきでウィスキー・ソーダの洋杯《コップ》を加十の前に押しやりながら、

『此の頃世間の評判では日比谷公園《ひびやこうえん》の鶴の噴水が歌を唄うということですが一体それは真実《ほんとう》でしょうか。実を申すと私はついこの頃東京に着いたので、一向詳しいことを知らないのですが』と唐突《だしぬけ》に言葉をかけた。

どういう次第か知らぬが、日比谷公園の池の真中に立っているあの様子のいい噴水の鶴がこの一週間ほど前から時々美しい階音で歌を唄うようになった。言うまでもなく歌時計ではないから朝の目覚めに極《きま》って鳴り出すというのではなく、ノンシャランに刻《とき》を定めずに唄い出すのだからうまくその時に行き合った人は少《すく》ないが、好運なその少数の人達の話ではそれはどうも滅法もない美しい音《ね》だというので。——或者はオルゴールのような細い透き通るような音だったと言い、或者はパイプオルガンのような荘重極まりない音だったと語り、音に就《つい》ての感想は区《まち》区《まち》だが然しそれは単なる市井《しせい》の妄談ではないらしく、日比谷公園の園丁長が自身で親しくこれを聴き和歌を一首添えた美辞麗句的な目撃記を「夕陽新聞」に寄せたので、日比谷公園の青銅《ブロンズ》の鶴が噴水の飛沫と共に美しい歌を唄い出すというは最早紛れもない事実になり、これは何か国家的な瑞兆《ずいちょう》に違いないというので「唄う鶴の噴水」の事は急に東京の市中で囂《やかま》しく評判されるようになった。

一週間ほど前の朝の五時頃公園の園丁長が例の如く宿酔《ふつかよい》の噯《おくび》で咽喉《のど》を鳴らしながら花壇の中の小径《こみち》を通って池の傍まで来ると、うっすらと朝靄に包まれた噴水の鶴が、この時ハタハタと羽搏《はばた》きをしたように見えたのである。この人物は元来非常な大酒家で二六時中森羅万象の中に異変を見ているのだから、これも多分昨夜《ゆうべ》の泡盛《あわもり》の為す業であろうと思い、格別怪しむようなこともなくそのまま見過ぎて池の傍を立去ろうした途端青銅《ブロンズ》の鶴は世にも清らかな声で歌を唄い出したのである。

それは宛ら西洋風の舞踊曲の一節のようなもので、どのような悲しみのある人の心も晴々と浮き立たせずにはおかぬような愉しげな旋律であったのである。園丁長はアッケラカンと口を開いて鶴の口元を眺めていたが、鶴は園丁長の当惑に頓着なく猶も喨々《りょうりょう》と唄い続けていたが、それから約二分ほどの後無器用な蓄音器のように急にハタと黙り込んで了った。園丁長は一方心の優しい人物でこの公園の一木一草悉《ことごと》く自分の友人だと思っているのだからこの時感嘆の余り思わず噴水の鶴に向ってこんな風にも声をかけたのである。

『おい、鶴よ鶴よ、どうしてまあお前は歌など唄い出したのだ。ああ、それにしても非常な出来栄えだったね』

この経緯《いきさつ》は今言った通り古市加十が代筆して酒月《さかづき》園丁長記となって精《くわ》しく「夕陽新聞」に掲載されたが、これに就てはもう少し詳しく述べて置かねばならぬ裏の事情があるので。というのは他ではない、酒月の娘は四、五年前から「夕陽新聞」社長の幸田節三《こうだせつぞう》に囲われているので酒月はその恩に感じ何かにつけて「夕陽新聞」に忠勤を擢《ぬき》んでてやろうとした際であったから、この不可思議な出来事を目撃するとすぐその足で幸田節三の妾宅へ飛んで行き事細かにありし次第を耳打ちした。幸田節三は布団の上に胡座《あぐら》をかいて酒月の話を聴いていたが、稍暫《ややしば》らくの後急にポンと膝を打って、

『ああ、有難い。幸田節三これでどうやら運が向いて来た』

と叫ぶように言うといきなり神棚に向ってポンポンと柏手《かしわで》を打ったと伝えられる。

こういう経路を踏んで「唄う鶴の噴水」は夕陽新聞の特種《とくだね》になって了った。国家的瑞兆という三段抜きの大標題《みだし》で手の込んだ記事を書上げ名士、博士を総動員して感想を執筆させた。中には拒絶した向もあるが大部分の人々は後難を恐れて思いつきを述べて来たので約三十人に余る名士がうやむやのうちに「唄う鶴の噴水」に敬意を表することになった。他の一流の諸新聞は笑殺して歯牙にもかけなかったがこれに対する市民の感激は予想外に昂揚し、このような大瑞兆の記事を掲載せぬのは実に傲慢至極な遣方《やりかた》だというような投書が編輯部の机上に山積するようになり、幹部一同も俄《にわ》かに狼狽して前後策を講じたがその時は早《は》や後の祭り、鶴の噴水事件の人気はすっかり夕陽新聞に攫《さら》われて了うことになった。一方無名の夕陽新聞はこの為に一躍有名になりその売行は鶴に因《ちな》んで宛ら飛ぶが如くであったとでも言って置こう。

古市加十が今夜東京會舘の忘年会で不当な侮辱を受けたのはその裏に「唄う鶴の噴水」事件に対する各社の劇しい嫉視羨望が大いにその原因を為していたのだと考えられるのである。

東京市の公園課でも捨てては置けず音楽学校の教授を委嘱《いしょく》してその原因を調査して貰ったが、その結果は何《いず》れも雲を摑むような報告ばかりで一体それがどういう事情に依って起る現象なのか判明しない。

ああ、それにしても噴水の鶴が歌など唄い出すようになったのであるか。一流の理学者達が頭を捻《ひね》っても判らぬものが作者などには諒解されそうにもない。これに就ては近く有名なる奇人的大理学者兼清《かねきよ》博士の講演がある筈だからその秘密はその折博士に解決して貰うことにして我々は再び酒場「巴里」に立戻ると、古市加十はその時恰も差出されたウィスキー・ソーダをグッと一息に煽りつけ、掌《てのひら》で口の辺を拭うと五月蠅《うるさ》く首を振りながら、

『ええ――、真実《ほんとう》ですとも、確かに鳴くんですよ、実にどうも素晴しい声で鳴くんです』

怪人物は訝しそうな眼つきで、

『風声鶴唳《ふうせいかくれい》ということはありますが鶴が歌を唄うなどということはまだ嘗《か》つて聞いたことはありません。唄うというならば一体どういう風にして唄うのですか。まさか李太白《りたいはく》の鶴のように「松籟譜《しょうらいふ》」を朗誦するというのではありますまいね』

『李太白どころかモッアルト風のギャヴォットを唄うのです。貴君《あなた》が旅行者だとしても余り迂潤ではありませんか。貴君《あなた》は多分未だ夕陽新聞を御読みにならないと見えますね。それは兎《と》も角《かく》それが事実だとしたらこれは如何《いか》にも東京風な出来事だと思いませんか』

怪人物は頷いて、

『ああ、その点ならば私も同感です。これは確かに東京風な出来事に違いありません。どうでしょう、これから一つ私を案内してその小粋《ギャラント》な鶴を見せて下さるわけには行きませんか』

『よろしいですとも、御案内しましょう。旅の人に親切にするのは確かに気持のいいことに違いありませんからね』

『そうと話が決ったら急いで此処を出ましょう。私はもう少し鶴の話を聞き度いのですがそれにはこの場所は少し不適当のようです。これからB・R、AI、ボントン、エトワール、マキシム、リドーと、この六軒でウィスキー・ソーダを一杯宛《ずつ》飲んで、それから鶴の所へ行くこと

にしましょう。では何は兎も角』

こういう工合にして古市加十と怪人物は「巴里」を後にして薄暗い銀座裏に迷い出ることになる。

もう凡《およ》そ何時頃であろうか、百八つの梵鐘は未だ加十の頭の中で陰々と鳴りはためいているのに、見上ぐれば月はもう大分傾いて丁度ＪＯＡＫの鉄塔の上に、それとても確かに月であるかどうか朦朧《もうろう》たる加十の眼には確かには映じて来ぬのである。二人は蹣跚《まんさん》たる足調《あしどり》で縺《もつ》れ合うようにして噴水のある池の端《はた》までやって来た。青銅《ブロンズ》の鶴は形のいい翅をキラキラと光らせながら蒼白い水の吐息を噴上げ今にも空に舞上ろうとするよう。諸君はここで鶴が鳴くのをお望みになるであろうか。然しこの時鶴は鳴かなかったのである。

加十はフラフラと前後に頭を揺《ゆす》りながら、

『ああ、鶴は鳴きません』

怪人物は頷いて、

『ええ、鳴きませんね。然しそれだって結構ですよ。この夜更けに無理に鳴いて貰いたくありません』

と言うと何を思い出したか音高く掌を打合して、

『ああ、この鶴を見たので思い出しました。まだ一つ仕事が残っていたのです。さあ、急いでこれから松谷鶴子《まつたにつるこ》のところへ行きましょう。昨夜そこで二人だけで年越の夜食をすることになっていたのですが今迄スッカリ忘れていました。可哀そうに待ち疲《くた》びれてもう眠って了ったかも知れない、何しろもう三時ですから』

三　松谷鶴子の愛人の事、並に意外なる顛末《てんまつ》の事

赤坂山王台《あかさかさんのうだい》の崖の縁に有明荘《ありあけそう》という二階建の混凝土《コンクリート》の家が建っている。当時流行のコルビィジエという窓を大きく開ける式で古いしもたやの多いこの辺ではひどく異彩を放つ建物。崖下から仰ぎ見るとこれがまるで大きなガラスの陳列棚のように見える。ここへ行くには日《ひ》枝明神《えみょうじん》の鳥居の傍の細い急な径を登って行くのだが、何しろそれがひどく嶮《けわ》しいものだから、どんな人でも息切れがして途中で一憩《ひとやす》みせねばならぬ。今言ったように有明荘は切り立った三十尺ほどの崖の縁に建っているがその下は広い空地になっていて棟の低い二階家が一軒あるばかり。横はすぐ山王様の境内《けいだい》に続くので至って閑邃《かんすい》な場所。

この家は日本橋《にほんばし》の袋物問屋の、洋行帰りの若旦那が外国で見て来たアパートを趣味に任せて建てさせたもので、アパートとはいいながら六畳一間に瓦斯《ガス》と水道がひいてあるというようなそんなお手軽なものではなく、どの部屋にも足音の埋《うず》まりそうな朽葉色の厚い絨氈《じゅうたん》が敷き詰めてあろうという豪奢な取り廻し。一廓《かく》が居間と寝室と食堂と浴室と料理場の五室からなり、入口の扉《ドア》で仕切られて他の廓《コンパルチマン》から独立するようになっている。従ってこのアパートに住んでいるのは富豪の妾《めかけ》とか外国帰りの若夫婦とかそれとは見えぬ高等内侍《こうとうないじ》とか、何《いず》れも金も趣味

もある有閑人種ばかり。

今しも崖に面した二階の窓を押し明けその縁に造りつけになった花棚から見事な蘭の鉢を取入れながら匂うばかりの新月の眉を顰《ひそ》めながら軽く舌打ちをしている年の頃二十四、五のまだ幼《おさ》な顔の失せぬ愛らしい面持の美人。居間に続く食堂の方に向って、

『婆や婆や、お前はまたこの「安南王《あんなんおう》」をとり入れなかったのね。折角あの人が印度支那《インドシナ》からようやく買ってきたものを枯らしでもしたら粗末にでもしたようで妾《わたし》が困るじゃないかほんとに仕様がない婆やねえ』

と軽い怒りを含んだ声で呼びかけると、やがて割烹衣《かっぽうぎ》の裾で手を拭きながらその部屋に入って来たのは五十ばかりのとめという通い婆。小さな髷《まげ》の載った毛の薄い頭をペコペコと下げ、

『はい、どうも申訳ありません。扱い馴れぬのでつい忘れて了って。これからは屹度《きっと》気をつけますからご勘辨なすって下さい』

と言って煖炉《だんろ》棚の上の置時計を覗き込み、

『安南王といえば、旦那様のお出でが遅うございますこと。もう十二時十五分前でございますよ。まさかお忘れになったのでは』

美人はこれも怨めしそうに時計の方へ振り返えり、

『本当に遅いわねえ、どうしたのかしら。でも昨日あんなに固い約束をしたのだから忘れるなんてことはないと思うけど。でもひょっとしたらまた銀座でも飲み廻っているのかも知れないわ。ほんとに憎らしいことねえ。ひとの気も知らないでさ。遅れて来でもしたら本当にどうし

てやろうか知ら』

とめは手で煽ぎたてるようにして、

『えええ、思いきり喰いついておやんなさいまし。こんな美しいひとに気を揉ませるなんていくら旦那様でもあんまり罪が深うございますよ』

美人はふッと我れに返ったように急に言葉忙しく問いかけ、

『それはそうと夜食の仕度はもうすっかり出来ているだろうね。食器も二人分揃えてあるの』

『はいはい、すっかりお出ししてあります。鵞鳥の肝《フォア・グラ》たらいうものは薄切りにして氷で冷やし、三鞭酒《シャンパン》ももう氷槽《こおりおけ》に漬けてございます』

美人は恥《はずか》しそうにニッコリと笑い、

『そんなら無駄口をきいていないでもうさっさと帰って頂戴。今晩はあのひとと二人っきりで年越をする約束なんだから』

とめはニッコリと笑い、

『はいはい、お言葉までもなく早速引取りますでございます。ではどうぞいいお年をおとりなさいますように』

と言ってとめは引取る。後には美人ただ一人、絨氈《じゅうたん》と共色のふかふかとした長椅子《ディヴァン》の上に身を投げかけ時計を眺めては頻りに心を焦立《いらだ》たせる風である。この時こうこうと鳴りだした除夜の鐘。少し古風な情景になったがコルビィジエ風の新式アパートにも鐘の音は届く。これは何とも致方ないことであろう。

この美人は松谷鶴子といって元は宝塚《たからづか》少女歌劇学校の第四期生で踊《おどり》の名手として紅千鶴《くれないちづる》や高《たか》千《ち》穂《ほ》峯子《みねこ》などと共に非常な人気のあった女生徒だったが、舞台で足を痛めてから人気が落ち、間もなく退学してその後神戸《こうべ》の三宮《さんのみや》辺りの酒場を転々としていたが、今から二年ほど前にふらりと日本へやって来た例の安南王、宗龍王《そうりゅうおう》に見染められ懇《ねんご》ろに山王台の有明荘に移植されることになった。

御存じの方もあろうが、この安南王は日本名を宗方龍太郎《むねかたりゅうたろう》といって日本を愛敬《あいけい》する東洋の王族の中でもとりわけ日本贔屓《びいき》の王様。本国政府から強要される仏国《ふっこく》風の教化を毛蟲のように忌み嫌い、わざわざ日本から教師を招聘《しょうへい》して専《もっぱ》ら日本の文化に親しみ、夏冬二回政務の余暇にフラリと単身日本へやって来て、一ト月ほど滞在しては帰国するのが例になっていたが、松谷鶴子を愛するようになってからは殆んど隔月毎に頻繁に来朝するようになったというのもまた無理のない次第。

さて松谷鶴子が今言ったように頻りに愛人の訪問を待兼ねているところへ廊下の方に足音が聞え、やがてコツコツと扉《ドア》を叩く音がするから急いで廊下を駈けて行って扉《ドア》を引開けて見ると、それは待兼ねている宗方龍太郎でなくて崖下のしもたやの二階に住んでいる桃澤花《ももざわはな》という縫子《ぬいこ》。畳紙《たとうし》に包んだ仕立物を持って入って来ると急いで卓《テーブル》の上で包《つつみ》を解き、眼も覚めるような茜色の式服を取出して自慢らしく繰り拡げながら鶴子の方に振り返り、

『はい、出来ました。何卒《どうぞ》御覧なさい。自分ながら感心するくらいよく縫えましたの。なにしろ季節で急ぎの仕事が山ほどあるでしょう。これを今晩までに間に合わせようと思ってこの四、

五日の間は、寝る眼も寝なかったのよ。どうぞ褒めて頂戴』

鶴子は式服を胸に当てたまま部屋の隅の姿見の前に行って身をくねらせながらためつすがめつ眺め入っていたがやがて心から嬉しそうに花の方へ振返り、

『まア、素敵、よう出来てるわア、花ちゃんどうも有難う、お礼言うわ。どう、よく似合って』

『ええ、腹が立つ位い』

『まア嬉し。それはそうとそんなところに突ッ立ってないで少しお掛けなさいな。もう仕事は済んだんでしょう』

『ええ、もうこれから寝るばかり。でも今日は遠慮して置くわ。もう間もなく王様が来るんでしょう。いやよ妾《わたし》、見せつけられるのは』

『莫迦ねえ、龍太郎だって貴女《あなた》のお顧客《とくい》でしょう。待っていて少しお愛相《あいそう》するものよ』

『ええ、それはまたの折』

と言うと悪戯《いたずら》らしく眼を細め、

『鶴子さん、面白いことを話してあげましょうか。王様はね、この外《ほか》にもう一つ訪問服を誂《あつ》らえたのよ。どう、気が揉めやしなくって。そしてこれは粗末《ぞんざい》に縫っても構わないよなんて言うのよ、妙な王様ねえ』

『それはね、花ちゃん、お国の奥さんのところへ持って行く着物なのよ。妾《わたし》がそんなことを知らないと思って。痴《たわけ》だわ、あんたは』

花子《はなこ》は歯の間から一寸《ちょっと》舌を出し、

『もう帰るわ、それだけ聞かされれば沢山よ。では、また明日。……おッと忘れた。新年お芽出とうございます。今年もまたせいぜいご贔屓《ひいき》に、はい、左様なら』

花は鶴子の止めるのもきかずにどんどん駈け出して行く。鶴子はまた一人。時計を見るともう十二時半。

読者も御存じの通り、仮《か》りに先刻《さっき》の怪人物が宗方龍太郎だとすると、まだ古市加十と一緒にどこかの酒場《バー》で何杯目かのウィスキー・ソーダを飲んでいる筈だから如何《いか》に鶴子が待ち焦れてもそう急にはここへ現われる筈はないのである。鶴子だってそうそう起きて待っている訳にも行くまいから多分間もなく寝床へ入るであろう。

三時二十分を過ぎる頃鶴子の住居《すまい》の扉《ドア》を劇しく打叩く音がする。鶴子は寝床《ベッド》の上に半身を起してその方へ聞き耳を立てると扉《ドア》の外で何かゴシャゴシャ言っている工合では其処にいるのはどうやら龍太郎一人ではないらしい。鶴子は軽く舌打ちをして、

『いやなひとねえ。また誰か引っ張って来たのよ』

と呟やきながら入口の方へ行って扉《ドア》を引き開けると蹌踉《よろけ》るように入って来たのは果せる哉《かな》件《くだん》の怪人物と古市加十の両人《ふたり》。龍太郎は怨めしげに何か言いかけようとする鶴子の肩を抱《いだ》きながら、

『ああ、どうも少し遅れ過ぎたようだね。それにしても朝日が昇るには未だ間があるから夜食

をする名目がたたぬことはない』

と長閑《のどか》な事を言うと左手で古市の手を曳きながら大股に食堂に入って行ったが忽ちチョッチョッと舌打ちをし、

『おお、これはいかん。お客様の食器が無いというのはどうも少し物足りないようだ。さア、鶴子さん、どうか不足なものをここへ出して頂きましょう』

鶴子は思わず脣《くちびる》を綻《ほころ》ばし、

『貴君《あなた》にはとても敵わないわ。なんて妙な言い廻しばっかりするんでしょう。えええええ、食事は差上げますが、それにしてもその前にこの方を紹介して下さらなくっては困りますわ、王様』

『でもね、鶴子さん、私はこの人の名前を知らないから仮りに鶴野《つるの》噴水《ふんすい》君と名乗って貰うことにして兎も角食事を始めることにしよう』

加十は立上ろうとする鶴子を制して朦朧たる眼でマジマジとその面《おもて》を瞶《みつ》めながら、

『ああ美しいにも程がある！　一体こんな美人がこの世に存在していいものでしょうか。私ならばもう何も欲しくありません。そんなことより此処に坐っていて下さい。その方が余っ程御馳走と言うものです』

などと柄にもなくお世辞のような寝言のような事を言うと鶴子は小娘のように身体をくねくねさせ、

『まア嬉しい、あたしお世辞を言ってくれるひと大好きよ。お礼にあたしが喰べさしてあげるわねえ、あなたとあたしはもう仲よしよ』

と言って椅子を引擦って来ると加十にピッタリと寄り添うようにして坐り銀の小さなフォークで生蠣殻《なまがき》の剝身を突刺し滴《しずく》の垂れるやつを、

『さア』

と加十の口元に差しつける。加十も止むを得ず野太い口を開いて麩《ふ》呑《の》みに呑み込むと鶴子はフォークを加十の手に握らせて、

『こんどはあたしに喰べさせてくれるのよ、ねえ、あのフォア・グラを頂戴』

と言って加十の鼻の先でアアンと口を開ける。歯並びのいい例えば小粒の真珠のような歯の間からヒクヒクと動く小さな舌の先が見える。酔眼朦朧《すいがんもうろう》たる加十の眼にもこれは実以《じつもっ》て美事な眺めなのだ。

鶴子は加十に三鞭酒《シャンパン》を注がせては勢い猛《もう》に煽っていたが程なくしどけない風になり、急に椅子から飛上ると加十の膝の上に馬乗りになって形容を越えた媚《なまめか》しい眼差しで龍太郎の方を見返りながら、

『ねえ、噴水さん、あのひとを御覧なさい、あのひとはあれでも王様なのよ、ふ、ふ、髯なんか生やしていてもちっとも恐くないのよ』

と言うと急に加十の頭を引寄せて唇に接吻し、

『ほらね、ちっとも怒らないでしょう、馬鹿ねえ、王様なんて』

思うにこれは王様に妬情《としじょう》を起させようという鶴子の手管なのであろうが、それにしてもこの王様と呼ばれる男は何という奇妙な人物なのであろう。ゆったりと椅子の脊に身を凭《もた》らせなが

ら柔和な眼を微笑ませて、泰然と鶴子の痴態に見入っている。とすれば鶴子が焦れったがるのも無理はないのである。

鶴子は加十の膝の上で何かウダウダ言っていたが、やがて急に床の上に飛び下りると、

『脚にスウスウ風があたる。きっとどこか明いてるんだわ』

と言うと案外に確《しっか》りした歩調《あしどり》で廊下の方へ出て行ったが間も無く戻って来て、

『矢張《やっぱ》り玄関の扉《ドア》が開いていたわ。妙ねえ、確かにさっき閉めた筈なのに』

と、急に真面目な顔つきになって考え込んでいたがすぐ笑い出し、

『ああ、そうか、妾《あたし》が閉めたんじゃなかった、王様が閉めたんだったわねえ、そんなら開いてる筈だ。……ねえ、噴水さん、王様の国ではどの家《うち》にも扉《ドア》というものが無いんですって。だもんだから扉《ドア》を閉めることを知らないのよ。……さアずいぶん喰べたわねえ、これから居間へ行って長椅子に寝っころがりながら話しましょう、王様もいらっしゃい』

王様は鶴子と並んで長椅子に掛けながら依然として駘蕩《たいとう》たる面持で加十の方に振返り、

『今夜は三人でプリュニエへ飯を食いに行きましょう。五時にホテルのロビイで待っています。……正直なところを言うとあなたが一緒に行って下さるとこのひとの食慾が増すのではないかと思うからですよ。今晩も大体そんな風でしたからね。……おや、これは冗談だとしても』

加十は嶮しい小径を下って崖下の空地まで辿りつく。この時遙か頭上で何か鈍い物音がするからその方をふり仰いで見ると、何か落ちて来る来る、薄白い月の余光の中を急速に過《よぎ》って重そうな物体が落ちて来る。赤い風呂敷包のようなものだがそれには人間の手足に似たものがあ

って頻りに伸びたり縮んだりしている。いや確かに人間に違いない、拡がった着物の裾が風船のように膨らんで。

と思う間もなくそれは加十の鼻の先を掠《かす》めドスンとひどい音を立てて空地の中へ落ち込んだ。――礫《こいし》だらけの空地に口を開いて倒れているのは意外にもたったいま別れて来たばかりの松谷鶴子だったのである。

加十が肩を摑んで揺ぶって見ると、ぐにゃぐにゃするばかりで一向に手応えがない。カッと見開いた眼玉の上に有明の月の影。すぐ傍に家が一軒あるのだが何しろ加十は狼狽しているものだからそれが眼に入らない。いきなり肩へ鶴子を引っ担ぐと一切夢中の態で小径を登って行く。

つい今し方まであんなにも陽気にはしゃいでいた松谷鶴子はもう呼吸《いき》もせずに加十の肩の上でぐったりしている。それにしても加十が崖下まで下りて来る五、六分の間にあの朽葉色の部屋では一体何が起ったと言うのであろう。

四　安南王《あんなんおう》の早業の事、並《ならび》に證拠《しょうこ》歴然の事

古市加十《ふるいちかじゅう》という夕陽新聞《ゆうようしんぶん》の雑誌記者が大晦日《おおみそか》の夜銀座《ぎんざ》裏で異相の怪人物、実は御微行《ごびこう》中の安南の国王、宗《そう》皇帝に逢遇《ほうぐう》し、手を携《たずさ》えて各所を酔遊してしたたか酩酊《めいてい》した末、勧誘されるままに赤坂山王台《あかさかさんのうだい》なるアパート有明荘《ありあけそう》に赴き皇帝の愛人松谷阿鶴《まったにおつる》と三人で夜食を喰べ、午前四時頃其処《そこ》を辞去してアパートの崖下の空地までやって来ると、突如高からぬ加十の鼻の先を掠《かす》めて落下して来たのは、風呂敷包でもあるかと思いの外《ほか》、今別れて来たばかりの松谷鶴子《つるこ》だった。前回はそれによって仰天した古市が前後の思慮もなく鶴子を抱上げるといま来た道を引返《ひっかえ》す、というところで終りになっている。

さて加十が鶴子の様子を見るとまさに生色を失わんとする危急存亡の場合と見て取ったから、言うまでもないことだが大いに狼狽し、時借《ときが》りのタキシードが皺《しわ》になるのも厭《いと》わずいきなり鶴子をすッとこ脊負《しょ》いにすると一切夢中で有明荘へ取って返《か》えし始める。

場所も淋しい星ケ岡《ほしがおか》、光も凍る午前四時、片側は土手、片側は松と杉との植込みに、根には

小笹のサラサラと、足に障りていと狭き、真暗がりの胸突坂《むなつきざか》。脊中《せなか》に阿鶴はと見れば浮世絵の式に蹴出した真っ赤な下着の間から婀娜《あだ》っぽく白い脛を突き出し、月に向ったその顔は眼元を皺ませて宛《さなが》ら笑っている風。時刻《とき》も時刻《とき》なり、こういう味な小径《こみち》を夜目にもしない嬌態纏綿《きょうたいてんめん》たる盛装の美人を引っ脊負《しょ》って行くのだから知らぬ者が見たら粋気筋《いきすじ》だと思ってずいぶん羨《うら》やましがらぬでもないが、実を明せば脊中なる阿鶴はその時既に絶命しているので。

が、加十はそんなこととは知らない。一刻も早く有明荘へと辿り着き手当をして何とか一命をとりとめてやらねば、とただその事ばかり考えながら頻《しき》りに足を早《は》やめるが、径の上には到るところに五位鷺《ごいさぎ》の糞があって思うように進まれぬ。ずるりと辷《すべ》るたびに鶴子の足がヒョイと加十の尻を蹴る。加十はそれが、急げ急げと阿鶴が合図するのだと思うからいよいよ以《もっ》て周章《あわて》狼狽《ふため》き、

『ああ、苦しいですか、尤《もっと》もです尤もです、ざっと見積っても三十尺以上も墜落したのですから多少苦しい位いのことはありましょう。それは兎《と》も角《かく》、蹴るのだけはやめて下さいね。これで充分急いでる積《つも》りなんですが、何しろどうも』

と頻りに死人を宥《なだ》めながら息せき切って踏み上るうちようやく有明荘の入口。

階段を駆け上って鶴子の住居《すまい》の扉《と》を押すと意外にも内部《なか》から堅く錠が下されている風で押せども突けども開く様子がない。何しろこれだけの騒動があったのだから立ち騒ぐ人の気配位いはしそうなものだが一向そのような模様もなく、言わば閴々沈々《げきげきちんちん》と鎮《しず》り返えっているのである。

加十は拍子抜けがして暫時は茫然と佇《たたず》んでいたがそうしていても埒《らち》のあく様子もないから、

些《いささ》か焦《じ》れ気味になって壁のボタンを押して案内を乞うと、やや暫《しば》らくの後玄関の間の廊下に閑々たる足音が近付いて来て朦朧《もうろう》たる酔声《すいせい》を発しながら扉《と》の向う側で応待するのはまさしく宗皇帝。加十は焦れ切って、

『もしもし、そんなところで廻りくどいことを言っていては困りますね。私です、鶴野《つるの》噴水《ふんすい》です、大変な事が起きたから早く開けて下さい』

と、安南王は一向に驚《おど》ろく気色もなく、

『おお、鶴野君とは意外です、どうしてまた今頃。回礼にしては少し早や過ぎるようだが。……思うはまた鶴子の顔が見たくなったのですね。いや、それはさもあるべきことで』

と例の如くゆっくりとした口調で呟きながらガチャガチャと扉《と》を開けにかかる。

安南の皇帝、宗龍王《ソーリヨー・チー》に就《つい》ては既に前回でも触れておいたが、皇帝と昵懇《じっこん》な方などはあるまいから読者の中には小馬鹿にされた様な感じで忌々しがられる向もないではなかろうと思うから、読者の反感を避けるためにもこれが架空意想の人物でないことを充分に力説しておく方が便利なのである。

前回では龍太郎《りゅうたろう》とか、王様とか、友達扱いにして呼び捨てにしたが、これなる人物は仏領印度支那《ふつりょういんドシナ》に於《おい》て五千二百万の民草を統治する至上至高の皇帝なのである。のみならず既に日本文学博士の学位を持たれ、また欧洲の柳暗花明《りゅうあんかめい》にも充分に通暁せられる学殖遊蕩《がくしょくゆうとう》ともに誇れ高い粋人中の粋人。

本来ならばいかなる事情があっても古市加十などが心易く対話《くちまじえ》など出来る筈はないのであ

るが、この様な素ッ頓狂な雑誌記者輩と引ッつるんで恣《ほしいまま》に銀座裏を酔遊なさろうというのは、御微行中という事情ばかりもあろうが、宗皇帝が極めて飄逸濶達《ひょういつかったつ》な精神の持主であられることが判るのである。風格に就て言えばこれは一種の韜晦《とうかい》的人物で我々が詩人とか哲学者とかいうものに近いようである。この賑々《にぎにぎ》しき人生を何故韜晦されるのか、それは本筋に関係がないからここでは述べぬが、試みに安南の歴史を繙《ひもと》いて一八八三年の条《くだり》を読まれるならば自《おのず》から諒解されることもあるであろう。

宗皇帝が非常な日本贔屓《びいき》で、仏国の教化を毛蟲の如くに忌まれ、仏国総督の不満にも拘《かかわ》らずわざわざ日本から多数の教師を招聘して専心日本の文教をされたことは、前にも述べたが、巴里《パリー》に遊学して七月十四日《キャトオズ・シュイイ》に大統領官邸《エリ》の近くで観兵式《かんぺいしき》を見物した日本人は確かにこの宗皇帝を見知っている筈なのである。官邸の玄関に設《しつら》えられた桟敷《さじき》の上に、モナコやモロッコの王様と並んで、何時《いつ》の年の巴里祭に見ても、常に悒然《ゆうぜん》たる面持で佇んでいる、日本名を宗方《むねかた》龍太郎というあの黒髭の美紳士がつまり宗皇帝なのだ。

さて安南王は頻りに鍵をガチャガチャいわせていたが、やがて扉を引開けて例の貴人の相を悠然と廊下へ突き出し、加十の肩の上で生色を失っている鶴子を見ると急に鳳眦《ほうし》を釣り上げ、啻《ただ》ならぬ眼付で二人の奇妙な結合を眺め始めた。加十は委細構わず勝手知ったる寝室に踏み通り寝台の上に鶴子を横たえると漠然と突っ立っている宗皇帝の方へ振り返り、

『水々、それから早く誰かを』

と消魂《けたたま》しい声で急きたてる。

声に応じて駆け出してもするかと思いのほか皇帝は髭を扱《しご》きながら超然と部屋の中を歩き廻り始めたのである。見ように依《よ》れば目前《めのまえ》の出来事が何であるかを理解しようと苦心しているのだとも受けとれるが、何にしても奇ッ怪な素振りだというほかはない。

加十は鶴子の帯を緩めたり胸元を潤《くつろ》げたりして常識の及ぶ限りの手を尽しながら、絶えず、阿鶴さん阿鶴さんと連呼するがもとより阿鶴は答えよう筈はない。既にその義務もないのである。一目でそれと判る死相を卓上燈《スタンド》の淡い光の中へ浮き上らせながら早や一つの現象のように横わっているのである。血のめぐりの悪い加十にも漸《ようや》くこの事情が呑みこめたと見えアッケラカンと口を開いてその面《おもて》を眺めていたが間もなく嘆息諸共《もろとも》に、

『おお、死んでいる。こりゃこうしては』

とウロウロとその辺を狼狽《うろた》え廻っていたが突然身を飜《ひるが》えして寝室を飛出すと階段を駆け降り、入口の奥の小使《こづかい》部屋の扉を割れよとばかりに打叩きながら、

『小使さん小使さん』

内部《なか》から婆の嗄《しゃが》れ声、

『まあ、どうしたというんだろうね。……はいはい、お馬《うま》婆ですよ、何です何です、急病人でも出たのですかえ』

加十は埒もなく、

『大変だ大変だ、松谷鶴子嬢が自殺した。……いや、こんなことを言ってはいけないのであろ

う。お鶴さんが重病だ、いや、急病で急病で、早く医者の迎えを頼む』

お馬はモゾモゾと起き上りながら、口の中。

『おや、死人が出たと。元日から縁起でもねえ』

と舌打ちしたのち、布団をかぶったまま声だけは愛相《あいそう》よく、

『おやおや、そりゃ大変だ。はいはい、承知いたしました、早速迎えに参りますでございます』

加十はまた二階へ取って返す。見ると安南王は寝室に隣る食堂の卓前に坐って今や泰然とウイスキー・ソーダーの 杯《さかずき》 をあげている様子だから加十も腹を立て、

『何をしようと貴君《あなた》の勝手です。酒を飲むならお飲みなさい。それはいいとして、一体どうしてあんなことになったのですか』

と、安南王はいかなる酔漢もこれほど沈着ではあり得なかろうと思われるような沈着な口調で、

『ああ、知りませんね』

とただそれだけ。膠《にべ》もない挨拶である。

『知りませんねえとは寛怠至極《かんたいしごく》。何しろ鶴子嬢は隣りの部屋で冷たくなっているんですぜ。それに……、それに、その挨拶はないでしょう。いかに安南の王様でも余り横着というものです』

加十は自分ではもうすっかり酔いがさめていると思っているが実は蕊《しん》はまだしたたかに酔っているのだから、安南王の素振を見ると急に義憤を感じ田舎漢《いなかもの》の愚直を丸出しにして、返事によってはただではおかぬと詰めよる。

『ねえ君、君は僕が帰ってから一体何をおっ始めたのだね。僕がこの部屋を出る時、君は鶴子嬢と向うの寝室の長椅子に並んで坐っていた。今晩の五時に帝国《ていこく》ホテルのロビーで落逢って三人で一緒にプリュニエへ飯を食いに行く約束をし、間もなく僕が有明荘を出て崖下の空地まで行くといきなり天上から鶴子嬢が落ちて来た。何故鶴子嬢が落ちたのだろう。……この部屋の窓はこの通りみな腰が高いからたとえ鶴子嬢が酔っていたとしても天然自然に転げ出す訳もなければ、また鶴子嬢が日頃そんな趣味を持っていたとも思われない。だいいちつい先刻《さっき》まであんなにも陽気に騒いでいたじゃないですか。実に何とも不可解な成行だと思うのですが』

『左様、いかにも不可解ですね』

『口真似をするには及びませんよ。僕がこの部屋を出てから君は一体何をしたのです』

『何もしませんね。あなたが先刻《さっき》呼鈴を押すまで私はあれからずっとあの長椅子に坐っていたのです』

『成程ね』

『しかし鶴子は寝室から出て行きました。私はあなたを送って行ったとばかり思っていたのですが』

加十はこれを聞くと急に尊大な眼付で安南王の面を瞶《みつ》め、

『いや、鶴子嬢は僕を送ってなど来ませんでしたぜ。僕が帰る時立上りさえしなかったじゃないか。おお、君は嘘を言っている。とすると、矢張り君が』

と大体こんな具合に、加十は急に刑事になったような気で大して益もないことを詰問するのだが煩わしいからその細節は省くことにして、さて安南王はと言えば加十の失敬な饒舌《しやべり》をさして気にかける風もなく、椅子の中で優雅に上身を反らせながら空のコップを弄《もてあそ》んでいたが、程なくそれを食卓の上に差し置くと静かに立上って客間の方へ行き、長椅子の上に投げ出してあった外套を取上げると悠々と腕を通し始めた。加十は驚いて、

『おやおや、何をしようてえんです』

『帰る仕度をしているところです』

『余り奇抜なことを言うのは止せ。どうするんです、この始末は』

『いや、失敬します。……でもね噴水君、いずれ何とかなりますよ。あなたの身柄は確かに私が引受けました。心配なさらなくともようござんす。では』

と不可解なことを言うと何か忘れものでもしたのか帽子を冠《かぶ》ったまま玄関と反対の寝室の方へ入って行った。

前後の情況から判断すると宗皇帝が鶴子を投げ落したと思われるが、それにしてもどんな動機でそんな野蛮な振舞いをしたのであろう。或いは先刻鶴子が皇帝の眼の前で加十と眼に余る痴態を演じたので嫉妬の余りこのような兇行を演じたのかも知れぬ。然《しか》しこんなことを作者がここで言ってみたところで大して益もないことだからこれは何《いず》れこの小説中に登場して来る眞《ま》名古明《なこあきら》警視に解決して貰うことにして引続きこの場の叙述をすすめると、それから約五分ほどの後力強く玄関の扉を打ち叩く者があるから加十は急いで扉を引き開けて見ると入って来たのは、一人の巡査部長と一人の私服。

巡査部長の方は部屋の中へ一歩踏み込むと猶余なく加十に、

『殺人があったというのは此処《ここ》だね。死体は何処《どこ》にあるのか』

と問いかけるうちに早や刑事は玄関の前に立ちはだかって油断なく身構える体である。加十は胆《きも》を潰し、

『殺人！　おお、どうしてそんなことを知ってるんです。これはどうも弱った』

『此処の小使がそう通告して来たのだが、それとも不実のことかね』

『いや、不実だとは言いませんが、然しどうも』

巡査部長は厳《いか》めしい紋切型で、

『まアいいから案内したまえ』

それとも踏み込もうかと言わぬばかりの見幕。隣りの寝室には宗皇帝がいるのだが、これは愈々《いよいよ》以て正念場だと思いながら加十は止むを得ず先に立って寝室の中へ入って行くと何処《どこ》へ隠れ込んだものか安南王の姿は見当らぬ。思うに今の騒ぎを聞きつけて奥の浴室へでも隠れ込んでしまったのだろうが、左《さ》して広からぬアパートのことだからどうせ隠れおおせられる筈はないのである。

巡査部長は寝台に近寄って鶴子の死体をいじくり廻していたが、この時玄関の方から何かヒソヒソと語り合う声が聞えて来たものだから巡査部長も気になったと見えて大股にその方へ出て行く。加十も曳かれるように少し後からついて行くと、玄関の戸口で私服と立話をしているのはお馬という先刻《さっき》の小使らしい。お馬婆はヒソヒソ声で、

『えええ、奥にいるのがそうなんですよ。それに違いありませんとも。……でもねえ、いま言った様な御身分だから如才はありますまいが、そこはね』

などと言っているのが聞える。

加十が客間へ入って来るのを見るとお馬婆は急にフッと口を噤《つぐ》んで腰骨が折れはせぬかと気遣われるほど大袈裟なお辞儀をする。五十五、六の人の悪そうな婆。巡査部長はそろそろと加十の方へ近寄って来ると揉み手をせんばかりの科《しぐさ》で、

『何しろ存ぜぬことで何でありましたて……それはのちほど充分お詫申すとして、……で、そういうことでありますと、この事件の経緯は貴君《あなた》のお口から伺う方がよろしいかと思いますが……甚《はなは》だ御迷惑でありましょうが、然し何と申しても重大な件でありますからして……、政府といたしましても』

加十はこの部屋を辞去し再び鶴子を背負《しょ》ってこの部屋へ戻って来たまでの経過を残りなく申し立てると二人の官憲は眼を見合せてニヤニヤ薄笑いをしながら聞いていたが、加十が言い終るのを待って巡査部長は、

『ではこの部屋にあなたと被害者とそのほかにもう一人他の人物が居《お》ったと申述されるのですな。で、その者はどこ《どこ》に居ります』

『ここに居なければ何処かに隠れて居るのさ。探して見たまえ、何しろ外へ出て行きゃしないのだから』

読者も多分もうお察しになったことと思うが、浴室にも料理場にも或は戸棚の中にも、凡《およ》そ

人間の隠れ得られるところには何処《どこ》にも安南王の姿は見当らなかったのである。

食堂には裏階段にのぞんだ勝手口があるがその扉も前夜通い婆のとめが引取る時に外部《そと》から二重に錠を下し、その鍵はいまお馬婆の腰に結《ゆわ》えつけられてあるのである。玄関の扉口《とぐち》に先程からいやな面をした刑事が立ち番をしているし玄関の間のあの不幸な窓を除くほかどの窓も全部内側から固く施錠されている。

ああ、して見ると安南王は浴室と寝室の間で雲霧消散してしまったのに違いない。そうとでも思うより仕様がないではないか。この時早や巡査部長の手は伸びて加十の腕にかかる。お馬婆したり顔に頷きながら、

『何にしてもお二人きりでいらしたのだからこりア退《の》っ引《ぴき》ならねえわネ』

などと余計な口を利く。加十は唇を顫《ふる》わせ、

『いやいや、確かに三人でいたのです。その證拠に』

と言いながら傍《かたわら》の食卓を指《ゆび》さして三人で食事をした證拠を示そうとしたが、遺憾ながらその上には二人分の食器しか見当らなかった。前夜安南王が鶴子に加十の食器を出させようとするのを固辞し、ただならぬ色模様のうちに同じフォークで喰べつ喰べさせつしたことをすっかり加十は忘れていたのである。

五　加十恍惚となる事、並に贅沢なる朝食の事

フト眼を醒《さま》すと加十は長椅子のようなものの上に眠っていたので、早や全く夜は明けはなれた様子で厚いカーテンの向うで薄陽が照っている模様。

然しまだ加十の意識は夢の中に蕩揺《とうよう》していて醒めているのやら眠っているのやらそれさえも定かではない。ただ首と腰の骨がメキメキと痛み、咽喉《のど》が灼けつくように渇いていることだけはどうやら現実のことと思われる。そもそも自分がいまどういう場所にいるのかそれを思案しようにも頭が割れるように痛んで何一つ考えを纏《まと》めることが出来ぬ。今朝《けさ》の明け方タクシーで溜池署《ためいけ》に連れて行かれ真っ暗がりの部屋の中へ投げ込まれたまでは覚えているがその後のことは一切記憶に残っておらぬのである。

渋い眼を無理に押開けて薄暗い部屋の中を眺め廻すと、贅沢というのではないが大きな机や皮張りの安楽椅子などが置いてある。また油絵の額なども掛っているが何れも見覚えのないものばかり。はて、まだ夢を見ているかと眼をこすりながらフト首に手をやると固い立襟のカラーが手に触った。首筋の痛むのも道理、加十はタキシードを着たまま眠っていたのである。

半身を起して足許の壁の方を見るとそこの釘に掛っているのは命よりも大事な自分のベロア

の中折帽子らしい。いや、そういえば自分の外套もある、皮手袋もある。ここに於て加十は愕然と覚醒した。夢でないならば自分は松谷鶴子の殺害犯人としてここに拘禁されている筈なので容易ならぬ情況の中にあるわけ。とても寝っ転がっているような場合ではないのである。

兎も角自分がどこにいるのか調べて見なくてはならぬ。急に跳ね起きて机の方に寄って行って眺めるとその上の夥《おびただ》しい書類には「極秘」とか「決」とかという朱判がベタベタと押してある。加十は、

『うむ、判った判った。これは警察の署長室だ。それにしてはどうしてこんなところへ閉じ込めやがったものか』

と腕を組んで考えていたが、やがて膝を打って、

『昨夜《ゆうべ》巡査部長が何か馬鹿っ丁寧な挨拶をしていたが、思うに俺を宗皇帝の親友で、何か相当高貴な人間だと早合点し、それでこんな丁重な扱いをするのに違いない。昨夜《ゆうべ》の同業の忘年会に日頃俺を軽蔑する野郎共に多少意勢を示してやろうと思い、血の出るような保證金を払ってタキシードを借り込んだがそれがこんな結果になろうとは思い掛けなかった。馬子にも衣裳というがこんな衣服《トバ》を引っぱっているとどうしたってしがない雑報記者とは見えまい。その上俺の面相はこれでも相当高尚だから多分侯爵位には見えたのかも知れぬ。いや、何が幸いになるか分らぬものだ』

と一人薄笑いをしていたが急にまた落着かぬ顔付になり、

『こんな正念場でニヤニヤ笑って居れるのは我れながら頼もしいが、俺のいまの情況はそんな

生優しいものじゃない。素《もと》より身に覚えのないことだが然し誰一人俺の潔白を証明して呉《く》れる者はない。あの王様の野郎が俺の身柄を引受けるなどと大束《おおたば》なことを言ったがその当人が煙のように消えてしまったんでは頼りにもならぬ。はてどうしたものか』

と頻《しき》りに首を捻《ひね》る態。

事件の情況は加十にとって悉《ことごと》く不利であって退っ引ならぬ破目に落ち込んだようである。然し考えてみると自分の冤《むじつ》を言い説く道はたった一つある。

加十は昨夜一トロも安南王の身上に触れなかったが、仮《か》りに宗皇帝と手を携えて「巴里」以来各所を酔遊した次第を告白すれば、何しろあんな異相の皇帝のことだから一人や二人の印象に残り、両人が夜更けまで連れ立っていたことを證明して呉れる者もあろうから、その皇帝が加十だけを松谷鶴子の住居《すまい》にやるなどとは常識では考えられぬので、官憲もこの点に疑問を起し、当夜三人であったという加十の申述が事実かと思うようになるかも知れぬ。甚だ心細い反證だが今のところこれだけが一縷《いちる》の望みなのである。

加十は様々思案の末愈々となったら、この点を申し立てようと一旦は決心したが、然し一方からいうと安南の皇帝が殺人を行ったなどというのは何という素晴らしい特種《とくだね》であろう。やりように依っては日本国中を唸らせることが出来るのである。のみならずこの事実を知っているのはお馬婆と多少の官憲を除けばこの広い東京で古市加十ただ一人。而《しか》もその加十はこの事件の目撃者で同時に犯罪の證人である。これほどのスクープをたとい未熟なりと雖《いえど》も雑報記者の端くれなる古市加十が雲煙看過《うんえんかんか》していいものであろうか。

加十はつい今まで酔中夢醒《すいちゅうむせい》の状態で已れの職業のことはサラリと忘れていたが、ここに思い到ると猛然たる職業意識が起って来た。

仮りに加十がこの事件をスクープすることが出来たとすれば何んとそれは目覚しいことであるか。日頃加十を軽蔑してあるかなしかの取扱いをする朝日《あさひ》や日日《にちにち》の奴等を茫然自失させることが出来るのである。そして夕陽新聞の古市加十の名は一躍して斯界に轟《とどろ》き亙《わた》るのである。と思うだに胸が躍る。

加十は一種昂然たる面持で、

『よしよし、このネタだけはどんなことがあってもモノして見せる。俺が安南王と一緒に押し廻《ま》わった事実を洩らせば俺は釈放されるだろうが、そうすると俺が書く前にかけ代えのないこのネタを残らずほかの奴等に引攫《ひっさら》われてしまわなければならぬ。それではなんにもならン。今のところ情況は甚だ不利だが天網恢々《てんもうかいかい》で何も俺がジタバタしなくても何れ犯人は宗皇帝だということが判り、俺の無罪が證明されて無事に釈放されるに違いない。よし、俺の口からは決して宗皇帝のことは洩らすまい。また俺の身分も言うまい。そのために仮令《たとえ》一ト月が二タ月未決に繋がれたって恐れることじゃない。一つ胆太くドッシリと腰を据えてこの事件のどん詰りまで見物してやろう。それにしても、俺をいつまでもこんなところに置いておく筈はないから間もなく訊問が始まるだろうが、その時は向うの出よう一つでなるたけ向うの思う壺にはまるような返答をしてやろう。とこう決ったらこんなふざけた長椅子などに便々と待っている必要はない、俺の方から官憲を呼びつけてやろう』

と呟《つぶ》やくと急《せわ》しくネクタイを結び直し、寝皺の寄った上衣《うわぎ》の裾を引っ張り、櫛を取出して念入りに髪を梳《と》きつけていたがやがて充分に身仕舞が終ると、扉口《とぐち》の方へ向って世にも荘重な声で、

『おいおい、誰かいないのか』

と声をかけた。

すると恰《あたか》も打てば響くといった具合に静かに扉を開けて入って来たのは、肩章も真新らしい服に白手袋をはめた五十ばかりのチョビ鬚の男。

両の掌《て》をピタリと股《もも》につけ、擦足《さすりあし》をして窓の方へ行き窓掛けを引き開けると恭々《うやうや》しく加十の前に進み、

『お目覚めでございますか』

という。流石《さすが》の加十もこうまでとは予期しなかったので、寧《むし》ろ当惑して答えもなくその面を眺めているとその人物は、よくお寝《やす》みになれましたかの、さぞ御窮屈であったろうのと慇懃《いんぎん》な口調で問いかけたのち、

『警官共の粗相につきましては多分御尊大、いや、御寛大、否、何と申しましょうか……、何しろ当時小官は在署せぬことでありまして……、報告によって驚ろいて出署いたしますと鼾《いびき》を……、いや、お心地よげにお寝《やす》みのご様子でありましたから、小官はその時考えたのでありますが、御窮屈でありましょうがお起し申上げぬ方がよい、とそう思いまして……、何しろまだ夜明けに間のあったことでもあり、のみならず』

加十は漸く正気を取戻し弱味を見せてはならぬ場合と思うから尊大な口調でその人物の辯舌を遮り、

『あ、いやいや、結構ですとも……。して、あなたは』

人物はハッと一礼をし恰も朗読するような口調で、

『溜池署長、正七位勲六等功七級、法学士表町三五郎《おもてまちさんごろう》』

加十は軽く頷き、

『ああ、そう。何か大分御迷惑をかけたようで』

表町三五郎は再びハッと身を屈め、

『いや、どう仕《つかまつ》りまして。警官共の失態はいずれ厳しく譴責《けんせき》いたしますが、この上は御随意にお引取り下すってよろしいので、丁度今しがた』

約束に違わず安南王が今しがた警察にやって来て釈放の手続きをとってくれたのだと思ったから加十はホッとして、

『ではもう来たのですね』

署長は頷き、

『はい、左様。いつなりとどうぞ』

署長は声をひそめ、

『これは余事でありますが、今朝早速有明荘の小使婆を召喚いたしまして充分訊問を試みましたところ、その者の申述するところでは新聞記者などは只《ただ》一人も昨夜の殺……いや、昨夜の事件を嗅ぎつけて居らぬようで、憚《はばか》りながらこの点を一寸《ちょっと》申し添えておきます』

と言い終った時、扉を叩いて入って来た一人の警官。自動車の用意が出来ました、と言って引退《ひきさが》る。

加十は思わずドッキリして上眼で署長の顔を見ると仔細らしく引結んだ唇の端を歪め、どうやら薄笑いをしている様子。如何《いか》に加十を高貴な人物と早合点したとしても警察から自動車で送り返すなどは有り得べき事ではない。思うに今までの悪丁寧なやり方は胡魔化して警視庁へ送るための策略だったのだと思ったから加十はまたまたガッカリしたが、外身は悠然と立ち上ると署長に導びかれてシオシオと自動車に乗り移る。

自動車は虎ノ門《とらもん》から霞ケ関《かすみがせき》の方へ。正しく警視庁の方角へ走って行く。フト幌《ほろ》の覗き窓から後方《うしろ》を見ると附かず離れずといった具合に尾行して来る一台の自動車。その中には私服らしいのが三人までも乗っているので。

加十は泣きっ面になり、つい先刻《さっき》の決心も挫けかけて来た頃、どうやら自動車が停《とま》った様子なので怖々《おずおず》その方を眺めると警視庁の大玄関と思いのほか、それは帝国《ていこく》ホテルの車寄せだったのである。

見ていると後方《うしろ》の車から私服の一人がヒラリと飛び降りてホテルの中へ入って行ったと思う間もなく支配人めいたモーニングの男が小腰を屈めながら駆け出して来て恭々しい一礼と共に加十の自動車の扉を引開けた。

加十は勝手にしろという気になって自動車から降り立つ。支配人は先に立って二階に上り東側の客間らしい部屋へ加十を導き入れると後退《うしろすざ》りに扉口《とぐち》の所まで退って行き、そこでまた大袈裟なお辞儀をすると逃げるが如くに引退って行った。

後には加十ただ一人。顎まで埋《うず》まりそうな安楽椅子に落着かぬ腰を据えながら安南王が入って来るのを今か今かと待ち構えていると、それから約二十分程の後廊下の方に足音が聞え入って来たのは宗皇帝ならずしてピカピカ光る黒い服を着たボーイ長らしい禿頭《はげあたま》。這うようにして進んで来るとものも言わずに加十の鼻先に大きな厚紙風のものを差しつける。

加十は度胆をぬかれて心中タジタジになり恐る恐る手に執《と》ってみるとそれは別に恐れるほどのものではなかった。それは献立表。時刻は正に正午。なるほど王様らしい行届いた仕方だと感服しながら加十はこういう際であるからしてなるたけ金目のかかった料理を四、五品命じると、禿頭は一々それを書きとめてから、

『どちらへお持ちいたしましょうか。何ならば御寝室へお持ちいたしましょう』

と言った。加十はグッと唾を呑み込むと必生の勇気をふるって、

『ああ、寝室へ持って来て呉れ』

と蚊の泣くような声で答えたのである。

加十は嘔吐《はき》たい様な気持で恍惚と坐っていると、今度はボーイらしい青二才が入って来て一通の電報を差出して引退って行った。

加十はホッと安堵の吐息を洩らしながら多分これは遅刻を詫びた安南王からの電報だろうと思い急いで封押切って読下してみると、意外にもそれは暗号文で幾度読んでも一向に何のこと

やら判らない。

狼狽《あわ》て表紙《おもてがき》を見るとそれは宗皇帝に宛てられた安南総督からの電報だったのである。加十は電報を握ったまま棒立ちになっていたが、

『こりア、えらいことになった。俺にこの電報を渡すところをみると……、すると……、するとこの俺を安南の……』

と叫ぶと蹌踉《よろよろ》と椅子の方へ倒れかかった。加十は失神しなければよいが。

六 「鶴の子石鹸」の事、並に博士の怪辯の事

新玉の年たちかえる初春《はる》の朝大内山《おおうちやま》の、翠松《すいしよう》に瑞雲《ずいうん》棚引き、聖寿万歳《せいじゆばんざい》を寿《ことほ》いで鶴も舞い出でよう和やかな日和《ひより》。

輪飾をつけた参賀の自動車が立毛《たちげ》の帽子や金モールを乗せてスイスイと走《は》せ違う大手前《おおてまえ》へ今しも楽隊を先頭に行進して来た行列。粧々《けばけば》しい旗や吹流しを朝風に吹き靡《なび》かせながらやって来、二重橋の前に整列して宮城を遙拝すると馬場《ばば》先門《さきもん》から交叉点を横切って日比谷《ひびや》公園《こうえん》へ繰込んで行く。

一行は「鶴の子石鹸」を脊中に白く染めぬいた揃いの印絆纏《しるしばんてん》を着、中には意勢のいい向う鉢巻きをしている者もある。初売りにしては少し気が早やすぎるが一体何の行列かと先頭の大旗

を見ると大きな字で日本一の大夕刊夕陽新聞と染め抜いてある。が、これだけでは何のことやら判らない。折よくそこへ赤襷《あかだすき》をかけた背広の男がチラシを配りながらやって来るからその一枚を受取って読んでみると、その表《おもて》紙には牛の糞ほどの大きな木彫活字で、

今朝九時十二分
鶴の噴水唄わん
来りて瑞兆《ずいちょう》を見よ
来れ日比谷公園へ！
（「夕陽新聞」年極《ねんぎめ》購読者に限る）

と印刷してある。

前回でも述べた通りどういう訳か日比谷公園の噴水の鶴が一週間ほど前から時を定めずに美しい階音で歌を唄うようになった。

最初にこれを発見したのは酒月《さかづき》という日比谷公園の園丁長だったが、夕陽新聞は他社に先んじて逐早くこの事実を報じ、これは国民等くお待ち受け申上げる国家的瑞兆に相違ないと竹の

園生《そのう》の御繁栄を慶賀し、有名人士の祝辞を掲げる一方、学士博士を総動員してこの不思議なる現象に対する感想を述べさせた。中には医学的見地や軍事的な立場から述べた意見などもあり、見当違いなのも多かったが、要するに夕陽新聞はこの「鶴の噴水事件」を確《し》っかりと握り込んで日毎毎日煽情的な思い付を考え出しては全紙面を埋《うず》めた。

青銅の鶴が噴水の水と共に優雅な曲奏《ふし》で歌を唄うというのは何にしても珍らしい出来事に相違ないから、「唄う鶴の噴水」に対する市民の人気は弥《いや》が上にも昂まり、親しくその歌を耳にしたいと願う市民は我れも我れもと日比谷公園に押しかけ、噴水の鶴のいる池の周りは未明から日没まで身動きもならぬほどの雑沓《ざっとう》。さすがに屋台店こそ出ぬが公園の四つの門の前には売子が蒼蠅《うるさ》く鈴を鳴らしながら夕陽新聞の呼び売をする。

前にも述べたようなわけ柄で、この「唄う鶴の噴水」事件は夕陽新聞の独占になってしまったから、それに就いて詳細を知り度《た》いと望む者はこの新聞に求める以外に方法はない。一時間毎にサイド・カーで運ばれる山のような夕陽新聞は瞬く間に売切れるという盛況。此《この》ために存在さえ知られなかった夕陽新聞は一躍跳ね上って今やその発行部数は万を以て数えられるようになった。

今日のこの行進は愈々以て高潮した市民の好奇心をもう一ト煽り煽り立て急速に膨張した夕陽新聞の地盤を確固不動なものにしようという、社長兼編輯長、幸田《こうだ》節三《せつぞう》の秘策中の秘策で、その名も芽出《めで》たい「鶴の子石鹼」とタイアップし、「瑞兆祝賀会」の名に仮りて古今未曾有の大芝居を打つことになったのである。

式の順序を言えば、先《ま》ず幸田節三の挨拶、東京市役所水道課長の感想、この瑞兆の最初の発見者たる酒月園丁長に対する賞品の授与式、名士の祝辞、この不可思議なる現象に対する兼清《かねきよ》博士の大講演などがあって聖寿万歳を三唱して解散する段取。

来会者にはこの瑞兆に肖《あやか》るように洩れなく「鶴の子石鹼」を贈呈するほか、夕陽新聞の半額購読券を配布する。

然しこれは今述べたようにこの大芝居に重味をつけるためのインチキに過ぎぬ。人を集めて新聞の半額券を振撒く位いのことは半頁《ページ》の花柳新聞でもやる。然しこの名編輯長がといわんよりはこの名興業師、幸田節三が必生の智慧を傾けて考え出した一策というのはそんな生易しいものではなかった。

幸田節三はこの乙亥《おつい》元旦午前九時十二分を期して必ず噴水の鶴が鳴くと断言し、夕陽新聞の年極購読者に限ってこの千載一遇の奇蹟を目のあたりに見物させようという大胆不敵な大賭博《おおばくち》を打ったのである。

元旦の九時十二分に噴水の鶴が鳴くというのは一体何から割り出したものか元より作者などの知ろう筈はない。が、仄聞《そくぶん》するところに依れば、幸田節三は四、五日以前に一升壜を携《さ》げて例の奇人的理学者兼清博士の蓬屋《ほうおく》を訪ね、胡座《あぐら》の膝を交えて博士の怪気焰を拝聴したということだが、幸田節三のこの不敵な思い付きはその折博士に暗示されたものらしいというのである。

何しろ相手は人の顔さえ見れば奔放自在に真偽不明の怪理論を述立てる習癖を持つ博士のことだから幸田節三も勿論博士の出鱈目《でたらめ》を丸々信じたわけではない。如何《いか》に博士が力説しても元日の午前九時十二分に噴水の鶴が鳴くなどというのは一分の偶然は期待出来るにしてもあとの九分は山勘である。

　幸田節三は平素、新聞の発展は度胸に比例するという卓越した見解をもっている人物であるから、この九分の危険率を問題にするような気の弱い男ではない。一分の成功率さえあれば猛然と思い付を実行に移すだけの殺気と胆力を持ち合しているのである。

　ああ、仮りにいかなる偶然かによって恰もその時間に鶴が鳴いたとしたら！　夕陽新聞の地位は大盤石の上に据えられるのである。然し反対に鶴が鳴かなかったらその結果は言うだけ野暮であろう。幸田節三は激昂した群集に袋叩きにされるぐらいが落ではない、夕陽新聞の息の根はそれによってハタと止ってしまうのである。再起することは難しかろう。

　この大秘策は既に三日以前から幸田節三の胸底深く秘蔵されていて腹心の子分古市加十のほかは愛妾の酒月悦子《えつこ》にさえも洩らさなかった。これを発表しなかった理由は他社の妨害を恐れたばかりでなく、この興業そのものが既に不合法であったからである。

　幸田節三は十二月三十一日の深夜、午前零時一分を期して予《かね》て秘かに印刷させて置いた前掲のチラシと同文句の大ビラを一斉に各所に貼布させた。その区域は大東京のみならず近接の郡部に及び全東京府の電柱は、悉くこのビラに依って蔽《おお》われたといっても過言ではない。

　さて、再び日比谷公園に立戻ると、行列は池の傍まで到着すると雲霞《うんか》の如く詰めかけた群衆を前にして楽隊《ジンタ》が浮き立つような調子で、（あなたと呼べば）という流行歌を演奏し始めた。

　一方「鶴の子石鹸」の印絆纏共はどこからか二台の大八車を曳いて来ると池の傍に急造の演

壇を作り上げた。

約束された時間が迫ると愈々群衆の数は増し、土手も松の木も人間の鈴なり、汗を拭こうにも身動きすることも出来ぬ有様。その前列に押され揉まれながら危《あぶな》っかし気に立っている二人の娘。いずれも同じ位の年格恰《としかっこう》だが器量は天地ほどの違い。

一人は眼に張りのあるスラリとした可愛らしい娘だが、片方はずんぐり肥えた見るからに気の重くなるような赭熊《しゃぐま》の娘。この方《こ》は先程から伸び上ったり首を縮めたりして落着なくキョロキョロとあちらこちらを眺め廻しているが器量のいい方の娘《こ》は何か心配があるらしく帯の間に右の手を差し込んでションボリと浮かぬ顔。やがて赭熊は連れの方に振り返り、まじまじとその顔を眺めると邪慳《じゃけん》に舌打ちし、

『ちょいと、どうしたのさ、花《はな》ちゃん。何でそんな不景気な顔をしてるのさ。たまの休みだというのに妾《わたし》まで気が滅入ってしまうじゃないの。およしよ、そんな顔をするのは』

と剣突《けんつく》を喰わせると花子《はなこ》と呼ばれた方は大人しい娘と見え逆らいもせずにニッコリと笑い、

『あら、御免よ。何だか今日は気が重くて、気にしないで頂戴ナ』

と言ってソッと溜息をつく。赭熊は聞き流してまた楽隊の方へ伸び上っていたが急に頓狂な声、

『ちょいと、御覧よ御覧よ、花ちゃん。何だか面白くなってきたわ』

花子と呼ばれた娘は顔を上げてその方を見ると二人の警官が楽隊《ジンタ》の方に近付いて行き、楽長らしい男に奏楽の中止を命じる風だが一向命令に従わぬので、立腹した警官は一人はクラリネ

ット、一人はコルネットの腕を摑んで円陣から曳きずり出したので流行歌は忽《たちま》ち旋律《メロディ》を失って間の抜けた太鼓の音だけになってしまった。

群衆は一斉にドッと笑い出す。警官は愈々熅立《いきりた》って大太鼓まで搦《から》め取ってしまおうとその傍へ近付いて行った時、群衆を押分けて演壇の近くに立現われて来た二人の人物。

一人は四十五、六の田舎相撲《いなかずもう》のような恰幅のいい眼玉の大きな男、一人は五十位いの塩の勝った胡麻塩の髪を雀の巣のように取乱したあるかなしかというような小柄な人物。先なるは夕陽新聞社長幸田節三、後なるは兼清博士と見受けられた。

幸田は楽隊と警官の縺れを見ると急ぎ足でその方へ進んで行って権柄な声を出していたが、巡査は間もなく不承不承の面持《もっ》で群衆を押分けながら引取って行った。

この時公園の入口の方から消魂《けたたま》しい鈴の音がして五人ばかりの新聞売子が、夕陽夕陽、大事件号外、写真入り特別版と叫びながら駈け込んで来た。お花という件《くだん》の娘はそれを聞くと急にドッキリとした様子で、急いで帯の間から小さな蟇口を抜出し新聞を一部買い取ると遽《はげ》しく眼を走らしていたが、やがて、

『まだちっとも掲載《でて》いない。ああ、どうしようどうしよう』

と不安気に呟く。

読者諸君も未《ま》だお忘れにはなるまい。この娘は前回に於て夜の十二時頃縫い上げた式服を松谷鶴子のところへ持って来た、崖下《しもた》の仕舞屋《や》の二階に住む桃澤《ももざわ》花という縫子《ぬいこ》である。この愛くるしい小娘がしきりに胸を痛めているという心配というのは一体なんであろう。しかし、尋ねたとて

恐らく答えはしまいから今のところは知るに由《よし》ないのである。

やがて八時真近《まぢか》になると、幸田節三は万雷のような喝采を浴びながら演壇に登って行き今日の瑞兆祝賀会に就て所感を述べることになったが、その所感なるものは既に屢々《しばしば》夕陽新聞に掲載されたものと同巧異曲だからここにそれを叙述する必要はあるまい。

続いて登壇した水道課長は鶴の噴水の地下構築と当時の苦心談を一席述べてて臭《く》さそうに引退って行った。

記念品の授与式とはどんなことかと思ったら酒月園丁長の胸に金メタルを縫いつけてやるだけのことでこれも呆気なく済んでしまった。

祝辞の方は幸田節三が全部一人で代読した。その中には内務大臣や陸軍大将の祝辞も交っていたが真疑《しんぎ》のほどは判らない。そうこうしているうちに九時十分前になった。あと二十二分経てば噴水の鶴は鳴き出す筈なのだが……。

誰の考えも同じと見え群衆の眼は銅像の方へ注がれてそこへ釘づけになっている。その鶴はと言えばどうしたものか今日は噴き上げる水も細く幽《かそ》けく羽交を凋《しぼ》めてショボリとしている。この内気な鶴はこの無数の眼に瞶《みつ》められて恥《はずか》しさの余り身も細るような思いをしているのであろう。

近くの時計台が九時を打つ。これが予ての合図だったと見え兼清博士は幸田節三に押上げられるようにして、演壇に登る。博士の珍妙な様子を見ると群衆は一斉にドッと笑い出したが博士は格別気にする様子もなく年齢《とし》に似げないキイキイ声で、

『諸君、僕が思うにだね、この世の中に不思議だとか奇妙だとかてえことはある筈はないのだ。箱根《はこね》山《やま》から此方《こっち》に化物《ばけもの》は出ないというが、科学の進歩した今日、この世に不思議なんてものはもう存在しないね。不思議だ奇妙だと言われていることも研究してみるてえといずれそうなるべき理屈によってそうなっているのでみな九々が合うのだ、いいかね。だからこの噴水の鶴が歌を唄うなんてえのもいずれ物理の支配を受けているので諸君の考えるような幻妙不可思議なもンじゃアない。のみならずこんなのは今から四千年前のエジプトに同じような前例があるのだ。昔エジプトのテエベという町にメムノンという神様の石像があって毎朝朝日が石像の額《ひたい》に当ると鼻唄のようなものを唄い出す。その頃の人民は馬鹿野郎ばかりだから腹の中に立琴のようなものが仕込んであるのだと思っていた。が、その後近代になって調べてみると別に何の奇もありゃしない。一体エジプトというところは昼は暑いが夜になると急に冷える。いいかね、少し難しいからよく聴いてろ。ではどうしてそんな音が出るかと言えばその石像はがらん洞になっているのでその腹の中の冷たくなっていた空気が朝日に暖められて急に膨張し、鼻の穴とか歯の隙間とかそういう狭いところから無理に外部《そと》へ出ようとするのでそれで音を立てるんだね。さてこの鶴の銅像だがこれはどういう理屈で歌を唄うかといえば、大体こんなわけだと思うのは僕もこれで克明な男だから鶴が鳴いたという時間を抜目《ぬけめ》なく記録して置いた。さてそれを通覧しどういう日に鳴くか調べて見ると大潮の日の干潮と満潮の境目に鳴くということが判った。然し潮の満干《みちひ》は言うまでもなく昨日今日《きのうきょう》に初まったものじゃないからそれだけの関係ならばこの鶴の銅像は出来上った当時から鳴かねばならぬ筈だ。然るに鳴き出したのはつい最近いって置くが、此の鶴が最近に鳴き出すようになってから、噴水の鶴の像は此の鶴が……

最近地下層に何か鳴き出すのことだから、ただ潮の満干だけの関係で鳴くのだとは思われぬ。最近地下層に何か鳴き出すような変化があったものと見ねばならぬのさ。ここまで理詰めにして来るとあとは至って簡単だ。諸君も知っている通り最近地下鉄の工事が初まった。見る通り煙管《きせる》の羅宇を通すほどのチャチな工事だが、然しあれだけのものでも地下層や地下水に変化が起る。噴水の鶴が最近に至って鳴き初めたのは今言ったような地下組織の変化が原因しているものと思う。最後に一ト言いっておくが唄う唄うというが別にこの鶴そのものが唄うのではない。知ってもいようがこの銅像はガラン洞で、例えて見ればヴイオリンの共鳴箱の様な具合に非常に共鳴し易くなっているということだ。つまり、地下のどこかで何ものかが震動するその音がこの鶴の像に共鳴して唄うような音を出すのだと思えばいい。この理屈は決して与太じゃない。ところで今日は大潮で干潮の時間は午前九時十二分だ。今迄の前例に従えば必ずこの時間に唄い出さなくてはならぬ筈なんだ』

と言って懐中《ふところ》より時計を引き出して眺め、

『おお、そういう内にもう九時十分だ。あと二分たてば愈々唄い出す。僕がこうして太鼓判を押した以上鳴くと言ったら必ず鳴く。さ、これで一分たった。あと一分……あと三十秒……あと十秒……』

噴水の鶴を囲む大群衆は固唾を嚥《の》んで一斉に鶴の口元を戍《みまも》る。咳《しわぶき》一つする者はない。壇上の博士は時計の秒針を覗き込みながら今正に片手を挙げて九時十二分の合図をしようとする、息詰るような瞬間。

やがて博士は自信に満ちたような面持でサッと空ざまに腕を挙げた。——が、鶴は鳴かなかった。灼けつくような期待のうちに五分経つ。

鶴は鳴かぬ。

十分経つ。

鶴は依然として素知らぬ顔で幽玄に水を空に噴き上げている。鶴は歌を忘れてしまったのであろうか。

幸田節三の面にも兼清博士の面にも包み切れぬ不安と焦慮の色が表われ、群衆の間ではそろそろ不平の呟やきが聞え始めた。三十分経ったがとうとう鶴は鳴かない。この時群衆を押分けて演壇の上に駈け上った一人の壮士風の男。群衆の方へ向き直ると芝居染みた激越な口調で、

『諸君、詐欺だ、ぺてんだ！　我々は欺《は》められたんだぞ！　先刻《さつき》メタルを貰った酒月って野郎の娘はこの幸田節三の妾《めかけ》なんだ。誰れも知らねえと思って八百長をやったンだ。噴水の鶴が唄うなんて言い出したのはこの酒月なんだぜ。諸君、欺されちゃアいかん。最初から鶴なんか鳴きゃアしなかったのだ。それに何ぞや国家的瑞兆だと！　不敬極まる話じゃないか。文句はいらん。俺は今諸君に代ってこの非国民に制裁を加えてやるからよく見ていて呉れい』

と言うと右手の前列に一ト固まりになっていた脊広にステッキの一団の方に向い、

『おい諸君、やっちまおう』

と顎でしゃくった。声に応じてバラバラと列から離れたいずれも一ト癖ありげな面魂の十人ばかりが猛然と幸田の方に突進する。幸田は演壇の下をチョコチョコと駆けて群衆の中に逃げ

込もうとしたが、忽ち先刻《さつき》の壮士風の男に襟首を摑まれて引き戻され、力任せに演壇の下に叩きつけられた。

激昂した群集は鬨《とき》の声を挙げて八方から幸田の方へ走り寄って来る。まさに幸田節三が拳の雨に打ち据えられようとしたその時、噴水の鶴は世にも清らかな声で唄い出したのである。それは単調な旋律と単純な階音を持つ古い聖歌のようなものであった。

七　一陣の夜嵐の事、並《ならび》に各人各説の事

夜の繁昌に引《ひき》かえて朝の銀座《ぎんざ》裏は至って閑寂。況《いわ》んや元日の午前八時半、門松も枝を鳴さず鳶《とび》も鳴かず、この辺のうるさい人畜は一夜のうちにみな死に絶えてしまったかと思われるほどの清々しさ。

そこへ警笛《クラクシヨン》の音も忍びやかに辷《すべ》り込んで来た一台のタクシー、「巴里《パリー》」と言う酒場の真ん前で停《とま》る、その中から四、五人の男女が降りて来た。男は小礼服《タキシード》、女は夜会服《ソワレ》、いずれの服も散々に汚れ皺《しわ》み、とんと夜会の幽霊が白昼戸《と》迷《まど》って出て来たといった体。

その顔触れを見ると、前夜「巴里」で駄々羅《だだら》遊びをしていた、既に前々回でお馴染の連中。すなわち高利貸犬居仁平《いぬいじんぺい》の甥で有名なる早　熟　児《アンファン・テリイブル》印東忠介《いんどうちゅうすけ》、珊瑚《さんご》王の伜《せがれ》で名代の好事家《ヂレツタント》山《やま》木元吉《きもときち》、最近アメリカから来た当時売出しのダンサー川俣踏絵《かわまたふみえ》、元映画女優現在は朝鮮捕鯨会《ちようせんほげいがい》社《しや》社長伯爵岩井通保《いわいみちやす》の妾《めかけ》で「巴里」の女将《マダム》なる村雲笑子《むらくもえみこ》の四人。何か手痛い目にでも逢ったものと見え、何《いず》れも濡鳥《ぬれどり》のようにションボリと肩を竦めながら酒場の内部《なか》へ消えて行く。一寸《ちよつと》間

を置いて又そこへやって来たのはやはり昨夜《ゆうべ》の一味で仏国《ふっこく》「ホヴァス」通信社の通信員。ジャン・オウスマン又はジョン・ハッチソンと言って自在に仏蘭西《フランス》人になったり亜米利加《アメリカ》人になったりする器用な男。運転して来たロード・スタアを歩道の傍《そば》へ乗捨てると、これもそそくさと「巴里」の内部《なか》へ入って行く。

大島譲次《おおしまじょうじ》という日本名を言ったら多分御存知の方もあろうが、この人物は仏国大使館員と生《いく》田流の琴の師匠の間に生れた半紅毛人《こうもうじん》。浅草《あさくさ》の金龍館《きんりゅうかん》で後の氏原芳家《うじはらよしいえ》などと一緒にテナーの真《ま》似《ね》事をしていたが、安南《あんなん》の行政駐在官《レビソーレ》に栄転した父に従ってその地へ行き、間もなくこの小説中に「カーマス・ショオ」の団長となって登場してくる、これも日仏混血のルイ・バロンセリという男と雲南《うんなん》、貴州《きしゅう》を股にかけて何か怪しい商売をしているという評判だったが、昨年の夏頃ホヴァスの東京支局長となってひょっくり戻って来た。

陽の目もささぬ酒場の内部《なか》を透《すか》して見ると、天井からは千切れたテープが蜘蛛《くも》の巣のように垂れ下り、椅子は倒れテーブルは俯向《うつむ》いて宛《さなが》ら激戦の跡のよう。ハッチソンは足踏みもならぬ反吐《へど》や空瓶を器用に飛び越えながら薄暗い片隅にぐったりとたぐまっている四人の方へ近づくと引擦って来た椅子に腰をおろしニヤニヤ笑いながら一座を見廻す。年の頃は三十七、八、細い口髯も板につき、面ざしの極めて美しいのに眼付はひどく冷酷で、どう見ても西洋の色悪といったところ。襟すじから耳のうしろへかけた辺がすっきりと垢抜けていて男でさえも惚々するくらい。隙のない粋な身のこなしもいっそ凄味に見えるのである。

ハッチソンは腿の上に右の足首を引き乗せると、ひどく鯔背《いなせ》な口調で、

『ふふ、大したシケ方だ。よしねえ、坊主が斎《とき》につきアしめえし、殊勝な面《つら》をするな』

と言って、髪の長い顔の蒼い、堕落した詩人のような山木元吉の方へ振返り、

『今朝《けさ》ほどは御挨拶もしませんでしたが、山木の旦那、あんた方はどんな景況で』

山木は充血した眼をショボショボさせながら、

『いやア、どうも惨々の敗北でねえ。……何しろあっしと踏《ふみ》ちゃんの部屋《シャンブル》は待合《オテル》のトバ口だったから、あッと言う間に踏ン込まれの、ひン捲《まく》られの、恰《あたか》もカサノヴ伝を極彩色にしたような絢爛たる図になりましてねえ』

と言って、板壁に頭を凭《もた》らせて陰気に煙草《たばこ》の煙を吹上げている二十歳《はたち》ばかりの中形美人の方へ流眄《ながしめ》をし、

『一方、踏ちゃんの方はと言うと、寝恍《ねぼ》けるに事を欠いて、起しにかかった私服《おかみ》の手に縋《すが》りついて、まだ帰っちゃ厭、なんぞ発した穏《おだや》かならん一幕もあり』

踏絵は裾を捲って形のいい脚を物臭そうにテーブルの上に投出し、

『止せってば、莫迦なことをべらべら喋言《しゃべ》るのは、みなが本当にするじゃないか。誰《だ》れが、そんな』

と、ツと長い睫毛をあげて婀娜《あだ》に睨む真似《まね》をする。

こんな事を言っていたんでは何の事やらお判りになるまいから、一寸《ちょっと》あと戻りして事の次第を叙述しように、昨夜古市加十《ふるいちかじゅう》と宗皇帝《そうこうてい》が「巴里」を出て行くと間もなく、明元日《みょう》から日本座《にほんざ》で開演する生粋《きっすい》の亜米利加レヴュウ団「カーマス・ショオ」の男女優が舞台稽古を終えてドヤ

ドヤと乗込んで来た。これで乱痴気騒ぎは輪をかけて激烈となり、追々《おいおい》阿鼻叫喚の盛況を呈することとなったが、午前三時半頃になると、予《かね》て諒解のあったものと見え、これらに岩井を加えた六名が夫々《それぞれ》好めるところと手を携《たずさ》え、築地《つきじ》なる某所に繰込み、巫山《ふざん》の雲雨《うんう》莫々《ばくばく》と濃《こま》やかなるところへ、計らざりき一陣の夜嵐が吹きすさび、一同珠数《じゅず》つなぎとなって明石《あかし》署へ引立てられ、アナヤというほど油を絞られた上今朝《けさ》七時半になってようやくお釈放《ときはなし》を受けた。恰も古市加十が溜池《ためいけ》署の署長室で眼を覚ましたその時刻に当るので。

事のついでに一寸《ちょっと》「カーマス・ショオ」について述べると、これは紐育《ニューヨーク》の大ジーグフェルドに次ぐ世界的レヴュウ団とあって、まだレヴュウらしいレヴュウを見たことのない日本では、この一座が来朝するという評判だけでもう大変な逆上《のぼせ》方。亜米利加通と言われる四通八達の先生は勿論、実直な音楽批評家までお会式の万燈ほどに提燈《ちょうちん》を持ったので愈々《いよいよ》日本座で蓋を開けるときまると物凄いような前景気、とりわけ有閑、富豪の両階級の肩の入れ方は大したもので、十円也の特等券は既に二ケ月も前に全部売切れてしまったという有様。何にしても世界第一流の大レヴュウ団の豪華絢爛に眼のあたりに接し、居ながらにして紐育の歓楽境に遊ぶ思いが出来ようというのだからこれ位いの人気が湧くのも無理はないが、日頃花より団子を主義とする達人階級まで躍起となっているというには、実はその裏にそれ相当の理由があったのである。

この一座が来朝すると決まるとある特殊な方面にパッと妙な噂が立った。その噂というのはこの一座の踊子たちはたいへんに心が優しく、日米親善の方にも充分に努力するそうだというその噂である。これが嘘でない證拠《しょうこ》に、間もなく専門のブローカーが現れて充分にその方面を斡旋して廻ったので、各業倶楽部《くらぶ》などでは寄ると触るとその噂ばかり、まだかまだかと判官もどきの大した焦《じ》れ方。下見用の特等券が羽根の生えたように売れたのもさこそと首肯《うなず》けるのである。さてこの治《おさま》りはどうなったか、素《もと》より作者などの知ろう筈はないが、仮《か》りにこれがもし興行上の政策であったとすればまさに大成功をおさめたと言う外《ほか》はない。

心の優しいのも道理、このカーマス・ショオはブロードウェイ生粋のレヴュウ団でも何でもなく、実は上海《シャンハイ》から香港《ホンコン》の間で駆集《かりあつ》めた田舎《ドサ》廻りの寄席《よせ》藝人の一団で、中には昨日まで大馬路《タマロ》の闇に咲いていたなどという劇《はげ》しいのもいた。言うだけ野暮のようなものだが、これはジョン・ハッチソンとその莫逆の友ルイ・バロンセリの二人《ふたり》でデッチ上げた芝居なので、これについてはまだ書くべきこともあるが、ここではざっと両人の関係を紹介するに止め、さて再び以前の「巴里」に立戻ると、ハッチソンはニヤニヤ笑いながら山木の話を聞いていたが、踏絵が言い終ると急に改まった面持で一座を見廻し、

『軟調のつづきはいずれまた伺うとして、旦那さんもお内儀《かみ》さんも一寸《ちよつと》聞いて下さい。……と言うのは他でもない、つらつら按ずるに、今朝《けさ》の一件にはチト腑に落ちかねる節があるんですぜ、御承知か』

『今朝《けさ》の、って臨検《ラツフル》のこと？　知りませんね、聞かして頂戴』

と、気味の悪い声をあげたのは印東忠介で面差は二十二、三だが、十七、八としか見えぬ発育不良の骨柄。百人一首の業平朝臣《なりひらあそん》のような間伸びした顔をオークル二十八番のグリスペイントで薄化粧をし、右の眼尻の下に入黒子《ビユウテイ・スポツト》を入れた異様な面態《めんてい》。

ハッチソンは頷いて、

『今くわしく訳を言います。……今朝《けさ》の七時半に明石署を放り出されると、みなさんは魚河岸《うおがし》へ朝飯を喰いに行ったね。岩井の旦那は御本宅へ引上げるし、私はすぐ社へ行って方々へ電話をかけて見た』

山木は細い顎を突出《つきだ》し、

『あの娘《こ》や、この娘《こ》や』

ニッコリともせずに、

『ま、茶化さずにお聞きなさい。御承知でもありましょうが、日本の警察《おかみ》はこれで仲々粋に出来ていて、元日だけは何事も大目に見ることになっている。然《しか》るに今朝《けさ》の一件です。ジョン・ハッチソン、瘠《や》せても枯れても新聞記者の端ッくれだア。これア何か大事件《おおごと》があったのだと思ったから早速本庁の刑事《みうち》へ電話を掛けて聞いて見ると、昨夜《ゆうべ》にも今朝《けさ》にも大事件なんてえものは無かったと言います。が、念のために私自《みずか》ら走り廻って充分に調査致しますと、――成程、どこの管轄にも非常臨検なんてことはなかった』

山木は笑子と眼を見合せ、

『いや、これは驚きました』

『ところがもう一つ驚くことがある。……御承知の通り、昨夜カーマス・ショオと引ッつるんでお道楽を致しましたのはわれわれ六人だけじゃない。山菱《やまびし》の杢兵衛《もくべえ》も大和生命《やまとせいめい》の三太郎《さんたろう》も如才なくやっている。然るにです、私の調査したところに依《よ》りますと、その方々は敵軍と枕を並べて今以《いま》もってぐっすりとお寝《やす》みになっている。如何《いかが》です』

『愈々驚きました。それは一体どういうのですか』

『一口に申しますとね、今朝《けさ》程夜嵐に吹き散らされたのはアパート有明荘《ありあけそう》の六人の住人、即ち、笑子丈《じょう》、ダンサーの先生、印東の旦那、岩井の親分、山木の大将、それにかく言う手前の六人だけだってえ奇妙奇天烈な結論になるんです』

　笑子は眉を顰《ひそ》め、

『アレ厭な、気障《きざ》だねえ』

と呟くように言ってそっと踏絵の方へ振返《ふりか》える。踏絵も妙に蒼ざめて、ハッチソンに、

『気を持たせずにお言いな、どうしたってえのさ』

『どうしたもこうしたも、要するに、有明荘で何か大事件が起きたのだと思うほかはないですな』

　踏絵は焦れ切って、

『もう、地裂《じれ》ッたいッたら。早く言え、莫迦』

　ハッチソンは手で制し、

『まあ、お内儀《かみ》さん、待って下さい。私に怒ったって仕様がない。知ってるなら申しますが、私にも一向判らない。御承知の通り、私はこれで随分如才のない方だから、お馬婆《うま》を呼び出して様子を聞こうと思って有明荘へ電話を掛けて見たのです、すると』

　笑子は小肥《こぶと》りした膝を揺すって、

『ああ、すると』

『するてえと、受話器を外しているんで、これがてんで通じない。……愈々以《もっ》て穏かならん事で』

一座は不安気に面《おもて》を見合っていたが、やや暫《しばら》くの後山木は細い指で髪を掻上げながら膝を進め、

『旦那方も御存知の通り、有明荘の住人七人のうち、鶴子《つるこ》丈だけが昨夜の忘年会に加わらなかった。つまり、今夜は王様と二人ッきりでちんちんかもかもの趣向だから忘年会は失礼するわ、と謝絶されたのです。昨夜宗皇帝はいつの間にか、「巴里」を脱け出されたが、これは勿論鶴子丈の許に行かれたので、とすると、これは多分キングとクイーンの間に何か悶着が起き、それが今朝《けさ》の事件となったのではあるまいか。……早い話が痴話喧嘩。どうです、この辺の見当は』

ハッチソンは苦笑し、

『どうして、仲々。……今も言った通り、広い東京でわれわれ有明荘の住人だけが検束されたんですぜ。……いや、お判りにならんけりゃ釈義しましょうが、思うに今朝《けさ》の一件は風検とはほんの名目、実はある時間までわれわれを有明荘へ帰さぬための意味深いお手当だったんです。……何故われわれを有明荘へ帰さぬかと言えば、言う迄もない、何か絶対に世間へ洩れてはならぬ大事件が有明荘で起きたからでさ』

『おお、そうですか。成程よく判ったが、ある時間とはそもそも何事です』

『山木の旦那のようにこう悧口《りこう》でも仕様がない。……ある時間とはある方面の手でその事件にケリをつけてしまう時間、平ったく言えばウヤムヤにしてしまう時間のことでさ。なんとお解りか。ここまで申したら、何か非常な大事件だと言う事が旦那にものみ込めましたろう』

山木はグイと空唾《からつば》を嚥込《のみこ》んで、

『はあ、するてえと、殺《や》り居《お》ったね』

踏絵は懸命な声で、

『止せッてば、出鱈目《でたらめ》を言うのは。そんな莫迦なことがあるもんか。何かほかのことだ』

山木はしつっこく首を振って、

『いや、そうなんだそうなんだ』

笑子は山木の袖を摑むと、

『ちょいと、山木の旦那、じゃ、どっちが殺《や》られたって言うの』

『無論、キングの方です』

『誰れに。何のために。ちぇッ、冗談だろう。あっしなら心中』

ハッチソンは身を反らしてこの論争を聞いていたが、やがて皮肉な口調で、

『へえ、みなさんはえらい事を知っているねえ……それはそうと、印東の旦那、あんたの御意見は』

印東は口紅《ルウジユ》を塗った薄い唇を反らしながら、

『殺《や》られたとすれば、無論クイーンの方ね。巴里時代の皇帝の行状を知っているものなら、有

りそうなことだと思うわ。おっとりしているようで実はあれで仲々烈《はげ》しいんだから。あの野蛮性はちょっと非凡よ、あの点だけはたしかに王様らしいわ』

ハッチソンは笑い出し、

『おお、そうですか。何しろ印東の旦那と岩井の旦那は、モロに皇帝に喰い下って巴里で大尽遊びをしていなすった方だから、その旦那がそう言われるならそれに違いないだろう。……だがね、私に言わせると、烈しいのは旦那方の方さ。皇帝が鷹揚なのをいい事にして、日に二万三万と捲き上げるんだから、これア仲々烈しい』

と言って言葉を切り、

『こう言っちゃ失礼だが、旦那方、いやさお内儀《かみ》さん方も、ひょッとしたら皇帝を見損っていやしないかね。お前《ま》はん達から見たら阿呆としか見えなかろうが、私は巴里に留学している安南独立党の連中に逢って、皇帝が巴里でどんな仕事をしていたかみな聞いて知っている。……レユニオン島という印度洋《インドよう》の孤島に島流しになっている十一世維新王《いしんおう》のことも知ってるし、親仏派の皇甥李光明《こうせいりこうめい》がどんな策動をしているかそれもよく知っている。このハッチソン先生は、旦那方は愚か外務省の情報部でも御存知ないようなえらいことをちゃんとこの胸の中におさめてあるんです。それを聞きたいと思ったら、外務省はこのハッチソンにお願い申す、頼みますと頭を下げて来るほかはないのです。要するに皇帝については旦那方の知らない事があるんだからあなた方はお黙んなさい。……なにしろ事件はもう始まったんだ。これは大変に大きいのだから、皆さんも何か身に覚えがあるんなら、こんなところで無駄口を叩いてる暇に今のうちに逃げ道を開けて置かないとえらい目に逢いますぜ』

ハッチソンは急に黙り込んでしまった一座の顔を順々に見廻し、

『おやおや、どうしたてえのです、妙な顔をして。……ふ、ふ、気にしなさんな、今のはほんの冗談だ。……失礼だがこの事件はみなさんの手に合うようなんじゃアない事はハッチソン先生がよく知ってる。況《いわ》んや松谷《まつたに》鶴子が死んだとか生きたとか、そんな事はてんで問題にはならん。それがどんなものか勿論私とても知らない。しかし必ずそうなるべき因縁だけはずっと前から知っているんです』

と言って急に立上り、

『大分時刻《とき》も移ったことであるから、御法話はこの位いにして、ハッチソン先生いよいよ本業に取かかる』

ハッチソンは口調とは違った引締った面持で敏捷に外套の釦《ボタン》をかけ、入口の方へ一歩歩み出そうとした時、向うから扉が開いて入って来たのはこれもタキシード姿の岩井伯爵。ハッチソンは抜目《ぬけめ》なく声をかけ、

『おや、岩井の旦那、御本宅へお帰りになったと言うのにまだお召換もなさらずに』

岩井は今迄ハッチソンが掛けていた椅子に腰をおろすと、焼腹《やけ》に帽子の庇を突上げて端麗な額《ひたい》を剝出し、

『いや、それがです、有明荘の門前に警察《おかみ》の人数が出張っていて僕を内部《なか》に入れてくれんのでしてねえ』

ハッチソンはキラリと眼を光らし、

『ほほう、して何か変ったことでも』

岩井は洋杖《ステツキ》の頭で顎を支えながら、

『旦那さんもお内儀《かみ》さんもお聴きなさい。実は今朝《けさ》ほど鶴子嬢が窓から身を投げて自殺したてえのです』

これを聴くと、一座はいずれもギックリと胸にこたえた風で息をひいていたが、やがて総立ちになると、

『そ、そんな筈はない！』

と異口同音に叫び出したのである。

八　警保局の朝景色の事、並に迷惑なる電報の事

後にして思い起すと乙亥《おつい》の元旦は甚《はなは》だ多事な一日であったと言わざるを得ぬ。帝国《ていこく》ホテルでは雑報記者の古市加十がまさに失神しようとし、日比谷《ひびや》公園《こうえん》の鶴の噴水の傍では夕陽新聞《ゆうようしんぶん》社長幸田《こうだ》節三《せつぞう》が祝辞の代読を始め、酒場「巴里」の門前へは今ハッチソンのロード・スタアが停った。恰もこの頃、霞ケ関《かすみがせき》、内務省警保局の秘書官室では、大きな机の前に坐った谷口《たにぐち》秘書官が絶えず扉の方に眼をやりながら苛立し気に口髭を捻《ひね》り上げている。そうこう

するうちに給仕が入って来て、眞名古《まなこ》警視が来たと告げた。秘書官が腰を浮かして待っていると、遙か廊下の端の方から極めて特徴的な、例えて言うならば棺桶に釘を打ち込むような陰々たる足音が近づいて来て扉の前で停った。

扉を排して入って来たのは、年の頃四十二、三の、骨と皮ばかりに瘠せた背の高い男で、喪服のような黒ずくめの装《いでたち》をし、眠そうに瞼を垂れた極めて陰気な人物である。

この者はその名も眞名古明《あきら》と言う警視庁刑事部捜査第一課長で、緻密な頭脳と着実な性格を持ち、これまでに様々な難事件を解決して来たが、人間嫌いかと思われるほどの黙り屋で、庁内では誰一人眞名古の笑った顔というのを見た者はない。甚だ剛直な性で不正に対しては飽迄《あくまで》も苛酷、譬《たと》え上長と雖《いえど》も爬羅剔抉《はらてきけつ》することを辞せぬ、宛ら検察のためにこの世へ生れて来たような人物。読者諸君がヴィクトル・ユウゴオの「噫無情《レ・ミゼラーブル》」を読まれたとすれば、あの小説の中に登場して来るジャヴェルという冷執陰険な一刑事を記憶していられるであろうが眞名古捜査課長を一口に形容しようとするならば、まるでジャヴェルそっくりだと言えばそれで足りるのである。

眞名古は扉口《とぐち》で軍隊式の直立の姿勢をとると真直ぐに秘書官の机の前まで歩いて来てそこで停った。次長は気味悪そうにその面を眺めたのち、些《ち》と胸を反らし、

『おお、眞名古君、元日早々済まんかったが、実は今朝《けさ》ほど重大な事件が起ったもんだからして、それでこうして』

眞名古は机の向うに直立したまま眉も動かさぬ。宛ら眠っているかと思われるばかり。秘書

官は急き込んで、

『然し何だろう、眞名古君、これ迄に警保局から呼びつけられた事なんぞあるまいから、君だってちっとは驚《おど》ろいたろう、はッ、は、は』

眞名古はジロリと次長の面を眺めると瞼を垂れてまた以前の如くである。秘書官は度胆《どぎも》を抜かれてひどく煙草《たばこ》の煙に咽《む》せながら、

『まア、それはええ。それはええとして警保局で君を呼ぶ以上何か非常なる大事件だと思ってもらいましょう。……時に君は安南帝国の宗皇帝が微行《びこう》で東京に来ていられることを知っているかね』

眞名古は陰気な声で、

『存じませんです』

谷口秘書官は嬉しそうに揉み手をしながら、

『そうさ、知ってる訳はない。われわれもつい三日ほど前に知ったのだからねえ。……それは兎《と》も角《かく》、手っ取早く事件の概略を述べると、皇帝は東京で松谷鶴子という女優上りと内縁関係を結んで居られた。……ところが、ところがだね、その女が昨夜殺……、いや窓から身を投げた。つまるところ自殺だね。ところが不幸にしてその時皇帝がその女の家に居《お》られた。一緒に夜食をやって居られたのだ。……どうだ、もう判ったろう。なア、眞名古君、君だって昨日《きのう》や今日《きょう》警察の飯を喰ったのじゃあるまいしこれ以上諄《くど》く説明する必要はなかろう、判ってくれたまえ』

『何をですか』

『何をって、……そうじゃないか、君。一国の皇帝がさ、情婦の家にいる時その情婦が窓から身を投げて死んだ。こんなことがパッと世間へ洩れたらそれこそ大変な醜聞じゃないか。そう思わんかね、君は』

と言ってハンカチを取出すと脂切った猪首《いくび》を赤くなるほど擦《こす》り廻し、

『そればかりならいいが、弱ったことには溜池署の巡査部長が皇帝をふン縛って署へ持って行ってしまったのだ。巡査部長が！　皇帝を！……えらい事をやったもんだ。そのために大臣を始めわれわれは今朝《けさ》の五時から』

眞名古は唐然《だしぬけ》に口を挟み、

『すると、他殺の疑いもあった訳ですな』

谷口はへどもどとハンカチを引毟《ひきむし》り、

『まアまア、そう君のように単刀直入に言っても困るが。……だからして、何とか処置をせんけりゃ』

『私にその処置をしろと言われるのですか』

谷口はハンカチで煽ぐようにし、

『そうなんだ、頼むよ頼むよ』

と今朝《けさ》の事件をくわしく物語る。眞名古は最後まで聞きとると、例の響のない声で、

『当時その席にもう一人他の男がいて三人で食事をしていたのだから、松谷鶴子が殺害された

というなら多分その男の仕業に違いないと皇帝は言われる。ところが、そのもう一人の男と言うのを誰も見た者がなく、その席にはもう一人の男が食事をしたという證拠がない。つまり、二人分の食器しかない』

『そうそう』

『皇帝が日本へ来遊されたのはこれが最初で御座いますか』

『いや、昨年も一昨年も来ていられる。然し東京へ来られたのは今度が始めてだ。以前は京都の山科《やましな》の奥に茶室を建てて一ト月位いずつその女と一緒にいては帰られたのだそうだが、京都府の警察部でも外務省でもつい最近まで誰一人その事実を知らなかった。今度東京に来られたのは先月の二十四日で、ずっと帝国ホテルに居られる』

『やはりその女と御同伴で』

『いや、女の方は昨年の九月に上京して既に現在のところに住んでいた』

『皇帝が始めて東京に来られたのだとすると』

次長は夏蠅《うるさ》く頷いて、

『そうそう、そうなんだよ。われわれの側では誰一人宗皇帝の顔を知らぬ。仏蘭西大使さえも知らんのだからねえ』

『では誰が皇帝を認めたのですか』

『安南でボーキサイトの鉱山をやっている林《はやし》コンツェルンの林謹直《きんちょく》が偶然ホテルのロビイで宗皇帝に逢って驚いて局長に知らせてよこしたのだ。……知っての通り、日本が聯盟を脱退してから大分仏蘭西との工合《ぐあい》が悪くなっているので、こういう際に皇帝が日本にやって来られるのはわれわれにとって痛し痒《かゆ》しで、その取扱いというものはまるで腫物に触るようにやらんけりゃならん。……何しろ皇帝が何の目的で度々日本へやって来られるのかそれが判らんので実に困る。まさか女に逢うためにわざわざやって来られるとは思われんしねえ。その方は外務省の情報部で調査しているから間もなく判明するだろうが、皇帝がこれ迄に二度も日本に来られたについては印度の仏蘭西政庁でも大分神経を尖らしかけている。たった今情報部から聞いたんだが、順化《ユエ》なんかじゃ日本が安南の宗主権復光《ふっこう》の尻押しをしているなんてえデマがもう盛んに飛んでるそうだ。多分ホヴァス通信社の悪戯《いたずら》だと思うが、何しろこんな際に折悪しくこんな事件が起ったもんで大臣もたいへんに心痛していられる。……ねえ、眞名古君、要するにこういう訳だから、これを普通の事件のような公式的なやり方をされると政府は非常に困った破目に陥込《おちこ》むことになるんだ。……この辺の事を考慮して慎重に行動して貰い度《た》いんだ。今も言ったように、松谷鶴子という女は自殺したに違いないんだから、今更そんなものを突ッつき廻して見たって大して益のあることでもなかろう。手ッ取り早く言えば、君はその女が自殺したという證拠を捜して来てくれりアそれでいいので、なまじっかなことは却《かえ》ってしてくれない方がいい。赤坂山王台《あかさかさんのうだい》に有明荘というアパートがある。そこにお馬《うま》という小使婆《こづかい》がいるからそれを訊問して見給え。これが唯一の證人なんだ』

『他の止宿人は居らんのですか』

谷口は妙な咳払いをして、

『居ることは居る。しかし当夜はみな外泊していて一人もアパートに居らなかったそうだから、この方は大したことはあるまい。……で、調査の結果自殺だという事が判明したら、君の名ですぐ報告書を出してくれたまえ。僕は早速決済の手続きをしてしまうから。いいな、眞名古君。……下手に長引かせでもしたらどこから洩れぬものでもないからね』

『では、これから行って参ります』

眞名古は一礼して扉《ドア》の方へ行きかけたが、急に立止って次長の方へ振返えると、

『申上げるまでもないことですが、私の職掌といたしましても、これは充分に調査いたしまして完全な報告書を持って参るつもりです。徹底的に真相を穿って公平正確な報告書を提出するつもりです』

と言って出て行った。

谷口は妙な腰付をしながらボンヤリその後を見送っていたが、追々嫌な顔色になり、失敗《しま》った失敗《しま》ったと頻《しき》りに舌打ちをしながら甚《いた》く煩悶する態であったが、やがて耐《たま》りかねたように椅子から跳上ると転がるように部屋を飛出し廊下つづきの局長室へ駆込んで行った。

入って行って見ると、局長は電話器を鷲摑《わしづか》みにし、怒気憤々の体で警視総監と会談の最中。大体こんな風な事を言っているのである。

『無論だとも。言う迄もない事だ。……所もあろうに日比谷公園で……。畜生、幸田節三てえのはふざけた野郎だ。……やり給え、構わんからやり給え。あんな毒蟲のような奴はこんな際に締め上げてしまうに限る。……うむ、俺も行く。直《す》ぐだ直ぐだ、遠慮なくふン縛ってしまえ。

いいか、判ったね』

と言って投出すように受話器を掛けると、クルリと谷口の方へ振返って、

『何だ、何の用だ』

と叱咤《しった》した。何か失策《しくじり》の報告に来たのだとすると、秘書官にとってこれは甚だ折が悪いと言う外はないが、ともかく秘書官はいま眞名古が真相を穿った正確な報告を持って来ると嫌なことを言って出て行きましたが、どうもその一ト言が気になって、と恐る恐る報告に及んだ。

局長はこれを聞くと蒼くなったり赤くなったり、暫くは口も利けずに次長を睨みつけていたが、やがて疾風迅雷の勢いで、

『何、何、なんだと！　おい、俺は今朝《けさ》訓令通りの報告書を書く奴を見付けろと確かにそう言ったつもりだぞ。そ、それを……』

秘書官は早《は》や生きた色もなく、

『はい、でも』

局長は机を乱打して、

『やかましい、黙れ黙れ。今更つべこべ言ったって何の役に立つんでえ。……それを、それを選《よ》りに選《えら》んであの変屈野郎を調査にやったと！　それじゃアまるで、今朝《けさ》からのわれわれの苦心をぶち壊してしまうようなもんじゃないか。……何を考えてそんな莫迦な事をしたんだ。気でも狂《ちが》ったのか。言え！　言って見ろ』

秘書官はどこから出て来るかと思われるような可愛らしい声で、

『あのう、御承知でもあります通り、……何と言っても、刑事部では、あれが、一番やれる男ですし、……それに報告書には、せめて、眞名古位いの名がなければ』

局長は愈々猛《たけ》り立って、

『おい、あんな報告書を出すのになんでやれる男なんぞ要るんだ。そんなものア阿呆にだって出来らア。名前がどうしたと。利いた風なことを言うな。……おい、谷口君、眞名古がわれわれの訓令に従うような男だと思っているのか。冗談言うな、下手に訓令に従わせようなどとしたら依怙地になって何もかにも抉《ほじ》くり出してしまわア。……だからこそ、だからこそ今朝《けさ》の一件も眞名古にだけは知らせずにやったのだぞ。これ位いの事が君には察しられんのか、莫迦な！……眞名古に真相の報告書なぞ出されて見ろ。警保局の面目は丸潰れだア。その時は俺も君ももう首は繋っちゃ居らんぞ。……それどころか、これが洩れて議会で質問でもされて見ろ！　ああそれこそ』

と阿修羅のように猛り狂っているところへ給仕が一通の電報を持って入って来た。局長はそれを取上げて読んでいたが又々大変な腹の立てようで、今にも卒中を起しはせぬかと思われるばかりにワナワナと震えていたが、やがて急に凋《しぼ》んだようになって椅子の中へ落込むと、ハンカチを取出して頻りに額の汗を拭いながら、

『だが、下手なことをすると内務省の面目問題だ。弱った弱った、どう返事をしようかしらん』

とこんな風に呟いたのち人が変ったような優しい口調で秘書官に、

『おい、谷口君、安南の理事官長から大臣に宛ててこんな至急報が来た。……まア聞け、これ

を。……東京麴町区内山下町《こうじまちくうちやましたちょう》　帝国ホテルに投宿中の皇帝に対し、緊急要件につき昨三十一日午後より再三再四打電するも未だ何の返電なし、大日本帝国内務大臣に於《お》かれて、皇帝が安全確実に帝国ホテルに滞留せらるるや並に返電を妨害すると思惟せらるる一切の事情を御調査の上、至急御返電願いたき事。……え、どうだ、谷口君。これじゃまるでわれわれが電報の横取りでもしてるような口調じゃないか、失敬極《きわま》る。皇帝が返電を出そうと出すまいと何でわれわれの知ったことか。……然し、皇帝の通信を妨げているような事情が若し日本の側にあるのだとすれば……これアこの儘《まま》に放って置くわけにはゆかん。弱った弱った』

と額をおさえて呻吟《しんぎん》していたが、急に立上って秘書官の傍へ行きその肩を摑むと、

『俺にはそんな予感がする。……おい、谷口君、見ていろ、われわれはいまにきっと非道《ひど》い目に逢うから』

九　日比谷の森揺ぐ事、並に異国風の紳士の事

夕陽新聞社長幸田節三が社運を賭しての大賭博、一月元日の午前九時十二分を期して日比谷公園のあの容子《ようす》のいい噴水の鶴を見事鳴かしてお目にかけようという。子飼いの鶯《うぐいす》でもあるまいし、相手は青銅の鶴のことだから鳴かせたいにも機嫌はとり難《にく》いのである。

幸田節三はこんな頼りない歌手を売物にして、大胆にも金三円也の年極《ねんぎめ》購読予約券を売りつ

け、凡《およ》そ三千人からの見物を池の周囲《まわり》に集めてしまったが、果して定刻を三十分過ぎても一向に鶴は鳴かない。これだけでもただでは済まぬのに、一人の壮士風の背広服が飛び出して、これは日比谷公園園丁長酒月守《さかづきまもる》と幸田節三の二人で仕組んだペテンだと裏の事情を素《す》っ破抜《ぱぬ》いたので激昂した見物は八方から幸田の方に雪崩《なだれ》打ちアワヤ鉄拳の雨を降らそうとした途端、例えて言うならば峯《みね》の松吹く朝風のようにも清く爽かな声で噴水の鶴が歌を唄い出したのである。

この瞬間、日比谷公園池畔《ちはん》の大活劇はフッと切れた映画のように急にその動きを停めてしまった。拳を振上げたものは拳を振上げたまま、幸田の襟首を摑《つか》まえたものはその襟に手を掛けたまま、無惨にも地面へ鼻面を摩《こす》りつけられた幸田節三さえもアングリと口を開けたまま活人画の人形のように動かなくなってしまった。いや地上の活劇ばかりではない。この池を取巻く森羅万象、――市政会館の大時計さえもハタと時の歩みを止めたかに見えたのである。

青銅の鶴は水に濡れた羽交《はがい》をキラキラと薄陽に光らせ、ああ、今にも飛び立つか、憬《あこ》がるるが如くに天心に嘴《くちばし》を差しのばしながら、天竺雪山《てんじくせつざん》に棲む迦陵頻伽《かりょうびんが》もかくあろうかと思われる妙音で喨々《りょうりょう》と唄いつづけているのである。それは上代の催馬楽《さいばら》か西洋の牧歌《イディール》のようなもので、どのような憂いのある人の心も和《なご》ませずには置かぬような長閑《のどか》な曲節であった。

鶴はその後二分ほどの間いかにも楽し気に唄いつづけていたがやがて気が差《さ》したようにフッと歌をやめてしまった。池畔の大群集は魔術にかかったように我を忘れて恍惚とその妙音に聞き惚れていたが、この時期せずして凄じい歓声と共に万雷の如き拍手をおくる、その声々に宛ら日比谷の森も揺らぐかと思うばかり。鳴りをひそめていた楽隊《ジンタ》はこれに勢いを得て、(あなたと呼べば）と節も賑《にぎや》かに囃《はや》し出す、新聞売子の面々は又しても夏蠅《うるさ》く鈴を鳴らして駆け歩く。ドッと挙った「夕陽新聞万歳」の声にフト演壇の方へ振返って見ると、感激した群集は今や幸田節三を胴上げにしてワッショイワッショイと池の周囲《まわり》を廻り始めようというところ。引っ込みがつかなくなったのは件《くだん》の脊広服の連中だが、この時は早や何処《どこ》へ行ったものか一人もその姿は見当らなかった。

　その池の傍に先程から身動きもせずに突立っている二人の人物があった。一人は威儀正しくフロック・コートを着けた、顔の浅黒い、眼のギョロリとした、縮れ毛の、一眼で異国の人と知られる中年の紳士で、この不思議な出来事のためにすっかり慟顛《どうてん》してしまったものと見え、片手に東京地図を握りながら、アッケラカンといつ迄も鶴の口元を眺めているのである。他の一人は脊広の上に古風なインバネスを羽織った、瘠せた背の高い、何から何まで黒ずくめの陰気な人物。すなわち先刻警保局の秘書官室から出て行った眞名古《まなこ》捜査課長で、この方は絲のような細い眼の間から鋭い瞳を光らせ、宛ら検察の妄執と言った具合に冷々陰々とこの顚末《てんまつ》を眺めていたがこの時ツと踵《きびす》をかえすと傍《かたわら》の異国風の紳士を押退《おしの》けてそこから出て行った。

　さて幸田は胴上げされたまま池の周囲《まわり》を一周すると、押上げられるように演壇に上って行き得意満面の趣《おもむき》で一席の感謝演説を行ったが、下らないからそれは略すとして、元来この奇現象の正体は兼清《かねきよ》博士によってピタリと推定《いいあて》られたのであるから、この栄誉の三分の二以上は当然博士に与えられねばならぬのに、横着にも幸田節三は今やそれをまるまる独占《ひとりじめ》にし敢《あ》えて訝《あや》しむ様子もないから、遉《さすが》の博士も忌々しくなったものと見え、演説諸共《もろとも》幸田を押退けると演壇

の端まで進み出て、白髪頭を振立て振立て、芝居の子役のような例のキイキイ声で、

『おい諸君、どうだ、果して鳴いたろう。俺が鳴くと言ったら必ず鳴く。成程定刻には間に合わなかったが、それは俺のせいじゃない。正午の市会が夜中に始まるようなもので、こんなのが東京風だと思って貰おう。……それは兎も角、そもそも鶴が唄った曲は一体何だと思うかね、なんて問うだけ野暮で、学問のない諸君にあれがわかる筈はない。諸君の耳には阿呆陀羅経《あほだらきよう》のように聞えたろうが、あれは「還宮楽《かんきゆうがく》」というそう容易《たやす》くは聞かれない稀代の雅楽なのだ。伝えるところに依ればこれは陽列天《ようれつてん》の作で、漢王即位の時伶人《れいじん》この曲を奏し、一鼓を打って天下の和平を慶《ことほ》ぐという目出度い曲なのだ。時は宛《あたか》も一月元日、理窟は兎も角、青銅の鶴が還宮楽を咏ずるなんてえのは確かに何かの瑞兆《ずいちよう》に違いない。それに違いないのだが』

と、あとは独語《ひとりごと》のように、

『が然し、あの音声に一寸《ちよつと》気にかかるところがある。元来、壱越調呂旋《いちえつちようろせん》であるべきこの曲が平調で唄われるさえ訝しいのに、宮声《きゆうせい》に凄切《せいせつ》の気韻があったのはどうしたわけか。……ハテナ』

と腕を組んで沈思する体であったが、やがてバラリと腕を振り解くと、

『ウム、これやいかん。俺はもうこれで失敬する』

と意味不明瞭なことを口走ると、そそくさと演壇を駆降り人垣を押分けて出て行ってしまった。

先程からキョトキョトと博士の様子を眺めていた例の赭熊《しやぐま》の娘はこの時忌々しそうに傍の花《はな》を振返えり、

『一寸《ちよつと》、花ちゃん。何さ、いまの爺は。何だか訳のわからぬことばかり言っていたっけが、じゃア鶴の唱歌というのはもうこれでお終《しま》いなんだろうか。……おお、いやな。三円もふん奪《だく》って置きながら、水の中でお屁《なら》をしたような音を聞かせてサ、これでお終いたア余《あ》ンまり馬鹿にしているよ。ああ、詰らない詰らない、こんなことなら歌舞伎へでも行くんだった。辨松を奢ったってまだお釣銭《つり》が来らアね。忌々しいっちゃないねえ』

花と言うのは既に御承知の有明荘の崖下なる素人屋《しもたや》の二階に住む可愛らしい縫子。ズケズケ言う赭熊の肱《ひじ》に手を掛け、さも済まなそうに、

『あら、堪忍して頂戴な。でも、あんまり評判が高いから』

赭熊は白眼を見せ、

『詑《あやま》ってくれと言ってやしない。で、どうするのさ。約束通り今日は一日《いちんち》附合ってくれるんだろうね』

花はショボリと首を垂れ、

『そういう約束だったけど、今日はどうにも気分が悪くて。……堪忍ねえ』

『まア、勝手な娘《こ》。ひとにばかり附合わして置いてさ』

と言ったものの流石《さすが》に心配になったものか花の顔を覗き込むようにし、

『ほんとにどうしたというんだろう。真ッ蒼だわ、あんたの顔。なにか心配事でもあるんじゃない』

花はハッとしたように胸を押えよろよろと赭熊の方へ蹌踉《よろめ》きかかったがようやく踏止《ふみとどま》ると必

死のような微笑を浮べ、

『心配、なんてことはないけど……、なんだか気が遠くなりそうで』

赭熊は花を抱えるようにし、

『なら、早くそう言やいいじゃないか。知らないもんだからポンポン言って済まなかったね、ごめんよ。……どうだい、歩けるかい。さア、あたいの肩にお摑まんな』

と言ってる時、公園の入口の方でワアッというただならぬ動揺《どよめき》が起ったと思う間もなく夥《おびただ》しい人波がドッと池の方へ押返されて来た。赭熊は伸び上ってその方を眺めていたが遽《あわ》てて花の腕を執《と》ると、

『花ちゃん花ちゃん、顎紐をかけたお巡査《まわり》さんがトラックで沢山やって来たよ。さア逃げよう、摑まっちゃ大変だ』

巡査と言う一声をきくと、花は急に逆上したような眼付になって、闇雲に西側の門の方へ駆け出そうとするのを赭熊は引戻し、

『馬鹿馬鹿、そっちへ行っちゃア摑るじゃないか。さア、こっちへおいで』

と花の手を執り小径《こみち》伝いに一散に花壇の方へ駆けて行く。

十　仙台平《せんだいひら》の御袴《おんはかま》の事、並に無情《つれな》い挨拶の事

南品《なんぴん》の海を一眸《いちぼう》におさめる八《や》つ山《やま》の高台に宏壮輪奐《こうそうりんかん》を極める大邸宅がある。古式の鏡餅《おかがみ》を飾った書院造の大玄関へ今しも立現れて来たのは、黒羽二重の紋服に仙台平の袴を折目高く一着に及んだ五十二、三の福々しい恵比須顔《えびすがお》。朱を塗ったような艶々しいのは屠蘇《とそ》のせいではない、日頃の栄養がいいからで。

これなる人物は新興コンツェルンの花形として近代日本の産業界に隠然たる大勢力をなす林《はやし》興業《こうぎよう》の親玉《キヤプテン》、林謹直。ひれ伏す文金高島田《ぶんきんたかしまだ》の間をズイと通り抜け、テラテラと磨き込んだ檜《ひのき》の式台へ降りようとするところへ書生が駆けて来て、道灌山《どうかんやま》の前田《まえだ》組《ぐみ》の大親分から大至急のお電話でございますと告げる。

林は急ぎ足で電話室まで戻ると受話器を耳に当てて、うむ、うむと頷いていたがやがて不安気な声に変って、

『なに、日興《にっこう》の鶴見《つるみ》組《ぐみ》が内山下町で騒いでおると！　ひょッとすると、……そうそう、もしそんなつもりなら放って置くわけにはゆかん。よし、直ぐ行く』

と電話を切ると遽《あわただ》しく式台から走り降り、車寄せに控えているオヴァーランドに乗込んで、

『おい、内山下町へやれ、早く早く』

と地団駄《じだんだ》をふむ。

日本に於ける新興コンツェルンの双璧。一方は熊本の山奥の僅か八百キロの電気会社から出発して今では構成会社二十七、払込資本三億円。北満《ほくまん》の事業王とまで言われる小口翼《おぐちたすく》の日興コンツェルン。一方は房総半島《ぼうそうはんとう》の漁村、廃物利用の微々たる沃度《ようど》会社《がいしや》から乗《の》し上げ、瑞典《スエーデン》の

燐寸王《マッチおう》クロイゲルのマッチ・トラストに対抗し、林興業を主力とする直系傍系二十四社、公称資本二億二千万円の大構成となった林謹直の林コンツェルン。

共に国防産業を目指すこの二大コンツェルンは、その資源を仏領印度支那《インドシナ》に於《おい》て開発すべく、一昨年の冬頃から安南を舞台にして華々しく鎬《しのぎ》を削ることになったが、小口は見越《みこし》過ぎて親仏派の皇甥《こうせい》李《り》光明《こうめい》と結びついたため、逸早《いちはや》く宗皇帝を相談役に抱込んだ林の日安鉱業《にちあんこうぎょう》に一歩立遅れ、採掘面六十万坪《つぼ》、年五万瓩《キロ》の優良ボーキサイト（アルミニュームの原鉱）の採掘権を林に先取されてしまった。小口の日興がこれを黙って見ている筈がないと思っていたところ、最近果して日興は裏面から李光明擁立派を突ついて頻りに何事かを劃策《かくさく》しているという噂が林の耳に伝《つたわ》って来た。こういう穏かならん際に皇帝が単身ひょッくり日本へやって来られたということは、林にとっては実に大恐慌で、先月の二十四日に帝国ホテルのロビイで皇帝を発見して以来、皇帝の身の上にもしや何か間違いでも起りはせぬかと心の休まる暇もなかったのである。

ところが今朝《けさ》の五時半に外務次官が電話で、皇帝の身辺に一寸《ちょっと》面倒な事件が起きて、と知らせて来たので、さてこそと仰天し、執念《しつっ》こく警保局長に電話を掛けた末、事件とは酔余《すいよ》皇帝が愛妾の松谷鶴子を窓から投落《なげおと》して殺害し、一旦溜池署に拘留されたが八時半頃無事に帝国ホテルに帰られたという事件であることを知った。

実にどうも容易ならん事で、一体政府はこれに対してどういう処置をとるつもりだろうと案じているうちに、その後の電話で、この事件は内秘することに方針をきめ既にかくかくの手段を講じたということを聞いたのでようやく安堵の胸を撫でおろし、早速帝国ホテルに伺候《しこう》して、先《ま》ず以って御健祥《ごけんしょう》の段、御恐悦申しあげるつもりで玄関を出かかった時、先刻の電話が来た。

御存知の方もあろうが、前田組、鶴見組というのは関東土木倶楽部《かんとうどぼくくらぶ》の両横綱。前者は日暮里《にっぽり》に本宅があるから一口に道灌山と言い、後者は横浜《よこはま》に本拠を置くから野毛山《のげやま》と称《とな》え、親分御用の節はいつにても一命を、という誓紙《せいし》を立てた血気盛んなる数千の身内を擁し、両々相譲《りょうりょうあいゆず》らざる二大勢力、前田組は林興業に帰属し、鶴見組は日興の傘下に在る、その鶴見組が帝国ホテルも真近い内山下町で騒いでいるという道灌山の電話だから林は又しても不安に胸を鎖《とざ》され、遽《あわ》ててそこへ駆けつけることになったというのもまた無理からぬ次第でしょう。

却説《さて》、林謹直のオヴァーランドが日比谷公園の近くまで来ると公園の方に当ってワアッと言う凄じい物響《どよめき》が起《おこ》った。見ると西門の前に停ったトラックから物々しく顎紐をかけた警官がドヤドヤと跳ね降り、群集を押返しながら公園の中へ走り込んで行く。林は一丁目の角で自動車を駐め窓から首を突出してこの騒ぎを眺めていると、これを見付けて駆寄って来たのは道灌山の養子の駒形伝次《こまがたでんじ》。小粋なモーニングに山高帽、苦み走った一文字眉、剃立ての顎も青み渡った勇肌《いなせ》な哥兄《あにい》。恭々《うやうや》しく一礼すると、

『お待ち申して居りました。何しろ御覧の通《とおり》の騒ぎで御座《ござ》えまして』

『一体どうしたという騒ぎなのか』

『それがどうも妙な話なんで。……何でも噴水の鶴が鳴くとか鳴かねえとか、その縺《もつれ》らしいんでございます』

林は苛立って、

『そんなことを聞いてるんじゃない。野毛山が何を騒いでいるというんだ』

『へい、それが』

と言って、鶴見組の若い者が十人ばかり、まるで大倫会《だいりんかい》の壮士のような恰好に化《ば》け込んで幸田を襲撃に来た先刻の一件を物語り、

『同じ穴の貉《むじな》が何《な》んで今日に限ってこんな妙な真似をするのかどうしても腑に落ちません。お笑いになるかも知りませんが、何しろホテルも近いこってあり、これア何か大きな筋合があるんじゃねえかと思いまして、それで電話で一寸《ちょっと》おやじに耳打ちして置いたんでごぜえます。へい、ありようはこれだけなんでございますが、もう一つ妙なことは眞名古《まなこ》の旦那が直《じ》き直《じ》きに出張って居るんです。池の傍を離れずにジット睨んでいたところを見ても、何かこれア余ッ程大層な訳柄があるじゃないかと思われますんで』

と言ってキョロキョロと前後を見廻していたが急に声をひそめ、

『おお、御覧なさいまし。今度はあんなところに立っています』

指《ゆび》さされた方を見ると、眞名古は向い側の歩道の電柱の陰に腕組みをしながら凝然と突立ち、例のゾッとするような陰気な眼付で警官隊に追われて門から溢れ出して来る群集の濤《なみ》を睨みつけている。

この時髣もおどろに押出されて来た二人の娘、恰度《ちょうど》歩道の端まで来た時小柄の美しい方の娘は街路樹の根に足をとられてツと舗道の上に膝をついた。連れの赭熊の娘は驚いて引立てようとする暇もなく、凄じい勢いで押出されて来た人数は後から後からその上に将棋倒しになり、

娘はその下に敷かれて忽《たちま》ち見えなくなってしまった。この時眞名古は大鴉が飛立つように駆け寄って来ると、押し重なった上置きを引退け撥ね退け、娘の帯を摑んで力任せに車道へ引出した。

娘は死人のような顔色をしてぐったりと舗道の上に坐っていたが、幸い左《さ》したる怪我もなかったらしく、間もなくそろそろと立上って連れの娘と一緒に礼を述べるまでになった。眞名古は夏蠅《うるさ》そうに眉を顰《しか》めて冷淡に頷くとツとその傍を離れて帝国ホテルの方へ歩いて行く。

林はそれを見ると慌だしく声を発し、

『おお、課長はホテルへ行くらしいが、部長が皇帝に逢う前に是非打合して置かなければならぬ事がある。おい、伝次、儂《わし》はこれから部長を摑えるから、お前はこれから走り廻って鶴見組の奴等がなぜ幸田にそんな妙な喧嘩を吹っかけたのか、出来るだけ詳しく探ってくれ』

と言っていると伝次は又しても頓狂な声をあげ、

『あれあれ、御覧なさいまし。酒月と幸田が刑事に追われて逃げて行く』

いつもは賑やかな帝国ホテルのロビイも遉に元日の朝は人影もなくひっそりとしている。林は大谷《おおや》石《いし》の柱の影になった薄暗い椅子に眞名古を導きながら、

『お忙しいところをお呼びとめして済まなかったが、一寸《ちょっと》、その』

眞名古は静かに椅子に掛けて林の顔を注視する。林はへどもどして、

『時に、あの日比谷の騒《さわぎ》は何ですかい。噴水の鶴が鳴くとか鳴かんとか莫迦莫迦しいことを言っておるが』

眞名古は例によって陰気な声で、

『あれは犯罪です』

林は笑い出し、

『あんたの眼から見たら森羅万象悉《ことごと》く犯罪に見えるのでしょう』

『左様、あなた方には見えぬ陰微の犯罪も私にはアリアリと映じるのです。私に御用と仰言《おつしや》ったのはその事でしたか』

林は血色のいい頬をツルリと掌《て》で撫で、

『眞名古さん、あんたはこれから皇帝に逢いに行かれるんでしょう。あんたをお呼び止めしたのは、実はその前に折入って御相談したいことがあって』

と言って急に声を低め、

『それはそうと有明荘の連中をもう帰して大丈夫なのかね』

『それは何の話です』

林はムッとしたようすで、

『今朝《けさ》の五時から内務大臣官邸へ外相と局長と総監の四人が集って苦吟した末、兎も角情況を整備するまで有明荘の住人六人を家に帰さぬ事にし、待合から引きあげて明石署へ留置したことは儂も局長から聞いて知っとるんだから儂にまでそんな態度をとる必要はないさ』

これで眞名古は今迄自分の知らなかった事情を始めて知ることになった。そして咄嗟《とっさ》にすべてのことを悟ったのである。自分が検察吏たる良心に従って行動しようとすれば政府を向うに廻して闘う決心が必要だということも。

眞名古は冷静な面持で、

『私は知りません。……それで相談と仰言るのは。私は急いでいますからどうか要領だけに願います』

『松谷鶴子の事件が自殺だと決って見れば形式的な訊問などで皇帝を煩わす必要はないと思うよ。皇帝の側から言えば災難に逢われたようなものなのだから』

『林さん、もう止しましょう。失敬だがあなたの仰言りたいことは私に判ります。つまり皇帝に逢って余計な穿鑿《せんさく》をしてくれるなと言うのでしょう、何かまたボロが出ると困るから』

『早い話がそうです』

『念のために申しあげて置きますが、今朝の有明荘の住人の検束には私は関係しませんでした。そのことがあったことさえ今あなたから始めて聞いたのです。……そんな驚ろいた顔をなさらなくともよろしい。……それは兎も角、この事件は誰れが何と言っても自殺です。局長と総監が政府の方針に従って情況を整備してしまった以上、如何《いか》に私の力を以てしてもそれ以上の證拠を手に入れる事は困難でしょう。私がこれから有明荘へ行くと、唯一人の證人であるお馬という小使婆は訓令に従って規定通りの證言をするでしょうし、多分現場にも何の手懸りも残ってはいますまい』

『と決っているなら何もわざわざ有明荘へ行く必要もない』

眞名古は冷淡に遮り、

『差出がましい口をききなさるな。私は警視庁に勤務する官吏だから、官吏服務規律にある通りどこ迄も訓令に従わねばなりません。私の受けた訓令というのは有明荘へ行ってお馬という小使婆に逢い、この事件が自殺であるという證拠を捜して来ることです。私は勿論それに従う。……が、それ以外の調査は私の自由です。訓令通りの調査を終えると、私は捜査課長として訓令に制肘《せいちゅう》されぬ厳重な調査を開始します。勿論、皇帝も訊問します。私の職掌としてもかくするが当然で、然もこれは私の良心に従って致す行動だから、あなた如き禿頭《はげあたま》がどれほど辯舌をふるっても所詮無駄です。見損なっちゃいけません。検察に携わる官憲はあなたが舐めてかかるような精神の低いものばかりだと思ったら大変な間違いですぞ。あなたとの会話はこれでお断りします』

と言って立上る。林も曳かれるように椅子を離れると圧迫《おしつけ》るような声で、

『おい、眞名古君、余り小供染みたことを言い給うな。これは一検察吏の潔癖や自尊心の問題ではなくて、日本政府の権威や体面に係りを持つ重大な事件なのだ。君は日頃剛直を売物にしてるそうだが、政府の方針を変えてまで君の偏執を尊重するわけにはゆかんじゃろう。……ねえ、君もそう固いことばかり言わずに、どうか判ってくれたまえ』

眞名古は何事も聞かぬような冷陰な面持で静かに外套に腕を通すと入口の方に歩み出す。林は急に顔を綻《ほころ》ばしながら大急ぎで眞名古に追いつくと、

『まアまア、眞名古君』

とその袖を執《と》える。眞名古は無言のまま無情《つれな》い素振でその袖を払うと帳場《レヂストレ》の方へ歩いて行き、そこで半紙と硯箱を借り受けると、閑々たる態度で墨を磨り、やがて毛筆《ふで》を取り上げて筆先にタップリと墨汁《すみ》を含ませると、字劃《じかく》の正しい字で、

辞　職　願

と書き起したのである。

十一　加十《かじゅう》、逆上する事、並《ならび》に卑賤の相の事

安南《あんなん》にボーキサイトの鉱山を持つ林《はやし》コンツェルンの親玉林謹直《きんちょく》にとっては宗皇帝《そうこうてい》が突然微行《びこう》で日本へ来遊されたということは甚《はなは》だ以《もっ》て迷惑千万なのである。

林コンツェルンを押退《おしの》けてその現勢力に取って代ろうとする日興《にっこう》コンツェルンが、皇帝の反対党、すなわち親仏閥《しんふつばつ》の李光明《りこうめい》擁立派を抱込んで様々に暗躍しているという風評がチラチラ聞える折だったから皇帝に対して何か乱暴な企《くわだて》でもありはせぬかと心の休まる暇もなかった。こういう際その皇帝が甚だ困ったことをやってくれた。酔余愛妾《すいよあいしょう》の松谷鶴子《まつたにつるこ》を窓から投げ落して殺害したのである。もしこれが公表されると、兼ねて親日派の宗皇帝を廃位して親仏派の皇甥《こうせい》を登極《とうきょく》せしめようとしている仏国印度支那《インドシナ》政庁に都合のいい口実を与え、新帝が登極した結果は当然自分の採掘権が取消され競争者たる日興に奪われる破目になるので頻《しき》りにヤキモキして政府の意嚮《いこう》を覗《うかが》っていると、どうやらこの事件は内秘する方針だと判ったのでようやく安堵の胸を撫でおろし、御機嫌奉伺《ほうし》のため帝国《ていこく》ホテルに車を走らせる途中、日頃剛直を以てきこえ

る眞名古《まなこ》捜査課長に出逢った。そこで、なるべくならば皇帝を訊問する条《くだり》も省略してもらうつもりで眞名古をホテルのロビイへ招じ入れつくづくと懇談したが、その際林は言わでもいいことをヒョイと口走ったのである。

眞名古警視の剛直ぶりというのは実に容易ならぬ底《てい》のもので、不義不正を憎むこと父祖の仇敵を憎むより甚だしく、不条理に対しては一歩も譲らぬ風だから、こういう後始末をさせるには誰《た》れが考えてもこれは適当な人物だとは思われない。その者が捜査課長の位置にある関係上、本来ならば誰れをさし措いても眞名古に命ずるのが順序であろうが、今言ったような訳なので当局は眞名古を出し抜いて手っ取早く適当な後始末をし口を拭《ぬぐ》って知らぬ顔をしていた。林はそんなこととは知らないからこの間の事情を当の眞名古の前でうっかり口を辷《すべ》らしたので遉《さすが》に冷静な眞名古も胸中欝然たる怒気を発した。言わば林の一言《いちごん》が火に油を注ぐような結果になったのである。眞名古は慌てて機嫌を取結ぼうとする林を尻眼にかけ、帳場で辞職願を書き上げるとこれを懐中《ふところ》におさめ茫然たる林をロビイに残してホテルの玄関を出て行った。

言う迄もなくこれから犯罪の現場なる有明荘《ありあけそう》へ赴こうというのであろうが、眞名古の辛辣な捜査によってどのような大秘密が発覚し来《きた》るか。それは追々《おいおい》述べるとして、階下のロビイで以上のような精神的活劇が演じられている宛《あたか》もこの頃、階上の貴賓用豪奢な一室ではこれに劣らぬ大苦悶が展開されていたのである。

前々回に於《おい》て御承知の通り、夕陽新聞《ゆうようしんぶん》の雑報記者古市《ふるいち》加十が、その前夜すなわち元旦の午前三時頃宗皇帝に誘われるまま赤坂山王台《あかさかさんのうだい》なるアパート有明荘に赴き愛妾の松谷鶴子と三人で夜食を食べ、四時頃そこを辞して崖下の空地まで下りて来ると今別れたばかりの鶴子が天上から墜落して来た。慌ててこれを以前の部屋まで担ぎ戻ると鶴子は既に絶命している。前後の情況から推すと皇帝が窓から投げ落して殺したと思う外《ほか》はないのだが、当の皇帝は、失礼と非凡な挨拶を残してそのまま雲散霧消してしまった。加十は死体と二人きりになって当惑しているところへ玄関番のお馬《うま》婆の報《しらせ》で二名の官憲が乗込んで来た。加十はつい今迄此処《ここ》にもう一人の人物がいて三人で夜食を喰べていたのだから、もし鶴子を殺したとすればその男の仕業に相違ないと陳辯したが、先刻《さっき》の夜食なるものは加十は鶴子と同じ皿同じフォークでおもあいで喰べたので、食卓の上にはなにさま汚れた二人分の食器しかないから加十の言い分などお取上げになろう筈はない。有無を言わさず殺人犯人としてその場から引立《ひった》てられ溜池《ためいけ》署に留置されることになったが、朝の九時近くになって、異様に叮重な仕方で釈放され、官用の自動車で帝国ホテルへ送り届けられた。

加十はこれは皇帝が運動して自分を釈放させ、今迄の労を犒《ねぎら》うため饗応でもするつもりでホテルに呼び寄せたのだと思いノメノメと安楽椅子に掛けて待っていると、案《あん》の条《じょう》ボーイ長らしいものが入って来て、加十の鼻先に献立表《ムニュ》を突付けた。ここ迄はよかったが、続いて入って来た給仕が恭々《うやうや》しく一通の電報を差出すので、多分遅刻を詫びた皇帝からの電報だと思い急いで封を押切って読み下すと、意外にもそれは安南帝国の理事官長から宗皇帝に宛てた至急の暗号電報であった。よもやよもやと思っていたがボーイが躊躇《ちゅうちょ》の色もなくそれを加十に手渡しするところを見ると、ああ、加十は皇帝だと思い込まれているもののようである。擦《すれ》っからしの修業をつむことを念願にしている古市加十でも流石《さすが》にこれには仰天せざるを得ない。やや暫《しばら》くの間は思慮分別を失って恍惚《うっとり》と突っ立ったままになっていた。

市井《しせい》の一雑報記者が一国の皇帝に間違われたなどというのはその事既にあまりに幻想的《ファンタスチック》、聡明な読者諸君にこれを事実と納得させることは仲々困難なようである。いや、殊《こと》によったら馬鹿にするなと立腹されぬものでもない。何故《なぜ》かというに古市加十が皇帝に見間違えられる訳はまず絶対にないことは読者諸君が既に御存知だからである。

成程面ざしは何処《どこ》か似たところがあるが一方は何万人に一人という侵し難い貴人の相を持ち、顎には秦《しん》の始皇帝《しこうてい》のような見事な漆黒の髭を貯え、一方は一と眼で育ちが知れる極めて卑賤の相を持ち、仮《か》りに顎髭があるとしてもまだ生毛の程度に過ぎぬのである。有明荘のお馬婆や溜池署長が皇帝の顔を見知らぬというのはありそうな事だがホテルのボーイ達が皇帝を見知らぬわけはない。それなのにどうして加十は皇帝に間違われたのであろう。

自分が皇帝に間違われる訳は絶対にない事は誰れよりも加十自身がよく知っているのだから、自分が皇帝として待遇されていると知った時、狼狽した加十の頭に真先に浮んだ考えというのは、政府が皇帝の身代りに自分を殺人犯人として処刑するつもりなのではなかろうかというゾッとするような思いつきだった。つまり自分は何と抗辯しても遁《のが》れられぬ状態で裁判を受け否応なしに処刑されてしまうのである。そのような話はたしかに何かで読んだ記憶がある。自分が犯した罪ならいざ知らず、些《いささ》かも身に覚えがないのに殺人犯人として刑の判決を受け終生陽の目も見えぬようなところに幽閉されてしまうのは余りにも陰惨だ。とすればこんなところに安閑と坐っているわけにはゆかぬのであろう。兎《と》も角《かく》逃れられるだけ逃れなくては、と急に椅子から跳ね上り、白絹の襟巻を鼻の上まで引き上げ帽子の前鍔《まえつば》を深く引《ひき》おろしソロソロと扉《ドア》を引開けて一歩廊下へ出ようとすると、ああ、早《は》や其処《そこ》には日頃顔見知りの警視庁の私服が三、四人、何気ない体で行きつ戻りつしているのである。

加十は慌てて扉《ドア》を閉《とざ》すとそれに背を凭《もた》せて喘《あえ》いでいたが、追々心気の鎮まるにつれこの考えは少し妙だと思うようになった。自分を皇帝の身代りに処刑するなどという考えはどうも素っ頓狂なばかりでなく、仮りにもしそうだとしたら自分を釈放する筈はなく、まして皇帝として待遇する謂《いわれ》なぞない。現に先刻《さっき》溜池署長が、この事件はもう片附いてしまったのだし、新聞記者などは一人も嗅ぎつけていないのだから決して心配はないという意味のことを極めて遠廻しに仄《ほのめ》かしたではないか。それが嘘でも陰謀でもないことは身の置きどころもないようなあの恐縮ぶりによっても充分に察しられる。とすればやはり加十は皇帝と間違われたと思う外はないのだが。

加十は眉根に皺《しわ》を寄せながら粗雑な愚考力を非常召集してあれこれと急がしく考え廻《めぐ》らしていたが、フト顔をあげて煖炉棚《マントルピース》の鏡の方に眼を向けると思わずアッと感嘆の声を発した。鏡の面《おもて》に映っている映像は、それは皇帝でもなければ加十でもない。要するに眉間に皺を寄せた覆面の一人物に過ぎなかった。

加十がどうして皇帝に間違われたかと言えば、それは次のような実に簡単な偶然によったのである。先刻《さっき》溜池署の門を出る時加十は自分でも気のつかぬうちにいつの間にかすっかり被告の心理になっていたものと見える。いくら何でも元日っぱなから警視庁に護送されるところなぞを同業に見られたくないから、他聞を恥じるどの被告もするように襟巻で面を包み帽子の前鍔を鼻の上まで引き下げ走り込むように自動車に乗り、その儘《まま》の姿で帝国ホテルの車寄せに降りた。部屋に入ってからは流石《さすが》に覆面だけは引き下げたが、その代り今度は大きな安楽椅子に沈み込み、鞠躬如《きくきゆうじよ》と差し出す献立表《ムニユ》も電報もみな肩越しに受取ったのである。これらはみな偶然であって加十が予期すると否とに関《かか》わらず万事極めて自然に行われたのである。仮りに企んだとしてもこう迄はうまく行かなかったろう。元来ホテル業者などは大体に於て観念的な存在だから、私服に護衛されて堂々と車寄せに乗りつけた皇帝をたとえ覆面などをしていてもこれは本物かしらなどという突飛な疑問は起さなかった。高貴のなさることは概して下賤の常識では計りかねる非凡なところが多いのだからその物々しい覆面も例の伝だと思って左《さ》して訝《あや》しむこともなかった。こんな微妙なめぐり合せで加十はウマウマと皇帝に間違われてしまったのである。

加十は先刻《さつき》の狼狽も忘れたように一種横着な面構えになり、安楽椅子にフンゾリ返ると、『これアますます痛烈なことになった。元来この「皇帝殺人事件」の事実を知っているものは有明荘のお馬婆と多少の官憲を除くと広い東京でこの俺ただひとり。のみならずこの俺なるものは犯罪のつい五分前まで現場にいた唯一の證人《しようにん》だ。俺はさっき犯人と誤認されたと知ったとき、なにしろ絶好のチャンスだから新聞記者冥利に胆太《きもふと》く腰を据え、たとえ一ト月二タ月未決に繋がれても最後まで俺の身分を明さずにこの事件のドンヅマリまで交際《つきあ》い、必ずこの大スクープをモノにし、日頃人も無気《なげ》な一流新聞の半端野郎どもを一人残らず絶倒させてやろうと決心したが、情況は追々突拍子もない工合《ぐあい》に発展して来てこれではなんとしても後に退《ひ》けぬことになった。……しがない五流新聞の雑報記者が皇帝に間違えられる！　そしてその間違いを起したのは警察当局だというんだからこれだって大した特種《とくだね》じゃないか。この経緯《いきさつ》を諷刺的に素ッ破抜いたら日本国中が引っ繰返って笑うだろう。……いや、それどころじゃない。察するところ政府ではこの事件を厳重に隠秘してしまったらしいから俺のやりようによっては内閣をぶッ潰すことも出来るのだ』

などとブツブツ呟いていたが追々逆上したような眼つきになった。

『もしもそんな結着になったとしたら！　ああ、日本なんぞケチ臭い。俺がこのリポートを発表したら、「夕陽新聞」古市加十の名はそれで一躍世界的になるのだ。俺の探訪記はラジオの電波に乗って世界の隅々に迄報道される。……畜生、夢ではないか。……「安南帝国皇帝宗《そう》龍王《りゅうおう》の殺人！」……えらいものを摑《つかま》えたもんだ。この事件は如何《いか》なる新聞記者も嗅ぎつけて居《お》りませんと、冗談言うな。失礼さんですが、それはね、日頃毒蟲のように忌まれる夕陽新聞がしっかりと握っているんですぜ。と知ったら顫《ふる》え上るだろう。その夕陽新聞なるものは土台骨ばかり大きくて一向に尻腰のない甘茶新聞とは訳が違いなにしろ命旦夕《めいたんせき》に迫っているんだからもう死物狂いだア。たとえどのような妨害をしやがってもこのスクープだけは必ずモノにして一挙に一流新聞に跳ね上らして見せる。夕陽新聞が潰れるか内閣が潰れるか、大きな眼を開けて見ていろい。よくも今迄百姓百姓と馬鹿にしやがったが、今度こそ田舎者《いなかもの》の土性骨の太さをつくづくと拝ましてやる。いいか、見ていろ』
と頗《すこぶ》る意気昂然たる体である。加十が言うのは嘘ではない。外国にはよくあることだが秘密政治というものはいつも野党が政府を攻撃する武器になっている。政府のこういうやり口や、政府と産業会社の秘密めかしい連契《れんけい》などが曝露されると或いは内閣が潰れぬものでもない。加十が昂奮するのは無理もないのである。

作者はこの小説の第一回に於て古市加十なる人物を東京會舘《とうきょうかいかん》の玄関から引張り出したままどういう閲歴を持つ人物か只《ただ》の一度も説明しなかったが、この者は北海道農科大学の土木科の卒業生である。土木とは奇抜な学科を選んだものだと思われるであろうがそんなことを言って見たって仕様がない。当人にはそれ相当の抱負があってのことと思われるが卒業して見ると果せる哉《かな》就職口などはない。暫《しば》らく北海道の奥で小学校の先生をしていたが、その後左したる目的もなく上京して喰うや喰わずに下宿に転《ころが》っているところを同郷の先輩幸田《こうだ》節三《せつぞう》に救い上げられ、夕陽新聞の雑報記者として働くようになったのは今から恰度《ちょうど》一年ばかり前のこと。何しろ土木学を専攻しようと企てるような地味な人物だから才気溌剌という工合にはゆかないが、一面に愚直を絵に描いたような、判り易く言えば土方の棒頭《ぼうがしら》風な磅礴《ほうはく》たる気宇を持ち、容易に転位せぬ代りに一旦意気に感じたらその者のためには真実水火も辞せぬというような無益な感激性に富んでいるのである。四苦八苦の最中に幸田節三に救い上げられたことが骨身に沁みて嬉しかったと見え、日に日に頽勢を辿る夕陽新聞を一人で背負って立った気になり誠実愚直に立ち働くので、幸田もその意気に恰《あたか》も己れの片腕のように信頼していた。

いまの独言《ひとりごと》によって察すると、加十は「皇帝殺人事件」というこの大スクープをモノにするために、一ト月二タ月の未決位いはてんで物の数ともしないように見える。この決意すらズバ抜けていて、有りふれたその辺のケチな度胸とは比較にならぬ何かドッシリと大きなところがあるようである。

この愛すべき田舎者《いなかもの》は都会に不向きなその誠実のゆえにある卑劣な目的に利用され、雄図空《ゆうとむな》しく、間もなく眼もあてられぬ惨殺体となって街上に横わることになるのだが、それ迄の間この鈍重な田舎者《いなかもの》が、剃刀《かみそり》の歯のような一流記者を出し抜いてどのような野太い線を描いて見せるか、それこそは興味のある観物《みもの》だと思われる。が、それは後の話として、加十はそう言って置いて急に眉を顰《ひそ》めると、

『ちょッ、それはそうと肝腎の王様の野郎はどこへ隠れ込んでしまやがったんだろう。何とかして早くとッ摑まえなくてはならんが……ま、然《しか》しそれだって慌てることはない。この事件が内秘されたと知ったら、早かれ遅かれ此処へ戻って来るに違いないのだから、チョコチョコ狼狽《うろた》え廻るより此処でゆっくりネバっていればそのうちに必ず摑まえられる。……今のところではホテルでも警察でも俺を王様だとすっかり思い込んでいるらしいから、王様らしくしていればそれまでモタせることが出来そうだが、何と言ってもこの面《つら》を見られたらそれで一ぺんに化《ばけ》の皮が剝がれてしまう』

と呟いていたが、急に立上って部屋の奥の書机《ふづくえ》の方へ行き、その上に置かれてあった銀枠入の皇帝の写真を取りあげそれを持って暖炉棚《マントルピース》の大鏡の前に立ち、写真の鼻から下を掌《て》で隠し

てためつすがめつ已れの顔と見較べていたが、やがて嘆息もろともに、

『違う違う、まるで、雪と炭ほどに違う。……こうして鼻から下を隠して見ると眼や眉の辺が不思議に俺に似ている。生え際も顔の恰好もそっくりだが、何としてもこの眼だけは胡麻化せない。俺の眼はまるで掏摸《すり》のようにキョトキョトしているが、写真の眼はひどく威厳があってその上まるで眼玉の奥まで澄んでいるように見える。なるほど大したもんだなア。生れが違うというのは恐ろしいもんだ。……顎髯だけなら襟巻でも胡麻化せるが、なにしろこの町人面ではどう細工したって王様に見えよう筈はない。そうときまったらケチな細工をするよりいっそ素顔でいるに限る。どうなるもんかい。バレたらその時はその時。何もビクビクするには及ばない。……と言ってもすぐ底が割れるのでも困る。じゃ、まア、せめてこんな工合にして』

と大鏡と斜《はす》に向き合う位置に安楽椅子を据え直し、戻って来てすっぽりと椅子の中に沈み込み、

『こんな工合に坐っていれば入って来たやつは椅子の背中しか見えぬが俺の方ではあの鏡によって一挙手一投足を仔細に観察することが出来る。ひどく物騒なやつが入って来たら向うで手を出す前に臨機の処置をとる。大体こうして置けば』

と言いも終らぬうちに誰か扉《ドア》をノックするものがある。入って来たのは誰れだと思いますか。この東京で直《じ》き直《じ》きに皇帝の顔を見知っているのは、有明荘の六人の住人を除いては林謹直ただ一人なのだから、此処へもし林が入って来たとすると加十は忽《たちま》ち化の皮を剝がれこの場面は非常に面白いことになるに違いない。作者も大いに希望するのだが、林はこの時はまだホテル

のロビイで茫然と眞名古の後姿《うしろすがた》を見送っているのだからここへ入って来る筈はない。われわれの期待に関《かかわ》らず入って来た者は、いな鏡の中に映じ来たものはホテルの支配人の禿頭《はげあたま》だった。

禿頭は例の如く戸口の傍で己れの靴先を舐めずらんばかりに這いかがみながら、只今内務次官が拝謁《はいえつ》を願い出たと嘆くが如く訴えるが如くに述べ立てた。入り違いに入って来たのはフロック・コートを小粋に着こなした、五十歳ばかりの官僚型。ひどく緊張した面持で敬礼をすると、辷るようにスルスルと傍へ寄って来そうにするから、加十は驚いて、

『傍へ寄るな、風邪が伝染《うつ》るぞ。話ならそこでも聞える』

次官は物々しく眉を顰め、

『御風気《ごふうき》。おお、それは。では早速ドクトウルを』

加十は忌々しそうに、

『放って置いてくれたまえ。それで話は何です』

次官は一風変った握手をして、

『今朝《けさ》程の失態は偏《ひと》えにわれわれの不行届から生じたもので御座いまして、早速大臣が拝謁して御詫びを言上《ごんじょう》いたすべき筈で御座いますが、宛も今日は参賀の当日に当りますので、取敢《とりあえ》ず私に』

『だからどうしたと言うんだ。簡単にやってくれたまえ。私が機嫌の悪いことは君だって知ってるだろう』

『は、誠になんとも。では手短に申上ますが、種々《いろいろ》取調べの結果、松谷鶴子嬢は厭世自殺を遂

げたという事実が明瞭になりまして、担当の捜査課長からも程なく報告書が呈出されることになって居ります。この度の事件は今申上ましたように種々《いろいろ》われわれ共の手落ちでございますが、迅速に処置いたしました日本政府の誠意に免じて何卒《なにとぞ》平に御容赦下さるよう、その点充分にお願い申上るようにと両大臣から伝言で御座います』

『ふむ、それは判ったが、新聞記者などの方はどうです』

『は、只の一人も介在しては居りませぬ』

『どうしてそんなことが断言出来るんです』

『幸い元日の早朝のことであり、迅速に手をつくして厳秘いたしましたから絶対に外部へ洩れる気遣は御座いません。幸い陛下には当夜有明荘へお立寄りにならなかったことでも御座いますし、鶴子嬢の自殺の原因は多分ヒステリイの発作によるものだろうと信じられますので、万万一鶴子嬢の自殺の件が漏洩するようなことが御座いましょうとも、自然陛下の御身上とは何の関係もないことなので御座います』

『判った。そんならそれでいいが、絶対にこのことが新聞記者の耳に入らぬよう、この上とも充分に配慮してくれたまえ。……もしそんなことになったら俺は何を仕出かすか知れないぞ。これだけは忘れるな。帰ったら両大臣によく言って置いてくれたまえ』

次官は充分に申し伝えますと言って這う這う《ほほ》の体で引退《ひきさが》って行った。加十は、ううッと妙な声を発し、

『おお危《あぶな》い危い。第一段だけはどうやら感でやっつけたが、追々どんな奴がやって来るか知れ

たもんじゃない。ひとつ朝飯《めし》の来るまで少し寝ておくか。余程頭をしっかりさせて置かないと都合が悪い』

と言いながら伸びをしていたが、間もなく長々と椅子の中にフンゾリ返って不敵な寝息を立て始めた。それから十分ほど経つと愈々《いよいよ》林が入って来た。林は扉口《とぐち》で、

『林謹直で御座います』

と名乗を上げ平蜘蛛《ひらくも》のようになってお声を待っていたが、凡《およ》そ二分経っても何のお返事も無い。林と雖《いえど》も何時《いつ》迄もそんな不自然な恰好をしていられるものではないから、恐れ乍《なが》ら頭《つむり》を上げ、爪立ちして鏡の中を覗き込むと、どうやら皇帝に於《お》かれてはよくお寝《やす》みになっている模様である。もしやお風邪でも召されては、と長椅子の上に投げ出されてあったお外套を取り上げ、それをお着せ掛け申すつもりでソロソロと椅子の向う側へ廻り込んで行って見ると、顎の下にだらしなく襟巻をブラ下げ寝穢《いぎたな》く其処に寝込んでいるものは、世にも下賤な面構えをした見も知らぬ青二歳だった。

十二　茶の間の評判の事、並に妙な密会の事

赤坂福吉町《あかさかふくよしちょう》の一条邸《いちじょうてい》の前から新町《しんまち》へ折れ曲る横丁の中程、藝者屋二軒の間を透かすとその奥に細格子の玄関が見える。標札に何々寓とあるは言わずと知れた某《それがし》の妾宅。

茶の間の長火鉢を間に挟んで今しも談話に花を咲かしている二人の婦人。一人は中背で権高な二十四、五の細面《ほそおもて》。藍鼠の二枚袷《あわせ》に翁格子《おきなごうし》の丸帯を締め、結立《ゆいた》て低島田《ひくしまだ》に鼈甲《べっこう》の櫛を挿した、素人《しろうと》が藝者に化《ば》けたような妙な風体。一人は五十ばかりの梅干婆、毛の薄い頭に小さな髷《まげ》を乗せ、一楽かなんぞの大時代な衣裳を抜衣紋《ぬきえもん》にし長火鉢の中に顎を突入れんばかりにして、

『それがさア、お聞きなさいまし。寝床の中で朝御飯を喰べるのが西洋式だとか言いまして、茹玉子《ゆでたまご》を食い散らすやら夏蜜柑をせせるやら、挙句の果てはベルモットを持って来いのコーヒーを沸かせのと飛んだ政所《まんどころ》なんで御座います。襟垢のついた紋羽二重《もんはぶたえ》の長襦袢を一ン日中《ち》引摺《ひきず》って、ねえ、あなた、言うことが歯痒《はがゆ》いじゃありませんか、こうしていなくっちゃ旦那の気に入らないって。その旦那はと言えば、早い話がチャンチャン坊主。日本の男が品切れになった訳じゃあるまいし、何も選り好んであんな毛色の違った旦那など持たなくともよかりそうなもんなのに。……それがまた莫迦な勤めようで、夕方に来ると言えばもう三時頃からコーヒーを沸かし、夜店の南京《なんきん》鼠じゃあるまいし扉口《とぐち》から出たり入ったり、こっちまで逆《のぼ》せ上ってしまうんで御座います』

　と喋舌《しゃべ》り散らしているのは、読者も先刻御承知であろう、第一回、有明荘なる松谷鶴子の家の料理場から割烹着の裾で手を拭いながら現れて来たとめという通い婆。これに応待している細面は、日比谷公園《ひびやこうえん》園丁長酒月守《さかづきまもる》の娘の悦子《えつこ》。丸越百貨店《まるこしひゃっかてん》のエレベーター・ガールをしているうちに夕陽新聞の幸田節三に見染められ、一昨年の冬からここに囲われる事になったが、玉の輿とは名ばかりで一ヶ月の手当はちょうど判任官級。時には味噌漉《みそこし》を下げて露路を駆け出すこ

ともある。逌に妾《めかけ》と言われるのが嫌で月々届けられる「夕陽新聞」の社名の入ったハトロン紙の封筒の表には「酒月秘書殿」と書いて貰うことにしてあるというが、そんな細《こま》い詮索はこの際大して必要はあるまい。このとめは酒月の一家が淀橋《よどばし》の専売局の横露地に住んでいた頃からの馴染だが悦子の方ではまるで自分の召使のように思っている。

悦子は生意気そうに唇を反らしながらとめの話を聞いていたが、急に真顔になって、

『それはそうと、旦那は支那《シナ》の王様だってそれは本当？　もしそうだったら素敵だわねエ』

と眼元をウットリとさせて如何《いか》にも羨ましそう。とめは大袈裟に頷いて、

『ええそれは本当のことらしいので御座います。何しろ大変な仕送りだと見えて、一本三十円もする三鞭酒《シャンパン》たらいうものを飲み放第に飲み散らし、冬の真ッさなかに鮎が食いてえのポンカン無いかのと、それはもう』

悦子は憎々しく舌打ちをし、

『まア、生意気ねエ、大した器量でもないくせに。どこがよくてあんなやつを』

とめは手で煽ぎ立てるようにし、

『ええええ、器量ならとてもあなたの足元にも及びませんのさ。それが女優たらいうことが大変自慢で、この間なんぞは踊って見せようかと言うから何をするかと思ったら、いきなりスッポリ脱いで裸になり、何にもかも放り出してステテコのようなものを踊り出しますんです。そうかと思うと急に血の道でも起ったような顰《しか》めっ面をして、殺すなら早く殺せエ、なんて喚き出したり、とんと狂人沙汰《きちがいざた》なんで御座います。それはまだいいが、あなたも御承知でしょう、

川俣踏絵《かわまたふみえ》たらいうダンサーが筋向いにいるんですが、それがねエ、あなた、厭らしいじゃありませんか、毎晩のようにやって来ちゃ夫婦のように一つ床で寝るんです。あんなのってあるもんでしょうか、妾《わたし》ア話にも聞いたことが無い』

と言っているところへ露地の入口に野太い幸田の声がし、続いてカラカラと玄関の開く音。いとめは腰を浮かし、

『まァいいじゃないの、逃げるようにしなくても。今日はどうせドンタクだろう。ならゆっくりして行って今のつづきをお聞かせな』

と言ってスルリと立つと帯に後手をやりながら玄関の方へ行く。入って来たのは幸田と酒月の二人。どういう風に刑事を撒いたのか一向平気な顔つき。幸田は田舎相撲《いなかずもう》のように小肥《こぶと》りした身体を揺がせながら長火鉢の向うへ押し通り大きな座蒲団の上に地響きを立てて胡坐《あぐら》をかくと、下から酒月の顔を見上げ、

『おい、酒月』

と唸るように呼びかける。酒月は足で座蒲団を掻き寄せると、それを枕にしてゴロリと仰向けに寝っ転り、

『ウム、俺も驚ろいた』

と言いながらマジマジと天井を見上げている。幸田はモオニングのズボンの上に片肱《かたひじ》を立て、

『驚ろいた驚ろいた、諄《くど》いようだが幸田節三臍《へそ》の緒を切って以来今日ぐらい驚ろいたことはない。……なア、あの鶴が唄い出そうたアお前だって思いも掛けやしなかったろう』

『あた棒だ』

『夢でも現《うつつ》でもねェ、確かに歌ったなア』

酒月は捨鉢《すてばち》な調子で、

『ああ、唄った唄った』

幸田は探《さ》ぐるように酒月の横顔を瞶《みつ》めながら、

『もしやと思うが、まさかお前が何か仕掛をしたのじゃあるまいな』

『そりゃ、こっちで聞きてえ位《ぐれ》えだ』

幸田は腕を組み、

『うむ、そうか』

酒月は煙草《たばこ》の煙を天井に吹つけながら、

『おい、幸田、お前は確かに汐に乗ってる。……ああ、頼もしいもんだ。威勢のいい奴にはかなわねえ。胆っ玉一つで青銅の鶴を鳴かせたってんだから天《あ》っ晴《ぱれ》なもんだ、酒月は兜を脱いだ』

悦子は長火鉢の横にだらしなく横坐りをしながら、狡そうな目つきで二人の会話を聞いていたが、この時プッと噴き出し、

『まさかねえ、嫌だわ、二人とも真面目な顔をして。担ごうたってその手に乗るもんですか』

幸田は蒼蠅《うるさ》そうに舌打ちをし、

『お前らはちょっとあっちへ行ってろ。そんなところへ横っ坐りしていないで酒の仕度でもし

ろ、何だ』

悦子は不貞腐《ふてくさ》ったように体を揺すって立上り、

『おやおや、怖いこと。とめさん奥へおいで。内密話《ないしょ》なんだとさ』

と畳障りも荒々しく襖《ふすま》を引開ける。とめは年始の挨拶も匇々《そこそこ》に、御免なさいましと言ってこれも奥へ。

幸田は膝をすすめ、

『おい、酒月、どうしてあの鶴が鳴いたと思う』

『そんなこと俺が知るもんか』

『あのブリキの鶴をどうひっ撲《ぱた》いて見たって歌どころか嚔《くさめ》一つする訳はねえ。こちとらはただ巡査がすッ飛んで来て解散させるのを今か今かと待ってたんだが、折も折、あの鶴が鳴いたってんだからなア、こんな稀有な話は無い』

この会話に依《よ》ってお察しの如く、裏の事情を打ち明けると、「唄う鶴の噴水」などと言うのは始めから根も無いことだったのである。ある朝酒月が宿酔《ふつかよい》の噯《おくび》で咽喉《のど》を鳴らしながら噴水の傍を通りかかり、フト思いついた悪計だったのである。噴水の鶴が唄うのを聞いたという人々を克明に洗い立てて見れば、言う迄もない事だが、みなこの二人に繋がる連中ばかり。ただ気の毒なのはこんなインチキに一役買わされた兼清《かねきよ》博士だが、勿論それは博士の罪ではない。こんな見え透いたからくりにウマウマ乗せられたという事が却《かえ》って世俗を超越した博士の清風を偲《しの》ばせるのである。

それにしても元日の午前九時十二分に噴水の鶴が唄うと広告し、凡《およ》そ一万近い悪銭を掻き集めようなどとは余りに向う見ずなやり方だと思われるが、種を明すと実に簡単なトリックなのである。つまり、警視庁も間近い日比谷公園で無届《むとどけ》不合法の集会をやれば否《いや》でも警官隊が飛んで来て解散を命ずる。それがこちらのつけ目。逸早《いちはや》く一人前金三円の観覧料を掻集《かきあつ》め、御覧の通り解散を命じられましたから残念ながら「唄う鶴の会」はこれでお終《しま》い、とここでツケが入って幕になる寸法だったのである。

幸田と酒月の予想《つもり》では、開会する間も無く解散させられるだろうと安心し切っていたのが、この目算は見事にはずれ、どういう訳か九時十二分になっても警官隊は姿を見せぬ。逍の幸田と酒月も内心大いに苛立っているうちにとうとう退っ引《のっぴき》ならぬ破目になり、アワヤ袋叩きにされようとした時、不思議にも噴水の鶴は曲節《ふし》も長閑《のどか》に歌を唄い出したのである。こんな次第だったからこの時の幸田と酒月の吃驚《びっくり》した顔こそ真に観物だった。どんな痴《たわけ》な顔をしたか、多分読者諸君もお察し下さるでしょう。言わば悪党に対する天の皮肉と言ったような工合だったのである。

幸田は猶も諦め切れぬ面持で、

『おい、寝ていねえで起きろ。なア、どうしてあの鶴が鳴いたんだろう』

酒月は吸殻を火鉢の中へ投げ出すと、

『白痴《こけ》が銭勘定をしやしめえし同じことばかり言ってたって仕様がねえ。なにしろ目出度《めでたく》千秋楽になったんだから、鶴のことなぞもうどうだっていいじゃないか。唄わなくたって元々だが、うまく唄ってくれたばかりに大分こっちの歩《ぶ》がよくなった。どうしたってこれを詐欺とは言わせねえ。あとは無届《むとどけ》集会の埒《らち》をあけれアいいので、この方はどうせ手軽にすむ』

幸田は苦笑し、

『お手軽どころか、何だかひどく風向きが悪いじゃないか。幸田御用だ、なんてのは筋書にならなかったこったぜ。此処迄無事に落ち延びたのが不思議な位えだ』

『と言ったって、どうせ段切《だんぎり》は判っている。罰金か拘留か。まさか命をとるとは言わなかろう』

と言ってムックリ起ると猫板に頬杖をつき、

『おい、幸田、俺が驚ろいたと言ったのは鶴が唄ったこっちゃねえ。殴り込みに来たデクの棒のことだ。……お前《めえ》はそう思わねえか。え、あれをさ』

幸田は頷き、

『そうなんだそうなんだ、俺にもどうも腑に落ちねえ。「国民」なら大倫会《だいりんかい》だし「旭《あさひ》」なら清《きよ》川組《かわぐみ》。どうあっても野毛山《のげやま》なんぞがケチをつけに来る筋は無いのだが』

酒月は湯呑を引寄せて冷えた茶をグッと呷《あお》りつけると、ジロリと幸田の面を見上げ、

『おい、これア大きいぞ。野毛山が動き出すようじゃ、これア大分大きい。……なア、幸田、鳴くべきいわれのない鶴がなんで鳴く。それをなんで野毛山が壊しに来る？　この筋道の裏を辿って行ったらこれア殊《こと》に依ったら大事件だぜ。……どうだ、乗りかかった船だ、一番出潮に乗って行くところ迄行って見るか』

幸田はマジマジと酒月の面を瞶《みつ》めていたがやがて一言《いちごん》、

『よかろう』

と言った。この時、格子戸を手荒く押開け、

『とめ婆さん居るかい』

と言う声と共に玄関へ飛込んで来たのは、すぐ上の有明荘へ出入する鳥屋の小僧。格子に摑って素頓狂な声。

『とめさん、大変だ大変だ、王様の妾が身投げをした』

幸田はウムと眼を輝かして立上る。とめは奥から走り出し、

『なんだって。奥さんが身投げをしたと。それで生きてるのか死んでるのか』

『死んだともさ。窓から崖下迄落ちたんだぜ。助かりっこはあるもんか』

とめは大袈裟に眉を顰め、

『おお、厭だこと。湯灌なんぞしなくちゃならねえのかしら。元日っぱらから縁起でもねえ』

『いいえ、死骸は警察で持って行ってしまったとさ』

『おや、それア稀有だこと。……ほかに何んか妙な様子はなかったかい。ちょっと思い当ることもあるんだが』

幸田は玄関端《ばな》まで出て来ると、

『おい、新町《しんまち》の鳥屋の小僧だな』

『へい』

『それア身投げでなくて殺されたんじゃないのか』

小僧は急に眼を光らせ、

『ええ、実は私もそう思うんで』

『ほう、何故《なぜ》だ』

『だって、そうなんです。身投げをするやつが鳥を注文するなんてのはないでしょう。明日の朝真鴨《あおくび》を二羽届けろって電話を掛けてよこしたんです』

『それは何日《いつ》』

『大晦日《おおみそか》の……、いや元日朝の二時頃だったんで』

幸田は座敷の方へ振向くと、ジロリと酒月と眼を見合せる。


虎《とら》ノ門《もん》の交叉点に近い晩成軒《ばんせいけん》という喫茶店。一と眼で道路を見渡せる窓際の席に掛けている婦人は、つい先刻《さっき》「巴里《パリー》」にいたアパート有明荘の住人の一人。アメリカ帰りのダンサー川俣踏絵。ひどく色気の悪い顔つきで歩道の方を眺めながら何かソワソワと落着かぬ体である。

間もなくガラス窓にチラリと人影がさし、外套の襟を立ててタキシードの胸元を隠すようにして入って来たのは、これもつい先刻《さっき》「巴里」にいた例の珊瑚《さんご》王《おう》の伜《せがれ》山木《やまき》元吉《もときち》。その風体を見ても「巴里」から真直ぐ此処に来たものと知られる。時刻から言っても前回岩井《いわい》伯爵が「巴里」へ現れて松谷鶴子の変死を報告してからまだ一時間とは経っていない。

山木は日頃艶の悪い蒼黒い頬をいよいよくすませ、貧乏たらしく鼻の先を赤くしながら早足

で入って来ると椅子を引寄せて踏絵の傍に掛けながら、

『ハッチの野郎に付き纏《まと》われて、それで遅くなったのだア』

と辯解がましく述べたが踏絵は大分お冠の体で横を向いたまま返事もしない。山木はその方へ尖った顎を突出し、

『ねえ、おい。あいつは何か嗅ぎつけてるんじゃないのかア』

踏絵はピクッと身体を顫わせると急に山木の方へ向き直り、

『感づくって、何をさ』

『つまり、二人の仲をさ』

踏絵は肩を聳《そび》やかし、

『とぼけるない。それが何が恐い』

『ほう、恐くないのかい。これが岩井の旦那に知れてもお前さんは恐くないのかい』

フト見ると踏絵はテーブルの下でピリピリとハンカチを引裂《ひきさ》いているので。山木もこれには驚いたようすで、

『こりゃ驚いた。何を独りで焦《じ》れてるんだい。言わなくっちゃ何も判りゃしない。え、おい、どうしたんだい』

踏絵はツト顔を挙げると思い迫ったような口調で、

『ねえ、お前、あの取引から手を退かない』

山木は不意を喰って、

『えッ、取引って、二百九十五カラットのことか』

『莫迦な念を押さなくてもいい。今迄いくども言ってるじゃないか』

山木は貧乏揺りをしながら、

『それア困るよ。他ならぬ君の頼みでもそれは困る』

と常にもなく真顔になって、

『俺アかねがね聞きたいと思ってたんだ。どうしてそう執拗《しつこ》く手を退け手を退けと言うんだい』

『余り仕事が大き過ぎるからさ。お前のようなアンポンタンの手に負えるもんか。止した方が身のためだ。わちきはつくづくそう思う』

『大きけりゃ結構じゃないか。……大きいからこそこうして骨身を惜しまずに駆けずり廻ってるんじゃないか。君にはまだ言わなかったが犬居仁平《いぬいじんぺい》の方の筋道もつき、ようやくモノになりかかっていると言うのに、どうして今更手が退けるもんか。それア無理だよ』

と言って踏絵の手を取ると、

『おい、踏ちゃん。俺ァもうスッテンなんだぜ、知ってるかい。スッテンどころか百万からの借金でもう二進《にっち》も三進《さっち》も行かなくなってるんだ。身から出た錆だと言えばそれ迄だが、こいつをモノにしなけりゃ、俺アもう浮び上ることが出来ないんだ。知らないわけはない。君だってうすうす知らないわけはない。それなのにどうして手を退け手を退けと言うんだい。……何か訳があるんなら言ってくれよウ。尤《もっと》も俺だって死物狂いだから大抵の訳なら引込まない』

踏絵は山木の手を握り返して、

『わちきがこんなに頼んでも』

『ああ、勘辨してくれ』

『お前、怖いと思わない』

山木は何故《なぜ》か急に臆病な眼付になって、

『おい、踏ちゃん、あんたそれア何か考え違いをしてるんだ。……君は何を疑ってるか知れないが、俺がやってるのは公明正大な取引なんだぜ。うまく品物を納めて口銭《こうせん》を貰おうというんだ。それが何で怖いんだい。……尤も大っぴらに言えない筋があって、この事は、君と印東《いんどう》にしか打ち明けていないが、秘密厳守というのがこの取引の第一条件なんだからそれア見逃して貰うより仕様がない。こいつを言うと人にたいへんな迷惑のかかることなんだから』

踏絵はまるで聞いていなかったように、ああ、と溜息をつくと、

『お互いにひどい破目になったわね。もう逃げようたって逃げられやしない。ああ、わちきは何だって日本へなんか帰って来たんだろう。うらめしい』

山木は眼を伏せて、

『これが世に言う腐れ縁さ。勘辨して貰うより仕様がない。岩井の旦那には申訳ないが出来てしまったものはどうするものか』

踏絵は急に眼を瞋《いか》らせ、

『いい加減にとぼけて置け』

『何だって』

『今朝《けさ》の鶴子の一件はありゃどうしたんだい。何故鶴子が殺された？　その訳をお前が知らない筈はなかろう。だからあちきは』

山木は慌《あわた》だしく踏絵の袖を引き、キョトキョトと給仕《ボーイ》のいる方を偸視《ぬすみみ》ながら、

『おい、何を言い出す』

踏絵は不貞腐ったようすで煙草《たばこ》の煙を噴き上げながら、

『狼狽《あわて》るない。お前が殺したと言ってやしない。あまり水臭いからさ』

山木は血相を変えて、

『詰《つま》らねえことを言うな。訳があるというなら、むしろそちらの方が知ってるだろう。……ちょいと伺うがね、踏ちゃん、君は陰では鶴子の悪口ばっかり言ってる癖に、どうして鶴子のところへばかりササリ込んでいたんだい。それにさ、噂に聞けば何か只ならぬ関係になっていたと言うじゃないか。……何んでそんな手の籠《こ》んだ真似をしていたんだい』

踏絵はサッと血の気を無くして、

『やかましい。それがどうしたと言うのさ。そんな余計なお節介をするより、自分の身の始末でも考えるがいいや、とんちき』

と口汚く言い放すと、フイと窓の方へ顔を向けてしまう。見ようによれば己れの顔色を見透かされまいとする仕草のようにも受取れるのである。山木の方も気不味《きまず》そうに俯向《うつむ》いて煙草《たばこ》を喫《す》っているが、その指先が細かく顫えているのはどうしたものであろう。

恰度《ちょうど》その時窓の外を、有明荘の崖下の素人屋《しもたや》に住んでいる例の花《はな》と言う美しい縫子が通りか

かった。連れの赭熊《しやぐま》の娘とも別れたと見え、何か俯向《うつむ》き勝ちに歩いて行く。踏絵はそれを見ると慌てたようにテーブルの上の手袋を摑んで立上り、山木に挨拶もなく喫茶店から飛出すと、

『花ちゃん花ちゃん』

と呼びながら歩道の角で花に追いつき、妙に親しそうにその手を執《と》り、

『花ちゃん、今朝《けさ》は大変だったんですってねえ』

花は当惑したようにモジモジと手を引きながら、

『ええ』

踏絵はその顔を覗き込むようにして、

『あんた何かくわしいことを知らなくって』

『いいえ』

『まるっきり』

『ええ』

『驚ろいたでしょう、あんなに仲よしだったんだから』

『ええ』

踏絵は、

『死ぬ者は損をするわねえ』

と独言のように呟《つぶ》やきながら意味あり気な微笑を浮べて花の顔を眺めていたが、急に耳の傍へ口を持って行くと、

『花ちゃん、お目出とう』
と言った。

十三　検察の妄執の事、並に朱唇綻《ほころ》ぶ事

山王下《さんのうした》から有明荘へつづく険しい小径《こみち》を今しも一種狷介《けんかい》な足調《あしどり》で上って行く黒ずくめの隠気《いんき》な人物は、言う迄もない、警視庁捜査一課長眞名古警視なのだ。

警保局の内訓によって松谷鶴子の自殺の證拠固めに其処へ赴こうとしていることは既に読者諸君も御存知であろう。松谷鶴子の死因が果して自殺であるか他殺であるか、風説はともかくも事実のところはまだ判明していない。何《いず》れ眞名古課長の冷酷峻烈な取調べの結果に俟《ま》つほかはないが、先刻帝国ホテルのロビイで林謹直がフトロを辷らした廉々《かどかど》を綜合して見ると、今朝《けさ》午前五時溜池《ためいけ》署長から鶴子の怪死と皇帝検挙の件を報告されて以来、内務外務両大臣、警保局長、総督警視総監の四人が内大臣官邸に集まって鳩首《きゆうしゆ》謀議の末、急遽自殺の状況を整備してしまったものと思われる。

眞名古は今その現場にやらされる。つまり、すっかり自殺の状況が出来上ったところへ自殺の證拠を探しに行くのである。何のために眞名古警視が其処にやらされるかと言えば眞名古の署名のある報告書が必要だからで、言わば眞名古は警視庁から裏切られた上甚《はなは》だみじめな役目

を果しに行くのである。
眞名古警視が検察の事務を執るに当ってはその冷執隠険《いんけん》なることはユウゴオの「噫無情《レ・ミゼラーブル》」に登場するかのジャヴェル探偵にもゆめゆめ劣らぬ事は既に述べた。この人物が破邪険非にどれ程執心するか、その辛辣さは警視庁の内部ですら甚しく畏怖されるのを以ても知れよう。棺桶に打込むような極めて特徴的な眞名古の沈んだ足音が廊下の端に聞え始めると、部下も同僚も一斉に話をやめ、恰も悪風の通り過《す》ぐるを待つ舟子らのように、その足音が課長室の中に消えて行くのをジット目を伏せて待ちわびるのである。

今この小径を上って行く眞名古課長の後姿を御覧になれば成程と頷かれるでしょう。陰々たる雰囲気《アトモスフエール》を身に纏《まと》い、墓場の大鴉のような黒いインバネスの肩を聳かし宛《さなが》ら不吉な現像の如くに踏み上って行く、見よ見よその隠殺の気に道端の草共も恐れ戦《おのの》いて薙《な》ぎ伏すのである。

一体、国家の大きな行動のうちには善悪の些末などに拘泥していられぬような場合もある今度の場合などもまさにそれで、この皇帝殺人事件を方式通りに処理しようとするといろいろうるさい国際問題が起きてくる。安南の皇帝が日本に来遊されていることすら既に厄介な問題なのに、今その皇帝を殺人犯人として摘発するめんどうさは誰しも想像することが出来る。のみならずそれを敢てすることは百害あって一利ないのだから、済むものなら浪風《なみかぜ》を立てずに済ましたいところである。こういう場合に検察の権化のような眞名古に一役買わせることは何としてもミスキャストだから、警察当局が眞名古を出し抜いて逸早く状況を整備してしまったのは一面無理もない処置だったのである。

一方眞名古は法律の原則は国家の遙か上に立つもので、政府の意嚮や方針で軽々しく左右されるべきでないと言う固苦しい意見を持っているのだから、先刻ホテルのロビイで林の口を通じてこの事件に対する政府の処置を知った時限りない憤懣の念を感じた。つまり、日本政府の体面を保つことは、たとえそれが一国の皇帝であろうとも罪あるものを罪ありとすることで、徒《いたず》らに法律の原則を枉《ま》げて他国の人間に忠義立てすることではない、と言うのである。

作者にすれば双方に理窟あるようでどちらが正しいとは言い兼る。然し強いてこの事件の真相を摘発しようとすれば眞名古は警視庁の全機構を向うに廻して戦うほかはないのだが眞名古にそれだけの決心があるであろうか。われわれは今眞名古の懐中に辞職願が収められていることを知っている。とすれば既にその大決心をしているのかも知れぬ。睡《ねむ》そうに垂れた瞼の間から一種凄然たる光が洩れ出すのを見ても、何か不屈な決心を胸底に蔵しているように見える。然し眞名古は退け者にされた欝憤をこんな方法で復讐しようとしているのだと考えるのは眞名古に対して気の毒である。眞名古は隠険だが卑怯な男ではない。その上極めて老成沈着な性だからそんな子供染みたことを企てる筈はない。眞名古はこうすることが検察官たる己れの義務だと率直に感じたのである。

さて眞名古課長が有明荘に行きついて見ると、早や何事もなかったように商人が活潑に出入している。巡査や刑事の姿も見えない。

入口を右に折れて突当りの玄関番の部屋の戸を開けると、五十ばかりの人の悪そうな婆が上り口に這い出して来た。第一回に於て、奥の部屋にいるのが宗皇帝だと刑事らに告げ口をしたあのお節介なお馬婆である。金壺眼のしゃくったような下等な面構え。引詰に結っているので妙な工合に眼が釣るし上り、一層意地悪そうに見える。元来すぐ人を甘く見る性《たち》だから、校長の古手のような余りパッとしない眞名古の風采を見ると、忽ち舐《な》めてかかって、

『おやおやまたお調べですか、助からないねえ』

なんて吐《ぬ》かす。眞名古は上り端へ腰をおろすと湿った調子で、

『お馬というのはお前か』

と訊問を始める。お馬はそっぽを向いたまま、

『はい、さいです』

『ここでどんな役をしているね』

『まア、こうして玄関に居りますのと、それから皆さんの細々した用事も致します。はい、それだけで御座います』

『昨夜《ゆうべ》王様が来られた時誰れか連れのあるような模様は無かったか』

『おや、王様って誰れのことでしょう。本名なら判りますが』

『日本名を宗方龍太郎《むねかたりゅうたろう》と言っていられる方だ』

『宗方さんならば昨夜《ゆうべ》はおいでになりませんでした。そりゃもうたしかなんで御座います』

『間違いはないね』

『ええもう』

眞名古は依然として瞼を垂れたまま、

『仲々口が固いな。感心だ。誰れが訊ねてもそういう風に言うがいい。……それで、あの玄関の扉《と》はどういう風にして開けるのか』

『それを聞いて何になさるんです』

『訊いた事に返事をしろ』

お馬は面を膨らして、

『御各自《ごめいめい》が合鍵で開ける事になっています』

『閉める時は』

『押すと自然《ひとりで》に閉まるようになって居ります』

『出入口はあれだけなのか』

『御用聞が上り下りする裏梯子《うらばしご》がありますが、出入はみなあそこから致します。何しろ出入口はあれ一つですからねえ』

『鶴子という婦人は王様のほかに誰かを待っているような様子は無かったかね。客か、それとも友達でも』

『ほかのひとは誰れも待っていなかったと思います』

『どうしてそれが判ったね』

『昨夜《ゆうべ》、十二時少し前に、すぐこの崖下の素人屋《しもたや》の二階に居る花という縫子が松谷さんのところへ届け物をしてその帰りにここへ寄って話込んで行きましたが、何でも宗方さんが約束の時間に来ないので鶴子さんがたいへんな焦れ方だったと言ったからです』

『それでそう思ったのか』

『どうだっていいじゃありませんか。妾《わたし》ア今ふいとそう思ったからそんな風にお答えしたんでさ。ひとの胸ン中なんぞはっきり判るもんですか。千里眼でもあるまいし』

『それでその娘は他にどんな話をしたか』

『鶴子さんは倖《しあわせ》だと言ってました。これア昨夜《ゆうべ》に限らずいつでも申すんです』

『それだけか』

『あとは忘れましたねえ』

『その花という娘がここへ寄った正確な時間は何時頃だ』

『来たのは十二時十分前ぐらいだったと思います。十分位い話をしていると除夜の鐘が鳴り、それを聞くとお目出度う、と云って駆け出して行きました。……何かほかにまだ』

『もう少しだ。……するとその娘が生きた鶴子を見た最後の人間になるわけか』

『さいです』

『その後に鶴子の住居《すまい》へ上って行ったものはなかったか』

『ありませんでしたねえ』

『事件のあった後で誰か玄関から出て行った者は無いか』

『誰れも出てまいりません』

『どうしてそれが判るんだね。玄関に立番しているわけでもなかろう』

『誰れが立番なんぞするもんですか、冗談じゃない。……それはね、あなた、玄関の扉《ドア》を開閉《あけたて》するたびに電気仕掛で妾《わたし》の部屋のベルが鳴るようになっているんです』

『つまり、事件のあとは一度も鳴らなかったのだな』

『後にも前《さき》にも、花が帰ってからお巡査《まわり》さんがやってくる迄、只の一度だって鳴りはしませんでした』

『いとという家政婦が帰ったのは』

『十一時半頃いつものように勝手口の鍵を妾《わたし》に渡して帰って行きました』

『その鍵は？』

『妾《わたし》がここに預ってます』

『一つしかないのか』

『さいです』

『それでお前は何時頃に事件を知ったのか』

『アッと言う声を聞いたのは恰度《ちょうど》四時だったと思います』

『崖下のアッと言う声を此処で聞いたのだね』

『さいです。自慢じゃありませんが耳は聡いですわ』

『成程。それで』

『それから急いで崖下へ下りて行って見るともう死んでいました。それを担いで部屋まで持って上って』

『お前が？』

『これでもむかしは女角力《すもう》の前頭までとったんです』

『すると鶴子は』

『えッ、勿論自殺ですとも』

『どうしてそんな事が判るね』

『だって、あなた、そうじゃありませんか。昨夜《ゆうべ》は松谷さんのほかは誰一人アパートにはいないんです。それに普段から死にたい死にたいと言って』

『よしよし、満点だ。それで花という縫子は今家にいるだろうか』

『保證《うけあ》えませんねえ、今日はお朔日《ついたち》だから』

『どうも御苦労だった。尤も今すぐもう一度引っ返してくる』

と言って立上ると、眞名古はノロノロと崖下まで下りて行き、空地の片隅に立腐れになったような二階家の格子を引開けて案内を乞うと階段に優しい足音がして、やがて十八、九ばかりの、色白な眼のぱっちりとした、大変に美しい娘が障子の陰から顔を出した。娘は眞名古の顔を見ると、あら、と叫んで小鳥が泊り木から飛び立つような科《しぐさ》で立上った。つい一時間程前、日比谷公園の近くで人雪崩《なだれ》の下敷きになり、アワヤ圧死しようとしたところを眞名古に助けられた縫子の花であった。遉に眞名古もこの奇縁に驚ろいたらしいが、この方は例によって瞼を開けて一寸《ちょっと》その顔を眺めただけである。

容貌《かおだち》というものもこれ丈《だ》け美しければ確かに一つの事件である。たとえば銀座《ぎんざ》で擦れ違う美人の数は多いが眼を瞠《みは》らせるというのはそうザラにはない。花子の顔はその数少《すくな》いうちの一つ。類型を以て説明すると、宮本三郎《みやもとさぶろう》描くところの、近代の快活と純情を花のように咲き出させたあの美少女の顔立ち。こういう顔に出会うとどんな男性も一応生き甲斐を感じるのである。花はその美しい顔に勿体ない程の微笑を浮べながら様々に礼を述べていたが、眞名古が警視庁の者だと名乗るとその仇気《あどけ》なさも微笑もまるで朝日に逢った霜のように消えてしまって、上眼使いでオドオドと眞名古の顔を偸視《ぬすみみ》するようになった。尤も警視庁の捜査課長などはどんな愛想のいい娘でもそう安々と歓迎する筈はないからこの位いのことはあたりまえであろう。それでも、上り口では余り失礼だと思ったのか眞名古を導いて二階の自分の六畳に通した。

篦台《へらだい》も針箱もきちんと壁際に片附けられ、蔽布《おおい》を掛けたミシンの上にはまだ蕾の固い紅梅が一枝。せめても元日を祝う貧しい娘の心根も忍ばれて愛し気で。

眞名古は窓際にムンズリと坐ると愛想気のない口調で、

『鶴子のところへ出入するようになったのはいつ頃からか』

とやりだす。花は低く首を垂れたまま泣き出しそうな声で、

『去年の十月頃からですわ』

『鶴子は色々お前に打明話をしたそうだな』

『冗談ばっかり言ってましたの』

『鶴子は此頃、何か悲しいとか、死にたいとかと口走った事はなかったか』

花は眼を瞠って、

『いいえ、一度も』

『お前は王様の顔を知っているか』

『存じてますわ。鶴子さんにいく度も写真を見せられましたから』

『随分美男子な、そう思うだろう』

眞名古がこう言うと花は、あら、と言って額《ひたい》まで真赤になってしまった。眞名古はその顔に眼を注ぎながら、

『まだ直接《じか》に一度も逢ったことはないのだね、残念だな』

『でも、訪問着のお仕立をホテルへお届けすることになってますから、近々《きんきん》お目にかかれますわ』

と答えると顎を襟に埋《うず》めて急に考え込んでしまった。眞名古は黙ってそれを見ていたが手を伸して窓の障子を開けると、すぐ眼の上に有明荘の建物が突き立っている。

眞名古はその方を指《ゆびさ》しながら、

『おお、有明荘が見えるな。あの右から二番目の二階の窓が鶴子が身投げをしたという窓なのですね』

『そうですの』

眞名古はゆっくりと花の方へ向直ると、

『娘さん、お前さん昨夜《ゆうべ》何時頃に寝たかね』

この質問に縫子の花の全身にひどい変化が起きた。一口に言うと猟犬に追いつめられた小鹿

のような切迫《せっぱ》つまった眼つきをして眞名古の面を見返していたが、やがて畳の上に突っ伏して
ワッとひと泣き泣くと急に面を挙げ、

『あたし色んなことを知ってるんです』

眞名古は驚ろかない。陰気な眼を伏せたまま、

『ほう、どんなこと』

花は唇を顫わせながら、

『あたし、……あたし何もかも見ていたんです、この窓から』

花は一体何を見たと言うのであろう。

連載長篇　第五回

十四　毬栗頭《いがぐり》の事、並《ならび》に二九五カラットの事

乙亥《おつい》元旦午前四時二十分、赤坂山王台《あかさかさんのうだい》アパート有明荘《ありあけそう》に住む安南国《あんなんこく》皇帝宗龍王《そうりゅうおう》の愛妾《あいしょう》松谷《まつたに》鶴子《つるこ》が二階玄関の窓から三十尺ほどの崖下に墜落して怪死を遂げた。その席には皇帝だけしか居《お》らず、不幸なその窓の開閉する部分は床から五尺程上についているので、踏台《ふみだい》でも使うのでなければ自発的にそこから飛出すことは困難である。この情況によって皇帝を加害者と認定することは容易だがその人を殺人犯人として告発するのはそう容易《たやす》いことではない。それによって惹起される厄介な国際問題を覚悟するのでなければやってのける訳にはゆかぬ。

早暁五時、この事件が通報されると色を失った内務外務両大臣が警保局長と警視総監を内大臣官邸に招集し、鳩首《きゅうしゅ》苦吟の末これを自殺事件として扱うことに衆議一決し、厳秘のうちに急遽あらゆる情況を整備し、午前八時には早や水も洩《は》らさぬ手配を完了してしまった。局長はこうした上で巡査部長位いを調査にやり、自殺の報告書を呈出させてアッサリこの事件を決済してしまうつもりでいたところ、悪運とでも申すべきか、迂闊な局長秘書が撰《え》りに選《えら》んでこうい

う仕事には最も不向な眞名古《まなこ》捜査課長にそれを命じてしまった。

眞名古というのは年の頃四十二、三の、骸骨に皮を着せたような痩せさらばえた男で、鉛色の皮膚の下に高く顴骨《かんこつ》をあらわし、瞼はいつも半眼と言った具合に重そうに垂れ下り滅多に開かれることがない。年中陰気な黒ずくめの装《いでたち》をし、俯向《うつむ》き加減にウソウソと影のように歩き廻るようすというものは宛《さなが》ら亡者。極めて緻密な頭脳の持ち主で、これ迄に様々の難事件を解決して来たが、不条理に対しては偏執狂かと思われるほどに苛酷。いやしくも不正と認めたら神をも告発することを辞せぬであろう、その峻烈さはまさに奪肉剔骨《だつにくてきこつ》、庁内ですら一種異様な憂欝に襲われるのである。

この人物は大正十一年の東大哲学科の出身で、「矛盾の哲理」という警抜な卒業論文によって今でも同期生の記憶に残っている秀才だが、卒業すると同時に引手数多《あまた》な就職口を尻眼にかけ、黙々と警視庁の巡査部長を拝命してしまった。鰥寡孤独《かんかこどく》の人間で親族《みより》もなければ妻もない。毎夜夜半まで官舎の古びた机に倚《よ》って孤影凝然と犯罪学《クリメノロジイ》の研究に従っている謂わば検察のためにこの世に生れて来たような人物。果して眞名古はこの政府の処置に忿懣《ふんまん》を感じたと見え、辞職願を懐中《ふところ》にし、陰々たる殺気を身に纏《まと》い、宛ら妄執の如くに立上って来た。たとえ警視庁の全機能をあげて妨害しようとも、必ず退《の》っ引《ぴき》ならぬ證拠《しょうこ》をあげ、皇帝を殺人犯人として検挙する決心なのである。

政府と一検察吏の刻薄な争闘が開始されようとする。警視庁の秀才が寄って集《たか》って充分な整備をしてしまった現場から眞名古がどのような方法で他殺の證拠をあげるか、この経緯《いきさつ》こそ甚《はなは》だ興味深いと思われるが、事実が探偵小説と違うところは、探偵が浪花節の英雄のような超人的な働きをしないところにある。実直なこの現実社会では、犬も歩けば棒という具合にやらなければならぬ、探偵の功績はいつもその半《なかば》を偶然に譲らねばならぬのである。この時も例によって思いがけぬところに思いがけぬ證人が現れて来た。それは有明荘の崖下の素人屋《しもたや》の二階に住む花《はな》という美しい縫子《おはり》で、その夜自分の窓から有明荘の事件を何もかも見ていた、と意外なことを言い出すところで惜しくも前回の終りになっていた。

さて眞名古としてはあらゆる妨害と困難を予想し死力を尽して戦う決心をしていたであろうのに、こんな手近なところからこんな有力な證人が現れようとは思いもかけなかったに違いない。冷血無情の眞名古と雖《いえど》も内心勇躍を禁じ得なかったろうと思われるが、それは作者の推察で、当の眞名古はと見ると、嬉しいのか嬉しくないのか、骨張った膝の上にキチンと手を置き、陰気に眼を伏したまま色も動かさぬ。何事も聞かなかったような冷々沈々たる趣《おもむき》なのである。

身に合わぬダブダブのサージの古服を着、ぼんのくぼの痩せた毳立《けばだ》った首をしょんぼりと垂れ、影うすく、俯向《うつむ》き加減に坐っているようすというものは、宛ら区役所の書記が失業してこの頃は踏切へ旗振りに出ていますと言った体。これを俊秀鋭敏、警視庁切っての辣腕と懼《おそ》れられる眞名古捜査課長と思うものはあるまい。見るもいぶせき有様である。

花は拗《す》ねた子供のように怨《うら》めしそうに上眼で眞名古を睨みながら、

『あたし、探偵なんか大嫌いです、人情がないから。あなただって撲《ぶ》ってやりたい位いよ。……ねえ、あたし、ご恩返しのつもりで言うんですから、どうかそう思ってちょうだい。さもなければこんな余計な告げ口なんかする気はないのです。……あたしがこの話をすると誰か罪人になるんでしょう、情ないわねえ。……ああ、あなたなんかに助けられなきゃよかった』

と大きな溜息をつくと、考え深そうな眼つきをしながら、

『昨夜《ゆうべ》、除夜の鐘をきいてからお掃除をすませ、それからお風呂へ行きました。歳の市であの梅の花とお供餅《かちん》を買って帰って来たのは二時過ぎでしたの。髪を結ったり襟掛けをしたりして時計を見るとかれこれもう四時なんです。すこし横になろうと思ってお炬燵《こた》へ入ったんですけど、眠るのが惜しくなってまた起きてしまいました。そこの障子を開けて、燈火《あかり》を消したまま敷居へこんな風に肱《ひじ》をついて考えごとをしながら、フト、鶴子さんの部屋を見上げますと、玄関にも食堂にも寝室にも燈火《あかり》がついてるので、ああ、王様がいらしてると思ったんですわ』眼をあげて眞名古を見ると眼を閉じてウツラウツラしているようす。花は心細そうに、

『あら、聞いてるんですか』

眠っているのではなかった。ウム、と返事があった。花は膝を乗り出して、

『するとね、突然玄関の窓掛が上って、誰かが鶴子さんを抱き上げようとしているのが見えるんです。鶴子さんは必死に身もだえしているようでしたが声は聞えませんでした。何をするんだろうと思っているうちに、その男は鶴子さんをこオんな風に高く差し上げて窓の外へ放り出したんです。その途端に玄関の燈火《あかり》が消えたので、あとはなんにも見えませんでした。……あたし、すぐ階下《した》へ降りて格子戸へ手を掛けたんですけど、出たらあたしも殺されそうな気がしたので、また二階へ引ッ返して朝まで顫《ふる》えていたのです』

眞名古は沈んだ声で、

『その男というのはどんな男』

『アッと言う位いの間だったのであやふやなんですけど、なんでも脊《せ》の高い、大きな、毬栗頭の男だったように思います。でも、何か冠《かぶ》っていたのがそう見えたのかも知れませんわ。……それから、手首のところに何か光るものを巻きつけていたようです。こう手を差し上げた時、それがキラキラ光ったんです。腕時計だったのかしら。はっきりしたことは言えません』

眞名古はチラリと花の面《おもて》を見上げ、

『娘さん、お前、王様の写真を見たと言ったな。その男が王様に似ているように思わなかったかね、こういう顎髯は無かったか』

花は怒ったような顔つきになって、

『お気毒さま、写真には顎髯なんかありませんわ。……それに、王様は鶴子さんを殺す筈なんかないんです』

『ほほう、どうしてそんなことが判るね』

『何をしても笑ってばかりいるって歯痒《はがゆ》がっていました、鶴子さんが』

『王様は鶴子を愛していられたのだね』

すると、花は躍気となって、

『いいえ。鶴子さんの方はもう大変だったんですけど、王様の方はそれほどでもなかったんです。ええ、あたし、そう思いますわ』

『成程。それで、鶴子に男の友達があるような様子はなかったか』

『男の友達どころか、女の友達だってあたしと踏絵《ふみえ》さん位いのものですわ。だいいち、家《うち》にばかしひっこんでいて、戸外《そと》へ出ることなんかないんです』

『それで、もう、私に話してくれることはないか』

花は襟に顎《うず》を埋めて黙り込んでいたが間もなく顔をあげ、

『あたし、まだ知ってることがあるんですけど、これは言いませんわ。死んだひとにすまないから』

聞いているのかいないのか、眞名古はうっそりと腕を組んで何か考えているようだったが、やがてモゾモゾと上衣《うわぎ》の衣嚢《かくし》を探《さ》ぐって鼻紙と一緒に潰れかかった板チョコレートを取出して花の方へ差出し、

『一つお喰《あ》がり』

花はキッと口を結んで、

『あたしを子供だと思ってるのね。そんなことをしたって駄目、言いませんわ』

眞名古は一旦引っ込めかけたチョコレートをまた取出すと、包紙の上にたまった芥《ごみ》をフッフッと口で吹き、覚束ない手つきで銀紙を剥し始めたが、チョコレートはとろけかかっているので思うように渉《はかど》らぬ。垢のたまった小指の爪で長い間かかって丹念に掻きとると、陰気な声で、

『ま、お喰《あ》がり、汚くはない』

と言いながら、べったりと畳の上に置く。見るからに気の重くなるようなたどたどしいやり

方。

眞名古はこんなに無器用な男ではない筈だが……。どのような名優も眞名古ほど巧《たく》みにこの場面を演じ終《お》おせぬであろう。これがもし芝居だとすると、いっそ辛辣すぎるというほかはないのである。

花は気味悪そうに下眼使いでチョコレートを眺めていたが、やがて思い切ったように、有難う、と言ってそれを口に入れ、マジマジと眞名古のようすを眺めていたが、急にフッと涙組《なみだぐ》んで、

『あなたは、まアなんてブキッチョなんでしょう。そんな風ではあたしのような子供にも馬鹿にされてしまいますわ。多分あなたは新米の刑事さんなのね。……あたし、言わないつもりだったけど、あまりお気毒《きのどく》だから言いますわ。……鶴子さんはね、何か大変なものを王様から預ってると言って苦にしていました。……それがどんなものか、あたしも知らないのですから、あとはあなたが精出して探偵なさいね』

眞名古は、いや、と挨拶とも礼ともつかぬ声を出して立上ると、

『昨夜《ゆうべ》、あの事件のあった時、鶴子のところには王様しか居なかったのだが、すると、お前さんの誰だかというのは、つまり王様のことなのだな』

癇《かん》の強い娘と見え、これを聞くと花は痙攣《ひきつ》った顔になり、今にも卒倒するかと思われるような眼つきで眞名古を見上げながら、

『待って下さい、あの時王様だけしか居なかったと言うのはそれは本当』

眞名古はのっそりと突っ立ったまま、冷然たる口調で、

『調べに行って見ると王様だけしか居なかった。食堂にも二人で食事をした形跡《あと》しか残っていないと言うのだ。……いやいろいろどうも』

と言って階下《した》へおり、ゆっくりと格子戸を引開けて出て行った。

花は畳に突っ伏して、

『そうと知ったらあんな事を言うんじゃなかった。ああ、どうしようどうしよう』

と身体《からだ》を押揉《おしも》んで身も世もないように愁嘆《しゅうたん》する体だったがやがてキッと顔をあげると、

『こんなことをしてはいられない。ともかく早く王様をお逃がししなくては』

と身仕度もそこそこに、押入から風呂敷包を取出して大切そうに胸に抱え、格子戸を引開けながらフト小径《こみち》の方を見上げると、今しも眞名古は黒いインバネスの袖を大鴉の翼のように羽《は》搏《ばた》かせ、木枯に吹き捲《まく》られながら飄々《ひょうひょう》と有明荘の方へ上って行く。花は切なそうな眼つきでそれを見送っていたが、ブルッと身顫いをすると手早く玄関に錠をおろし、駆けるように山王《さんのう》下《した》へ。

眞名古は有明荘の玄関に立って、入口の扉《ドア》の電鈴装置や引込外線の接続部などを調べていたが、それがすむと取っ付の階段からツカツカと二階へ上って行く。鶴子の住居《すまい》の玄関の前に私服が一人立番している。

『検視がすんでから誰《だ》れかこの内部《なか》へ入ったものがあるか』

『九時頃総監殿がお入りになっただけです』

『事件のあとからずっとここに居たか』

『ずっとここに居りました』

『勝手口の方は』

『同様、ずっと同僚が』

扉《ドア》を開けて入ると、そこは玄関と言おうより広い廊下と言ったところで、片側は壁、片側は応接間の扉《ドア》。その突当りが鋼鉄枠《スチール・サッシュ》の、いわゆるコルビィジエ風の大きなガラス壁で、床から五尺ほど上ったところに開閉する部分がついてい、事件の当時のままに悲しげに開かれ、そこから湿った風が吹き込んでいる。床の上には二尺ほどの高さの踏台が一つ。その傍《そば》に婦人用の牡丹色の繻子《しゅす》の上靴《スリッパ》が、一つは伏し一つは仰向いて葩《はなびら》のように美しく散っている。

眞名古は突っ立ったままジロジロとそれを眺めていたが、

『見事だナ、これなら飛び出せる』

と呟いて、ニヤリと笑った。

ああ、誰れか傍に居ってこの微笑を眺めたとしたら、それこそ脊筋が寒くなるような思いがしたであろう。微笑と言ってもそれは唇の端がすこし動いただけに過ぎぬが、どんな悪党の微笑もこう迄凄くはあるまい。譬《たと》えて言うならば氷の中で火が燃えるような、この世のありとあらゆる冷酷と瞋恚《しんい》がこの顔一つに凍りついたかに見えたのである。

窓の側《そば》の縁に眼を近付けて何か妙な顔をしたのち、応接間へ入ろうとすると、扉《ドア》には厳重に鍵がかけられその上封印までしてある。率直に言えば眞名古がこれから奥へ入ることを禁じているのである。眞名古が調査に出かけたと知って慌ててやって来たのだろう、封印の表にはまだ微かに湿り気がある。眞名古は冷然たる面持ちで衣嚢《かくし》から鈎《かぎ》のように先の曲った針金を取出すと扉《ドア》を開けにかかる。一分ほどガチガチやっていると扉《ドア》が開く。

さすがに東京一と言われるアパートだけあって万事豪奢な取廻し、足首も埋《うずま》りそうな朽葉色の絨氈《じゅうたん》の上には脚の低い仏蘭西《フランス》製の近代風《ア・ラ・モード》な家具を置き並べ、窓には灰白色の贅沢なベルベットの窓掛がすんなりと掛り、白耳義《ベルギー》産の高価な玻璃《ガラス》鉢の中にはこの真冬に蘭鋳《らんちゅう》が悠々と尾鰭を動かしていると言った工合《ぐあい》。

食堂へ入って見ると、食卓掛《ナップ》の掛ったテーブルを挟んで向き合う位置に二脚の椅子が置かれ、三鞭盃《シャンパン・グラス》が一つ宛《ずつ》、ナフキンが二つ、フォークと魚匙《トリユエール》が二本ずつ、生牡蠣《なまがき》の殻の堆高《うずたか》い中皿と鵞鳥の肝《フォア・グラ》を取りわけた小皿が各々一枚宛、灰皿が二つ。要するに、二人だけで此処《ここ》で食事をしたという無言の證人になっているのである。眞名古は食卓の上を眺め廻したのち一方の灰皿の中を覗き込む。その中には口紅で赤く染ったゲルベゾルテの吸殻が三本転《ころが》っている。すぐ向う側へ行ってまた灰皿を覗き込む。その中には上等の葉巻の吸殻が一本。

眞名古はその椅子に掛けると、

『向いの椅子に鶴子が掛け、この椅子には皇帝が、こう掛けて』

と言いながら足を伸すと靴先がテーブルの脚の横木に触れた。眞名古はテーブルの下に這い込んで横木を調べる。まだ微かな湿った泥がこすりついている。向う側へ廻ってそっちの横木を調べる。上靴《スリッパ》の裏で磨《こす》られたと見えてちょうどその部分だけ埃が薄くなっている。ここ迄はまず妥当であるがどう考えても鶴子が掛けたと思われる椅子の位置が妙だ。眞名古はその椅子に掛けて食卓《テーブル》の方へ手を伸して見る。とても食器までは届きはしない。椅子を動かした跡があるかと思って絨氈《じゆうたん》の上に眼を近付けて見たがそんな跡もない。椅子の脚はしっかりとその位置にめり込んでいる。フト椅子の右側を見ると絨氈《じゆうたん》の上に巻煙草《まきたばこ》の灰が落ちている。それはドス黒い、ゲルベゾルテとは似ても似つかぬ明《あきら》かに下等な巻煙草《まきたばこ》の灰である。なぜここに灰が落ちたのか。椅子に掛けてやって見るとすぐ判る。どうしても灰皿まで届かないからだ。自分の膝に灰を落したくないと思えば、自然右側へ垂れた手が、ひそかにこの辺へ灰を落すことになる。この人物の手が灰皿に届かぬのに鶴子の手が、なぜ灰皿に届くのだろう。鶴子がこの人物の膝の上に乗っていたのだと思う外《ほか》はない。眞名古はすぐ椅子の脚の横木を調べて見る。横木の角にすこし湿った泥がついている。こんな高い横木へ踵をかけるのは、膝の上に重いものを載せた時か膝の上のものを落すまいとする時に限る。のみならず、これによってその人物が男性であることが證明されるのである。踵の高い女の靴ではこんな芸当は出来ない。それで、煙草の吸殻はどうした。揉み消してポケットへ入れたか。まさか。眞名古は皿の上に堆高《うずたか》い生《なま》牡蠣《がき》の殻を一つずつ取りのけて見る。下積みの殻の海水《しおみず》の中でふやけている吸殻の横の腹には、明かにGOLDEN BATと読まれたのである。眞名古はこんな工合にして皇帝の證言が嘘でなかったことを確かめた。事件のすぐ直前まで皇帝と鶴子のほかにもう一人の男がここにいたことを確認したのである。

眞名古は食堂の隅の扉《ドア》を開けて料理場へ入って行く。広い調理台の隣りに大きな厨房煖炉がある。変ったものと言えば浅い木箱に入った油土《パテ》と漆喰土《しっくい》だけである。しかしそれもすぐ判った。勝手口の扉《ドア》の傍の壁が二合ほど剝げ落ちそれを塗り直した壁土の余りである。眞名古がそこへ眼を近付けて見ると、塗直した新しい漆喰の上に誰れか脊を凭《もた》せた痕が微かに残っている。洋服の脊筋の縦の縫目と上着の裾の横の一線それからだらしなく下った皮帯の端が鋳型彫《クリュウ》のように薄《う》っすらと彫り込まれている。皮帯の端をブラ下げたりこんなところに凭れたりするところを見るとこの男は酔っていたのかも知れぬ。木箱の中の漆喰の塊りはまだ湿っているのに壁の漆喰のほうはもうすっかり乾いている。圧《お》して見ても指の痕もつかぬ。この方の乾きの早いのはすぐ傍に温水煖房《スチーム》の管が通っているからである。壁を塗り終えた時間と今朝《けさ》温水煖房《スチーム》が通り始めた時間を調べると、この男が大体何時から何時迄の間にこの壁に凭れたか容易に判明するであろう。リノリユームの床の上に靴跡が残っている。紙を刻んで丁重に靴型《くつあと》をとると、それを衣嚢《かくし》におさめ巻尺を取出して上着の裾までの距離を測ると手帳を取出して、〇米《メートル》八六と記した。勝手の扉《ドア》に耳をあてるとその外で立番をしている人の気配がする。勝手口の階段は後廻しにする事にして、料理場の隅の扉《ドア》を開けて次の部屋に入る。そこは浴室である。格別変ったようすもないのでまた扉《ドア》を開けて次の部屋に入る。そこは寝室兼居間である。奥の壁に寄せてディヴァン風の大きなダブル・ベッドがあって天鵞絨《ヴェルウル》の寝台掛が屍体の重みで人間の身体の形に冷えびえと窪んでいる。窓際に丸い鏡のついた西洋臭い化粧台。その右に壁に篏《は》め込まれた大きな衣裳戸棚がある。眞名古は化粧台の曳出《ひきだ》しを一つ一つ引抜いて細かに内容を改める。ここには異常なものはない。眞名古は衣裳戸棚の扉を引きあける。色々な色彩が五色の滝のように垂れ下っている。どれもこれも西洋寝巻か長襦袢である。上着もなければ外出着もない。その代り長襦袢だけは一々工風が凝らされてある。緋縮緬《ひぢりめん》の、茶のデシンに黄色い花を刺繍《ろざ》しの、タフタの繻子の、色もかたちもさまざまである。花が言ったことは嘘ではない。鶴子は戸《そ》外《と》へも出ずにこうして色々な長襦袢を着て毎日王様だけを待ちわびていたのである。鶴子がどんないじらしい日常を送っていたかこの衣裳戸棚がよく説明してくれるのである。下の曳出しを開けると男のチョッキが一つ入っている。それは薄緑の、上等な柔かい生地のもので、一流の仕立屋が入念に作ったものだということが判る。外側の四つのポケットを改めたのち内側を引繰返して見ると、まだ着古したというほどでもないのに内側の右のポケットの生地だけがすっかり伸びて卵なりに膨れている。何か可成《かな》り重い楕円形《だえんけい》のものが長い間無理にこの狭いところに押込まれていたことが判るのである。眞名古はチョッキを窓際に持って行って入念にポケットの内側を改める。チョッキを化粧台の上に置くと足音を忍ばせて料理場へ入って行き、油《パ》土《テ》の塊を持って帰ってくる。化粧台の椅子に掛けると巻尺を使ってポケットの膨らみを測りながらその大きさに合せ油土《パテ》を丸めはじめる。いくどもやり直しをしているうちに、鶏卵の三分の二ほどの大きさの、茹卵を二つ割にしたような、底の扁平な半球楕円形が出来上った。それからポケットの内側に微かに残っている鼈甲《べっこう》様の紋形に合せて半球の上へ切子の形をつける。ポケットに落し込んで見ると一厘の隙もなくピッタリと膨みと合う。それを丁寧にハンカチで包んで手に下げられるようにし、チョッキは新聞紙に包んでこれも化粧台の上に置く。また衣裳戸棚のところへ戻って二番目の曳出しを開ける。夥《おびただ》しい敷布類が入っている。外の曳出しは乱雑だから気がつかなかったが、ここは敷布類がキチンと入っているので、誰れかが大急ぎで掻き廻したなと言うことがひと目で判る。眞名古の方は丁寧に掻き廻す。敷布の間からこんなところにありそうもないものが現れて来た。薔薇根《ブライヤ》のシガーレット・ホルダーである。可成り特徴のあるもので、獅子《しし》の頭が彫刻され、その口が煙草を啣《くわ》えるようになっている。眞名古はそれを取上げて仔細に見る。重く垂れ下った瞼の間から一種凄惨な光が洩れ出して来た。それを化粧台の上に載せて椅子に掛けると低く首を垂れてそのまま動かなくなってしまった。十分、十五分。微動もしない。人気のないこの寂然《せきぜん》たる殺人の現場に寥々《りょうりょう》と瘠《や》せた男が影のように坐っているさまは鬼気迫るような気がする。眞名古は腹でも切ろうというのではないか。深い憂色を浮べて深く俯向《うつむ》けた頬は血の色を失って煤黒くなり、骨立った肩が波のように起伏するのは何か非常な大煩悶に逢着したのだということが判る。やや暫《しばら》くの後顔をあげる。この時はもう平常通りの冷々沈々なる面持になっていた。新聞紙の包みを小脇に抱え手藝品の包みを指の先にブラ下げて鶴子の住居《すまい》を出ると、一旦階下《した》へ降り、御用商人専用の裏階段を上って勝手口の扉の外側へくる。立番の私服には眼もくれず、紙包を廊下の端へ差押くと仔細に廊下を調べ始める。階段の下り口のところに葉巻の灰が落ちている。皇帝と同じ葉巻を喫《す》う男がこの階段を降りたか上るかしたことが判る。階段を降り切ったところに五分の一ばかし喫《す》われた、まだ火をつけたばかりの葉巻の吸殻が転っている。これで葉巻を喫《す》った男が階段を昇ったのではなく降りたのだということがわかる。葉巻の吸殻がここに落ちているのにその灰が二階の廊下にある筈はないから。葉巻に眼を近付けて見ると葉巻は灰の方を頭にして垂直に床に落ちたことがわかる。その男はここでよろけるか膝をつくかして、口から不随意に葉巻を落したに違いない。手に持って投げ捨てたのならば多少の弾みがつくから決して垂直には落ちぬ筈である。リノリュームの床に目を寄せて見ると、葉巻の吸殻のある少し先からリノリュームの上に何か引摺《ひきず》ったように二本の光の線が始まって玄関の方へ続いている。間もなくリノリュームは終って篏石《モザイク》の床になってしまったので二本の線は見えなくなっている。眞名古は二階の廊下へ引返《ひっか》えして先刻《さっき》の包を取上げると、玄関番のお馬《うま》の部屋へ寄って出入の左官の家と今朝《けさ》温水煖房《スチーム》の通り始めた時間を訊ねると飄々と有明荘を出て行った。

さて眞名古警視は溜池《ためいけ》の左官屋で壁塗りの仕上った時間を確めると、タクシーを拾って日本《にほん》橋《ばし》の伊吹《いぶき》という洋服屋へ行き何か細かに問い合せたのち、その足で室町《むろまち》の松澤宝石店《まつざわほうせきてん》へ入って行く。ハンカチから例の手藝品を取り出すと迷惑そうな若い手代を摑《つかま》えてこんなことを言っている。

『元日っぱなから妙な買物だが、それと同じ大きさの同じ形の金剛石《ダイヤモンド》の模造品《イミテーション》を作れまいか。百円位いでおさまれば好都合なのだが』

手代は呆れたような面持ちで眞名古の顔を眺めていたが、

『これはロゼット型という古い切り方ですな。……左様《さよう》、無垢のガラスなら出来ないこともございませんが、……お値段のところは一寸《ちょっと》判りかねます』

『この位いの大きさならば何カラット位いあるかね』

『まず、三百カラットはございましょう』

『どの位いの値段がするもんだろう』

手代は、えッと息をひいて、

『御冗談』

『いや、どの位いするかときいているのだ』

手代は馬鹿馬鹿しそうな面持ちで、

『一カラット三百円というのが相場ですが、この位いの大きな貴石になるとカラット数を二乗することになっていますから、三百の二乗で九万カラット。……三、九、二十七の二千七百万円。それに格付というものがありますから黙っていても五千万円。……話になりません』

『この位いの大きさの金剛石《ダイヤモンド》が日本にあるかね』

手代は辟易して、

『どうも困りましたな。……Jewel of the world（「世界の宝石」）という絵入りの英語本がございますが、何かお調べになるんならお目にかけましょうか』

と言って奥の本棚からクォート版の大きな本を持ち出して来た。眞名古は受取って世界の有名な宝石を順々に眺めていたが間もなくハタリと本を閉じて机の上に差置いた。

眞名古の眼を戟《う》ったものは、「大《だい》モガール」という宝石の次ぎに掲載された眞名古の手藝品と寸分違わぬ薄紫の美事な金剛石《ダイヤモンド》の原寸図だった。その挿図《さしえ》には次の様に註《しる》されていたのであった。

帝王《ラジャー》　二九五カラット。（一八八六年　南アフリカ、ブレミヤー鉱山産出。安南帝国皇室所蔵）

十五　風前の燈火《ともしび》の事、並に膝詰《ひざづめ》談判の事

誰れか扉《ドア》を叩く。この音で夕陽新聞《ゆうようしんぶん》雑報記者古市加十《ふるいちかじゅう》は、今しも帝国《ていこく》ホテルの豪奢な貴賓用の一室で眼をさます。たとえ偽物《イミテーション》でも王様の寝心地というものは仲々素晴らしいものだったに違いない。

どういう廻《めぐ》り合《あわ》せか、前夜松谷鶴子の死体の傍にいたばかりに一躍して安南の皇帝になってしまった。加十に言わせると間違うのは向うの勝手で、俺のせいではないのである。加十は多少の官憲とお馬婆を除いては、同業は勿論、この広い東京に誰れ一人知るものもない「安南帝国皇帝宗龍王の殺人」というこの大事件を最後のドン詰りまで見届け是が非でもこの大スクープをモノにする決心でここにネバっているのだが、こんな呑気《のんき》なことをしていてもいいのであろうか。加十がここで仮睡《うたたね》をしているうちに、事件はどうやら加十などの手に負えないほどに大きく発展し始めたのみならず、皇帝の顔を見知っている林謹直《はやしきんちょく》にこの卑賤極まる寝顔を見られてしまっている。加十の運命たるやまさに風前の燈火《ともしび》なのである。

が、加十はそんな事は知らないから、ウウムと伸びをすると例によって荘重な声で、

『カム・イン』

と言った。

扉《ドア》を開けて入って来たのはノッポの給仕長。小鴨の蒸焼《むしやき》や伊勢海老《いせえび》のマヨネーズや、網焼牛肉《シャトオブリヤン》などを大きな盆に載せて持ち込んで来たのが例の偵察用の鏡に映じ出される。

時間はなるほど十一時間近《まぢか》いが、それにしても朝飯にこんなものを喰う奴はない。これだけでもお里が知れるのだが、加十はそんなことに気がつかぬ。ケチなものを注文したら化《ばけ》の皮が剝げはしないかと思って無理から高価なものばかり選んで注文したんだが、これが上流の風習と恰度《ちょうど》反対になった。

喰べ馴れぬ食物も障りなく胃袋におさまり、心持よく気が重くなってまたウツラウツラしているとホテルの支配人が入って来て、何か御注文の品を持って来た使いが直接《じき》じきお手渡《てわたし》したいと言っていると告げる。

扉《ドア》が極めて静かに開いて、鏡の中へ入って来たのは年の頃十八、九の、絵に描いたような美しい娘である。何という美事な顔立ちであろう。下町の美男と美女だけが場違いの血を交ぜずに幾代も配合された純血族《サラブレット》の末にこのように洗練された顔だちが出来上るのであろうか。眼も鼻も唇《くち》も一つ一つそれだけで完成し切っていて、それが少しも無駄のない輪廓の中におさまり、譬えようのない清楚を、そのくせ情味のある、明るい近代的な顔をつくっている。映画好みの混血面《あいのこづら》ではない、東京の、純日本の精華である。

加十と向き合った煖炉棚《マントルピース》の鏡に映ったのは稀観《きかん》とも称すべきこのような美しい風景だった。

言う迄もない、先刻《さつき》眞名古と対座していた縫子《おはり》の花である。

極端な御馳走のすぐあとでこのような美人が出現するなどという至れり尽せりで、誰しも茫然とせぬわけにはゆくまい。加十は殆《ほと》んど夢幻《ゆめうつつ》の体だった。

花は胸に風呂敷包を抱き、緊張のために蒼くなって扉口《とぐち》の傍に立ちながら、

『わたくし、有明荘の下に住って居ります縫子の花でございます。御注文の御訪問着を持参いたしましてございます。それから、ちょっと……』

と、たどたどしい。

加十は、は、は、は、と下等な作り笑いをして、

『それは御苦労。ま、すこし遊んでおいでな。僕も少々徒然《とぜん》です。さア、ここへ来てこの椅子にお掛けなさい』

花は古風な擦足《すりあし》をして加十の傍へ進んで来て向き合う椅子に掛けると上眼使いでオズオズと加十の顔を眺めていたが、突然椅子から立上って、

『王様、あなたではありません』

と甲高い声で叫び立てた。

ああ、大変なことになった。娘ッ子だと思って油断をしたばっかりにとうとう化の皮が剝がされてしまった。今迄の苦心も大スクープの夢も一切合財これで御破算になってしまうのであろう。それにしても相手が悪い。逭《さすが》に鉄面皮の加十も狼狽赤面してウロウロと椅子から立上りかけると、花はワッと泣き声をあげながら絨氈《じゆうたん》の上に坐り込み、

『おゆるし下さいませ。あたし……』

と言って、しどろもどろに前章の一条を物語った末、

『王様だけしかおいでにならないと知ったら、死んだってあんな事を申すのではありませんでした。どうぞ、それだけはお信じ下さいませね』

と、扉口《とぐち》の方へ逆上《のぼせ》たような眼ざしを走らせ、

『それにしても、大変なことになりました。こうしているうちにも……。さア、どうぞ早くお逃げ遊《あそば》して。すみません。すみません』

と言って、また泣き崩れてしまった。

花が見た加害者というのは王様と違うというのはすこし受けとれぬ話だが、どうせロマンチックな娘の眼には王様なんぞどんな風に映るのか知れたもんじゃない。それに逃げてくれというその王様は事実上どこかへ蒙塵《もうじん》しているのだから言わば御注文通りなのである。

加十は花の肩に手を置いて、

『花君、いや、これではゴロが悪い、ねえ、お花さん。そんなにあやまらないだっていい、誰れにだってやり損いというものはあるのだからね。それに、正直なところ、王様はもう逃げたことになっている。そこにはそこがあるので決して心配はないのです。さアさア、お立ちなさい。玉繭《たままゆ》の着物が台なしになる』

花は胸に手をあて、急にがっかりしてものも言えぬと言った風。加十はいよいよ手に力を入れ、

『それにしても、どうしてこんなに親切にしてくれるのかね。単に好奇心だけかそれとも同情といったようなものですか』

花は羞《はずか》しそうにチラと上眼を走らせると、蚊の鳴くような声で、

『王様は、いつか、あたしのことを、お鶴さんに、可愛いい娘だと仰言《おつしや》ったそうですね。……そのためですわ』

と言うと、額《ひたい》まで赧《あか》くなって両手で顔を蔽《おお》ってしまった。加十にはこの言い廻しがよく判らない。花は身体《からだ》を固くして王様が何か言ってくれるのを一心に待っているのだが、間抜けな加十は気がつかぬ。花の美しい襟足のあたりを呆然と手を束《つか》ねて眺めているのは見るも歯痒い有様。やがて花は顔をあげると涙のいっぱい溜った眼で怨《うらめ》しそうに加十の面を瞶《みつ》めながら、

『お鶴さんがお亡《な》くなりになったので、王様はさぞお力落しでいらっしゃいましょうね』

加十は愁傷らしく眉を顰《しか》め、

『ああ、力を落しました』

花は先刻《さつき》のような痙攣《ひきつ》ったような顔つきになり、

『ねえ、さぞ、残念でいらっしゃいましょうねえ』

『残念でたまりません。……おや、どうしたんです、お花さん』

見る見るうちに花は血の気をなくして出来のいい西洋蠟燭《ろうそく》のように真ッ白けになりズルズルと絨氈《じゆうたん》の上へ崩れ落ちてしまった。

加十は、おッと奇妙な声を発し、遽《あわ》てて花を長椅子の上に担ぎ上げると、床の上に坐り込み

ぐったりと垂れた花の手を揺すりながら、埒《らち》もなく、お花さんお花さんと連呼する。

花は間も無く正気づくと物怖じしたように長椅子の上に跳起きた。遉に血の廻りの悪い加十の胸の中《うち》にも温《あたたか》い愛の潮《うしお》がヒタヒタとこみ上げて来たのであろう、花の方へ両手を伸しながら、何か情緒に相応《ふさわし》い表現をしようとした時、また支配人が入って来て椅子の背越しに恭々《うやうや》しく一葉の名刺を差出《さしだ》して引退《ひきさが》って行った。見ると、

宋　秀　陳 （伊波当壮　沖縄県人）

と書いてある。

花は溜息をつきながら身仕舞《みじまい》をすると残り惜し気に出て行く。入れ違いに鏡の中に映じて来たのは、威儀正しくフロック・コートをつけた、色の浅黒い、縮れッ毛の、眼のキョロリとした、前々回、日比谷《ひびや》公園池《こうえんち》畔《はん》、「唄う鶴の噴水」の会場で、片手に東京地図を握りながらいつまでもアッケラカンと青銅の鶴の口元を眺めていたあの異風な紳士である。扉口《とぐち》で直立の姿勢をとると、

『安南帝国外務省二等出仕、皇帝附諜報部長、宋秀陳《そうしゅうちん》』

と名乗る。

又してもえらい奴が入って来た。最早加十は観念する外はないのであろう。しかし加十には既に述べた通りたいへんな抱負があるのだから、それにしても何とかしてこの難場を切り抜けようとあらゆる思考力を非常召集してアレコレと考へ廻したが格別いい智慧も出て来ない。いよいよいけなければ何とか談じるまで。ままよ、という気になって、尊大な声で、

『ウム、これへ来て掛けなさい』

と今まで花が坐っていた椅子を指した。諜報部長は後退《あとしざ》りして、

『つがもない、どうしてそのようなことが』

『掛けたまえと言うのに』

部長はいよいよ身を固くして、

『手前らがどうしてそのような恐れ多いことが』

加十は自棄《やけ》っぱちになって、

『いいから、掛けろい』

部長は身をかがめながら進んで来て正しく椅子に掛けると恭々し気に加十の面を注視しながら、

『手前らがこの椅子を頂戴いたしますのは、しょせん、殿下の御命令に服従せんがためであります』

これもまた何か底深い陰謀なのに違いあるまい。皇帝附の諜報部長が皇帝の顔を見知らぬ訳はないからである。加十の混乱に関《かかわ》らず、部長は感激の色を溢《みなぎ》らせ、誠実そのもののような眼差しを加十の面に注ぎながら、

『ああ、ああ、何たる幸福ではありましょう。咫尺《しせき》の間に殿下の尊顔を拝しまするとは、申そうに真実夢のようでありまする、このようなることはあまり御寛大にすぎると申上ぐべきでありましょう』

と言ってまた感激の声をあげ、

『ああ、なんたる凛々しい御尊顔。各戸の楯間《たてま》に掲げらるる御肖像。また郵便切手などによりまして素《もと》より御風貌は熟知いたして居《お》りまするが、それらは殿下をいよいよ剛毅に印象させんがため、殊更《ことさら》お顎に長き髯などを加え、申そうに、却《かえ》って失礼な致し方と言う外はないのでござります。手前は既に十年の間外務省に出仕いたして居りまするが、殿下の御真顔を拝し奉るのにこれが最初でありまして』

成程、そういう訳であったのか。加十は忽《たちま》ち図に乗って、

『よく見て置くがいい。写真よりはマシな筈だ。……それでどんな用事でやって来たのか』

部長は静かに立上って扉口《とぐち》の方に行き、充分廊下を見廻して戻って来ると、囁《ささや》くような声で、

『御無礼仕《つかまつ》りました。それと申すも重大なる密使を帯びて参ったからであります』

『言え』

『先月二十五日以来、妃殿下並びに理事官長より再三御発信になりたる暗号電報に対し、殿下

の御返電なきため、手前直接《じきじき》御返事を伺うようにとの御下命で二十九日ハノイより旅客機を乗り継ぎ先刻到着いたしたのであります』

　その暗号電報は確かに先程一通受取った。しかし、加十にどうしてそれが読み下せよう、切破詰って、

『電報？　そんなものは受取らん』

『おお、只《ただ》の一通も。成程、李《り》光明《こうめい》一派のやりそうなことでありまする。仮《か》りにこのような先明がありませんならば、しょせん、諜報部長の重大なる職責は果し得ぬでありましょう。手前らは早くもこのようなことと予察し、同文のものを此処に持っておるのであります』

　と言って奥深いポケットから二通の電報を取出し謹んで手渡ししようとする。加十は遽《あわ》てて押戻し、

『うるさい。貴様、読め』

　部長はかしこまり、

『……「大日本帝国、東京麹町区内山下町《こうじまちくうちやましたちょう》　帝国ホテル内安南帝国皇帝宗龍王宛安南帝国理事官長。……再三電報申上し如く、皇甥《こうせい》李光明擁立派は、皇帝が「帝王《ラジャー》」を帯出せられたるは、安南独立資金を獲《う》るため日本に於《お》てそれを売却せらるる意志なりと附会して安南政庁に密訴、既に仏国《ふっこく》安南総督は東京駐劄《ちゅうさつ》仏国大使に右に対する事実調査を電請せり。売却の事実判明せば独立陰謀の故を以《もっ》て即日退位を迫らんとする形勢にあり。希《ねが》くば秘宝を売却せらるる如きことなきよう切に懇願す」……もう一通は妃殿下の御発信でありまして……「当方大変な騒ぎで

すから至急御帰国下さい。いつお帰りになるか、お返事願います」……以上の通りであります』

と言って加十の面を厳《いか》めしく注視し、

『最初に御秘宝の方の御返事を承りますでございます』

と居ずまいを正す。

遉に擦れっからしの加十も蒼白になる。出鱈目《でたらめ》などを言って済ませるような問題とわけが違う。まかり間違えば五百六十万の民草を統治する一国の皇帝が退位を迫られんとする危機一髪の場合。根が愚直な田舎者《いなかもの》のことだから問題の大きさを感ずるとクワッと逆上してしまった。何とか返事をしなければならぬのだがイエースともノオとも断じて迂闊に口は開かれぬ。況《いわ》んやこのような一国の機密を聞いた上で悪かった勘辨してくれではすまされぬのである。この忠義一徹の部長の懐中《ふところ》からどんな物騒なものが飛び出すか知れたもんじゃない。加十は胸先へ突き上げて来る一種形容し難い悪寒と戦慄で嘔吐《はき》たいような気持になって来た。

部長は面もふらず、

『手前ら、殿下のお返事をお待ちいたして居ります』

加十の頭の中からスウッと血が退《ひ》いて行くような気がする。ああ、眼の前の部長の顔がだんだんぼやけて行くのはどうしたというのであろう。

宛《あたか》もこの時、また扉《ドア》をノックするものがある。支配人が入って来て、警視庁の眞名古捜査課長がお目通りしたいと言っていると告げる。加十は半ば錯乱状態で、

『うむ、返事は後廻しだ。私は眞名古捜査課長と緊急の用談がある。退ってくれ』

部長は最敬礼をして退出する。例の如く眞名古が陰気なようすで入って来る。扉口《とぐち》で注視の礼をすると、沈着な口調で、

『古市君、妙なところにいるナ』

と声をかけた。

十六　鳥黐《とりもち》に手をつく事、並に眞名古の宣言の事

一方にこんな騒《さわぎ》が始まっている間、警保局ではこんな事件がもち上っていた。恰度《ちょうど》眞名古が花の家の玄関に突っ立って案内を乞うている頃、時間で言えば十時十分頃、局長室の扉《ドア》が劇《はげ》しく引開けられ、警視総監を伴った大槻《おおつき》局長が怒《ど》気沖天《きちゆうてん》の勢《いきおい》で足音も荒々しく入って来た。額には打紐のような青筋を浮べムンズと、皮張椅子に腰をおろすと、

『おい、総監、警視庁は交通整理をするだけが能じゃなかろう、何とかしてくれ』

と喚き立てる。

局長が劇発するのも無理ではない。今年はどう言う不運な年廻りか、元旦匆々《そうそう》皇帝の殺人事件が起り、その皇帝をあろう事か溜池署の巡査部長が縄を打って召捕ってしまう。両大臣と苦吟の末ようやく手順よく段取をつけたところ、自分の秘書官が眞名古に調査を命じてしまう。万一眞名古に真相の報告書を出されそれが議会で問題にされでもしたらそれこそえらい騒ぎが

持ち上るのである。そこへ持って来て今度は悪徳新聞「夕陽」の幸田《こうだ》が、場所《ところ》もあろうに警視庁も間近い日比谷公園で恐れ気もなく堂々と野天詐欺《かけながし》を働くのをノメノメと眺めていたという。

局長は卓《テーブル》を叩き立て、

『ええ、どうしたんだ、ぼけたのか。あんなナメた真似をされるのを九時過ぎになるまで放っておくという法があるかい。一体保安部長は何をしていたんだ。二日酔で寝込んででもいたのか。君の組下にはえらい奴ばかりいるよ。あれだけの人数を繰出して今以てたった一人の幸田を掴えることが出来んなんてえのはまさに天下の珍事だア。ええ、何とかしてくれ、これじア警保局の面目は丸潰れだ』

総監は巨軀を屈《か》がめ、一分刈の丸い顱頂《ろちょう》の上を暴風が吹き過ぎるのを待っていたが、大体もう頃合だと思ったか白皙《はくせき》な面をあげると、

『しかし、今日の件については私は充分に善処したつもりですが』

局長はまた猛り立って、

『なに、善処だと。面白い。聴こうじゃないか。どんな風に善処した』

『殊更にあのような大胆な行為をしたのは、確に噴水の鶴が鳴くと予告した時間前に解散させられるだろうと予想してやったことで、われわれが九時前に解散させるとウマウマと幸田の策略に乗ることになるからです。私が故意に解散を遅らせたのは詐欺行為を遂行させて退《の》っ引《ぴき》ならぬ證拠を押えてやろうと思ったからです。果して幸田はせっぱ詰って鶴を鳴かせましたがこれで幸田もあがきがとれぬようになった訳で、そのカラクリはどんなものか調べるとすぐ判る

ことだから、今度こそはギュウとも言わせずに喰い込ましてやります』

局長は反《そ》っくり返って難しい顔をしていたが、これを聞くと忽ち恵比須《えびす》顔になって、

『畜生、そんなつもりだったのか。おお、そうか。それはうまくやってくれた。その策略に乗らなかったのは流石《さすが》だ。いや、感服する感服する。それで幸田は』

総監もさすがに可笑《おか》しくなったと見え、品のいい唇を綻《ほころ》ばし、

『警視庁は交通整理をするばかりが能じゃありませんよ、局長。……幸田の野郎が赤坂《あかさか》の妾《めかけ》のところに潜伏しているのを突止めたという報告がさっき来ましたから、今頃はもう溜池署の豚箱に放り込まれた頃でしょう』

と言っているところへ電話のベルが鳴る。総監が受話器を取上げて応対していたが、すぐ局長の方へ振返り、

『幸田は挙げられましたが、あなたに逢わせろと言って暴れて手に負えぬそうです』

局長はまたカッと嚇怒《かくど》し、

『何なに、俺に逢いたいと！　よし、逢ってやる。大目に見ていればいい気になって、今度こそあの赤新聞の息の根を止めてやる、すぐ、直《す》ぐ、直ぐ連れて来いと言ってくれたまえ』

十分ほどすると幸田は二人の私服に腕を執《と》られて入って来た。大分暴れたと見えて、ネクタイは無くなりワイシャツの釦《ボタン》が飛んで酒焼けした赤い胸を出している。

幸田がモーニングの裾を払って椅子に掛けるのを、局長は一種痛快そうな面持で眺めやりながら、

『おい、幸田君、猿も木から落ちるさ。芝居は大きかったが幕切れは下手《まず》かったな。君もまさか詐欺で喰い込もうとは思わなかったろう。今度は恐喝よりはちっとばかり手強《てごわ》いぜ。なア、幸田君。なぜわれわれが解散させずに見ていたか知ってるかね。要するに君のペテンに乗らないためサ。君の詐欺の実證を握るためサ。あの噴水を調べて見れアどんなカラクリを仕込んだかすぐ判る。今度こそ否応なしだ』

幸田は、あはは、と笑って、

『その通り。詐欺か詐欺でないか、調べればすぐ判る。そんな事でこの幸田を凹《へこ》まそうとしたッてそれあ無理だア。……ねえ、局長。それアそうと、此処にこんなものがあるんだがねえ』

と言いながら鉛筆で走り書をした七、八枚のザラ紙の束を卓《テーブル》の上へ投げ出した。局長はハッと顔色を変て、それを手に取って読みかけるのを幸田は尻眼にかけ、

『松谷鶴子と安南王の馴染《なれそ》めから、皇帝の殺しの件、警視庁が有明荘の止宿人を便宜拘束した条《くだり》まで精《くわ》しく書いてある』

局長は顔を紫色に黝《くろず》ませ、大喝一声、

『幸田、貴様、俺を強請《ゆす》る気か！』

幸田は手を伸して卓《テーブル》の上の原稿をさらえ込み、

『局長、それアすこし口が過るだろう。幸田節三《せつぞう》これでも日本人だア、この一件をスッパ抜いて日本の為になるかならねえか位いのこたアちゃんと心得ている。それだからこそこうして神妙にネタを投げ出している。……それを、強請《ゆすり》？』

ポケットへ原稿を捻込《ねじこ》んで立上り、

『それじア立つ瀬がねえ、これア器用に引込めます』

と言って扉口《とぐち》の方へ歩き出す。

局長は遽《あわ》てて呼び止め、

『まア、待ちたまえ、幸田君』

幸田は嫌々そうに振向いて、

『まだ、何か御用ですか』

局長はハンカチで額の汗を拭いながら、

『何のことだかよく嚥込《のみこ》めぬが、いずれ改めてその話はすることにして、今日はひとつ器用に引取ってくれないか』

『ええ、これからまた溜池署へ引取ります』

局長は嫌な顔をして、

『まア、そう拗《す》ねんでもいいじゃないか。今日中には挨拶に行く』

幸田はツカツカと戻って来て、

『局長、何故最初《なぜはな》っからそういう風に話が判らねえんだ。あなたは何でも色眼鏡で見ようとするからいかん。只今の件は心配せんでいいです。幸田はこれでも男です』

嘘か本当か知らないが、こんなことを言って悠々と出て行った。

局長は歯軋《はぎしり》しながら後《うしろすがた》姿を睨みつけていたが、無念骨髄と言った面持で総監と顔を見合せ、

『畜生、どこまでもどこまでも。……しかし、これア弱った。撰りに選んであいつに握られるとは。あの毒虫のことだ何をやり出すか知れたもんじゃアない、君どうする』

『つまり交換条件でしょう。まさかやるまいと思いますが、やれア自分の身体《からだ》に火がつくから』

『まさか、やるまい。そんなあやふやなことで放って置けるか、この大事件を。仕様がない、林でもやって何とか押えさせてやろう』

恰度《ちょうど》そこへ林謹直から電話が掛って来た。局長は受話器を取上げて耳に当てていたが忽ち椅子から跳上り、

『何だと、皇帝が偽せ者だと！……それは確かなのか、確かに見届けたのか。……おお、これはしたり。……して、それは一体何者だ。……いや、そこでそんな事を言ってたって仕様がない。すぐこっちへ来てくれ。すぐすぐ』

と受話器を掛けると、うむ、と唸《うめ》いて頭を抱えてしまった。

ものの五分と経たぬうちに林が周章狼狽《あわてふため》いて駆込んで来てくわしくその次第を話す。

局長は聞き終って、

『すると、そもそもの間違いは有明荘から始まったのだナ。それにしてもなぜ自分は皇帝でないと申立てんのだろう。その奴《いつ》は馬鹿か気狂いかさもなくば、皇帝の連累《れんるい》か』

総監もすこし急き込んで、

『どうも、帰するとわれわれの失態なのですが。……では目立たぬように持って来て取調べて見ましょう。何と言ってもその方が手取り早いから』

局長は脅えたような眼をして、

『待ってくれたまえ。もし、高貴な方ででもあったらどうする。この上めんどうを起すのはかんべんしてくれ』

林は二人の会議もオチオチ耳に入らぬような不安な面持で、

『局長、そんな青二才のことはどうだっていい。それより皇帝はどうなったんだろう、皇帝は。まさか何か』

局長は手を振り、

『林君、詰《つま》らん事を言い出してくれるナ。しかし、万一そんな事があったら一大事だ』

と総監に向い、

『君、ホテルに電話を掛けて、皇帝は前日迄確かにホテルに居られたか聞合《ききあわ》してくれたまえ』

早速ホテルに電話を掛けて見ると、皇帝は、前日即《すなわ》ち十二月三十一日の午后七時頃夕食を摂られ、九時過に御外出になったという返事。皇帝の立寄られそうなところへ落ちなく電話を掛けさせたが、どこからも色よい返事は無かった。そのうちに林は局長に意を含められて幸田の家へ出掛けて行く。あとには局長と総監が顔を見合わしては、弱った弱った繰返すばかり。智慧のない話のようだが加十の身分が判らないのだから迂闊に手が出せぬ。そんなことをしているうちに二時半にもなる。考えあぐねているところへ眞名古が入って来た。

眞名古は局長の前まで進んで来て懐中《ふところ》から一通の書類を取出すと、むしろ無情とも見える面持ちでそれをテーブルの上へ差置き、

『取調べの結果、松谷鶴子は自殺したという事実が明瞭になりました。これがその調査報告書でございます』

と言うと、廻れ右をして扉口《とぐち》の方へ歩き出す。局長は呼びとめ、

『それはいいが、まア、そこへ掛けてくれ。どうも困った事が起きた』

と言って只今の一件を話し、

『何とかしてその男の身分を探りたいのだが、何とかいい智慧はないか、なア、眞名古君』

眞名古はジロリと局長の面を見上げると、

『局長、それは単なる相談ですか、それとも命令ですか』

局長は呆気にとられて眞名古の面を眺めるばかり。眞名古は一揖《いちゆう》し、

『私は仔細あって捜査課長の職を辞する決心ですが、まだ辞職願がお手元に届《とど》きません以上、官吏執務規律にある通り、命令とあるならば如何《いか》なる命令にも服従致しましょうが、たとえ局長であろうと、あなたの相談などに耳を藉《か》している暇はありません』

局長は額を撫で、

『いや、何しろ、早急なことだったもんでこちらにも手落ちがあったが、まア、腹を立ててくれては困る。それはまた後で何するとして、今の件を一つたのむ』

眞名古は陰々たる声で、

『御命令願います』

局長はいささかムッとしたようすで、

『そうか、では、命令する。まア、掛けなさい、立っていないで』

眞名古はうっそりと椅子に掛けると、

『お申付《もうしつけ》の調査は内訓の通りに只今果しました。しかし、私は捜査課長の椅子に在る以上職責上目前の犯罪を看過することが出来ませんから自発的にこの事件を充分に調査いたしました。御認承願います』

今迄黙然と腕組みをしていた総監は唐突に口を開き、

『認める認めんもないじゃないか。やってしまった事を今更何と言って見たって仕様がない。……君はあまり角を立てすぎるよ。我々はその直情を恐れたのでそれでこの事件から君を疏外《そがい》した。君を軽視したからじゃない、畏敬したからなんだ。釈然としてくれたまえ』

眞名古は依然として眼を伏せたまま、

『そんなことで釈然とする位いなら職を抛《なげう》とうなどと決心する筈はありませぬ。私は先刻辞職願を投函いたしましたから遅くも明朝迄にはお手元に届くことだろうと思いますが、些《いささ》か考える次第がありますから保留して頂きます』

局長は引き取って、

『よく判った。君はハッキリさせたいのだろうから、君の辞職願は一旦受取った上保留して置くことにする。……それはそれとしてこれで話が判ったのだから、今朝《けさ》のことは水に流して改めて我々に協力してくれたまえ』

『お言葉ですが、話など判りません。辞職する決心は変って居らぬのです。私が暫く辞職を保留するのは私一個の意志によることであなたの御訓戒には関係のないことです。……私はこの事件に対する政府の方針に不満を感じ、捜査課長の職ととりかえに必ず皇帝を殺人犯人として告発して見せる決心でしたが、調査の結果測らずもその目的を失うことになったからです。……皇帝は加害者ではありません、被害者です。皇帝は今朝四時半頃、何者かによって誘拐されました』

局長は飛上って、

『えッ、そ、それは本当か』

総監は焦立《いらだ》って、

『従って、この事に関する限り私の辞職は』

『判った判った、それはいいから、先にその事情を知らせてくれたまえ』

眞名古は湿った調子で仔細に調査の次第を述べる。洋服屋に行ったことだけは省いて、花の訊問と現場の実情、加十から聞いた前夜の実況、なぜ加十が皇帝になりすましてホテルにいたか、その目的と危機一髪の窮状に至るまで残りなく物語る。

総監は局長と愕然《しゅうぜん》と眼を見合わせていたが、眞名古の方に向き直ると、

『すると、つまりこうなんだな。皇帝はどういう目的か皇室の秘宝を所持して日本に来られた。その金剛石《ダイヤモンド》がこの事件の枢軸をなしているので、鶴子の殺害事件も皇帝の誘拐事件もみなその金剛石《ダイヤモンド》を奪う目的で行われたものだと思う外はない。要約すると、古市加十が有明荘を出ると間もなく何者かがやって来て、どういう理由からか鶴子を窓から投げ落した上、料理場から皇

帝をおびき出して階段の下で皇帝の意識を失わせそれから、どこかへ連れ去った。鶴子が決して呼び声をあげなかった点、皇帝が安々と連れ出された点、また玄関の電鈴装置につづく外線の一本を切断して鍵を作り必要のある時はいつでも外せるようにしてあったという点などから考え合わせると、犯人は皇帝をも鶴子をも熟知し、有明荘の地理にも充分通じていた者だということが判るから、犯人捜索の目標はこの辺に置いて間違いないように思う。そうだろうナ、眞名古君』

『はっきりした事は申しあげられませんです』

この時電話のベルが鳴る。

総監は受話器を取って聞いていたが、送話口を手で蔽って局長の方へ振返り、

『局長、また厄介なことが出来ました。……外務省からの電話で、皇帝は安全確実に帝国ホテルにいられるかどうかと仏蘭西大使館から念を押して来たが、いられると答えて差支えはないかと問合わして来ました』

局長は、ああ、これアどうも重ね重ね、と独語しながら額をおさえて呻吟《しんぎん》していたがやがて決然と面をあげると、

『皇帝は安全確定《かくじつ》にホテルにいられると答えて差支えないと言ってくれたまえ』

総監はそう言って電話を切る。局長は一種凜然たる調子で、

『そう言うより仕様がないじゃないか、失踪《しっそう》中だなんて言われるか。この事実が世間へ洩れたらそれこそ一大事だ。とにかく風評を防ぐためにも皇帝が確立《かくじつ》にホテルにいられるように見せ

かけることが絶対に必要だから、皇帝を発見する迄、その古市という男を今迄通り皇帝にして置く外はない。どんな奇策を講じても押し通さなくてはならん。万一の場合はその諜報部長に證明させれば、皇帝を発見する迄の間なんとか繋げると思う。こうなった上は政府の全機能を上げて古市を皇帝として守りたて、断じてボロを出さぬように万全の策を講じなくてはならん。取敢《とりあ》えず最も緊急を要するのは金剛石《ダイヤモンド》に対する返事だが、何か出鱈目なことを言って尻を割ってくれなければいいが。ともかく、これからホテルへ行って』

眞名古は静かに面をあげ、

『諜報部長は私が連れて来て警視庁の内部《なか》を参観させてあります』

局長は心から嬉しそうに手を打ち合せ、

『天晴《あっぱ》れだ。よくやってくれた。では、総監、ひとつその男を引っ張って置いてくれ。その間に俺は大臣にこの件を報告し、それからホテルへ行って古市に、いや、皇帝に逢って、言っていい事と悪いことをそれとなく納得させてくる。……眞名古君、君はひとつ奮発して一刻も早く皇帝を発見してくれたまえ。どうか頼む。今迄とはまるっきり事情が違ってしまったものだから』

と言って出て行こうとするところへまた電話。総監は取《とり》ついで、

『外務省からです。……仏蘭西大使が週末旅行を中止して、今日の午后四時十分の汽車で京都を出発し、明朝午前四時に東京駅へ着くと、駅からすぐホテルに伺候《しこう》して何か重大進言をすると言う情報が入ったから、一寸《ちょっと》お報せする、というのです』

総監の面も早や蒼白になっている。壁上の電気時計を見上げると正に午后四時。明日の午前四時迄にたった十二時間しかない。

局長は部屋の真ん中に突っ立ってジッと首を垂れていたがやがて眞名古の傍へ進み寄ると何とも形容の出来ぬ凄然たる声で、一言《いちごん》、

『眞名古君！』

と言った。眞名古は微かに頷いた。

明日の午前四時迄にどんな事があっても皇帝をホテルへ帰して置かねばならぬ。ああ、十二時間！

連載長篇　第六回

十七、蛇《じゃ》の道は蛇《へび》の事、並《ならび》に二悪人感違いの事

赤坂新町《あかさかしんまち》なる「夕陽新聞《ゆうようしんぶん》」幸田節三《こうだせつぞう》の妾宅。茶の間の長火鉢に烏賊《いか》鍋かなんかをひっかけて独り泡盛《あわもり》の盃《さかずき》を舐めている、四十五、六の痩せた、見るからに険相な人物は既に各位辱知《じょくち》の酒月守《さかづきまもる》である。

公園園丁長などは世を忍ぶ仮の姿で、ひと皮剝げば樺太《からふと》庁警察部の要視察人。さんざ本州を喰いつめた末樺太へ押し渡って空拳師《くうけんし》になり、血眼《ちまなこ》の利権屋の上前を刎《は》ねて甘い汁を吸っていたが、昭和五年の官有林盗伐事件に引っかかりアワヤというところを危《あや》く体を躱《かわ》して東京へ逃げ戻り、こんな姿でホトボリをさましているうち、娘の悦子《えつこ》が取りもつ縁となって幸田に結びつき、そこで書き下したのが例の「唄う鶴の噴水」の一曲。

鳴く筈もない青銅《ブロンズ》の鶴が鳴いたのにはいずれ何か深い仔細のあることであろうが、それは天に誓って酒月、幸田の与《あず》り知らぬところである。と言ったところで、警視庁に眼と鼻の日比谷《ひびや》公園《こうえん》で図太い野天詐欺を働いてこれがただですむわけはなく、刑事に追われて死物狂いに逃げ

廻り、ようやくこの巣まで落ち延びたものの流石《さすが》の幸田も既に危く見えた。

すると、天は悪党の肩を持つのか、ふと聞き込んだ安南《あんなん》皇帝の愛妾松谷鶴子《あいしょうまつたにつるこ》の自殺事件。恰《あたか》もその座に鶴子の家の通い婆のとめがいて、鶴子さんは日頃殺される殺されるなんて口走っていたっけが、それじア、てっきり、などと穿ったようなことを言った。そこへまた有明荘《ありあけそう》住人の一人、「ホヴァス」通信社のハッチソンが「カーマス・ショオ」の団長なる相棒のバロンセリを尋《たず》ねてやって来て、今朝有明荘六人の住人が全部明石《あかし》署へ便宜拘束された次第を物語る。

悪事にかけてはカンのいい連中のことだから、これだけの材料で逸早《いちはや》く事件の本態を洞察《みとお》し、大体こんなところだろうと、「安南皇帝の殺人！　当局隠秘に狂奔」という標題《みだし》で察しのいいところをザラ紙の原稿紙に十枚ほど書き上げたところへ、幸田、一寸《ちょっと》来い、で溜池《ためいけ》署へ連行される。とどのつまりその原稿を警保局長の一覧に供すると、何が何だかウヤムヤのうちに無事釈放ということに相成った。この辺の微妙な経緯《いきさつ》については既に前回で述べたからここで繰返す必要はあるまい。

酒月の娘、すなわち幸田の愛妾悦子はとめ婆を連れて今日初日の「カーマス・ショオ」の見物に出掛け、酒月は自然に留守居の形になってここに坐り込んでいるんだが、それにしても幸田が出かけてからもう五時間《まぢか》になる。酒も飽き、どうにも手持無沙汰になって柱時計ばかり見上げているところへ四時間近になってようよう幸田が帰って来た。前後の関係から言うと、皇帝誘拐の眞名古《まなこ》の報告と共に仏蘭西《フランス》大使が明朝午前四時に皇帝謁見に赴くという情報で警保局が愕然と色を失ったその時刻に当るのである。

酒月は癇癪《かんしゃく》を起したような声で、

『遅かったじゃないか、どうした』

ときめつける。幸田は地響きを立てて長火鉢の前へ胡座《あぐら》をかきながら、

『警保局から社へ廻って新聞の大組みをしていると、志摩徳《しまとく》の家来の、例の東京貴石倶楽部《とうきょうきせきくらぶ》の松澤《まつざわ》がやって来てナ、それで今まで話し込んでいたんだア』

『ひとの気も知らねえで。……で、どうなんだ一件の方は』

幸田は事もなげに、

『お土砂お土砂、グウの音も立てずサ』

と言い放すと急に膝を乗出し、

『それはそうと、また妙な話があるんだ。……急ぐから掻いつまんで話すが、去年の春頃、関西に何か大きな出物があって大阪貴石倶楽部《おおさかきせきくらぶ》の大所《おおどころ》が大分動いているという噂がチョイチョイ耳に入った。関東筋でも躍起になって探りを入れたんだが、そのうちにバッタリ評判を聞かなくなったから、流言蜚語《ひご》だったんだろうで済んでしまった。……ところが、今日の二時頃、眞名古が松澤の店へ三百カラットもあろうという、ちょッと風変りな金剛石《ダイヤモンド》の模型を持って来て、これと同じ模造品《イミテーション》が欲しいの、本物ならどの位いするかのと何気ない体で調査《ききこみ》をして行った。松澤は海千山千だ、そこに抜目のあろう筈はない。チラリと奥の部屋から睨んだ模型を手懸《てがかり》にその方の番附を繰って見ると……、おい、驚《おど》ろいちゃいけない、それア、安南皇室の秘宝で「帝王《ラジャー》」という大金剛石《だいこんごうせき》なんだ。捨売《すてうり》にしても五千万両。……どうだ』

『成程』

『皇帝が何のためにこう気忙しく度々日本へやって来るか、これですっかり謎がとけた。鶴子と二人で京都の山科《やましな》に巣籠っていたのは、関西でその金剛石《ダイヤモンド》を捌くつもりだったんだが、そちらでは話が纒《まとま》らず、それで、今度は東京へやって来た』

『フム、面白いナ』

幸田はグッと泡盛を呷《あお》りつけ、

『そこで松澤は血相を変えてそれからそれと筋《すじ》を手繰って見たんだが、大手筋にも小手筋にもてんでそんな気振はない。ひょッとすると正当筋違いに動いているのかとその方へ探りをかけて見ると、例の珊瑚王《さんごおう》の山木《やまき》の伜《せがれ》が犬居仁平《いぬいじんぺい》の養子の印東忠介《いんどうちゆうすけ》とツルんで最近頻《しき》りに犬居のところへ出入《ではいり》しているという噂をチラリと聞き込んだから、疝気《せんき》のすじはこの筋と、これで何もかも一遍に判ってしまった。何しろ、山木も印東も有明荘の住人で、むかし、巴里《パリー》で皇帝と駄羅遊び……』

『諄《くど》い。それで、結局どうしようと言うのだ』

『何しろ、大物すぎて流石《さすが》の松澤にも手が出せねえ。早速志摩徳のところへ持ち込むと、志摩徳はひどく乗気になって、どうでもこっちへ引ッたくってしまおうという事になった』

『引ッたくり方にもいろいろある。どんな風にして引ッたくるつもりだ』

『印東をこッちへ引き寄せて山木の水の手を切って置き、あいつの借用證書《しようしよ》を買い集めて強制執行をかけ、厭なら実力接収と脅かして二束三文に叩いてしまおうてえのだ』

『それで、現物《もの》はどこに蔵《しま》い込んであるのか判っているのか。それがはっきり判っていなけアあの藝当は出来ねえぜ』

『それだ。……多分印東もそこまでは知るまい。その辺の消息は誰よりも鶴子が通じていた筈なんだが、死人に口なしでこいつばかりはどうも』

酒月は顔をあげ、

『とめ婆の話では、鶴子は崖下の素人屋《しもたや》にいる花《はな》という縫子《おはり》にいつもしみじみ身上話をしていたと言ったナ。……ひとつその娘《あま》ッ子を叩いて見るか』

幸田は乗出《のりだ》して、

『それアいい。何かまたひょんな話があるかも知れねえ。……じゃ、俺は印東の方を引受けるからお前《めえ》は悦子に娘《あま》ッ子をおびき出させ、そいつを連れて七時までに「中洲《なかす》」へ来てくれ』

酒月はうっそりと懐手《ふところで》をして何か思案していたが急に眼差を鋭くして、

『それアそうと、この分じゃどうせ王様も無事じゃないな』

『えッ』

『ひょッとすると、もう殺《や》られてる』

幸田は急き込んで、

『ど、どうして、でも、さっきハッチの野郎が確めたそうだぜ』

『踏ん込んで行って面《つら》でも見たのか』

『電話で聞き合わせると無事にホテルに』

酒月はそっぽを向いて、

『何を馬鹿ナ。王様が無事なら眞名古が金剛石《ダイヤモンド》の模型などを持って走り廻るわけはないじゃないか』

『うむ』

『だいいち、そんな馬鹿なものを持ち廻るなんて、眞名古ともあろうものが少し狼狽《うろたえ》すぎると思わねえか。盗まれたというだけなら公然《おおぴら》に品触《しなぶれ》を廻すだろう。それをせずにウソウソしているところを見ると、何か必ず曰くがあるのだ。……所詮、無事じゃねえの』

幸田は顎を突出して、

『すると、山木か？』

『さあ、な』

『百万からの借金で二進《にっち》も三進《さっち》も行かねえとなりゃ、こりゃアやり兼ねないもんでもない』

酒月は、ふいと顔をあげ、

『ところが、そうとばかり言えない訳がある。妙なことを思い出した。……実はさっき、お前が出て行ってから、日比谷の会へ安亀《やすかめ》が騒ぎに来たことを何気なくハッチに話すと、野郎いきなり立上って、混血児《あいのこ》め、そんなつもりならキングだけじゃア済まねえぞ、とかなんとか吐《ぬ》かしながら、まるで半狂人《きちがい》のようになって飛び出して行った。……キングてえのは王様のことだろう。……混血児《あいのこ》てえのは相棒のバロンセリのことだから。して見ると、こッちにも何かの綾がある。ハッチソンもバロンセリも何か一と役買っているのに違《ちげ》えねえ。……そう言えば、ハッチの野郎、いやに落着いてると思ったよ。本来なら、大事件大事件で駆けずり廻っていなけアならねえ筈なのに、こんなところでシャアシャアしていたところを見ると、あいつア、始《はな》ッから王様が殺したんじゃねえことを知りながらすッ恍《とぼ》けていやがったんだ、畜生』

幸田は、成程、とかなんとか合槌を打ちながら妙な顔をしていたが突然横手を拍《う》って、

『読めたッ！』と膝を乗出し、『おい、酒月、お前《めえ》気がつかなかったか。池の、四阿《あずまや》の傍《そば》に、縮れッ毛の、眼のキョロリとした、色の浅黒い、立派な装《みなり》をした安南人が突ッ立っていたろう。……あれが王様だったんだア』

　酒月も息をひいて、

『すると、騒ぎを引起して置いて、あのドサクサにやった仕事か』

流石《さすが》の二悪人も言葉もなく茫然と面《おもて》を見合すばかりだったが、やがて酒月は腕を組み、

『野毛山がやったてえのは面白《おもしれ》えの。これでまたひと桁はね上って来た。志摩徳の方はそれとして、こいつもついでにモノにするか。道灌山《どうかんやま》に売り込めアいい顔になるぜ』

　幸田は潔く頷いて、

『よかろう。どう転んだって怪我はねえ。いけなきゃア、また、お土砂よ。今度なら先口よりも一段と灼《いやちこ》だァ、驚くもんかい。……幸田節三、どうやら有卦《うけ》に入ったな。じゃ、出かけるか』

と言ってニヤリと笑った。

笑うのは勝手だがこれは見当違いなんだ。読者諸君は御存知でしょう、池の畔《はた》に眞名古と並

んでアッケラカンと口を開いて突ッ立っていたのは王様ではない。偽皇帝古市加十《ふるいちかじゅう》を脅かした安南皇帝附諜報部長宋秀陳《そうしゅうちん》だったのである。本当の皇帝は午前四時三十分頃何者かに誘拐されたと既に眞名古が證明している。すると、野毛山《のげやま》の一派は一体何のために「唄う鶴の噴水」の会場へ騒ぎに来たのだろう。それは賢明なる読者諸君の御推察に任せることとして、見受けるところこの二悪人はそんなこととは知らずに又しても何か悪企みをするつもりと見えるが、こうなればもう作者の手に負えぬ。それによってまたどんな波瀾が巻き起されるか知らぬが、しょせん成行に任すほかはないのであろう。

二人がひどく弾みながら玄関の三畳まで出て来た途端、ガラリと格子戸が開く。幸田は三畳の入口に突ッ立ったままギョッとしたようすで酒月と眼を見合わせていたが、急に身を飜《ひるが》えして茶の間へ駆け込むと二十日鼠のようにチョロリと勝手口へ。

入って来たのは刑事ではなかった。第三回、日比谷公園の傍で林《はやし》の自動車を待ち受け、いま野毛山の安亀が公園で騒いでいると気遣わし気に耳打ちした道灌山の養子、例の駒形《こまがた》の伝次《でんじ》。林謹直《きんちょく》の命を受け、二千円という金を懐中《ふところ》にして、「皇帝殺人」の件を伏せに来たのである。

小粋なモーニングに山高帽。一文字眉の、眼差の鋭い勇肌《いなせ》な哥兄《あにい》。玄関の障子をガラリと引き開け、勝手へ駆け込む幸田の後姿を見ると、

『ちッ、ケチな古狸だ』

と呟いた。

十八　会議は跳《はね》る事、並に皇帝の設計の事

これと同じ頃、時間で言えば丁度午後五時頃、永田町《ながたちょう》内相官邸では内務外務両大臣、各次官、欧亜局長、警保局長の六人が会議室の大テーブルを囲んで苦慮心痛の体である。いずれも金ピカの大礼服をつけ、眉間に皺《しわ》を寄せて無言のままに凝り固まっているようすというものは、宛《さなが》ら「政府の心配」とでも題した諷刺画のよう。西側の大きな窓から問題の有明荘の灯影《ほかげ》が一つ二つ樹間《このま》を通して仄見《ほのみ》えるのは、この際背景として誠に適切、まさに画龍点睛の趣《おもむき》があるのである。日頃でさえも浮世の風があまり露骨には吹きつけぬ界隈。まして一月元日の夕景ともなるなれば四辺闃《げき》として鎮《しず》まりかえり聞えるものはセコンドを刻む振子の音ばかり。

こういう凝体が永久につづくかと思われた頃、突然画面の均勢を破って内務大臣が身動きし出した。困却したような眼差でグルリと一座を見廻すと、嘆息もろともに、

『えらいことになった』

と圧しだすように言った。欧亜局長は面をあげ、

『私は皇帝の親日的態度というのがどうも曲物《くせもの》だと思っていたのです。……御承知でもありましょうが、明治四十一年に日仏条約が締結されると、日本政府は当時日本へ亡命していた安南独立運動の志士潘是《はんぜ》漢《かん》と安南王族畿外侯彊柢《きょうてい》を無情にも国外へ追い出してしまった。それで潘

是漢は忽《たちま》ちフランス官憲に捕えられ、彊柢はわずかに身を以《もっ》てアメリカへ逃れる。このトバッチリを喰って、皇帝の父君、すなわち第十一世維新王《いしんおう》は十七歳の時に廃位されて南印度《インド》洋の孤島レユニオン島へ流謫《りゅうたく》され、今以て街頭でヴァイオリンの流し弾きをしてようやく露命をつないでいるという惨状なんです。こういうわけだから、皇帝としてはどうしたって日本に好感を持たれる筈がない。皇帝の今迄の親日的な態度《ポーズ》というのは、要するに秘宝を日本へ売却に来られるための擬態《カモフラアジュ》だったのですな。……それにしても、随分向う見ずなことをされたもんです。もしこれが発覚すると仏蘭西政庁に非常に都合のいい口実を与え、革命資金獲得なんて名目で即日退位を迫られることになるのは判り切った話なんだが』

内務次官は口を挟み、

『皇帝は一体何のためにそんな危険を冒されるのかね』

『さあ、私にも何とも。……越南《えつなん》国民革命党にしろ安南独立党にしろ、安南に於《お》ける独立運動というのは完全に惰性状態に入ってしまって、今更活力《アクチビテ》を与えたところがどうにもならない程弛緩しているのですから、どうもその方の関係だとは考えられんのですな。思うに、皇帝は退位を見越してそれを売ってアメリカへでも蒙塵《もうじん》されるつもりではないのですか』

外務次官は苦り切った顔で、

『何《いず》れにしても、そんなことは当座の問題じゃない。われわれとしては、明朝仏蘭西大使が拝《はい》謁《えつ》に行く時間迄に皇帝をホテルへ帰して置いてさえ貰えばそれで文句はないのだ』

と言って警保局長の方へ正面を切り、

『どうだね、大槻《おおつき》君、大丈夫発見出来るかね。ひとつ、はっきりしたところを聞かせてくれたまえ。……外務としてはどんなことがあってもこの上の面倒はごめんだぜ。……一体どうしたんだ。今朝《けさ》からの騒ぎはみな君等の失態から起ったことなんだぞ。それに、今きけば、僕が念を押した時、もう皇帝が偽者だと言うことが判っていたそうだが、その時なぜ一寸《ちょっと》耳打ちしてくれなかったんだ。それさえしてくれたらその辺を多少曖昧《あいまい》にして置く事も出来たんだ。これじゃそっちの縮尻《しくじり》をみな外務で背負《しょ》い込むような形になってあがきがとれなくなった。……どうも独断的でいかんよ。こんな問題を外務に相談もなしにどんどんやられたら耐《たま》ったもんじゃありゃしない』

内務次官は顔を顰《ひそ》めて、

『文句はあとで聴くから警保局長の提案に対する意見を先に聞かせてくれ』

外務次官は膨れっ面をして、

『いま言うところだ。……外務としては、そんな馬鹿馬鹿しい事を承認出来んというのが返事だ。一介の雑報記者づれを皇帝の換玉《かえだま》にして一時を糊塗しようなんてあまり窮してるじゃないか。皇帝を誤認するさえ恥ッさらしなのに、その上、また』

内務次官は鋭く遮って、

『恥ッさらしならそっちも同様さ。君が偽皇帝にさんざ敬意を表して引き退《さが》って来たなんてのもやはり恥ッさらしの部類だ。お互いに皇帝の顔は知らんのだから、そんなことを今更言い合って見たって仕様がない。……じゃア、外務では皇帝が誘拐されたと発表しても差支えないと言うのだな』

外務次官は咳込んで、

『ば、馬鹿な事を言うな、そんな事を発表されてたまるか。外務としてはだな、そんな危なッかしい陰謀《アントリグ》に加担するのは御免だと言うのだ。発覚して見給え、どうにも抜きさしのならんことになる。むしろ逆に、その古市という馬鹿野郎を拘引して誠意に事を運んだ方が結局最後の勝利だと思うんだ。皇帝誤認の言い訳だけでも立つと言うもんだからな』

警保局長はひらき直って、

『お言葉ですが、いま古市加十を拘引して見たって、皇帝失踪の事実を明《あか》るみへ出すだけで、誤認の失態がそれで帳消しになるわけではありません。……皇帝が昨夜から帰らんという事になれば仏蘭西大使館も黙っていないでしょうし、そんな事からパッと皇帝誘拐の風評が立つようなことになればそれこそ収拾のつかぬ事になります。政府の体面上は勿論、捜査の簡捷徹底を期するためにも、皇帝を発見する迄は、どんな事があっても皇帝は安全確実にホテルに居られなくてはならぬのです。……お聞き違いもあったようですが、私は換玉《かえだま》を作ろうなどと申した覚えはありません。どうせ五十歩百歩なら、もう暫《しばら》くの間今迄通りに誤認を続けたいと申しあげたつもりなのですが』

今迄黙然と腕組みをしていた外務大臣は、この時唐突に口を開き、

『その男は皇帝によく似ているのかね』

警保局長は首を振り、

『それが一向似て居《お》らんのです』

外務大臣は苦笑して、

『その点われわれにとって辯明的《エクスキユウザブル》だが、しかし、どんな風にして抑えつけておくつもりだね。俺は王様じゃないなんて自分から言い出さんとも限らんじゃないか』

『そんなことを言ったら自分がひどい目に逢うから、万一にも口走る気遣いはありません。尤《もつと》も、私からもその点を充分に暗示してやるつもりですが』

外務次官は口を尖らして、

『しかし、さっき眞名古に本性を視破《みやぶ》られたのだろう。自棄《やけ》ッぱちになって、今頃何を仕出かしているか知れたもんじゃないぜ』

『皇帝は少々錯乱の気味でいられるから、お呼びになっても絶対に取合ぬようにと、先刻電話でホテルの支配人に申渡して置きました』

『逃げ出す心配はないのかね』

『安全確実に保護してあります』

これでまた一座黙然となる。

警保局長は焦立《いらだた》しそうに時計を見上げながら、

『それで、例の安南の諜報部長ですが、この御相談をする間警視庁へ引きとめて饗応してありますが、そういつ迄も引ッぱっては置けません。宋部長がホテルへ帰ると、早速また古市に御帰国の日取や秘宝の返事を迫るでしょうが、その馬鹿野郎にどうせ満足な返事の出来る筈はないのですから、忽ち化《ばけ》の皮を剝《はが》されるにきまっています。今のところ、その男が万一の場合に加十を皇帝だと證言してくれる唯一の有力な證人なのですが、その者が先に立って騒ぎ出すようなことになったら、それこそ唯《ただ》では治《おさま》りません』

内務大臣は汗を拭いながら、

『莫迦莫迦しくて話にならんが、なにしろ危急の場合だからひとつ権道を行くか』

と言って外務大臣の方へ振向き、

『この上、そういう騒ぎになったらもう防ぎ切れん。いささか常経に反するが、どうか君の方も協力してくれたまえ』

外務大臣は忌々しそうな面持で、

『そんな風に事情が切迫しているなら、そうでもして一時を糊塗するより仕様がなかろう』

と言って欧亜局長に、

『柳原《やなぎはら》君、君は警保局長と一緒に帝国《ていこく》ホテルへ行って、その雑報記者に手ッ取早いところ安南の知識を詰め込んでやってくれ給え。せめて首府の名位い知ってなくては不都合だ』

内務大臣は覚束なそうに腰を浮かしながら、警保局長に、

『じゃア、万事よろしく頼む。兎《と》も角《かく》、感づかせるようなことをして貰っては困るぜ。その方だけは充分慎重にやってくれ給え。……それから、忘れずに金を持って行け。赤新聞の雑報記者なぞ、どうせ文無しにきまっているから。……いやいや、そんな事より、ウロウロせずに早く寝てしまえ、と暗示してくれ』

と言うと、頭を抱えて机に俯伏《うつぶ》し、

『ああ、それにしても、どうしてそんな馬鹿野郎が飛び込んで来たものか』

十九　加十、愚考する事、並に黒髯《こくぜん》風に靡《なび》く事

こんな工合《ぐあい》に盛んに好評を博している当の古市加十は、例によって帝国ホテルの貴賓用の豪奢な一室にたぐまっているが見受けるところ、先刻《さつき》迄の横着な面構《つらがまえ》はなく、手に夕刊を持ったまま安楽椅子の中に沈み込み、唇をへの字なりに引き曲げて、

『夢だ、幻だ』

と呟いているのである。

これだけでは雲を摑むようで、何のことやらお判りになるまいから、この間の事情を伝えるために、その後の古市と眞名古警視のいきさつを述べて置こう。

前回、この章は、古市が安南国皇帝附諜報部長の膝詰《ひざづめ》談判にあってまさに危機一髪という時、眞名古がうっそりと入って来て、「夕陽新聞の古市君だね、妙なところにいるじゃないか」と喝破するところで終になっていた。

さて、加十は眞名古の来訪を告げられるのをキッカケに一時逃れに窮地を脱して置いて、眞名古が喝破するより早く外庭に面した窓の方へ駆け寄って無三に逃げ出そうとした。

どんな不敵な悪党でも眞名古の名を聞いたらこれと同じ衝動を感ずるに違いない。眞名古の酷烈さは実に恐るべきもので、どんな隠微な犯罪も見逃しはせぬ。喰いついたら離さぬ。悪女の妄執と雖《いえど》もこう迄執念深くはあるまい。ヴィニイの小説に北極まで犯人を追い込んで行く刑事の話があるが、どうして！　眞名古なら地獄へまでも喰い下って行くだろう。この辛辣な追求に逢ったら如何《いか》なる達人もその手から逃れおおすことは出来ぬのである。

加十はまだ駆出しの雑報記者だが日頃警視庁に出入《でいり》するから眞名古の恐ろしいことはよく知っている。本気で逃げるつもりだったのか、それとも一種の姿勢反射なのか、半ば狂乱の有様で窓を押上げたが、眞名古の眼の前でこんなことをするなんて、誰に言わしたって所詮無駄なあがきなのである。

眞名古は電光の如くに駆け寄って来ると、この骨皮筋右衛門のどこからこんな力が出るのかと思われるようなえらい力で、ガッシリと加十の手首を摑まえた。万力に挟まれたってこう迄骨身に徹《こた》えまい。もう観念するより仕方がない。何しろ痛くてたまらぬのである。加十は皮椅子の上に引据えられ眞名古は深々と安楽椅子の中に沈み込んだ。忽ち主客顚倒してしまったがこれも止むを得ない。加十は最早王様でも何でもない、一個の刑事被告人に過ぎぬのである。

そこで訊問が、と言うよりは加十の告白が始まった。眞名古の方は例によって半眼に眼《まなこ》を伏せ、陰気に聞き流しているだけである。

東京會舘《とうきょうかいかん》の忘年会を飛び出して「巴里」で皇帝に逢い、相携《あいたずさ》えて銀座《ぎんざ》裏を飲み歩き、三時近くに有明荘へ赴いて鶴子と三人で夜食をした件、天から鶴子が降って来た件、皇帝の非凡な言動並に寝室から雲霧消散してしまった件、溜池署からここへ送られて何が何だかわからぬうちに王様にされてしまった件……、そこで何のために此処《ここ》でネバっていたかと言えば、警視庁や日本政府を馬鹿にする気でやった訳ではなく、畢竟《ひっきょう》この特種《とくだね》をモノにしたいという商売熱心に他ならぬ、……ということから、帯出された大金剛石は如何《いか》処置されたかと宋諜報部長に詰め寄られ、アワヤ貧血を起しそうになったところへ、ああ、まるで救護《すくい》の天使のようにあなたがお現れになったのであるという事迄、何を言っても眞名古は黙っているものだから、加十は追《お》い追《お》い図に乗って、むしろ楽し気にさえ陳述したのである。

眞名古は時々薄眼をあけて加十の顔を偸視《ぬすみみ》る。口の角に泡をためて無闇に饒舌《しゃべ》りまくっている愚直なようすを見ると、この男が嘘を言っているのではないことがすぐわかる。陳述の節々も一々現場調査の結果と符合する。料理場の壁の鋳型彫《クリユウ》によっても加十が犯人でないことが既に判明している。この中脊《ちゅうぜい》の雑報記者はたとえ爪立ちしても壁に彫り込まれた上衣《うわぎ》の裾の線には届かない。のみならず、この多過ぎる頭髪はどうしたって毬栗《いがぐり》頭の印象は与えない。が、眞名古は仲々人が悪い。こんな風に誘導《ひっか》けて見る。

『お前を玄関へ送って来た時、鶴子はだいぶ酔っている風だったかね』

『送ってなぞ来ません、立上りさえしなかったんです』

『成程、では、お前に玄関の鍵を渡したのだね』

『鍵なんぞ貰いません』

眞名古はキラリと眼を光らせ、

『夜食の最中に鶴子が立って行って玄関に鍵をかけ、その鍵を持って戻って来たと言ったな。……鍵を持たずにどうして玄関を出たのだね。すこし、妙じゃないか』

『何を感違いしてるんです。僕は「鍵を持って」なんて言いませんよ。「鶴子が玄関の扉《ドア》を閉めて戻って来た」と言ったのです』

『それで?』

加十は自若として、

『要するに、玄関の扉《ドア》は開いていたんですナ。その證拠に、いま考えて見ると僕は握子《ノッブ》にさえ触らなかった。よろけて行って扉《ドア》に凭《もた》れたら自然《ひとり》で開いたんです』

『その時、玄関の間に電燈《あかり》が点いていたか』

『いいえ、真ッ暗でした』

加十の記憶が正しいとすれば、それによってこういう情況が推察さる。犯人は加十が出て行く前に既に玄関の間へ入ってその暗闇に潜んでいた。間もなく気がついて、鶴子が玄関を閉めに来る。そこで……。

第三の男、つまり皇帝と鶴子の会食者が犯人かも知れぬと言う一点の疑問はこれで解消した。推察通り、犯人は料理場の生乾きの壁に凭れていた脊の高い「第四の男」である。

『お前は、鶴子が風呂敷包みのようになって落ちて来たと言ったな。すると、当然二階の窓も眼に入っただろうが、その時窓にどんな人影があったか』

加十は首を捻《ひね》り、

『窓を見たと言う記憶はありません。……いや、私は建物と殆《ほと》んど垂直の位置にいたので、その位置からは窓が見えなかったのだと言った方が適当かも知れません。何しろ、私の印象に残っているのは残月と鶴子だけです』

　これで訊問は終った。眞名古が警視庁へ電話をかけると五分と間を置かずに四人の人物がやって来た。いずれも冷徹な雰囲気《アトモスフエール》を身につけた、宛ら科学実験室から出て来たような連中である。眞名古が何事か囁《ささや》くと、ここに奇妙な事が始まった。実《げ》にも物々しい室内捜査が始められたのである。加十は何のことやら判らずアッケラカンと口を開いて眺めていたが、眞名古は一体何を探しているのか、読者諸君の方がよく御存知だ。眞名古は「帝王《ラジヤー》」を探しているのである。

　この四人の人物は生涯こんな風に室内捜査ばかりしているのかと思われるほど、その行動は機敏且つ合理的である。ポオの「盗まれた手紙」以来、室内捜査法はこのような高度の発達を遂げてしまったのであろうか。この謁見室に続く四つの部屋の空間を幾つかに区劃し、その区劃の中にあるものは如何《いか》なる微妙なものも容赦せぬ。塵ッぱの裏まで引繰返して験《あらた》めながら目にもとまらぬような早さで捜査を進めてゆく。椅子も机もバラバラにしてしまった。ある区劃の中に薄ぼんやりと突ッ立っていたお蔭で、加十まで丸裸にされ、耳の孔まで捜査されたのである。

　間もなく捜査は終った。室内は戦場のような混雑からまたもとの清楚な趣に立ち還《か》えった。「帝王《ラジヤー》」が此処に無いと言う事は真理よりももっと確実なのである。眞名古は四人の学究を部

屋の隅に呼び集めて何事か命令を発していたが、四人の連中が出て行くとツカツカと加十の傍へ寄って来て、

『お前は此処を動くことはならん』

と言い捨てるとウソウソと影のように出て行ってしまった。

後に残された加十の落胆ぶりと言うものは、実に描けるが如き有様。「安南帝国皇帝宗龍王《そうりゅうおう》の殺人」という世界的大スクープを夢み、艱難辛苦をして此処にネバっていたが、それも早や徒花《むだばな》、鶴子を殺した犯人はどうやら皇帝以外の何者かであるらしい。是が非でもこいつをモノにしようと鼻血の出るほど意気込んでいただけに、急に張りつめた気がゆるんでガッカリしてしまった。やや長い間痴呆《たわけ》のようにトホンと椅子に掛け、何ともつかぬ空ろな視線を漂わしていたが、やがて取るともなく卓上の夕刊を取上げて眺めやると、二面の下の方に今朝《けさ》の事件が小さく一段組で掲《の》っている。

アパートで自殺　今朝午前四時二十分頃、元宝塚少女歌劇学校生徒、松谷鶴子（二三）は赤坂山王台《あかさかさんのうだい》、アパート有明荘の三階窓から約三十尺の崖下に投身して自殺を遂げた、原因は厭世から

この広い東京で、このたった六行の記事を加十ほど感慨深く読んだものはあるまい。いな、加十ばかりではない、誰かこの事件の裏の事情を知っている人があったら、あまりにも無情な表裏の対比に思わず嗟《さ》嘆《たん》の声をあげたに違いない。

この辺が、「東京」を称して一と口に魔都と呼び慣《ならわ》す所以《ゆえん》なのであろう。我々の知らぬうちに事件は始まり事件は終る。この大都会で日夜間断なく起るさまざまな犯罪のうち、我々の耳目に触れるものはその百分の一にも当らない。それも、形象は深く模糊の中《うち》に沈み、たまさか反射だけがチラリと我々の眼に映じるのである。

この記事はたしかに読者諸君の眼にも触れた筈だが、その時、このたった六行の記事の裏にこれ程の波瀾が潜んでいることを誰一人洞察《みぬ》き得なかったでしょう。のみならず、事件は今始まったばかりだ。これ迄の波瀾はほんの序曲に過ぎない。この自殺事件を提 起《イントロダクション》として、まさに渾然たる犯罪の大管絃楽《オルケストラ》が演奏され出そうとしているのだが。

加十はそんなことは知らない、一図《いちず》に目的を失ったと思い込み、センチメンタルな声で、

『ああ、夢だ、幻だ。……これがもし本物だったら、それこそ世界の耳目を聳動《しょうどう》させる事が出来たんだが、何もかもこれでペケになった。……醒めて口惜《くや》しき仮寝《うたたね》の、か、ああ、詰《つま》らん詰らん。……王様が殺したんだと思ったもんだから、たとえ一ト月二タ月未決に喰い込んでも必ずこいつをモノにしてやろうと逆《のぼ》せ上ったのだが、そうでないとすれア、鶴子づれが生きようと死のうと俺の知ったこッちゃありゃアしない。俺もいろいろな目に逢ったが、今日《きょう》位い無常

を感じたことはない。有為転変とはまさにこのことだ。ついさっき迄王様王様で栄耀栄華を極めていたが、それも僅か半日の夢。なんの、特種どころか、間も無く拘引《ひきた》てられて検事局送りになるのだろうが、それもこれも、所詮柄《がら》にもないことを企てた天罰だろう。いっそ、生きているのが厭になった。……それにしても俺の低能にも呆れる。どうして王様を犯人だとばかし思い込んでしまったのだろう。だいいち、これから鶴子を殺そうという奴があす三人で飯を喰おうなどと約束する筈はない。夜食の間中もニコニコ笑ってばかし居たし、見受けるところ、突然発作を起すような危険な人体《にんてい》らしくもなかった。寝室から雲霧消散する直前だって終始沈着で、人を殺した人間のようには……』

と言いかけて突然に眼玉を据え、

『おや、ちと妙だぞ。……皇帝は稀代の大金剛石を持っている。……その王様が雲霧消散……。これア、いかん。ひょッとすると王様は蒙塵《もうじん》したのではなくて誘拐されたのではないか知らん。……必ずしも有り得ないことではない。とすればこれア、大事件だ』

と、又しても逆上したような眼つきになってウロウロと立上りかけたが、また坐り直し、

『こう狼狽《うろた》えたって仕様がない。ひとつ、落着いて昨夕《ゆうべ》からの次第をとっくりと考えて見よう』

と、物々しく腕を組み、

『……俺は昨夜七時に腹を立てて東京會舘を飛び出した。ここ迄は、……何も変ったことはない。それから、銀座で村雲笑子《むらくもえみこ》に逢って……、おや、これにしてからが既に妙だぞ。……北海道の同じ小学校で教鞭をとっていた同僚が映画スタアに成上り、おまけに「巴里」と言う贅沢

な酒場《バア》まで出したと言うから、同郷の懐しさで一度敬意を表しに行ったら文字通りに塩を撒かれた覚えがある。……その笑子がなぜ昨夜《ゆうべ》に限ってあんなに愛想をよくしたのだろう。あの気位いの高い女《あま》っちょが俺の手なんぞを執《と》って、無理やり「巴里」へ引っぱって行った。……そこに皇帝がいて、その朝殺人事件が起きた。……皇帝が攫《さら》われて、俺一人が現場へ残される。俺一人が現場へ……。おッ、畜生！　それに、笑子は有明荘の住人だ。……これア、何かある。俺と笑子が銀座で逢ったのは偶然だとしても、俺を無理に皇帝のいるところへ連れて行こうとしたあの態度《ポーズ》に何か尋常でないものがある。……と言ったところで、これだけじゃ仕様がない。何か手懸りになるような記事はないかしらん』

と呟きながら、次々に夕刊を取上げて遽《あわた》だしく眼を走らせていたが、やがて下積になっていた「夕陽新聞」を手にするより早く、思わず、アッと驚異の叫びを発した。

夕陽新聞特別版の第一面には、「噴水の鶴、今朝鳴く！」という五段抜きの大標題《おおみだし》の下に、会場の盛況から賞品授与の次第、祝辞祝電の全文と兼清《かねきよ》博士の演説要旨、九時三十五分皇国万歳を寿《ことほ》いで竟《つい》に喨々《りようりよう》と鶴が鳴き出した恍惚たる瞬間迄の事情を、美辞麗句を連ね、全紙面を割いて堂々と書き立ててある。

加十は飽気《あつけ》にとられた面持で、

『これは驚ろいた。……あれは園丁長の酒月と幸田社長の合作で、警視庁も間近い日比谷公園で無届不合法の集会をやれば、鶴が鳴くと予告した九時十二分以前に必ず解散させられると決ってるから、それ迄に逸早く会費を掻き集め、どうも残念だが、で幕になる最初からの手筈で、尻尾《しっぽ》を摑まれるような仕掛は一切しないことになっていた。……それに、それにどうして鶴が鳴いたんだろう。これで、また一つ不思議が増えた。……よし、並べて見よう。（愛想する筈もない笑子が愛想をする。――鳴く筈もない噴水の鶴が鳴く）……この二つの現象は一見何の関係もないようだが……しかし、ひょっとすると何か重大な繋りを持っているのかも知れぬ』

と上眼使いをしながら頻りに首を捻っていたが、間も無く諦めたように、

『いくら首を捻ったところで、どうせ俺の智慧じゃ及ばない。例の通り体当《たいあたり》で行く外《ほか》はあるまい。最初にアタリをつけそれから噴水の鶴を調べると何とかこの連係《つながり》が判るだろう。よし、そうと決ったらすぐ出かけよう』

と勢い込んで立上った途端、ホテルの支配人が入って来て、警保、欧亜の両局長がやって来たと告げる。加十は泣きッ面をしてがっくりと椅子の中へ落ち込み、

『ああ、忘れていた。俺は刑務所へ行くんだっけ。特種どころか、何もかももうおさらばだ』

と呟くと、蚊の鳴くような声で支配人に、

『覚悟はいいと言ってくれたまえ』

間も無く二人の局長が入って来る。扉口《とぐち》で恭々《うやうや》しく名乗をあげると、まず警保局長が進み出《い》で全身これ恐縮と言った身振りで、

『殿下、又しても、お詫言上《わびごんじょう》に罷出《まかりいで》ました。今朝以来失態の連続でありまして、最早、お合《あわ》せ申す貌《かおばせ》もないのでございますが、仮面《めん》をつけ、低頭して、御前に進み出たのでございます。只今《ただいま》は、また眞名古と申すものが推参いたし、種々《いろいろ》と、御名誉を損傷いたしましたようで、実

に慮外なことでありまして、その者は最早厳重なる懲戒処分に附しましたが、それにつきまして、こうして、われわれ両人が』

息も絶え絶えといった体なんです。局長は仲々味をやる。その辺の新劇俳優などまさにタジタジなのである。

それはそれとして、加十の境遇ほど端倪《たんげい》すべからざるものはない。つい先刻《さっき》王座から蹴落されたばかりなのに、ある必要によってまた皇帝の椅子に据えられることになった。操人形《マリオネット》だってこうまで手非道《てひど》く飜弄されはしまい。とすれば、いっそ悲惨にも見えるのである。

加十も油断はしない。上眼使いに二人の方を偸視《ぬすみみ》ると、二人の大の男はいずれもワナワナと身を顫《ふる》わせ、額には冷汗さえかいて、今にも消え入らんばかりの風情である。身顫いの方は忿《ふん》怒《ぬ》のせいで、冷汗の方は忌々しさのせいなんだが、こういう情況に於《お》ては、どんな聡明な男だって感違いする。況《いわ》んや愚直な加十のことだからテもなくこの陰謀に引ッかかってしまった。俄《にわか》に天が豁《ひら》けたような気がする。うまくやってのけろ、刑務所へ行かなくても済むぞ。そこで、出来るだけ尊大に身を反らすと、

『謝まらなくともいい。私が寛大なことはよく知ってるだろう。どうも御苦労さま。これで話は済んだのだからもう退取《ひきと》ってくれたまえ』

局長らの方は仲々こんなことでは退取られない。慇懃《いんぎん》に敬礼をすると、

『いつもながら、御濶達なる殿下の……』

加十は五月蠅《うるさ》そうに手を振り、

『それで、まだ何か用があるのかね。次々にこう色んなのにやって来られては息をつくことも出来やしない。用があるならサッサと言って手取早く退《ひ》き取って貰おう。私は少々風邪気味でね、あまり機嫌がよくないのだぞ』

警保局長は飽迄《あくまで》も謙遜《へりくだ》り、

『では、手ッ取早く申上げますが、かねて警視庁の金庫にお預り申上げてあります皇室の御秘宝はあのまま保管いたして置いてよろしいか、それを御伺い申上げるために』

なんだ、そんな訳だったのか、ああ、これをもう一時間も早く聞いていたら、あんなひどい破目にならなくとも済んでいたものを。加十は横手を打って、

『あ、すっかり忘れていた。どうか、その儘その儘。手元に置いたって左《さ》して益のあるものでもないからね』

どうして、加十も仲々馬鹿じゃない。警保局長は畏《かしこま》って三歩ばかり引き退ると、代り合って欧亜局長が進み出で、

『承わりますれば、両三日中に御帰国の由《よし》で御座いますが、お名残惜しく存じて居ります。この度は散々の不始末で、日本に対する印象を御削害されたことと存じまするが、何卒これにお懲りなく……』

この談判を残りなく叙述すると甚《はなは》だ飛躍した演劇的場面になるのだが、然《しか》しこんな事をいつ迄書いていたって仕様がない。あとは大体読者の御想像に任せるとして、要するに、この二人の局長は宋諜報部長を丸め込むに足るようなさまざまな悪智慧をつけた上、マゴマゴせずに早

く寝ろ、という意味のことを懇《ねんごろ》に暗示して引退って行ったのである。

ちゃんと手筈がしてあったものか、殆んど入れ違いに宋秀陳が帰って来た。警視庁で強《した》かに歓待されたのであろう、微醺を帯び一種潑剌たる歩調《あしどり》で入って来た。扉口《とぐち》で敬礼すると恭々しく加十の傍へ寄って来て、

『ああ、何たる光栄ではありましょう。手前らはつい只今まで日本警視総監の至らざるところなき歓待を受けて居ったのであります。これも偏《ひと》えに御威徳の然らしむるところでありまして、申そうに、感激のほかは無いので御座ります』

加十は横柄に顎で椅子を差示しながら、

『馴れぬ酒を飲んで腹をこわすな。……それはそうと、先刻《さつき》の返事をする』

秀陳は正しく椅子に掛け、

『手前ら、殿下のお返事を承りますでございます』

加十は意気揚々と、

『おい、感違いしてはいけない。金剛石《ダイヤモンド》はちゃんと警視庁の金庫に預けてあるのだぞ。嘘だと思ったら電話をかけて聞いて見ろ』

秀陳は忽ち感激の色を面に漲《みなぎ》らせ、

『ああ、果して果して！ 賢明なる殿下に於かれてさようなる軽率なお振舞いがあられようなどと推量いたすさえ、最早失礼に過ぎると申すべきでありましょう。かくて、手前らは秘宝に関する殿下のお返事を承ったので御座ります。……次に御帰国のお日取の方を』

『二、三日中に帰る。お前から理事官長に暗号電報を打って置け』

と言って妙な作り笑いをし、

『秀陳、今度はいろいろ世話になったな。帰ったら勲章をやる』

秀陳は椅子から飛び上り、

『つがもない！　これしきの事に御褒賞などは！』

『いや、是非ともやる。……そこで相談だがナ、お前は諜報部長だから、いろいろと変装の術などを心得ているだろう』

秀陳は胸を張り、

『左様なるお尋ねは、失礼ながら、しょせん、御無用なのでございます。手前ら、職掌柄と致しまして、変装に必要なる品々は常に手元に備えてあるのであります』

ひょっとすると、此処を逃げ出せるぞ。そうしたら、すぐ日比谷公園へ行って……、加十は嬉しがって膝を乗り出し、

『じゃア、ひとつ、郵便切手の肖像にあるような顎髯を生やしてくれ。俺はこれからお前と散歩に出かけるつもりなんだが、東京では、安南と反対に、この素顔が知られすぎていて少々まずいのだ。それに、危険でもある』

秀陳は重々しく頷いて、

『ああ、それこそは至当なる御配慮なのであります。至尊の御身上であっては、その御用心は蓋《けだ》し当然なのでございましょう』

と言って部屋を出て行くと、間もなく古風な手提鞄《てさげ》を提げて戻って来、キチンと整頓された隔劃《しきり》の中からウィグ・ニスと毛束を取出し、失礼ながら、と言って加十の顎にニスを塗ると、細い鉗子《ピンセット》を使って丹念に一本ずつ髯を植え始めた。

やっとこさで出来上った。眼つきの卑し気なのは致し方ないとしても、それを除くとほぼ皇帝に似ている。加十は鏡に向ってためつすがめつした後、公園の西門で待ち合わせることに手筈をきめると、顔見知の私服達を尻眼にかけて悠々と玄関を立出で、秦の始皇帝《しんしこうてい》のような黒髯を風に靡かせながら日比谷公園の方へ歩いて行った。これから噴水の鶴を調べに行こうと言うのである。

二十　間違いつづきの事、並に明石町《あかしちょう》の夕景の事

築地《つきじ》明石町、「住吉《すみよし》」の奥まった座敷。応挙《おうきょ》の「蓬莱山図《ほうらいさんず》」と葉牡丹《はぼたん》を根〆にした大きな苔松を背景にして、林謹直、道灌山前田組《まえだぐみ》の大親分、それに林の家子《いえのこ》郎党が五人ばかり。此処もまた腕を組み眉を顰めたむずかしい風景。先刻《さっき》、伝次を幸田の妾宅へ差向けると間もなく警保局から皇帝失踪の報知を受け、かくは寄り寄り対策協議中なのである。

林が皇帝に取入って安南で先取した優良ボーキサイトの採掘権。それを資本・構成をほぼ等しくする好敵手《ライヴァル》、小口《おぐち》の日興《にっこう》コンツェルンが何とかして林の手から取上げようと、皇帝反対派、

すなわち、皇甥《こうせい》擁立派を突ついて盛んに暗躍している最中だから、それは何か為にするところある日興の仕業ではないかという疑念は、誰れの胸にもすぐ浮ぶのである。殊《こと》に日興の傘下にある関東土木《かんとうど》倶楽部《ぼくくらぶ》の一方の旗頭、野毛山鶴見組《のげやまつるみぐみ》の一味が今朝《けさ》程帝国ホテルも間近い日比谷公園で何か立騒いでいたということもある。これだけでは当事《あてこと》もないが、もしそれが事実だとなると、こちらには三千に余る命不知《いのちしらず》を擁する関東組《かんとうぐみ》の元締道灌山の大親分がついている。どうせ血を見ずには治らぬのである。

七人寄って文珠の智慧もなく、空しく腕を拱《こまね》いているところへ駒形伝次が血相を変えて帰って来た。野毛山の一派、武州小金井《ぶしゆうこがねい》に縄張りを持つ、安亀事安井亀二郎《ことやすいかめじろう》が、「唄う鶴の噴水」の会場で騒ぎを起し、そのドサクサに紛れて皇帝を攫って行ったという密告を幸田から貰い、飛ぶように駆け戻って来たのである。

伝次はモーニングの膝をキチンと折って畏《かしこ》まり、キッと林を睨むようにしながら、

『ありようは、只今申しあげた通《とおり》で御座んすが、そのほかにも何か安直じゃねえ筋合があるらしく、妙に気を持たせるんでございます。どうせ意地汚《きたね》え奴らのこってすから、吐かせるのは訳のないことで御座いますが、兎も角、先にこれだけをお耳に入れようと思いまして、スッ飛んで帰って来たんで御座います』

この辺のことは諄く述べる必要はあるまい。池の畔《はた》の四阿《あずまや》の前に確かに皇帝が立っていたという、例の間違いの続きなのである。

林は膝を掻き挘《むし》って激発し、

『実に馬鹿なことをする。たとえ嫌がらせだろうと、もう黙っちゃ居ない。会釈も糞も要るもんか、すぐ警視庁に電話をかけて小口と野毛山をふン縛らしてしまえ』

と、日頃でさえ赤い恵比須《えびす》顔に一段と朱をそそいで、まるで火の玉のようになって猛り立つのを道灌山は静かに制し、

『林さん、それあ、いけません』

年の頃は五十五、六、白銀《しろがね》のような白髪をオール・バックに撫でつけ、額には年の数ほどの皺も無い。臥蚕《がさん》の眉、引結ばれた大きな唇。團十郎《くだいめ》張りの張りのある眼に柔和な光を湛え、袴の膝に握り拳を置いてゆったりと床柱に凭《もた》れている。山の手の隠居とも見える春風和順《しゅんぷうわじゅん》の人体《にんてい》だが、何となく底力のある隙のない構《かまえ》である。道灌山は穏やかに唇を綻《ほころ》ばしてから、

『林さん、それはいけない。私がこの席に居なけりゃいいがこうして此処《おかみ》に居る以上、そんなことをされては私の顔が立たない。道灌山は自分の手に負えないので、警察の裾にとりついたと言われても困る。今きいていると、只それだけじゃ野毛山がやったかどうか、どうも覚束《おぼつか》ない話だし、だいいち野毛山のやりそうもないこった。……然し、まアそれだけのとッかかりがあれば話の糸口だけはつく。私はこれから向《むこう》へ出掛けて行って穏当に掛け合い、向うの言い分もとっくりと聞いて、何とかして王様だけは貰って来ましょう。……老人《としより》の冷水だと思いなさるかも知れないが、私に少し存じよりがあるから』

と言って立上る。

幸田が出鱈目《でたらめ》な当推量を口走ったばっかりに、とうとうこんな事になってしまった。一体こ

角へ。

それは却説《さて》、程なく道灌山の自動車は「住吉」の門を走り出て、芝《しば》の方角へ。

それとちょうど堀一つ隔てた向い側、暁橋《あかつきばし》の袂《たもと》。「呉竹《くれたけ》」という奥深そうな家を先程から頻りに見張っている一人の人物がある。年の頃は三十七、八、西洋臭い細い口髯がよく似合い鼻の高い、少し眼の窪んだ、一目でそれと判る混血面《あいのこ》。第三回、ロード・スタアで「巴里」へ乗りつけて来た、有明荘の住人の一人、仏国「ホヴァス」通信社の通信員ジョン・ハッチソンである。

門松はサラサラ、追羽根はカッチンカッチン、いかにも正月《はる》らしい長閑《のどか》な夕暮。粋な座敷着もちらほら通る。その片側塀の闇に踞《しゃが》んで、凄い眼ざしで「呉竹」の方を眺めているが、待ち切れない風で、ツと出て行っては門の奥を覗き込む。

それから十五分ほどすると、露路作りの奥の方で賑やかに送り出すどよめきがきこえ、三十《みそ》五、六の、上脊のある男が外套の襟を立てて顔を隠すようにしながら早足で出て来た。頬の削《こけ》た、瞳の落着《おち》つかぬ、見るからに狡猾《ずる》そうな面構え。露路口の街燈を避けて、右へ、暁橋の方へ行きかかる。ハッチソンは塀の下闇からバタバタと飛び出して、その前に立ち塞がる。外套の襟を摑んでグイと引き寄せると、

『おい、バロンセリ、何んで逃げ隠れする』

読者諸君も御存知でしょう、例の「カーマス・ショオ」。上海《シャンハイ》辺の田舎廻《どさまわり》の寄席《よせ》藝人を集めた一座を、紐育《ニューヨーク》の大ジーグフェルドに次ぐ世界的大レヴュウ団にこしらえ上げたのはこの二

人の仕業。恰も今日が日本座に於けるその初日なので。

どちらも日仏の混血児《あいのこ》。そんなことから意気投合したが、形影相伴《けいえいあいともな》って安南、貴州《きしゅう》で暗い商売をつづけていた。ハッチソンの噂が出ると、時にバロンセリはどうしたと連文句《つらねもんく》のようにすぐもう一方の名が出るほどの間柄。血を分けた兄弟もただならぬこの二人の間にどんな悶着が起きたのか。

ハッチソンはバロンセリを橋の欄干に押しつけて力任せに揺すぶりながら、

『おい、何とか言え、ぬかせ』

バロンセリはなにか悩ましそうに眼を伏せながら、

『な、なんと言やいいんだ』

ハッチソンはキリキリと歯嚙みをして、

『ここは順化《ユエ》の町端《まちはず》れじゃねえ、東京のど真ン中だ。俺を出し抜こうたって……、おい、王様《ロア》をどこへやった』

『俺《おら》ア知らねえ』

『おお、そうか。初日の蓋が開いてるてえのに、あんなところで何をしていたんだ』

『ひいき筋よ』

『やかましい。……てめえ、俺を出し抜いて野毛山へ王様《ロア》を売込んだろう』

と言うと、右手でバロンの喉輪を攻め、

『今朝《けさ》日比谷で騒いでいた安亀の一味十人が「呉竹」の離座敷《はなれ》にいることはちゃんと見通しな

んだ。どうだ、恐れ入ったか』

バロンセリは、グッと息を詰らせ、嗄《かす》れたような声で、

『知らねえ知らねえ。……何をしやがる。この手は何だ。手を除《と》れ、手を』

と呻きながら苦しまぎれに上突《うわづき》にハッチソンの胸を突上げる。ハッチソンはヨロリとなったがすぐ立直り、

『乙な真似《まね》をしやがると』

と懐中《ふところ》に手を差入れて白鞘を引ッこ抜きかけたが思い直したようにまた懐中《ふところ》へおさめ、バロンセリの腕をとるとしみじみとした口調で、

『踏込《ふんご》んで行くのは訳はないが、そうせずに、胸をさすってここで待っていたのは、おめえと二人ッきりで話をつけたかったからだ。なア、バロン、おれを捌くことだけはかんべんしてくれ、頼みだ。……割も歩もいらねえ。利益《あがり》はみなお前《めえ》にやる。……だから、すっぱり告白《うちあけ》てくれ。隠し立てさえしなけアいざこざは言わねえと言ってるんじゃねえか。……な、何んだ。妙な面をするな。……笑え。おい、笑って見せろ』

バロンセリは、ツと顔をそむけると、暗い水の面に見入るような風をしながらいっしんに歯を喰いしばっている。見ると、頬に涙が伝わって、ハッチソンの方からは見えなかった。

ハッチソンはバロンセリの脊中《せなか》を瞶《みつ》めて突ッ立っていたが、やがて溜息をつき、

『……まるで人が違ってしまったようで……おれにはお前《めえ》の素振りがまったく解せないのだ。……どうしたんだバロン、話してくれ。よう』

バロンセリはぐるりと向直る。もう涙の痕はなかった。不貞腐《ふてくさ》ったようなようすで、

『判らなきア、言ってきかしてやる。俺はお前《めえ》の兄貴面に、もう、飽き飽きしたんだア』

『えッ』

『長い附合いだった、が、これがお別れだ。道で逢ってももう言葉をかけてくれるな』

ハッチソンは拳を震わせ、

『てめえ、慾呆けやがったな。おれを、あんな眼腐れ金《がね》と見かえる気か』

眼頭にキラリと涙を光らせ、

『おい、バロン、印度支那《インドシナ》くんだりで、この長い間苦労を分け合った二人の、これが別れか。こんな別れ方でいいのか。……馬鹿な、お前《めえ》、そんな馬鹿な……』

バロンは欄干に脊を凭せて空嘯《そらうそぶ》き、

『ああ、いいんだ。慾呆けたんだ。放っといてくれ』

『じゃア、それア、本気か』

『くどい』

『せめて、訳を……』

『勝手にしやがれ』

ハッチソンはガクガクと身体《からだ》を震わせ、凄じい眼差しでバロンセリを睨みつけていたが、やがて迸《ほとばし》るような声で、

『よし、いかにも別れてやる。……その代り、必ずぶち壊して見せるぞ、忘れるな』

と戦《おのの》く手で外套の釦《ボタン》を掛け終ると、足早に以前の片側塀の闇の中へ消えて行った。

二十一　妙な首実験の事、並に電話の声の事

寒々と広い警視庁捜査一課長室の大きな事務机《つくえ》を前にして眞名古《まなこ》課長が孤影凝然と坐っている。前回、有明荘でやったように、又してもまさに腹でも切ろうという風に、腕を組み面を低く俯向《うつむ》け、深い憂悶の色を浮《うか》べながら、まるで化石したように微動だもしない。見ると事務机《つくえ》の上には、例の有明荘の獲物、緑色の胴衣《チョッキ》、獅子頭《ししがしら》のシガーレット・ホルダー、紙を刻んだ靴型、〇米《メートル》八六と書きつけた手帳がキチンと置き並べられてある。眞名古にとってこの品々は余程煩悶の種になるのだと思われる。見ようによれば、まるでそれにお辞儀をしているようにも見えるのである。こんなことをするのはこれで二度目だが、そもそも、この品々は冷酷そのものとも言うべき眞名古警視をなぜこう迄悶えさせるのであろう。そう言えば少し腑に落ちぬことがある。先刻、眞名古が警保局で現場調査の説明をした時、何《なに》故《ゆえ》か伊吹《いぶき》という洋服屋へ行って問合せをした条《くだり》を除いている。そればかりではない。シガーレット・ホルダーの特徴にも、生乾きの壁に人が凭れた痕がついていたことにも、只の一と言も触れていない。専門家同志の間にはこんな些末なことはどうでもいいのかも知れぬが、日頃細心を誇る眞名古の振舞としては、チト受取りかねる節があるのである。

惟《おも》うに、この品々には何か余程の重大な秘密が含まれているのに違いない。慎重緻密な眞名古がそれを口外せぬのにはそれ相当の理由があるのだろうと思われるが、それは兎も角時計を見上げると早や五時十五分。仏蘭西大使の乗った不定期急行はもう彦根辺《ひこねあたり》まで来ている。明朝大使が拝謁に行く午前四時迄には、どんなことがあっても皇帝をホテルに帰して置かねばならぬのであるが、こんなところで煩悶などしていいのであろうか。煩悶するなら事件が片附いてからゆっくりやって貰いたいと歯痒《はがゆ》がるは恐らく作者だけではあるまい。

やがて、時計が五時半をうつ。すると、ちょうどそれが合図のように例の四銃士が入って来て直立不動の姿勢で扉口《とぐち》の前に整列する。

ようやく眞名古が身動きし出した。ゆっくりとその方へ振向くと右端の銃士に眴《めくばせ》をする。合図された男は一歩進出《すすみで》ると、簡単明瞭な口調で、

『有明荘の居住者、岩井通保《いわいみちやす》、印東忠介、ジョン・ハッチソン、山木元吉《もときち》、村雲笑子、川俣踏絵《かわまたふみえ》の六名は「カーマス・ショオ」の六名と共に三台の自動車に分乗し、三時十分に「巴里」を出発し、同三時二十分に築地小田原町《おだわらちょう》の待合「すゞ本《もと》」に到着して居ります。十二名が到着すると同時に「すゞ本」は玄関を鎖《とざ》し、臨検の五時二十分迄一度も開きませんでした。「カーマス・ショオ」の六名を取調べましたが、有明荘の六名は臨検の時間迄一人も外出しなかったと申立てて居ります。「すゞ本」の裏木戸を調査しましたが、最近人の出入《ではいり》した形跡は絶対に認められませんでした』

眞名古は二番目の銃士に合図をする。第二の男は進み出て、

『慰労巡察の警視総監が赤坂区《あかさかく》第五歳晩警戒哨、溜池交叉点を通過になった時間は午前三時五十分であります。四時四十分、第六哨赤坂見附《あかさかみつけ》――。四時四十五分、麴町区《こうじまちく》第二哨三宅坂《みやけざか》、――四時五十分、第一哨桜田門《さくらだもん》。……以上であります』

第三の銃士が進み出る。

『松谷鶴子の原籍は京都市東山区山科町深野《ひがしやまくやましなまちふかの》、百二十番地。前京都府警察部長殿御原籍は京都市東山区山科町深野百二十番地であります』

眞名古が顎をしゃくると、第四の銃士が課長室を出て行き間もなく例の美しい縫子《おはり》の花を連れて入って来た。眞名古が何か低い声で命令すると、四銃士はそれで引き退る。

眞名古は花を差招いて椅子に掛けさせると例の通り水ッ調子で、

『一寸《ちよつと》、頼みたいことがあってね、それで迎いにやったのだ』

花は顔をあげると、

『丁度よかったのですわ。あたしの方からお伺いしようと思っていたところだったんです』

『ほう、どんな用で』

花は懸命な顔つきで、

『犯人は王様じゃありません。あたし、ホテルへ行って王様にお目にかかったんです』

『嬉しそうな顔をしてるね』

花はニッコリと笑ってすぐまたむずかしい顔をし、

『王様は毬栗頭でもありませんし、あんなノッポでもありません。感違いしないようにして頂きますわ』

『王様が犯人だなどと言った覚えはないが、早嚥込《はやのみこ》みをしちゃいけない。…それはそうと、頼みと言うのは外でもない一寸《ちよつと》見て貰いたいものがあるんだ。こっちへ来てくれ』

と言って、机の曳出しから拳銃《ピストル》を取出して衣嚢《ポケット》におさめると花を連れて課長室を出て行った。

間もなく眞名古と花の姿は混凝土《コンクリート》の暗い中庭に現れる。明々《あかあか》と燈火《あかり》が洩れる三階建の建物で四方から囲われてちょうど井戸の底のようになっている。眞名古はそこへ花を踞《しやが》ませると高い三階の窓の一つを指《ゆびさ》し、

『ここからあそこ迄の高さは、お前の部屋の窓から有明荘の鶴子の家の窓迄の高さと大体同じだ。…そこで、俺がいま合図をすると、あの窓掛が急に上って一人の男が窓から顔を出す。今朝《けさ》鶴子を投落した犯人がやったと同じような順序になるだろう。その男の身長《みたけ》と頭と手首の辺をよく見ているのだ。ほかの窓に気をとられてはならん。それから、どんなものを見てもここで口をきいてはならん。……いいかね、ではやるよ。あの窓から眼を放すな』

と言うと、衣嚢《ポケット》から拳銃《ピストル》を取出し筒先を空へ向け轟然と一発射ち放した。夥《おびただ》しい四方の窓が一斉に開いて、色々な顔が突出される。眞名古が指《ゆびさ》した窓からは毬栗頭の総監が半身を乗出し、中庭を見下ろしながら、何だ何だ、怒鳴っている。眞名古は花の手をとると悠然と中庭を引揚げて行った。

三階の総監室では窓から首を引ッ込めた総監が癇癪《かんしやく》を起したような声で拡声電話器に怒鳴っている。

『一体、何だ、どうしたんだ』

拡声器がうるさい声で答える。

(眞名古課長が誤射されたのです。損傷はありません)

『これだけ損傷があれば結構じゃないか。……それで、有明荘の六人の行衛《ゆくえ》はまだ判らないのか』

(まだ報告がありません)

総監は忌々しそうに舌打ちすると、巻煙草容《シガーレット・ケース》から巻煙草《まきたばこ》を一本抜き出し、フト、胴着《チヨツキ》の胸のポケットに手をやって苦笑いする。いつもここへシガーレット・ホルダーを入れてあるものだから、それが習慣になって、落したことも忘れてついそこへ手が行くのである。

煙草《たばこ》に火を点けたところへ、また拡声器が怒鳴る。

(林さんからの電話で、また事件が起きたから、すぐ総監にとのことです)

総監は巻煙草《まきたばこ》を投げ出して、

『早く、繋げ、まごまごせずに』

と怒鳴ってるところへ、眞名古と一緒に警保局長が、どうも、散々な目に逢ったよ、と言いながら入って来る。総監は手を振って、

『局長、何かまた事件が起きたと言って、林がいま電話へ出るところです』

局長と眞名古が椅子につく間もなく、林の太い声が拡声器から洩れ出す。

(総監ですか。林です。とてもそっちへ行っている暇がないから電話で話しますが、どうも、

飛んでもないことになりました。そこにいられるのはあなただけですか）

局長は送話器に飛びついて、

『俺もいる。眞名古もいる。何がどうしたてんだ、早く言い給え』

林の話を要約するとこうである。道灌山が野毛山へ乗り込んで行って掛け合うと、安亀が日比谷で騒いだなどというのは初耳だ。身内の恥になることだから人には言わなかったが、一寸《ちよつと》胸に落ちないことがあって、今年の夏時分安亀に盃《さかずき》をかえさせ、今じゃ赤の他人なのだからその尻を持込まれても困ると言って、急に怪訝な顔をし、そう言えば妙な事がある。暮の二十八、九日頃、見馴れない混血児《あいのこ》がやって来て、是非とも殺《ねむ》らして貰《もら》いたい人があるという。俺のところへ持ち込む以上はそれを殺《ねむ》らせると充分日本のためになるのだろうなと念を押すと、日本のためにはなりませんと言う。見損うなと言って帰したが、ひょッとすると、殺《ねむ》らしてくれと言うのは皇帝のことではなかったかという事になり、嘘にもせよそんな計画があるとすれば由々しい問題だから、それで電話を掛けたのだと言うのだった。

電話が切れると、局長は苦笑しながら二人の方へ向き直り、

『林はすこし狼狽《あわ》ててるよ。何を詰らないことを。……あて推量まで持ち込まれちゃたまったもんじゃありゃしない。あいつ、どうかしている』

拡声器が喋《しやべ》言り出す。

（只今、自働電話、銀座の十二番から皇帝暗殺計画に関する重大な密告があるから警視総監に、と言う電話です）

眞名古は送話器の方へ走り寄り、

『こちらはなるたけ話を長引かすつもりだから、八雲町《やくもちょう》の交番へ急報してどんなことがあっても通話者を捕えさせろ。その方の通告が終ってから拡声器へかけるんだ』

ものの一分と経たぬうちに拡声器が復命する。

（八雲町の交番へ通達終りました。これからお繋ぎします）

三人が片唾《かたず》を嚥《の》んで待っているうちに、拡声器から嗄《しゃが》れたような声が流れ出す。

（総監ですか。……こちらは銀座の十二番です。大分待たせましたね。話を長引かして私を摑《つかま》えようとしたって無駄ですよ。始めっから一通話しか話《はなし》しないことに定《き》めてあるんだから。……あまり待たせるもんだから、もう一分半ほど過ぎてしまった。あと一分半しかない。たとえ話の途中だろうと、一通話の切れ目が縁の切れと言うことにしますから、どうかそのおつもりで。……では申します、安南皇帝を東京で暗殺する計画があります。皇帝の反対派、皇甥李《り》光明《こうめい》一派から密旨を受けた暗殺者が、十二月二十七日のプレジデント・フウヴァ号で横浜に到着しています。条件は二つ。第一、なるべく日本の官憲の手にかけさせるように取計らう事、第二、死体は東京の最も眼抜きの場所へ投げ出して置く事。……あなたの方にも情報が入ったでしょう。大使が明日の午前四時にホテルへ伺候《しこう》するというので、それ迄に是非とも暗殺してしまう計画です。私の方には暗殺者の住所が判っていますから、ついでに申上げて置きましょう。その者は……コレカラ二通話ニナリマス）

ガシャンと受話器を掛ける音が拡声器の中で鋭く跳ねかえる。

警視庁のあらゆる神経は一斉に猛烈な刺撃《しげき》を与えられて目覚しい反射運動を始めた。局長は旋風のように総監室を飛び出して行く。ところが眞名古だけはウッソリと俯向《うつむ》いたまま腰もあげようとしない。総監は眉を顰めて眞名古の姿を眺めていたが、とうとう癇癪を抑え切れなくなったものか、斬りつけるような鋭い声で、

『おい、どうしたんだ、眞名古君』

眞名古はジロリと総監の面を見上げると、陰気な声で、

『総監、私はあなたと二人ッ切りになる機会を待っていたのです』

時間は正に六時二十分。明日の午前四時迄にあと十時間足らず。警視庁が勝つか、暗殺者が勝つか。……この際どい最中に、眞名古は呑気《のんき》らしく一体何を言い出そうと言うのであろう。

連載長篇　第七回

二十二　眞名古《まなこ》長講の事、並《ならび》に獅子頭《ししがしら》の煙管《パイプ》の事

夕刊の雑報欄にたった六行で片付けられた元宝塚少女歌劇学校生徒松谷鶴子《まつたにつるこ》の自殺事件の裏を引ッ繰りかえすと、どうして仲々そんな事じゃない。世間の表面には波瀾の片鱗すらも表われないが、例えばミンダナオ海溝の海底噴火のように、暗黒な海淵の底で轟々と湧き立ち、沸《たぎ》りかえり、まさに狂奔擾乱《じょうらん》の趣《おもむき》があるのである。

最初の状況では、どう見ても皇帝が鶴子を窓から投げ落したとしか見えぬような具合で、当局は遽《あわ》てて真相の秘匿に努め、ようやくこれを自殺事件に整備《したて》てしまったところ、あにはからんや、皇帝はむしろ被害者の側で、事件後間もない午前四時半頃、何者かのために誘拐されたことが明白になった。

いやしくも一国の皇帝が日本の領土内、然《しか》も東京のど真ン中で誘拐されたとあっては実にどうも由々しい問題、当局の驚愕と狼狽はけだし察するに余りあるのである。急遽内務外務両大臣以下、政府の首脳部が額《ひたい》を集めて前後策を協議したが、事件は模糊たる雲煙にまぎれ込み真

相を補捉することが難《むず》かしい。結局、皇帝が日本で売却される目的で帯出された安南《あんなん》皇室の秘宝、「帝王《ラジャー》」を奪う目的でこんな大それた事をやったのだろうという事になった。

しかし、作者の考えるところでは、この到達は少し観念的だと思われる。これではまるでありふれた探偵小説の筋のようではないか。それならそれでもいいが、では、日比谷《ひびや》公園《こうえん》の噴水の鶴が鳴いたのをどう片付けるつもりかしら。どうもそんな単純な事件でないように思われているところへ、果して、皇帝暗殺の陰謀があるという密告が舞い込んで来た。

皇帝を退位させてその後へ皇甥李《こうせいり》光明《こうめい》を押し上げようという皇甥擁立派の密旨を受けた暗殺者が、つい一週間ほど以前《まえ》、すなわち十二月二十七日のプレジデント・フウヴァ号で日本に到着している。然も、成るべく日本官憲の手にかけさせ、死体は東京の目抜きの場所へ投出して置くという条件付なのである。

この密告が洒落《しゃれ》でも冗談でもないことは、安南に於《お》ける皇帝派と皇甥派の軋轢《あつれき》を知っているほどの人なら、極めてありそうな事だと首肯するであろう。のみならず、それによって重大な国際問題を惹起《じゃっき》させ、日仏《にちふつ》離間を策す一石二鳥の陰険な目的が窺われるのである。

密告者は明朝午前四時、仏蘭西《フランス》大使が帝国《ていこく》ホテルに伺候《しこう》し秘宝売却の事実を確かめ、至急御帰国を御勧告するため、まさに帰京の途中にあることまで知っている。密告者の電話の声は厳然たる迫真力を以《もっ》て総監室の拡声器から流れ出して来たのである。

単なる市井《しせい》の一自殺事件は三転してこのような大飛躍を遂げることになった。政府は文字通りに縮み上ってしまった。仮《か》りにそのような事態に立ち到ったとしたらその結果こそ思いやるだに空恐ろしい極みである。政府の全機能を挙げても未前《みぜん》に皇帝暗殺の陰謀を阻止し、明朝午前四時迄にはどんなことがあっても皇帝を帝国ホテルに返して置かねばならぬ。時計を見るとまさに六時二十分。大使の乗った不定期急行はもう岐阜あたり迄来ている。午前四時迄にはあと僅か九時間と四十分。この際どい競技《コンクール》に見事警視庁が勝をしめ、皇帝を無事にホテルに返す事が出来るだろうか。

密告者の口吻《くちぶり》で、皇帝はまだ生きていられることだけは大体察しられるが、一体どこにいられるものやら方角さえつかめぬ。まるで雲を摑むような話。

警視庁は俄《にわ》かに色めき立つ。全東京の警察網は一斉に戦時体制に入った。本庁では急遽捜査会議を開き、捜査の大方針を決定すると、全管轄区及び近接五県に水も洩らさぬ捜査陣を敷く。捜査課は直ちに有明荘《ありあけそう》六人の住人と、日比谷公園「唄う鶴の噴水」の会場から皇帝を誘拐したと風評《うわさ》される安亀《やすかめ》一派の追求を開始し、外事課は十二月初旬以来の来航者並に在留外人の行動を一人ずつ虱《しらみ》つぶしに調査することになった。

まるで警視庁が引ッ繰り返るような、戦争のような騒ぎが始まっているのに眞名古捜査課長だけは総監室の椅子にのッそりと掛けたまま身動きしようともしない。警視庁切っての俊才、検察ブレーン・トラストの第一人者、冷酷無情を以て知られる眞名古こそこんな際には先に立って捜査の指揮にあたらなければならぬ筈なのに、これほどの大騒動を空吹く風と聞き流し、こんなところにへばり込んでいるのは、日頃敏捷明快なその人には甚《はなは》だ相応《ふさわ》しからぬ態度である。

前回は、眞名古のこの欝陶しい態度に逌《さすが》の総監も業をにやし、一体どうしたのだときめつけると、眞名古はジロリと総監の面《かお》を見上げ、陰気な声で、私は今迄あなたと二人ッ切りになる機会を待っていたのですと妙に凄いことを言い出すところで終りになっていた。

さて、眞名古はこう言うと、又しても面《おもて》を垂れて俯向《うつむ》いてしまった。一体何を言い出そうと言うのだ。それは兎《と》も角《かく》、枯木寒巌《こぼくかんがん》とはこういうのを言うのだろう。肩は寒そうに骨立ち、ぼんのくぼの毛は抜け上ってサンバラになり、影うすく膝に手を置いてションボリと俯向《うつむ》いているようすと言うものは実にどうも陰々滅々。これが血の通った人間とは受けとれぬ。宛《さなが》ら亡者が墓の口から吐き出され今ここへ迷い出たかと思われるばかり。

総監は白皙《はくせき》な面を眞名古の方へ振り向けて眞名古の言葉を待っているのだが、眞名古はマクラだけふって置いて以来杳《よう》として音沙汰がないので総監は少々焦《じ》れ気味になり、

『話というのは今度の事件に関係のあることなのかね』

『左様《さよう》です』

『何故僕と二人ッ切りでなければいかんのか』

『……』

『そんな重大な事なのかね』

『左様です』

眞名古は依然として俯向《うつむ》いたまま、

『総監、犯人のアタリがつきました』

総監は椅子から飛び上って、

『えッ、それは本当か。はっきりアタリがついたのか』

『判明いたして居《お》ります。お望みならば、その者の人体《にんてい》を悉《ことごと》くこの場で活写してお目に掛ける事が出来ます。また、その者の犯行当夜の行動も私には残りなく判って居ります』

『ほほう、どんな新事実があったのかね？　何時《いつ》判ったのだ』

『先刻、現場調査をいたした時に既に判明して居りました』

総監は忽《たちま》ち不快そうな面持になり、

『どうも君にはおどろく。……僕には君のすることがまるッきり諒解出来ない。……調査した時に判っていたのなら、なぜ先刻《さっき》の報告の時に話してくれなかったのか』

総監は厳しく眉根を寄せて、

『僕はすこし行き過ぎた質問をするが、まさか君は殊更《ことさら》事件を縺《もつ》らして快を貪ろうと言うのではあるまいね。今朝《けさ》の整備から君を除外したことで、君がこんな報復的な態度をとるのだとは考えたくないが、どうもそうとしか思えぬようなやり口じゃないか。一体どうしたんだ。先《ま》ずその訳から聞かせて貰おうじゃないか』

『総監、私は明朝この事件が落着すると同時に捜査課長の職を辞す人間ですから、あなたに偏狭な人間だと思われようが陰険なやつだと誹《そし》られようが、一向痛くも痒《かゆ》くもないのです。従ってその点に関するお返事は申し上げぬことにしましょう。こんな押問答で貴重な時間を費すのは、私としてはあまり好ましいことではありませんから、お言葉に拘《かかわ》らず、早速要点に触れさせて頂きます』

眞名古の狷介不屈《けんかいふくつ》と来たら、まさにその代表的なもの。こうなったらもう梃《てこ》でもいかん。総監は辟易して、一分刈の形のいい顱頂《あたま》を撫でながら、

『それなら、それでもいい。では、早速話して見てくれ給え』

眞名古は瞬間、黙禱するように眼を閉じたのち、

『私は先刻《さっき》の現場調査の報告の際、皇帝が勝手口から誘い出されたと思われる一般的な状況については残りなく申し上げました。……花《はな》の證言《しょうげん》の全部、衣裳戸棚の中から皇帝の常用と思われるチョッキを発見したこと、犯人が勝手の壁に凭《もた》れて或る時間佇立《ちょりつ》してたと思われる證跡について悉くそれを述べましたが、生乾きの壁の面に残っていた證跡に対する細かい説明を省きました。……更にもう一つ、私が衣裳戸棚の曳出しから発見したある品物についても、一と言も触れては居りません。それらはある個人に非常に重大な影響を及ぼす事柄で、これを発表することは私としても充分慎重を期さねばならなかったので、そのために報告が遅れたのだと思って頂きます』

眞名古はこう言って言葉を切ると、うっそりと面をあげ、

『総監、壁の上には一体どんなものが印刻されていたとお思いになりますか？……犯人にとっては甚だ遺憾な結着ですが、その表面《おもて》には犯人の身長から身分職業、運動習癖から当時の心理状態まで、宛ら描けるが如くに彫り込まれてあったのです』

『おお！』

『壁の上には洋服の脊筋の縦の線と上衣《うわぎ》の裾の横の一線が直角に交わりながら明瞭に印刻されて居りました。……床から上衣の裾迄の高さは〇・八六米《メートル》。これに係数《コエーフイシアン》を掛け合わしてその者の身長を得ることは極めて容易であるばかりでなく、壁に写っていた服の脊筋《せすじ》の歪みによって、この者は脊柱側彎《せきちゅうそくわん》の欠陥体質を持っていることも明瞭に判るのです』

『しかし、どういう根拠からそれが犯人の印刻だと断定するのかね？　もしかすると皇帝が凭れた跡かも知れんじゃないか？』

『皇帝の靴型は一二・三〇。その者の靴型は一二・〇〇。勝手の床の上の靴跡によって、それが皇帝でないことが明瞭に判明するのです。……一体この壁は既に二週間程以前《まえ》から破損していたのですが、鶴子に急き立てられてようやく大晦日《おおみそか》の午後十一時に塗り上げられたものです。通い婆のとめは午後十一時半まで勝手に居り、午前四時半以後は溜池《ためいけ》署の刑事が扉《ドア》の外で立番をし以後ずっと動かないのだから、これは午前一時から四時半までの間に捺《お》されたもので、それ以前《まえ》でもそれ以後でもありません。……今朝《けさ》午前十一時半頃私が現場調査にまいった際その壁を指で圧して見ましたが、最早指の跡さえ付きませんでした。勝手の鉄製の厨房煖炉《ストーヴ》の前に木箱に入った漆喰の余りがあるのでそれにも触って見ましたがこの方はまだ乾いていない。壁の漆喰が何故《なぜ》乾きが早いかと言えば、すぐその傍《そば》を温水煖房《スチーム》の管が通っているからで、従って、昨夜温水供給が休止した時間と今朝《けさ》また通り始めた時間を調べると、その状況に於ける印刻は、何時頃に捺されたものか、もっと精密なことが判るわけです。……有明荘の温水煖房《スチーム》は午前一時に休止し、午前五時にまた通り始めていますから、印刻の物理的な状況と照応して、これは午前三時頃から四時半迄の間に捺されたものだと言う決定が得られるのです』……

『成程。……それで、身分職業が判るというのは？』

『壁の印刻を仔細に眺めますと、上衣の裾から皮帯の端のようなものが垂れ下り、その一部分が丁度脊筋の真下で壁にうつって居りました。……最初私がそれを見た時、だらしなく皮帯などをぶらさげるところを以て、この男は泥酔していたのかと思いました。しかし、壁際の床の上の靴跡を見ると、壁から二糎《センチ》ほど離れたところにキチンと踵を揃えたのみならず、神経質に、極めて焦立《いらだ》たしそうに度々足を踏変《ふみか》えている。泥酔者ならばこんな状況で壁に凭れる筈はなく、また、解けかかった皮帯はたいていそれ自身の重さで前の方へ垂れかかるか跳ねかえるか、何《いず》れにせよ、脊筋の真下などで壁に接する筈はありません。……これが普通の帯革《おびかわ》でないとすれば一体何なんです？……申し上げる迄もない、それは剣帯の端です。これで、犯人は日常帯剣する職業の人間だということが判るのです』

総監は息をひいて、

『そりゃ、どうも、実に意外……』

『兇行の瞬間を目撃した花の證言のうち、犯人は手首に何かキラキラ光るものを巻きつけていたという条《くだり》のあったことを御記憶でしょう。花は腕時計かも知れぬと言っていましたが、腰の下へぶら下っていたものが剣帯だとすると、当然そのものの正体が思いあたるではありませんか』

総監は思わず身を乗り出し、

『おお、すると、それは……』

『左様、あなたの官服の袖についているような袖章だったのです。これで勝手の壁の印刻がどんなものであったか残りなく申し上げましたから、次に玄関の間に移って、多分整備員諸君が見逃されたであろうと思われるある證跡について申し上げることにしましょう。……私が玄関の間へ入って、鶴子が投げ落された窓とその左右の壁の面を検《あらた》めました際、たった一つ私の注意をひいたものがあります。それは窓の右側の壁の、床から一米《メートル》四五のところに印された微かな三本の掻傷《かききず》です。極く浅い傷ですが、それを見ると、約一糎《センチ》位いの等間隔に置かれた相当堅い物質が、約八十度の角度で下から上へ急劇《きゆうげき》に磨《こす》りつけられて出来たものだという事が判ります。……一体どういう物質がこんなところへこんな掻傷をつくるのか？　ざっとやっても幾十通《とおり》にも考えられ、単にこの掻傷だけでは明確な何事をも説明してはくれません』

眞名古は何故《なぜ》か急に物憂そうな口調になって、

『畢竟《つまり》、犯罪の現場調査などと言うものは一種運命的なものです。科学が追究し、偶然がこれを決定する。……非科学的な放言のようですが、それはわれわれのような捜査の垢を舐《な》めつくした人間だけが自信を以て言い得るのです。……総監、その三本の掻傷は、要するに何か重いものを急劇に持ち上げようとした時、官服の袖についている星章に磨《こす》られて出来たものだと言う事が判りました。……ちょうどその真下の床の上に金モールの微小片を発見したからです。……犯人の身長は大体五尺七寸五、六分。……総監、あなたは御長身で五尺七寸五分以上はあられますが、この私もほぼ同様の身長を持つことを光栄に存じて居ります。……従って実験によってそれと断定することは実に容易でした』

ここ迄言うと、眞名古はフッと黙り込んでしまった。

先刻《さっき》から眺めるところ、眞名古はひどく持って廻った言い方をする。もっとテキパキやったらどうだ。見る眼にも歯痒い極みなのである。一体何がこんなにまで眞名古をモダモダさせるのか、素《もと》より作者など知ろう筈はないが、何れにしても何か余程重大なことに触れるが如く触れぬが如き微妙なやり方をしているということだけは察しられる。見ると、眞名古の方は追々《おいおい》冷静な趣になって行くのに引換え、総監の方はだんだん顔の色艶が悪くなり、一種漠然たる不安なようすを示すようになった。総監は、検察官と言おうより、むしろ藝術家とでも言いたいような秀麗な額を深く俯向《うつむ》け、形のいい唇をキッと一文字に引き結んで、時々額越しに困惑したような素早い視線をチラチラと眞名古の方に走らせる。

眞名古の方は深く腕を組み、何事かを待ち受けるかのように眼を伏せて黙然としている。しかし、これ迄にも度々書いたように、喜怒哀楽がハッキリと表れない面《つら》だから一体何を考えているのか判らない。それに、口をきくのが厭になると、他人《ひと》を前に置いたまま急に黙り込んで半日でもそんな風にしていることがある。総監の方もこの癖をよく嚥《の》み込んでいると見えて、またか、というような顔をしながら辛抱強くいつ迄も待っている。

以心伝心と言ったような、まるで禅寺の公案の時間のような奇妙な対座をつづけたのち、眞名古はフイと瞼を押し上げると、

『ああ、ちょうど十分経ちました。もしかして、私の申し上げたことが充分御諒解にならなか

った点もあるかと思いますから、単刀直入に、もう少しハッキリしたことを申し上げましょう。……総監、警視庁がいま全機能を挙げて捜査している松谷鶴子の殺害犯人の風体、私はここで出来るだけ精細に描き上げて見ようと思いますがお差支《さしつか》えはありませんか』

総監は呆気にとられたような面持で、

『君は奇抜なことを言う。……差支えなどあろう筈はないじゃないか。どうか、やって見てくれたまえ』

眞名古はバラリと腕を振り解くと、常にも似ず少し反り身になり、まるで挑みかかるような眼付で総監を見据えながら『では、申します。その男は年齢五十二、三、身長は五尺七寸五、六分、毬栗頭《いがぐり》の、筋肉質の大男。脊柱側彎、その上少し猫脊で、靴型は一二・〇〇、プリンストン型、米国エディス会社製。左足に軽度の跛行癖《はこうへき》があります。職業は警察官か海軍軍人、警察官ならば警部以上の身分。海軍士官ならば、准士官から特務大尉までの間。……これが松谷鶴子を殺害し皇帝を誘拐した犯人の人相書で、同時に将来の皇帝暗殺犯人の面貌です。……さて、犯人の職業ですが、仮りにこの者が官憲だということになれば、先程の電話の密告にあったように、成るべく日本官憲の手にかけさせるという条件にもうまく符合するわけで、言わば首尾一貫と言った体です』

総監は腑に落ちぬようすで、

『松谷鶴子の殺害犯人が皇帝を誘拐した犯人だと言うことはそれで判るが、それが将来の皇帝暗殺犯人だと言うのは、どういう根拠によって推断出来るのかね？　僕ならば、むしろ反対に考える。……暗殺の条件にある通り、皇帝の死体を街頭に投げ出すとしても、刺殺するか絞殺するか、あの場ですぐやってしまえば簡単なものを、なぜワザワザ誘拐などして行ったのだろう』

眞名古は退屈そうな身振をして、

『それは、皇帝を暗殺する以外に、もう一つ別な目的を持っているからです。……言う迄もない、犯人は皇帝の金剛石《ダイヤモンド》を奪《と》りたいのです』

『それならば、殺してからだって奪《と》れるだろう』

『それをしなかったのは、皇帝を殺してしまうと金剛石《ダイヤモンド》が手に入らないような状態にあるからです。……つまり、金剛石《ダイヤモンド》はどこか判らぬところに隠してあるので、その在処《ありか》を言わせるために皇帝を誘拐して行ったのです』

『その点が、よく判りかねる。君は皇帝が誘拐されたと主張するが、何故《なぜ》あの場で殺されたと考えてはいけないのか』

『ちょうど、勝手の裏階段を降り切った床の上に、二ケ所ほどリノリュームが丸く脱脂された痕があります。……御承知でもありましょうが、樹脂や香油や、そのような種類のものを完全に脱脂する化学作用を持つものはこの世にたった二つしかありません。……つまり、クロロフォルムとエーテルです。こればかりではなく、クロロフォルムの硝子小管《アンプール》破砕片と思われるガラスの小破片もその附近に落ちて居りました。……これが、皇帝が殺害されたのではなく誘拐されたのだと言う私の推理の根拠です』

眞名古はチラと総監の面に眼を走らせると、また以前《まえ》のような陰気な声音《こえ》になって、

『総監、私はこんなこと迄申し上げずとも済むのだと思っていましたが、何か私の捜査に懐疑をお持ちのようですから、では、私の犯人推定が決してアヤフヤなものでないと言うことを證拠立てるために、兇行当夜の犯人の行動をここで残りなく申して見ましょう。……犯人は今晩三時五十分、ロード・スタアを運転して赤坂区《あかさかく》第五歳晩警戒哨、溜池交叉点を通過してアパート有明荘に至り、予《かね》て工作を施して置いた玄関扉の電鈴装置を阻断し、鶴子の住居の玄関の間へ忍び込んでそこの暗闇に身を潜めて居りました。……それから間もなく泥酔した古市加十《ふるいちかじゅう》が玄関の間を出て行った。これが丁度四時十分頃です。……二、三分の後、鶴子が戸締をするために玄関の間へ入って来、壁の点滅器《スイッチ》を押したので暗闇に潜んでいた男は一ぺんに曝露される。……これから五、六分の間にこの二人の間にどんな経緯《いきさつ》があったか察するによしありませんが、鶴子は抱き上げられて窓から投げ出される最後の瞬間まで、充分に抵抗しながらその癖一と言も救いを求めませんでした。すぐ傍の部屋にいる皇帝も叫び声をきかず、崖下の花も加十もそれらしい声を全然聞いて居りません。言わば、黙々として死んで行った。愛情のためか恐怖のためか、兎も角、鶴子は犯人によって、何か非常な心理的制圧を受けていたと言う事が判ります。……犯人は身を捥《もが》く鶴子を左手で押《おさ》えつけて置きながら右手で窓掛けをはね上げ、窓の回転部を押し開けると鶴子を差し上げて窓から投げ出し、瞬間後点滅器《スイッチ》を押して玄関の間の電燈を消しました。それから急いで有明荘の玄関の間を飛び出し、山王下《さんのうした》へ出る例の坂を途中まで降りかかったところ、下から加十が鶴子を背負って上って来る。御承知の通り坂は一本道で隠

れるところもないから、身を翻《ひるがえ》して有明荘へとって返す。しかし、廊下には充分に電燈がともりどこと言って身を潜ませるところがない。結局、勝手用の階段の方へ急を避けることになる。その階段の突当りが鶴子の勝手口の扉です。犯人はこういう事もあろうかと思って勝手口の合鍵を用意していたので、それで扉を開けて料理場へ入り、いつでも臨機の処置がとれるように扉《ドア》のすぐ傍の壁に脊を凭せて立っていた。……一方、加十の方は鶴子を担ぎ上げて来たが、見ると、鶴子はもう絶命しているので慌てて玄関番の部屋へ飛んで行ってお馬《うま》に変事を告げ、また二階へ駆け戻ると、皇帝は食堂で酒を飲んでいられたが急に外套と帽子を取上げて寝室の方へ入って行かれた。古市加十はその後の皇帝の行動は知りません。……ところが、その後こんな事があったのです。……皇帝は多分酔を醒ますつもりだったのでしょう。洗面所へ入って顔を洗ったり含嗽《うがい》をされたりした。タオルの端と洗面器の中に葉巻の微小片と食物の残滓が残っていました。……御存知の通り、洗面所は扉《ドア》で料理場に続いている。勝手の壁に凭れていた男は洗面所の扉《ドア》を開けて一歩だけ浴室に入った。真新《まあた》らしいマットの上に明瞭に捺された犯人の右の靴跡がそれを證明しています。……友情的にか、或いは官服の権威を以てか、極めて静かに皇帝はその男に連れ出された。少し隔った食堂にいた加十が何の物音も聞かず皇帝が洗面室を踏み出す時に新しく葉巻を吸いつけられたことでこの間の事情を想像することが出来ます。洗面所にマッチの燃殻が一本あり、その葉巻は、その後、僅か十分の一ほど吸われただけで階段の下に落ちていました。男は合鍵で勝手の扉《ドア》を閉《とざ》す。皇帝は先に立って階段を降りる。降り切ったところで皇帝はよろめいて口から葉巻を落された。瞬間、犯人はハンカチか脱脂綿の中へ忍ばせてあったクロロフォルムの硝子小管《アンプール》を掌の中で握り潰し、それを後から皇帝の鼻口へ押し当てる。皇帝が昏倒されると襟髪を掴んで玄関まで引摺《ひきず》って行き、門柱の傍へ凭らせて置いて扉《ドア》の電鈴装置を以前《まえ》のように直し、皇帝を肩に担いで山王下へ降り、乗って来たロード・スタアに皇帝の身体を隠し、四時四十分、赤坂見附《あかさかみつけ》。四時四十三分、三宅坂《みやけざか》。四時四十五分には桜田門《さくらだもん》の警戒哨を通過し、警視庁附近迄来たところで何《いず》れかへ姿を晦《くら》ましてしまいました』

総監は頷いて、

『成程、よく判った。それはそうとして、取敢《とりあ》えず聞いて置きたいのは皇帝の生死だが、一体、皇帝はまだ生きていられるのかね?』

『生きていられます』

『ほほう、どうしてそれが判るね?』

『何故《なぜ》かと言えば、私は皇帝がどこへ金剛石《ダイヤモンド》を隠されたかその場所を察して居りますが、それがまだ安全にそこにあるので、それで皇帝はまだ生きていられるのだと、推定するのです』

総監は椅子から腰を浮かし、

『おお、それは一体どこに……』

眞名古はその問いが耳に入らなかったようなようすで、

『皇帝は多分今頃どこかに押し込められていられるのでしょうが、金剛石《ダイヤモンド》の在処を白状した時が皇帝の最後の時で、ヒョッとするとそれも長い間のことでないかも知れない。まさに風前の燈火《ともしび》と言った体たらくです。しかし、……巾《はば》ったい口を利くようですが、この眞名古がこうしてここにいる以上、そうムザムザと殺させない。向うにも充分方策があるでしょうが私だって遊んでいるわけじゃない。必ずとっちめて見せるつもりです。どんなことがあっても、明日《あす》の午前四時までに無事に皇帝をホテルへ返してお目にかけます。……どうも大へんな意気込みだ。総監、あなたには滑稽に聞えるかも知りませんが、私は私で、もう犯人の襟首をひッ摑んだつもりでいる。私の執念深いのはあなたも御存知でしょう。一度摑まえたら首が千切れたって放しはしません』

と言うと、眼にも見えぬ程唇の端を皺《しわ》ませた。

これが眞名古の微笑なんです。苦笑だと言ってもよろしければ、得意の微笑だと思って頂いてもよろしい。それは見る方の勝手だとして、眞名古はそういう顔面運動をして置いて右手を上衣のポケットに差し込むと、

『つい後先になってしまいましたが、私が鶴子の衣裳戸棚の曳出しからどんなものを発見したかまだ申し上げて居りませんでした。……実はそれは、取るにも足らぬようなこんなものだったのです』

と言いながら、例の獅子頭のついた薔薇根《バイヤ》の、シガーレット・ホルダーを取り出し、庁内で誰一人知らぬものはない総監愛用のこのちっちゃな品物を円卓《テーブル》の上へ差置くと、丁重に一礼したのち、静かに扉《ドア》を開けて出て行った。

二十三　仇《あだ》な取引の事、並に名妓《めいぎ》手練《しゅれん》の事

御神燈に門松《まつ》の影。めまぐるしいばかりの座敷着の往来《ゆきき》。箱丁《はこや》のパッチが、汗を拭き拭き、亥歳《いどし》にちなんで盲目滅法《めくらめっぽう》に飛んで行く、まだ宵の口の金春町《こんぱるちょう》。

二の側の角の「中洲《なかす》」と言う表千家流《おもてせんけりゅう》に凝り抜いた構え。その奥まった座敷に、穏当らしく会席膳を並べて控えてござるのは、先ず主座に名代の手腕家《やりて》の志摩徳兵衛《しまとくべえ》、続いてその子分の、東京貴石倶楽部《とうきょうきせきクラブ》の松澤《まつざわ》一平《ぺい》、夕陽新聞《ゆうようしんぶん》社長幸田節三《こうだせつぞう》。その向いにタキシードの膝を嬌《なま》めかしく崩し、オークル二十八番のグリスペイントで薄化粧をした間延びた面をポッと上気させ、思わせぶりな科《しぐさ》で盃《さかずき》を啣《ふく》んで居りますのは、第三回、酒場「巴里《バリー》」の場へ登場した、有明荘六人の住人の一人犬居仁平《いぬいじんぺい》の養子の印東忠介《いんどうちゅうすけ》。

以上の四人が、元日匆々《そうそう》一体何のためにこんなところで顔合せをしているかと言えば、前回でも申し述べましたように皇帝が持っていられる例の「帝王《ラジャー》」という大金剛石、これを同じく住人の一人、有名な珊瑚《さんご》王《おう》の倅山木《せがれやまき》元吉《もときち》が売却方を皇帝に依頼され、印東を仲介にして犬居に売込《うりこ》み、黙っていても五十万円とはね上るコムミッションを頂戴して、二進《にっち》も三進《さっち》も行かぬ借金の穴埋めをしようと血眼《ちまなこ》になって走り廻っている。どうせ、弱肉強食の世界、これを聞いて見逃して置くわけはない。あの青二才に分の過ぎた仕事だ、そいつをこっちへふん奪《だ》くってし

まえ、で、印東をこっちの味方につけて山木の水の手を切って置き、山木の借用證書を買い集めて強制執行をかけ、いきなり実力接収と行こうという魂胆。但し、山木がその実物をどこに隠してあるのかそれが判らなければこの芝居は打てない。

そこで、有明荘の崖下の素人屋《しもたや》の二階に住んでいる花と言う美しい縫子《ぬいこ》。それが普段鶴子と昵懇《じっこん》にして姉妹も同様に睦み合っていたから多分その辺の事情に通じているだろう。もし知っているなら厭が応でも吐かしてしまえ。その花は間もなく、幸田の相棒、公園園丁長酒月守《さかづきまもる》が此処《ここ》へ連れて来る。

松澤は印東と膝をつき合わせ、美事に禿《は》げ上《あが》った額を尤《もっと》もらしく皺め、塩吹きのように口を尖らしながら、

『それア薄情だ。それア、いかん。……聞けば、あんたと山木とは巴里以来の切っても切れぬ仲だと言う。……それを、そんなちょろっかな、そんな水臭いことがありますか。あれだこれだとお養父《とっ》さんへ橋渡しをさせ、さんざ、あんたに骨を折らして置きながら、話が纏《まと》りかけると、急にあんたを袖にして、口銭の独り占めなんてえのはあんまり太い。如何《いか》に何でもそれアいけねえ』

と、ここがキキドコロと首を振り振り辯じ立てる。印東は口紅《ルウジュ》を塗った薄い唇を口惜《くや》しそうにキッと噛んで、

『お前、可愛いいよ、なんて頬ずりしたりなんかしたくせに、あれはみんな、嘘だったのよ。……ああ、あんな奴だとは思わなかった。あたしがこんなに実をつくしているのに、それを、

こんな目に、こんな風に捌《さば》かれたと思うと、あたしそれが口惜《くや》しくて……』

とハンカチを目に持って行く。遉の松澤もチト持て余し気味で、エヘエへと額を叩きながら、

『これアどうも、チト聞きにくいですな。それ程までとは思わなかった。まア一杯頂きましょう』

とてれかくしに盃を突き出す。幸田は助け船に出て、

『そりゃそうと、一体どんな筋だったんです。ちと、お聞かせなさい。事情《しだい》によっちゃ一と肌脱ぎますぜ。何しろ、こうして志摩さんもいらるることだし、それに憚《はばか》りながら幸田節三あんたに代《かわ》って山木にしっぺい返しを喰《くわ》して不実を思い知らせてやる位いのことは、何《な》んの、造作もないことなんですぜ。……一体、ありようはどういう事だったんです』

印東は下素《げす》っぽく舌なめずりをして、

『事の起りは今から二年前の五月頃、奈良《なら》ホテルとあるだけで差出人の名のない電報が来て、ぜひ山木に逢いに来てくれというの。山木は気味悪《わ》るがったけど、結局行って見ると王様が妙な女と二人で寝っころがっている。これが鶴子だったんですが、山木はその前のいきさつを知らないもんだから吃驚《びっくり》して、王様、どうして突然に、とたずねると、王様はニヤニヤと笑って、僕あ王様でもなんでもないぜ、安南の鉱山技師だ。君は知らなかったろうが、鉱山技師の方ならこれでもう二度も日本へ来ているというの。……結局、どんな用だときくと、王様は山木をホテルの裏庭へ連れ出して、是非ともお願いしたい事がある。或る必要があって是非とも急に沢山金が要ることになって、代々皇室に伝わる金剛石《ダイヤモンド》を持ち出して来たんだが、ひとつ君の手

で絶対秘密に処分してくれまいか。アムステルダムでもアントワープでもいろいろ奔走して見たんだが、御承知の通り欧羅巴《ヨーロッパ》には経済スパイがウヨウヨしていて危《あぶな》くって手が出せない。今のところ日本で処分するより外《ほか》に方法がないのだから何んとか骨を折って見てくれ。余り大きすぎていけないと言うのなら、電報一本打てばアムステルダムからワインゲルという有名な金剛石《ダイヤモンド》工がやって来てお望み通りの型に切ってくれることになっている。うまく行ったら五分の口銭のほかなお充分なお礼をしよう。……何しろ山木は妙な道楽のお蔭で馬鹿な借金をつくり、いっそ首でも縊《くく》ろうかという瀬戸際だったもんだから、嫌も辞退もあるもんじゃない。天の御声と喜んで、親爺の頭で大阪貴石倶楽部《おおさかきせきくらぶ》の山西《やまにし》のところへ駆けつけてソッと耳打ちしたの。何しろ金剛石《ダイヤモンド》を持ち出したことが露見《ばれ》ると、忽ち王様がお蔵になるという際どい仕事なんだから、その旨も充分言い含めて、加納商会《かのうしょうかい》と石田《いしだ》と柘植《つげ》に集って貰い、北の新地の「水月《すいげつ》」で極《ご》く内々で下見をさせたの。……ところが、何しろあまり意外な大物なので、流石《さすが》の大手筋連中もアッと驚《おど》ろいて眼を白黒にする始末なんです。ひと目見るなり、とてもどうも、われわれの力ではと尻込みをする。……すったもんだの末、では、われわれの頭数だけ、つまり、等分に四つに切って貰い一人頭五十万円ずつなら何んとか引受けましょうということになった。……まるで値段じゃないわねえ。捨売《すてうり》にしたって黙って五千万円。それを、たった二百万円じゃお話にも何もなりゃしない。……それで、王様は諦めて帰ったの。ところが山木にして見れば、この正念場にほかにテはないのだからボロいその夢は忘れられない。今度は東京でうまく行きそうだからと、昨年の十二月に、山木の方から王様へ手紙を出したの。王様は万事もう話がついているのだと思って喜んで金剛石《ダイヤモンド》を持ってやって来ると、山木は馬鹿な顔をして、これからなんとか奔走するところだと言う間抜けな話なので王様も腹を立て、君はいかん、もう頼まんと言うことになったのよ。山木はすっかり慌ててあたしになんとかしてくれと泣きついて来たんですの。結局、養父《おやじ》に話して見ようかと言うことになって、暮の二十七日に王様に一緒に行って貰い正物を養父《おやじ》に見せると、養父《おやじ》も乗気になって、千万円までなら出そうということになった。おやじの方に掛引のないことは王様にも判ったので、では、それで手を打とう、ということになったの。ところが……』

松澤は息を嚥んで、

『ところが？』

印東は狡猾《ずる》そうにニヤリと笑って、

『それが破談になっちゃった』

志摩徳は乗出し、

『ど、どうしてそんな事になったのかね、何か邪魔でも？』

『王様の方で気が変ったのよ』

『ほほう』

『その次の朝、安南から暗号電報が来て、王様が秘密に金剛石《ダイヤモンド》を持ち出したことが発覚し、皇帝の反対派の、王様をおしのけて皇帝になりたがっている甥の李光明一派が、王様に独立資金獲得の計画ありと仏蘭西総督に密訴するとかしないとかというえらい騒ぎになって……から、この際金剛石《ダイヤモンド》を売ることだけは是非とも思いとまってくれるようにという侍従長からの急報なんで、王様も驚ろいて売ることは見合わせると言い出したの』

三悪人は意外な印東の言葉に思わず眼を見合せていたが、幸田は印東の方へ向き直り、

『すると、ダイヤモンドはもう山木の手にはないんだね』

印東は小馬鹿にしたような目付で幸田の顔をマジマジと見返しながら、

『いいえ、ところが、そうじゃない』

松澤は泳ぎ出して、

『すると、どうなんです。やはり、山木が持っているんですか』

『さあ』

『大切《だいじ》なところで打棄《うっちゃ》っちゃいけねえ。すると、あんた誰が金剛石《ダイヤモンド》を持っているか知ってるのかね』

印東は頷いて、

『ええ、知ってるわよ』

『へえ、一体、誰《だ》れが持ってるんです』

印東はくねくねと色っぽく嬌態《しな》をして、

『いやよ、ただじゃ厭』

と言うと志摩の方に向き、

『こんな雑兵に掛け合うより、直接《じか》にあんたと口をきいた方が早いと思うんだが、ねえ、志摩

さん、寝返代《ねがえりだい》と密告賃《さしちん》、それに口銭を合せて、〆ていくら出す？』

志摩徳は浅黒い引緊《ひきしま》った頬を弛ませ、

『ただであんたを転ばそうなんてケチなことはしません。いかにも水揚料《みずあげりょう》は出します。三千ずつ三口、それに化粧料を入れて〆めて一万両。小切手でよかったら直ぐ書きます』

印東は地駄落《じだらく》に足を投げ出しながら、

『結構。すぐ書いてちょうだい』

志摩徳は懐中から小切手帖を取出し額面を書きつけてそれを膝の上に置くと、ニンマリと印東に笑いかけ、

『さあ、転《こ》ろべ』

印東はニヤリと唇を引歪《ひきゆが》めて、

『ついでにワンと言いましょうか。……金剛石《ダイヤモンド》は山木が持ってるんです』

『おい、印東さん、それだけで一万両か』

『慌てなさんな。まだ後がある。……何故《なぜ》山木が金剛石《ダイヤモンド》を持っているかと言えば……』

ジロリと一座を見廻し、

『それア、山木が王様を殺《や》ったからさ。……さあ、一万円頂戴。筋はこれから話してあげます』

一座はゾクッとしたような顔で眼を見合せ、さすがに声を発するものもない。やがて、志摩徳は無言のまま小切手を印東の前へ押しやると、印東は手早くそれを取上げて、

『有難《メルシ》う』

と言いながらポケットに収《しま》い込み、

『……話と言うのはこういう次第なんです。……昨夜《ゆうべ》、笑子《えみこ》の酒場でわれわれ六人が有明荘の忘年会をやり、「カーマス・ショオ」のバロンセリが是非口明《くちあけ》をしてくれと言うんで、われわれ六人とショウの六人とひッつるんで「巴里」を出たのが午前三時頃。そこから真直ぐに小田《おだ》原町《わらちょう》の「すゞ本《もと》」に乗りつけ、みんな顔が揃ったところで薄茶を飲んでお開きと言うことになった。これが三時二十分頃。……あたしの部屋は備前堀《びぜんぼり》の側の庭に向いた端っこで、築地《ついじ》の塀一つですぐ通《とおり》になる。……床へ入ってから二十分位い経ったろうか。隣りの質屋の相庇《あいびさし》の上を誰れかソロソロと歩いて行くような音がする。猫じゃない、たしかに人の足音だ。……妙な気がして、そっと便所へ入ってそこの瓢箪窓《ひょうたんまど》からソッと相庇の方を覗き上げて見ると、薄月で白く光る屋根の上を、山木が凄い顔をして這いずりながら堺橋《さかいばし》の側の方へ降りて行く。何をしやがるんだろうと思っているうちに、それから五分ほど経つと、ハッチソンが乗って来たロード・スタアが動き出す音がし、反対の、備前橋《びぜんばし》の方へ走り出して行った』

印東は冷たく笑って、

『山木は親父からも親類からも見放されてしまい、ここに三十万という金がなければ、文書偽造で喰い込むか首を縊るかという正念場だ。こうせっぱ詰《つま》ったら何んでもする気になるだろう。無理もない、あたしはあいつの気持がよく判る。……だが、それほど思い詰めたんなら、何故《なぜ》ひと言あたしに明さねえんだ。……ドーランなんか塗ってすッ恍《とぼ》けちゃいるが、実のところ、これでもちッとばかし骨があるんだ。頼むと言えば王様殺しの片棒位い担いでやらないもんでもない。……そこが憎い。水臭いんで腹が立ったんだ。畜生、と思って、どうでも尻尾《しっぽ》をおさえて窘《いじ》めてやる気になった。……まさか見違いじゃあるまい、確かめるつもりで山木の部屋へ行こうと廊下へ出ると、二階で山木と寝ている筈の「金粉踊《きんぷんおどり》」のジャネットが、シュミーズ一枚でヒョロリと隣りの部屋から出て来た。おい、ジャネット、妙なところにいるじゃないかと声をかけると、ジャネットは小声で、山木さんと踏絵《ふみえ》さんが粋を利かしてくれて、あたしとロナルドを一緒に寝かしてくれたんだと言う。……臭い臭いと思っていたんだが、やっぱりそうだった。あいつら岩井《いわい》の眼をぬすんで余程以前《まえ》から乳繰合《ちちくりあ》っていやがったんだ。……粋をきかせるどころか、飛んだ大濡場だ。隣りの部屋に岩井の旦那を寝かしておいてどうも度胸のいいことさ。……して見れア、踏絵も同じ穴の貉《むじな》。二人でしっぽり楽しんだ上、うまく手筈を、かいたんだ。……そこで、おい、ジャネット、山木と踏絵はお前たちに、朝になったらまたそっと帰って来いと言ったろう、と訊ねると、ええ、そうよ、夜の明けないうちに、あたしは山木さんのところへ、ロナルドは踏絵さんのところへ帰って知らぬ顔の半兵衛をきめこんでいる手筈なの。……ジャネットに口止めをして、あたしは部屋に坐り込んで待っていた。……丁度五時頃、「すゞ本」の横でロード・スタアのとまる微かな音がした。帰って来たなと思って、また便所へ入って待っていたが、仲々上って来ない。屋根の上には月ばかり。……それから十五分も経ったろうか、とうとう屋根の上へ現れて来やがった。……それから二十分ほどすると夜嵐が吹いて六人、珠数《じゆず》つなぎになって明石《あかし》署へ引き立てられ、ようやく八時半になって放り出された。警察の前で岩井とハッチソンに別れ、あたしと踏絵と山木と笑子の四人で魚河岸《うおがし》の

「天徳《てんとく》」へ朝飯を喰いに行った。あたしは山木の真向いへ坐って、ツクヅクと眺めてえと、どうも、ひどい人相をしている。……耳のうしろに大きな掻傷《かききず》をこしらえ、プラチナの腕時計のガラスが無くなっている。カフスの端に何か赤黒い汚点《しみ》がついているから何気ない風で眼を寄せて見ると、それが血なんだ。どんなところを引ッ掻きやがったものか、右の手の人差指と中指と薬指の、この三本の爪の先がすっかり磨り減って、爪の間に壁土のような白いものがいっぱい詰っている。……まあ、こんなところです。どうか、あとはお察し下さい』

襖《ふすま》の外で、こんばんは、という清《すず》しい声がして、二十三、四の、水の垂れそうな島田にスッキリと櫛の歯が通って、すこし痩せ身な、眉の濃い、眼元のパッチリとした、気高いほどに美しい藝者が敷居際に軽く片膝をついて、

『明けましてお目出度う。今年も御贔屓《ごひいき》に、というわけね』

スラリと座敷へ入って後をしめると、

『悪党が揃ってまたなにか企らんでいるわ。……おや、大した顔触れじゃないの。これはこれは、光《ひかる》大将までいるわね。ご機嫌いかが？』

鶴《つる》の羽小紋《はこもん》の紋着《もんつき》の二枚袷《あわせ》、小松くずしの裾模様を曳《ひ》いて志摩徳の傍へ行くと、

『また悪い相談でしょう。元日っぱなからなんですか。すこしお慎みなさい』

と、ピシャリと志摩徳の頭を叩く。

志摩徳は金魚が餌づきをするような口つきで、あは、あはと笑って、

『いづみ、どうもお前には敵わない。さア、これがお土砂だ』

と言って、袱紗《ふくさ》に包んだ一包《ひとつつみ》を投げ出す。いづみは屈托のないようすでそれを取上げると、帯のお太鼓の中へ落し込んで、

『お護符《まもり》にしとくわ、悪魔除けの』

そこへ、酒月が花を連れて入って来る。罪人でも引っ立てるようにして来て花を座敷の真ん中に突きやると、険相な面をしてムンズリと志摩徳の前へ坐り、片手を懐中《ふところ》に入れたまま、一寸《ちょっと》頭をさげ、

『どうか、今年もごひいきに』

志摩徳は、ああ、と鷹揚に受けて、

『どうも、お手数だった』

と言って花の方を顎でしゃくり、

『これが、そうなのか』

『左様です。どうか御存分に。……尤も俺《わし》あ娘《あま》ッ子《こ》は苦手だから後はどうかそちらで』

立上って、幸田と松澤の間へ割り込み、盃を取り上げると無愛想なようすで無言のまま幸田の方へ差し出す。

花は絵のような美しい面を伏せ、オドオドと玉繭の着物の毳《けば》を捲《むし》りながら消え入りそうに肩をすぼめている。海棠《かいどう》雨に悩む体。

いづみは身体を捻《ね》じ向けて惚々と花の横顔を眺めていたが、ああ、と言って急に立上ってスラスラと花の傍へやって来ると、膝を突合せるように坐って、

『思わず見惚《みと》れちゃった』

と首を傾げて顔をのぞき上げるようにし、

『失礼ねえ、ごめんなさい。……でも、あまりお美しいんですもの。ああ、どうしよう』

と身体を押し揉む。志摩徳は顔を顰《しか》めて、

『いづみ、お前、ちょっと退《さが》っていてくれ』

いづみはしおれた風で、

『おや、仲間はずれですか。……つまらない、せっかく眺めているのに』

松澤は手で煽ぐようにしながら、

『御前《ごぜん》は浮気をなさる、な、な』

と歯の浮くようなことをぬかす。いづみは三ツ指をついて、

『女房、退りまするでございます』

と立上ると、

『このひとを窘《いじ》めると、承知しないぞ』

ハラハラと裾をひいて出てゆく。これも美しい。月の中から抜け出して来たような後姿《うしろすがた》。

幸田は田舎相撲《いなかずもう》のような盛り上った膝を揺すりながら、

『花ちゃん、そう恐がらんでもいいさ。別に取って喰おうとは言いやしない。……道々酒月から聞いたろうが、こっちの訊ねることに返事をして貰えばそれでいいのだ』

花は蚊の鳴くような声で、

『知っていることなら御返事しますけど』

キッと唇を噛んで、

『でも、こんな……』

『知らないことは訊きやしない。早速だが、お前は王様の金剛石《ダイヤモンド》をいま誰れが持っているか知ってるだろう。お前は鶴子の親友だし、山木も踏絵もひどくお前を可愛がっていたからその辺の事情を知らぬことはなかろう。……一体、金剛石《ダイヤモンド》は誰れが持っている』

花は俯向《うつむ》いたまま、

『金剛石《ダイヤモンド》って、なんの事ですの』

『おい、すッ恍けても駄目だ。……今朝《けさ》方山木が屋根伝いに「すゞ本」を抜け出し、ハッチソンのロード・スタアで有明荘へ駆けつけ、鶴子が預っていた金剛石《ダイヤモンド》を攫《さら》ってまた「すゞ本」へ戻り、何喰わぬ顔をしていたってことはもうちゃんと證拠が上っているんだ。どうだ、図星だろう。……これでも納得しなけれア、もっと精《くわ》しい話をしてやろうか。今朝《けさ》の午前三時頃……』

と、いま印東から聞いたばかしのやつを受売《うけうり》して、

『山木がやったということはもう紛れもないことなんだ。……おい、金剛石《ダイヤモンド》は山木が持っているんだろう？』

花は顔をあげて、

『判っているんなら、お訊きになる必要はないじゃありませんか』

幸田は眼を瞋《いか》らし、

『何を、この女郎《めろう》』

と膝を立てかけるのを松澤は押しとめ、

『そう短兵急にやっても仕様がない。ひとつ、あっしにやらして見ておくんなさい』

花の方へ向き直ると乙に絡《か》らんだ猫撫声《ねこなでごえ》で、

『お花ちゃんや、どうせ言わせずには置かねえのだから器用に言っておしまいなさい。踏絵や山木を庇い立てしたって一文の得にもなりゃあしねえ。……なア、いい娘《こ》だ。ご褒賞《ほうび》をあげるから言っておしまい。……ええ？　山木が持っているんだろう？』

『あたし、存じません』

『まア、そう言わねえでさ』

『御無理ですわ』

松澤は擦り寄って、

『そんなら無理に訊こうとは言わねえが、じゃ、山木の居どころなら知っているだろう。山木いま何処《どこ》にいるね』

『存じません』

『ふむ、庇い立てするところを見ると、お前も共謀《ぐる》なんだな。……こりゃいい。そうとなれア、これから警視庁へ引っぱって行って嫌でも口を開かして見せる』

と子供を欺《だま》すように立ち上る真似《まね》をする。花はキッパリとした声で、

『ええ、結構ですわ、お供します』

松澤は幸田と印東の方へ振向いて、額をおさえ、

『これア、難物だ。次へ廻しやしょう』

印東はだらしなく壁に凭れて、茶化すような眼つきでこの場の有様を眺めていたが、無言のままに立ち上ると、ツカツカと花の傍へ寄って行ってその肩に手を掛け、

『大して難かしいこっちゃありゃしない。山木が何処《どこ》にいるかたった一言《ひとこと》言ってくれればいいのよ』

花子は怨《うら》めしそうにその顔を見上げ、

『まあ、あなたまで、……あたし、何も知らないんですから、もう、かんにんして頂戴』

印東は花の手を捻《ひね》り上げ、

『言っておしまい、楽になる』

花は畳に髪をすりつけて身悶えしながら、

『ゆるして、ちょうだい』

膝を割って、美しい色どりの間から白い脛《はぎ》をのぞかせ、ああっ、と切なそうに眉を寄せる。まさに落花狼藉。印東は鼻唄交りにぐいとこじ上げ、

『これでも?』

『し、しりません』

『強情だね。じゃこうして言わせてやる』

花の背を突いて俯伏《うつぶ》せに突き倒すと、馬乗りになり、

『花ちゃん、済まないが裸にするわよ』

遠慮会釈もなく帯をとき始める。

『あれ、何をなさるんです』

『おい、甘く見ると、たいへんな間違いだぜ。裸に剝いただけじゃ済まさねえから。……何をするか、待っていろ、女《あま》め！』

帯をとくと、襟を摑んで、ぐいと引抜《ひきぬ》く。肌理《きめ》の細かい、ふっくらとした絖《ぬめ》のような白い肩が……。あわれ、もう胸元まで透けて。

襖が開いて、いづみが入って来た。ハラハラと裾をかえしながら印東の傍へ近づくと、鼻で笑って、

『飛んだ岩藤《いわふじ》ね』

繊手《せんしゅ》を伸べて、トンと印東の胸を衝く。

御存知の方もあろう。仏英和女学校の才媛で、この土地から出てからも、フランスの尼さんのところへ蟹行本《かいこうぼん》を抱えて行く。愛人はさる大学の先生で、藤山流《ふじやまりゅう》の名取《なとり》。通訳旁々《かたがた》師匠に喰《く》っついてフランスへ行き、あちらの踊も充分見て来たひと。

踊で鍛えたこの指先は唐手《からて》の突きほどに見事極って、印東は脆くも花の背から転げ落ちる。

足の裏で天井を蹴りながら、

『野郎《サロオ》！』

いづみは艶然と笑って、

『いくじなし、利いた風な真似をするな《コション・フェ・パ・ド・マラン・トア》』

花を引き起して手早く帯をしめてやると、親鳥が雛《ひな》を抱えるように、袖で、羽交《はがい》の下へ入れて襖のところまで連れて行き、

『あとは、あたしが……』

婀娜《あだ》に見得を切って、思入《おもいいれ》ふかく、ポンと胸を叩いて見せた。

二十四　安南の国歌の事、並に眞名古朗誦の事

これと同じ頃、時刻で言えば午後七時半頃、顎に長い黒髯《こくぜん》を貯えた一人の人物が日比谷公園へ入って来た。八ツ手の小径《こみち》を伝って高みへ出ると、腕組みをしながら眼の下の噴水の池を眺めはじめる。

普段なら、寄り添った人影もチラチラ見えよう時刻だが、さすがに元日からこんな処をうろつく者もないと見え、まだ宵の口ながら森閑と鎮《しず》まりかえり、池の汀《みぎわ》のアーク燈ばかり徒《いたずら》に皎々《こうこう》と冴えかえっている。噴水の鶴は寂然たる青銅《ブロンズ》の羽根を張り、天心に嘴《くちばし》を差しのばし、夜目にもしろい幽玄な水の穂をキラキラと夜空に噴き上げている。

件《くだん》の人物は感に耐えぬようなようすで熟々《つくづく》と噴水の鶴を眺めていたが、やがておし出すような声で、

『あの鶴が歌を唄ったと言うのだから、実に不思議なこともあればあるものだ。童話の世界でもあるまいし、青銅《ブロンズ》の鶴が鳴く筈などはないのだから、蓄音機でも仕込んだか、さもなくばラジオのようなものを装置したか、何《いず》れその辺のところだろうと思うが、幸田社長にしろ酒月にしろ、尻尾《しっぽ》を摑まれて抜きさしのならなくなるような、そんなヘマをしなかったことは、一味徒党のこの俺が誰れよりもよく知っている。とすると、一体、誰れが何んの必要があってそんな手の籠んだことをやりやがったのだろう』

黒髯の人物とは、余人ではない、既に毎度お馴染の夕陽新聞記者古市加十。今朝、松谷鶴子殺害事件の現場で、皇帝に間違われて帝国ホテルに送られ、紆余曲折を経たのち、皇帝紛失の世評を防ぐため、窮余の一策に、本当の皇帝が発見されるそれまで、皇帝の身代りにここへ差し置かれることになったが、ツラツラ事後の事情を思い合せるところ、紛紜《ふんぬん》を恐れてどこかへ蒙塵《もうじん》されたとばかし思っていたその皇帝は、実は反対に誘拐されたのかも知れぬ、という疑いが濃厚になった。そう言えば、有明荘の住人の一人である村雲《むらくも》笑子が、皇帝のいる「巴里」へ無理やり自分の手を執《と》って引張って行ったことも怪しいし、皇帝が特別に自分に興味を示したことも怪しい。また鶴の噴水が歌を唄ったことだってヒョッとするとこの事件に何かの繫りがあるのかも知れぬ。加十はまだ駆け出しだが、それでも雑報記者の端《は》しくれだから、この辺を突ついたら皇帝紛失の真相が知れるかも知れぬと急に勇み立ち、安南から密使に来た諜報部長の宋秀陳《そうしゆうちん》が加十を、本当の皇帝だと思い込んでいるのを幸いに、うまく胡魔化して皇帝のような顎髯をつけて貰い、警固《けいご》の私服を尻眼にかけて帝国ホテルを飛び出して真っすぐに銀座《ぎんざ》裏の

「巴里」へ行って見ると、あにはからんや、(本日休業)と言う貼紙がしてある。官庁でもあるまいし、酒場ともあろうものが書き入れの元日に休業するやつはない。やはり何かわけがあるのだと思いながら念のために裏口へ廻って見たが、此処にも外部から固く鍵《じよう》がおりていて人のいそうな気配もない。七時に日比谷公園の正門で秀陳と落ち合う約束をしていたので、笑子を追撃することは後廻《あとまわし》にすることにして急いで戻って来た。秀陳をここへ連れ出そうとしたのは、わけを話して智慧を借りる下心だったんだが、どうしたものか、その秀陳はいつ迄たってもやって来ない。仕様がないから独りで何んとかアタリをつけて見る気でブラブラ池の上までやって来、噴水の鶴を眺めながら、一向纏りもつかぬ事を呟いているのは既に述べた通り。

すると、それから十分ほど経ったころ、突然バタバタと小径を駆け上って来る遽《あわ》だしい靴音がするから、脛に傷もつ加十はギョッとして思わず身構えをしながらその方へ振返《ふりか》えると、松の下闇の中から浮び出して来たのは宋秀陳。息せき切って加十の傍へ来ると直立不動の姿勢をとって、

『殿下、実は只今《ただいま》、意外なる事態が出来《しゆつたい》いたし、そのため、心になく遅刻いたしたのでござります』

加十は胸を轟《とど》ろかし、

『フム、一体どんな事件が起きたんだ、早く言って見ろ』

秀陳は、ハッと困惑の色を浮べ、

『余りにも恐れ多いことで、しょせん、殿下の御前に披露致しかねるのでございます』

『関《かま》わないから言って見ろ』

『しかしながら…』

『吐《ぬ》かせ。早く言わないと、ひどいぞ』

秀陳は急に決然と面をあげ、

『ああ、何といたしましても、手前ら、殿下の御命令に服従いたしまするより他はないので御座りましょう。…では、御言葉に従いまして申上げることに致しますが、何卒、御立腹あられぬよう、予《あらかじ》め、切にお願い申上げて置きます』

『くどい』

『実は手前ら、殿下の御申付《おもうしつけ》通り、殿下が玄関をお出ましになる間、ホテルのロビイの奥に刑事どもを引きつけ、何気ない体で雑談いたして居ったのでありまする。……間も無く殿下には無事にお出ましになられた模様でありますから、手前ら、雑談を打ち切り、一旦部屋に帰ろうといたして居りますと、廊下の端で二人のボーイが立話《たちばなし》をしているのをチラと耳にいたしたのでござります』

『ウム、何を言っていたのだ』

『今のあの髯の生えたのは何だ、あれは王様じゃない、と一人が申しますと、もう一人の方は、俺もそう思う、王様はもっと上品な顔で、それにもっと背が高かった。何《な》んにしてもあんな……』

『あんな、何だ』

秀陳は手を合せ、

『おゆるし下さい』

『関《かま》わん、言え』

秀陳は泣き出しそうな声で、

『あんな下素面《げすづら》ではない。……実にどうも、聞き捨てにならん事でありますから、その二人を呼びつけて厳しく叱責をいたしましたところ、その両人は一向に自説を飜《ひるが》えす模様がないのでございます。そこで、手前ら、両人に向い、そんな馬鹿なことはない。皇帝附諜報部長たるこの俺がそう言う以上間違いのあろう筈はないではないか、何をとぼけた事を申すか、とえらい勢でキメつけてやりますと、両人は、今の王様が本物なら、すると、昨夕までいたのは偽の王様であろう。われわれの眼に決して狂いはないのだと、果てはふて腐ったような様子さえ示すのでございます。……事態かくの如くでございますれば、しょせん、このままに捨て置くことが出来かねますゆえ、さまざま手を尽して取調べますところ、ああここに於《おい》て実に容易ならん事が発覚したのでございます』

加十は逃げ腰になって、

『ウム、それで？』

『つまり、殿下が有明荘に御滞在の間、殿下の御居間を侵し御尊名を僣称《せんしょう》いたして居たものがあった事が判明いたしました。何たる不敵、何たる大胆。……のみならず、何の目的を以てそのような大それたことを致したものか、手前ら、その真意を解するに苦しむのでございます。

早速その旨を警視庁に急告いたしましたところ、その位いの事はあるかも知れぬと言う事も無げなる挨拶で、手前ら、暫時《ざんじ》は開いた口も閉《ふさ》がらなかったのでございました』

秀陳はネオン・ランプの光暈《ハロオ》に包まれた周囲《まわり》の高い建物を見上げながら嘆くが如くに長大息し、

『ああ！　何んたる魔がしき都ではありましょう。手前らには、この大東京の、この大都会の大気の中に、宛ら空気中のアルゴンの如くに、無慮《むりょ》無数《むすう》の魑魅魍魎《ちみもうりょう》が擅《ほしいまま》に跳梁跋扈《ちょうりょうばっこ》しているかに感じられてならぬのでございます。……殿下に於かれましても、既にお聞き及びでございましょうが、有り得べきことでありましょうか、現に……』

と、眼の下の噴水の鶴を指《ゆびさ》し、

『今朝、あの青銅の鶴が声を発して朗々と歌を唄ったのでございます。それを、親しく耳にいたしました時の、手前らの驚駭《きょうがい》！……ああ、その恍惚と驚異の感情を何んと御説明申しましょうやら！』

加十は昂奮し、

『おお、では、お前はそれを聞いたのか。そのいきさつをくわしく話して見ろ』

『手前ら、今朝八時に東京駅に到着いたしました。直ちにホテルに伺候いたします所存で、地図を手頼《たよ》りに駅前から日比谷公園の方角に歩み出したので御座ります。間もなくこの正門の前まで参りますと、夥《おびただ》しい人数が続々とこの中に吸い込まれて参ります。手前らもそのあとについて池の汀まで参り、何事があるのかと訊ねますなれば、間もなくこの噴水の鶴が市民に新年の賀詞を述べると申します。苦笑しながら汀に佇《たたず》んで居りますると、意外意外、やがて定刻とはなりますれば、あの青銅の鶴は、世にも清げなる声音にて、朗々と詠誦いたしたのではありました。ああ、何たる不思議、何たる惑わしさ』

と言って言葉を切り、加十の面を瞶《みつ》めながら、

『一体、どのような歌を唄ったと思召《おぼしめ》されますか？……それは他でもない、実に思いもかけぬ、それこそは安南の国歌であったのでござります！』

寒々しい広い捜査課長室。忌々しいほど明るい電燈の下に、例によって眞名古が孤影凝然と坐っている。事務机《つくえ》の上の拡声器がうるさい声で全市郡の捜査の情況を刻々に報じて来るが、てんで気にもならない風で、何かひそかに心に期するところある如く極めて平静な面持ちで端座している。

壁の時計が八時を打つと、丸腰の巡査が入って来て、有明荘の崖下に住む花という縫子が至急お耳に入れたいことがあると言って受付で待っていると告げる。眞名古が頷くと、二分ほどの後、花が逆上したような眼付で入って来て、いきなりその前の椅子に掛けると、

『あなた、大変よ。こんなところでうッそりしていては駄目。王様の金剛石《ダイヤモンド》を奪《と》ったやつがいます』

眞名古は欝陶しそうな顔つきで、

『ほう、耳よりな話だね。一体、誰れが奪《と》ったのかね?』

花は夢中になって身をすりよせ、眞名古の腕に手をかけながら「中洲」の出来事と幸田がした話を残りなく物語る。眞名古は聞き終ると、

『山木《やまき》の爪の間に壁土が詰まっていたと言うのだね?』

『ええ、そうですの。それに腕時計のガラスが壊れていたんですって。……どこかにガラスのかけらが落ちていなかった?……ほらね、あたしがそう言ったでしょう。毬栗頭のようだったけど、ひょっとすると、何か冠《かぶ》っていたのがそう見えたのかも知れないって。……腕のキラキラ光るものも、私が言ったように、やはり腕時計だったのですわ』

眞名古は事務机《つくえ》の上に頰杖をつき、やや長い間黙然と眼を閉じていたが、急に立上ると本棚の中から一冊の薄い横文字の本を探し出し、膝の上で静かに頁《ページ》を繰りながら、

『お花さん、あんたツルゲネーフの散文詩を読んだことがあるかね?』

花はびっくりしたように眼を見張って、

『いいえ、ありませんわ。どうして?』

『そうか。……仲々優れたのがある。ひとつ、読んであげよう』

と言って掌《て》に本を載せ、人の心を優しく包むような憂鬱な声調でほのぼのと朗読を始めた。

『雀《すずめ》。——ふと、犬が歩を緩め、行手《ゆくて》に獲物を嗅ぎつけた時のような忍び足になった。見ると、道の向うに、嘴のまわりの黄色い子雀がいた。頭に生毛が生えている。子雀は巣から振落されて動けずにいるのだ。犬は静かに歩み寄った。すると、突然、近くの樹から、胸毛の黒い親雀

が……』

時計が九時を打つ。明日《あす》の午前四時まではあとたった七時間しかない。この大騒動の最中に、眞名古は何のつもりでツルゲネーフなんか読んでいるのであろう。

連載長篇　第八回

二十五　お茶《ちゃ》の水《みず》風景の事、並《ならび》に猿の乾物《ほしもの》の事

見渡せば、大東京は朧月の空の下に甍々《いらかいらか》をならべ、その際は淡い靄の中に溶け込んでいる。右手に黒くおし静まっているのは日比谷《ひびや》の森、駿河台《するがだい》の方に薄白く輝く白堊《はくあ》の建物はニコライの聖堂であろう。

日比谷の向うの長い地平線《スカイ・ライン》は一種夢幻なる光暈《こううん》に包まれ、緑の、青の、赤の、黄色の、明滅する、旋回する、飛発する、ありとあらゆる種類のネオン・ランプが雲を焦《や》かんばかり、五彩の飛瀑がそこに懸るかとも思われる。

省線電車は高架線の屋根の上を轟然と驀馳《ばくち》し、砥道《とどう》の谷底をトラックとタクシーが紛然《ふんぜん》と矢の如く行き交う。……あらゆる物音は雑然混然と入り混り溶け合い、大空をどよもして大都会の小夜楽《セレナーデ》を奏するのである。

広袤八里《こうぼうはちり》のこの大都会の中には無量数百万の生活が犇《ひし》めき合い、滾《たぎ》り立ち、いま呱々《ここ》の声を上げ、終臨の余喘《よぜい》に呻《あえ》ぐ、或る者は陰険な謀殺を完了し、或るものは脳漿を撒き散らしてこの

世の生を終ろうとする。大都会こそは阿修羅地獄絵の図柄《ずえ》その儘《まま》に阿鼻叫喚の苦悩図を描き出す。この甍の一つ一つの下にどのような悲劇が起き、どのような罪悪が秘められるかほとんどそれは測り難いのである。この大都会で日夜間断なく起《おこ》る様々な犯罪のうち、社会の耳目に触れるものはその百千分の一にも過ぎず、他の凡百の悪計と惨劇は我々の知らぬうちに始まり、我々の知らぬうちに終る。

前回、安南《あんなん》帝国皇帝附諜報部長宋秀陳《そうしゆうちん》が、日比谷公園の池畔《ちはん》に立って、五彩の光暈《ハロオ》で包まれた周囲《まわり》の高い建物を見上げながら、この魔《ま》がしい大都会の大気の中に、さながら空気中のアルゴンの如くに無慮無数《むりよむすう》の魑魅魍魎《ちみもうりよう》が擅《ほしいまま》に跳梁跋扈《ちようりようばつこ》しているように感じられてならぬと嗟歎《さたん》したが、げに尤《もつと》もな感想であった。この朝、日比谷公園では青銅《ブロンズ》の鶴が鳴き、今ニコライ聖堂の近くではまた新たな事件が提起されようとしている。

秀陳の尻馬に乗って思わず閑筆を弄してしまったが、役にも立たぬ作者の感慨などは事件の発展になんの関係もないのだから、大体この辺でやめて置いて、さて、安南国皇帝宗龍王《そうりゆうおう》は代代皇室に伝わる「帝王《ラジャー》」という大金剛石《だいこんごうせき》を日本で売却する目的で秘かに帯出されたが、この魔がしい都にこんな秘宝を携《たずさ》えて来られた以上はどうせ唯事《ただごと》では済むまいと思っていたところ、果せるかな、今暁午前四時二十分頃、愛妾松谷鶴子《あいしようまつたにつるこ》の住居《すまい》なる、赤坂山王台《あかさかさんのうだい》、アパート有明荘《ありあけそう》の勝手口から何者かによって誘い出され、その儘行衛《ゆくえ》不明になってしまった。痲睡剤《ますいざい》を嗅がされて運び出されたことが現場の状況によって明白に察しられるのだが、皇帝を殺さずに誘拐したというのは、皇帝に金剛石の在所《ありか》を白状させるためで、すると、皇帝はまだ何処《どこ》かに生きていられるという眞名古《まなこ》捜査課長の見込なのである。

アパート有明荘に於《お》ける、安南国皇帝の松谷鶴子殺人事件は、こんな具合に三転四変して意外な飛躍を遂げる事になった。当局はこれを自殺事件に糊塗してしまい、これで万事落着とホッと一息ついていたところ、あにはからんや、これは浅黄《あさぎ》幕《まく》の前の口上のようなもので、単なる事件の導入曲《イントロダクション》に過ぎなかった。犯人だと思った皇帝は反対に被害者で、金剛石ばかりでなく、掛け替えのない命まで強奪されかかっているのである。

皇帝の反対派、李《り》光明《こうめい》一派の密旨を受けた暗殺者が十二月二十七日のプレジデント・フウヴア号で既に横浜に到着し、明日の午前四時、大使が拝謁《はいえつ》に行く以前に暗殺してしまう計画があると何者かが警視庁へ密告して来た。その大使は今日の午後四時十分の不定期急行で京都を出発し、今まさに帰京の途中にある。明朝午前四時迄に、どんなことがあっても皇帝をホテルに戻して置かなければ由々しい大問題が惹起する。万一、日本国内で、ああ、然《しか》も東京のど真ん中で皇帝が暗殺されたりしたら……、その結果こそ思いやられるのである。

警視庁は戦時体制に入る。検察の凡《あらゆ》る神経系統はカフェインの注射をされたようなすさまじいばかりの昂奮状態を示し始めた。捜査区域は近接五県に亙《わた》り、十二ケ所の捜索《そうさ》支部からは時時刻々の状況をひっ切りなしに神経中枢に報告して来る。捜査本部を置かれた刑事部長室の拡声機は気が狂ったように叫び続けるが、皇帝の行衛は勿論、皇帝を日比谷公園から誘拐したと風評のある安亀《やすかめ》の一派も、有力な唯一の證人《しょうにん》として捜査本部で最も希望をかけている松谷鶴子の家の通い婆のとめも、松谷鶴子殺害事件に若干《なにがし》かの関係を持つと思われる有明荘の六人の居住者も、まるで一斉に地の底へでも潜《くぐ》ったように、一人としてその消息を捉えることは出来ぬ。時刻は刻々に迫って、とうとう九時になった。捜査本部の発揚状態は今やその極点に達しようとする。

ところで、警視庁が死物狂いで追求している有明荘六人の住人のうち、伯爵岩井通保《いわいみちやす》と、その妾《めかけ》で元映画女優、今は酒場「巴里《パリー》」の女将《マダム》の村雲笑子《むらくもえみこ》、最近亜米利加《アメリカ》から来た、当時売出しのダンサー川俣踏絵《かわまたふみえ》の三人は、今こんなところにいる。

駿河台の郵便局からニコライの聖堂の方へ登るだらだら坂。紅梅町《こうばいちょう》から省線お茶《ちゃ》ノ水《みず》駅へ出ようとする町の中程のところに「松永《まつなが》」と言う表札の出た築地《ついじ》の塀を高く廻《めぐ》した奥深い構えの邸宅がある。広い前庭に吃驚《びっくり》するような大きな古松《こしょう》が伸び上っていて、それがこの家の目印になる。

なにさま、然るべき紳商《しんしょう》の邸宅とも見えるのだが、実はこれは旧東京市内二十六ケ所の賭場《とば》のうち、最も殷賑《いんしん》を極める賭博場《ばくちば》で、その方の符牒では「お茶松《ちゃまつ》」と呼ばれる。関東土木倶楽部《かんとうどぼくくらぶ》の一方の旗頭、鶴見組野毛山《つるみぐみのげやま》の清吉《せいきち》の身内で入舟網之助《いりふねあみのすけ》というのがこの賭場を預っている。以前は、と言ってもそう久しい事ではない、つい昨年の八月頃迄は武州小金井《ぶしゅうこがねい》に縄張りを持つ、安亀事安井《ことやすい》亀二郎《かめじろう》がこの賭場を預っていたが、何か間違いを出来《でか》したとみえて野毛山の大親分に盃《さかずき》を返され、鶴見組をお構いになってしまった。

安亀が賭場を預っていた頃は、この賭場は余り成績の良い方ではなかった。ドブ賽《ざい》や験示を使うという評判が立ってバッタリと淋《さび》れてしまった。

「ドブ」とも言い、「六方《ろっぽう》」、「臼《うす》」とも言うこの不正賽《いかさまざい》はどんなものかと言うと、これは賽の中に金粉を入れて作ったもので、これを壺皿に入れると居据《いす》わったまま転がらない。伏せると壺皿に入れた時出ていた目の裏目が出る。「両通《りょうつう》」と言って、これのも少し精巧な奴になると、金粉の重味が両方にかかるような仕掛けになっていて、賽の粉を下の方へ通して伏せると、五三一の半目が出、上に向けて振り動かして伏せると、二四六の丁目が出る。

思わず碌《ろく》でもない事を叙述してしまったが、これは又聞《またぎき》であって、もとより作者の実験による事ではない。この辺は篤《とく》と御諒承願う事として、安亀が盃を返されたのは、多分この辺の事情によるのだろうと察しられる。

有明荘三人の住人、岩井通保と川俣踏絵がこの賭場に居るのは、最近世界の打撃王と言われるルーブ・ベースが日本へやって来たに就《つ》き、その歓迎賭博会を催す事になって、この二人が発起人に名を列《つら》ねているからによる。

岩井は明石《あかし》署から釈放されると、銀座《ぎんざ》裏の酒場「巴里」で他の五人と落合い、その足でここへやって来たものと見え、昨夜《ゆうべ》の「巴里」に於ける有明荘住人忘年会のそのままのタキシード姿で、自在鈎《かぎ》の掛かった大きな囲炉裡《いろり》の側に胡坐《あぐら》をかいているが、遉《さすが》に疲労の色を見せて、膝に手をついてグッタリしている。

額《ひたい》のあたりが少し蒼白んで、貴族的と言うよりはむしろ詩人的とも言える風貌《み》を一層メランコリックにしている。目も鼻も整い過ぎる位いにきっぱりとしているが、永らくの荒んだ淫蕩生活でそれらは皆一種形容し難い沈滞と疲労の翳を見せ、それはそれなりに癈頽《はいたい》した美しさを示している。濡れたような紅い唇、何か毒々しい花のようで、いっそ無気味にさえ見える。慧眼な医師ならば、この美しい唇の上に梅毒の明らかな先駆症状を読み取るであろう。漆黒の長髪を櫛目も見える程に品のいいオールバックに撫でつけ、すこし俯《うつむ》向き加減になって香りの高い西洋煙草《たばこ》を燻《くゆら》している。

三十畳程の広さの座敷で、今も言った通り、山家《やまが》のような、いかついほど大きな囲炉裡が二つ切られ、自在鈎には赤銅《あかがね》の大きな薬罐《やかん》が沸々と滾《たぎ》り返っている。百人分位の茶碗がそこに出し揃えられてあるほか、五つばかりの曲突《くど》まで押し並べられ、燗鉄瓶がその上で松風の音を立てている。

十畳ばかりの板敷の向うには三段になった配膳棚があって、一つ一つ小蒲団で包まれた鰻丼が五十程ズラリと並べられ、抓《つま》み物の小丼が、これも所も狭く棚の上下《うえした》に用意されている。

賭場はいま盛っていると見え、壺皿を伏せる合間合間に凄じいばかりの人声が沸き立つ。

その中《うち》に、時々、

『半《オッド》』とか、

『丁《イーヴン》』

と咆哮するのはルーブ・ベースであろう。

見ると、ルーブ・ベースは盆茣蓙《ぼんござ》の横へ小牛のような巨体を投げ出してだらしなく寝そべり、張方《はりかた》を勧《すす》める、もとさる一流新聞社の外報記者で、猿のような顔をした某何太郎《なにがしなにたろう》と言う男を顋で指図している。

胴を取っている入舟網之助は、東北のさる高等学校の一年まで行き、桑港《サンフランシスコ》へもちょっと流れて行った事のある男で、二枚重ねた大きな座蒲団の上に押胡坐《あぐら》をかき、赤い顔をテラつかせながら、

『さア、張った張った《カム・アンド・トライ・ジェンツ》、今度はいい目が出る《ノーボディ・ノウ・ハウ・ラッキイ・ユー・アール》』

なんて言うお定《きま》りをべらべらやる合間に、

『大丈夫《シンチ》、大丈夫《シンチ》』

『出かした、大当り』

などと口をおかずに愛想を振り撒いている。

なるほどルーブ・ベース一人ではない、十五人ばかりの紅毛人……、そのうちの半分は未だうら若い淑女で、妙な胡坐《あぐら》をかいて盆茣蓙を囲みながらしきりに金切声を上げている。この連中は外交団の中でも選《よ》りに選《よ》った粋な連中《スポヴティング・クラス》で、その中には麻布《あざぶ》のさる大使館の、伊達《だて》者と名を取った有名な参事官の顔も見える。

参事官の隣に投げやりな格恰《かっこう》で胡坐《あぐら》をかいているのは例の川俣踏絵、夜会服の裾から形のいい膝小僧を覗かせ、焦《い》ら立たしそうに貧乏ゆすりをしている。ひどく際どい風体になっているのも気のつかないふうで、眉根に皺《しわ》を寄せたり唇を噛んだり、なにさま、ひどく屈託ありげな態。

第四回、虎《とら》ノ門《もん》の晩成軒《ばんせいけん》で山木《やまき》元吉《もときち》と怪しげな密会《ランデ・ヴウ》をし、これもその足でここへやって来たものと見え、その時のままに皺だらけの夜会服《ソワレ》を着ている。

上の空の様子で機械的に賭《は》ったり取ったりしていたが、急に膝の前の紙幣を手提袋《てさげ》の中に納《しま》い込み、巧《たく》みに膝の下へ押し込まれていた参事官の足を無情《すげ》なく跳ねのけると物憂そうな身振りで立ち上り、次の間の、岩井がいる囲炉裡ばたへやって来る。

手荒く手提袋を投げ出し、グッタリと岩井の横に坐り込む。拗《すね》たように岩井の膝に凭《もた》れかかって、

『もう、帰って寝よう』

と、肱《ひじ》で岩井の膝をグリグリやる。

岩井はうっとりと顔を上げて曖昧《あいまい》な返事。

踏絵は懊《じ》れて、

『よう、帰ろうってばねえ。眠くって溶《とろ》けそうだ』

と言う。そのくせ別に眠《ね》むそうな顔もしていない。それどころか、上ずったような目の奥から、何か炎のようなものがチラチラと燃え上っているのである。

読者諸君は既に御承知であろう、岩井は村雲笑子を妾にして「巴里」と言う酒場を出させながら、一方踏絵をも情人《アミ》にしている。抜目《ぬけめ》のない笑子にしてはありそうもない話だが、今のところ、まだ二人の関係を感付いてはいないらしい。

ところで、その踏絵の方は、岩井の目を忍んで、同じく有明荘六人の住人の一人、有名な珊《さん》瑚《ご》王《おう》の伜山木元吉と相当複雑な関係になっている事は、前回「中洲《なかす》」の場で、高利貸犬居《いぬい》仁平《じんぺい》の養子印東忠介《いんどうちゆうすけ》の話によって明白になっている。

まるで鼬《いたち》ごっこのような複雑多岐の有様で、作者も些《いささ》か啞然とするのだが、この分では村雲笑子の方だって何をしているか知れたもんじゃない。噂によると、住人の一人「ホヴァス」の通信員ジョン・ハッチソンの相棒、例の「カーマス・ショオ」の団長、日仏混血児のルイ・バロンセリと築地《つきじ》辺の待合から艶《なまめか》しく手を取り合って出て来るのを見掛けたと云う者もあるが、噂か事実か、今のところまだ定かではない。

岩井はさりげない風で踏絵の肱を押し除けると、

『帰ろうって、どこへ帰るんだ』

『帰るというからには、有明荘へ帰るのさ』

『冗談いうな、ノソノソ帰りでもしようものなら、とんだ飛ばっちりを喰う。今度とっ捕まったら風検ぐらいの騒ぎじゃねえ、事件が落着するまでは陽の目も拝めねえことになる』

踏絵は目を瞠《みは》って、

『あら、そうかしら。……でも、花子《はなこ》がやったのにちがいないんだろ。あんな大痴者《おおたわけ》だから、もうとっくにとっ捕まっているにきまってる』

なんて恍《とぼ》けたようなことを言う。何か曰《いわ》くのありげなようすである。

案の定、岩井は聞きとがめて、濡れたような美しい眼で探ぐるように踏絵の顔を眺めながら、

『花子が……、ど、どうしてそんなこと知ってるんだ。何か、花がやったという證拠でもあるのか』

踏絵は、妙な風に唇をしぼめて、

『あると言えばある、無いと言えばないようなもんだけど、……どんな證拠より確かなわけを知っているんだ』

『ほほう』

何気ないようすをしているが、この方も何やら油断のない構え。見るような見ないような微妙な細目でチラチラと踏絵の顔を偸視《ぬすみみ》る。肚黒《はらぐろ》い面《つら》つきである。

『今朝《けさ》、鶴子がやられたと聞いたとき、わちきは、てっきり花の仕業だと睨んだんだ……わけってえのは、ちょっとゾッとするような話なんだけど……』

踏絵はジロリと上目使いをして、

『去年の十二月初めごろ、わちきは訪問着の仕立をせかせに行くと、花はどこかへ行っていない。そのうちに帰るだろうと思ってあいつの部屋へ上り込んで待ってたけど、いつまで経っても帰らない。……くさくさして、立ち上ろうとすると、足元の畳の合《あわ》せ目から、紙の端のようなものがはみ出している。……ありふれた紙じゃない。むかし、アメリカで、わちきの親父が筆まめに日記をつけていた。見覚えのある古風な三河《みかわ》半紙だから、今どきこんな紙があるのかと、妙になつかしくなって指でさわってみると、それがずっと畳の裏のほうへ入り込んでいる。……古風な紙だにしろ、一年も二年も前からこんな風になっているとは見えない。ついこの頃、こんな風に敷き込まれたことがわかる……。それにしても、紙がひとりで畳の裏へ滑り込むはずはないから、それを敷き込むとすれば、どうしたって畳を持ち上げなければならない理窟になる。あの華車《きやしや》な花子が自分の手で畳を持ち上げたりなんかするところをみると、花子にとって、これは何か余ほど大切な紙切だと思われる。……縁《へり》をさすって、ずっと見てゆくと、なるほど畳の裏藁《うらわら》があっちにもこっちにも喰《は》み出し、おまけに黒縁《こべり》の上にもあちこちに藁屑がのったままになっているから、昨夜《ゆうべ》か今朝《けさ》出がけに畳を上げたのに相違ないんだな。……火箸でこじ上げるんだとみえて、三つ角《すみ》になった黒縁の角が、その場所だけひどく弱っている。……一度や二度じゃない、しょっちゅう畳を起したり敷いたりしているってことがよく判るんだ。……一体、この紙きれは何なのだろうと思って火箸で畳をこじ上げて、その紙を引き出して見たら、……さすがのわちきも、ゾッと冷水《ひやみず》を浴びたようになって、あまり凄くて、思わず、わッと声を出した』

脅えたような目付をして、

『……一体、何が書いてあったと思う』

『何が書いてあったと言うんだ』

踏絵は声まで慄《ふる》わせて、

『それが……、「五人坊主」の呪咀絵《のろいがた》なんだ。……知ってるだろう、吉原《よしわら》の花魁《おいらん》などが人を呪い殺そうとするときに使うあの「五人坊主」の絵なんだ。……まん中に呪い殺したい奴の人形《ひとがた》を書き、右左から牛頭《ごず》、馬頭《めず》と二人の亡者に両手を引かせた絵をかく。丑の刻《うしのとき》に座敷の丑寅《うしとら》に坐って、線香の火で、目、口、鼻、四足、腹、心臓という具合に毎日一箇所ずつ焼穴をあけてゆく。……二十一日で満願になるんだあ』

岩井も滇にぞっくりと冷気《さむけ》だった面持で、

『嫌な話だなあ、すると……』

踏絵は頷いて、

『ああ、そうなのさ、……人形の胸んところに、「松谷鶴子、二十三、卯年《うどし》の女」と書いてあった』

岩井は息ひいて、

『蟲も殺さないような、あんな綺麗な顔をして……、凄いもんだなあ。……そうきけば、いじらしくもある。よくよく王様《キング》を思いつめていたんだな。……それにしても古風なことをするじゃないか。どこからそんなことを教わって来やがったんだろう。まさか、お前が教えたんじゃあるまいな』

『馬鹿。……花子の母親ってのは吉原の遣手《やりて》で、十二、三の頃まで花も廓《くるわ》で育ったんだと言うから、きっと花魁にでも教わったのさ。あの、……娘のやりそうなこったね、ふだんでも顳顬《こめかみ》に蒼い筋を浮き上らせて、何だか気狂いじみた目つきをしている。……あんな凄い美しい目を、わちきは生れてから初めて見た。まともに瞶《みつめ》られるとチリ毛だつような気がすることがある。……階下《した》の年寄夫婦の話だと、よく痙攣《ひきつ》けて大騒ぎをさせると言っていたっけが、気狂いの血《す》統《じ》なのかも知れないね。……思いつめたら、何をやり出すかわからないような凄いところがある』

岩井は眼に見えぬほど眉を顰《ひそ》めて、

『なるほど、それはわかったが、花が王様を殺《や》ったというのは？』

踏絵は足を踏み伸して、

『ま、その日は「五人坊主」の絵を畳の下へ入れて、何喰わぬ顔をして飛び出したが、それが思いに残ってどうも凄くていけない。それから十五日ほどした朝、花子が出て行った様子だから、素人家《しもたや》の夫婦にいい加減なことを言って二階へ上り、畳をめくって五人坊主を見ると、呪詛《のろい》の灸痕《きゆうあと》はちょうど臍《へそ》のところまで行っていて、あとひと焼心臓に止めを刺せば満願になるようになっている。恐しいというよりも、執念深いのに慄え上って、その日もまた這うようにして帰って来たんだ。……その次の晩、今晩はいよいよ満願の日だと思うと、さすがにわちきも落着かない。「五人坊主」の呪いにはずれはないと口伝えにもあるんだが、すると、いよいよ今晩鶴子が呪い殺されるのかと思ってどうにも部屋にいたたまれない。凄いは凄いなりに、どんなふうになって死ぬのか見てやりたい気もする。……とうとう我慢し切れなくなって、夜の十一時頃鶴子の部屋に入って行くと、鶴子はいつもの通り素肌に長襦袢一枚ひっかけた、だらしない格恰《かつこう》で寝椅子《デイヴアン》の上に引っくり返って煙草《たばこ》を喫《す》っている。一向どうという様子もない。……花札《はな》を引こうというから六百拳をしているうちに午前二時になった。……さすがに何となく凄いんだな。スタンドは藤色の厚いシェードに被《おお》われているんで、部屋の隅々は澱んだように暗い。思いなしか、その闇の中に、亡者や、餓鬼や、精霊《すだま》のようなものが数限りなくムラムラと犇《ひし》めき合って、爪の生えた長い指で一斉にこっちを指差しながら、ゲラゲラ笑ったり、舌を出したり、囁《ささや》いたりしているように思われる。……冷汗で身体じゅうが濡れたようになって、ゾーッと総毛だって、今にも気が遠くなるような気がする……ところが、鶴子のほうは一向平気で、アブサンを呷りつけながら賑《にぎや》かに喋りたてている。……そのうちに二時半を打ち、三時を打ち、とうとう三時半になったが、鶴子はビクともしない。呪い殺されるどころか、大虎になって、大変な話を手真似《てまね》でやり出す始末なんだ。……その晩は鶴子のところへ泊ったが、結局、何のこともなかった。何かさわりがあって呪咀《のろい》がきかなかったのだろうが、そいつがいけないとなれあ……』

岩井は目差《まなざし》を鋭くして、フイと踏絵の方へ顔を向ける。差し迫ったような声で、

『成程、殺《や》りかねないな』

とズカリと言う。

『……あの娘ならお馬婆《うま》とも馴染んでいて、お馬の部屋にあるスイッチを切り換えると玄関の電鈴が鳴らなくなることも知っているし、それに、時々お馬の走り使いをするので、玄関の合鍵を預っているはずだから、有明荘へ行こうと思えば、朝でも夜中でも勝手なときに入って行かれる。……階下《した》の老人《としより》夫婦は暮から郷里《くに》へ帰っていないし、崖下にはあの素人屋《しもたや》が一軒あきりで、周囲《まわり》は人ッ気のない山王の森だ。誰にも見とがめられる気づかいはない』

と、言葉を切って、

『それで、窓から突き落すなんてのは如何《いか》にも女らしいやり方じゃないか、殺意よりも憎しみが加わっているような殺し方だからね。やり方が陰性だよ。これが男で、どうしても殺そうというんならあんな不確実な方法を撰《えら》びはしないだろう。……窓から崖下まで三十尺以上はあるにしろ、突き落しただけで必ず絶命するというような粗雑な考えはしないだろう。ひょっとし

て、足でも折っただけで生きてでもいたらどうするというんだ。……決してそんな馬鹿なことはしない。……それればかりじゃない、ちょうどその真下に花子の二階の窓があるのを知りながら、いつ見られるとも測られないそんな危険な場所から投げ出そうなどと考えないだろう。この下に花子の窓があるという心理的な抑制だけでも、あの窓は使える筈はない。……ところが、鶴子はその窓から投げ出されている』

岩井は一種惨忍《ざんにん》な笑い方をして、

『これだけでも鶴子を投げ出したのは花子だと言えるような気がする。なぜかと言えば、この崖の下に家があるということは、花子の場合は心理的な抑制にならないからだ。この窓から投げ出したって誰にも見られる心配はないということは花子自身が誰より知っている。のみならずこの、窓を使うことは花子にとっては最も適切で、また甚《はなは》だ辯明的《イクスキユーザブル》だ。……訊問を受けたとき、まるっきり気がつかなかったというよりは、こんな奴が投げ出すところを見たと言って、犯人の形象を描いて、警察の注意をそのほうに外らすことも出来るからだ。何《いず》れにしてもたいしたことを言う必要はない。どうでも言い逃れられるような、あやふやなことを言っておけばいいのだからね。あの鋭《するど》すぎる娘なら、それくらいのことはやってのけるだろう』

踏絵は頷いて、

『それはそう。……どう考えても一番やりやすいのは花なんだ。わちきたちが「巴里」で忘年会をして朝まで帰って来ないことも知っているし、鶴子だけが有明荘に残っていることも知っているし、わちきたちがお馬へ年越しの角樽《つのだる》を付け届けしたことも知ってるし、……いずれにせよ、鶴子を殺《や》るなら、三十一日の夜から朝へかけてやるほかもうその機会がない。二日の夜になると、鶴子は王様と二人で熱海《あたみ》へ行って、ひょっとすると、その足で上海《シャンハイ》あたりまで王様を送って行くことになるような手はずになっていたが、この辺の事情はわちきたちのほかは花子だけしか知らないのだがその適切の日を選んだということだけでも、いよいよ花がやったという疑いが深くなる』

と言って、股の奥まで透けて見えそうなひどい格恰《かっこう》に足を組みかえると、膝小僧の上に顎をのせ、

『そればかりじゃない、まだこんなことがある。……あちきが今朝《けさ》「巴里」であんたに別れて虎ノ門を歩いていると、向うからひどく蒼い顔をして花子がやって来るから、だしぬけに声を掛けると、まるで電気にでもかかったように飛び上るんだ。何気ないふうで、今朝の有明荘の騒ぎを知っているかと訊ねると、あのテキパキした娘が、まるで唖《おし》になったように、ろくすっぽ物の言えない始末なんだ。……手を握ってみると、こっちの手が濡れるほど冷汗をかいてブルブル慄えている。この小娘が、と思ったら、可哀そうより憎らしくなって、花ちゃん、鶴子さんが死んだんですってね、お目出度うと言ってやると、まるで雷にでも打たれたように、馬鹿みたいに口を開いてわちきの顔を瞶《みつ》め、こう、眼が釣るし上ってきて今にも痙攣《ひきつ》けそうなようすをするからもうこれで話がわかった、……花ちゃん、新年お目出度うと言い直してやると、ようやく生きかえったような顔になって、あら、申し遅れまして御免なさい、新年お目出度うございます、どうぞ、今年も御贔屓《ごひいき》に、と言って笑ったけが、その笑い顔っちゃないんだね。

……淋しいような、怨《う》らめしいような、まるで臨終のひとの微笑のような、何ともいえない儚《はかな》い笑いかたをするの。わちきはつくづく見て、思わず感じ入っちゃった、……人を殺《や》した奴ってのはこんな笑い方をするのかと思ってね。あの笑い顔が今でも眼から離れない。殺《や》るときは夢中になってやったのだろうけど、殺《や》ってしまうと、さすがに恐くなって、自分の部屋にもいたたまれなくて、あんなところをウロウロ歩いていたのだろう。娘っ子は恐いね、思いつめると、何を仕出かすかわからないから』

岩井は笑って、

『素質だよ、素質だよ。下町の老舗《しにせ》の箱入娘や廓の内所で育った娘なんかによくあんなのがある。むかし俺の友達がそんなのに思い付かれ、うるさがって振ったら、今晩一晩きりと言って添寝をして、夜が明《あけ》た、そいつの頸動脈を剃刀《かみそり》ではねっちまいやがった。悪童《アンファン・テリーブル》だ……それにしても、もう捕まったかな』

踏絵は薄い唇を反らして、

『捕まらなけやあ、わちきが密告《サシ》てやる』

岩井は思わず眼を瞠って、

『へえ、何か恨みでもあるのか』

踏絵は空嘯《そらうそ》ぶいて、

『恨みなんかない。あまりいけ図々しいからさ』

と言ってるところへ、使番《つかいばん》に案内されて村雲笑子が入って来た。銀糸のは入《い》ったお召の二枚袷《あわせ》の裾をしどけなく足首に絡ませ、握拳《にぎりこぶし》を袖にいれて弥造《やぞう》をこしらえている。大分底が入っているようすで、張り目のある目元をほんのりと染め、足元をふらつかせながら土蔵仕立の重い引戸の前に立ってジロジロと二人の方を眺めていたが、急にキッとした唇を噛むと、懐手をしたままスラスラと二人の側に寄って来て、突っ立ったまま、凄艶《せいえん》な声で、

『おや、御馳走さま。それやアないでしょう、こんなのが亜米利加《アメリカ》風か知らないが、すこし見境をつけておくれ。黙ってれやアいい気になって、いい加減にしやがれ、女《あま》』

と地団駄を踏む。

踏絵の方は一向平気なもので、ニヤニヤ笑いながら、

『何だ、酔ってるのか。酒粕の焼いたのはご免だよ。寄るな、寄るな移り香がすらア』

笑子はたちまち目を吊し上げて、

『畜生、ぬかしやがったな』

と摑みかかって行くのを、さすがダンスの先生だけあって、身軽にその手の下を潜《くぐ》り、ステップでも踏むような軽々とした足取りで囲炉裡の向側《むこうがわ》まで逃げて行くと、ベロリと赤い舌を吐いて、

『笑ちゃん、止しなよ、こんな浅黄裏は外国《アチャラ》で散々喰いあきている。気をもむな、馬鹿馬鹿しい』

裾を乱して追い縋《すが》ろうとするのを、岩井は邪剣に引き戻し、

『止せ、下らねえ。どこで喰い酔うて来やがったんだ。ちえッ、いやな面だ』

笑子はぐたぐたと坐り込んで、

『いやな面ではばかりさまね。どこで飲んで来たか聞きたいか。いままで「呉竹《くれたけ》」でバロンセリといういい人と飲んでいたんだ。どうだ、もっとくだいた話をしてやろうか』

凄じい面つきで岩井の方へ這って行く。岩井も遉に扱いかねて、

『こいつには泣かされる、食いものを当てがわないと、忽ち荒れ《たちまあば》やがる。こっちへ、来い』

と手を取って引き寄せると、笑子はその胸ぐらに武者振り付いて行って、岩井を仰向《あおむけ》に突き倒すと、胸の上に馬乗りになり、頬といわず顔といわず滅多無精に掻き挘《むし》りながら、

『どうだ、ご免なさいか』

岩井は手で顔を防ぎ乍《なが》ら、

『謝まった、あやまった』

『ご免なさいと言え』

『おお、ご免なさい』

笑子は岩井の顔を足袋《たび》の裏で一つ踏んづけておいて、

『謝まったと言うのならゆるしてやる。今度ふざけた真似《まね》をしやがったら承知しないぞ』

と言うと、急にケロリとした顔で、

『賭場を覗いて来るか、大分盛っているわね』

と、長い裾を引き摺りながらそっちの方へ入って行く。

様々な掛声一しきり。賭場はいよいよ活気を呈する模様。

岩井は踏絵と目を見合せて狡そうにニヤニヤ笑っていたが、何を聞きつけたのか、急に目付を険しくして片膝を立てる。

賭場の鴨居に付いている大きな蟬鳴器《ブザー》が底気味悪く唸り出す。賭場の電燈が瞬くように消えたり点いたりする。

囲炉裡の角をひらりと跳ね越えて飛んで来た踏絵の手を取ると、岩井は配膳棚と反対の壁際へ飛んで行き、壁のように見せかけてある土塗りの盲扉《めくらど》を開けるより早く、ダ、ダ、ダ、ダと階段を踏み鳴らしながら、暗く口を開けた地下室の方へ駆け降りて行く。

降り切った所は人が立って歩けるくらいの暗道になっていて、三燭位の薄暗い電燈が間遠に点っている。

この暗道は二十間程先で直角に折れ曲ってお茶の水の土手の横ッ腹へ抜けるのである。二人がその曲り角まで走って行くと、壁際に五十ばかりの、小さな丸髷《まるまげ》を頭にのっけた老婆が壁に凭れるようにして寝ている。いま警視庁が全機能を挙げて捜査に熱狂している、故松谷鶴子の家の通い婆、あのお喋りなとめは寛怠至極にも、こんなところに寝っ転がっている。

いや寝てるのではない。殺されているのだ。古縄で首を絞められ、黒焼屋《すみやきや》の天井にぶら下っている猿の乾物のように、歯を剝き出して、恨めしそうに天井を睨んでいたのである。

二十六　眞名古抒情の事、並に二人の総監の事

すこし広すぎる趣《おもむき》の捜査課長室に、電燈ばかりがいたずらに明るく、周囲《まわり》の白壁がチカチカとその光を投げ返《か》えす。うそ寒い風景。

警視庁は今ひっくり返るような騒ぎを続けているのだが、ここばかりは森閑と、いわば一種閑寂な様子でしずまりかえっている。

人の心を撫でさするような憂鬱な眞名古の声がほのぼのと続く。何か人を眠りに誘い込むような奇妙な調子を持っているので。

実にどうも異様なやり方だと思うほかはない。いやしくも捜査課長ともあるべき眞名古が、これほどの騒ぎを一向に意にも介さぬふうで、呑気《のんき》らしくツルゲネーフの散文詩などを朗読しているのである。職務に熱中するあまり、眞名古はとうとう気が違ってしまったのだと思うのは、一人作者だけではあるまい。いずれにしても常軌を逸したやり方と言う他はないのである。眞名古の向いの椅子には有明荘の崖下に住む例の花という美しい縫子《ぬいこ》が腰を掛けて、神妙にそれを聞いている。あまり面白そうな顔もしていない。いや、迷惑そうだと言ったほうがいいのであろう、玉繭《ぎょくけん》の着物の毛端《けば》を捲り乍らしきりにモジモジしていた。

前回、眞名古が総監室でひどく廻りっくどい事を述べたてたのち、この課長室へ戻って来て、

何事かを待ち受けるように一人机に対して粛然《しゆくぜん》と坐っているところへ、金春町《こんぱるちよう》の「中洲」で志摩徳《しまとく》、松澤《まつざわ》、幸田《こうだ》、印東などという面々に山木元吉が居所を知らせろと責めたてられ、あわや裸に剝かれて拷問されようとするところを、いづみという藝者に助けられた花子が、その足で眞名古のとこへ駆け込んで来た。

松谷鶴子の殺人事件のあった朝の三時頃、山木元吉が屋根伝いに「すゞ本《もと》」を抜け出し、ハッチソンが乗って来たロード・スタアでいずれかへ走り去り、五時頃になって帰って来たのを印東忠介が手洗場の瓢箪窓《ひようたんまど》から眺めていたこと、右の人差指と、中指と、薬指との爪が摺り減っていて、爪の間に白い壁土のようなものが一杯に詰っていたこと、腕時計の硝子《ガラス》が壊れていたことなど、「中洲」で印東が話した次第をくわしく物語ると、眞名古は事務机《つくえ》の上に頰杖をつき、やや長い間黙然と目を閉じていたが、急に本棚の中から「ツルゲネーフの散文詩」を取り出し「雀《すずめ》」というところを読み出したところで前回の終りになっていた。

花の話がすむと、眞名古が不意に朗読を始めた事は今言った通りだが、本棚の中から本を探して戻って来るわずかな時間の間に、眞名古はこんな奇妙な事をしている。本棚の中に首を突っ込むようにして本を捜しながら、何かブツブツ独話《ひとりごと》を言っていた。後先はよく聞きとれなかったが、「アウフクレールング」という言葉だけは微かに聞き取られた。

Aufklärung は独逸《ドイツ》語で「捜査」という意味である。本棚の横に送話器の口が開いていて、これが交換台に続いている筈だから、すると、眞名古は何気ない顔で何か命令を発したのかも知れない。

思うに眞名古は花の家の家宅捜索をしろと命令したのかとも思われるが、勿論これは作者の推察で、真偽のところは定かではない。

何ともつかぬこんな微妙な事があったのち、眞名古は薄い横文字の本を持って戻って来て朗読を始める。

読者諸君は御存知であろう、「雀」というのは、風で巣から落ちた仔雀の側へ猟犬が忍び寄ると、親雀が舞い降りて来て、身を以《もっ》て仔雀を庇《かば》おうとする話である。

どうも眞名古のする事はわからない。まるで検察の為《た》めにこの世に生れて来たようなこの男の冷徹な頭脳は、今一体何を考えているのか。……まるで亡者のように痩せ衰えた、影の淡《うす》い男の前に、花が開いたような、美しい健康に満ちた娘が対座しているさえ、余り奇抜な対照《コントラスト》なのに、この厳《いか》めしい部屋の趣にたいして散文詩など甚だ不釣合なのである。

この大騒動の真ッ最中に、眞名古が何の為にツルゲネーフなどを読み出したか、凡庸な作者の推察力ではとても窺知《きち》すべくもないが、ふと見ると又しても眞名古は奇妙なことをやっている。

書類の堆高《うずたか》い事務机の端の方に、小さな屈折鏡のようなものがあって、本を見るような風をしながら、眞名古の視線は鋭くその鏡の面《おもて》に注がれているのである。鏡の中には花子の美しい横顔がはっきりと映っている。眞名古はさっきから鏡に映る花子の表情から目を離さずに仔細に観察していたものとみえる。

眞名古は極めてノロノロとやる。墓場からさまよい出した亡霊のようなこの男の、どこからこんなリズミカルな声が出るかと思う程、それは清く澄んだ、澱《よど》みのない声で、抑揚《イントネイション》の美しさは如何《いか》なる名優と言えどもこれに及び得るものはあるまい、人の心を夢心地に誘い込むような不思議な力を持っているのである。

『……犬は静かに歩みよった。するとふいに近くの木から胸毛の黒い親雀が、犬のすぐ鼻さきへ石のように飛びおりて来た。羽根をふり乱し、哀れな声をしぼって、二度ばかり、白い歯をむく犬を目がけて襲いかかった。……親は仔雀の命を身をもって庇おうとしたのだ。けれど鳴く声は次第に狂おしく嗄《しわが》れていって、とうとう地の上に落ちてしまった。……私はこの勇ましい小鳥のまえに、その愛の激発《エラン》のまえに、思わず粛然と襟を正した。――愛は死よりも強い。それによってのみ生活はささえられ、またおし進めらる』

この崇高な親雀の話は、花にもよく理解されたものと見え、初めは当惑そうにモジモジしていたが、おいおい顔を上げて熱心に聴き入るようになった。鏡の中に映っている花の顔の中には、素朴な驚きと歎賞の色が色濃く漂い、感動したように目さえ輝かしている。

前後の様子から思い合せると、眞名古は何か重大な目的があって親雀の犠牲の話をし、花子の表情の中に、それに対する反応を読み取ろうとしていた事が初めてわかる。ここまで来れば、作者にも眞名古の意図を朧《おぼろ》げながら推察することが出来るのである。この懐疑的な人物は、てんで花の言うことを信用していなかったのだ。有明荘の惨劇を自分の二階の窓から見ていたという事も、毬栗頭《いがぐり》の事も、腕にキラキラ光るものを巻き着けていたというあの證言も、又今の山木元吉の奇怪な行動の話も、このロマンチックな娘が多分誰かを庇うために考え出した根も無い作り話ではないかという疑念が起き、それを確めるためにこんな手の込んだ事をやっていたのだと思われるのである。

眞名古は一体どんな反応を求めていたか、それは素《もと》より知るに由《よし》はないのだが、今も言ったように、鏡の中にはうっとりとして、少し口を開けた、極めて単純な表情をした花子の顔が映っているだけである。不安の翳《かげ》や恐怖の色などは露ほども浮《うか》んではいない。

眞名古は膝の上に静かに本をおくと、

『どうだ、美しい話だね』

と言う。花はうっとりしたような声で、

『気の毒な話ですわ。それでその雀はどうなったの。犬に喰《た》べられてしまったのでしょうか。後を読んでください』

眞名古は唇の端を皺めて、

『もう、これでお終いだ』

花子は目を瞠って、

『つまらない。なぜそれでお終いなんですの』

『なぜこれでお終いにしてあるかといえばだね、作者はその後はこちらの想像にまかせたかったからなんだろう』

と言って、うっそりと面を上げて花子の顔を瞶《みつ》め乍ら、

『お前さんはどっちにしたい？　雀を犬に喰わせたいか、それとも、雀を助けたいか』

『あたしなら、もちろん雀を助けたいけど、しかし犬には同情なぞないでしょう。喰べてしまうにきまってます。やむを得ないことですわ。……たとえばあなたが、犯人が気の毒だと思ったって逃したりなどしないでしょう、それと同じことですわ』

眞名古は妙な咳払いをして、

『そうだ、そうだ。決して逃したりなどしない。……お前さんは美しくて、そのうえ大変気だてもいいようだ。率直に言うと、私はお前が好きだ、が、もしお前が犯人なら、お前を見逃すようなことはしない。……お前の言う通り猟犬に同情心などあるはずはないからね。犬にとって、雀は、たとえどんな哀れなようすをしようと、ひっきょう獲物でしかないのだ。……こういう話はいやかね。こんな男と向きあっていると思うと、あまりいい気持はしないだろう』

花は、むしろ、あどけなく首を振って、

『恐がらせようたって駄目。あたし、あなたのやさしいところを見ているのです。けさ、日比谷であたしが人雪崩《なだれ》の下敷になってもう少しで押し殺されようとしたとき、あなたはあたしの上へ押し重《かさな》った人を、まるで狂気のようにはね除けて下すったんですってね。やさしい心を持ってなければ出来ないことですわ。また、それからのあたしに対するなされ方だって丁寧すぎるくらいで、何だか妙な気持がしたくらいですわ』

眞名古は何とも形容のつかぬ苦っぽろい笑い方をして、

『どんなように妙なんだね』

『どうしてあたしにこんなに親切にして下さるの、それが不思議でしょうがないのです……、ね、なぜですの』

眞名古は答えない。またしても、妙な咳払いをすると、例によって、陰気に目を伏せたまま化石したようになってしまった。

部屋のどこかで微かに蟬鳴器《ブザー》が鳴る。聞きようによれば何処《どこ》かで地蟲が鳴いているような、そんな仄《ほの》かな音である。眞名古は悒然《ゆうぜん》たる面持で立ち上ると、ちょっとと言ってゆっくりした足どりで部屋を出て行ったが、五分程するとまた戻って来て、花と向き合って掛けると、

『どうだね、何かも一つ読んでやろうか』

と言って本を取り上げる。

『今度のは「雀」の話よりもう少し面白いかもしれない、よく聞いてなさい』

ゆっくりと頁《ページ》を返しながら、眞名古はまた朗読し始める。

『これは「呪咀」という題だ。では、読む。……ある娘が呪い殺した女の霊が、ある晩、その娘の部屋へよろめき出て来た、そして、こんなように言った……』

眞名古はひどく出鱈目《でたらめ》なことを言っている。

ツルゲネーフの原文はそんな風にはなっていない。

(バイロンの「マンフレッド」を読んで、かれのために身を亡《ほろぼ》した女の霊が不気味な呪咀を吐きかけるところに来ると……)

と、こういう風に始まるのである。それを、眞名古は続いてこんな具合にやる。

『お前はわたしを呪った。この世で呪われた人間は、その復讐を遂げるまでは転生することは

できないのだ。お前はわたしを呪ったばかりではなく、窓から突き落してわたしを殺した。だからわたしはお前に二度の復讐をしなければならない、と言って、自分の頭に両手をかけると、肩から首をひき抜いて、それを娘の膝に投げつけた。……おい、どうしたんだ、気分でも悪いのか』

花子はひどい反応を示した。今にも卒倒するような凄じい顔つきになって、椅子から立ち上ると、鋭い声で、

『いやいや、そんな話はいや。お願いですからもう止《よ》してちょうだい』

と叫ぶと、落ち込むように椅子に坐って、両手で顔を覆ってしまった。

眞名古は一向何事もなかったような冷々淡々たる面持で花子の方に近づくと、その肩に手を掛け、引き起すようにしながら、

『これは悪かったな。恐がらす気はなかったんだが……。これで朗読はお終いだ。もう、帰って寝なさい。すこし疲れてるようだから』

花はまるで瘧《おこり》に憑かれたように、ワナワナと体を慄わせながら、微かに頷くと眞名古に手を取られてよろめくように課長室を出て行った。

眞名古は机の前へ戻って来ると、ポケットを探って一枚の紙片《かみきれ》を取り出して机の上に置き、腕を差し拱《こまぬ》いていつまでもそれを眺めている。紙の表には稚拙な筆で牛頭馬頭と、二人の亡者に手をつないだ「五人坊主」が書いてあった。前章で、踏絵が話した灸の痕だらけの、松谷鶴子の呪咀絵《のろい》だったのである。

扉《ドア》をノックして例の四銃士の一人が入って来た。扉《ドア》の前で直立不動の姿勢をとると、

『取調べの結果、いささか腑に落ちぬ事情が判明しました』

眞名古は返事をしない、が、目をつぶって報告を聞く姿勢をとる。銃士は感情の翳の差さぬ冷静な面持で、

『先程、調査の御命令を受け、今暁、午前三時五十分から四時五十分の間に、総監殿が溜池《ためいけ》交叉点から桜田門《さくらだもん》までの間を慰労巡察されたという御報告を差しあげましたが、ところが、これと同じ時刻、即《すなわ》ち、午前三時五十分から四時五十分までの間に総監殿が、深川区《ふかがわく》第二歳晩警戒哨、清澄公園《きよすみこうえん》角から、向島押上町《むこうじまおしあげまち》、猿江《さるえ》公園《こうえん》、洲《す》崎弁天町《さきべんてんまち》までの間を巡視されていたことが判明いたしました。……つまり、二人の警視総監が同時刻に、一人は赤坂区《あかさかく》、一人は深川区を巡視されたことになるわけであります』

と言って、ポケットから一枚の紙片《かみきれ》を取り出すと、

『各哨所を御通過になった正確な時間は、この報告書に認《したた》めておきました』

その紙片《かみきれ》を机の上に置くと、一礼して出て行った。

二十七　道路工事の事、並に伏樋《ふせど》の迷路《ラビリンス》の事

さて、日比谷公園は、前回に引き続いてまだ夜である。

池の岸のアーク燈が煌々《こうこう》と冴え返えり、青銅の鶴は夜目にも白い幽玄な水の穂をキラキラと夜空に噴き上げる。それを見降す岸の高みに、夕陽新聞《ゆうようしんぶん》記者古市加十《ふるいちかじゅう》と安南国諜報部長宋秀陳が佇《たたず》んでいることも前回と同じくである。ただ前回と違うところは、古市加十が腑抜けのようになってベンチに踞《うずくま》り、だらしなく口を開けて噴水の鶴を瞶《みつ》めていることだけである。

加十は秀陳から、今朝《けさ》噴水の鶴が朗々と「安南の国歌」を朗誦したと聞くと、忽ち雷にでも打たれたようになって、ベンチの上へ腰をぬかしたまま、かれこれもう三十分以上もこんなふうにしている。一体、何がそれ程皇帝を驚《おど》ろかしたか知らないが、余りに様子が妙なので、秀陳も迂濶に御言葉を掛ける事が出来ない。ひたすら謙譲の意を示すため、皇帝のひそみにならってこれをああんと口を開いて鶴の方を眺めている。こんな塩梅で時間が経つ。近くの時報が八時を打った。

加十は急に身動きすると、

『ああ』

と欠伸《あくび》をするような声を出す。

欠伸《あくび》どころの騒ぎじゃないんだ。今加十の頭の中は疾風怒濤時代《ストルム・ウント・ドランケ》の真《ま》っ只中《ただなか》にいる。陶酔と言おうか戦慄と言おうか、或《あるい》はまた法悦と言おうか、一種名状し難い酩酊状態が、さなきだに朦朧《もうろう》たる加十の大脳を麻痺させ、しんじつ夢に夢見る心持。一向取り止めなくなって、あっけらかんと口を開いていたのである。

その口の中へ颯《さっ》と吹き込んだ夜嵐に、ようよう我に返り、改めてつくづくと思い返せば、実にもう驚天動地の大スクープがつい目と鼻の先にたぐまっていることを自覚せざるを得ぬ。皇帝の模造品《イミテーション》まで作って、警視庁が捜査に狂奔している。当の目的物、高貴なる被捜索人は、ついこの目の下にいる。

安南皇帝は噴水の鶴の下に居る!

二十九年の半生を通じて、今日今夜くらい激しい衝撃を受けたことはなかった。目を廻して引っくり返らなんだのが不思議なくらい、事実は小説より奇だと言うが、まるで童話の世界にいるようで、どうも事実と思われぬが皇帝が目の下の鶴の噴水の下にいるということはどうも紛れのない事実だと思われる。

秀陳の一言を聞くと、卒然たる霊《インスピレーシ》感《ョン》が稲妻のように加十の脳底に差し込み、凡《あらゆ》る秘密の全貌と諸関係が明白な光の下に曝《さら》け出されてしまったのである。泣く筈のない青銅《ブロンズ》の鶴が鳴いた天変不可思議も、安亀が「唄う鶴の噴水」の会を壊しに来た理由も、何もかも、すっかりこれで判る。

屢々《しばしば》述べたように、噴水の鶴が歌を唄うなどと言い出したのは、夕陽新聞社長幸田節三《せつぞう》の相棒、読者各位辱知の、日比谷公園園丁長酒月守《さかづきまもる》の人を喰った発案で、素より根も葉もない事であった。幸田節三というのがこれでまたその方では人後に落ちぬ大人物だから、酒月の思い付きを聞くと、そいつはいい、それを種に一仕事しよう、で、当時売出し中の「鶴の子石鹼」とタイアップし、名士博士を総動員して、連日誇大な記事を掲げ、一月一日午前九時十二分を期して鶴の噴水が鳴くと宣伝し、凡《およ》そ三千人からの群集を池の周囲《まわり》に集めた。この非合法の会合が定刻前に解散させられるのを見越して、その前に逸早く会費を掻き集めるつもりだったのだが、天なる哉命なる哉、まるで悪党共の鼻を開《あ》かせるように、喨《りょうりょう》々と鶴が唄い出した。

この現実世界にありそうもない事だが、仕掛けを明かされると簡単至極な話。鶴が唄ったのではない、噴水の下にいる皇帝が唄ったのである。何のために救いを求めずに呑気らしく「安南の国歌」などを唄われたのかその辺の消息は審《つまびら》かではないが、元来皇帝は詩人的風格を有される方であるのみならず、一方に充分にユーモアも解される達識であられるから、このような逆境にあっても王者の貫禄を示すため、こんな非凡な所為をなされたのだと思う他はない。

以上は加十の粗雑な頭でまとめられた考えだが、作者には又別な推察があるのである。眞名古《まなこ》の話では、皇帝はクロロフォルムを嗅がされて運び出されたという事だったが、してみると、皇帝はその節まだ麻睡《ますい》の中を彷徨《ほうこう》していられ、国祭日の夢でも見ていられたのではなかろうかと思う方がどうやら堅実のようである。

こんな些末な事はどうでもいいとして、ここまで辿り着くと、何のために安亀の一派が「歌を唄う鶴」の会を壊しに来たか、その意図も大略察しられるのである。

思うに安亀の一派は、何か為にする目的で皇帝を噴水の下に監禁したのだが、折も折、幸田、酒月の二人が人を喰った集会をやり、噴水の周囲《まわり》に雲霞《うんか》のように人を集めてしまった。ひょっとして王様に呼び出されでもしたら手に負えぬ始末になるので、噴水の鶴が定刻までに鳴かぬのを口実にこの会を壊すつもりで一暴れあばれたのだが肝心のところで鶴に鳴かれ、吃驚《びっくり》敗亡して尻尾《しっぽ》を巻いて逃げ出したものと思われる。

遉に新聞記者の端しっくれだけあって無駄に腰を抜かしていたのではない、どんよりした頭の中で大体これくらいのことは考えていたのであった。

それは兎《と》に角《かく》、一体誰れが何の目的でこんなところへ王様を隠したのだろう。加十はしきりに首を捻《ひね》ってあれこれと考えるのだが、どうもその点が腑に落ちない。

日本に於ける新興コンツェルンの双璧、林《はやしきんちょく》謹直の林コンツェルンと小口翼《おぐちたすく》の日興《にっこう》コンツェルンが安南のボーキサイト鉱山の採掘権を回《めぐ》って劇《はげ》しい争奪戦を演じていることも、皇帝と林の間にまた新たな契約が結ばれかかっていることもかねて加十は知っている。その日興の傘下にある野毛山の一味が日比谷で騒いだとすれば、皇帝を誘拐したのはやはり日興の仕業なのだと思う外《ほか》はない。林の契約を防害し林の勢力を削ぐためにやった仕事のようにも考えられるのだが、すると大金剛石の方はどうなる。どうもこの辺のウマが合わぬのである。

また、皇帝を監禁するにしてもなんの必要があってこんな場所を選んだのだろう。典雅なようすをした愛すべき鶴の噴水台の下へ皇帝を隠すなどというのは仲々詩的でもあり、一種瓢《ひょう》逸《いっ》な趣もあって、この奇抜な思い付きには同感を感じないでもないが、それにしてもすこし恍《とぼ》け方の度を超え、いささか目的に副《そ》わぬようである。噴水の鶴の下などは皇帝監禁の場所として、決して最上のものでないことは、既に鶴の口を通じて皇帝の唱歌が地上に洩れたことによってもそうと断定出来るのである。皇帝が歌を唄っている間は安全だが、もし悲鳴でもあげたら忽ちその所在を曝《あば》かれてしまうことは誰れにだって容易に考えられるのである。強いてこんな不安心なところへ隠さなくとも地下室なり物置きなり、いずれにせよもっと安全な隠し場所はいくらでもある筈である。

加十は溜息をついて、

『どうも合点がゆかない。何のためにこんな奇抜なところに皇帝を監禁したのかその了見が判らない。……こうなれば、皇帝が自発的にあの下へ入り込んだのだと思う外はないが、しかし、皇帝がいくら酔狂でもそんなつまらんことはしないだろう』

と呟きながら思案投げ首の態だったが、やがて急に膝を打ち、

『フム、少し判りかけて来たぞ。……思うに、こんな筋道ではなかったろうか。……つまり、皇帝は何者かに誘拐されてこの近くまで来た時、どんな事情かでその手から脱れ、公園の中へ走り込んだが身を隠す場所に困《こう》じあの皇帝のことだから、何か非凡な方法によって鶴の下へ逃げ込まれた。ところが誘拐者の方は皇帝ほどの智慧はないので鶴の下へ入って行かれない。何とかして引き出そうとまごまごしているうちに夜が明け、おまけに例の「唄う鶴の噴水」の会が始まり、いよいよ以て剣呑《けんのん》なことになった。下手にすると所在が判ってしまうので、公園の群集を追っぱらうつもりであんな騒ぎをやったのに違いない。……この推理には幻想的な部分が多くてまだ精密とは言えないが、しかし、万更まるっきり見当違いだとも思われない。多少の誤差は追々修正するとして、仮《か》りに皇帝が自分で噴水の鶴の下へ入り込まれたとしたら、一体どんな方法を用いたのだろう。多分飛躍した手段に依《よ》られたのだと思うが、その方は調べれ

ば判るだろう。……北大の土木科なんていうとぼけた学業を修めたことを後悔しない日もなかったが、災厄《わざわい》も三年経てばで、図らずもその知識がこんな時に役に立つ。……よし、では、これから早速噴水の周囲《まわり》を調べて見よう』

と呟きながら立ちかけ、少し離れたベンチに畏《かし》こまっている秀陳の方を盗視《ぬすみみ》ながら、軽く舌打ちをし、

『ちッ、どうもあのへちま野郎が邪魔だ。と言って、先に一人だけホテルに帰してしまうのも都合が悪い。……よし、では、あいつをどこかへ待たせて置いて……』

加十は秀陳の方へ近づいて行ってその肩を引っ立て、

『おい、秀陳。お前に頼みたい事がある。少し、厄介なことなんだが……』

先程から皇帝のご様子を見るところ、嘆息をなされたり独語をなされたり甚だ迂乱《うろん》なようすを示されるので、頻《しき》りに胸を痛めていたのである。御酒気かと思うとそうでもない。近頃、安南に於ける反皇帝派一味の暗躍などあり、御心痛のあまりもしや錯乱されたのではなかろうか、もしそうなら、早速医家《いか》へお伴い申さねばならぬと手ぐすねひいていたのだが、見受けるところ皇帝に於かれては左《さ》して取乱したようなご様子もないので安堵の胸を撫でおろし、直立して敬礼し、

『手前ら、殿下の御命令をお待ち申しているのでありまする。たとえ、如何《いか》なる御命令にもせよ、しょせん、手前らは一命にかえて仕果《しおお》わせるのでござります』

加十は横柄な口調で、

『よし。頼みというのは外でもないがな、……秀陳、お前は自動車を見たことがあるだろうな』

『つがもない。どうして手前らが自動車を知らぬことがござりましょう』

『ああ、そうか。……では、自動車の一番先っぽにエンジンを冷やす水を入れる孔《あな》があって、その蓋にいろいろ粋な工風《くふう》を凝《こら》したものがあるのを知っているか』

『存じて居ります。……たとえば、マーキュリーの像であるとか、或いは翼を伸べた鷲《わし》、時にはただ河童《かっぱ》の皿のようなものを被せただけなのもござります』

加十は手を打って、

『それだ。少し厄介な仕事だが、お前はこれから銀座の松坂屋《まつざかや》の前へ行って、十時から十時四十分までの間に、河童の皿のついた自動車が何台通るか正確に数えて十一時までにここへ戻って来い。……これは安南帝国の運命に重大な関係をもつあることでその真意はお前にも明かすわけにはゆかぬ』

と言って腕時計を出して眺め、

『もう、十時十分前だ。まごまごして時間に遅れてはならん、さ、早く行け』

秀陳は直立不動の姿勢をとると、

『手前ら、これより銀座松坂屋の前に赴き、十時から十時四十分迄の間に、河童の皿のついた自動車が何台通過したか、それを数えまして十一時までに再びこの場所へ立戻るのでござります。では、これより』

と言い放すと、一礼して八つ手の小径《こみち》の砂利を蹴って正門の方へ駆け出して行った。

加十はそれを見すますと、土手を池の方へ降り汀《きし》づたいに噴水の傍までやって行くと、突然松の下闇の中から二人の男がヌッと立ち現れ、前後から加十を押し包むようにしながら、その一人が、

『貴様は何だ。……なんでこんなところをうろうろする』

と叱咤《しった》した。読者諸君は御存知でしょう。今朝《けさ》、鳴く筈もない鶴が鳴いたのは、てっきり幸田らが何か鶴の中へ仕掛けをしたという警視総監の見込みで、いずれ明朝鶴を分解してそのカラクリを引出し今度こそは有無を言わさずに幸田の首根っ子を押えてやろうという大へんな意気込みで、幸田に仕掛を取出されないように、そのため張番させてある私服たちだったのである。

加十はひと眼でそれと見てとった。然もこの二人は毎日警視庁で顔を合わす馴染の連中で、今こそ附け髯をつけているからいいが、もしここから引き立てられでもしたら、一ぺんに化《ば》けの皮を剝がされてしまうから、例によって皇帝の威力で撃退するほかはないと思い、急に身を反らせると、実に以て重々しい声で、

『そう言う横柄なものの言い方をするところを見ると、君たちは警察の人なのですね。……職権を以ておたずねになるならば如何《いか》にもお答えしましょう。驚ろいてはいけない、……私は当時帝国《ていこく》ホテルに滞留している安南国皇帝宗龍王です。……して、私を引き留めになられた理由は？』

始皇帝《しこうてい》張りの大袈裟な黒髯をゆっくり撫でながら、次第によっては許さぬと、キッと二人を

睨みつける。今朝《けさ》以来このテは度々用いたのでもうすっかり板につき、いわば威風堂々といった体なのである。

今朝《けさ》、アパート有明荘で皇帝を鶴子の加害者として引っ括《くく》った溜池署の巡査部長が上長から散々のお叱りを受けたことは、この連中の間にも評判になっていたと見え、安南皇帝と聞くより忽ち悚《すく》み上ったようになって、

『これは、……失礼いたしました。どうもお見外《みそ》れ申しまして……』

加十はひっくりかえるかと思うほど反《そっ》くりかえって、

『この辺へ立ち寄ってはいけないのかね』

私服はひたすら恭順の意を表して、

『いえ、……はい。実は……』

『では、なぜ立札でも立てて置かないのだ。その上に電燈でもつければ申分《もうしぶん》ないがね。……しかし、そんなものも見当らぬ以上、私の散歩を差しとめる権利はない。のみならず、私は自分の行動を他人から制肘《せいちゅう》されることを好まないから最初の目的通り、この辺を少し散歩することにする。心配ならそこに立って見ていたまえ』

と言い捨てると、寛々《かんかん》たる態度で噴水に近づくとつくづくと眺め、そこここと三十分以上も仔細に点検し、それがすむと岸の土手の上下を這い廻って樹の根方や取るにも足らぬような小さな凹みまで一々手で探って見る。

充分納得するまで探《さ》がし廻ったが噴水の台座から入り込めるような隙もなく、また岸の近く

にも穴などはない。挨拶もなしに私服らの傍を離れると、向う側を調べる気で一散に土手を駆け降りようとするはずみ、その根方で、いきなりまっ逆落《さかおと》しに深い穴の中へ落ち込んだ。首の骨を折らなかったのはまだしもの事であった。ひどく頭を打ちつけてしばらくの間ぼんやりしていたが、やがて気がついて見廻して見ると、それは六尺ほどの竪穴で、その横っ腹に人が這って行けるほどの横穴がつづいている。

加十は〆《し》めたと喜んで奥の方へ這《はっ》て行くと、意外にも、その横穴は三間ほど行ったところで行き止りになっている。マッチを磨って調べて見ると、つい最近掘られ、痕がまざまざと残り、その上余程あわてたものと見えてシャベルが一挺忘れられてある。

これで加十の推理は万更見当外れでなかったことが證拠立てられた。普通の道路工事か水道工事なら、こんな道の真中《まんなか》に危険な穴をあけたまま放っておく筈がなく、少《すくな》くとも周囲に縄をまわし、赤いランプをつけて置く筈なのである。……つまり、この穴は、加十の想像通り、誘拐者が王様のところまで行こうとして、大あわてに掘ったものだということがわかる。ところが「噴水の会」が始まってこの辺が群集で一杯になり、仕事が続けられぬようになったので、それで例の騒ぎをおっぱじめたのだということは自然と理解されるのである。

これでいよいよ王様が噴水の下にいるということが確定になった。しかし、この分ではどうもこの辺に入口があるのではないらしい。何か途方もないところにあるように思われ出して来た。

加十は穴の中に坐って、泰然と腕を組んで考える。何かいい思い付《つき》が浮《うか》ばぬ迄はここを動かぬつもりと見える。この辺はさすがに田舎者《いなかもの》の土性骨《どしょうぼね》の太さを示していて、仲々どうして大したものなのである。

そんな風にして二十分も坐っていたが、又しても、急に膝を打って、

『判った！……こうして見ると、俺の頭も満更捨てたもんじゃない。……ああ、何故《なぜ》こんな簡単なことが今迄わからなかったのだろう。……江戸時代の神田上水《かんだじょうすい》の伏樋がまるで迷路《ラビリンス》のようにこの辺の地下を走っているということは、かねて学校で教わったことがあった。……つまり、皇帝は、どこかからその大伏樋を伝《つた》わって噴水の下まで行かれたものと思われる。……伏樋の古地図さえあればすぐ判るのだが、……それにしても一体今頃どこに伏樋の口などが明いているのだろう……』

と首を捻っていたが、また何を考えついたか、今度はものも言わずに穴の底に立上ると、大骨を折って穴の外に飛び出し、セイセイと息を切ってその縁《ふち》にしゃがみ込むと、

『……つまり、この近くで大きな建築が始《はじま》っているところを探せばいいのだ。地下室を掘り下げるような大建築なら、自然伏樋が掘り切られ、建築場のどこかはその口を明けているに相違ない。……この近所で大建築と言えば、……そうそう、田村町《たむらちょう》一丁目の角で、いま放送局の地下室の基礎工事が始まっている。……これでいい。今度こそは間違いなし。……迷路《ラビリンス》の口はきっとそこに開《あ》いているんだ。……よし！』

と言って立上ると、服の泥も払わずに日比谷公園を飛び出し、踵《かかと》でぽんのくぼを蹴上げるようにして田村町一丁目の方へ走って行った。

最近《まぢか》の時計台が十一時をうつ。明日《あした》の午前四時までにあと僅か五時間！　俊秀明敏なあの眞名古を出しぬいて、この名もない一介の雑報記者が無事に皇帝を救い出すことが出来るであろうか。

連載長篇　第九回

二十八　双月流《そうげつりゅう》の投入《なげいれ》の事、並《ならび》に脱出の公算《プロバビリティ》の事

この小説を始めてから回を重ねること既に九回となった。事件は重畳複雑し、義理人情は紛《ふん》紛《ぷん》と錯綜《いりまじ》って自《おのずか》ら数奇《さっき》なる人生の紋様を織り出してゆく。或る者は悲恋に泣き、或る者は危険なる侠気《きょうき》に身を溺らせ、また或る者は悪念の爪を磨《と》いで擅《ほしいまま》に跳梁跋扈《ちょうりょうばっこ》する。

作中の登場人物は構想などにはお関《かま》いなく、作者の心配面を尻眼にかけ、己れの欲するままに変幻自在に行動をする。作者が謙譲《ひかえめ》なのをいいことにして、引繰返って眼を剥いたり、横を向いて舌を出したり、今度はまた罪もないとめ婆を絞め殺したり、実にどうも馬鹿にし切った態度をとるようになった。作者としては甚《はなは》だ憤懣の情に耐えぬのであるが、何しろこれらの連中は作者などはてんで眼中にないのであるから如何《いか》んとも手の下しようがないのである。

閑話休題《それはさて》、夕陽新聞《ゆうようしんぶん》記者古市加十《ふるいちかじゅう》は安南《あんなん》皇帝は日比谷《ひびや》公園《こうえん》の「鶴の噴水」の台座の下にいると一図に思い込み、この前代未聞の大特種《おおとくだね》をスクープしようと、踵《きびす》で己がぽんのくぼを蹴上げるようにしながら田村町《たむらちょう》一丁目の方へ飛んで行く。その態度《ポーズ》には多少の誇張があって、それに

よって作者の注意を惹き、引続いて自分の行動を書いて貫いたい風に見受けられるが、この小説では古市加十だけが活躍しているのではない。それどころか、これより以前、警視庁ではまたしても奇異な一事件が惹起している。気の毒だが加十はこのままもう少し走らせて置いて、我々はもう一度警視庁へ立ち戻らなくてはならない。

時計の針をグイと一時間半ほど戻すと、捜査課長室では、今しも四銃士の一人が意外なる報告を終えて扉《ドア》を排して出て行ったところである。

意外なる報告とは何であるかと言えば、今暁午前三時五十分から同四時五十分までの間に二人の警視総監が、一人は赤坂区《あかさかく》、一人は深川区《ふかがわく》に時を同じくして出現し、歳末警戒の慰労巡視を行ったというその報告である。ホフマンの「カロオ風の綺談」でもあるまいし、二人の警視総監が東京の中央と南に同時に出現したなどというのはあまりに幻想的《ファンタスチック》でちょっと信用しにくい。しかし、これがもし事実だとすると、意外と言っても決して誇張ではない。殊《こと》に眞名古《まなこ》にとっては、この報告は幻想的《ファンタスチック》どころの騒ぎではないのである。

前々回、総監室に於《お》ける眞名古の優雅なる膝詰《ひざづめ》談判によって察しられる如く、松谷鶴子《まつたにつるこ》の殺害犯人は警視総監その人であるという論理的到達をし、手の籠んだ言い廻しでそうあるべき推理の本末をくわしく述べ、課長室に戻って来て総監の自発的な行動を一刻千秋の思いで待ち受けていたのである。と言っただけでは前々回をお読みにならぬ読者諸君には何のことやら一向お判りになるまいから、どういう事情によってこのような大胆不敵な到達をするに至ったか、その次第をかいつまんで述べて置くのも強《あな》ち無益なことではあるまい。

兇行の現場を眺めていたという、有明荘《ありあけそう》の崖下に住む例の縫子《ぬいこ》の花《はな》は、（犯人は毬栗頭《いがぐり》の大男で、手首に何かキラキラするものを巻きつけていた）と陳述した。その後、眞名古の周当緻密な現場調査によってそれは次のように敷衍《デヴロッペエ》された。

「犯人は毬栗頭。身長五尺七寸五、六分。職業は警察官、金モールの腕章と三つ乃至《ないし》五つの星章をつけた警部以上の身分。帯剣。脊柱側彎《せきちゅうそくわん》。左足に軽度の跛行癖《はこうへき》。靴型は一二・〇〇、プリンストン型、米国エディス会社製」

大体こんな工合《ぐあい》だが、警視総監をよく見知った人がこれを読んだら、最も周到なる総監の肖像画であると舌を捲《ま》くであろう。のみならず、鶴子の衣裳戸棚、曳出しから総監愛用の獅子頭《ししがしら》のパイプが発見されたということになれば、いわば首尾一貫の体で、どのような凡庸なる探偵と雖《いえど》も当然の断案を下すのに躊躇することはあるまい。

なるほど、仏蘭西《フランス》には、十九世紀の始め、市井《しせい》の一盗賊から警視総監に昇進したフランソア・ヴィドックのような男もいる。ヴィドックの場合はむかし覚えた手口を応用して検察の辣腕をふるったというだけのことだが、この場合はそんな生優しいことではない。殺人犯人としてこれほど飛躍したのも少《すくな》く、これほど始末の悪い犯人も少い。どのような警察官が敢然とこれを告発する勇気を持つであろうか。日頃死灰《しかい》の如く冷静沈着な眞名古も、この獅子頭のパイプを前にして容易ならぬ煩悶の状を呈したのもまた無理からぬ次第であった。

しかし、既に屡々《しばしば》述べた如く、検察の事務を執《と》るに当ってその冷執陰険なること、ユウゴオの「噫無情《レ・ミゼラーブル》」に登場するかのジャヴェル探偵にも夢々劣らない眞名古のことだから、いやしくも不足とある以上はたとえ神と雖も爬羅剔抉《はらてつけつ》するのを辞する筈はあるまいと見ているところ、果して眞名古は一種悽愴な面持で有明荘を立ち出でると、ここに辛辣千万な行動を開始した。まず最初に日本橋《にほんばし》の伊吹《いぶき》という洋服問屋へ行って総監の寸法帳を出させ、これを入念に書き取っている。御承知の方もあるでしょう、日本橋の伊吹というのは東京府管内の警察関係の官服を一手で納入する問屋である。どういう結果を得たかと言えば、現場の料理場の壁に残っていた上衣《うわぎ》の鋳型彫《クリユウ》は総監の服によって出来たものだということを確認したのである。それから一旦警視庁にとって返すと、例の四銃士を呼び寄せて今晩有明荘の六人が「カーマス・ショオ」の六人とつるんで泊り込んだ築地《つきじ》の待合「すゞ本《もと》」の検證《けんしょう》、現警視総監即《すなわ》ち前京都府警察部長と松谷鶴子の身元調査、並に元日の午前三時五十分から四時五十分迄の総監の行動調査を命じた。

その結果、「すゞ本」の方は庭からも裏木戸からも最近人の出入りした模様はないということになった。つまり犯人は有明荘の六人の住人のうちにはないということになったのである。ところで身元調査の方は、総監と松谷鶴子の家は京都市東山区山科町《ひがしやまくやましなまち》の同番地でこの両人《ふたり》の間に以前何かの知人関係があったということが判った。

第三の調査の方は、いわば推理の大団円《デヌウマン》といったようなもので、取調べの結果、総監は午前三時五十分に自らロード・スタアを操縦して溜池《ためいけ》交叉点を通過し、同四時四十分に赤坂見附《あかさかみつけ》を経て警視庁の附近まで帰っている。つまり、総監は殺人現場に近い溜池から赤坂見附までの、わずか三分位いで行かれる間を五十分もかかっているのである。ここに至っては最早あやふやだなんていう点は少しもない。ところが眞名古はそれでも飽き足らずに奇妙な方法で花子に犯人の首実験までさせている。花子の答えがネガチブであったかポジチブであったかそれは説明する必要はあるまい。総監と対座して長広舌をふるった眞名古の自信に満ちた態度によってもその結果が察しられるというものである。

然《しか》るに、捜査課長室へ眞名古を訪ねて来るべき筈の総監はいつまでたってもやって来ず、その代りに二つの予期せざる報告に接することになった。一つは花子が齎《もた》らした待合「中洲《なかす》」に於ける印東忠介《いんどうちゆうすけ》からの又聞き。……三時四十分頃、例の山木元吉《やまきもときち》が屋根伝いに「すゞ本」を脱け出し、ハッチソンのロード・スタアでいずれかへ立去り、丁度五時頃にまた、「すゞ本」へ戻って来たという話と、もう一つは先刻の「二人の総監」の奇談である。

これは作者も全く予期しなかったことで、些《いささ》か啞然とせざるを得ぬのだが、こういう始末になると、眞名古の推理なるものに多少の懐疑を感ぜずにはいられなくなるのである。いろいろ思い合せるところ、眞名古のこの到達にはどこか抜けているところがあるように思われてならない。どうも本質的でないのである。現場に総監の指紋でもあったのか。そんなものは何もない。ただ毬栗頭と総監の官服があっただけである。それともあやふやな月の光の下で浪曼的《ロマンチツク》な少女の眼で認められたものでどうも信用は置きにくいのである。獅子頭のパイプだって似たものはいくらもあるだろうし、その朝非常線を通ったのは総監の内容なのか官服なのかこの辺も甚だ曖昧《あいまい》である。あの冷理緻密な眞名古にしては今度のやり方はすこし不出来なようである。眞名古ともあろうものが一少女の證言に過度の重点を置くなどということは考えられないが、しかし、作者に言わせると、眞名古自身が信じているよりもそれは眞名古の推理にもっと重大に作用していたことを見逃すことが出来ない。あり得べき筈もないこの精神的粗漏はどのような事情によって惹き起されたかと言えば、卑俗な作者の見解では、眞名古は花子に恋をしていたからだと思うのである。あの枯木寒巌の眞名古が恋をする！　しかし、これは冗談ではない。ちゃんとその證拠があるのである。素人屋《しもたや》の二階以来、眞名古はいったいどんな花の扱い方をしたか読者諸君はよく御存知でしょう。どうも抒情的過ぎるんですよ。平常《ふだん》の眞名古を知ってる人がこれを見たら、眞名古警視は大麻《ハッシュ》でも飲んで気が狂ったか、小説でも読みすぎて急に子供臭くなったかと思わず目を瞠《みは》ったに違いない。いわんや、ツルゲネーフの散文詩などひねくるところを見たら余りの並外れに開いた口が塞がらぬ思いをしたであろう。平常《ふだん》の眞名古は決してこんな生優しい男ではない。断じてフェミニストではない。紳士は紳士でも、必要があれば他人の指の股に鉛筆を挟む位のことは平気でしかねない紳士なのである。それが散文詩……、これが恋愛の象徴でなくして何だと言うんです。この点花子も不思議に思ったとみえ、『どうしてわたしにこんなに優しくして下さるのですか』と際どいところを突かれ、それに対して眞名古は何ともいえぬ苦っぽろい笑いを以《もっ》て答えた。そればかりではない、あの朗読の抑揚の美しさは！　まるで人の心を夢の中へ誘い込むような……、つまり、恋する男の声だったのである。えらいことになったもんだ。

果《はた》せるかな、眞名古は四銃士の一人が課長室から出て行くと、何とも形容の出来ぬ面持で腕組をしたまま、椅子の上に固まってしまった。苦悩の色がありありと頰に射しかけ、双の瞼はさながら禱《いの》るが如く、低く垂れ下る。銃士の一人がスイッチを入れて行ったと見え、壁の上に口を開けた拡声器からは、東京市郡全体の、戦争のような捜査の行進状態が狂い出した鸚鵡《おうむ》のような疳高《かんだか》い声で絶え間もなく報告される。いま捜査本部の神田《かんだ》班が「お茶松《ちゃまつ》」の賭場《とば》に有明荘の住人岩井《いわい》通保《みちやす》と川俣《かわまた》踏絵《ふみえ》が潜伏していることを確め、これから捕物に行くところだと告げている。

眞名古は急にカッと目を開く。開くといっても絲のように細い眼だから瞠ったという印象は与えない。糸のような眸《ひとみ》の中から一種果敢な光が流れ出すによってそれと察しられるのである。拱《こまぬ》いていた手を膝の上に置くと、また暫《しばら》く何事かを尋思《じんし》する模様だったが、やがて卒然たる様子で椅子から立ち上ると、例の大鴉のインバネスを取上げ、それに腕を通しながらゆっくりと課長室を出て行った。もう抒情めかしい顔つきも沈鬱な眼つきもしていない。どうして、それどころか、些かの疑念の翳もささぬ確固不動たる面持をしている。……すると、眞名古はまだ自信を失っていないのであろうか。見受けるところ、寛々《かんかん》たる自恃《じじ》の色のほの見えるのは、たぶん何か期するところがあるからであろう。一体眞名古はこれから何をしようというのであろう。

十五分程の後、眞名古の乗った自動車は築地小田原町《おだわらまち》一丁目の「すゞ本」の門前に停まった。濡石を踏んで玄関へ入って行くと、顔を出した女将《おかみ》が雷にでも撃たれたように摺伏《すりぶ》してしまった。

眞名古位になると逍《さすが》にチョロッカな扱いは受けぬのである。女将《おかみ》に案内させて二階へ上って行くと、先《ま》ず東側の、山木とジャネットが泊ったという部屋へ入って行く。思うに眞名古は取《とり》敢《あ》えず印東忠介が口走ったという、山木が「すゞ本」を抜け出した一件の実證をあげるつもりらしい。山木の部屋は一間の出窓の附いた六畳間で、出窓の下には小さな袋戸棚がある。窓には低い忍返《しのびがえし》がついていて、それを越して、消防署の火見櫓《ひのみやぐら》と川向うの聖路加《せいろか》病院の大きな建物が見える。窓の下は料理場の棟が直角に続いていて、その端は石上《いしがみ》という質屋の土蔵の横ッ腹へ突き当っている。なる程わけなく抜け出せそうである。眞名古はやってみる。出窓の上《うえ》框《かまち》へ両手を掛け、体を浮かして足を縮めると、爪先はひとりでに忍返を越えて戸外《そと》へ出る。そっと爪先をおろすと、そこが丁度屋根の棟なのである。

眞名古は懐中電燈で棟瓦の上を照し乍《なが》ら這うようにして進んでゆく。格別目にあたるようなものはない。こんな風にして棟の終りまで行きつく。四尺程の細い露次を隔てて向うが土蔵の壁になる。土蔵の壁には常式通りに大きな貝折釘《かいおれくぎ》がうち込んである。これに飛びついてぶら下ると、わずかに爪先の届くところから土蔵の腰巻が始まる。貝折釘に飛び付きさえすれば容易に下まで降りることが出来るが、土蔵の釘は料理場の棟より約一尺程下についているのでこの四尺の露次を隔ててうまくそれに飛び付くことは余程の熟練を要するわけである。眞名古は「すゞ本」を出て質屋と庇合《ひさしあい》の露次口へ廻り、土蔵の壁に梯子《はしご》を立て掛けて先程の貝折釘の側まで登って行き、折釘の周囲《まわり》の壁面を隈なく懐中電燈で照して見る。見廻す程もなく、その壁面に、ある人間の行動を説明するに足る興味ある象形文字が描かれているのを発見した。それは何であるかと言えば、爪で引っ掻いたような三本の掻き痕《きず》である。土蔵の壁は堅いので左程《さほど》深くは抉《えぐ》れていないが、それでも明瞭に読み取ることが出来る程度で、貝折釘の二寸程下のあたりから垂直に一尺程掻き取られてある。證拠明白。あののろまの山木は貝折釘を摑み損ねて下まで叩き落ちたということがはっきりとわかる。この堅い壁にこれ程の爪痕を附けるとすれば、さぞ爪先が傷んだことであろう。現に爪痕の最後のところには一点血の滲んだようなところがある。次ぎの朝魚河岸《うおがし》の「天徳《てんとく》」で印東の注意を惹いた爪先の減った山木の三本の指と、その爪の間に詰っていた白壁の謎は先ずこれで解けたことになる。山木が何のためにこんな時間に「すゞ本」を抜け出したか、その理由は疑問のままに置かれるとしても、少くとも有明荘の玄関の間の壁へ三本の掻痕《かききず》を附けたのは山木でなかったということはこれで明白になる。眞名古位いのエキスパートが、爪で附けた傷か、鋭角性の金属で附けた傷か、それ位いの見分けがつかぬ筈はあるまい。先刻、花が山木のこの不思議な爪の話をした時、眞名古が一向問題にする様子のなかったのはその故《せい》である。してみると、山木の懐中時計の硝子《ガラス》の破片は多分この辺で見附かるであろう。若しそれが見附かれば、山木は少くともクロロフォルム入りの硝子小管《アンプール》を使って皇帝を誘拐した犯人ではない。これとても、眞名古にすれば、それが懐中時計の硝子《ガラス》蓋の破片なのか、アンプールの破片なのか、それを勝手の階段の下で見た時既に識別していたであろう。梯子を降りて露次の敷石の上を照して見ると、果《はた》してその上に硝子《ガラス》の破片が散乱している。のみならず、墜落した際《さい》左の手首の辺を負傷したことも判る。微かながら白壁に写った左手の血の紋様でそれと察しられるのである。勿論指紋もついている。これはまたあとで誰《だ》れかに蒐集させればいい。

これで済ますかと思うと、眞名古はまた「すゞ本」へ取って返し、今度は階下東側の印東の部屋へ入って行く。この部屋も同じようなつくりの六畳で、廊下を隔てた向うがせせっこましい庭になり、突き当りは築地《ついじ》まがいの高い塀になっている。廊下は左手の方へ鈎《かぎ》形に折れ曲ってその端が手洗場《てあらいば》になっている。その左手は階段の降口で、廊下をもう一度曲ってそこから玄関へ出られるのである。手洗場には竹の櫺子《れんじ》格子《ごうし》を嵌《は》めた瓢簞《ひようたん》形の窓があって、その窓から見上げると、なるほどいま眞名古が歩いた料理場の屋根を三分の二ほど見渡すことが出来る。あとの三分の一の土蔵に近い部分は、張り出した質屋の建物の蔭になってこの窓からは見えない。印東忠介がこの窓から山木が屋根伝いに抜け出して行くのを見たというのはこれだけではすぐに信用することは出来ないとしても、それを見得《みう》る物理的条件は先ず充分である。眞名古は縁側の雨戸を繰り開けて注意深く庭先に降り立つ。この頃の霜壊《しもくい》で庭の土が極めて脆くなり、地面が鼹鼠《もぐら》の塚のように盛り上って、堅い地面との間に空隙が出来ているから、割りに軽い物体でもその上に置かれれば跡を残さないということはない。現に眞名古の靴跡などは、丁度灰の中に靴を踏み込んだように二寸程土の中にめり込んでしまった。隈なくそのあたりを探してみたが足跡らしいものは一つもない。十二月二十七日以来東京には降雨がなく、また風も吹かない。四銃士の一人が庭の方からは絶対に人が抜け出した跡がないと調査の結果を述べたのは、この器質的な条件のことを言ったのである。印東の隣りの部屋はその夜客がなく、一つおいた奥の部屋に村雲笑子《むらくもえみこ》とサクソフォーン吹きのウィルソンというのがいた。その方の庭先も調べてみたが、ここにも足跡らしいものは一つも見当らない。少し後先になるが、では玄関の方はどうかと言えば、（これは後で訊問したのだが、）定《さだ》という女中が不寝番の役になって、臨検のあった五時まで帳場の六畳に坐って朋輩の千代《ちよ》と南京豆を喰べながら無駄話をしていた。六時になったら水天宮《すいてんぐう》様へ二人で初詣をするつもりだったので、結いたての髪を気にしいしい、二人共に横になるどころの段ではなかったのである。玄関から表へ出ようとすると、どんなことがあってもこの二人の目に触れずに通り抜けることは出来ない。眞名古はまた二階へ取って返《か》えす。山木の隣りの部屋は踏絵とロナルドの部屋である。窓には櫺子格子が篏って、すぐ下が庭になるから、この窓から忍び出すということは出来ない。後に残ったのはハッチソンと岩井通保の部屋である。岩井の部屋は太鼓なりの渡りを渡って廊下の端にあり、ハッチソンの部屋はそれに向き合うようになった翼の端にある。岩井の部屋は三畳の控えの間のついた六畳間で、印東の部屋とは丁度反対側の西北に向いているから、木連格子《きづれごうし》の篏った窓から見ると、備前堀《びぜんぼり》を隔てて建築中の本願寺《ほんがんじ》の大きな屋根がつい鼻の先に黝々《くろぐろ》と聳《そび》え立っている。一間半の窓で、三枚の半蔀《はじとみ》が篏っていて必要があれば上に押し上げられるようになっている。半蔀を押し上げて見ると、すぐ下が玄関の屋根の上で、その端には大きな塘松《とうしょう》が築地の塀を越して表の方に太い枝を差し伸べている。眞名古はおどおどした様子で立っている女将《おかみ》の方を振返ると、

『昨夜《ゆうべ》誰が皆の部屋割をしたのかね』

と訊いてみる。岩井の御前様だという返事だった。眞名古は例の通り眠《ね》むそうに瞼を垂れたまま、窓の下の袋戸棚と框の上を調べ始める。奇妙なものがあった。と言ったところが別に驚く程のものではない。むしろこんな場所には極めて有り勝ちなものである。廻り諄《くど》いことを言

うのをよして簡単に言えば、それは瓢竹斎《ひょうちくさい》の竹籠に挿された白梅の投入である。根締《ねじめ》に水仙が使ってある。これでは何の奇もない筈であるのに、眞名古はそれに目をとめると、急に目付《めつき》を鋭くしてシゲシゲと眺める。よく見ると、成程すこし変ったところがある。見るところ双月流の投入と思われるのだが、これが後向きに置かれているのである。どんな心得のない人間だって、いま、これ程に挿《い》ける心得があるならこんな馬鹿な置き方をするやつはない。正当の位置より四分の一回転程後向《うしろむき》になっている。眞名古は女将《おかみ》に、

『あれから誰かこの部屋へ入ったか』

と訊く。入ってはならんというお達しで、垣覗《かいのぞ》きも致しませんという返事である。図を書いて示すと早いが、口でも言えないことはない。その竹籠は真中の蔀《しとみ》と右端の蔀との合《あわ》せ目に置いてある。眞名古は妙な実験を始める。竹籠を四分の一廻転だけ元へ戻して、つまり普通に眺められるような位置に竹籠を据えなおしておいて、地袋の上へあがって窓から屋根の棟へ出ようとする。その途端、右の方へ突き出している白梅の枝が眞名古のズボンの股《もも》のあたりに引ッ掛ってグルリと四分の一程後向になった。その位置は眞名古が先程不審そうに眺めたその位置である。この妙な経緯《いきさつ》によってある人間がこの窓から屋根の上へ這い出したということが適確に言い得るのである。眞名古は、例によって懐中電燈を照しながら屋根の棟を伝って端の方へ歩いて行く。棟瓦の上には格別何の證跡もない。さてその端まで行くと、さっきも言った通り、大きな松が棟とすれすれになって伸び上り、太い枝を塀の外へ伸ばしている。眞名古は屋根から松の枝へ乗り移る。枝を伝って行くとわけもなく塀の外へ出る。枝の下には混凝土《コンクリート》の天水桶《あまおけ》

があって自然と爪先がその上に届く。わずか一跳躍で地面に降りる。そこに、ハッチソンが乗って来たロード・スタアが、その夜置かれてあったのである。

眞名古は靴下のままノソノソと地面を歩いて、玄関からまた内部《なか》へ入る。最後に残ったハッチソンの部屋を調べるつもりなのである。さっきも言ったように、ハッチソンの部屋は左翼の端にある。玄関の屋根を間に挟んで岩井の部屋と対蹠《たいしや》的の位置におかれるのである。ハッチソンの部屋は岩井の部屋と同巧異曲だがただ違うところは、この窓は通りに近いので窓には半蔀の代りに低い忍返《しのびがえし》が付いていて、通りを隔てて向うに備前橋を眺めるような位置にある。この忍返の具合を見ると、丁度山木の部屋のそれと同じ構造である。山木が忍返を越えて抜け出すことが出来たとすれば、ここからも抜け出せぬことはあるまい。忍返の下には下便所の屋根が横通りの方へ伸びていて、その端はすぐ通りになる。今までの三つの条件のうち、この最後の場合が一番いい。最も簡単に抜け出せるようになっている。調べて見ると、ここにもまだ不思議なものがある。袋戸棚の傍《かたわら》の柱のそばの紙張《かばり》の壁の上に微かながら薄黒い三本の指の跡が残っている。薄黒い油脂のようなものが指先に付いて、それが紙張の壁の上に微かな跡を残しているのである。壁の紙張は歳晩《くれ》真近に張りかえたものと見え、どの部分もまだ真新《まあた》らしく、この他には汚点《しみ》など一つも見当らない。指の跡に眼を寄せて見ると、指の置き方でそれが左手の痕だということが判る。左手の人差指と中指と薬指。何故《なぜ》こんなところに指の跡が付いたか。やってみるとすぐわかる。屋根の棟から忍返を越えて右足を先ず地袋の棚の上へ置く。右手は窓の框に引っ掛けて躰《からだ》を支え、少し躰を浮かせるようにして左足を地袋の上へ引き込む。そこで音を立てずに畳の上へ降りようとするには、左手は自然に伸びてそこの柱の方へ伸び、左手で柱に摑まりながら静かに畳の上へ足を降すことになる。三本の指の跡は柱に摑まった時に印されるべき筈なのである。

眞名古は忍返を越えて屋根の上へ出る。大して時間もとらずにまた直ぐ戻って来た。屋根瓦の上を這い廻った手先が真ッ黒になった。それは、すぐ背中合せの、小田原町二丁目の横通りに高い銭湯の煙突が立っていて、風の具合でその煤がこの屋根の上へ落ちるからである。三本の指の跡も自然にこれで解決される。指紋をとって見ればそれが誰れであるかその方も容易に解決されよう。その指の跡は静かに畳の上へ降りるために付いたのではなくて、屋根を通ってこの部屋へ帰って来た男が地袋の上で靴下を脱ぐために左手で柱に体を支えたのだということがわかった。地袋の板の上に微かに薄黒い丸い跡が残っていて、それが煤のついた靴下の踵《かかと》のあとだと見てとられるが、左足の跡だけで右足の方は見当らないからである。現に畳へ降りた眞名古の靴下の跡はその形なりに真黒な跡を畳の上につけてしまった。

眞名古も止むを得ず靴下を脱ぐ。部屋の襖《ふすま》を閉《た》ち切ると、畳の上に胡座《あぐら》をかいて、またしても首を垂れて動かなくなってしまった。

どういう目的によるのか、今暁五時二十分の風検の以前に三人の人物が「すゞ本」から忍び出てまた帰って来ている。その時間は宛《あたか》も有明荘に於《お》て松谷鶴子が殺害され、皇帝が勝手口から誘拐されたその時刻に相当するのである。ここに於て、事件はまた一段と飛躍を遂げることになった。沈着緻密な眞名古にとっても、この驚異は矢張り相当なものであったろう。沈欝な表情の中に一種苦悶に似た色が貫くように見えるのも尤《もつと》もな次第と言わねばなるまい。眞名古は印東のお喋言《しやべり》の実證を見るためにここに来たのだが、意外にもこういう奇怪な事実に直面せねばならぬことになった。

読者諸君は、或《あるい》はこのような重大な検證を、仮令《たとえ》なんであれ部下の一人に任してとほんとしていた眞名古の迂闊を指摘されるかも知れない。然しこれは果して眞名古の過誤であろうか。もし仮りに過《あやまち》だとするならば、それは天災とでも言うほどのものであろう。探偵小説では一人の探偵が竈《かまど》の灰の中まで覗き廻ってあらゆる功名を独占《エグセルシヴ》する。しかし、現実の社会ではそんな神業のようなことはしないのが普通である。

眞名古は「すゞ本」の実地検證を軽視したわけではない。現に四銃士のうちの最も敏腕な者を抜目《ぬけめ》なくここによこして充分に検證させている。四銃士の調査したところも眞名古が調査した結果と一向変りはなかった。庭先の土の器質にも玄関の出入りの条件にも人が抜け出したという證跡を挙げることは出来なかった。のみならず、四銃士氏は巧妙な訊問法によって六人の「カーマス・ショオ」の連中を一人ずつ取調べ、各々の同衾者が自分の傍から抜け出した事実は絶対にないという口供《こうきよう》を得ている。検證と訊問と共に少しも抜かりはなかったのである。

では二階のこの通路はどうかと言えば、これは脱出の公算《プロバビリティ》の中へは入らない。何故《なぜ》かといえば、考えて御覧なさい、我々は日本家屋で、しかもこの稠密《ちゆうみつ》な東京市内では絶対に抜け出せない家屋などは一軒もないからである。日本の家屋は元来そんな風に開放的な構造になっていることを公算《プロバビリティ》の中に計算しなかったのは銃士の過失ではないのである。

花籠の四分の一廻転と、柱のわきの紙張の壁に微かについた指の跡で、それらの人物の行動を知察するのは、眞名古のような比類ない穎才《えいさい》にして始めてなし得るのである。いやこうも言えるなら、眞名古だけにチャンスの神が付いて廻っているので、他の如何《いか》なる秀才もこれに及び得ぬのであろう。

眞名古の過失はこの比類ない穎才を、その当初自分で用いなかったというその一点に懸かる。しかしここにくればそれはもう運命のようなものである。「すゞ本」の検證にあまり重点を置かなかったのは、眞名古のフィルムの感光膜にはその時殺人犯人並びに皇帝誘拐犯人としての或る人物の映像が既に露出ずみになっていたからである。

「すゞ本」の玄関でオートバイの停まる音がし、間もなく一人の警部が入って来て、「お茶松」の地下道でとめの死体が発見されたむねを告げる。眞名古は黙然と目をつむっていたが、いつもの物憂そうな調子で、

『日本座《にほんざ》に出演している「金粉踊《きんぷんおどり》」のジャネット、手風琴《てふうきん》弾きのロナルド、サキソフォーンのウィルソン、タップ・ダンスのメアリー、ローラア・スケートのジャックリイヌ、歌唄いのミリアム……、この六人をすぐ引き上げてくれ給え。私は三十分以内に本庁へ帰る』

そして丸めた靴下を不器用に右手にさげ、ヒタヒタと素足で畳を踏みながら部屋を出て行った。

二十九　一泊二十五銭の事、並に三鞭酒《シャンパン》の瓶の事

浅草聖天横町《あさくさしょうてんよこちょう》、これをもう少し行くと日本堤《にほんづつみ》になる。馬道《うまみち》と背中合せの、一口におかん通りと言う薄暗い横通《よこどおり》。簡易ホテルと言えば今時の呼び方、御一泊十五銭、風呂も有り升《ます》。宿帳をつけると、番頭が湿った掌《て》の上へバットを一本載せて、おつけなさいと差し出す例の木賃宿、これが軒並みに並んでいる。

入ると凸凹の黒土の土間で、地下足袋《たび》で踏み固められて黒く艶が出ている。青痰やら唾やら、何とも言えぬ悪臭がその土間から立ちのぼる。木理《もくめ》も見えぬほどに汚れた三尺の上り框のとっつきがすぐ階段になって、これを踏み昇ると坊主畳を敷いた三十畳ほどの大部屋があり、幟《のぼり》を染め直した蒲団を着たのが河岸に鮪《まぐろ》がついたほどに寝ころがっている。

この大部屋と廊下一つ隔てた向うに三畳の小間がつづく。ここへ泊るのは特等級。宿賃もズンと高い。一泊二十五銭。幟でない蒲団を着ようと思うとまた五銭とられる。その奥まった特等室の煎餅蒲団の上に、胡座《あぐら》をかくでもない、キチンとタキシードの膝を折って孤影悄然と坐っているのは、例の有明荘の六人の一人、有名なる珊瑚王《さんごおう》の伜《せがれ》、山木元吉。

見ると髪はサンバラになり、顔の色は煤けて殆《ほと》んど血の気もない。顔を不安気に引き歪め、額《ひたい》には苦悩の皺《しわ》を刻んで、時々キョトキョトと入口の方へ血走った眼を走らせる。第四回、虎《とら》

ノ門《もん》の晩成軒《ばんせいけん》で川俣踏絵と怪し気な密会をしたままその後杳《よう》として姿を現わさなかったが、第九回に至ってこのような蕭条《しょうじょう》たる情景の中へ再び登場して来た。裾も肩も埃《ほこり》まみれになって、どこを潜って来たのか、上衣の肘に鉤裂《かぎざ》きまでこしらえ、いやはや見るもいぶせき有様。どうしたってこれが百万長者の珊瑚王の御子息とは見えない。トーキー出現のあおりを喰って失業の憂目に逢った楽士氏か銀座《ぎんざ》裏のバアテンダー氏の成れの果てと言ったところ。まことに場所柄に相応《ふさ》わしい人体《にんてい》である。

　秋風落莫とうち沈んでいるところへ、突然襖の外に人の足音がとまった気配がする。それを聞くと山木は、日頃の緩漫な態度にも似ず、いきなり蒲団の上から跳ね上ってひと跨ぎで窓の傍まで飛んで行き、慌てて硝子《ガラス》戸を引き開けたが、厳重な忍返が蓋のように窓を閉《とざ》しているほか太やかな鉄のボートまで嵌め込まれていて首を通す隙もない。

　襖の外の人物は遠慮会釈もなく荒々しく襖をひき開けて部屋の中へ踏込んで来るとウロウロと鉄棒をかいさぐっている山木の肩に手をかけて力任せに引き戻すのである。

　勿体ぶった書き方をしたが、これは別に刑事だというわけでもなかった。前回、「お茶松」の賭場に手入れがあるより早く、岩井通保と手に手をとってお茶《ちゃ》の水《みず》の土手へ抜ける地下の暗道を通り、無事に天網《てんもう》を遁《のが》れた有明荘の住人の一人、岩井通保の秘密の情人《アミィ》、当時売出しのダンサー川俣踏絵そのひとであった。

　お茶の水の土手から真っすぐにここへ来たものと見え、手入れのあった時間からまだ三十分も経っていない。前回の通り、焔色《ほのおいろ》の夜会服《ソワレ》を着て、見るもいぶせきこの木賃宿の一室へ、さながらニジンスキイの「火の鳥」とでも言った花々しいようすで飛び込んで来た。

引き戻しておいて、力任せに山木の横っ面《つら》を撲《は》りつけると、青い顔をしてぶるぶる顫《ふる》えながら、

『なんで、逃げ隠れする』

と叫んだが、余程思い余ったと見え、山木の胸に顔を埋《うず》めてヨヨと泣き出してしまった。

山木は痴《こけ》のように口を開いて茫失していたが、やがて眼性の悪い細い瞼の間からポロポロ涙をこぼしながら力任せに踏絵を抱きしめ、

『逃げる？……冗談言うなよ。逃げる気ならアドなどをやるもんか。どうしてそう疑り深いんだろうなア』

と、がっくりとなって咽《むせ》び泣いていたが、又しても臆病そうにチラチラと襖の方へ眼をやって急に声を低め、

『それはそうと、誰れかにあとを蹤《つ》けられるようなことはなかったかね。もしそんなことになったら今までの苦心も水の泡となる。……考え違いをしてくれては困るぜ。俺はなにも自分の身をかばおうと思ってこんな真似《まね》をしているんじゃないんだ。こんな惨めなざまをして逃げかくれをしているのも何とかして君と添い遂げて一日も長く生きのびたいと思うからだ。よウ、判ってくれよ』

と声を顫わせ、踏絵の手を取って無闇に握りしめ、

『俺は意気地なしで、ちょっと自負心を傷つけられただけで、すぐ死なん哉《かな》と思う埒《らち》もないぺ

シミストだったんだが、君という心の目当が出来てからは、もう死ぬのが嫌になった。どんな苦労をしても君と生き抜いて見たいと思うようになったんだ。……こんな歯の浮くようなことを言うと笑い飛ばされると思うから、ついぞ今迄口に出したこともなかったが、俺の気持はそうだった。……君もすれっからしなら、俺もすれっからし、お互いに梅毒で身体を腐らしてしまったこんな末期になって、始めて恋の味をしみじみと味うというのも実に因果な話だが、俺は嬉しくてたまらない。君のためなら、たとえ人殺《ひとごろし》だってやりかねない……』

言葉尻は嗄《かす》れたように喉に引っかかって、クッ、クッという嗚咽の声に変ってしまう。踏絵は畳の上に横坐りをして手の甲で眼をこすっていたが、支え切れなくなったと見えて両手の掌《たなごころ》で顔を蔽《おお》うと、美しい指の間から涙があふれ出して来て筋になって肱《ひじ》の方へ伝わってゆく。

大部屋の方で濁声《だみごえ》をあげる出雲節《いずもぶし》。哀切と言いたいが、調子外れで、これがいかにも間抜けた節にきこえるので。

しばらくのち、踏絵は涙を拭うと、何とも形容のつかない淋しい笑顔をして、

『あたし、泣いちゃった』

と言って、ベロリと赤い舌を出すと、ひどい格構《かっこう》に足を組みかえ、

『そんな話、もう止しにしようや。言わなくてもわかっている。無事に添いとげたら新婚旅行に草津《くさつ》へでも行こうねえ』

山木は素直に頷いて、

『ああ、どこへでも行く』

踏絵は去り気ないようすで山木の顔を見つめながら、

『山木、「お茶松」の抜け穴でとめ婆が絞め殺されていたよ』

山木は、えッと息をのんで、

『そ、そりゃ本当か』

『あの抜け穴は有明荘ではあちきと岩井とお前だけしか知らないんだが、妙なこともあるもんだねえ。何か心当りがないか』

『冗、冗談。……しかし、えらい事になったもんだなあ。誰れがそんな事をしやがったんだろう』

踏絵はすこし眼差しを険しくして、

『恍《とぼ》けなくともいい。鶴子をやったのもお前なんだろう。……わちきは寝たふりをして今朝《けさ》お前のすることをみな見ていたんだぜ。「すゞ本」を屋根伝いに抜け出して、一体どこへ行ったんだい』

山木は顎を顫わせて俯向《うつむ》いていたが、やがて、ふいと顔をあげると、もう唇が土気色になって、おろおろと舌を縺《もつ》らせながら、

『俺が人殺し……、これはえらい破目になった。成程、そう思われても仕様がないんだが……、しかし、まるっきり俺には覚えのないことだ。……明日《あした》一日この経緯《いきさつ》は絶対に人に話さないと、ある人と約束をしたもんだから、他ならない君にまで隠していたが、こうなれば何もかも言う。俺の言うことを聞けば嘘だか本当だかわかる。せめて、君だけ……』

踏絵も真剣な眼つきになって、

『嘘だと思わない。安心して話してちょうだい。……たとえ、お前がほんとうに鶴子やとめを殺《や》ったんだって、その位いのことでお前を見限るようなことはしないから、その方も安心なさい。でもね、諄いようだが、もう一言……。山木、鶴子やとめを殺《や》ったのは本当にお前じゃなかったんだね。……屹度《きっと》そうか』

『情けない、……俺に人など殺せるものか。他人どころか、自殺も出来ねえ始末なのに』

踏絵は、ああ、と長い溜息をして、

『うん、よく判った。わちきは、てっきりお前がやったのだとばかり思って、どうでもお前を助ける気で色々智慧を絞ったんだ。実は……』

と、花の部屋の畳の下から「五人坊主」の呪咀絵《のろいえ》を見付けた経緯《いきさつ》を話し、

『ふとそれを思い出してね、花には気の毒だが、鶴子の方はどうでも花に背負《しょわ》せてやるつもりで、うまくこしらえて、先ず手始めに、「お茶松」で岩井に密告《さし》てやったんだ。……「すゞ本」を抜け出したことはわちきの他は知らないのだし、色々尾鰭をつけて話をこしらえ上げ、是非とも花を突き落《おと》してやるつもりだったんだ。「お茶松」の使番《ちょうまつ》のところへお前のアドの速達が来るのがもう少し遅かったら、わちきは眞名古のところへ出かけて行くところだったんだぜ……。わちきはもう喰い込んだんだとばっかし思っていたんだ。強がりは言わない。うそで、本当によかった。……さあ、あんたの話をして頂戴。話の次第ではわちきも覚悟があるから』

山木は膝をのり出して、

『俺が印東忠介の橋渡しで、例の大金剛石《だいこんごうせき》を犬居《いぬい》仁平《じんぺい》に仲介して一割のコンミッションを貰い、文書偽造の方だけはのがれようと、去年の春から血眼になって走り廻っていたことは君も知ってる。……つい五日程前に下見もすんで千万円で折れ合うことになった。ところが二十七日になって安南から電報が来た。王様が金剛石を持ち出したことが判り、独立資金獲得の評判がたって、反対派の李光明《りこうめい》一派が騒ぎ始めた。仏蘭西《フランス》政庁でも捨ておけぬことになって、東京駐在の仏蘭西大使にその実否を確めさせるという思いがけないことになってしまった。王様はひどく煩悶して一時は売るのを中止しようと言い出したのだが、又一方から考えると、仮りにそれを中止したところが、そういう評判が立った以上、いずれ難癖をつけられて退位を迫られるのは判り切っている。退位だけならいいが、その末は十一世維新王《いしんおう》のようにマダガスカルかどこかへ島流しになって、死ぬまでヴァイオリンの弾き流しか何かして惨《みじめ》な暮しをしなければならない。その金剛石はといえばもともと安南皇室に代々伝《つたわ》ったもので宗龍王《そうりゅうおう》の財産だ。売ろうと估《こ》かそうと疚《やま》しいことなんぞ少しもない。素直にしていれば、却《かえ》って手足をもがれて、身につく金もなく終生みじめな放浪をつづけなくてはならない。どうせ廃位されるときまっているなら、いっそこれを売ってその金で土耳古《トルコ》へでも亡命しようということに決心された。金剛石を売却されようとした最初の目的はそれを独立運動の資金として安南独立党巴里支部へ送られるためだったんだが、そういう評判の立った以上はどうせ支部の方ももう潰滅されてしまったことだろうし、如何《いか》なる雄図も早《は》や覚束ないというわけで、三十日の晩、帝国《ていこく》ホテルでその決心を俺に洩らされたんだが、さすが洒脱な王様もひどく侘《わび》しそうで、俺も涙を流した』

『それで、そのことを鶴子は知ってたのかい』

山木は首を振って、

『いや、気の毒だがまるっきり知らないんだ。世間では王様が鶴子に惚れているように思い、また王様もそれを利用してしげしげ日本へやって来る口実《エクスキユウス》にしていたんだが、君も知っている通り、馴れそめというものは王様が見初めたというんでも何でもない。岩井が一人合点で取り持ちをしたんだが、そのうちに鶴子の方が大変な逆上《のぼせ》方になったんで、王様も情にひかされてつい今まで腐っていたようなものの、あの通り酔えば何を言い出すかわからない始末のわるい奴なんだから、金剛石のことはほとんど何も言ってなかったらしい』

踏絵は妙な顔をして山木の話を聞いていたが、急に夢から醒めたひとのような声で、

『なるほどそうだったのか』

山木は遉に聞きとがめて、

『そうだったって、何が』

踏絵は何気ない体で、

『いやさ、気の毒なもんだと言うんだ』

とはぐらかす。何か曰くのありそうな態である。山木は気が付かずに言葉を続け、

『……そこで、犬居の方の話をもう一度蒸し返し、いよいよ受渡しは二日、つまり明日《あした》の夜の十時に熱海《あたみ》の熱海ホテルですることになった。金はニューヨークのナショナル・バンク、巴里のエスコント・ナショナール、羅馬《ローマ》の羅馬銀行、その他合計十六の銀行へ払い込み、赤線の小

切手で全額を仕払うことになっていた。犬居の方からは手代の松島《まつしま》が来、王様の方では湯治《とうじ》と見せかけて八時の東京発で熱海へ行く。この取引がすむと、王様だけがすぐ熱海を発って神戸《こうべ》へ飛び、三日正午出帆のP・O汽船のサマリ号でペナンへ行き、そこから旅客機でスタンブールへ亡命される手筈に決まった。……さて次《つ》ぎの日、といったって昨夜《ゆうべ》の話だが、「巴里」の忘年会の席で、俺がトイレットへ立って行くと、王様が椰子《やし》の植木鉢の側で俺を待っていて、重大な頼み事があるから午前三時五十分に鶴子の家の勝手口の扉《ドア》の前まで来てくれという。「事情が非常に険悪になったから、絶対に人に見付からぬように充分注意して忍んで来てもらいたい。勝手の扉《ドア》の前へさえ来てくれれば、その時間に私の方から出て行く。どうか絶対間違いのないように」と珍しくひどく差し迫った顔をして言われる。あまり物々しいので慄《ふる》え上ったが、また気の毒にもなって、王様の手を握って忠誠を誓うと、王様は何ともいえぬ佗しそうな顔でニヤリと笑って、「例の件で二日の朝の四時に仏蘭西大使が俺を窮命にやって来ることになった。それはいいんだが、……実はね、俺を殺そうという李光明一派の刺客《アサッサン》が二十七日のプレジデント・フウヴァ号で横浜に着いている。ついさっきそれが判ったんだが、そういうことであってみれば、俺だって油断が出来ないからね」と言って乱痴気騒ぎの方に流眄《ながしめ》をしながら、「ひょっとするともうここへやって来るかも知れない」と言っているところへ笑子の後から、二十七、八の粗野な面をした若い男が入って来た。こいつがタキシードを着てるんだが、平素そんな服を着馴れた奴でないことは一目で判るんだ。未だ若いのに妙に隙のない物腰で、それにひどく嶮相《けんそう》な眼つきをしている。いきなり奥の卓子《テーブル》へ坐ると飲み物もとらずに煙草を喫《ふか》しているんだが、その落着き方はなにしろ大したものなんだ。すると王様は俺を肘で突ついて、「噂をすれば影だ。今入って来た人がどうもそうらしい。俺のところに密告して来た人相とよく似ている」と言って俺の方へ片目をつぶって見せ、「君はこんなことに経験はないだろうが、私はこれでも暗殺者《アサッサン》を扱うことに馴れているんだ。そういう連中から自分の命を護るたった一つの方法はそいつをいつも自分の身辺へ引きつけておくことだ。逆説というよりはむしろ一種のマキャベリズムだね。そいつを身近に引きつけて監視している間だけは少くとも安全だと言えるからね。……私は今あいつを連れ出して、明日の夕方までずっと側へ引きつけておくつもりなんだ。……では、さっきの約束を忘れないように頼む」といって離れて行かれた。俺は酔ったふりをして卓子《テーブル》のところへ帰ると、通り路《みち》へぶっ倒れて、俺にすれば一世一代の芝居をしながらつくづくと成り行きを考えていた。何か容易ならぬ大事件が起りつつあるということは俺にもひしひしと感じられる。それにしても実に気の毒な王様だ。五百万の民草を統治する身でありながら、いわば三界に家なき態《てい》たらく、父君は島流しになり、弟君は毒殺され、その身自身もいつ殺《や》られるか判らんような、絶え間ない危険に二六時中曝されている。俺は不甲斐のない、取るにも足らぬ男だが、その俺を今まで信頼してくれた恩顧を思うにつけ、自分の力の及ぶことならどんなことでもして王様を危難から救ってやりたいと考えたんだ。……感慨めかしいことはまあこの位にして、さて、君に踏んづけられながら横目で見ていると、間もなく王様は暗殺者と一緒に「巴里」を出て行かれた。……三時になってから、もうそろそろ王様に逢いに行こうとそのつもりをしていると「カーマス・ショオ」の連中とこれから「すゞ本」へ繰り込むのだという、甚だ迷惑だが、行きがかり上俺だけ外すという訳にもゆかない、皆とつるんで「すゞ本」へ押し上ったが、相方のジャネットが邪魔で仕様がない。すると君が気をきかせてうまくさばいてくれたからやれやれと思っていると、入れちがいに君が入って来てぐずぐず言っている。約束の時間は迫るし、俺は気が気じゃない。済まないが君を盛りつぶすつもりで様々に劃策したところ、幸い君はすぐつぶれてしまった。時計を見るともう三時半だ、これはまごまごしていられないと思って、屋根伝いに「すゞ本」を抜け出し、行きどまりの土蔵の折釘に飛びついて下へ降りようとしたところが、見事やり損じて下まで墜落し、ひどく腰を打ちつけて起き上ることも出来なかったが、そんなことをしていられる場合じゃないので這うようにして堺橋《さかいばし》の方へ行くと、流しのタキシーが来たから、それに乗って山王下《さんのうした》まで行った。三度ほど非常警戒に停められたが、大した難しいこともなく通り抜けて、合鍵で扉《ドア》を開け、電鈴《ベル》装置の外線のコードを引きちぎっておいてすぐ裏階段から勝手口の扉《ドア》へ廻り、扉《ドア》へ耳を押しつけて内部の様子を窺ってみると、王様と鶴子の他に一人の男の声がする。例の暗殺者なんだろうが、大分酔ってるようで高い調子でしどろもどろのことを言ってた。時計を見ると三時四十五分だ。それから二分ほど待っていると、誰か食堂へ入って来て酒棚を掻き捜すような音がしていたが、そのうちに勝手の扉《ドア》の錠を開ける音がし、忙しく扉《ドア》が五寸ほど引き開けられ、三鞭《シャン》酒《パン》を片手に持った王様が半身を現して、その壜を俺に渡すと、「どうかこれを明日の夜まで」と早口に囁《ささや》いてそのまま扉《ドア》を閉じて食堂の方へ行ってしまわれた。……一体この三鞭酒《シャンパン》の壜がどうしたというんだ。見ると針金の締線《しめせん》で固く栓をされた上に錫紙で包まれたまだ手のついていない瓶だ。振ってみると三鞭酒《シャンパン》が沸々と泡を立てる。別に何の奇もありゃあしない。俺は壜を縦にしたり横にしたりして電燈に透して見ていたが、どうもこの謎が解けない。そのうちに、ふと気が付いて見ると、普通は円錐形に上っている壜の底が、これに限ってダイヤモンドの切子型の上げ底になっている。慌てて壜の尻を撫でてみると、これが扁平なんだ。……俺の爪先から頭の先まで何か冷たいものに一挙に貫かれたような気がした。……くどく言う必要はあるまい。上げ底の代りに、例の五千万円がしっかりと壜の底に熔接されてあったんだ。胸は早鐘のようにつき出すし、目は眩むようになって、どういう処置をとっていいか突嗟《とっさ》に才覚がつかない。ともかく俺の部屋へ隠しておこうと思って勝手の階段を降り、改めて表階段から自分の部屋へ上って行こうとすると、玄関の方で人の足音がするから、こいつはいけないと思ってボイラー室の横手に隠れてやり過し、一目散に有明荘を飛び出した。……三鞭酒《シャンパン》の壜のお蔭で帰りの非常線も易々と通り抜け、聖路加《せいろか》病院の前でタキシーを降りると、また質屋の土蔵に取りついて部屋へ帰った。見ると幸い君はぐっすりと眠込んでいる。……何しろこの道中を靴下一枚でやったんだから足の裏が痛んでやりきれない。それに靴下は泥だらけだ。……洒落《しゃれ》じゃないが、こんなところから足がついてはたまらんと、地袋の棚や畳の上の泥をすっかりハンケチで拭き廻り、靴下は手洗場へ行ってザッと洗って電気ストーヴの上へ引っ掛けて置いて、……さて大体落《おち》つくと、この三鞭酒《シャンパン》の壜をどう始末したものかと考えた。どうしたってこんなものがこの部屋に転っているのはおかしい。最も自然な場所に置かなければどんなヒョンなことで疑われないとも限らない。最も自然な場所といえば何処だ、先ず突嗟《とっさ》に考えられるのはこの家の酒棚だが、今ごろになって、どうかこれを酒棚に、もおかしい。……そこで思い付いたのは冷蔵庫だ。これに限るてえわけで、壜を下げて帳場の方へ降りてって見ると、帳場の傍《わき》でお定《さだ》とお千代《ちよ》が喋言《しゃべ》くっていたから、これは明日《あした》の朝の目覚しに飲むんだから、電気冷蔵庫の中へ入れといてくれと頼むと、お定が気軽に立って勝手の方へ行く。確に電気冷蔵庫の扉《ドア》の閉ったのを聞き届けると、俺は急に気がゆるんでヘタヘタとそこへ坐り込みそうになった。這うようにして二階の自分の部屋へ帰って来たが、仰向きに引っくり返って考えると、今までのことがまるで夢のように霞んで嘘みたいな気がする。そこへジャネットが起《おこ》しに来て、君はロナルドの部屋へ帰って行った。間もなく夜嵐が吹いて十二人揃って珠数《じゅず》繋ぎという順序だ。……話はこれだけだ。手落ちなく喋言《しゃべ》ったつもりだが腑に落ちないところがあったら訊いてくれ、納得するまでくわしく話す』

踏絵は掌《て》で頤《あご》を支えて山木の話を聞いていたが、ジロリと上眼使いをして、

『よくわかった。わちきは嘘だと思わない。でもね、山木、もし、万一、お前がその時刻に「すゞ本」をぬけ出したのを誰れかに見られたとしたらその話は通らない。説明しようとすればするほどいよいよお前は二進《につち》も三進《さつち》もゆかないことになる。何しろ生優しい事件じゃないのだからね』

山木はまた臆病そうな眼つきになって、

『しかし、王様が證明してくれるだろう。王様さえ……』

皆まで言わせずに、

『王様が殺されてたらどうする』

山木は泣き出さんばかりの顔になって眉を顰《しか》めていたが、ややしばらくの後、急に満面に喜色を漲《みなぎ》らせ、

『おい、踏ちゃん、助かった。大丈夫、大丈夫』

と夢中になって泳ぎ出すようにしながら、

『ああ、僥倖僥倖《ぎょうこう》、ひょっとすると、これア助かる……実はね、胸突坂《むなつきざか》を駈け降りながら何気なしに花子の家の二階を見上げると、花子がこうやって窓の閾《しきい》に肘をついて真上の有明荘の方を眺めていた。月が顔へあたって、普段でも白すぎる顔が蒼白く闇の中に浮き上って、まるで女の恨みといったような凄い形相をしてるんだ。今にも宙乗りして、夜叉のように髪を振り乱して飛んで行きそうでゾッとした。……とにかく、俺が有明荘を出たのが四時少し前で、一件のあったのは四時十分頃だとすれば、ひょっとすると花はあの一件を見ている。俺の記憶では丁度月は西へ廻って玄関の窓へまともに射しかけていたような気がするから、花のところから何もかも見えた筈だ。……と、すれば俺は助かるわけなんだが……』

踏絵は唐突《だしぬけ》に口をひらいて、

『花子が窓から顔を出していたというのは確かなんだね。はっきり見たんだね』

『だから、夜叉のような面をして……』

『花子の部屋に電燈《あかり》がついていたかえ』

『いや、真ッ暗だッた』

踏絵は上眼使いで額を睨み上げながら何か考え込んでいる風だったがニヤリと唇を歪めて笑うと、

『花子は確かに見ている。……見てる段じゃない、今朝《けさ》、鶴子のところで何かおッ始まるてえことをちゃんと前から知ってたんだ』

『えッ、それはどういうわけ……』

『訳もくそもないさ。……考えてごらん、一体今迄花子の部屋の電燈が消えていた例《ためし》があったかい？　暗いと疳《かん》が立って眠られないといっていつも五燭の電燈をつけッぱなしにしているだろう。……わちきなんざ、夜更けて帰るときは山王下から駆けるようにして来て、あの明るい窓を見上げちゃいつもホッとするんだ。……それなのに、なぜ昨夜《ゆうべ》に限って消す？　たとえ除夜の晩だにしろ、朝の四時ってえ時間に、何の必要があってそんな面をして鶴子の方を見上げている？……土用中でもあるまいし、この寒中に、風に吹かれているわいな、はないでしょう。……飛んだお軽だあ、風邪をひくぜ。……今朝《けさ》、虎ノ門で逢った時、わちきがちょいと鎌をかけて見たら痙攣《ひき》つけそうになったっけが、そのわけがこれでよく嚥《の》み込めたよ』

山木は膝を揺り出して、

『すると殺《や》ったのは愈々《いよいよ》以て王様だってえことになるわけだね。もし王様でなかったらあの片意地な娘が黙ってなぞいる筈はない。況《いわ》んや君に鎌をかけられて痙攣《ひきつ》けそうになるわけがないじゃないか。これが何よりの證拠だ』

『さあ、どうだかね』

『どうだかッて……、王様が殺《や》ったんだればこそ、警察があんな騒ぎをしたんだろう？　夕刊の記事を見たってどれ位い大仕掛に伏せたかよく判るんだ。六号活字で、たった五、六行で片附けられているじゃないか。それに、もし王様でないとしたら、われわれをこんな風に放ッて置きアしまい』

踏絵はジロリと上眼で山木の顔を見上げ、

『そうさ、放って置きやしない。わちきたちを血眼になって探してるんだ。そいで、わちきと岩井は這々《ほうほう》の体で「お茶松」へ逃げ込んだんだあ。「巴里」なんざ、もう裏表に張り込んでいるそうだ。……それに、王様が日比谷公園から攫《さら》われたってえ評判もある。何だか急に様子が変って、物騒なことになっているんだ』

山木は急に顔色を変えてウロウロと膝を立て、脅えたような声で、

『すると、こんなところにマゴマゴしてはいられない。臨検でも喰ったらそれっきりだ』

と狼狽《うろた》えるのを踏絵は手を取って引き据え、

『なんで今更らしく狼狽《うろた》えるんだ。後《うしろ》ぐらいことがなかったら何も恐いことなんかありゃしないじゃないか』

山木は今にも泣き出しそうな顔になって、声を潜めると、

『恐いことがあるんだ。……実は、ここに持っている』

踏絵は、えッ、と息を嚥んで、

『それは、本当？……まア、なんという馬鹿な……』

山木はキョトキョトと戸口の方に眼を走らせながら、

『こんなところへ持ち込む気はなかったんだが、ひょんな破目になって……』

と、息をきり、

『……で、有明荘を出ると真ッ直ぐに「すゞ本」の傍まで行ったんだが、自分で出向いて、昨夜の三鞭酒《シャンパン》の瓶をも、可笑《おか》しいと思い返して明石町《あかしちょう》の「呉竹《くれたけ》」へ押し上り、女中に瓶を取らしてから四時頃まで寝ころんでいたが、便所《トイレット》へ行きながら、何気なく庭向うの四畳半を見ると、チラリと笑子とバロンセリの顔が見えた。……俺の睨んだところでは、あの刺客《アサッサン》を「巴里」へ手引きしたのは笑子に違いないんだが、その笑子が俺を追い詰めて来た以上、その目的は判っている。部屋へ飛んで帰って、瓶を横抱きにして「呉竹」の門を出ようとすると、向い側の片側塀にハッチソンが凭《もた》れて何気ない体で張り込んでいる。こう素早いとは思わなかった。切《せっ》迫《ぱ》詰って横手の庭へ走り込み、瓶をぶッ欠いて底だけ取り、板塀を乗り越えて天主公教会《てんしゅこうきょうかい》の横丁へ出、開国橋《かいこくばし》の側からタキシーを拾ってここへ逃げ込んだというわけなんだ』

突然、ガラリと間《あい》の襖が開いて、誰もいない筈の隣りの三畳からヌッと幸田節三《こうだせつぞう》が入って来た。いや幸田節三だけではない。例の幸田節三の相棒の酒月守《さかづきまもる》、印東忠介、東京貴石倶楽部《とうきょうきせきくらぶ》の松澤一平《まつざわいっぺい》。その他もう一人、黒サージの服を着て折鞄を抱えた執達吏《しったつり》体の男と以上五人が次々に入って来ると、山木と踏絵を真ン中に押し包むようにして物も言わずに坐り込む。三畳は忽《たちま》ち満員鮨詰《すしづめ》となった。

三十　一輪の洋瞿麦《カアネーション》の事、並に呑気《のんき》なる鼻唄の事

さて夕陽新聞記者古市加十は、安南皇帝附諜報部長宋秀陳《そうしゅうちん》から、今朝《けさ》噴水の鶴が安南の国歌を唄ったという取《とり》とめない一挿話《エピソード》をきくと、卒然としてこの錯雑紛糾した事件の真相を洞察《みぬ》いてしまった。どんな事があっても暗殺者の手から救い出し、今まさに帰京の途中にある仏国大使が伺候《しこう》する明朝四時までにホテルに帰して置かねばならぬと、警視庁の全機構が眼も当てられぬ錯乱状態で捜査追究に力《つと》めているその当の安南皇帝は、つい警視庁の鼻の先、ところもあろうに日比谷公園の「噴水の鶴」の台座の下にいられると観破《かんぱ》した。ああ、燈台下暗《くら》しとはこのことだと、例によって卑俗極まる感慨を催《もよお》しながら、及ぶ限りの才覚を非常招集して様々に考究したが、見受けるところ台座の方からは入って行けぬのだから、これはどうしたって何かの通路によってその下に到達されたのだと思う他はない。加十は小一時間近くベンチの上に坐って呻吟《しんぎん》を続けていたが、やがて予期せざる霊　感《インスピレーション》のお見舞を受け思わずピョンとばかり、ベンチから跳ね上った。

加十が北大の土木科に蛍雪の功を積んでいるうち、浅見《あさみ》博士の「徳川《とくがわ》時代の上水道工事」の講義に追従するため、嫌々ながら、「享保撰要類集《きょうほうせんようるいしゅう》」や大久保主水《おおくぼもんど》の「天正日記《てんしょうにっき》」の古地図を引繰返して大伏樋《おおふせど》の配置を研究した憶えがある。その記憶に依《よ》れば芝田村町《しばたむらちょう》からこの日比谷《ひびや》ケ

原《はら》一帯の地下には、神田、玉川《たまがわ》二上水の大伏樋が、宛《さなが》らクレェト島の迷路《ラビラント》のように縦横無数に交錯している筈なのである。

武蔵野《むさしの》はもと沼沢沮洳《しょうたくしょじょ》たる荒野原で、井戸を掘れば、汚水に非らざれば満潮干潮を擅《ほしいまま》にする海水が湧き出し頗《すこぶ》る清浄な水に乏しかった。家康《いえやす》はこの地に府を闢《ひら》くに当り、赤坂《あかさか》溜池及び神田山《かんだやま》の下を流れる水を市中に疏通せしめて僅かに需用《じゅよう》を充したが常に混濁且《か》つ涸渇するので天正十八年大久保藤五郎《おおくぼとうごろう》に命じて上水池を検《けん》せしめたところ井《い》の頭池《かしらいけ》の水が飲用に適するを発見して神田上水を布設させたが、三代将軍家光《いえみつ》の寛永《かんえい》年間には玉川清右衛門《たまがわせいえもん》に多摩川《たまがわ》を水源にする玉川上水を設けしめ、更に元禄《げんろく》年間には河村瑞軒《かわむらずいけん》の設計によって石神井村三宝池《しゃくじいむらさんぼういけ》を水源とする千川上水《せんがわじょうすい》を通じ、市井に大樋《おおど》を伏せ各所に溜井戸を設けてこれを市民の飲用に当てた。猶《なお》分水としては、三田《みた》、青山《あおやま》、亀有《かめあり》の三上水があった。

この二上水大伏樋の通路を述べると、神田上水は北多摩郡三鷹村《きたたまぐんみたかむら》の井頭池に発し、上井草《かみいぐさ》の善福寺池《ぜんぷくじいけ》の水を合せて目白台《めじろだい》の下に到り、小日向台《こびなただい》の麓《ふもと》に沿って後楽園《こうらくえん》内を流れ、水道橋《すいどうばし》附近で大樋を以《もっ》て神田川を渡り、神田、日本橋《にほんばし》、京橋《きょうばし》に供水し、日比谷門《ひびやもん》下の地下を通り数寄屋門《すきやもん》附近で濠《ほり》に達する。

玉川上水の方は西多摩《にしたま》の羽村《はむら》から多摩川の水を分岐し、四谷大木戸《よつやおおきど》から市中に入り、虎ノ門《とらもん》、田村町《たむらちょう》を経て日比谷に達し、一旦神田上水の大伏樋と合《がっ》し、更に分れて山下門橋《やましたもんばし》から西に迂回して馬場先門橋《ばばさきもんばし》の附近で濠に達する。

これらは上水の幹線だが、この大伏樋から無数の分樋《わけど》が縦横に走り麹町《こうじまち》の地下一帯はかの巴里市の暗渠《エグウ》道にも劣らぬ複雑極まる大地下道を構成している。一旦その大伏樋の中へ入れば、一度も地上に現れることなくして一方は京橋、日本橋を経て小日向台町まで、一方は虎ノ門を経て四谷大木戸の地下に達することが出来るのである。栗田《くりた》一夢《む》の「天明雑集《てんめいざつしゅう》」を見ると、足《あ》立郡新井《だちぐんあらい》方村《かたむら》百姓市兵衛《いちべえ》の伜新助《しんすけ》、すなわち、例の稲葉《いなば》小僧新助《こぞうしんすけ》がこの大伏樋を利用して自在に活躍している。天明五年九月十六日の夜、例の如く麻布六本木《あざぶろっぽんぎ》の附近から当時廃止されていた青山上水の大伏樋へ入り、悠々と地下を漫歩して飯倉《いいぐら》から芝新堀《しばしんぼり》まで行き、黒田豊前守《くろだぶぜんのかみ》の下屋敷の庭先へ忽然と姿を現わしたところを警衛の武士に発見されて捕われ、同年十月二十二日浅草で梟首《きょうしゅ》になった。

明治四十四年に刊行された「東京市水道小誌《とうきょうしすいどうしょうし》」を見ると、明治四十年に岩崎久彌《いわさきひさや》の千川水道《せんがわすいどう》会社《かいしゃ》の所有になった千川上水の旧伏樋だけは掘り起された事実が見えるが、他の大伏樋の迷路《ラビラント》は、蜿蜒《えんえん》十数里に亘って今も猶大東京の地下を蜘蛛《くも》の巣のように這っているのである。大伏樋の事実は「上水樋仕様」の古地図と共に我々の記憶から失われ、そのような怪奇な大地下道がアスファルトの砥道《とどう》の下を縦横に走っていることを知るものはあまり多くはあるまい。「上水樋仕様」を見ると、大伏樋は高さ六尺、幅四尺五寸の、一種の地下溝渠で、周囲は大谷石で畳まれ、二町隔《お》きに四間四方の溜井戸が設けられてある。今は四周の石壁は苔蒸《こけむ》し、半《なかば》は風化して甚だしく脆質になっているが、猶自在にその内部を遊歩することが出来る。この秘密の暗道《ポテルン》こそは、魔都「東京」を形成するあらゆる都市機構のうち最も魅惑に富む部分でなければならぬ。

加十の受売りをして思わず考證めいた閑筆を弄したが、まずこれ位いで止めて置いて、すると、一体どこから皇帝はこの伏樋の中へ入り込まれたものであろう。この暗道《ポテルン》は地下十五尺のところを通っているのだから、容易なことで入り込むことが出来ぬ筈である。この附近に大建築でも始まっていればそこで大伏樋が断ち切られ暗道《ポテルン》の口が露呈する筈だが……ふと思いついた。今、田村町一丁目で放送局の大地下工事が始まっている。地下二階の大建築だという事だから、思うに大伏樋は必ずやそこで断ち切られ、工事場のどこかで大暗道の入口がアングリと口を開いているに相違ない！　つまり、王様は何かの都合でそこから入り込まれたのに違いない、という具合に、加十の推理は一気呵成にここ迄辿り着いた。日頃血の廻《めぐ》りの悪い加十としては仲々天晴《あっぱ》れな出来栄えだったのである。

　さて加十はそうと見込みをつけると日比谷公園を走り出し、足も空に放送局の工事場まで駆けて行ったが、いきなりそこへ入り込むかと思いのほか一丁目の交叉点を越えて南佐久《みなみさく》間町《まちよう》の方へ飛んで行く。小学校の裏手の、小さな門構《もんがまえ》の家の玄関を引開けると、案内も乞わずにズンズンと二階へ上って行き、呆然としている女中を尻眼にかけ、壁際の大きな書棚の中を一心に掻き探し始める。

　この家《うち》は、もと北大教授、今は東京市土木局嘱託浅見厚太《こうた》郎《ろう》博士の邸《やしき》なんだが、すると加十はここへ大伏樋の古地図を探しに来たものと思われる。宛ら狂乱の有様で黴臭い古書箱を引掻《ひっかき》廻《まわ》していたが、やがて、「天正日記」と誌《しる》された和綴《わつづり》の本を引っぱり出すと、巻末についている地図を引きちぎってポケットに納め、本棚の上に置いてあった小さな手提《てさげ》電燈を引ッ攫うと、物も言わずにその家を飛び出し、家の前でタクシイを拾って銀座の松坂屋《まつざかや》の前に行き、茫然と町角に立って河童《かっぱ》の皿のついた自動車の通行を計算している秀陳の傍へ行って、もう三十分したら田村町一丁目の放送局の工事場迄来るように口早に命じて置き、そのタクシイでまた田村町の角まで戻って来た。

板囲いの中へ入って行くと二十尺程掘り下げられた工事場の周りには三台ばかりの混凝土《コンクリート・》機《ミキサア》が夜風に湿《し》めり、赤錆びたレールの上にはいくつもトロッコが引っ繰返っている。鉄筋やモルタルの袋があちらこちらに堆高《うずたか》く積まれ何さま物々しいばかりの有様。

加十は手携《てさげ》電燈の燈火《あかり》を手頼《たよ》りに穴の縁を廻って夜番詰所の小屋の傍まで行き、息をころして内部《なか》の様子を窺って見たが、遉元日には夜番もここへ寝ないと見え森閑として人の気配もない。また穴の縁まで戻って来てあちらこちらと眺めると、向う側に歩板《あゆみ》がついているからそっちへ廻って行ってそろそろと穴の底へ下りて行く。恰度《ちょうど》基礎工事の割栗《わりぐり》がすんだばかりのところで、大きな穴の四周《しし》には大地の断面が寒《さ》むそうな地層図を描いて地膚《じはだ》を露《む》き出している。見ると内幸町《うちさいわいちょう》側の断面にそこだけ大きなカンヴァスが懸けられてあるので、思わず胸を轟《とどろ》かしてその方へ走り寄り、そいつをひんまくって見ると、ああ、果して！　加十の推理には寸毫《すんごう》の誤りもなかった。

そのカンヴァスの裏には、新宿の地下道のような古色蒼然たる暗道《ポテルン》の入口が欠伸《あくび》でもするようにアングリと口を開けていたのである。

加十は恰《あたか》もグアナハニ島を発見したクリストファ・コロンブスの如き感慨を以て惚れ惚れと

暗道の入口を眺めていたが、何気なくふと足元を見ると、平らに均《なら》された割栗の上で奇妙なものを発見した。

それは他でもない、一輪の臙脂《えんじ》色のカアネーションが、今そこから咲き出したようなしおらしい様子をして闇の中に匂っていたのであった。この無趣味索然たる建築場の中に高価な早咲きの洋瞿麦《カアネーション》が落ちているなど、これ以上不相応なことはない。されば、その嬌《なま》めかしさは一段であって異様に加十の注意を惹いたのである。

加十が洋瞿麦《カアネーション》を手に取って眺めると、それは茎を短《みじ》かく切られ、明《あきら》かに服の釦《ボタン》穴に挿されたものだということが判る。

ああ、この一輪の花は建築場に詩趣を添えるほか、ある重大なことを物語っているのである。

……王様はここから暗道へ入られた。

読者諸君も多分御記憶になっていられるでしょう。第一回、酒場「巴里」の場で、安南王宗《そう》龍《りゅう》皇帝が倫敦《ウエスト・エンド》仕立のタキシードの襟に婀娜《あだ》に臙脂色のカアネーションを挿していられたことを。これがその夜の花だったのである。

加十は眼を輝かして花を眺めていたが、やがて喜悦に耐えぬ声音で、

『ああ、果して果して、俺の見込みに間違いはなかった。これで王様が「鶴の噴水」の下にいられるという事が明瞭確実になった。……よし、ひとつこの古地図を手頼《たよ》りに台座の下まで辿り着き、王様を摑まえて談話を取ってやらねばならん』

と呟きながらソロソロと暗道の中へ入り込んで行った。

手携《てさげ》電燈で照らして見ると、切石を畳んだ暗道の壁の上には、何とも名の知れぬ壁虎《やもり》のような虫が一面に貼りついていて、これが一斉にノロノロと身動きするので、まるで壁全体が揺れるように見える。天井からは鍾乳石のようなものが氷柱《つらら》のように垂れ下り、その端からポトンポトンと水が滴っている。黴臭い湿った空気がどんよりと淀んでいて、ムッと顔を打つ。

暗道の中は立って歩いて頭が天井につかえないほどの高さだが、足元は高低が一様でなく、粗雑な石畳になっていてその上ゆるい勾配がついていて上りになったり下りになったりする。頭の上で遠雷のような鈍い地響がするのは多分電車の轍《わだち》の音であろう。すると加十はいま田村町の通りに沿って歩いている勘定になる。

十分ほど歩きつづけていると、意外にも暗道は行き止りになった。遽《あわ》てて古地図をひろげて調べて見たが地図にはこんな伏樋は載っていない。加十は舌打ちをしながら、今来た道を引返して来ると、来る時は気がつかなかったが、暗道の右と左に横通《よこどおり》があって、ずっと向うの方へ続いている。思案した末右の方へ入って行く。ところが今度は行けども行けども涯《はて》しがない。耳を澄ますと川波の音のようなものがきこえる。濠の近くへ出たのだと思ってまたやり直す。先刻の三叉のところまで戻ろうと思うのだがいつ迄行っても行き着かない。

見ると、加十が今立っているところは地下通《しらみち》の十字街のようなところで、そこから道が四方へ走っている。泣き出しそうになって地図を検べて見たが、どれがどの道に相当するものやら皆目見当がつかない。もしや電車の響でも聞えないかと思って壁に耳をあてて見ると、何か鼻唄のようなものがきこえる。機嫌のいい酔漢が出鱈目《でたらめ》な歌を口ずさんでいるような呑気な調子である。よく聞きすますと地虫の声のようでもあり、壁虎《やもり》の這い廻る音のようでもある。ともかくその音のするところまで行こうと左手の道へ走り込んだがそこの道の端はまた三叉に分れて蜿蜒闇の奥につづいている。

加十はとうとう大地下道の迷路《ラビラント》の中へ迷い込んでしまったのだ。腕時計を眺めると恰度《ちょうど》正十二時！　午前四時までには余すところあと四時間となった。

三十一　新吉原《しんよしわら》夜景の事、並《ならび》に狐、馬に乗るの事

新玉《あらたま》の年たちかえる初紋日《はつもんび》。

大籬小籬《おおまがきこまがき》、朱塗の見世格子に煌々とネオン照り映え、門松の枝吹き鳴らすモダン風、駄々羅《たたら》太鼓《だいこ》の間拍子もなんとなくジャズめく当代の喜見城《リユウ・ド・プレジール》。

春になれば、並木の緋桜が婀娜《あだ》っぽい花を咲かす五十間道路のとっつきから仲之町《なかのちょう》の方へ五、六軒、麻の暖簾《のれん》も風雅な引手茶屋、紙張行燈《かばり》には、薄墨で、

　　　　はせかわ《はせ》《かわ》　伏見屋《ふしみや》

と書き流してある。

道路に面した二階の八畳間。今しも花梨《かりん》の卓を囲んで黙々と盃《さかずき》を含んでいる二人の人物がありました。一人は、前回、浅草《あさくさ》簡易ホテルの場で折鞄を抱えた執達吏《しったつり》体の男を従《した》がえ、悪徳夕陽新聞社長《ゆうようしんぶん》幸田節三《こうだせつぞう》、その相棒の、日比谷公園《ひびやこうえん》園丁長酒月守《さかづきまもる》、志摩徳兵衛《しまとくべえ》の手代で東京貴石倶《とうきようきせきく》

楽《ら》部《ぶ》の松澤《まつざわ》と共に、山木元吉《やまきもときち》と川俣踏絵《かわまたふみえ》が抱き合わんばかりにしている紅情纏綿《こうじょうてんめん》たる隣座敷へ無法にも案内も乞わずにズカズカと踏み込んで行った例の有明荘《ありあけそう》の住人の一人、有名な高利貸犬居仁平《いぬいじんぺい》の養子の印東忠介《いんどうちゅうすけ》。

他の一人は、第六回、築地明石町《つきじあかしちょう》の場で、夕暮の暁橋《あかつきばし》の欄干に「カーマス・ショオ」のマネエジャア、日仏混血児のバロンセリをおしつけ、皇帝を鶴見組《つるみぐみ》へ売り込んだろうの、攫《さら》わしたろうのと凄文句《すごもんく》で脅しつけ、妙な捨台詞《すてぜりふ》を残して画面の外へ出て行ったきりその後杳《よう》として姿を現わさなかった「ホヴァス」の通信員ジョン・ハッチソン。

印東の方はドオラン化粧の上に汗さえ浮かせ、精根限り駆けずり廻ったあとのように肩で大息をしている。折角の引眉毛《ひきまゆげ》が眼尻の方へ八の字に流れ、希臘《ギリシャ》劇の悲劇の仮面《めん》のような莫迦莫迦しい面《つら》になっている。

ハッチソンの方は、この一日でまるで人が違ってしまったような刺々しい顔になり、窪んだ眼の周囲《まわり》に鳴神《なるかみ》の隈のようなものが出来、日頃でさえ凄味のある面を一層険相にしている。手ッ取り早く言えば、たった今人でも殺して来たかのように、見るものをゾックリとさせるような凄惨極まるようすをしているのだ。

あちらからも此方《こちら》からも湧き立つような景気のいい太鼓の音がきこえて来るのだが、この座敷ばかりは陰々滅々、無言のままで差しつおさえつしながら探り合うように互いに顔を偸視《ぬすみみ》る。

こういう深刻な無言劇《パントミイム》が永久に続くかと思われた頃、印東は痙攣《ひきつ》ったような笑い方をしなが

ら唐突《だしぬけ》に口を開き、

『……帆に風《ル・ヴァン・ラ・ヴォアール》、という諺《ことわざ》がありますが、こう蛇の道へびでも恐れいる。こういう騒ぎになりますと、この家だけが唯一無二の隠場《トルウ》。……自分じゃたいへんにいい智慧のつもりで駆け込んで見ると、あにはからんや、旦那が来ていらっしゃるんだから、上には上があるもんだと思って、あたし、つくづくと感じいりましたわ。……して見ると、今度の事件には旦那も何かお差合《ルラシオン》がおあんなさると見える』

と、口紅《ルウジュ》の剝げかかった薄い唇を翻《ひるが》えす。

　ハッチソンは盃を卓の上に置くと、これも抜目のない面付で、

『差合《ルラシオン》いという点なら、まず御同様《キフ・キフ》。何しろ、有明荘の住人の一人だってえことがこの際何よりモノを言う。どう誘導《ひっか》けられて悲惨《クリュエル》な破目に陥《おと》し込まれんものでもないから、こういう場合にはあまり逸《はや》らんのが大丈夫の道、触らぬ神に祟りなしで、せいぜいユックリと凪ぎを待つ方がよろしい』

『いや、ご尤《もっと》も』と言って印東は猶《なお》も探るようにハッチソンの顔を眺めながら、

『それはそうと、えらい騒ぎになったわね。仄聞《そくぶん》するところでは、警視庁《プレフエクチユウル》始まって以来という大捕物になっているというのですが、あたしなぞはいい面の皮、ただもう、アレヨアレヨと逃げ廻っているんですわ。……いまも言ったように、馬道《うまみち》の木賃宿で、幸田なんかと一緒に山木をとッちめていますと、それ、臨検だというんで泡を喰って戸外《そと》へ飛び出して見ると、それが如何《いか》にも凄い景況なんです。……聖天横丁《しょうてんよこちょう》の入口に警察《おかみ》のトラックが停って、両側の木

賃宿を一斉に網の目をすくように洗っているんですの。こいツアいけないと、また家の中へ駆け込むと、裏口から露路伝いに吉野橋《よしのばし》まで抜けられるというから、敵も味方も一緒くたになって溝板《どぶいた》を蹴返しながら小川町《おがわまち》まで駆け出した。あたしだけはうまい工合《ぐあい》に隅田《すみだ》公園《こうえん》まで辿りつきましたが、見ると公園の角々にはもう非常線が張ってある。猿若町《さるわかちょう》まで引返したがやはりいけない。三丁目の角にムラムラと警察《おかみ》の官服が群れている。進退谷《きわ》まって電車通りの方へ曲りますと、折よく南千住《みなみせんじゅ》行の電車が来たからこれに飛び乗って涙橋《なみだばし》まで行き、そこからタクシーに乗って今戸《いまど》を通ってようやくここへ繰り込んだというわけなの。一時はどうなることかと思いましたわ。なにしろ、札付の幸田なんかとツルんでいるんですから、それといっしょくたに逮捕《やら》れたら、それこそアガキのつかないことになるから……』

と、弁解《いいわけ》がましく語尾を濁す。ハッチソンはニヤリと笑って、

『いや、幸田の方も旦那さんと同じ感想だったかも知れない。それはそうと、山木をとッちめたというのは、一体どんないきさつだったんです。くわしくお聞かせなさい。例の座持のうまいところで、ひとつ』

と、煽動《おだて》るようにいう。口前は軽快だが、顔はいやな色になって、どうしても言わせずには置かないと言った必死の色が見える。

前回、「すゞ本」に於《おけ》る眞名古《まなこ》の検證《けんしょう》によれば、今暁三時五十分から五時までの間に、つまり、アパート有明荘で松谷鶴子《まつたにつるこ》が何者かに殺害されたと思惟される時間に、岩井《いわい》とハッチソンの二人も屋根伝いに「すゞ本」を抜け出したという事実が確認されたようである。こんな切迫

した面つきをして引手茶屋に潜伏していたところを見ると、ハッチソンはこの事件に何か重大な関係を持っているようにも思われるのだが、それはそれとして、ハッチソンが、そんな風に誘いをかけると、印東はすぐ乗って来て、顎を突き出すようにして物々しく声をひそめ、

『実はね、ハッチソンの旦那、あたし、ついさっきまで、山木が鶴子を殺して王様《ロア》の金剛石《ディアマン》を奪《と》ったんだとばかし思っていたんです。ところが……』

と、軽薄な手つきで額《ひたい》を叩き、

『ところが、隣り座敷で、山木の問わず語りをきくと、それがまるっきり見当違いだったということがわかったの』

『大分、複雑《こみい》った話になりましたな。それで？』

印東は、山木が「すゞ本」を抜け出してまた屋根伝いに帰って来たのを目撃した件、志摩徳の一味にこのネタを売り込んで一万円をモノにした件を述べ、

『ところが肝腎の山木の居所が判らない。一同しきりに焦立《いらだ》っているところへ、志摩徳の乾分《こぶん》から、いま踏絵が馬道の木賃宿へ入って行った。山木もそこにいるらしいというレポが入ったから、それ行けで、執達吏を連れて向うへ乗り込み、隣りの三畳の暗がりに潜んで立聴きをすると、山木の野郎が踏絵に問い詰《つめ》られて、涙片手で本音をあげているんですの』

と、「巴里《パリー》」の忘年会の席で、あすの朝の三時半頃、そっと鶴子の家の勝手口まで忍んでくるように王様にたのまれ、金剛石《ダイヤ》の上底とした三鞭酒《シャンパン》の瓶を預かって築地の「呉竹《くれたけ》」でまごまごしているとある人物に追い詰められ、切端《せっぱ》詰って瓶を壊して金剛石《ダイヤ》だけを取り、前後の考え

もなく木賃宿に逃げ込んだまでの話をし、

『なるほど、そう聞いて改めて考えて見ますと、山木は自動車の運転なんざ出来ない。山木が嘘を言っていないということは、そのことだけでもよく判るんですわ。一々辻褄が合っているんです』

『へえ、成程、妙な話ですなア。山木が自動車を扱えないのはわたしも知ってる。それなのにロード・スタアが動いたとすれやア、山木以外の誰かが、殆《ほと》んど同じ時刻に「すゞ本」を抜け出したと考える他はないんだが、我々六人のうちでロード・スタアを運転出来るのは、わたしと岩井の旦那と印東の旦那の三人。するてえと、これはどういうことになるんです』

ハッチソンは卓に頰杖をついて考え耽っているようだったが、何を思いついたか急に喉声を立てて笑い出し、

『それはそうと、印東の旦那、山木の窮命の件ですが、憚《はばか》りながら、このハッチソンがその結末を洞察してみましょう。……わたしの察するところでは大体こんな具合ではなかったかと思うんです。……まア、そんなようにして、五人で山木と踏絵を押し包むようにして坐り込む。何しろ一件を身体《からだ》に着けているというのだから話が早い。親父の判を偽造した例の公正證書か何か突きつけ、手取り足取りして実力接収と出かけてみると、……あにはからんや、それは金剛石《ディアマン》どころか似ても似つかぬ硝子《ガラス》玉。……ねえ、印東の旦那、そうでしょう』

印東は、あッとばかりに仰天して、暫《しばら》くは口もきけぬ体だったが、やがて泳ぎ出すようにして、

『ど、どうしてそんなことを知ってるんですの』

ハッチソンは事もなげに、

『どうしてもこうしてもありゃしない。今あんたの話を聞くと、金剛石《ディアマン》が三鞭酒《シャンパン》の瓶の底に熔接されてたと言ったでしょう。……考えてもごらんなさい、世界で何番目という無垢の金剛石《ディアマン》を硝子《ガラス》の瓶なんかへ熔接なんてテはない、傷物になってしまうんですぜ、気でも違わなけれや、そんな莫迦なことをする奴はない』

如何《いか》にも笑止だといった目付で印東の顔を眺め、

『旦那さんがたは御存知なかろうが、それは熔接でも何でもない。元来そういう上底の瓶なんでさア。……安南の順化《ユエ》に「ボニゾール兄弟会社《フィス》」という醸造会社がありましてね、そこで「帝王《ラジャー》」という三鞭酒《シャンパン》を売出していますが、皇室秘蔵の秘宝に型取ってそれと同じようなロゼット型の切子の上底を作ってある。三鞭酒《シャンパン》の方はあまり頂けないが、まア、この仕掛が名物になっているようなわけで、安南じゃア誰《だ》れ一人知らぬ者はない。お望みなら一打《ダース》でも二打《ダース》でも取寄せて差上げますが、そういう硝子《ガラス》瓶の底を持って血眼になって走り廻ったってなア、これは全く天下の椿事。実にどうも奇想天外の趣《おもむき》がありますなア。……さすが洒脱な王様のされることだけあって、この辺の呼吸なんざア巧《たく》まずして一篇の諷刺小説になっている。いやどうも……、ヘッ、へ、へ……』

と、止めどもなく笑い出す。散々《さんざ》笑ってから、

『敵を欺くには先《ま》ず味方からというのは浪花節の文句にばかりあるんじゃアない。山木が

金剛石《ディアマン》売却の仲介をしていることはもう皆に勘づかれてしまったんだからその人物に金剛石《ディアマン》を渡したように見せかけておけば、その間だけ本物の方は危険な追及からまぬがれることが出来る。愚直な山木元吉氏がそれを本物だと思い込んで大袈裟に逃げ隠れすればする程、いよいよ以《もっ》てその効果をあげるわけ。その人物に山木を選んだところに皇帝の批評性の高さがあるわけです。仮《か》りに、これがあなたのような人の悪い方に持たしたら、そう甘《うま》くはいかんでしょう。硝子《ガラス》玉を懐《ふところ》に入れ、真偽も確めずに火がついたように走り廻ったりはなさらんでしょうからね。……金剛石《こんごうせき》と山木が絡み合う件は、まア、これで大団円《デヌウマン》てえことになりましょう。腑に落ちぬ点なんざ一つだってありゃしない。謂わば、三鞭酒《シャンパン》の瓶のように透明です。……この方はこれで片付いたが、手前のロード・スタアが、深夜疾走して又帰って来たという件、こいつは充分解析してみる必要がある。……ざっくばらんに申しますがね、印東の旦那、あんたの部屋はどの部屋よりも裏木戸と便所に近く、いわゆる形勝の地を占めている。少し臭い思いを我慢すれば汲取口《くみとりぐち》から這い出し、下見の幅木伝いに家の端まで行き、そこから塀へ取りつけば庭の土の上に少しも足跡を付けずに「すゞ本」を抜け出すことが出来る』

と平気な顔でこんなことを言う。印東はギョッとした様子で眼を伏せていたが、間もなく不敵な面になり、

『ふ、ふ、いや、そういうこともあろうかと思って、抜目《ぬけめ》なく出所進退を明らかにして置きましたの。出るところへ出たら、どうせその辺もほじくられると思いましたから、敵方《あいかた》のメアリーを叩き起し、ロード・スタアが帰ってくるまで二人で飲んでいたんですわ。……どうでしょ

う、こういうのは不在證明《アリバイ》になりましょうか。もしいけないてんなら、他にまだ用意もありますが……』

ハッチソンは子供でもあやすような調子で、

『おお、そうですか。なりますなります、もしそれが事実だとすれば立派な不在證明《アリバイ》です。……するてえと、ロード・スタアを動かしたのは、かく言うこのハッチソン君か岩井の旦那の二人のうちということになりますな。これアどうも物騒なことになりました』

印東は媚《なま》めかしく片膝を立て、残忍とも見えるほどに唇の端を皺《しわ》めながら、

『ハッチソンの旦那も恍《とぼ》けるわ。……ねえ、白状しちゃいなさい、ロード・スタアを突ッ走らしたのはあなたなんでしょう。あたし、ほかにまだ知っていることがあるのよ』

ハッチソンは突っぱねるような調子で、

『ほほほ、何かそういう手がかりでもございますか。チト、聞き捨てになりませんな』

印東はいや味に細い顎を撫で、

『山木の話では、あなたが笑子《えみこ》やバロンセリと一緒に山木を「呉竹」に追い込んで来て何喰わない顔で門の前に張り込んでいたということですが、先程も言った通り、暗殺者《アサッサン》を「巴里」へ手引きして来たのは笑子なんだから、そういう連中と一緒に事を起されたとすれば、ハッチの旦那たるもの、今度の事件にまるッきり無役だったとは言わせませんよ』

それを聞くと、ハッチソンは弾かれたように腰を浮かし、まるで瘧《おこり》にでもかかったように慄《ふる》えていたが、やがて途切《とぎれ》途切れな声で、

『そ、その……、笑子とバロンセリがツルんで「呉竹」にいたってえのは、それは本当なんですか。たしかなんですか』

印東は快心の面持ちでマジマジとハッチソンの狼狽ぶりを眺めながら、

『ええ、そこに見そこないはなかったですって』

ハッチソンは雷にでも撃たれたように、ガックリと首をたれて俯向《うつむ》いてしまう。見ると、肩を波のように起伏させ、膝の上の拳をワナワナと顫《ふる》わせている。甚《はなは》だ以て異様な光景となった。

印東はいよいよ以て酷薄な面つきになり、

『だいぶ、御愁傷なようすね。何かお気にさわったら、ごめんなさい。……でもね、旦那が鶴子を殺そうと殺すまいと、あたしとすれアどちらだっていいのよ。ただね、すっ恍けられるのがいやなの、焼餅やきなんですわ。……あたしが今朝《けさ》有明荘へ着換えに帰ったときもつくづくそう思ったんですけど、いったい有明荘の連中はすこしばかりケチ根性ね。何か仕事をしたいんなら、そうと打明けて加勢をたのめばいいものを、コソコソ隠れてひとりでやろうとするからこんなヘマなことになるのよ。ざまア見ろいだ』

ハッチソンは血の気をなくした顔をあげると、血走った眼をキョトキョトと動かしながら、何とも形容のつかぬ凄味のある笑い方をして、

『これで筋が通ったよ。……色仕掛けたア考えやがった。……もともとゾッコン惚れていたんだから、そのテにかかったらバロンのやつも手も足も出なかったろう。……そうとは知らねえもんだから無闇にトッちめたんだが、……ああ、さぞ辛《つ》らかったろう。気の毒なことをした。

それにつけても……』

と、こんな風なことをブツブツ呟いていたが、またしても首を垂れ、千思万思といった体に呻吟《しんぎん》していたが、ややしばらくののち唐突《だしぬけ》に顔をあげ、

『印東の旦那、……実にどうも有難いことを聞かしてくだすった。お礼申しますよ。それはそれとして、有難ついでにもうひとつお伺いしたいことがある。いま聞くと、旦那は有明荘へお召換えにいらしたそうですが、それは一体何時頃のことでしたか』

『何かと思ったら、そんなお訊ねですか。……岩井の旦那がいらっしゃるのとほとんど入れちがいに「巴里」を出たのですから、九時半ごろでもありましたろうか』

『よく入られましたなア』

印東はキョトンとした顔で、

『てえのは？』

『警察《おかみ》の人数が大勢いましたろう』

『いえ、一人も見当りませんでしたわ。……玄関を入ろうとするとお馬婆《うま》が出て来て、今朝《けさ》鶴子さんが酔っぱらって窓から飛び降りましてねえ、どうも酔狂なことで、と笑ってる。何を言やがると思いながら、それア大変だったろうと言うと、なアに今朝《けさ》の六時前に警察でお鶴さんの死骸を持って引揚《ひきあ》げて行っちゃって、それですッかり片附いちゃいましたとぬかす。じゃ、部屋へ入ってもいいのね、と訊ねると、いいも悪いもないじゃありませんか。……さすが王様《ロア》の威勢は大したもんだと思いながら、すぐ自分の部屋へ……』

ハッチソンは異様に眼を光らせ、

『妙ですな、……すると、岩井の旦那は嘘をついてる』

『えッ』

ハッチソンはキッと顔を引き緊《し》めて、

『もう、お忘れですか。……有明荘へ帰るといってアタフタと我々に別れたくせに、「巴里」へ入っていらした岩井の旦那の風態を見ると、まず昨夜《ゆうべ》のままのタキシードを着ていられるから、ご本宅へお帰りになったのではなかったのかと訊ねると、有明荘の門前に警察《おかみ》の人数が多勢出張っていて、どうしても僕を内部《なか》へ入れてくれなかったと申しました。……ところが、今伺うと、検視も検證もちゃんと六時前に片附き、我々が明石署から釈放される以前に警察《おかみ》の人数は全部お引払いになって、有明荘の門前になんか一人もいられなかった』

鋭い眼つきで印東の顔を凝視し、

『一体何のために、そんな益にもならぬ嘘を吐《つ》かれたんでしょう。妙な話ですな。……ところが、そういうことになれば、外《ほか》にもうひとつ異様なことがある。……旦那はお気がつかれませんでしたか。岩井の靴の踵《かかと》に赭土《あかつち》がウンと喰っついていたことを。……日頃身だしなみのいい岩井の旦那としては、あるまじきことなんで。そのため私の注意をひいたんですが、……考えて見れア、この節、東京の市中では、あんな赭土にはお目にかかりたくたってお目にかかれようもない。……つまり、岩井の旦那は我々には有明荘へ帰ると嘘をついて、「巴里」へ現れる一時間半ほどの間どこかの田舎道を駆け廻っていらしたのだと思うほかはない。……どうも怪しい風景になりましたな。一方には今朝《けさ》の九時頃王様《ロア》が日比谷公園から何者かのために攫われてどこかへ持って行かれたという事実があり、一方には、それと同じ時刻に、靴を赭土まみれにして走り廻っている人間がある』

印東はひとを小馬鹿にしたような顔で口を差し挟み、

『お言葉ですが、なぜもう殺《や》られてしまったと考えてはいけませんの』

『それはね、政府が帝国《ていこく》ホテルに王様の換玉《かえだま》をこしらえて置いているからです。……ご承知でもありましょうが、帝国ホテルの王様の部屋の窓は「日本徴兵《にほんちょうへい》」の二階の窓と向き合うような位置にある。その窓から遠望すると、レースのカアテンを透かして王様の部屋の中を瞥見することが出来るんです。私は抜目なく観測しましたな、望遠鏡でもって。……ところが、私の眼に映じたものは、どこか王様に似てはいるが、まるっきりの赤の他人なんです。……仮りに、王様が殺されたとすれば、如何《いか》に面子《メンツ》を重んじる政府だって最早施す術がない。王様の換玉《かえだま》なんか置いたって今更追いつきはしない。……なんとお判りか。王様に非ざる王様が、ホテルにいる限り、王様はまだどこかに生きているという事を証明するのです』

と言って冷えた酒をグッと呷《あお》りつけると急《いそ》がしく外套を引きよせ、

『この際、そんな講釈などはどうでもいい。実はね、私は王様を誘拐したと思われる犯人をここで待ち受け、ぬきさしならぬところを押えつけて王様を助けるつもりだったんですが、それはどうも私の見込違いで犯人は外にあるようだ。……そうとなれば、こんなところでノンベンダラリとしているわけにはゆかない。これからまた必死の奔走をします。あなたは、まあ、どうかごゆっくり』

と、そそくさと立ち上る。なんだかんだとうまく言い廻してはいるが、見ようによれば、しつこい印東の追究から逃げ出そうとしているのだともとれぬことはない。印東もそれを感じたと見え、すかさず、鋭い声で、

『おやおや、たいへんな周章《あわて》かたね』

という。行きかかったハッチソンはキッと振返り、

『相変らずかったるいお人だね。……あんまりしちくどく絡みなさんな。……旦那のようなお方には判りますまいがわたしの、ここに詰まっている思考力《コンシアンス》なんてものは、これで相等上等なんです。どうでもその證拠を見たいてえなら見せてあげましょう。いま換玉《かえだま》を呼び出して見せるから、まア、階下《した》の電話室までいらっしゃい』

と言って、先に立って階下へ降り、帝国ホテルの帳場《ビュウロオ》を呼び出し、こちらは警視庁の眞名古捜査課長だが、至急王様に御報告したいことがあるからお部屋へお繋ぎしてくれと例の陰気な含み声を真似てやる。

慇懃《いんぎん》な声が引っ込むと、入れ代りに二人の耳へ渋味のある落着いた声が響いてきた。

『もしもし、私は宗方《むねかた》ですが、あなたはどなた』

ハッチソンは思わず、はッと息をひいて、印東と眼を見合せる。

『もしもし、私は宗方ですが……』

『おお、殿下ですね！』

『ああ、ハッチソン君ですね、……どうしたんです、今頃。何か変ったことでも……』

紛れもない宗《そう》皇帝の声だった。茫然たる二人の耳をくすぐるように沈着極まる王様《ロア》の声が響いてくる。

三十二　歯固めのお式の事、並に意外なる口説《くぜつ》の事

安南国《あんなんこく》皇帝宗龍王《りゅうおう》は自分の寝台の上で眼を覚ました。

自分は暗い陰湿なところを長い間苦しい彷徨をつづけていたような気がするのに、見ると自分はいつものように帝国ホテルの自分の寝台の穏やかな風景の中にいる。

今日《きょう》の暁《あ》け方、鶴子の家の食堂へ刺客《アサッサン》を置き去りにして、うまく勝手口からぬけ出したまでは覚えているが、その以後のことはどうも正確に思い出すことは出来ない。

熱病のような悪性のねむりの中で時々ぼんやり眼をあけると、自分の周りにはいつも陰々たる闇ばかりがあった。この半生を通じてあんな恐ろしい闇にぶつかったことはない。いまにも自分の肉体が圧し潰されてしまいはせぬかと思われるようなひどい圧力を持った闇だった。自分の手がどこにあるのか顔がどこにあるのかはっきりと測量することが出来ない。自分の肉体は闇の中に溶け込んでしまって、魂だけで寝ころんでいるような気がする。この恐ろしい混沌の中から逃げ出そうと必死になって這いずり廻ると、自分の掌《てのひら》に苔《こけ》のようなものや爬蟲類の

肌のようなヌルヌルしたものがまつわりつき、思わずゾッと身の毛を逆立《よだ》たせる。何とも形容の出来ぬあの不愉快な感触はいまもマザマザと記憶に甦ってくるのだが、掌を検《あらた》めて見ても格別汚れたところもないのだから、やはり夢だったのだと思うほかはない。

枕元の置時計を見ると八時を指したところで停っている。八時ということはないだろう。街路には靴音も電車の音も響かず、大気の中に夜更けの気配《けはい》がはっきりと感じられる。しかし、深夜なのか夜明けなのか、昨日《きのう》なのか今日《きょう》なのか一向に判断がつかない。時の流《ながれ》から自分だけが除外されて今迄放って置かれたような手頼《たよ》りない気持である。

起上ろうとするが身体《からだ》の心棒がなくなってしまったようでうまい工合にゆかない。ようやく起上って何気なしに自分の胸さきに眼をやると、ちょうど心臓の上のところに一枚の紙片がクリップでとめてある。不審に思いながら手に取って読んで見ると、その表面《おもて》には鉛筆の走り書きで次のようなことが記されてあった。

警視庁眞名古捜査課長殿

僕は今たいへんな危難にサラサレています。二日午前三時までに帰りませんでしたら即刻捜査を始めて下さい。入口は芝田村町《しばたむらちょう》放送局工事場。二つ目の角を右折、六ツ目を左折、四ツ目を右折。

二日午前一時十分　　古市加十《ふるいちかじゅう》

幾度も読み返して見たがどういう意味なのか判らない。そのうちに考えることが面倒臭くなって細かく引裂《ひきさ》いて紙屑籠の中へ投げ込んでしまった。

頭がひどく痛むので、すこし額でも冷してやれと思って化粧室へ入って行く。鏡で自分の顔を検査したが、昨夜《ゆうべ》の仮装の付け髯をどこかへ落してきたほかどこと言って変ったところもない。

冷水で顔を洗って含嗽《うがい》をするとすこし頭がはっきりして来た。安楽椅子《ソファ》にかけて葉巻に火をつける。

それにしても鶴子は一体どうしたというんだったろう。ひどく蒼ざめて寝台に寝ころんでいたっけが……。しかしそれも夢だったのか事実だったのかその区別がはっきりしない。

また考えるのが五月蠅《うるさ》くなって舌打ちをすると、卓子《テーブル》の上の新聞を取り上げて気もなく眺め廻す。意外にもこんな記事が出ていた。

安南王の御迎春
東京御滞在中の
皇帝の御動静

去月二十二日以来、帝国ホテルに御滞在中の安南帝国皇帝宗龍王殿下は東京に於《おい》て御宝歳を加えられた。かねて日本びいきでいられる殿下には、歯固めの古式による御雑煮、数の子、ごまめ等を殊《こと》のほか御賞美になり、御機嫌麗《うる》わしく外務次官以下の年賀を受けさせられた。猶本日午前、安南国の大官宋秀陳《そうしゅうちん》氏が入京されたが、いたく御喜悦の模様で、自ら会見室迄お出迎えになり、夕方までさまざま御歓談あらせられた。

それは「夕陽新聞」という四頁《ページ》の夕刊新聞で、一月元日の夕方に配達されたものである。

これによって見ると今は元日の深夜だと思われるが、いくら自分の記憶の中をかい探って見ても雑煮などを喰った覚えもなければ外務次官の年賀を受けたなどという記憶もない。

呆気《あっけ》にとられてもう一度丁寧に読み返して見たが、それは断じて自分の読みちがいなんていうものではなかった。その記事のあとに、外務次官談として、殿下には軽微なる御風邪《ごふうじゃ》の模様に拝されたが平素に変らぬご元気で、日本の新年の風習につき色々と深い御理解を示された、と、この奇妙な会見に大きな太鼓判を捺《お》している。

すると、自分が酔いどれて昏々と眠っている間に、何者かが王様面をしてごまめを喰ったり要らざるお愛想を言ったということになる。

これは何かの冗談なのか、それとも例の李光明《りこうめい》の一派の測り知られざる詭計の一種なのか。冗談ならばすこしあくどいし、陰謀ならばあまりくだらなすぎる。自分の代りに数の子を喰ったり挨拶をしたりして、それでどうするというんだ。一向とりとめもなくて考えれば考えるほど判らなくなってくる。

皇帝が呼鈴をおすと、いつものボーイ長が慇懃なようすで入って来た。

『ここに宋秀陳というものがいるか』

『御宿泊《とまり》になって居ります』

『すぐここへ来るように言ってくれたまえ』

ボーイ長が引き退《さが》ると間もなく、縮れっ毛団栗眼《どんぐりまなこ》の、「長崎絵《ながさきえ》」の加比丹《カピタン》のような面をした突兀《とつこつ》たる人物が一種蹣跚《まんさん》たる足どりで入って来て、皇帝の前へ直立すると、危なっかしいようすで敬礼をし、

『おお、お目覚めになられましたか。……こうもあろうなら、手前ら殿下を御介抱いたそうとてしんじつ手古擦《てこず》ったと申すべきでありましょう。何にいたせ、あらん限りにおむつがりになり、またさまざま鼻唄などをご朗誦になるなどいかにも手に合ったのではございました』

皇帝は日頃にもなく厳しく眉根を寄せてその男の顔を眺めていたが、人も無げな恍けた言い廻しをきいていると、ムラムラと腹が立って来て、

『貴様は何だ！』

と叱咤《しった》した。

秀陳は眼をパチクリさせていたが、凄い眼つきで自分を睨みつけている皇帝の顔を見ると、急に泣き出しそうな顔になって、

『ああ、情けなや、殿下に於《おか》れては、未だ酒気中にわたらせられると考えるより外はないのでありましょう。帰国の暁《あかつき》には勲章をやるぞと、優渥《ゆうあく》なるお約束をつかわされ、また、ひょッとしたら大臣の位まで賜《たま》わるべき筈の手前らを、あろうことか、早《は》や御忘却になるなどは、日

頃御聡明なる殿下として、有り得べからざることなのでございまして、されば、手前らは……』

皇帝は顔を引き緊めると、凛然たる声で、

『うるさい、貴様は何者だ』

と、また大喝する。秀陳は仰天してひと飛びに三歩ほど飛び退《すさ》ると、息も詰《つま》りそうなオロオロ声で、

『安南帝国皇帝附諜報部長　宋秀陳』

『その下級官吏が俺《わし》と同じホテルに泊っているというのか。一体誰れの許可を得て、そんな出過ぎた真似《まね》をした。……言え！』

秀陳は、ハッと泣き出して、

『これはまた意外なるご叱責ではありまする。手前が再三御辞退申しあげましたことは、殿下に於《おか》れても御記憶のことでありましょう。かくいたしましたは、しょせん、殿下の御命令に服従いたしたに他ならぬのであります』

『見ると、大分酒気を帯びているようだが、そんなざまで俺《わし》の前に出てくるなんて、貴様も仲々元気のいいやつだな。免職位いでは済まさないから覚悟しているがいい。……察するところ、この新聞記事も貴様がいい加減なことを喋りちらしたのに相違あるまい。……おい、俺《わし》がいつごまめを喰った』

『つがもない！　そのおとがめはまことに意外なのでありまして、しんじつ、夢に夢見る心持がいたすのでござります。先刻新聞記者がまいりました節、ごまめの方はどういたしましょう

とお伺いしたところ、喰ったと書きゃアいいじゃないかと仰せられたのであります。また、手前らが酩酊《めいてい》いたしましたのは、かまわんから大いにやれという殿下の御命令に服従いたしたのでありまして、しょせん、職務に忠』

皇帝は大股に秀陳の方へ近付いて行き襟首をひッ摑んでズルズルと扉《ドア》の方へ引ずって行って力任せに廊下へ蹴り出した。

何とも肚《はら》に据えかねる心持になって、居間へ引きかえそうとすると、扉《ドア》の隙間から二十歳《はたち》ばかりの娘が美しい旋風《つむじかぜ》のようになって飛び込んで来た。そのあとから私服らしいのがバラバラと追いかけて来たが、皇帝の不機嫌な凝視に遭うと、モジモジと廊下の端まで引き退って行った。

娘は嵐に怯えた小鳥のように、ソファのうしろにかがみ込んで顫えていたが、皇帝が扉《ドア》をしめてその方へ近付いて来るのを見ると、まるで縋《すが》りつくような物騒な眼つきをしながら床の上から飛び上り、皇帝の手を取って気が狂ったように接吻をしながら、

『王様、王様、……どうぞお腹立ちにならないでちょうだい。こんな夜更けにお訪ねするなんて、よくよくなことが起きたからなんですわ。こんなことであたくしを厭になったりなさらないで下さいましね。……もし、そんなことになったら、もう、生きてなんぞいませんわ』

と言って、胸の方へ顔をすりつけてくる。

どこかで見掛けた娘のようだが、よく思い出せない。今日はよくよく変ったことばかり起る日と見える。

皇帝がソッと娘をおしのけると、娘はソファの中へ沈み込んで、ワッとひと泣き泣いてから、涙で洗われた美しい顔をあげ、

『王様、警察では、あのひとを殺したのはあたくしなんだと決めているらしいんですの。刑事が夕方からズッとあたしのあとを蹤《つ》けていますし、あたくしの部屋もそっと家宅捜索をして行きました。……あたくし、畳の下へたいへんなものを隠してあったんですが、とうとうそれを持って行かれてしまいました』

また気狂いじみた眼つきになって、

『でもね、あたしの方に、そう思われても仕様のないわけがあるんです。……もう、何もかも申上げますが、あたくしはあのひとを嫉妬していたんです。あのひとのところで王様の写真を見た日からそんなふうになってしまったんですわ。……あたくし、あのひとが死んでくれればいいといつも思っていました。だけど、あのひとを殺したのはあたくしではないのです。……どうか、それだけはお信じ下さいましね。……あたくしがあのひとを呪った罰《ばち》で、人殺しに間違われて死刑にされたって、それは身から出た銹で誰れを恨もうすべはないのですけれど、王様にまで人殺しだと思われるんでは、死んでも死にきれないのです。どうぞ、あなたの口から、あのひとを殺したのはお前じゃないと、たったひとこと仰有《おっしゃ》ってちょうだい。そして……』

と言ってウットリと眼をとじて、

『最後に、たった一度だけ、あたしに接吻《キッス》して下さい』

皇帝は啞然として花子《はなこ》の面《おもて》を凝視していたが、追々莫迦莫迦しくて我慢ならなくなり、その

傍に突っ立ったまま、素っ気ない調子で、

『今迄辛棒《しんぼう》して伺っていましたが、私には何のことやら一向にわからない。いつまで聞いていたって仕様のないことだから、もうその辺でやめて下さい。私はあなたのような人は知らないし、たとえ、あなたが何を悩んでいるにしろ私に関係のないことです』

花はこれを聞くと、ソファの中から跳ね上り、例によって癲癇《てんかん》の一歩手前といったような凄い顔で皇帝の面を瞶《みつ》めていたが、突然、ワッと甲高い泣き声をあげると、袖で顔を蔽《おお》ったまま手負いの獣のような勢いで部屋から駆け出して行ってしまった。

皇帝は当惑と怒りが交り合ったような複雑な表情で机に頬杖をついていると、深夜の空気を揺動かして消魂《けたた》ましく卓上電話のベルが鳴り出した。皇帝は受話器を耳にあてて、おおハッチソン君か、と機嫌よく応待していたが、追々すさまじい恐慄《きょうしょう》の色を浮べ、安南語で早口に何事かを語り出した。この時、急に扉《ドア》が開いて、三人の刑事を従えた秀陳が入って来た。閾際《しきいぎわ》に突立って皇帝を指《ゆびさ》しながら、厳然と宣告したのである。

『諸君、あれは、偽皇帝です！』

三十三　思案投首《なげくび》の体の事、並に意外なる成行の事

場面一転して、ここは永田町《ながたちょう》内相官邸、会議室の大卓子《おおテーブル》を囲んでいるのは、内務、外務、両

大臣と各両次官、欧亜局長の五人。いずれも疲労困憊の色を浮べ、頭を抱えて机にうつ伏しているものもあれば、すっかり胴衣《チヨツキ》の釦《ボタン》をはずして喘《あえ》いでいるものもある。そうかと思うと、椅子の中に引っくり返って大の字になっている、その膝を抱いて貧乏揺りをしているもの、てんでん思い思いに何とも言えぬ恰好をして坐っている。ドオミエ描くところの「酒宴のはて」といったダラケ切った風景だが、どうして、事実はそんなどころじゃない。

会議室の時計を見上げると、午前一時を過ぎることまさに二十分。仏国大使の乗った汽車は早や静岡辺まで来ているというのに、誘拐された皇帝の行方が皆目わからんというのだから当局の苦慮心痛というものはまさに破竹の勢い、実に以て察するに余りあるので……。

時計の振子は正確に分秒を刻み、その音は一同の耳には宛《さなが》ら轟くが如くに聞きなされる。泣いても喚いても、あと僅《わず》か二時間と半《ハーフ》の命。万一、仏国大使が伺候《しこう》するまでに皇帝を発見することが出来ないとなったら、それこそ大変。また例の秘密政治であろう、政府それ自身がやった仕事であろうと痛くもない腹を探られ、政府としては非常なる窮境に陥るわけのみならず、聯盟脱退後、対仏の外交関係がいささかならず難《むず》かしいことになっている際だから、それによって惹起される国際間の紛擾《ふんじょう》は、どこまで発展するか、到底端倪《たんげい》を許さない。

もう一つ悪い事は、親日派の宗皇帝が屢々《しばしば》日本に来遊されることは既に仏蘭西《フランス》本国でも重大な問題になって居り、日本が聯盟脱退を潮に、安南帝国の宗主権復光《ふっこう》の尻押しを始めたなどという取沙汰が然《しか》るべき筋にさえ真面目に信じられている際であるから、この事件によって如何《いか》なる狂瀾怒濤が巻き起されるかも測り難い。然も、もしも暗殺者の方が勝をしめ密告者の電話にあった通り、その惨殺体を東京市内の目抜の場所に投げ出されでもしたら、大臣の首などはいくつあっても足りないのである。

もし、既に皇帝が暗殺されたとなれば、その条件によって直ちに明白な結果となって現れる筈だが、未だそれらしい報告のないところを見ると、皇帝の命は今以て保全されているのであろう。この際それが一縷《いちる》の望みなのだが、それとても実に儚《はかな》い安心。今にもその恐るべき報告が齎《もた》らされるかも知れぬ。政府の命はまさに風前の灯《ともしび》。両大臣初め局長に至るまで、一同ことごとく緊張に疲れ、いささか焼《や》け腹っぱちになってフンゾリ返っているというのも、亦《また》止むを得ぬ次第であった。

さて、諄《くど》いようだが、光陰矢の如く、時刻は刻々に移って大時計の鳴鐘はガアンと無慈悲の音をたてて、一時半を報じた。

今まで椅子の中に沈み込んで鞴《ふいご》のような息づかいをしていた外務大臣は跳ねッ返るように椅子から立ち上り、襟飾《ネクタイ》を引き挘《むし》ってそれを卓《テーブル》の上に叩きつけ、

『畜生、息がつまりそうだ。一体いつまで待っていれば埒《らち》があくというんだ。……おい、内務大臣、日本の警察はこんな不甲斐のないもんだったのか。警視総監はどうした。もう早寝でもしてしまったのか。警保局長はどうした。二時間前に飛び出して行ったきり、朧んだものが潰れたとも言って来ないじゃないか。一体どうなったんだ。捜査はどんなふうに進んでいるんだ。見給え。もう間もなく二時だ。泣いても喚いても汽車は刻一刻東京へ近づいて来る。諸君、この事実をどうするんだ』

と、今にも卒中でも起しそうに、顔を紫色にしていきり立つが、一同は化石したようにウンともスンとも返事をするものがない。外務大臣はいよいよ激発して、

『諸君は死んだのか、眠っているのか。それとも、腹切りと覚悟をきめてしまったのか。眠っているのでなかったら何とか言い給え、何とか』

と阿修羅のように猛り狂っているところへ、警保局長が息せき切って飛び込んで来た。この寒空にしたたかに汗をかき顔色さえ蒼ざめて見えるのは、又しても何か意外なる椿事が勃発したのだと察しられる。

警保局長の姿を見ると、一座は発条《ばね》仕掛の鼠のように、一斉に椅子から飛び上り、

『どうした、どうした』

『局長、吉報か』

などと口々に喚きたてる。騒然たる有様になった。

警保局長は落ち込むように椅子に坐ると、ハンカチで額の汗を拭いながら、いわば気息奄々《えんえん》といった体で、

『吉報ならいいのですが、それが、又しても、どうも……』

と、このまま消えてしまいたいというように頭を抱えてしまった。

内務大臣は焦立《いらだ》って、

『又してもどうしたんだ。早く言い給え、思い入れなんぞ後でもいい』

二人の次官もそばから詰め寄って、

『どうしたんだ』

『また何がおっ始まったというんだ、早く言え』

警保局長は恐るおそる顔を上げて、

『それが実に、どうも、意外のことで、……只今《ただいま》、検事局の鳴尾《なるお》検事から電話があって、眞名古捜査課長が、警視総監に対する逮捕状を請求したが、事情を聞くと要急事態に該当するから直ちに逮捕状を発送した。これから司法大臣に報告するつもりだが、なにしろ重大問題だから今その内容を洩らすことが出来んというのです』

一座は慴然《しゅうぜん》として言葉もなく互いに眼を見合せるばかりだったが、やがて内務大臣は怯えたような声で、

『眞名古が警視総監を逮捕するって！　そ、それは一体どういう理由《わけ》なんだ』

警保局長もホトホト困惑した様子で、

『ですから、それが、一向どうも……』

『と言ってすましているわけにはゆくまい。眞名古を呼んで事情を聞こうじゃないか』

警保局長は何ともいえぬ苦っぽろい笑い方をして、

『放っておいたわけじゃありません。早速眞名古に電話を掛けたのですが、今申上げる時期でないというけんもほろろの挨拶で、威《おど》しても賺《すか》しても、どうしても言いよらん。どうも手古摺《てこず》りました。何しろ御承知のような狷介《けんかい》な男ですから、言わぬとなったらどんな権力を以てしても口を開かせることは出来ますまい。緻密慎重なあの男のことですから何か余程の確信がなけ

れば、そんな突飛なことをする筈がないんだが、そうだとすれば、いよいよ以て穏《おだや》かならんことで……。今度ぐらい困惑したことはありません、弱りました……』

欧亜局長は神経的に細い口髭を捻《ひね》りながら、

『それだってやってみなけれや判らんさ。一体今どこにいるんです。とにかく呼んで貰おうじやないか』

と物々しい口調で言う。警保局長は又しても頭を抱え、

『じつは、まだ申上げませんでしたが、もうひとつ事件が起りまして』

これで、一座また騒然となる。警保局長は憐憫を含むような眼つきで一座を見廻しながら、

『今朝殺害された鶴子の家の通い婆々《ばばあ》のとめというのが、駿河台《するがだい》の「お茶松《ちゃまつ》」という賭場《とば》の地下道で絞殺されているのを発見されたのです。……眞名古は今そこへ検證に行っているのです……』

内務大臣が、

『加害者は何者だ。手懸りはついたのか』

と性急《せっかち》に詰め寄るのを、警保局長はマアマアと手でおさえ、

『待って下さい、そう短兵急に言われても……。そのとめというのは被害者の日常を熟知しているものだから、警視庁でも草の根を分けてその行方を尋ねていたのですが、意外にもこんな始末になって、その方の手懸りがプツリと切れ、捜査方針に一頓坐を来すことになりましたが、幸い追及中の有明荘の住人の一人の村雲《むらくも》笑子という者を逮捕しましたから、この方の口を開か

せれば何か意外な手懸りが得られるのではないかと思っております。今日先程申しました「お茶松」という賭場にループ・ベースの歓迎賭博会があって、その座に岩井通保《みちやす》と川俣踏絵の二人もいまして、この方は逸早《いちはや》く風を喰って逃走しましたが、賭場の使番《つかいばん》の自白によって川俣踏絵の方は馬道辺の簡易旅館に潜伏している山木元吉のところへ行く筈だということで、直ちに手配しましたから、この二人の方も間もなく逮捕されることだと思っております。何しろども際どい時間になりましたが、この三人を極力追求すれば、必ず筋が手繰《たぐ》れるわけで、皇帝誘拐の犯人もその辺から足がつくのではないかと思っております。ところが……』

と言って、額を撫で、

『ところが、更にもう一つ困ったことが出来《しゆつたい》したので……』

外務大臣は、ウウムと唸り声を発し、

『まだあるのかね、今度は一体何だい』

とこれも机にうつ伏してしまう。警保局長は呟くような声で、

『……甚だ申上げにくいことですが、……じつは、我々が苦心惨憺《さんたん》してこしらえた皇帝の替玉が、夕景からホテルを逃げ出してしまいました。……極力、捜査をしておりますが、今もってその消息が判らないような次第で……、じつは、もう少し以前にご報告いたすべきでしたが、如何《いか》にもどうも申上げにくいことで、それで、つい……』

外務次官は遽《にわ》かにいきり立って、

『どうせそんなことだろうと思ってたよ。君が皇帝の替玉を作ろうと言った時に、僕が極力反

対したことを君は忘れはすまい。誠実に事を運んだ方が結局最後の勝利だと言ったのは、この辺のことを先見したからなんだ。見給え、いよいよ以て抜き差しならんことになったじゃないか。われわれ総掛りでこんな小刀細工をしたということが判ったら、政府の面目は丸潰れだあ。また、そうなくとも外務省では一人として皇帝の顔を知っている者はなかったなどということが世間に知れたら、それこそ目もあてられないことになる。……どんなことがあっても取り逃すようなことはありませんなどと大きなことを言っておきながら、この様は一体どうしたというんだ。君、大槻《おおつき》君、これア大失態だぞ。選りによって赤新聞社の雑報記者にすっかりこっちの内幕をさとられ、そいつをヌケヌケとホテルから出してやる！　これアえらいことになった。ひょっとすると、今頃はもう号外を出す支度でもしているかも知れん。大槻君、一体このおさまりはどうつける』

内務大臣も満面に朱を注いで、

『警保局長、えらいことをやってくれるじゃないか。それア君、あんまりだ。迂濶というにも程があるじゃないか』

警保局長は面目なげに眼を伏せながら、

『いや、何と仰有られてもお返しする言葉もございませんが、我々は早速夕陽新聞社と幸田節三の妾宅に手配をし、その方の危険を充分防禦いたしましたが……』

内務次官はやり切れないと言った風に舌打ちをして、

『莫迦なことを言い給うな。新聞社を押えたって、印刷所はどこにでもある。号外を出すこと位いに事を欠くものか、何を莫迦な』

どうする、どうすると、宛ら娘義太夫《たれぎだ》の堂摺連《どうするれん》のように四方八方から詰め寄られて、遉《さすが》の警保局長も哀れはかなく見えた時、この騒動にピリオドを打つように、けたたましく卓上電話のベルが鳴り出した。

警保局長は電話器に飛び付いて、ウンウンと頷いていたが、掌で電話の口に蓋をして一同の方へ振返り、喜色を満面に溢れさせて、

『御安心下さい、替玉野郎がホテルへ帰って来ているそうです』

と、報告しておいて、又受話器を耳に当ててしきりに会話をつづけていたが追々嫌な顔色になり、よろしい判った。じゃ、安南の諜報部長を電話に出してくれ、と蚊の鳴くような声で言う。間もなく、まるで鉄力《ぶりき》板を引ッ掻くような甲高い声が、疾風迅雷の勢いで受話器から洩れてくる。警保局長は電話の声の主に平身低頭して応待していたが、電話の口を押えて一同の方に振向き、

『いや、どうもこう重ねがさねでは挨拶の仕様もない。又々困ったことになりました。……あの馬鹿野郎がとうとう尻尾を出して、偽《に》せの王様だということを見破られてしまったんです。……幸い我々が替玉を作ったということは諜報部長も気付かぬ様子ですが、カンカンになって彼奴《あいつ》をグルグル巻きにふん縛ってしまったらしいです。止せばいいのにあの馬鹿野郎は、無礼だの、失礼だのとオダを上げるもんだから、秀陳はいよいよ立腹して今にも殺しかねまじき剣幕でねじ込んで来ました。どうしましょう』

内務大臣はドスンと卓子《テーブル》を叩いて、

『よかろう、やりたいだけやらそうじゃないか。かまわないから粉々になるまでやれと言ってくれ給え』

と心地よげにカラカラと笑った。内務次官は口をはさみ、

『しかし、そうばかりさしてもおけますまい。苦しまぎれに替玉にされたなんて口走られでもしたら事だから、とにかく引き取ってどこかへ投《ほ》り込んでしまったらどうでしょう』

警保局長は頷いて、

『成程、それがいい。また逃げ出されないようにしっかりとどこかへぶち込んで置きましょう』

と言って、すぐホテルへ電話をかけて係官を呼び出してその命令を伝えると、ホッとしたようすで椅子にかける。

外務次官はそれを見るとまた口を尖らし、

『大槻君、そんな呑気《のんき》な顔をして坐り込んでしまっちゃ困る。直ぐホテルへ行って、その先生を何とか宥《なだ》めてくれ給え』

外務大臣は思案投首のていで、

『宥める位いでうまくおさまるかしらん。王様は今朝以来行方不明だなんて大使館へ通告されでもしたら、それこそ手に負えないことになる。これアどうも弱ったことになった』

一同互いに面を見合せ、弱った、弱ったと言うばかり。

警視庁捜査課長室の扉《ドア》を開けて眞名古が帰って来た。続いて入って来たのは、例の科学者の弟子といったような蒼白い顔をした四銃士の一人。

眞名古は例の通り寛々《かんかん》たる足取りで椅子のそばに行くと、まるで襤褸裂《ぼろきれ》がたぐまったような恰好でそこへ坐り込む。見ると、いつもの冷灰《れいかい》な趣に引きかえ、それとなき一種快活な様子を示している。

何しろ、墓場から迷い出た亡者のような陰気な風体の男だから、快活といったって格別目に立つほどのことはない。いつものように眠そうに眼を伏せ、しょったれた様子で首を垂れているが、小さな瞳が細い瞼の間で、まるで生きた魚のように敏捷に動いている。普通の人にはわからんだろうが、よく眞名古を知ってる者は、それによって眞名古がいま快心得意の心境にあるということを察しるのである。

眞名古は懶《もの》うそうに手を伸して本棚の側にある拡声機のスイッチを入れるとガアガアした声で「報告」が流れ出す。

（今暁有明荘止宿の六人と同行した「カーマス・ショオ」の男女優、並に「お茶松」から拘引した村雲笑子以下は本庁留置場に拘留してあります。川俣踏絵、山木元吉の両名は追跡中ですが未だ逮捕されません。印東忠介は、只今、新吉原「はせがわ伏見屋」で逮捕されました。岩井通保とジョン・ハッチソンの両名は江東《こうとう》附近に立ち廻った形跡があり目下追跡中です。安亀《やすかめ》一味十名は築地から有楽町《ゆうらくちょう》附近に移動した形跡があり、これも目下追及中です。以上）

『カーマス・ショオのマネエジャア、ルイ・バロンセリの消息はまだ判らないか』

（まだ報告がありません）

眞名古はスイッチを切ると身振りで銑士に掛けるよう合図をし、例の冷然たる声音で、

『ひとつ説明して見給え、とめは何故あんなところで殺されていたのだね』

銑士は、まるで眞名古の分身といったような、冷淡無表情な面持で、

『推定の結果を先に申上げましょうか。……わたくしの検證いたしましたところでは、とめは、或る場所で殺害されその後「お茶松」の地下道へ運ばれたものです。殺害された時間は今日《きょう》の午後五時から六時迄の間、つまり「カーマス・ショオ」の昼之部《マチネエ》と夜之部《ソワレ》の間だったと思われます。殺害された場所は、現在造築中の「日本座《にほんざ》」の地下室小劇場の工事場。兇器は混凝土《コンクリート》ブロックの板石。加害者は警察官。警部以上の身分』

『殺害の情況を話してごらん』

『午後五時五分前に「カーマス・ショオ」の昼之部《マチネエ》が終り、とめは幸田節三の妾《めかけ》の酒月悦子《えつこ》と「日本座」を出て数寄屋橋《すきやばし》の袂《たもと》まで来たとき、悦子は携帯品預所へ預けた包を受取らずに来たのを思い出し、とめにここで待っているように言いつけて自分だけ「日本座」に戻って包を受取り、十分ほどの後以前のところまで戻ると、そこにとめの姿が見えないので、何か用足しをしているのだと思い、橋の袂で十五分ほど待っていましたが一向帰って来る様子がないので、たぶん先に一人で帰ったのかと思って、そのまま帰途についたのです。一方加害者は、この十分ほどの間にとめを地下の工事場に誘い込み隙を窺って背後から古縄で頸を締めましたが、抵

抗されて致死させるに至らず、約一尺角厚さ二寸の混凝土《コンクリート》ブロックの板石で右の顔面を強打して死に至らしめ、死体を引きずってガード寄りの楽屋入口から戸外へ運び出し、それより自動車に乗せてお茶《ちゃ》の水《みず》の土手に到り、永井病院《ながいびょういん》の筋向いのあたりで死体を降し、また土手の上を引きずって暗道へ入り、発見された場所に放棄したのであります。加害者が警察官だという理由は、今暁有明荘の壁面に残されていた例の等間隔の三本の掻き傷がとめの喉から胸へかけた部分に反復されていたのと、とめの右手の爪の間に腕章の金モールの微少片が残っていたためであります。今暁の御検證で松谷鶴子の殺害犯人が警察官であるとされるならば、只今申し述べた理由によってとめの加害者も亦警察官であるという推結に到着するのであります。有明荘の壁面に残っておりましたそれと、とめの胸に残っておりました掻き傷とを比較調査いたしますと、その間隔は二・一糎《センチ》で、創傷道は極めて特徴のある創壁を作り、有明荘のそれと同一の状況を呈していたのであります。加害現場が「日本座」の地下小劇場の工事場であったとする理由は、解剖の結果、皮膚の下に「日本タイル・ブロック会社」の商標、即《すなわ》ち、N. T. B. CO. の刻印の模様が出血としてしるされていたからであります。……最初死体を検證いたしましたとき、右眼の上が暗赤色粗糙面《そぞうめん》を呈しているだけだったので格別大したものと思いませんでしたが、解剖の結果頭蓋底がひどく割られていることが判明し、これは何か重い、面積の広いもので平面に打たれ、その広い面と顔面とが接触したところが挫傷になったものと思い、「日本タイル・ブロック会社」の指示に従って「日本座」の地下の小劇場の工事場を調査いたしますと、その現場で、とめの右眼上の挫傷と同形同大の輪廓に沿って血痕が附着している板石を発見しました。最初にとめの頸を締めた古縄は、混凝土《コンクリート》ブロックを敷き終えた場所と未完の場所の境に引き廻されていた縄でありまして、縄に附いたモルタルの状態によって明らかにその一部が使用されたということが判明いたしました。犯行が六時以前に終えたという所以《ゆえん》は、丁度正六時に照明係が地下の電気室へ降りて来て電気の故障を修理しましたが、この時には死体らしいものを見掛けておらないからであります。

眞名古は無感動な様子で、

『なるほど、大体そんなところだ。だがね、君は頸を締めてから板石で顔を打ったというが、それは間違いだ。あの縄は頸を締めるためではなくて、死体を運び出すために頸へ掛けたのだ。絞殺《しめころ》すのにあんな手の混んだ結び玉を作る暇はないだろうじゃないか。また索溝の具合を見ると、顎の下から斜《なな》め上に耳の下のところまで残っているが、その上は無くなっている。これによってもその縄は頸を締めるためではなくて、死骸を現場から引きずり出すためだったということがわかる。……それにしても、なぜこんな妙なことをしたのだろう。担ぎ出せば簡単なものを、なぜ頸に縄を掛けて引きずったりしたのだろう』

『もし、そうだとすると、それは大急ぎで死体を持ち出す目的でそんなことをしたのだろうと思います』

眞名古は頷いて、

『それもあろう。大抵の場合担ぐよりも、引ずり出す方が早いのだからね。しかし、この場合は、そのほかにもっと必然的な理由によったのだ。……君も知ってるだろうが、鶴子を殺害した犯人はひどい猫背で、背骨が側彎《そくわん》し、その上跛足だということが判っている。これだけ言ったらあとはもう諄く言う必要はあるまい。死体を担ごうとしないで頸に縄をつけて引きずったということは、こういう生理的な欠陥を持った男には当然過ぎるやり方なのだからね。つまり生理的の習癖がこんなことをさせたのだ。この点からでも犯人は、鶴子を殺した犯人と同一人だと言えるのだ』

眞名古はこう言いながらポケットから封筒に入れた書付《かきつけ》のようなものを取り出してそれを机の上に差し置き、

『君の辞表は返す。理由は君が辞職するいわれがないからだ。君が「すゞ本」の検證をした際、山木が屋根伝いに「すゞ本」を抜け出した證拠を発見することが出来なかった。これが君の辞職の理由になっている。なるほどそれは迂濶といえば言えるが、この逸脱《ぬかり》は辞職の理由にはならない。なぜかといえば、それは可能性の限界外の問題で、手落ちとか失態とかいうことじゃないからだ。さっきも言ったように、仮りにあのような開放的な構造家屋から抜け出そうと思うなら、どんな人間でも少しも證拠を残さずに抜け出すことが出来るのだからそれを発見出来なかったからといって、それは君の落度にはならない。僕の場合は、印東忠介から聞いたという花の證言があったので、漸《よう》くその證拠を発見することが出来たが、もしそれが無かったら、この僕さえもが山木が抜け出したあの證拠を発見出来なかったろう。……また山木が鶴子を殺した犯人なら、その逸脱《ぬかり》は許容されぬかも知れんが、露路にあった證拠で、山木が鶴子の犯人でないと判明している以上、山木が「すゞ本」を抜け出したということに直接の重大性はない。

行動は甚だ胡乱《うろん》だとしても、法に抵触するわけでもなければ犯罪にもならない。何のために山木が「すゞ本」を抜け出したかは、後で調べれば判ることで山木の処置はその時に考えればよい』

銃士は感情があるのかないのか、瞬《まばたき》ひとつせずに、依然たる冷淡な趣で、

『御言葉ですが私といたしましては、その御厚意をそのままお受けしかねるように思います。山木の方の逸脱《ぬかり》に対しては仮りに御寛大な処置をいただくとしても、猶、その他、わたくしは岩井とハッチソンが「すゞ本」を抜け出したと思われる證拠を見逃しております。ここに至りましては、最早や過失以上でありまして、この上一日と雖《いえど》もあなたの助手として立ち働く権利はないように思います』

眞名古はゆっくりと顔を上げて、まともに銃士の顔を瞶《みつ》めながら、

『ハッチソンの部屋の地袋の棚の上に靴下の踵でついた丸い煤の跡と、柱で不随意に身体《からだ》の重心を支えた左手の三本の指の痕がある。岩井の部屋には地袋の上に投入《なげいれ》の白梅の枝が、衣服か何かの端に引ッ掛って、その籠が正当の位置よりも四分の一廻転ほど横向きになっていたという現象がある。……要約すると、ハッチソンの部屋には外部から入って来た證拠だけがあって、出て行ったという證拠がない。岩井の部屋の方はどうかというと、出て行った證拠だけがあって、帰って来たという證拠がない。岩井の窓の下の屋根の上にも風呂屋の煤が沢山に落ちているのだから、その屋根を伝って帰って来たりすれば、多少の證拠を残さずに部屋に入ることはむずかしい。然るに臨検の時には岩井はチャーンと部屋に居た。だから、少《すく》なくとも岩井は

「すゞ本」を抜け出してはいないのだ。次に、ハッチソンの方はどうかと言えば、柱についた指痕を見ると、その中指の頭が怪我か何かで半ば以上欠除していることが判る。とすると、君も知ってる通り、これはハッチソンの指痕ではない。その指痕がハッチソンのものでないとすれば、従ってハッチソンは「すゞ本」を抜け出していないのだ』

『では、二人の部屋に残されていたその二つの特異な情況をどういうふうに理解すればよろしいのですか』

『わけはないじゃないか。何者かが屋根伝いに窓からハッチソンの部屋へ入り、臨検以前に岩井の部屋の窓から出て行ったのさ。……それがどういう人物だったか僕には大体判っている。なぜかといえば、その男は入って来たときも出て行ったときも、ハッチソンにも岩井にもとがめられていない。のみならず、岩井やハッチソンとのどかに会談したと想像される。……格別怪しいというほどの人物じゃない。思うに、それは多分「カーマス・ショオ」の一人だったのだろう。だから、或る時間には、「すゞ本」には「カーマス・ショオ」の人間が七人いたことになる』

眞名古は椅子から立って送話器の側へ行き、

『今朝有明荘の六人と一緒に「すゞ本」へ行った「カーマス・ショオ」の連中は何人拘留されているか』

(全部で七人でございます)

『名前を言いなさい』

（「金粉踊《きんぷんおどり》」のジャネット、「手風琴弾《てふうきん》き」のロナルド、「サキソフォーン」のウィルソン、「タップ・ダンス」のメアリー、「ローラア・スケート」のジャックリイヌ、「歌唄い」のミリアム、「アクロバット・ダンス」のヘンリイであります）

眞名古は椅子の方へ戻って来ながら、

『僕の推察は間違っていなかったようだ。ハッチソンの窓から入って来て、岩井の窓から出て行った七人目の奴は、そのヘンリイという男だ』

四銃士は謹直な面持で眞名古の面を瞶《みつ》めながら、

『成程、よく判りました。それはそれとして、もう一つお尋ねしたいことがあります。差出《さしで》がましいことは一切あなたはお好みになりませんから差控《さしひか》えておりましたが、時刻はもう間もなく二時で、四時までは余すところもう二時間しかございません。……皇帝の方は一体どうなるのでございますか』

眞名古は自若たる面持で、

『皇帝かね、皇帝は今頃もうホテルに帰っているはずだ。僕は松谷鶴子の殺害犯人、すなわち、皇帝誘拐の犯人にもう逃れる道のないことを充分に暗示しておいたから、自分の罪を軽減しようと思ったら、僕の暗示的命令に従わぬはずはない。尤も、それで既遂の犯罪が張消しになるというわけではない。仮りに皇帝を返してよこしたって、一旦僕が襟首に掛けた手を弛《ゆる》めるなんてことはありゃしない。仮りに相手が警視総監であろうと、神であろうと』

こう言っているところへ、丸腰の巡査が入って来て、縫子《ぬいこ》の花が面会に来たむねを告げる。

これを聞くと眞名古の表情に甚だ不思議な変化が起きたのです。微笑ともひかりとも言えるようなものが顔一面に拡《ひろが》るように見えたのである。

巡査が出て行くと入れ違いに、花が保名狂乱《やすなきょうらん》といったような艶美に取乱したようすで入って来ると、いきなり眞名古の傍へ駆け寄って、

『眞名古さん眞名古さん、帝国ホテルに偽の王様がいます。いま、あそこにいるのはまるっきりちがう男です』

眞名古は花の腕をとって椅子に落ちつかせ、

『どうしてその男が偽せものだとわかったのかね』

花は案外シッカリした調子で、

『どうしてって……それはあたしにだけわかることなんです。そのわけは言えませんわ』

眞名古は一向に驚くようすもない。花の傍を離れて送話器の方へ行きながら、

『と、すれば、それこそ本当の王様なんだ』

と呟く。しかし、これは花の耳には届かなかった。

眞名古は送話器に口をあてて低い声でホテルに繋げと命じた。それから、電話に出た主に、今王様はどうしている。これから逢いに行ってもいいかご都合を伺って見てくれといった。意外な返事だった。王様は警保局長の命令で日比谷署の留置場へ放り込まれてしまったというのである。

眞名古は何とも言えぬ皮肉な微笑を浮べながら、花に、ちょっと挨拶して、課長室から出て

行った。

眞名古が日比谷署の留置場へ行って見ると、そこに意外な事件が起っていた。何者かが留置場の鉄格子の窓を破って王様を誘拐してしまったのである。

看視室の時計が寝ぼけたような音で午前二時を打った。午前四時までに、余すところ僅か二時間となった。このおさまりはどうなるのであろう。

三十四　フキヌケの窓の事、並《ならび》に深夜の独白の事

さて、眞名古《まなこ》捜査課長が古市加十《ふるいちかじゆう》がぶち込まれたという監房の扉《ドア》を引き開けて見ると、その中は藻抜《もぬ》けの殻。畳を起《おこ》して見るほどの事はない、何しろ手狭なところだから内部に人がいるかいないか位いのことはひと目でわかる。日比谷《ひびや》署は木骨混凝土《コンクリート》のバラック同様なザッカケない建物だが、しかし、いやしくも留置場と名のつく以上、どこからでもやすやすと脱け出せるなんてことはない。では、どこから脱け出したのだろうと見廻すと、成程、監房の窓がバランバランになっている。

窓と言っても硝子《ガラス》なんてものが嵌《は》まったそんな高尚な窓ではない。四角に口が開いてそこに五本ばかり鉄棒《ボールト》が植え込まれただけのもの。ご存知の方もありましょう、冬は木枯が、夏は西陽と蚊軍《ぶんぐん》が自由自在に疎通するあの悩ましいフキヌケの窓。その窓の鉄棒《ボールト》が三本ばかり曲ったりよろけたりして、ひょっとすると人間が一人脱け出ようかと思われる程の隙間が出来ている。常識で考えれば、いや、常識などで考えなくとも、拘留人はここから逃亡したと見るのが至当

なのである。

然《しか》るに、その窓なるものは、床から大体七尺ほど上につくのが留置場の定法であって、されば勿論脊伸《せの》び位いしたって届きはしない。のみならず、腐っても鉄棒《ボールト》は鉄棒《ボールト》で、決して飴ン棒じゃない。踏台でも使って相当念を入れるのでなければ、尋常なことではオイソレとこの窓は破れんのである。

監房の扉《ドア》を引き開けて、目指す人影があるべきところにないのを見てとると、遉《さすが》の眞名古も棒立ちになってしまった。

眞名古ほどの達人《アビール》にとっても、これは実に意外千万な出来事だったのだろう、度胆《どぎも》をぬかれたような顔をして監房の入口に突っ立っていたが、追々何んとも凄まじい形相になり、眦《まなじり》も張り裂けんばかりにその窓を見上げながら、固く喰いしばった歯の間で、

『畜生！』

と、呻《うめ》くような唸り声をあげると、錯乱したようすで足早《あしばや》に監房の中へ進み入り、例の古風なインバネスの袖をハタハタと羽搏《はばた》かせながら、鉄棒《ボールト》へ嚙みつこうとでもするような猛然たる勢いで窓の方へ飛びつき始めた。翼の影はムラムラと部屋一杯にひろがって、さながら大いなる怪鳥《けちょう》がこのところに飛び狂うかとも見えたのである。日頃死灰《しかい》の如く冷静沈着なる眞名古の振舞としては、いささか常規を逸していて一種凄惨な趣《おもむき》があった。

そういう異様な動作を飽かず繰返したのち、今度は突然に身を飜《ひるが》えすと、何やら聞きとりにくいことを切れ切れに叫びながらまるで旋風《つむじかぜ》のように監房から走り出して行った。内部から

はこんな荒仕事が出来ないとすれば、当然これは外部からなされたものに相違ないのだから、眞名古はこれからその事実を確かめようというのだろう。果して、それから二分ばかり経つと眞名古の姿は留置場の外側に現れる。

そこはやや広い空地になっていて高い混凝土《コンクリート》の塀がその周囲を囲んでいる。この辺は平素あまり人の入り込まぬところだし、空地の地面はあたかも霜壊《しもく》いでボロボロになっているから、地面を叮嚀に調べるとその上でどんなことが行われたか一切の事情が手にとるようにわかるはずである。

ところで、眞名古が懐中電燈で窓の下の地面を照らして見ると、そこにはただ一つの靴跡もなく、いわんや梯子を立てたらしい跡などもない。

眞名古はしばらくの間沈欝なようすで考え込んでいたが、警官に命じて梯子《はしご》を持って来させるとそれに上って仔細に監房の窓を調べ始める。

別に不思議なんてことはなかった。何者かが屋根伝いにこの監房の上までやって来て、鈎《かぎ》のついたロープを鉄棒《ボールト》にからませ力任せにひン曲げたのだということがわかる。鉄棒《ボールト》の根元に鈎をひっかけた痕がはッきりと残っている。

その方はそれでいいとして、よく見ると、そこから人が脱け出した形跡がない。鉄棒《ボールト》の隙間はかすかす人が一人すり抜けられるだけの広さがあるのだから、屋根から下されたロープに縋《すが》りさえすれば至極容易に脱け出せるのだが、そういう形跡は微塵もないのである。

窓枠の上には長年の塵や埃が可成《かな》りの厚さにたまっているが、見ると、それは確固たる不易量《コンスタント》の状態を示している。この狭い隙間を無理矢理にすり抜けようとすると、当然この埃の上に何かそれらしい證拠《しょうこ》を残さぬということはないのだが、絶対にそういう形跡は見当らない。この微妙な證人は、ここから断じて何人《なんぴと》も脱け出していないことを無言のうちに證言する。どうも奇妙な話になった。

拘留人は監房の窓から出て行ったのではないとすると、あとは出得《でう》べき口はただ一つ。つまり、監房の入口から普通ある如くに極めて平凡に出て行ったことになるのである。

だが、一寸《ちょっと》待って貰いましょう。そう言ってしまえば簡単だが、しかし、ここは喫煙室でもなければ無料休憩所でもない。看視厳重な留置場。出たいからと言って気随気儘にズイズイと出て行くというわけにはゆかない。警察というところは大体に於《お》いてそういう自由主義は認めんことになっている。現に日比谷署当局は眞名古の発見によって始めてこの事実を知りそれに対して甚《はなは》だ不満の意を表しているのである。

ところで、逃げ出したのは拘留人なんていう生優しいもんじゃなかった。

たった一人の人物、……眞名古とそのたった一人の人物を除くほか、検察当局では、さっきここへぶち込んだやつは、長らく王様になりすましてさんざお上《かみ》にお手数をかけた夕陽新聞《ゆうようしんぶん》の古市加十だとばかし思っているんだが、飛んでもない、一時四十分から二十分ばかりの間、この監房の中にいたのは古市加十なんていう卑俗な人物ではない。今や、警視庁始まって以来という、戦争のような騒ぎをして、近接五県の草の根を分けて探《たず》ね廻っている安南《あんなん》皇帝宗龍王《そうりゆうおう》それ自身だったのである。

それさえ既に幻想的《ファンタスチック》であるのに、招かずして来《きた》った憧憬《あこがれ》の王様は、わずか二十分ほどの間にまたチョロリと居なくなってしまった。厳重なる警戒と油断のない看視氏の眼を眩《くら》まして、堂々と監房の入口から出て行ってしまった。

無情とでも申しましょうか、皮肉とでも申しましょうか、王様の姿を追求して今や逆上したようになっている内、外両大臣以下検察当局一統がもしやこの事実を知ったら、あまりにも微妙な天の配剤に思わず感涙に咽《むせ》んだに相違ない。

眞名古も、このあまりなとぼけ方にいささか呆気にとられたのであろう。見ると、梯子の中段に宙乗りになったまま茫然と月を仰いでいるのである。一見茫乎《ぼう》としているように見えるが、心の中には千思万思紛然と入り乱れているのであろう、時折洩らす沈痛な呻き声によってもそれと察しられるのである。

日比谷署当局は古市加十なる拘留人が看視の隙を覗《うかが》って幾度となく窓の鉄棒《ボールト》へ飛びつき、かねてよろけ勝ちになっていたそれをひン曲げ、そこから脱けて屋根伝いに逃走したのだという見込を立てている。

しかし、この見込みは間違いだ。現に眞名古自身が幾度となく試みて到底そんな藝当が出来ないことを充分に認めているし、だいいち、その窓からは誰《だ》れも出て行ってはいないのだ。

それにしても、一体何の必要があって王様はここを脱け出されたのであろう。王様は古市加十と間違われてここへ放り込まれたのだが、そうとすれば、自分が本物の王様である所以《ゆえん》を述べて飽迄《あくまで》も抗辯すればいいのであって、何も留置場破りなどをする必要はない。

聞くところでは、秀陳《しゅうちん》の告発によってホテルで逮捕されようとした時は、可成り猛烈に抵抗したということだったが、この監房に連れ込まれると、その拘留人は急に落着いたようすになって、

『いや、これなら願ってもないことです』

と、言って気楽そうに畳の上へ寝ころんでしまったという。

思うに皇帝はこの幸運な偶然を聡明に利用しようとなされたのであろう。暗殺者《アサッサン》の剽悍《ひょうかん》な追及から身を衛《まも》るためにはここほど適切な場所はないからである。さもなければ、あの剛毅な王様のことだからこんな不幸な取扱いを受けてオメオメと隠忍してはいない。飽迄《あくまで》抗争されたに違いない。それをされなかったところを見ると、王様は大体に於てこの情勢に満足していられたので、されば、留置場破りなどをする意志は毛頭持っていられなかったのだと見るべきであろう。のみならず、あの飄逸《ノンシャラン》な王様がそんなアクの強いことをされるわけもないのである。

こういう風に考えつめて行くと、王様は不本意にここから連れ出されたのだと思う外《ほか》はない。つまり、何者かによって巧《たく》みに誘拐されたのである。

どんな奴なればこんな大胆千万なことをやったのだろう。なにしろこういう場所から拘留人を攫《さら》って行くなどという破天荒のことはどう智慧を絞ったってナミの人間にやれる事ではない。元来警察というところはそういうことにかけてはヌカリのない仕組みになっているのだから、ヨクヨク警察の機構や特殊な事情に通暁している者でなければ遂行《やりおお》せない。それを、そういうむずかしい藝当をわずか二十分ほどの間に電光石火のようにやってしまった。余程の熟練工だ

ったわけである。

これでは何もかも判ってしまったようなもんだ。なぜというのに、古市加十をここへ拘留したのはいわゆる機密に属することで、内務外務両大臣を含む政府当事者と直接この警察事務に衝《あた》った二、三の官憲を除く以外何人《なんぴと》もこの事実があったことを知らないのだし、その上古市加十として拘留された者は実は本物の王様だということを承知しているのは検察当局のある一人物と眞名古のほかにはいない筈だからである。

さて、眞名古は、今言ったような妙な恰好で、梯子に宙乗りをしながら一見茫乎《ぼう》として空を仰いでいたが、やがてバラリと腕を解くと、惨憺たる声調で、

『畜生、この警察にあいつの一味がいやがったんだ。……そうと知ったら、……』

と、切れ切れに呟きながら燃えるような眼差で監房の窓を見上げた。

眞名古の頭のすぐ上に監房の窓が歯の抜けたような口をアングリと開けている。その口に嵌め込まれた鉄棒《ボールト》が、当時の横着な手口を証明するようにXバインになったり0バインになったり、見るも無惨なようすで薄月《うすづき》の光に白々と照らし出されている。

それにしても、監房の入口から王様を攫って行ったのだとすれば、一体何の必要があってワザワザ窓の鉄棒《ボールト》などをひン曲げたのだろう。

しかし、これだってよく考えて見れば別に奇異《ファンタスク》だの玄妙《ミスチック》だのという事柄ではない。要するに王様がここから連れ出されたと見せかけるための詭計《トリック》に過ぎない。監房の入口から連れ出されたと洞察《みぬか》れたくない。何者かがこの窓を破って王様を攫って行ったのだと誤解させたいの

だ。警察の内部のものの仕業だと感づかれては困るのである。とすれば、これは王様を連れ出してからその後でやった仕業に違いない。なぜならば、如何《いか》になんでも、こんな妙な細工を王様のいるところではやりにくい筈だからである。いわば、たいへんに人を馬鹿にしたやり方なので。

では、そもそも誰れに誤解させようというのか。ほかにお目あてがあるわけはない。必ずこの検證を行う筈の眞名古の眼を眩ましたいのだ。

この朝以来、眞名古捜査課長ともあろうものが、有明荘《ありあけそう》の現場整備から除外されたり、現場の立入禁止を受けたり、そのほか並々ならぬ屈辱と妨害を受けたが、猶《なお》もまたここで、何者かが陰険な手段を用いて眞名古の捜査を妨げようとしているのである。

枯木寒巖の眞名古といえどもこれほど手厚い歓待を受けては、さすがに肚《はら》にすえかねたのであろう、遺憾骨髄といった面持でキリキリと歯噛みをしながら、穴のあかんばかりに窓の方を睨みつけていたがやがて迸《ほとばし》るような劇烈な語勢で、

『馬鹿ナ、こんなことでこの眞名古がやっつけられると思ったら大変な見当違いだ。……ねえ、総監、鶴子を自殺に見せかけようとした今朝《けさ》の踏台やスリッパよりは多少お手際だが、どうしてどうして、こんなことでは。……あなたは秀才だが、惜しいことにはすこしやりすぎる。こんな小刀細工さえしなければ、よもや、あなたの仕業だとは思わなかったでしょう。……これじゃまるで、自分の名刺を置いて歩《あ》るくようなもんだ。少《すく》くとも私の眼にはそう見えるんです。……それにしても、こんなことで私の眼を眩まそうなんて、すこウしとぼけ過ぎちゃア居ない

ですか。一体、これほど他人《ひと》を馬鹿にする権利が人間にあるかどうか。え？　総監。……何しろ、重ね重ねなのでさすがの私も勘辨ならなくなりました』

と、言って、恰《あたか》も目ざす人間がそこにいるかのように、握り拳を空の方に突出した。

『もう容赦しませんぞ。あなたはすこし眞名古をナメすぎるようだ。私は今まであなたが自発的に私のところへやって来るのを待っていたんだ。冷血非人情といわれる私だってこれ位いの詩情は解するのです。……それを、私の謙譲をいいことにして、飽迄《あくまで》こんな態度に出られるというなら、もう断じて容赦しません。……ねえ、総監、あなたは案外な俗人だったですナ。あなたは負けたら尻尾《しっぽ》を巻いて逃げ出すという諧謔《かいぎゃく》を解さないと見える』

という具合に、眞名古としては破天荒ともいうべき劇越な調子で長々と独白をつづけていたが、やがて、フッと我にかえったように四辺《あたり》を見廻すと、急にいつもの冷凉陰気な面《つら》にかえり、静かに梯子を降りると大股に日比谷署の建物の内部《なか》へ入って行った。

看視巡査を取調べると、王様の誘拐はこんな風にして行われたということがわかった。

教習所を出たてのその若い警官氏はこの日は非番だったので、家内揃っていささか祝宴を催していたところ、騒動は追々劇化して署内が全部出払うようになったため、夕方から急に駆り出されて五人の同僚と共に署の留守を預ることになった。さて、一時四十分頃になって問題の拘留人が引っ立てられて来たので、通例の手続きによってその者を監房の中におしこめ、看視所の壁に鍵輪をひッかけて一と息ついていると、あたかもそれがキッカケのように、次々に意味不明瞭な電話がかかって来、また、下級の人民どもが埒《らち》もない悶着を続々と持ち込んで来るので、勢い看視所を離れることを余儀なくされ、事務多端に忙殺されて留置場に拘留人がいることなどはすっかり忘れていたのである。

午前二時十分過ぎと思われる頃、怒り肩の、背の高い、見馴れない一人の警官が留置場の方へ入って行くのを見たが、恰もその時、自分は三人の酔漢と組んずほぐれつの応待をしていたため人相までは覚えていない。それも、もしかすると自分の幻覚であったかも知れません。どうもその辺のことははッきり申し上げかねるのであります、という手頼《たよ》りない返事だった。精《くわ》しくやるとキリがないからこれはこの位いにして置こう。それが真実だとすれば、ほぼ眞名古の推察と符合するのである。

日比谷署を出ると、眞名古は霞門《かすみもん》から日比谷公園の中へ入って行く。折から雲を破ってあらわれた眉のような新月。その淡い光が公園の小径《こみち》を照らす。夜は深沈と更けわたり、四辺闃《げき》として、聞ゆるものは松吹く風の音ばかり。

眞名古は痩せた肩《かたえ》を突兀《とつこつ》と聳《そび》やかしながら藤棚の下を通り抜けて池の汀《みぎわ》までやって来た。四阿《あずまや》の傍には一基のアーク燈。人影なき池畔《ちはん》を照らして徒《いたず》らに煌々。

眞名古は凝然と腕組をしながら瞬きもせずに噴水の鶴を眺めはじめる。恰もその位置は今朝《けさ》眞名古が佇《たたず》んでいたその位置である。

嵯峨たる老松は水の上に腕を差し伸し、噴水の鶴はちょうどその枝の上に乗っているように見える。嘴《くちばし》から流れ落ちる水滴にアーク燈の光が反射して、風で絶えず羽毛をそよがしているような妙に生き生きとした印象を与える。ああ、今にも飛び立つか、青銅の鶴は濶達な翼を張って夢見るように空を仰いでいる。思うに、この青銅像の作者はもののあわれを知った人だったのだろう。台座に繋ぎ止められて永劫に水を噴き上げねばならぬこの不幸な鶴に、せめてこんなポーズをとらせることによって作者の同情を現わそうとしたのに違いない。

眞名古はややあって声を発し、

『一体、この世に「目的のない犯罪《アクト・グラチュイ》」というものが存在し得るのであろうか。もし、存在するとすれば、今朝《けさ》の「唄う鶴の噴水」の事件がまさにそれだ。かいなでに考えると、幸田《こうだ》や酒月《さかづき》が何か鶴の中へ仕掛けたのだろうと思われ勝ちだが、どうして、あのスレッカラシが、すぐ尻尾《しっぽ》を摑まえられるようなそんな窮した真似《まね》をするわけはない。あれは多分、幸田、酒月以外の何者かが演奏した何かの犯罪の標題《モチーフ》に違いないのだが、あまり飛躍しすぎていてどうしてもその目的を察することが出来ない。俺にすれば、この世に目的のない犯罪などは有り得ないと断じたいのだが、こういう事実に逢着するとさすがに迷わないわけにはゆかない。……これはたしかに何かの犯罪なのだが、その目的も動機も察しられないというはどうしたものだろう。あれによってどんな人間に損害を与え、またどんな犯罪の効果をあげたのか、それさえ推察することが出来ない。これもまた今度の事件に何かの連関を持つものと思われるがそのアヤが判らない。……それにつけても、あの時兼清《かねきよ》博士が、壱越調呂旋《いちこつちょうろせん》であるべきこの曲が平調で唄われるさえ訝《おか》しいのに、宮声に凄切の気韻《しき》があるのはどうしたわけかと頻りに小首を捻《ひね》っていたが、あれはそもそもどういう意味だったのだろう……』

と、呟いていたが、やがて慨然たる面持で空を仰ぎ、

『しかし、こんなところで詠嘆して居たってどうなるもんでもない。判らないものは依然としてわからない。いささか心外だが、それはそれとしてまずきゃつを縛り上げ、その上でまた新たな展開に従うことにしよう』

と、独語《ひとりごと》しながら、心残り気に幾度も噴水の鶴の方を見かえりながら悠々たる歩調《あしどり》で花壇の方へ歩み去った。

三十五　地蟲の辯舌の事、並に南部甲斐守《なんぶかいのかみ》の事

幻想の世界では科学は所詮手も足も出ないのであろうか。この魔がしい「東京」の魑魍《ちもう》の世界はあまりにも玄妙を極めていて秀抜なる眞名古の活眼を以《もっ》ても竟《つい》に噴水の鶴の大秘密を洞察することが出来なかった。真に一歩というところまで近寄ったのだがとうとうそれをよくすることが出来ずに心を残して立去ってしまった。

こういうのを運命の諧謔《かいぎゃく》というのであろう。たった今、自分が立っていたちょうど真下の地下で、かの愛嬌ある田舎者《いなかもの》、夕陽新聞雑報記者古市加十が、古今未曾有の情況の中で異様なる活躍をつづけていたのである。

第九回で述べたように、芝田村町《しばたむらちょう》からこの日比谷一帯へかけた地下には、徳川時代の神田《かんだ》、玉川《たまがわ》二上水《じょうすい》の大伏樋《おおふせど》の分樋《わけど》が相交錯しながら縦横に走っている。

明治の中期に水道が敷設されると同時にこの伏樋は廃棄され、少数の土木学者を除くほか、今ではそんなものがあることさえ知っているものはないが、廃棄された大伏樋はそのまに地下の暗道となり、延々十数里、さながら蜘蛛《くも》の巣のように東京の地下を這い廻っている。元来この伏樋の工事は一定の方針の下に施されたのではなく、必要に応じて次々に増設されたのだから、分樋は甚だ無秩序に放射され、かのクレェト島の迷宮《ラビラント》にもゆめゆめ劣らぬ複雑多岐な大迷路を作り上げている。一旦この中へ入ったら再び地上に出ることは到底不可能であろう。

つまり、加十は魔都「東京」を形成する都市機構のうちで最も怪奇《バロック》な場所にいるのである。手提《てさげ》電燈の光の中に浮き上った風景は、入口も出口もない真四角な古井戸の底のようなところで、広さは畳数にして、四畳ほどもあろうか、周囲は壊《く》えのある大谷石で畳まれ、隙間なく生えた青苔の上を、夥《おびただ》しい蠑螈《いもり》が身をよじり合いながらメラメラと匍《は》い廻っている。天井には、大小様々な導管がいくつも通っていてその隙間から鍾乳石が氷柱《つらら》のように垂れ下りポトポトとそれを滴らしている。

加十はそういう奇妙な環象の中でドッカリと胡坐《あぐら》をかき、手提電燈の光の方へ身体《からだ》を曲げ、膝の上にザラ紙の原稿紙を押しつけてせっせと鉛筆を走らしているのである。いかに雑報記者とはいえ、何もこんなところで原稿などを書かなくともよかろう、酔狂にも程があると思うんだが、その人相を見ると、仲々どうして酔狂どころの騒ぎではないらしい。

日頃、あまり物事に動じないその加十が額際《ひたいぎわ》にビッショリと冷汗をかき、何やらひどく切迫した面持ちで鞴《ふいご》のような激しい息遣いをしている。見ると、どうやら呼吸《いき》が苦しいのらしく、時々発作的に咽喉《のど》元をくつろげるような真似《まね》をする。

この場の事情を了解していただくために少々後戻りしてその後の加十の行動を述べると、夕刻、日比谷公園池畔で秀陳から、今朝《けさ》この噴水の鶴が安南の国歌を歌ったという話をきくと、元来愚直なだけに小うるさい推理の綾などに迷わされることがなく、安南の皇帝はいま鶴の噴水の下にいると一気に直感し、押太《おしぶと》くも一枚の古地図を手頼《たよ》りに底知れぬ秘密を蔵するこの地下の大迷路へ躍り込み、いわば、ホルベルヒの「ニコラス・クリムの地下の旅」と言った風に、あちらこちらと彷徨《ほうこう》をつづけていると、どこからともなく呑気《のんき》極まる鼻唄がきこえて来た。それは、オッフェンバッハの「地獄へ堕ちたオルフォイス」の中のあの陽気なあの「蟬の歌」。機嫌のいい酔漢が心ゆくまで鼻を鳴らしているようなのびのびとした調子である。場所柄が場所柄だけに、あまり異様で加十もゾッと縮み上ってしまったが、つくづくと耳を澄ますと、ああ、それこそは、紛れもない、洒脱軽妙な王様の声だった。

加十は、今迄の不安も疲労も一時に忘れたようになって、例によって発育不充分なキンキラ声をあげ、

『とうとうフン捕まえたぞ。……「地下の大伏樋に幽閉せられたる安南皇帝と語るの記」か。〆た〆た、苦心経営の甲斐あって、……この古市加十は新聞の歴史始まって以来の大スクープをヒットすることになった。見受けるところ、大分ご機嫌の体だから、門前払いを喰わせることもあるまい。さア、突貫突貫』

と、ひたすら満悦しながら声のする方へ遮二無二近づいて行く。

同じような道を行きつ戻りつ、幾度かやり直しながら進んで行くと、王様はやや広い暗道の苔の褥《しとね》の上にだらしなく大の字に寝っころがって悠々と微吟をつづけていられる。この体たらくに、道の加十もムッとして、いきなりその傍に近寄ると、肩先を掴んで手荒くゆすぶりながら、

『王様、王様、如何《いか》に何んでもこれでは少し剽軽《ひょうきん》すぎるというもんですよ。人の気も知らないでよくもこんなところに寝っころがっていられたもんだ。あなたが攫われてしまったというので、地上では引ッ繰返るような騒ぎになっているんですぜ。少しシッカリしてくれなくては困るね……ねえ、王様、あんたとひッつるんで碌《ろく》でもない妾《めかけ》のところへなんぞ行ったばッかりに、その後の私の災難と言ったら実にどうも眼も当てられない位だったんです。さア、眼をさまして、せめて胡坐《あぐら》でもかきなさい。他人《ひと》に迷惑をかけるのもいい加減にするもんだ。……どうにも仕様がねえなア。あんたのように手のかかる人は見たことはない。これも引ッ掛りで仕様がないから、穴の外部《そと》まで私がひッ脊負《せお》って行ってあげますが、その代り会見談を書かして下さいね。せめて、その位のことをしなければ、あなただって私に義理が悪いでしょう。……ね、王様、それはそうと、あなたはどうしてこんなところに寝っころがっていたんです』

という風に、のべつ幕なしに喋《しゃべ》言り立てながら無暗《むやみ》に王様をゆすぶるのだが、グニャグニャするばかりで一向に手応えがない。さすがの加十も持て余し、アングリと口を開いて睡りこけている不甲斐ない王様の顔を忌々しそうに眺めていると、その時、どこからともなく異様な声

が響いて来た。

先程から異様の連発で少々恐れ入るが、しかし何にしてもそれは異様な声だった。仮《か》りにこうも言えるなら、深い地の底で地蟲が鳴くような、高い梢を微風《そよかぜ》が吹き通るような、何とも形容出来ぬ仄《ほの》かな状態でどこからともなく響いて来る。のみならず、その声はこんな意外なことを囁《ささや》くのである。

『王様、そこで独語《ひとりごと》を言っていられるのは王様でしょう。私の声が聞えますか。……私はね、昨夕あなたと一緒に飲み歩いた夕陽新聞の古市加十です。……え、おわかりになりましたか。夕陽新聞の古市です。……何しろ急にあなたが居なくなられたので、あなたの所在を探し出すのにどんなに骨を折ったか知れません。いろいろ頭を捻った末、「唄う鶴の噴水」からヒントを得てようやくあなたの所在をつき止めることが出来たのでした。……私はね、いま日比谷公会堂の地下室にいるんですが、ある事情があってそこへ入って行けないのですが、あなたをそこから出してあげる事は出来ます。……王様、いまあなたが居られるところは非常に危険なんです。そんなところでグズグズしていると命にかかわる。さア、早く早く』

何とも意想外なことになった。そっくりそのまま加十の抑揚まで似せてやっている。何者とも知れぬやつが加十の声色を使って王様を自分の方へおびき寄せようとしているのである。加十はまた駆け出したが、これでも新聞記者の端っくれだから、これだけ聞くと何もかも事件の筋道を洞察してしまった。

王様はこの地下道へ幽閉されたのではなかった。どういう事情でか自発的に入り込まれたものらしい。ところで悪党の方は王様の所在はわかっているがここへ入って来る道を知らない。それでこんなことを言って自分の方へおびき寄せて取ッ摑まえようというのだろう。日比谷公園の土手を他の方へあわてて掘りかけたわけもこれで充分了解されるのである。すると、声の主は、穴の中に置き忘れて行った、野澤《のざわ》組の焼印のあるあのショベルによって、当然その一味だという事になる。

加十にすれば実にもう願ってもない幸福なのである。特種《とくだね》に次ぐ特種で応接にいとまがない。この事件はそもそもどこまで発展しようとするのだろう。昨夜王様とつるんで「巴里《パリー》」を立ち出た以来のことを思い起すと、事件は波瀾に波瀾を重ね、さながら一篇の伝奇小説の如くでもある。然も、いま更にそれにクライマックスの一章が書き添えられようとしている。のみならず、ひょっとするとこいつの口から事件の真相を手繰り出せるかも知れない。いやしくも雑報記者たるもの、どうしてこんな稀有のチャンスを見逃していいものであろう。よし、ひとつこの俺が王様の声色を使ってこいつと一問一答してやろう、下手《へた》に行って殺《や》られるなら殺《や》られるまでのことだ。向うだって俺の専売権を侵害しているんだ、こっちが王様の声色を使ったって文句はあるまい。やってやれ、と加十は肚をきめた。この辺の土性骨の太さはさすがに見上げたもので、日頃好んで詩吟をやるだけのことはあったのである。

しかし、それにしては王様がここにいてはまずい、またいつ何時鼻唄を唄い出さぬとも限らぬし、いざという場合に足手纏《まと》いになるから、王様は秀陳に頼んで一歩先にホテルに帰って貰うことにしよう。

腕時計を見るとまさに一時十五分前、秀陳がさっきから放送局の工事場で待ちくたびれている筈である。

万一の場合を慮《おもんぱ》かって、眞名古に宛てて自分がこの地下道にいる旨を書きつけ、それをクリップで王様の胸にとめると、ウントコショと引ッ担いで出口の方へ歩き出した。

今度はわけはない。大して迷いもせずに放送局の工事場の口まで来て闇をすかしながら歩板《あゆみ》の上の方を見上げると、秀陳がトロッコの傍を手持ち無沙汰なようすでウロウロと歩き廻っている。王様を割石の上に転がして置いて、鼻をつまんで、

『おい、秀陳。俺はさんざんに酔ッ払って動けなくなった。さア、早くホテルまで担いで帰ってくれ。何をウロウロしているんだ。早くしないか、この馬鹿野郎が！』

仰天して秀陳が歩板《あゆみ》を駆け降りてくるのを見すますと、自分はまた以前のところへ取ってかえす。もうこれで心残りがない。ひとつ存分に鎌にかけてやろうと、手ぐすねひいていると、またどこからともなく先刻の声が漂ってくる。

『王様王様、何をマゴマゴしているんです。私の言うことがわからないんですか。そこにいては危険だと言うのに。早く、こっちへおいでなさい』

加十は鼻を膨らして出来るだけ王様の声に似せながら、

『おお、私は眠っていたんでした。……そういう声は古市加十君ですね。いったい何が危険だというのです。まず、それから話して見ていただきましょう。成程、ここは不潔には不潔だが、私の考えるところ、左《さ》して危険などがありそうには思えぬが』

『ああ、あなたの気の長いのにも弱ってしまう。いまそんなことをクダクダとやっている場合でないんです。わけはお話ししますから、とにかくこっちへ来て下さい』

『来いと言うなら行きますが、いったいどう行けばいいのですか』

『あなたの頭の上に細い鉄管が通っているでしょう。それについてズンズンこっちの方へ歩いて来て下さい』

天井を見ると少し高いところに三本ばかり大小様々の鉄管が通っている。つまり、異様な声はそのうちの一本から響いて来るのだということが判った。その管が伝声管の役目をしているのだ。

加十はその管について少しずつ歩き出す。成程、歩くにつれてその声はだんだん近く段々明瞭になる。

それにしても、ドスのきいた、寂のある、ひとを小馬鹿にしたようなこの特色のある声は確かにどこかで一度きいた覚えがある。それも大して古い話ではない。つい二、三日前、どこかの場所でそれを耳にして少なからず鮮やかな印象を与えられたその声なんだが……ああ、この声の主さえ判ったら！　その思いがまるで火のように加十の頭の中を駆け廻る。が、それが誰の声だったのかどうしても思い出すことが出来ない。

天井を睨みながらスリ足をして進んでゆくうちに、突然、自分の足の下に手ごたえを感じなくなり、自分の身体《からだ》が宙に浮いたかと思うと石のように急転直下してイヤというほど固いものの上に叩きつけられた。

ひどく脊中《せなか》を打ってしばらくは起上ることも出来なかったが、ようやくのことに身体《からだ》をもち上げてその辺を手探りして見ると、どうやら自分は深い穴の底のようなところにいるらしい。撫で廻して見ると常にジメジメした苔のようなものがさわる。あわてて滅多無性に苔の上を掻き探すとようやく指先に手提電燈が触れる。電燈をともして見ると、いかにも自分は広い深い古井戸の底のようなところにいることを発見した。天井ばかり睨《にらん》で歩いていたので、ウッカリとこんなところへ落ち込んでしまったのだ。縦孔の縁までは十尺以上もあろうか。勿論、脊伸びしたって飛び上ったってそこまで届きはしない。いかに土性骨の太い加十であるにしろ、これには思わず慄《ふる》え上ってしまった。

今迄は危《あぶな》くなったら逃げ出せばいいと多寡《たか》をくって平気でいたが、これでは逃げ出すどころか下手をすると命が危ない。頭の血がスッと踵《かかと》の方へ下りてゆくのがわかる。

えらい事になってしまった。一体自分はどんなところに落ち込んだのだろう。まずそれを確かめて見る必要がある。震える手でポケットから伏樋の地図を取り出して自分がいま来た道を辿って見る。ようやくわかった。地図に井《いげた》の印がついていて、その傍に、「南部邸用水溜井戸」と朱書がしてある。加十は南部甲斐守の邸《やしき》の井戸の中に落ち込んだのだ。南部甲斐守の邸はちょうど現今《いま》の日比谷公会堂が建っている辺りにあった筈だから、自分はいまその近くの地下にいるのだということだけはわかる。王様をおびき寄せようとした悪党が日比谷公会堂の地下室にいると言ったのは嘘ではなかった。

しかし、こんなことが判ったって加十の窮境には一向変りはない。いや、それどころか絶体絶命なことがいよいよはっきりして来た。地図を見ると、眞名古に通知してやった自分の位置から複雑な迷路を迂余曲折してここ迄来たことがわかったからである。仮りに眞名古が加十の手紙を見て救いに来てくれたって、到底この迷路を辿ってここ迄やって来ることは出来まい。たとえ出来たとしても二日や三日ではこの無数の横道を全部探《たず》ねあげることは出来まい。殆《ほと》んど絶望に近いのである。

では、思い切って声の主に事実を打ち明けて救い出して貰おうか。飛んでもない、自分が加十だと知ったら生かすよりは殺すだろう。まだしも、万一を頼んで眞名古が救いに来るのを待っている方がましなのであろう。

逆上したようになって急《いそ》がしくあれこれと考え廻《めぐ》らしているところへ、また声が響いて来た。

『王様、あなたは一体どこにいるんです。そんなところで道草を喰っていちゃ困りますよ。早く来て下さい』

畜生、どうしよう。何とかうまく胡魔化して自分がここにいることをそれとなく眞名古に通知させる方法はないものだろうか。……考えていたって急にいい智慧が出るわけはない。例の体当りで行あたりばったりやって見るに限る。

『いや、どうも弱りました。行きたいことは山々なんだが、行かれないことになりました』

『どうしたんです』

『穴の中へ落ち込んでしまいました』

『本当でしょうね』

『私の声をきいたってわかるでしょう。深いところから響くでしょう』

『成程。たしかにそうです。それは深い孔ですか、自分では絶対に這い上れないんですか』

『絶対にだめです』

声の主は、フ、フ、フ、と含み笑いをして、

『それア好都合でした』

『人の悪い事を言うもんじゃありません。すこし残酷すぎるようですな』

『ねえ、王様。おききなさい。実はね、あなたを攫って来る途中田村町で非常警戒にひっかかりそうになりましてね、それでは都合が悪いからあなたを放送局の工事場のあいていた横穴の中へかくして置いたんです。ところが、あなたはいつの間にか鶴の噴水の下まで来ている。こいつには弱りました。その穴から入って、いく度もやって見たんですがどうしてもあなたのところまで行けない。止むを得ず公園の土堤《どて》を池の方へ掘りかけたんですが、これも邪魔が入って駄目、結局ここへ来てこの古い瓦斯《がす》管を伝声管代りにして出鱈目《でたらめ》にあなたに呼びかけていたんです』

『おお、すると、あなたは古市加十君ではないのですね。悪い人なんだね』

『ええ、そうですよ。「悪い人」なんです。あまりびッくりしないで下さい』

『吃驚《びっくり》はしませんがね。しかし、こりゃ何とも意外でした。それで、私を攫ってどうしようというんです。いや、それより、私をそこまで呼びよせてそれからどうするつもりだったんですか』

『あなたにどうしても言わせたい事があるからなんです。つまり、ここから出られるようなことを仄めかしたら、何しろあなただって何でも言ってしまうだろうじゃないですか。そこにいれば餓死するよりほかはないのですからね』

十分ほど前なら、加十はたしかにこの利いた風な饒舌《おしゃべり》を笑ってやることが出来た。しかし、今は笑うことも出来やしない。まさにその通りなんだ。

『それで、私に言わせたいというのは一体どんなことなんです』

『つまり、あなたが持っていらした金剛石《こんごうせき》をどこに隠してあるかその場所を教えていただきたいんですよ』

『ああ、とうとう本音を吐きましたね』

『本音ならとうに吐いています。どこに隠してあるか教えて下さい。そうしたらあなたをその穴から助け出してあげます』

『怪しいもんですね。現にあなたはどうしたって私の傍へは来れんのじゃないか』

『御心配無用です。大久保《おおくぼ》主水《もんど》の「上水樋仕様《じょうすいどしよう》」の古地図が農大の図書館にあることがようやく判りましてね、もう間もなく仲間がそれを手に入れて来る筈だから、そうしたら今度はやすやすとあなたの傍まで行けるんです』

『どうも信用出来にくいですね。金剛石と命と両方ともとられるんならいっそ言わない方がましですからね』

『あなたを暗殺しようとしているのは私じゃありません。ある当路《とうろ》の人物とハッチソンの二人ですよ。私はあなたの命に用はないんです』

『信用して置きましょう。しかし、その話はもう少し考えさせて下さい。……それはそうと、私が金剛石を持って来たことをどうしてあなたは知ってるんです』

『ええ、松谷鶴子《まつたにつるこ》の口から。……実は鶴子は我々があなたにつけて置いた目付だったんです』

『なるほど、それはよく判ったが、一体何のために鶴子を殺したんです』

『鶴子は本気であなたに惚れ始めましてね、我々の言うことを聞かなくなった。それやこれやで大変に不便なんです。今朝《けさ》、鶴子はあなたから金剛石を取りあげて我々に渡す約束になっていたんですが、それを実行しないばかりか、棄鉢《すてばち》になってしまって少々危険な徴候が見えたので、それで殺してしまいました』

『それは気毒《きのどく》なことをした。私は鶴子に金剛石の在処《ありか》なんか言ってはいないんです』

『それはあとになってわかりました。だから、あなたの口から聞こうと言うのです』

『理屈ですな。……しかし、私を助けるというのに、その私へそんなことをベラベラ喋言《しやべ》ってもいいのですか』

『関《かま》いませんとも。金剛石を手に入れたら一時間以内にいつでも日本を発てる準備が出来ています。御安心なさい』

『だんだん判りかけて来た。よく筋が通ります。では、どういう風にして助けてくれますか』

『そちらで条件を出して下さい』

『思っていたよりも潔白ですね。感服しました。……では、こうして頂きましょう。即刻警視庁の眞名古捜査課長に電話をかけて、「古市加十、南部甲斐守」とこの二語《ふたこと》だけ言って頂きましょう。それだけでよろしい』

『古市加十、南部甲斐守……、こうですね』

『その通り、金剛石を探しに行く前に電話をかけると誓ってくれますか』

『誓います。……さア、金剛石の在処を言って下さい』

さて、どこと言おう。少くともこの抜目《ぬけめ》のない悪党を一応納得させる事が出来るような場所でなくてはならんのだが……。加十は乏しい智慧を非常招集して急《いそ》がしくあれこれと工面する。

『どうしたんです、お返事は』

苦しまぎれに、フト妙な事を考えついた。あそこなら、こいつだって納得するだろう。

今朝《けさ》、王様と鶴子と三人で夜食をしている時、加十は鶴子の代りに立って料理場へ氷を取りに入ったが、扉口《とぐち》に近いところの壁の一部が修繕されてまだ生乾きになっているのを認めた。それを今、フイと思い出したのである。

『ねえ、王様、お返事を伺いましょう』

『申しましょう。実は、いま金剛石に別れを惜しんでいたのでした。……金剛石はね、危いと思ったんで、鶴子の家の料理場の壁の中へ塗りこめて置きました。廊下へ出る扉《ドア》の傍に壁を繕《つくろ》った箇所があるでしょう、あの中です』

声の主はいかにも口惜《くや》しそうにチョッチョッと舌打ちして、

『ああ、そんな気がしていた。ほかの場所は残らず探したんだが、あそこだけ見残した。……

たしかにあなたの勝ちでしたよ、王様。……それはそうと、それは真実《ほんとう》でしょうね。もし行って見て無かったら、すぐ戻って来てあなたを殺しますよ。こっちだって生命《いのち》がけの仕事なんだから』

『放って置いたって死ぬでしょうよ』

『そうとばかり限らないから殺しに来るんです、……では、さよなら』

『なるべく、「さよなら」であるように祈りますよ』

声はそれで聞えて来なくなった。

加十は苔の上へドッカリと胡坐《あぐら》をかくとギロギロと四方の壁を見廻しながら、

『どうも、こいつはいけない事になった。いよいよ今度こそは俺の最後かナ。……せいぜい骨を折って見たが、この窮境を好転させたのか悪転させたのかわからない。あいつが約束通り眞名古に通信してくれるかどうか判らないし、金剛石が見つからなければ、俺を殺しにやって来るんだ。……余計なことをしたばっかりに、これア一層悪くモジってしまったらしい。考えたって仕様がない。どうせ、なるようにしかならねえんだ。今のところ助かる方の歩は少いんだから、大体死ぬことに覚悟をきめて置く方がいいだろう。……それにしても、これほどの驚天動地のネタを抱えながら、空しく白骨になってしまうのはどう考えても忌々しくてたまらない。それに何のためにこんなところに俺がクタばっているのかその訳がわからずじまいというのも情けない。俺の死体が発見された時、せめてこの顚末《てんまつ》だけは判るように、遺書代《かきおき》りに、出来るだけくわしく記事を書いて置こう。それでこそ新聞記者らしい最後というもんだ。……おお、そうだ。手提電燈の電池が無くならないうちに……』

と、呟きながら、膝の上に原稿紙を押しつけ、電燈の光の方へ身体《からだ》を曲げながら、鉛筆を舐め舐め、大狼狽《あわて》に走り書きをしだした。一種颯爽たる風格があったのである。

三十六　早撮《はやとり》写真の事、並に陰気な足音の事

眞名古は捜査課長室の机に頬杖をついて、山木《やまき》元吉《もときち》、印東忠介《いんどうちゆうすけ》、川俣踏絵《かわまたふみえ》、村雲笑子《むらくもえみこ》、幸田節三《せつぞう》、酒月守《まもる》の六人と「カーマス・ショオ」の七人の聴取書に大急ぎで眼を走らせている。

山木の陳述は花子《はなこ》が印東からまた聴《ぎき》して注進した経緯《いきさつ》と違ったところはない。あの夜「すゞ本《もと》」を抜け出したのは王様との約束を守ってガラスの金剛石の上底《あげぞこ》のついた三鞭酒《シャンパン》の瓶を受取りに行ったのだと言っている。

印東の陳述は、例の山木が「すゞ本」をぬけ出したのを見た目撃談が主で、最後に、バロンセリと笑子とハッチソンと岩井《いわい》が怪しい、いや、そう言えばそのほかの誰れも彼《か》れも怪しい。尤《もつと》も私だけは例外です、などと余計なことをベラベラ喋《しやべ》言っている。

踏絵は、山木があまり柄にもなく大きな仕事をするのでハラハラしていましたが、案の定こんな破目になってしまって、と涙まじりに陳述している。

幸田と酒月は、異口同音に、鳴く筈もない噴水の鶴が鳴いた時にはどんなに仰天したか、と

むしろ淡白に所懐を述べたのち、浅草《あさくさ》の木賃宿で立聴きした山木と踏絵の会話を紹介している。それは山木、踏絵の陳述と大体に於て符節が合うのである。

お次ぎは「カーマス・ショオ」の七人の聴取書。その中には一寸《ちょっと》思いがけないことが述べられてあった。

陳述書を読んで見ると、今晩有明荘の六人と一緒に「すゞ本」へ繰込んだ「カーマス・ショオ」の六人のうち、まともに敵と引ッ組んだのは、印東の相手のタップ・ダンスのメアリーとハッチソンの相手の歌唄いのミリアムの二人だけだったということが判った。山木と一緒にいる筈のジャネットは踏絵の相手のロナルドと一緒に居り、岩井の相手のジャックリイヌは笑子の相手のウィルソンと一緒にいたのだった。

つまり、岩井——笑子、山木——踏絵、の四人は互いに本来の相手方を敬遠して、こんな風に組合せを変えていたのである。

尤も、山木と踏絵の方はもう花子の口から聞いていたしその目的もわかっているが、その外にもう一組こんな変奏《ヴァリエーション》があったのは意外であった。

眞名古は鉛筆を取り上げて、

岩井——笑子

と、紙の上に書きつけると、今迄の軽快さを失って急に沈んだ顔色になってしまった。

一体何のために岩井と笑子が互いの相手を退けたのだろう。恐らくそれは愛情のせいではあるまい。山木と踏絵の場合を考えると、甚だ穏やかならぬ連想が浮んでくるのである。眞名古の検證したところに依《よ》れば岩井は窓からなど脱け出してはいない筈なのだが、こういう新事実が現れた以上、もう一度その辺のところを確かめて見なくてはならない。さすがの自信家の眞名古も、この新事実の前にはいささかたじろいだように見えた。

眞名古の推理によると、「カーマス・ショオ」の別の一人がハッチソンの窓から入って来て、岩井の部屋の窓から出て行ったことになっていて、その七人目の人物はアクロバット・ダンスのヘンリイという男だとされていたのだが……

早速ヘンリイが呼び込まれる。

眞名古はもう余裕綽々たる様子はしていない。可成《かな》り真剣になっているということは、垂れ下った瞼の間から凄まじい眼光が電光のように走り出すによってもそれと察しられる。

眞名古の着想《イデ》には狂いはなかった。自分だけ一人が置いてけぼりにされたのを口惜《くや》しがって、情婦のミリアムのところへ嫌味を言いに来たのだった。その部屋がそうとは知る筈もなく、入りやすいところから入ったわけだったんだが、そこがミリアムとハッチソンの部屋だった。

口惜《くや》しがったというものの、こんなことには慣れっこになっているのだから大して肚を立てていたわけではない。ミリアムとハッチソンにいい工合《ぐあい》にナヤされて、一杯飲まして貰って、また、ハッチソンの部屋の窓から外へ出て築地《つきじ》のナポリ・ホテルへ帰った。

眞名古は聞きすましていたが、不意に顔をあげて、

『君が「すゞ本」を出たのは何時だったね』

『ちょうど午前四時半でした。窓から出ようとする時、階下《した》の時計が四時半を打ったのをはっきり覚えています』

『その時たしかにハッチソンは君と一緒に居たんだね』

『ですから、今申し上げましたように……』

『それで、君はミリアムとハッチソンの二人と話したきりなのか』

『はい、そうです』

『他の部屋へは行かなかったかね』

『参りません。行く必要もないのですから』

『よろしい、退《さが》ってくれたまえ』

ここでまたもう一つの新事実が発見されることになった。これは眞名古にとっても実に容易ならん不意打《スユウルプリイズ》ちだった。ヘンリイが岩井の部屋へ行かなかったとすれば、やはり岩井は今朝《けさ》「すゞ本」を脱け出しているのだ。「ある人物」こそこの事件の犯人だという万代不易な眞名古の信念はこれによって全く覆されてしまうかも知れぬのである。

兎《と》も角《かく》、岩井が何のために「すゞ本」を脱け出したかそれを調べて見る必要がある。笑子が相手《パアトナア》を遠ざけて岩井と組になったのは、勿論その秘密めかしい岩井の行動を援《たす》けるためだったに相違ない。笑子が岩井の行為に充分な了解を持っていることはこれによっても察しられる

のだから、笑子の口を割りさえすれば一切の事情がわかるであろう。

それにしても、何しろ規定の時刻までにはもう僅かの時《タイム》しか残っていないのだから、日数をかけて徐々に吐かせるなんていう悠長なことはしていられない。場合によっては……

眞名古の面上は何とも言えぬ一抹の凄気がサッと流れ出す。眼は火がついたように烱々《けいけい》と輝き、すこし前屈みになって、まさに獲物に飛びかかろうとする野獣のような剽悍《ひょうかん》な身構えをする。例えて言うならば、眞名古の全精神が目覚時計によって呼び醒まされ俄然戦時体制に入ったような凛烈果敢な風貌になった。

眞名古が銃士の一人に合図すると、間もなく村雲笑子が連れ込まれて来た。

第八回、「お茶松《ちやまつ》」の賭場《とば》の入口に立現れた時のように、しどけなく足元にからむ銀糸入りのお召の二枚袷《あわせ》の裾を外輪に蹴開きながら、だらけ切った恰好で入って来ると、眞名古が指し示した椅子の端に浅く掛け、不貞腐《ふてくさ》ったようすで空嘯《そらうそ》ぶいている。

張りのある愛らしかるべき眼は淫蕩のためにうす黄色く濁り、美しかるべき北国産の膚《はだ》は長らくの放縦な生活のためにさんざんに荒廃している。いずれ一度はこんな場所へ引きずり出される運命を持った御人体《キャラクター》。いわば甚だ場所柄に相応《ふさわ》しいのであった。

眞名古はむしろ愛想よく煙草《たばこ》をすすめながら、気軽な調子で、

『どうだ。だいぶひどくやられたか』

笑子は憎体《にくてい》に、ふン、と鼻を鳴らし、

『いいえ、そうでもなかッてよ。みなさん、たいへん、ご親切でしたわ』

『何を訊かれたね』

『名前だの、年齢《とし》だの。……年齢《とし》は本当のことを言わなくッちゃアいけないんですの』

『そんなことはどッちだっていいだろう。……それだけか』

『それから、……昨夜《ゆうべ》、岩井と一緒に……』

『つまらんことをきくじゃないか。冗談だったんだろう。それで、何と返事をした』

『失敬よ。いくら職権だってそんなことにまで立入る権利はなくッてよ』

『それア、よくない。あとで注意して置く。まア、そう本気《むき》になるな』

ニヤリと笑って、

『本当のところはどうだったんだね』

『どッちだっていいじゃありませんか、わかッたるい。……警察ッてところは実に下等ね。愛想がつきた』

『そう一概に言ったもんでもないさ。……それはそうと、君が「お茶松」へ出入するようになったのはいつ頃からだ』

油断のない面つきになって、

『さア、……去年の春位いからよ』

『面白いかね』

『趣味ッてわけでもないわね。どう言ッたらいいかしら』

眞名古は机の上に肘をついて掌《たなごころ》で頤《あご》を支えながら、のんびりした調子で、

『おい、君たちの生活はすこし放縦《だら》しなさ過ぎると思わんか。そんな廃頽的な生活ばかりしていていいッてことはあるまい。すこし反省したらどうだ』

笑子は拗《す》ねたように横坐りになり、二の腕まで露《む》き出して手で髪のウエーブにさわりながら、

『反省してますわ』

『実にどうも怪《け》しからんじゃないか。法律で賭博を禁じていることは君たちだって知らんわけはなかろう。国家の規律をそんな風に馬鹿にしてもいいのかね』

笑子はクスクス笑い出して、

『恐れ入りました』

『ふふ、ちッとも恐れ入ったように見えないじゃないか』

と言うと、突然、拳で劇《はげ》しく机を叩き、

『てめえら、そんな了見だから、しめえにア人殺しの片棒を担ぐようなことになるンだ。穏和《おとな》しくしていれアいい気になりやがッて。あンまり舐めた真似《まね》をするな』

あのモッサリの眞名古がどうすればこう迄変れるものか。すッかり啖呵になって、声音も抑《めり》揚《はり》もちょうど昔の陰惨な岡ッ引の調子。見せかけか本領か知らないが、いずれにしてもゾッと人を慄《ちぢ》み上らせる嫌味があった。

笑子は真ッ白けになった顔をあげると無念そうに眞名古を瞶《みつ》めながら、

『こんな扱いを受けるわけないと思うわ。あたしをどうしようてえの』

眞名古は椅子に馬乗りになって、

『どうもこうもあるもんかい。ここへ引ッぱり込まれたら何をされるかぐらいなことは貴様だって知ってるだろう』

『でも、あンまりよ』

『あンまりとは、どうあンまり。……貴様、常習賭博だけの罪か？……何かほかに覚えはないのか。しらばッくれやがると承知しねえぞ』

そう言って置いて大股に部屋の隅まで行き本棚から写真帳を取りおろしてその中から写真を一枚撰び出す。それには警視総監が屋根の上で消防の演習を見ているところが大きく写っている。右下の方に屋根の棟が一杯に幅を取っているので、総監はちょうどその屋根の棟に立っているように見える。

眞名古はそれを後手で背中へ隠しながら笑子の傍まで戻って来ると、頭の上からジロジロと笑子を見下ろしていたが、突然その写真をツイと笑子の鼻の先に突きつける。ハッと笑子が瞳を定める暇もなく、間髪を入れずにまたそれを脊中へ隠し、

『今朝、岩井が「すゞ本」を脱け出すところを、写真まで撮られようとは知らなかったろう。どうだ、恐れ入ッたか』

笑子の全身にひどい変化が起きた。引く息ばかりになッて椅子の上にも居たたまらぬようにひどく慄《ふる》え出す。両手でしッかり膝頭を摑んで押さえつけようとするんだが、膝の方は言う事をきかない。一層ひどくガタガタやる。

眞名古は毒々しい口調で、

『何だ何だ、そのざまア。ひどく慄えるじゃないか。大した度胸もない癖に大それた真似《まね》をしやがって』

笑子は嗄《しやが》れたような声で、

『岩井がどうとかって、あたし、まるっきり……』

『やかましい。岩井が「すゞ本」を脱け出したのは三時四十分。帰って来たのは五時。帰って来た時は上衣《うわぎ》も帽子もどこかへ放ってワイシャツとズボンだけだったろう。岩井は窓から首だけ入れて、おい、地袋の上へ何か敷いてくれ、靴下の裏が煤だらけなんだ、と言ったろう』

急に笑子の足袋《たび》の爪先を指差して、

『そらそら、お前が岩井の介錯をしてやった證拠に、足の爪先に、屋根の、風呂屋の煤がついてるじゃないか』

笑子は、ハッとしたようすで、ひどく狼狽《あわ》てて自分の足袋《たび》の爪先を見る。勿論、煤などついていなかった。どぎまぎして、顔を赤らめてうつ向くのを、すかさず、グイとその肩先を摑んで、

『どうだ、そうだろう』

蚊の鳴くような声で、

『知りません』

『そうか、お前は知らなかったのか。知らねえなら何んでそんなに慄えるんだね』

眞名古は机の上から以前の写真を取り上げてそれを笑子に手渡しすると、頤をしゃくって、

『よく見ろ、これは岩井の写真じゃない、総監の写真だ。……これがどうしてお前に岩井の写真に見えたんだろう。可笑《おか》しいじゃないか』

と、言うと、椅子もろともにズイと笑子の方に近寄り、

『おい、岩井と総監とは一体全体どんな関係になっているんだ。……岩井が総監の身代りになって深川《ふかがわ》くんだりを巡視し、総監の不在證明《アリバイ》をつくってやったというのはどんな因縁でやったことなんだ』

笑子はますます深く顔を俯向《うつむ》けて何の返事もしない。眞名古はドンと劇《はげ》しく足踏みをすると、

『おい、返事をしろ』

『存じません』

ドキッとしたように反射的に顔をあげて、

『きまりを言ってらア。どうせ言うにしても、何とかもっと綾のある事を言ったらどうだ。……おい、それはそうと、今朝《けさ》、岩井は確かに「すゞ本」を脱け出したんだナ』

『……でも……』

『でも……、どうした』

グッと唾を嚥《の》んで、

『でも、何をしに行くのか、あたしは知らなかったのです』

眞名古は眼を怒らせて、

『しぶといじゃないか。そんな夢みたいな話がここで通ると思っているのか』

『でも、あたし……』

『よウし、どうしても言わねえナ』

物凄い顔になって椅子から立ち上ると、指で鉛筆を撓《しな》わせながらゆっくりと笑子の方へ近づいて行った。


いよいよ迫る運命の時間に、警視庁の内外では触れなば火を発せんとばかりに目覚しい活動が続けられているが、三階の総監室だけはまるで別世界のよう。見ると総監が一人、大きなソファに沈み込んで何かひどく屈託《くったく》している。

僅かの間に二十も年齢《とし》を取ってしまったように、額にも眼の周りにも夥《おびただ》しい小皺《こじわ》が寄り、ザンバラになった髪を汗でベッタリと貼りつかせ、たった今水から上って来た水死人のような悲惨な顔をしている。

たった今どこからか帰って来たばかりのところと見え、机の上に帽子が置いてある。どんなところを潜《くぐ》って来たのだろう。肩にも袖にも蜘蛛《くも》の巣がひッかかり、靴は塵にまみれて白くなっている。

総監はソファの脊に頭を凭《もた》らせ呻《う》めくような声でこんなことを言う。

『……衣裳戸棚《コムモーデ》、……机《テイツシエ》、……穴蔵《ケルレル》、……料理場《キユツヘ》……。そうだ。成程、あそこだったんだ。……なぜ、気がつかなかったんだろう。あんなたわいもないことになぜ気がつかなかった。

……何だかそんな気がしていた。それなのに、あそこだけ見落した。……なぜだろう。これが不思議でたまらない』

そう言って、時計を見上げ、

『まだ間に合う！　どんなことがあってもやって見せる。どんなことがあッても！　あいつなんぞに突き落されるものか。……あいつが勝つか、俺が勝つか！』

まるで人が違ったような荒々しい身振りで立上ると、帽子を取上げて扉《ドア》の方へ行きかかる。

時計が三時五分前を報じる。

すると、恰もこれが合図のように遠い廊下の端から陰々たる足音が起《おこ》ってそれが次第にこっちの方へ近づいて来る。足をすこし引《ひき》ずるような、そのくせ何か殺気を含んだ極めて特徴のある足音が底気味の悪い音を立てながらゆっくりとこちらへやって来る。

警視庁では誰一人この恐ろしげな足音を知らぬものはない。十年も聞き馴れている人間でもこの音を聞くと誰れも彼れも何の理由もなく奇妙な恐怖に襲われる。

眞名古がやって来たのだ。総監の逮捕状を懐中にして、眞名古が一歩一歩こちらへ近づいて来る。

総監は手に帽子を持ったまま棒立ちになっていたが、爪先から頭の先までうねり返すような激しい痙攣を一つすると、手から帽子を落してソファの方へよろめいて行き、一種兇悪な表情を顔一杯に漲《みなぎ》らせながら、

『畜生、先を越された』

と呻くように叫んだ。

扉《ドア》が音もなく引き開けられ、静かに眞名古が入って来た。細い眸《ひとみ》の間から冷酷無情な眼差《まなざし》を覗かせ、凝乎《じっ》と総監の方を眺めていたが、やがてゆっくりと、その傍に近づいて来ると、沈んだ響のない声で、

『総監、職権によってあなたを逮捕します』

と、宣告した。

総監の顔は見る見るうちに蒼白になり、額に汗の玉を噴かせ、憤怒と絶望の入り交ったような複雑極まる表情で眞名古の顔を睨みつけていたが、突然、

『糞ッ、貴様なンぞに……』

と、叫ぶと、力任せに眞名古を突きのけ、錯乱したように部屋から飛び出して行った。

廊下を駆けて行く気狂い染みた総監の足音は四壁に反響して、一種異様な諧調をつくりながらだんだん遠ざかって行く。眞名古は憐れむようにその方を眺めながら、噺くような声で、

『しょせん、所詮、それは無駄です。私の手から逃げ出すことは出来ぬ』

と呟くと、微かに唇の端を皺めて奇妙な微笑をした。悪霊の微笑だってこう迄冷たくはなかろう。宛然《さながら》顔に凍りつくかに見えたのである。

時計が午前三時を打つ。退っ引《のっぴき》ならぬ解決の時間までに剰《あま》すところ僅か一時間となった。あ、一時間!

連載長篇　第十二回

三十七　魚の腹話術《ヴァントリロク》の事、並《ならび》に英吉利《イギリス》巡洋艦の事

夜空で五位鷺《ごいさぎ》がギャアと鳴く。

夜番の柝《き》の音も凍りそうな一月二日の深夜。桐のずんどに高野槇《こうやまき》、鉾杉《ほこすぎ》、柵かえでなどが繁りに繁って、昼でも薄暗い山王《さんのう》の森。かれこれ午前三時というのでありますから如何《いか》にも凄く物淋しい。

その森の間をたらたら上りになる小径《こみち》。空には月がありますが、木の葉が厚く茂っているのでとても下草までは届かない、さながら深山《みやま》の杣道《そまみち》といった体にずっと上の方へつづいている。行手の木の間がくれに混凝土《コンクリート》建の西洋館。二つ三つの窓から沈んだ灯《ひ》の色がぼんやりと洩れ、半面に淡い新月の光を浴びて、まるで夢の中の景色のように、妙に鮮やかに白々と浮き上っている。ちょうど前日の今頃、そこで人殺しがあった、例の有明荘《ありあけそう》。

小径の中ほどのところに大きな笠松があって、そこばかりはとりわけ黒くおどんだようになっているその木の下闇、そよ吹く風の枝の間からスーッとぬけ出した一つの影。漂うが如くに

フワフワと有明荘の方へ近づいて行く。

幻とも煙とも定めがたいその影は暫時《ざんじ》の間ヨロヨロと建物の周囲《まわり》をさまよい歩いていたが、やがて大玄関から建物の中へ辷《すべ》り込むと、異様に長い尾をひきながら、取っつきの階段から二階の方へ登って行く。

登りつめたところが惨劇の行われた鶴子《つるこ》の玄関。そこからずっと向うへ長い廊下が延び、その端に大きな硝子扉《ケースメント》。その外は露台《バルコン》になっていて、そこに月の光があたっている。

朦朧《もうろう》たるものの影は鶴子の家の扉《ドア》の前でやや暫《しば》くたゆたっていたが、廊下に人のけはいのないのを見定めるとそっと扉《ドア》を押し開けてその内部《なか》へ忍び入る。

鶴子が投げ出された例の大きな窓から空の薄明が斜《ななめ》に壁の上にさしかけ、その上に二間四方ほどのほの蒼い映写幕《スクリーン》をつくっている。黒い影はその光を厭うように闇の中に蹲《うずく》まっていたが、やがて、うつ向いたままで低い口笛のような音を立てはじめた。何かの合図だったのだろう、一風変った曲節の口笛の音がやむと、四角な映写幕《スクリーン》の中へムクムクと新たな三つの影絵《シルエット》が浮び上って来た。

闇の中の人影はほのかな手真似《てまね》で三つの影を自分の身近に呼び寄せると、ほとんど聞きとりにくいほどの低い声で、

『では、そろそろ配置につくとしようか。手筈した通り、食堂のあの長椅子のうしろへ行こう。あそこからなら台所の中の手細工《オペラチオン》をひと眼で見通すことが出来るだろう』

四つの影は縦列をつくってそろそろと食堂の中へ入って行って勝手の扉《ドア》と向き合う大きな長

椅子の後にひと塊になる。

『料理場の扉《ドア》の外は大丈夫だろうナ』

『今朝《けさ》からずッと楠田《くすだ》が張込んで居ります』

『よろしい。ここへ入って来たら、もう袋の鼠だ。どんなことがあったって逃すようなことはない。……あいつを引ッ括《くく》って諸君に引渡せば、それでこの俺はお役ずみになる。諸君ともこれでお別れになるのだが、これが最後だと思って、もうしばらくの間辛抱して貰おうか』

『課長！』

『そんな湿った声を出すな。一体何を言い出す気だ。感慨めかしいことなら聞く必要がない。だいいち、そういう呼び方だってもうこの俺には相応《ふさわ》しくないのだ。……要するに俺は屈辱に耐えられぬ人間なんだ。そういう偏狭な性情がこんな愚な真似《まね》をさせる。取るにも足らぬ小さな事務から疎外されたというだけで、何も辞職までしなくともいいと諸君はそう言いたいのだろう。しかし、諸君の感想に拘《かかわ》らず、俺にはこういう処置がたいへんに気に入っているのだ。勝手にさせて置いたらいいじゃないか』

『しかし、……もう、これでお目にかかれぬのだと思いますと、……それに碌《ろく》にお別れの言葉も申し述べずに……』

『くどい！』

ヒソヒソ話はこれでお終いになって、部屋の中は再び以前のような深沈たる趣《おもむき》にかえる。どこかに置時計があるのだろう、時の流れはこのチクタクという音を媒介にして、ややもかも気ぜわしい渓流《せせらぎ》の音をたてる。

こんな風にして五分、或いは十分も経ったであろうか。廊下の遠い端の方で扉の蝶番が軋《きし》るような仄《ほの》かな音がした。一分ほど間を置いて、湿った土の上を踏むような、猫が棟伝いをするような、あるか無きかの低い足音がその方に起って次第にこちらへ近づいて来る。途絶えては起り、途切れてはまたつづき、念の入った忍び足で玄関の近くまでやって来てそこで止る。扉《ドア》がソロソロと押開けられ、何者であろう、ヒョロ長い影を先に立ててよろめき勝ちな黒影が玄関の間へ入って来た。

食堂の闇の中からその方を見ると、壁の上の四角な月影が古鏡の面《おもて》のように薄光りしている。その中《うち》に今しも投影されたそれこそは実に意外な人物の姿だった。

官服の襟元をだらしなくくつろげ、丸く背を曲げて前屈みになった、極めて特徴のある横向きの姿。さながら、ダンカン王の寝室に忍びよるマクベスの如く、不安と粗暴とを交ぜ合したような異様なポーズで、クッキリとうす蒼い映写幕《スクリーン》の上に浮び上って来たのは紛れもない総監の影絵《シルエット》だったのである。

その影は、恰《あたか》も己れの登場を誇示するように月の光の中で延びたり縮んだりしていたが、やがて向きをかえてサロンの中へ入って来た。充分に勝手を知っているようすで、サロンの扉の鍵をおろすと、壁際に身を擦りながらソロソロと食堂から料理場につづく扉《ドア》の方へ歩いて行く。何の匂いだろう、その方から時ならぬ春の香のようなほのかな香気がフンワリと漂ってくる。朦朧たるその影は扉《ドア》を開けて静かに料理場の中へ入って行く。と思う間もなくその手の中から細い光芒が走り出し、裏口の扉《ドア》に近い壁の一点に据えられる。塗り変えられて間もない五合ほどの真新しい壁の一部が照らし出される。その人物は背中を丸めてその部分を撫で試みる様子だったが、床の上に手携《てさげ》電燈を差置くと衣嚢《ポケット》から小さな鑿《のみ》のようなものを取出しそこをガリガリと掻きはじめた。

長椅子のうしろの四人は鼠を狙う猫のように背中を撓《たわ》ましてその方を窺っていたが、やがて次ぎ次ぎにそこから這い出してジリジリと獲物の方へ迫って行く。

ところが、このコースの行手にちょっとした障害物があった。支那蘭鋳《しならんちゅう》の鉢を載せた脚高の三脚台がこの細い通路を塞《かし》いでいた。真っ先に進んで行く眞名古《まなこ》の肩がちょっとその脚に触れると、台はもろくも傾いで、玻璃鉢《はりばち》がえらい音を立てて床の上で微塵に砕けた。

『失敗《しま》った！』

という眞名古の声と、向うの人物が身を飜《ひるがえ》して料理場の扉《ドア》を閉《とざ》したのとは殆《ほと》んど同時位の早さであった。四人がその扉《ドア》に殺到した時、四人の耳は内部から錠をおろす音をハッキリときいた。

眞名古は、

『畜生！』

と叫びながら寝室の方へ横ッ飛びに飛んで行き、化粧室《トワレ》から料理場に続く扉《ドア》を開け試みようとしたが、そこも早《は》やガッチリと鍵がかけられていたのである。

闇の中で、

『玄関へ廻れ、玄関へ廻れ！』

という錯乱したような眞名古の声がきこえる。食堂の方からは万能鍵で扉《ドア》を開けようと焦立《いらだ》ちながら口々に喚き立てる四銃士の叫び声がひびいてくる。ひどくこんがらかって何が何だか判らんようになってしまった。

こんな混乱のうちに五分ほど経って、そこでようやく扉《ドア》が開く。眞名古と四銃士が双方の入口から殆んど同時に料理場に雪崩《なだれ》込んだが、これはどうしたというもんであろう、この狭い料理場の中には、どだい人の姿などは見当らぬのであった。猫の子一匹いやしない。

ここから逃げ出すとすれば、勝手用階段につづくこの裏口の扉《ドア》からするほかはないのだが、そこにはかねて別働隊が張り込んでいるのだから、どんなことがあったってぬけ出せるわけはない。

眞名古は飛んで行ってその扉《ドア》をゆすぶる。ここもガッチリと鍵がかかっている。扉《ドア》の鏡板を連打しながら張番している筈の銃士に呼びかける。

『楠田楠田、お前はそこにいるのだろうナ』

飛んでもない方角から返事があった。

応接間《サロン》の扉《ドア》を叩きながらその銃士が叫んでいる。

『課長課長、私はここに居ります。あなたが玄関へ廻れと命じられたので飛んで来たのですが、こんなところへ閉め込まれて出られぬようになりました』

この闇の中で伊太利《イタリー》風な道化劇が始まっている。しかし、一同にとっては可笑《おか》しいどころの騒ぎではない。とりわけ眞名古にとってはこれは思いもかけぬ痛撃だった。

昨日《きのう》の午前ここへ検證《けんしょう》に来て、料理場のこの壁の修復個所を見たとき、眞名古は皇帝の大金剛石《だいこんごうせき》はこの中に隠されているのだと洞察した。ここに張り込ませてさえ置けば最後の瞬間に必ずこっちが勝利を得ると確信していた。何も狼狽《あわて》廻ることなどいらない。ここで待っていればいやでも犯人の襟首に手をかけることが出来る筈であった。

眞名古は銃士の中でも腕利の四人を招集すると抜け目なくここへ配置し、自分は一と足先に傍證固めにとりかかっていたのだった。午後から今までの眞名古の活動は専《もっぱ》ら魚をこの網の中へ追い込むことにばかり費されていたのである。

果して魚は嚢網口《はぐち》からソロソロと大謀網《だいぼうあみ》の中へ入って来た。あとはもう網の口を締めるだけでよかった。その千番に一番のかね合いの時に、スルリと魚に逃げられてしまった。何のことはない、その魚は腹話術《ヴァントリロク》まがいに眞名古の声色を使って張込んでいた銃士を玄関の間へ駆込ませ、不幸な銃士をそこへ閉め込んで悠々と逃げてしまった。飽気《あっけ》ないと言えば、実に飽気《あっけ》のない始末だった。

眞名古ほどの人間でも、これでは憤激せずにいられなかったろう、暗闇の中へ入って来た不幸な銃士の襟をひッ摑むと歯軋りをしながらこづき廻していたが、急に変ったようになってガックリと椅子の中へ落ち込むと、首を垂れてそのまま動かなくなってしまった。

この四銃士は心から眞名古を愛しているし、駆出しの頃から眞名古に手を取られて教えられて来た連中だから、自分等の未熟からこの稀有の大終幕を失敗《しくじ》らせたと思うと、いずれも暗然と涙を呑むばかり、なまじっかな挨拶などのあろう道理はない、闇の中に群像のようにひと塊りになって低く首を垂れているのだった。

やや暫くの後、眞名古はウッソリと顔をあげると、群像の一つずつを透しながら、さすがに綿々たる声音で、

『諸君、たいへんに遺憾だが、今日の活劇はこれでお終《しま》いだ……ああ、同じ失敗《しくじ》るにしても、こう迄惨めなやられ方をしようとは思わなかった。……大したもんだ。これだけ鮮《あざや》かにやッつけられりゃア文句はあるまい。コッちが尻尾を巻いて逃げ出す番だ。……見込通りに成功したら、すこし浮かれてやるつもりで、少しばかりだがコニャックを持って来たんだが、……いや、どうも……。じゃ、諸君、これでお別れする。せめて、こいつで水盃《みずさかずき》でもして……』

と、ここ迄言った時、森閑と静まりかえった遠い廊下の端の方で何かしら鋭い短い音がした。蝶番の軋るような音である。一同は思わず息を呑んで耳をすましていると、露台《バルコン》の硝子扉《ケースメント》をソッと閉める音がし、何者かが廊下の絨毯《じゆうたん》を踏んでこちらの方へ近づいて来る。足を煽るようなひどく癖のあるその足音は、つい今しがたきいたばかりの歩調と寸分違わない。

一同は椅子の蔭に身を沈めて玄関の間の方を凝視していると、そこの銀幕の上に、怪し気な幽光に包まれながら率然と浮び上って来たのは、猫脊の、毬栗頭《いがぐり》の総監その人の姿であった。

甚《はなは》だ奇異なことになった。それだけでも既に何とも納得がゆきかねるのに、猶《なお》その上、動作までが以前の通り一点一劃の違いもなく反復されるのである。

その影は薄蒼い月の光の中で伸びたり縮んだりした後、さっきのように応接間《サロン》の扉《ドア》を閉めて

鍵をかける。食堂の壁際を伝ってソロソロと料理場へ入って行くと、同じ仕方で壁を照らし上げ、手携《てさげ》ランプを床の上に置いてから鑿を取り出して壁を毀《こわ》しはじめた……

いわば、いますんだばかりの古風な活動写真の一場面をまた始めから映し直すようなていで、見るものに、何とも形容のつかぬ異様な印象を与えるのである。一同は現在眼に見る光景が現実のこととは信じかねるような心持で茫然と注視をつづけるばかり。眞名古はと見るとこれも憑かれたように爛々と眼を光らせながら瞬《またたき》もせずにその方を凝視《みつめ》ている。しかし、それが夢でも幻でもない證拠には、ガリガリと壁を突き壊す音が一種陰惨な反響を伴って五人の耳朶《じだ》をうつ。突き崩された壁土がサラサラと微かな音を立てて床の上に落ちる。何にしても奇妙なことが始まっている。

その音はやや暫くの間引続《ひきつづ》いていたが、ほどなくそれが止むと、壁の上に小さな空洞が出来た。その人物は多少狼狽《あわて》た仕方で床の上から手携《てさげ》ランプを取上げ、その空洞の中を照らしていたが、その中にどんなものを発見したのであろう、ややもかも会心の様子でためつすがめつした末、右手を空洞の中へ差し入れ、中なるものを取り出そうとした。

その途端眞名古は猛烈な跳躍をして椅子の後から飛び出すと一足飛びに料理場の中へ躍り込み、その手首に襲いかかって力任せに捻《ね》じ上げる。間髪を入れずに四銃士も一斉にそこへ雪崩《なだ》れ込んでムラムラとその周囲《まわり》をひッ包んだ。今度こそはうまく行った。怪人物はこの慓悍《ひょうかん》な円陣の中に取りこめられ、切れ切れに何か聞きとりにくいことを叫んでいる。

銃士の一人が手早く壁際のスイッチを押す。瞬間、忌々しいほどに明るい光がこの小さな料理場の中に氾濫する。

眞名古の真向いに、すこし蒼ざめて、腕組みをして突っ立っているのは紛れもない正真正銘の総監。メランコリックな広い額をウッスラと汗で湿《うか》らせ、端麗な面差を許すまじき色にひきしめ、怒りと当惑と相半ばしたような表情を浮べながら凝然と眞名古の面を注視している。

眞名古の方は、これも横柄な手胡座《てあぐら》をかき、残忍とも言える眼差を総監の面上に釘付けさせ、殺気満々とこれに対峙している。例えて言うならば、二匹の猛虎が闘場に遭遇したような、この成行は一体どうなるか、予断を許さぬ悽愴な光景になった。

総監は癇癪《かんしゃく》を起したような声で、

『眞名古君、血迷うのもいい加減にして置け。一体、僕をどうしようというんだ』

眞名古はまじろぎもせずに、

『それは、先程申し上げました』

と、冷然と突っぱねる。

『おい、僕はてッきり気が狂《ちが》ったんだと思っていたんだぜ。それで、君は正気なのか』

『正気です』

『どうも信用しにくいね。……それで、一体どんな理由で僕を逮捕しようというのか』

『松谷《まったに》鶴子、並に葦高《あしたか》とめの殺人犯人、安南《あんなん》国皇帝宗龍王《そうりゅうおう》に対する誘拐監禁、強盗未遂及び家宅侵入』

総監は笑止に耐えぬといったようすで、殊更《ことさら》らしい苦笑を泛《うか》べながら、

『犯罪の目的は何だね』

『皇帝の大金剛石を奪う目的と皇帝の反対派たる李光明《りこうめい》一派と通謀して皇帝の暗殺を間接援助する二つの目的によって』

『えらい事を考え出したもんだな。それはこの僕の地位を棒に振ってまでやる価値のあったことなのかね』

『それをしないとあなたの地位を棒に振らなければならなかったからです』

総監は荒々しく椅子を引き寄せて掛けながら、

『これア椿事だ。ま、ここへ掛けて充分説明を聞くことにしよう。ひとつ話して見てくれたまえ』

眞名古は挑みかかるような眼つきをして、瞬間、相手を睨みすえたのち、いつもの冷酷な口調になって、

『ご請求が無くとも申し上げずには置かぬのです。……あなた方に覚えのあることなのだから、廻りッくどいことは必要ない。単刀直入に手ッ取早く申しましょう。……あなたは以前、松谷鶴子と何か然《しか》るべき秘密関係がおありになった。そののっぴきならぬ證拠を岩井通保《いわいみちやす》に握られている。あなた御自身の複雑な閨閥《けいばつ》関係もあり、極度に醜聞《スキャンダル》を恐れられる性情から、いやでもこの岩井の申出を承諾しなければならなかったのです。……最初は鶴子を殺害される意志などはなく、岩井のために大金剛石を窃取するだけの目的だったのですが、計らずもあんな破目になったので、その犯行を糊塗するため、皇帝が鶴子を殺害して逃亡したように見せかけよう

と計画し、勝手用の階段から鶴子の家の料理場に入り、生乾きの壁に凭《もた》れてひそんでいると、うまい工合《ぐあい》に王様が化粧室へ入って来られたので、職権を以《もっ》て王様を裏口から連れ出し、階段の下でクロロフォルムを使用して昏酔させ、以前来た如くに御乗用のロード・スタアで警視庁の附近まで帰られた。……しかし、一旦そうしたものの、考えて見ればこれでは却《かえ》って事件を大きくするようなものだから、皇帝の犯行を隠秘するという名目でこれを自殺事件として取扱うことを発議された。つまり、それで一段落ついたところで、どこからともなく皇帝を帰してよこす筋書だった。……当局ではてッきり皇帝が鶴子を殺害したものとばかし思っていたのだからあなたの発案に異議なく加担し、そこで急遽《きゅうきょ》犯行現場の整備をすることになった。ところがあなたの計画に対してこの眞名古は甚だ迷惑な存在だ。私があなたによって今朝《けさ》の現場整備から除外されたのは、こういう理由によることだッたのです』

『仲々非凡だね。大した想像力だ』

『まア、もう少しお聞き下さい。まだ後があるのです。……ところで、一方岩井の方は大金剛石だけですませるつもりはない。李光明一派の莫大な報酬を手に入れるつもりで、例の、皇帝を日本官憲の手にかけさせるという、あの条件の方もやらせようとあなたを威迫した。……こう迄なると、あなたも深入りしたことを後悔せずにはいられない。あなたは断乎とそれを拒絶なさったのです。……こういう悶着をしているうちに、思いがけない手違いで、意外にも私が局長秘書から現場調査の命令を受けたことを知った。あなたは狼狽なさッて、私の調査を「玄関の間」にだけ制限するために、私の先廻りをして有明荘に行き、応接間へ入る扉《ドア》に封印《シール》をなさッた。如何《いか》に眞名古でもこれだけは破るまいとお考えになったのです。……ところが、これもまた命運の然らしむるところだった。私は有明荘へ出かける途中で林《はやし》謹直《きんちょく》に逢い、私が今朝《け さ》の現場整備から除外されたこと、従ってこの整備には何か裏があると感づいたのでした。……あなたもお認めのように、元来狷介《けんかい》な私のことでありますから、勿論、そういう不当《アンジュスティス》にノメノメと屈するわけはない。職を賭してもこの真相を摘発して見せるつもりで、その場で辞職願を認《したた》めて懐中し、いわば、確固たる精神で有明荘に赴いたのです。……そういう私の前に封印《シレ》などは物の数でもない。忽《たちま》ち押破って侵入しました』

『早まったことをしたもんだ。何にしても常態ではないね』

眞名古は耳も藉《か》さず、

『さて、現場に当って精細に調査いたしますと、王様が鶴子を殺したとすべき根拠は少しも見当りません。いや一々の情況が鶴子を殺したのは王様でないということを立證するのです。……現場のさまざまな状態については既に度々申し上げましたからここでは繰返しませんが、当夜、縫子《ぬいこ》の花《はな》が目撃したという人物、すなわち、毬栗頭の、腕にキラキラ光るものを巻きつけていた人物、料理場の生乾きの壁の上に、官服の寸法と剣帯の鋳型彫《クリユウ》を、その下の床に一二・〇〇のプリンストン型の靴痕を残した人物、玄関の間の壁の上に袖章による三本の搔き傷と金モールの微少片を残したその人物が真犯人だということが明瞭になりました。……このように王様が鶴子を殺したのではないということが明々白々なのに、殊更に王様を犯人としなければならぬ目的は奈辺《なへん》にあるのかと考えて見た。言う迄もない、何者かが自己の犯行を王様に転嫁しようと企てたのだということが判る。……方法に至っては至極簡単です。一旦王様に濡れ衣を着せて置いて、そのあとでそれを払い戻す、いわゆる交互計算というやつです。……すると、この法律的掏変《すりかえ》によって利益を受けるものは誰《た》れだろう。言う迄もない。充分に可視さるべき種々《いろいろ》の情況を殊更に回避して現場を自殺事件に整備したその人でなければならぬ。……しかし、その時はあなたが最初の発議者だったということを知らなかったので、それが一体何《なん》人《びと》か私にも見当がつかなかった。……ところが、そのうちに、鶴子の衣裳戸棚の曳出しの下着の間からあなたの御愛用の獅子頭《ししがしら》のパイプを発見しました。現場を自殺事件に整備するだけなら、下着の入った曳出しを掻き廻すなんてことは全然不必要です。これによってその当人は整備とは全然別な目的でこの現場をひッ掻廻《かきまわ》したという事が判りました。……そこで、私はその人物が何を捜すために奔走していたのかその目的の追及に移った。……この方も大して骨は折れませんでした。同じ衣裳戸棚の中から王様の胴衣《チヨツキ》が発見され、その内側のポケットにロゼット型の金剛石が長い間隠されていたことが了解されたのです。のみならず、胴衣《チヨツキ》が所在していた状態によって数週間前から既に金剛石がそこに入れられていなかったことも了解しました。なぜなら、その曳出しは鍵がかからないのだから、そんな場所に金剛石を隠した胴衣《チヨツキ》などを放置しておく筈はないからです。金剛石はどこか他の場所へ隠されている。一体それはどこだろう。……すぐ気がついたのは、あなたが今壊されたこの壁です。金剛石はここに隠されている。……その壁を見ると明《あきら》かにこういうことに経験のない素人の手で塗られたものだということが一目瞭然だからです。事実、その後出入の左官屋へ行って取調べますと、大急ぎに急がされて壁土と鏝《こて》だけは持って来たが、手が廻りかねてとうとう大晦日の夜は修繕に来られなかったということでした。……それにしても、金剛石を追及していたその人物が、いわば壁一重のところへ凭れてまるッきり気がつかなかったというのはやはり天の配剤とでも申すべきでしょうよ。何しろ相当皮肉なことでした』

と、言って、これも相当皮肉な微笑を泛べながら、

『すこし興に乗って喋言《しゃべ》りすぎたような傾向ですが、大体そう言ったようなわけで、われわれはこうして、午後からここに坐り込んで獅子頭のパイプの持主がここへ現れるのをお待ち受けしていたのです。その人に対する愛敬《アマビリテ》としてもこうする方が至当だと考えたからです。それに……』

総監は眞名古の長広舌を慎重に聴取していたが、手を挙げて眞名古を遮り、

『実に驚嘆すべき頭脳だ。何ではあれ、その点については敬服するより他はない。……眞名古君、どうもあまり見事な推理で、出来るなら君の意見に服したいような誘惑を感じるほどだ。眞名古君の秀抜な到達に反対しなければならぬのは大変遺憾に思うのだが、犯行があったと思惟される四時十分から四時三十分位までの時間には、僕は向島《むこうじま》から押上《おしあげ》の辺をドライヴしていた』

眞名古は突刺すような眼つきで総監を見下ろしながら、

『それはあなたではありません。岩井通保です。岩井があなたと同じ服装をして、あなたの代りに巡視していたのです』

総監は飽気《あっけ》にとられたように、

『ほほう、どういう目的で？』

『あなたのアリバイを作る目的で！』

総監は口を噤《つぐ》んで何か考え込んでいたが、不思議でたまらぬといった風に眞名古の顔を見上げながら、

『眞名古君、たしかに君はどうかしている。ねえ、君、そういう考え方はすこし奇抜だとは思わんかね。……岩井がそれほど巧妙に僕の代役をやってのけられるんなら、金剛石の方も何も僕などを煩わさずに自分自身でやれそうなもんじゃないか。君は向島を巡視したのが岩井で、有明荘へ現れたのが僕だと断定しているが、なぜそれを反対だと考えてはいけないのか』

『その逆理《パラドックス》が成立しないわけは、あなたの犯人を目撃した確実な證人がいるからです』

『可能的類似といったものだったのだね』

『どうして、唯一の真実在でした』

総監はまた癇癪を起しそうな顔になって、

『君のいう證人というのは、有明荘の崖下に住んでいる花という娘のことだろうが、君の話では、その娘は犯人について、毬栗頭で、腕にキラキラ光るものを巻きつけていたとだけしか言っていない』

眞名古はユラリと一歩前に進み出て、

『この眞名古がそんな迂濶なことで軽々に犯人を断ずるようなことがありましょうか。先刻《さつき》警視庁の中庭で拳銃《ピストル》を発射して窓から突出されたその者の顔を花に首実験させてあります』

『花は何と言ったね』

『あの男に相違ないと申しました。つまり、それはあなただったのです』

『するとその花という娘は特別な霊活《れいかつ》な眼を持っているのだと見えるね。中庭から三階の総監室までは非常に高いのだが、どうして前夜の犯人と僕が同一人物だと指摘することが出来たのだろう』

『崖下の花の窓から有明荘の玄関の窓までの高さと、警視庁の中庭から総監室の窓までは同じ高さです。二つの場合の条件は等しいのです』

『さよう、二つの場合とも同様に正確に物像を見得まいということだ。有明荘の玄関では、犯人が鶴子を投げ出す時、電燈はバック・ライトになっていた筈だが、花は何の光によって犯人の顔を見たのかね』

『後の光と月の光の両方です。その時、月の光が有明荘の窓に当っていました』

『ところが、君が僕の首実験をした時、総監室の窓には月の光は当っていなかった。……それなのに花はあれが犯人だと断定したのだね。そして、それが僕を犯人だとする君の論理の実体《シュジェ》になっている。……眞名古君、これは一体どうしたもんだろう。僕はさっきから訝《いぶ》かしくてたまらぬのだ。君ともあろう人が、あんなとりとめない娘ッ子の證言にそんなにまで重点を置くというのが僕にはどうしても納得がゆかん。まるで人が違ってしまったように見えるぜ。眞名古という人間は嘗《か》つて一度もそんな偶然性《アクシデンツ》なんか信用しない男だった。それなのに、今度はあんな赤ン坊の片言に首ッ丈になって見当違いな大騒ぎをやらかしている。……あの娘ッ子に盲目的《ファナティスム》な信仰を捧げるようになったのはそもそもどんな機因《きいん》によることなんだね。……もしかしたら君は、あの娘ッ子に……』

眞名古の眼に火がついたようになった。頰の筋肉をビクビクと顫《ふる》わせ、両方の拳を威嚇するように総監の方へ突き出すと、劇《はげ》しく足踏みをしながら、劈《つんざ》くように叫び出した。

『もう、たくさんだ！　え、え、総監、なぜ娘ッ子なんて言うんです。どういう根拠でとりとめないなんて言うんです。だいいち、あなたはあの娘を見たことさえないじゃありませんか。……私の見たところではとりとめないなんてとこは少しもなかった。それどころか、あの娘は一種特別な知性を持っているんです。少《すくな》くとも完全な白紙《タブラ・ラサ》でものを見る力を持っている。……え、総監、月の光がどうしたというんです。誰れもあなたの顔の皺《しわ》まで見たとは言ってやしない。またその必要もないのです。あなたを識別しようと思ったらその突兀《とっこつ》たる毬栗頭と一種独特な慇懃《いんぎん》な猫背を見るだけで充分なんだ。不幸にしてあなたは下らない特徴を身につけていられる。いつも背中へ物を載っけているような奇妙な姿勢と膝の下まで届くその長い腕をひと目見たら一生忘れることなんざありゃしない。千人の中からだって探し出せるんです。……あの娘は明視距離に於《おい》てはっきりとあなたの特性を認識し、あれが犯人だと指定《セットゼン》した。真であろうと信ぜしむるに足る程度に於て疎明の度合を明《あきら》かにしてくれたのです。これが何が不服なんです。あの娘の證言に重点を置いてならぬという理由はどこにあるんです。強がりを言うつもりなんですか。それとも無理に私に腹を立てさせようというんですか。なんであれ、あなたにあの娘を理由なく侮辱する権利はないんです。いいですか。あの娘を、あの娘を……』

ひどい発揚状態になって、眼尻を額まで釣り上げ、昂奮のあまり絶句したままブルブルと身体《から》を顫わせながら総監を睨みつけている。まさに青天の霹靂《へきれき》といった工合。冷静の象徴《サムボル》のような眞名古を何がこれほどまでに劇発させたのか。総監はもとより四銃士の面々も飽気《あつけ》にとられて唖然と眞名古の面を見戍《みまも》るばかり。

総監はマジマジと眞名古の顔をふり仰いでいたが、むしろ宥《なだ》めるような口調で、

『おい、眞名古君、どうしたんだ』

というと、眞名古は今度は度を失ったようにあわてて眼を外らしながら、

『別にどうしもしません』

と、あるか無きかの声で呟くと、幽鬼のような蒼ざめた頬をサッと紅潮させ、さながら処女の如くに差俯《さしうつむ》いてしまった。

しかし、それも一瞬ほどの間で、間もなく依然たる狷介な面持にかえると、

『要するに、しちくどく言い廻す必要はありません。二人の総監のうち有明荘へ現れたのは決して岩井ではなかった。なぜというに身長を除くほか、岩井は犯人の特徴に少しの類似性も持っていないからです。曲った背中も持っていなければ毬栗頭でなんぞありはしない。手入れの届いた美しい髪をもっています。……どうです、総監、これでもまだ抗辯の余地がおありになるのですか』

いよいよ以てドタン場に押しつめられたと思うのに、総監は屈する模様もなく、

『岩井でないというんなら誰れか他の人物だったのだろう。甚だ遺憾に存ずるのだがねえ、た

とえ君が何と言ったって、僕は有明荘になど行っていないんだぜ。さっきも言ったようにその時間には僕は大川端《おおかわばた》を漫走していた。……眞名古君、ちょっと伺うがね、一日の午前四時頃深川《ふかがわ》辺を通っていた総監について君はどういう報告を受取っているのだね』

『極めて総監らしき人物が、自家用の七十八号のロード・スタアを運転して江東《こうとう》から押上の辺を相当の速度で通過したという報告です』

『なぜ、らしいなどというのだね』

『歳晩警戒員に対する総監の慰労巡視としては甚だ腑に落ちぬ行動だったからです。普通あるが如くに主要な哨所《ポスト》で車を停めて慰労の言葉を賜《たまわ》るようなことが一度もなかった。いわば逃げるが如くに通過されたので、警戒員は敬礼する隙さえなかったと言っています。訝かしいというほかはないのですな』

『成程、それはそれとして、どうかもう一つ質問を許してくれたまえ。その時、僕は官服を着ていたというのかね』

『左様《さよう》』

『これは不思議な話になった。君が納得するとしないと別問題として、ともかくくわしく当時の実状を述べて見よう。……だいいち、その時僕は官服などは着ていなかった。タキシードを着ていた。のみならず、僕は幌の奥へすっ込んでいて外部から姿の見えるところに乗ってはいなかった。それなのに官服を着た僕が運転したと言っている。要するに警戒員の諸君は僕を見てはいないのだ。……眞名古君、君が受取った報告なるものはこんなアヤフヤなものだったんだ。……この辺の事情を了解して貰うためにその夜の僕の行動を説明すると、大体に於てこんな工合だった。僕はあの晩英国大使館の忘年会へ行ってそこに三時半までいた。三時半を打つと、僕は横浜に碇泊している英吉利《イギリス》巡洋艦の「ウェールス号」へ帰るジェームス・クリーヴランドという海軍少佐を横浜まで送るつもりで僕の車に乗せて大使館を出た。この男は僕の留学時代の友人で、僕が大使館へ行ったのも十五年ぶりでその男に逢うためだった。そいつはひどく日本趣味な男で、永井荷風《ながいかふう》や小山内薫《おさないかおる》の小説を耽読して、かねて古い東京の風物に憧憬《あこがれ》を持っている。最後のランチの時間は五時十分で、まだ充分時間があるから、ひとつこの機会に大川端の夜景を見せて貰えまいかという。よかろうということになって、その男に気儘に運転させて橋場《はしば》から真崎稲荷《まつさきいなり》へゆき、押上から本所小梅《ほんじよこうめ》、また戻って柳島《やなぎじま》の妙見堂《みようけんどう》のあたりを幾度も行きつ戻りつして充分に大川筋をたんのうさせ、それから京浜国道《けいひんこくどう》を通って横浜《よこはま》の波止場まで送って行ってやった。つまり、警戒員諸君が目撃したのはこの僕じゃなくって、海軍士官の軍服だったのだね。これが実状だ』

『で、その巡洋艦はまだ横浜に碇泊しておりますか』

総監の眉の間をチラと暗い翳が横切った。それに拘らず、総監はシッカリした口調で、

『ウェールス号は昨日の午前六時に香港《ホンコン》へ向けて出帆した』

それを聞くと眞名古は何とも言えぬ酷薄な微笑を泛べながら、

『総監、早速ウェールス号へ無電を打って問い合せて見ましょうか。……いや、その必要はありますまい。あなたは現在こうして有明荘にいられるのだから如何《いか》なる辯明も無益です。仮り

にあなたの辯解を認めるとしても、では、この夜陰に、あなたは一体どういう目的で単身こんなところへ忍んでおいでになったのです。なぜ露台なぞを攀登《よじのぼ》って来られたんです。然も今夜の如きは、危険にも屈せず二度までも侵入していらした。此処に何か非常に重大な御用件がおありになるものと見えますな』

総監は自分の耳を疑うように、

『僕が二度もやって来たって？……いったい、何時と何時に？』

『つい二十分前と、それから今と』

『ほほう、いよいよ以て非凡だね。……すると、ここにいるのは僕自身なのか、それとも僕の幽霊なのか。僕の不可分性《インディヴィジビリテ》というものは頗《すこぶ》る信用の置けぬことになった』

『総監、私はあなたの冗談を伺うためにこんなところに突ッ立っているのではありません。私の質問にお答え願います。……あなたはなぜこんなところへ忍んでおいでになったのですか』

総監は自若たる態度で、

『何しに来たと思うのだね』

眞名古は挑みかかるような眼つきで総監を睨みつけながら、

『あなたが言われぬなら、私が代って申しましょう』

と、壁の上にポッカリと口を開けている空洞を指差し、

『あなたは、あの壁の穴の中にある皇帝の大金剛石を取りにいらしたのです』

総監は眼を伏せて愁然と何か考え耽る様子だったが、やがて静かに顔を上げると、憐れむに

耐えたといった面持で眞名古の面をふり仰ぎながら、

『眞名古君、僕には、君のこの恐るべき誤謬《ごびゅう》が一体何によって惹起されたか非常によく判るのだ。ある微妙な動機がすっかり君の思辨力を奪ってしまった。そのためにこれほどにも単純な事柄を見誤ることになったのだね。その点たいへん気の毒に思う。……君ほどの人がこんなひどい間違いをするなんて！　実際有りうることとも思えない。……ああ、しかし、それは君のせいではない。いわば運命の諧謔《かいぎゃく》といったようなもんだからね。……眞名古君、君はもう気がついているか？　一体どんな情緒が君にこんなひどい失敗をさせたか』

眞名古は答えなかった。

総監は低い溜息をひとつして、

『しかし、今更こんなことをグズグズ言ったって仕様がない。君の独断に拘らず、あの壁の穴の中に隠されているものは金剛石《ダイヤモンド》なんてものじゃないんだ。それをお目にかけよう』

と、言って立上ると、壁の方に近づいて空洞の中へ手を差入れる。その中から引出されたものは赤い封蠟《ふうろう》で物々しく五ケ所に封印された、一目で公文書と判る大きな角封筒だった。

総監はそれを手に持って眞名古の方に近寄って来ると、

『眞名古君、僕が探していたのは、こういうものだった。有明荘やホテルばかりではない。凡《およ》そ皇帝が立廻られたと思うところは残るくまなく探し廻っていたのだ。……これが僕の手に入った以上、もう打明けても差支えないと思うが、これは一九三二年に日本政府と安南皇帝個人の間に取交されたある重大な議定書《プロトコール》で、この条約は一九三四年の一月から効力を発生することになっていた。ところが、その後聯盟脱退やその他の事情によって国際間の接触面に非常な変化が起き、日本政府としてはこの条約を実行することが不可能になった。一言で言えば、この条約を発表されると日本は非常な危険に曝されることになるのだが、これを廃棄すべき措辞《エキスキユウズ》がないので政府の最高機関は非常に憂慮していた。その後種々接衝の末、相互の間にある諒解が成り立ち、今日、即《すなわ》ち一九三四年一月二日の午前十時の会見で、ある条件の下にこの条約は破棄されることに決定したのだ。ところが、その一日前に計らずもこの事件が起き、何時《いつ》なん時この条約文が人手に渡らんとも予知し難いことになった。これは政府の最高方針の機密で、諜報関係さえ知らぬほどの重大な条約なんだから、万一にも破棄前にこれが親仏派の李光明一派や反日スパイ団の手にでも入るようなことになれば実に由々しい問題が起る。僕が政府の最高機関から特別命令を受けて、単独でこんな秘密捜査をやっていたのは実はこういうわけだった。……なぜ、僕が発議してこれを自殺事件に縮小化しようとしたか、なぜ有明荘の現場整備から特に君を除外したか、また、何故《なぜ》現場の立入禁止をしたか、これだけ説明したら君ももう諒解《ていぎ》してくれたろう。尤《もっと》も、これについては遠廻しだが既に君に漏らした。昨日《きのう》の午後、局長と鼎座の席で、この現場整備から君を除外したのは君の敏腕を懼《おそ》れるからだと言った。この事件の裏に、辛辣な君に触れて貰いたくない政府の機密がひそんでいるということをあの時それとなく仄めかしたつもりだったんだが、君は覚《さと》ってくれなかった』

眞名古は一種茫漠たる表情を泛べながら穴の明かんばかりに総監の面を注視していたが、この時、脱兎のように総監の方へ駆け寄ってツイとその封筒を取上げ、痙攣《ひきつ》ったような指先で封を切りにかかった。

総監は満面に朱を注いで、

と、叫びながら眞名古に躍りかかって激しくその手首を打ち据え、捥《も》ぎとるようにして封筒を奪い返すと力一杯に壁の方へ突き飛ばした。

『莫迦、何をする！』

眞名古はヨロヨロと壁際までよろけて行き、床の上に置かれてあった壁土を入れた木箱の縁に足をとられてみじめな恰好でその中へ尻餅をついた。

ところで、眞名古が尻餅をついた木箱の中に小さな一枚の紙片《かみきれ》が落ちていた。ミシンの穴のある、明かにメモから切取ったと思われるその紙片が二つ折になって、ちょうど白い蝶のようなようすで壁土の上に羽根を休めている。眞名古が調査に来た時には勿論こんな紙片などはこの中になかった。四銃士にはどんなことがあってもこの料理場の中へ踏み込んではならぬと厳重に言い渡してあったのだから、すると、この紙片はついさっきの二度の活劇の立役のポケットから落ちたものと思うほかはない。

喜劇的な恰好で壁土の中へ尻を埋《うず》めたまま眞名古はその紙片を拾い上げて折目をひらく。その紙片には殊更らしい稚拙な文字でこんな奇抜なことが記されてあった。

いよいよヤル長命寺《ちょうめいじ》ギワ総監さま

宛《さなが》ら脳膜炎の子供の手紙のようだが、倩々《つらつら》案ずるところ、この文章は何か甚だ穏かならん意味を伝えているように思われる。これを逐字訳すると、向島の長命寺の附近で又しても何か兇悪な事件が惹き起されようとしているととれるのである。

眞名古はその名文をチラと一瞥すると、何気ない体でそれを掌《て》の中で握りつぶし、静かに壁土の中から腰を立てると悠々と扉口《ドア》の方へ歩いて行く。出て行くのかと思いの外《ほか》、急にそこでクルリと廻れ右して総監の方へ向き直り、例の冷執陰険な面つきで、こんな事を言った。

『総監、戦争はまだ終っていません。仏蘭西《フランス》大使が東京駅に到着するのは四時十五分。あとまだ四十分あります。あなたが勝つか、私が勝つか。その結果こそは刮目《かつもく》に価するというべきでしょう』

そう言って軽く一揖《いちゆう》すると、今度こそ本当に出て行った。唖然たる総監と四銃士を後に残して。

作者は名文のおみちびきに従ってこれから眞名古を向島に急行させる。そこではそもそも如《い》何《か》なる事件が起ろうというのか。それについて知られんとするならば、次なる章をお読み取り願いたい。

三十八　馥郁《ふくいく》たる香気の事、並に時計台の首吊人の事

「月を待乳《まつち》の山に望み、風白髭《しらひげ》の森を渡る」とはむかしの話。夜空に聳《そび》え立つ橋場の瓦斯《ガス》タンク、綾瀬《あやせ》の岸には亭々たる鐘紡《かねぼう》の煙突。頭《こうべ》を回《めぐ》らして奥山《おくやま》の方を眺めると、炎々たるネオン・ライトが雲を灼き、さながら河向うの火事のよう。風流を大川端の名にのみとどめ、月にも雪にも何の風情も増さばこそ至って無味殺風景な工場地帯。とりわけ震災の後は仲々に立ち揃わず、言問《こととい》から橋場、小梅へかけて至るところに歯の抜けたような空地がある。

これもその一つ、もとはさる酒造会社の工場があったのが震災で跡形もなくなり、粗末な海鼠板《なまこいた》で囲った囲地《かこいち》の中は赤錆の鉄線やら煉瓦の堆積やら、足ぶみもならぬほど押重《おしかさな》って、おどろおどろしい廃頽《はいたい》のさまを示しながらずっと長命寺の地境までつづいている。

土堤《どて》下の遠いところを、夜番の拍子木がカチカチ、嚔《くしやみ》一つして通り過ぎた後は夜気沈々、聞えるものは折柄《おりから》の上潮がヒタヒタと岸を打つ音ばかり。

恰もこの頃、言問橋の方から疾駆して来た一台の自動車、囲地の一町ほど手前でピタリと停る。その内から降り立って来た者は誰れあろう、言う迄もない、かの執着の刑吏眞名古明《あきら》その人であった。手真似《てまね》でタクシイを帰すと、少し登りになった土手の上の道をソロソロと囲地の近くまでやって来て、並木の桜の幹に身を凭せ、冷々と月の光の中に立ったのである。

冴えかえる寒月は川の面に映じ、夜舟の櫓《ろ》の音も凍るよう。一羽二羽、海鳥がギャアと断末魔の悲鳴のような物凄い声を夜空に長くひく。

と、それと同じような叫び声が、通《とお》り一つ越えた海鼠塀の向うでも起った。ア、ア、ア、と尾をひいて、それがすぐ、ひいッと言う啜《すす》り泣きの声にかわる。

眞名古はキッとその方を見込んでいたが、桜の幹から身を離すと宙を飛ぶようにしてそっちへ駈け出す。

海鼠塀の角を道路について曲ると、そこに一間ほど塀の途切れた個所がある。首を差し伸して見やるなれば、焼木材や切石がゴロゴロした空地の真中で、今しも黒い三つの影が組んずほぐれつしている。タキシードを着た一人の男をこれも礼服をつけた二人の男が左右から引ッ包んで滅多無性に斬りつけているのである。短刀を振り上げるたびに刃に月の光があたってキラキラと物凄く光る。

斬り立てられている方は、もう抵抗する力も尽きたらしく、両手で頭を蔽《おお》って、切りつけられるたびに泳ぐようにヨロヨロと前後によろめく。ウ、ウ、ウ、とひく息ばかりになって呻きながら、必死に身を支えながら隙を見て五、六歩夢中で窪地の方へ逃げ出すと、一人はすぐ引戻して頭のあたりに斬りつけ、そうして置いてもう一人の方へ手荒く突きやる。一方はすぐ受けとめて深く脇腹へ突っ通す。ちょうど振子のように二人の間を行ったり来たりしながらところ嫌わずに斬りさいなまれている。

斬りつけている方の二人は、顔が半分隠れるほどの大きな色眼鏡《いろめがね》をかけているので人相は判らないが、月に向うその顔はいずれもクッキリと白く、服装も物腰も、ひと口に典雅とでも言おう風。こういう界隈には余り見馴れぬ立派な上流紳士であって、さながらガヴォリオーの小説の場面にでもあるような、なんとも西洋臭い、一種浪曼的な情景だったのである。

文章で書けば長いが、この間、時間で言えばものの五秒位いの間であったろう。眞名古は海鼠塀の隙間からこれだけの事情を咄嗟《とっさ》に見てとると、身を 飜《ひるがえ》して空地の中に躍り込み、

『待て！』

絶叫しながら、野道の茨《いばら》のように道をふさいでいる赤錆びの鉄条網を跳ね越え跳ね越え脱兎のように活劇の方へ飛んで行く。

しかし、こういう際に、待て、などと声をかけるのはどう考えても可笑《おか》しい。如何《いか》に叱咤《しった》したって待つわけなどはない。眞名古にしても、待てなどと叫ぶつもりはなかったのだろう。要するにやむにやまれぬ憤激がこんな言葉になって発語されたものと思われる。

果して二人の兇漢は待ってなどいなかった。ひた走りに飛んで来る眞名古の姿を見ると、かねてこういう場合の手筈が定めてあったものと見え、互いに素早い合図を交わし東と南の二タ手に分れて、ゴロゴロと錯落する切石を跳ね越えながら巧《たく》みに逃げ延びて行く。地面の上にはそういういろいろな障害物があるのに、意外な窪地があったり小山があったりするので思うように駈けられぬ。眞名古は二人から引離されて二十間ほども遅れてしまった。

空地の遙か南は長命寺の石塀で遮られ、東の方はやや広い溝川《どぶがわ》を隔てて道路に接している。二つの方向のうち長命寺に向った方は割合平らな道なので従って逃げ足も早く、もう塀のそば

まで行きつこうとしているが、溝川の方角はさまざまな故障があると見えてそう素早くは逃げ延びられない。眞名古はインバネスの袖をヒラヒラと飜しながら、冥府の大鴉とでも言ったような異様な恰好で懸命にこっちの方を追いかけて行く。

眞名古の足が追々調子づいて速力が早くなるのにひきかえ、怪人物の方は次第に駈け悩む風で、二人の距離は段々に縮まってゆく。地面の悪条件のせいばかりではないらしい。どうやら足に負傷しているのらしく跛をひきながら駆けているのがはっきりと判るところまで迫って来た。五間、三間、一間、……その先はすぐ広い溝川の岸である。怪人物はとうとうその岸まで追いつめられて早や進退窮してしまった。

眞名古は、

『畜生！』

と叫ぶと、密林の豹のような猛烈な跳躍をしながら猿臂《えんぴ》を伸して怪人物の襟首に飛びつく。眞名古の右手が濡羽《ぬれは》のようなその男の髪の毛をシッカリと引ッ摑んだ、瞬間、タキシードの人物は長身を利用して二間ほどの幅の溝川をヒラリと飛び越えた。

眞名古の手先には急に手応えがなくなり、反動《はずみ》を喰って髪の毛を引ッ摑んだまま可成《かな》り窪地の底へモンドリ打ってころがり落ちた。シッカリと摑んだあの頭がどういう術を以て眞名古の手からすり抜けて行ったのだろう。眞名古の手の中には今もその髪の束がしっかりと握られてある。……見るとそれは生毛《いきげ》ではなかった。オールバックに撫でつけられた精巧な鬘《かつら》だったのである。

眞名古は歯嚙をしながら窪地から這い上り、溝川の向うを眺めやるなれば、ああ、見よ見よ、薄月の光の中をタキシードを着た青道心《あおどうしん》が転ぶように逃げて行く。のみならず、その窪地のあたりには世にも妙なる香気がそこはかとなく漂っていたのであった。

例えて言うならば、春の花園の薔薇《ばら》の息吹とでも申しましょうか。なんとも馥郁たる薫香がプンと眞名古の鼻をうった。その匂いこそはつい先刻《さっき》、第一回目の総監の登場の節、有明荘の鶴子の食堂の闇の中に漂う如くに匂って来たあの香気だった。

唖然としている眞名古の顔に月がさす。その顔というものは世にあるまじき奇妙なもので、一口につづめて言おうなら瞋恚《しんい》と絶望と哀愁とが各三分の一位いずつ入り交ったるが如き複雑極まる表情を泛べていたのである。

いや、実際、この百倍の誇張を用いてもこの時の眞名古の心情を充分に形容することは困難であろう。切磋《せっさ》骨を刻むが如き努力の成果と、金剛不壊《ふえ》の眞名古の信念は、こういう恍《とぼ》けた二つの現象によって、今やガラガラと音を立てて崩壊してしまったのである。

図らざりき、ここに毬栗頭が二つあった。その一つはオールバックの下に鄭重に隠され、仏蘭西巴里《バリー》はゲラン会社製の「花の夢《レエヴドフルウル》」というが如き高尚なる香水で扮飾した優なる毬栗頭であって、自《おの》からあの突兀たる総監のそれとは全然別な品質《キャラクテール》であった。

片手に奇抜なる鬘を引っ下げたまま腑ぬけのように茫乎《ぼうっ》と空を仰いでいるというのは、事態かくの如きであるなれば、眞名古ほどの冷理冷血な人間にとってもまた実に止むを得ぬことであったろう。

この時の眞名古の心情を察すれば迂濶なる作者と雖《いえど》もいささか同情の涙を禁じ得ないのである。最初の計画では、作者は眞名古をこんなひどい目に逢わせるつもりはなかった。少くとも、こんな惨めな失敗をさせようとは思ってもいなかった。然るに、小説中の人物は相寄り相援《あいたす》けて自《おのずか》らなる飛躍をつづけ、とうとう眞名古をこんな破目に突き入れてしまった。

それにしても、眞名古はどうしてこんなひどい失敗をするようになったのだろう。総監の服を着た人物が東京の中央と東部に同時に出現したというあのホフマン風な事件が起きた時、昨《きの》日《う》の朝有明荘に現れたものの方が総監の摸造品《イミテイション》だとすべきであった。少くとも観念の中から毬栗頭を控除するか、毬栗頭というものの素質についてもっと充分に研究すべきであった。それなのに眞名古はただの一度もこの点に懐疑を持つようなことはなかった。眞名古ほどの人間がこれほどの単純なことにどうして気がつかなかったかと言えば、既に総監も喝破したように、それはやるせない恋《アムール》がさせたわざだったのである。

論理を情緒の軌道に乗せて突ッ走らせることはたいていの場合誤ちを起し易いものだ。そして、凡百の場合がそうであるようにこの場合もそうであった。

犯人は毬栗頭であったと語った花子の唇はいかにも愛らしく、その声は余りにも美しかったので眞名古の固苦しい心情はいつの間にかたいへんに感じ易くなり、知らず知らずにその證言に盲目的な信仰《ファナティスム》を懐《いだ》くようになり、その中にすっぽりと顎まで嵌まり込んで敢《あ》えてうっとりとしているのだった。

花子が眞名古ほどの頑固な心をもとりとめなくさせるほど美しかったということには格別異

存はないが、眞名古がそれに心をひかされたことに文句があるのである。のみならず、何よりも弱ったことは、眞名古自身が一向それに気がついていないということだった。自分の胸の中でモヤモヤする感情を何と名づくべきかそれさえも知らなかった。だから、事件の真相を追及するよりも、あの美しい唇から語られた證言に辻褄《つじつま》を合せ、なんとかしてあの娘に花を持たせようと、専らそのためにばかり努力している奇妙な自分のやり方に気がつくはずもなかったのである。

警視庁の歴史が始まって以来、眞名古ほどの俊秀な頭脳はなかった。知性に於て立ち優っているばかりでなく、その心情は、何人《なんぴと》よりも烈《はげ》しく不正を憎む渇くが如き精神によって満されていた。

粛々たる半夜、孤影凝然と机に倚《よ》って倦《う》むことなく犯罪学《クリミノロジィ》の研鑽に従っている眞名古の姿こそは、不義不正と飽くなき闘争を続ける果敢なる精神の象徴であった。

この十数年の間眞名古は実によく戦った。官吏の生活の中には捕捉し難い一種の腐蝕性があって、勇気のある魂がいつの間にか次ぎ次ぎに妥協させられ腐らされて行くうちに、毅然たる眞名古の精神だけがよくそれに対抗して、嘗つて一度も屈することがなかった。仮りに不正とあるからは、たとえ上長であろうと仮藉《かしやく》なく摘発して検察官たるの本分を完《まつと》うして来た。

その眞名古が失敗した。風に戦《おのの》く一輪の野の花のような、あえかにも優しい情緒に心をときめかしたばかりに惨敗を喫してしまった。何がこんな惨《みじめ》な失敗をさせたか、今となっては眞名古自身もつくづくと覚り得たであろう。

眞名古は窪地の縁に腰をおろすと、急に老い込んだようになってガックリと首を垂れてしまった。眞名古の肩の上に霜がおりる。見るものに涙を催させるほどの憐れ深い趣があった。暫くの間そんな風にしていたが、やがて、モゾモゾと内懐を探って一葉の写真を取り出した。誰れの写真だと思います。あの美しい縫子《ぬいこ》の花の写真だった。

　花は庭園の絵を背景にして、房の下った古風な椅子の上に少し固くなって掛けている。なるほど稀《ま》れに見る美少女である。趣のある唇、ハッキリと見ひらかれた情味のある眼。その一つ一つに処女の純潔と素朴さがはっきりと示されていて、この世の汚れに染まぬようつつましく身を持してきたことが感じられるのである。

　眞名古はそれを月の光にかざしながら吸いとるような眼つきで眺め始める。これが眞名古を失敗させた当人だ。しかし、眞名古の眼差《まなざし》の中には怨《うら》むような色も憤《いか》りの翳もさしてはいない。ただたいへんに悲し気である。眉根を皺めるような真似《まね》をしたと思うと、眞名古の頬の上に涙のすじが伝った。検察の事務のために精も根も使いはたし、まるで骸骨のように痩せ細ってしまったこの恐ろし気な初老の探偵は、いま一体何を考えているのだろう。

　眞名古は写真を鄭重に内懐におさめる。服の上からそれを胸におしつけて夢見るような眼つきをする。このしなびた頬が涙のあとをつけたまま、純真な少年のそれのように生々と輝き出すのだった。そういう表情を泛べたまま静かに立上って、毛束を手にぶらさげたまま以前格闘のあった場所へ引返して行く。

　乏しい草と切石の荒地の上に一人の人物が横《よこたわ》っている。その人物は一種異国風な雰囲気を身につけてこの小説中へ登場して来た「ホヴァス」通信員、日仏混血児のジョン・ハッチソンだった。

傷口から息が洩れるかして、呻くたびにヒイヒイと笹笛《ささぶえ》のような音をたてる。カッと見ひらいた左の眼玉の上に深沈たる夜気を映して儚《はか》ないようすで倒れている。

シャツは血でずぶ濡れになり、服は荒布《あらめ》のようになってその端がヒラヒラと風に戦《おのの》いている。ああ、その顔！　右の耳の下から唇の端まで斬り裂かれた傷がアングリと口を開け、歯列がゾロリと奥歯のへんまで白く剝き出されている。右の眼玉は抉《えぐ》り取られ、空洞になった眼窩にはタップリと血潮が湛《たた》えられ、そこから流れ出した余沫《よまつ》が、口から溢れ出る血と合流して首筋の方へ滴《したた》り落ちている。腕も手も胸も無惨なまでに斬り刻まれ、その傷口が入り交ってそこに何か不思議な模様でも書いたような奇妙な印象を与える。

眞名古は憮然としたようすで、突っ立ったまままそれを見下ろしていたが、インバネスの裾をまくってハッチソンの顔の傍にドッカリと胡坐《あぐら》をかくと、しみじみとした声で、

『おい、ハッチソン、眞名古が来た』

と言った。月の光の中で、ハッチソンの白眼がギョロリとこちらを向く。見る見るそこから夥《おびただ》しい涙が溢れ出して来た。

『おい、ハッチソン、これじゃア助からないな』

ハッチソンは、微かに頷いた。眞名古はハッチソンの手を握りそれを自分の胸のあたりへ引きよせるようにしながら、

『何か言い遺したいことはないか。俺はこれから失踪する身分だから、あまりくどいことは引受けられないが、手に合うことだったらやってやる』

眞名古がそう言うと、ハッチソンは吃逆《しゃっくり》をするように咽喉《のど》の奥を鳴らし、

『……く、や、し、い……』

と、破れた鞴《ふいご》のような声を出す。

眞名古はニンガリと苦笑しながら、

『愚痴だよ』

ハッチソンは顫える指先を上げて二人が逃げて行った方向を指しながら、

『あ、い、つ、を……』

『それも愚痴だ。……トコトンまでやられたら、男ってえものは愚痴を言わないもんだ』

ハッチソンが頷く。苦笑するつもりなのか、唇の端を皺めにかかると、下顎がパックリと外れたようになって、そこから妙な音が洩れる。自分の手で下顎を押しあげるようにしながら、

『も、っと、コッ、ち、へ……』

眞名古は片膝を立てて、左手でハッチソンを抱くようにしながらその口元へ耳を持って行く。喘息《ぜんそく》病が発作を起したように咽喉《のど》をゼイゼイ言わせながらハッチソンが喘ぎあえぎ何事かささやき出す。

長い間ハッチソンは囁《ささや》きつづける。眞名古は頷きながらきいている。一体どんな秘密が眞名古の耳に囁かれたのか勿論聞きとるよしはなかったが、しかし眞名古の表情が一向に変化しな

いところを見ると、この臨終の陳述も今となっては眞名古にとってさして意外な事柄ではなかったものと思われる。

ハッチソンの途切れ途切れな呟き声が段々間遠になる。眼の中の光がぼんやりとして来て追追に引く息ばかりになり、痙攣《けいれん》のような烈しい身顫いを一つすると、見る見る相好《そうごう》が変って行って、死人に共通した、トホンとし間の抜けた顔になってしまった。

『おい、ハッチソン』

もう返事はなかった。

長命寺の鐘がボーン。火の見櫓《やぐら》の上に、いつも新派悲劇の幕切に見るあの新月が。

この時戞々《かつかつ》と靴音も高くこなたに近づき来たる一個の人物あり、これぞ夜を警《いまし》める警察官であった。例の塀の隙間のところまで通りかかって、フト頭《こうべ》を回《めぐ》らしてこの情景を眺めると、ギヨッとしたようすで一、二歩後《しりえ》に瞠着したが、すぐ、佩剣《はいけん》の柄《つか》を握って、

『そこにいるのは誰だ』

と励声《れいせい》一番誰何《すいか》すると、たじろぐ色もなく眞名古の方に走り寄って来る。眞名古は凝然と身動きもしない。

走り寄って来た警官は咄嗟の間にこの場の成行を察すると、手を伸して眞名古の襟首を摑む。

その手首には早や捕縄《ほじょう》が巻きつけられてあった。

眞名古は顔をあげて警察官の面《おもて》をふり仰ぐと、

『御苦労。……こんな事件が起きてしまって』

市郡の警察官にとって眞名古は一種の憧憬的人物である。若い教習所出の警官などはその風貌に接するだけですっかり感激してしまう。眞名古の顔を見るとその警官は忽ち度を失って、あわてて直立不動の姿勢をとると、

『眞名古課長！』

『いま僕が報告書を書くから至急電話で本庁に通達してくれたまえ。どんなことがあっても四時前に報告を終えねばならん非常事件だから。……時に今何時だ』

いそがしく懐中時計の文字盤を読んで、

『四時五分前でございます』

『あと二十分か。まだ間に合う。燈《あかり》を貸してくれ』

懐中電燈を取り出して眞名古の手元を照しかけながら、感激で身体《からだ》を顫わせながら、

『課長、……光栄でございます。課長とは存ぜずにうろたえたところをお目にかけましたが、……自分は小梅署に在勤いたします安藤《あんどう》……』

眞名古はジロリと一睨みをくれて、

『うるさいから、黙れ』

懐中から手帳を取出して手早く三行ばかりの文字を書きつけるとこれを警官に手渡す。

『報告を終えたら、またここへ戻って来い。……さア、走れ！』

ハッと言って、咄嗟に身をひるがえし、飛ぶように駆け去った。

眞名古はそのあとを見送ると、また手帳を膝の上へひろげて悠々と何事かを認《したた》め始めた。時

時息で指先を暖めながら懐中電燈の光で刻むような克明な文字を書きつけて行く。月はいよいよ物凄く冴えかえり、すさまじい死屍の上にも失意の検察官の上にも石ころにも雑草にも、万物平等に冷涼たる光を投げかけるのである。

牛山《うしやま》警視総監閣下

袂別《けつべつ》に際して卒爾《そつじ》ながら一言御挨拶を述べさせて頂きます。私が検察の事務に携《たずさ》わりましてより指折り数うれば早や十四年、回顧いたしますれば茫乎《ぼうこ》として一瞬の夢の如くでもあります。

生来迂愚《うぐ》なる私如きが、今日《きょう》まで大過なく職務を遂行するを得ましたのは、偏《ひとえ》に上長各位の懇篤《こんとく》なる御後援と御鞭撻《べんたつ》の賜《たまもの》と存じ深く感謝いたす次第です。

牛山警視総監閣下

私はこれから失踪いたします。

辞表は既にお手元に迄発送し、また口頭を以て再度その意を披歴いたしましたが、未だそれに対する御認可を得て居りません。本来ならばその後に行動を起すべきでありましょうが、次に申し述べるような理由によって、この上一刻と雖も栄職を瀆《けが》すべきでないと信じますにより、只今《ただいま》限り自《みずか》らを捜査課長の椅子より放逐し、自らを処罰する意味に於て余生を市塵《しじん》の中に埋没せしめる決心なのであります。その理由とは、私の性情が検察官たるに相応《ふさわ》しくないということを発見したからであります。いな、この如き薄弱なる性格をもつものは検察官として絶対に拒否せられるべきであると自覚するに至ったからであります。

牛山警視総監閣下

思うに検察の事務[illegible]るや、法律に於《お》ける自動運動であって、従って検察官は一種の反射力にすぎません。[illegible]察の事務を遂行する上には、自らの如《い》何《か》なる意志も愛情をも持ち得ないのでありま[illegible]私はこの栄職を奉じて以来終始この観念を以て事に衝《あた》ってまいりました。今度《このたび》の[illegible]に於ては閣下が真犯人であるという到達をいたしましたが故に、閣下を真犯人と[illegible]発いたしました。過去のすべての場合がそうであった如く、この場合も私情に捉[illegible]と遅疑するような事は微塵もなかったのであります。私は自分の到達が正当であると[illegible]します故に、閣下の条理ある御辯明にも拘らず、この最後の瞬間まで所信を変えるような事がなかったのです。

牛山警視総監閣下

閣下は犯人ではありません。この事件に如《い》何《か》なる関係も持っていられぬということを只今確認いたしました。予期せざる明白なる事実によってそれが證明せられました。捜査課長たる眞名古明がこの事件の真犯人として告発した総監その人は実はインノサントであった。検察の重責にある人間としてこの事自体既に重大な過失でありますが、それにもまして許すべからざるはこの過誤をおかすに至った動機であります。そもそもどういう動機からこの重大な過失をおかすに至ったか。既に閣下も喝破された通り、それは一般に恋愛と呼ぶ情緒が私の心情を燃やし、冷理の道を踏み誤らしたのでありました。私がこの事件の證人たる一少女の魅力に溺れてその證言を狂信するに至ったことが第一の原因。あらゆる推理をその證言から出発せしめ、すべての事実を歪曲して強いて證言の効果をあげようとしたことがその第二。然もこういう重大な逸脱を行っていることを自分自身些《いささ》かも自覚していなかったというに至ってはまさに言語道断であります。このような低劣な性格にして猶検察官たるに耐えるでありましょうか。況《いわ》んや捜査課長という重職に於てをや。この如き傾向は不正当であるばかりでなく、検察の事務に於ては最も危険なる性格であります。眞名古明は即座にその椅子から放逐すべきであります。

牛山警視総監閣下

以上申し述べましたような理由によって私は只今限りお別れいたします。最後に一言感懐を述べることを許して頂けますなら眞名古は今非常に幸福だということであります。私の生を通じて嘗てこれほど愉悦の情に満されたことがありません。約《つづ》めて申しますなら、いた人情、鬼畜の如くに目されて来たこの眞名古明も畢竟《ひっきょう》一個の人間であったという儔《たぐ》

私はこれ視によることなのであります。

私は常に幸福のびのびと余生を送ります。たとえ陋巷《ろうこう》の一隅に市井《しせい》の塵にまみれ尽そうと、ありましょう。あるただ一つの楽しい思い出が生涯を終るまで私を慰め暖めてくれるだろうと思われるからであります。

これよりほぼ一時間ほど以前、前後の関係から言えば、眞名古が有明荘へソロソロと忍び込んでいた頃、銀座《ぎんざ》尾張町《おわりちょう》の松屋《まつや》の横丁の夜明しのおでんやの暖簾《のれん》をかいくぐって運転手体《てい》の二人の男がヒッソリとした深夜の街路によろけ出して来た。

バットの煙を夜空にふき上げながら縺《もつ》れるようにして歩道の傍の車台へ近寄り、物憂そうに運転台へ乗ると、アクセルを踏んで四丁目の方へ走り出した。

助手の方は、伸まじりに、何かウダウダと運転手に話しかけていたが、フイと気がついたように、

『時廻ったかア』

『いながら車窓から首を突出して服部時計店《はっとりとけいてん》の時計台を見上げていたが、何を見たのか、ア、ア、と息をひいて痴《こけ》のように時計台を指さす。

あたかもそれが「銀座」の記念塔ででもあるように、優雅なようすで聳え立っている服部の時計台に奇妙なものがブラ下っている。

黒漆のタキシードを着た一人の紳士が、死んだ猫のように避雷針の上から首ッ吊にされ、風にふかれて踊人形《おどりにんぎょう》のようにヒョイヒョイと揺れている。時計台の照明がバック・ライトになって、文字盤一杯に何とも形容の出来ぬ凄惨な影絵《シルエット》を浮上げているのである。

『わア、人殺しだア』

というすさまじい叫び声が、大東京のこの目貫《めぬき》の四つ角で、夜の寂寞を破って消魂《けたたま》しく響き渡った。

連載長篇　終回

三十九　銀座《ぎんざ》の死刑台の事、並《ならび》に政府震撼するの事

四時喧閙《けんどう》の絶えることない繁劇なる大都会もしばし微睡《まどろ》みかける時がある。さる外国の作家はこういう時刻を「大都会の時間外《オオル・ドゥール・ド・グラン・ヴィル》」といった。三時から三十分ほどの間、大都会はねむりつく。時の流《ながれ》は歩をとめ、万象はハタと休止する。

峡に三時、四丁目の交叉点に立って新橋《しんばし》の方を眺めると、街燈の光も淡くほのかに、銀座の

それまる闇の中に沈み、闃然《げきぜん》ともの音もない。人波や交通機関の徂来《そらい》に遮《さえぎ》られていたのが、いまはコソリとも動き廻る影もないので、展望のことは驚くばかり、薄光る路面電車の軌条《レール》が物淋しい透視影図《ペルスペクチーフ》を描きながら消えて行くのが遥ばる遠くまで見透される。いやにだだッ広くなった鋪道《ペーヴメント》の上でゆらめくものはと言えば、あちこちらの横丁から吹き寄せられて来た雑多な紙屑ばかり。これがまるで生《しょう》あるもののように、妙に生々と動き廻っている。

風のあおりに乗ってスーッと横辷《よこすべ》りをしてゆくやつ、筋斗《とんぼがえり》をしながら車道の方へ駆け出す

やつ。街路樹に駆け登ってブラリと枝にぶら下る。手を組み合ってクルクルと調子よく旋回する。縺《もつ》れたり離れたり、飛んだり跳ねたり、人気のないひッそりとした大通りをところせましと我物顔に跳ね廻っている。これこそは大都会の魑魅魍魎《ちみもうりょう》どもが、この東京の丑満時《うしみつどき》に恣《ほしいまま》に嬉戯するすがたなのである。

そういうひと時、深夜の寂寞を破って、並々ならぬ叫び声が銀座四丁目の四角で起った。耳をすますと、切々たるその叫声は、人殺し人殺しと連呼しているように聞きとれるのである。

東京の目貫の四角で一体何が起ったというのであろう。声のする方を眺めやると、タクシーの運転手らしき二人の人物が服部《はっとり》時計店《とけいてん》の方をふり返りふり返り、ドタ靴の音もかしましく宙を飛ぶように交番の方へ走って来る。その間にも絶えず聞きとりにくい鋭い叫声をあげるのであって、寂然たるこの大通りに時ならぬ騒音をまきちらすのであった。

この時、四丁目の交番氏は大都会の睡眠に歩調を合わせ、ウツラウツラと船を漕いでいられたのであったが、この不合法なる高声に夢破られ、いささか立腹の気味もあって、ツカツカと入口まで出て行くと、その不届《ふとどき》なる歩行者に向って、

『こらッ』

と、大喝を浴せかけた。

警官氏の制止にかかわらず、二人の交通労働者氏は猶《なお》もさんざんに叫びながら、いわば蹌々《そうそう》踉々《ろうろう》と交番の入口まで辿りつくと、息も絶え絶えのようすでヘタヘタとそこへ坐り込んでしまった。額《ひたい》に汗の玉をうかせ、眼尻を額際まで釣《つ》り上げて、何を言うやらしどろもどろ、スラリ

と夜空に聳《そび》え立つ時計台の方を指《ゆびさ》しながら、水離れした鮒《ふな》のようにアップアップと口を動かすばかり、一向埒《らち》があかぬのであった。

ようように落着かして要領をききただすと、服部時計店の時計台に人が殺されて吊されているという。馬鹿なことを言っちゃいかん。見上げるところ、銀座の記念塔《モニュマン》とも言うべき優雅なる時計台は、プリュニイ氏式の淡い間接照明を白い文字盤の上に漂わせ、三時十五分という時刻をその上に浮き上らせているばかり、首吊りどころか何の異変も見られぬのであった。

この交番氏は教習所出たての若い警官で、こういう実務にはまだ熟達していなかったので、この二人の下級人民が不届にも自分をからかいに来たのだと思ったもんだから、カッとなって手近なる交通氏の手首を引ッ摑んで手荒く交番の中へ引擦り込み、

『何だ、死体だと。……見ろ、どこにそんなものがある。……貴様、この間もふざけに来たやつらだナ。よく来た。今日こそはこのままではすまないから』

と、こんな風に敦圉《いきま》いた。ところで、二人の交通氏の方はそんな未熟な威喝などを相手にするようすもなく、

『冗談言うねえ。ぶら下っているなア、あっち側なんで。……こんなところで巽《たつみ》あがりになっていねえで、まア、こっちへ来てごらんなせえ。飛んでもねえことになっているんです』

と、反対に喰ってかからんばかりの勢い。成程冗談なんていうようすはない。沈着なる交番氏にもこれは何か容易ならぬことがオッ始っているのだということが察しられたので、佩剣《はいけん》の鞘を鷲摑みにすると、ひッそりとした大通りを、靴音も高くその方へ走って行くことになった。

三越《みつこし》の角まで駆けて行き、さて、小手をかざして見上げるなれば、計らざりき、巍然《ぎぜん》たる時計台上に意外なる風景が展開されていた。

時計台の避雷針の先に、花王石鹼《かおうせっけん》の商標のような趣《おもむき》のある月がとぼけたようすで引ッかかっている。その根元のところから一個の人体が一本のロープによってほの白い文字盤の上にブラリと懸垂し、空には風があるのか、右左に少しずつユラユラと揺れているのである。

その人体は夜目にもくろい上等のタキシードを身に纏《まと》い、贅沢なる漆塗《エナメル》の靴を穿き、胸の釦穴《ボタン》には色も婀娜《あだ》なる一輪の花さえ挿している。さながら、舞踏会からでもぬけ出して来たような雅致あるようすで、中空たかく宙ブラリンになったまま、風のまにまに、軽快なステップを踏んでいる。

ただそれだけなら、これはまた奇抜とでもいうよりほかはないのだが、仔細にうち見ようところ、なかなかそんな呑気《のんき》なことではない。つまり、この高尚優美なタキシードの紳士は、銀座街角の時計台上に於《おい》て絞首の刑に処せられていたのだった。

眼は白いハンカチ様のもので眼隠しをされ、両手も両の足首も死刑執行の型通りにしっかりと括《くく》られ、淡い間接照明をバック・ライトにして、大きな文字盤一杯に、宛《あたか》も地獄の影絵のように黒々と浮き上っている。爪先はちょうどⅥのところに垂れ、横向きになった頭はⅡのところへ行っているので、死体それ自身が指針となって、死刑が執行された時刻が二時三十分であったことを報じているのだとも思われるのである。

ああ、それにしても、この優し気な時計台が、いつの日か残酷なる死刑台になろうとは、日毎これを仰ぐ何びとがそれを予知し得たであろう。銀座の街角の時計台で絞首の刑を行うなどというのはあんまりひどい仕方だ。しかし、一方から考えると、こういう優美な死刑を行うのに、典雅なようすをしたこの時計台こそ最も相応《ふさ》わしい場所だと思われぬでもない。胸に一輪の花をつけ、あえかにも美しい身のこなしで、ゆらりと垂れ下っているようすというものは、何か瓢逸《ひょういつ》な趣があって、一味の詩情を感じさせるのである。

そもそも何者がこういう詩的な思いつきをしたのであろう。また、この蕭洒《しょうしゃ》な紳士にしても、どういう理由によって、このような奇抜な場所で宙ぶらりんにならなければならなかったのであろう。

益もない詮策はあと廻しにして、再び地上の描写に立ち戻ると、件《くだん》の警官氏はあんぐりと口を開いたまま先刻《さっき》から眼も離さずにこの意外な風景に見入っていたが、現在己れが眼で見ているこの光景がどうしても事実とは信じかねるらしく、泣かんばかりの面持で、再三再四意味不明瞭な嘆声をあげていたが、これは夢でも絵そらごとでもなく、まぎれもない現実の出来事だということが追々理解され出すと、急に麻酔から醒めたようになって、取りあえず至当の処置をとることになった。宙を飛ぶようにして交番まで取ってかえすと、警察電話に飛びついて、したたか金切声をあげることになったのである。

銀座尾張町《おわりちょう》、時計台上の優雅なる殺人事件は、一本の電線にのり、こういう順序で警視庁の神経中枢に伝達されたのであった。

恰《あたか》もこの頃、永田町《ながたちょう》の内相官邸では、前々回に引続いて例の五人の大人物、すなわち、内務、外務両大臣と両次官、欧亜、警保の両局長が、いずれも疲労困憊の頂点に於て、暗澹と椅子の中に沈み込み、額に苦悩の皺《しわ》を刻んで呻吟《しんぎん》をつづけている。それぞれ金モールの大礼服や燕尾服を着て武者人形然と坐っているのは必ずしも酔狂のせいではなく、参賀から帰ったまま服を着換える暇も持たなかったことを示しているのである。

何にしても、五百万の民草を統治する一国の皇帝が、いまやこの東京に於て暗殺の危機にさらされ、それればかりか、ひょっとすると、その死体が東京の最も目貫の場所へ投げ出されようという大非常時。どんなことがあっても暗殺者の攻撃から皇帝を救い、仏国大使の乗った汽車が東京駅に着く四時二十分までに安全確実に皇帝を帝国《ていこく》ホテルまで帰して置かなければならぬというのに、警視庁の必死の大捜査にも関《かか》わらず、既に三時を過ぎてもその消息さえ摑むことが出来ない。壁上の時計を見上ぐれば正に三時十分、仏国大使の乗った汽車は、今頃はもう相模《さがみ》灘《なだ》を横眼に見て、小田原《おだわら》在をつッ走っている頃、とても着換えどころの騒ぎではないのである。

時計の指針はギクシャクと容赦なく分秒を刻み、陰欝とも悲惨とも言いようのない気分がこの場の空気を独占し、異常なる圧力を以《もっ》て各位の胸を締めつける。列座の一同はこのまま気死してしまうのではないかと思われた頃、内務大臣はソロソロと椅子の中に身を起し、怨《うら》むが如き嘆くが如き音声で、

『どうだね、諸君。われわれはまだ希望を持っていいのかね。せめて気休めでもいいから何かそれらしいことを言ってくれんかね。これでは息がつまりそうだ』

と言って、長椅子の上にふんぞりかえって焼腹《やけ》ッぱちに葉巻の煙を吹き上げている警保局長

の方へふりかえり、

『おい、大槻《おおつき》君。その後報告らしいものも来ないが、警視庁の連中はみな死に絶えてしまったのか。それともグッスリと寝込んでしまったのか。今以て一向音沙汰ないというのは緩怠至極じゃないか。一体どうしたんだ。口から葉巻を離して何《な》んとか言って見ろ。だいいち、そんなところに寝っころがっていられちゃ眼障りで仕様がない』

という風に綿々とからみ始めると、これがキッカケになって、一同各人各説に警保局長に喰ってかかることになった。せめて、そうでもしなければこのもどかしさの持って行きどころがない。

警保局長は一同の叱責を一と手に引き受けて、アレコレと応待していたが、とうとう自制力を失ったと見え、一方ならずムッとした声で、

『まアまア、待って下さい。そう四方八方からガヤガヤと喰ってかかられたって仕様がない。警視庁は死に絶えたのでも寝込んでいるのでもない。精魂限りやっているんです。いくら尻を引っぱたいたって走れるだけしか走れやしない。世の中のことというものは万事そんな理窟になッているんでさア』

と、むくれ返って言い放った。日頃穏健を主義とする局長としては、いささか相応《ふさ》わしからぬ不貞《ふて》腐《くさ》れた態度であった。一座は何かにかこつけて遣場《やりば》のない憤懣の情を洩らそうと手ぐすね引いているのだから、局長の態度をテーマにして又々喧々諤々《けんけんがくがく》となった。さすがの局長もアワヤ落城の憂目を見ようとするその時、突如卓上電話のベルがこの争論を貫いてチリンチリン

と消魂《けたたま》しく鳴りわたった。

争論はこれでいっぺんにお土砂をかけられたようになる。吉報か凶報か。一同はかたみにオズオズと顔を見合すばかり。思い切って受話器をとりあげる勇気のあるものもない。卓上電話は癇癪《かんしやく》を起したようにジリジリと我鳴り立てる。

しかし、こうしていてもキリがないと思ったのであろう。局長は猪首に伝う冷汗をハンカチで拭いながらオズオズと応待を始めた。一同は四方から詰めよって、穴の明かんばかりに局長の面《おもて》を見つめる。その上に蕩揺《とうよう》する表情によって逸早《いちはや》く吉凶を判断しようというのである。

局長は一と言、二た言、声の主に向って焦立《いらだ》たし気な叱声を浴せかけていたが、やがて受話器を手に持ったまま唐突に椅子の中に落ち込むと、一種漠然たる自失状態の中から、蚊のなくような声で、こんな風にも切れ切れに呟いたのである。

『王様の死体が、服部の時計台へ吊りさげられているというんです。……風にふかれて、ブランブランしているというんです』

四十　死体批評会の事、並に紅唇の紋章の事

場面一転いたしまして、ここは警視庁の屍体置場。たいして感じのいい場所ではない。冷湿な混凝土《ベトン》で囲まれた、五十畳ばかりのガランとした部屋で、天井は穹窿《きゆうりゆう》形をして低く垂れ下

り、そこから裸の電球が妙に冷酷な光りを投げかけている。部屋の中には異様な臭気が密々と立ちこめ、隅々はどんよりと暗いのでこの地下室全体がまるで墓塋《ぼえい》でもあるような陰惨な印象を与える。

土間の中央には白木の台があって、その上に、黒漆のタキシードを纏った瀟洒《しょうしゃ》たる一紳士が、さながら酔後の仮睡でも楽しむようにほのぼのと横わっている。つい今迄、寒々しい新月の光に照らされていた時計台上の首吊人の屍体なのである。

それを取囲んで、それぞれ大礼服や燕尾服を着た六、七人の顕官《けんかん》が、いずれも眉をひそめ腕を組み、沈痛極まる面持でその顔をのぞき込んでいる。陰気極まるこの地下の屍体置場に、このようにも美々しい人物が立並んでいるのは見る眼にも甚《はなは》だ異様であって、この場の風趣に一層の凄味を添えるのである。

この紳士は多分別な場所で絞殺され、そのうちに時計台へ吊り下げられたものであろう、死体を運搬する途中、瓦礫《がれき》の上を手荒に引摺廻《ひきずりま》わされたものと見え、顔面はすっかり赤肌になり、人相が識別出来ぬほどに破壊されているのである。

そのくせ、衣服は埃《ちり》ひとつつかぬほどに入念にブラッシをかけられ、頭髪にも丁寧に櫛目が入れられてある。思うに、この優雅な下手人は、自分が手がけた屍体に充分な儀礼をつくし、且《か》つ己れの趣味の高さを誇示するため、屍体を吊り下げるに先立ってこのような慇懃《いんぎん》な方法をとったものであろう。

しかし、そんなことはどうでもよろしい。第一に問題にされなければならないのはこの紳士の素性である。今言ったように個人の特徴はそのような事情で散々に破壊されているが、しかし、その他の部分からでも大体の素性を察しられぬことはない。柳の枝のようなしなやかな長い指にしろ、福々しい大きな耳にしろ、この屍体が生前非常に高級な種属《ジャンル》に属していたということが明瞭に見てとられるのである。何にもまして決定的なのは右の小指に嵌《は》められた大きな金剛石《ダイヤモンド》の指輪である。それは形に於ても質に於ても甚だ非凡なものであって、皇帝に拝謁《はいえつ》したすべての人の眼を駭《おど》ろかしたその指輪であった。

ああ、して見ると、この時計台の首吊人はやはり王様なのに違いないのであろう。この考えは誰《だ》れの心にも疑念を入れる余地のないかたちとなって重苦しくのしかかって来るのだった。一座は寂然として声を発するものもない。声を発するどころか、とりとめもなくなった思慮を手ぎわよく取《とり》まとめることさえ一困難である。自分らがいま直面しているこの大事件が、そもそもどういう意味をもつのか、それさえも理解しかねるような心持で、いわば漫然《アット・ランドム》に、屍体の上に無意味なる視線を漂わせているのだった。

かりにも一国の皇帝が、日本帝国の首都の真ン中で惨殺され、その屍体はイエス・キリストのように中空高く掲げられたのである。如何《いか》なる形容を以てもこの恐慌の情を仔細に言い表すことは困難であろう。

一同の胸を去来するのは、これはえらいことになったという甚だとりとまりなき感想ばかり。互いに視線のかち合うのを怖れる如く、ひたすら面を伏せて黙り込んでいたが、ややあって外務大臣はソッと面をあげ、己れの声を己れで憚《はばか》るが如き調子で、

『しかし、諸君。これははたして王様なのだろうか』

と、呟いた。たった一と言であったが、これが一座に作用した効果は甚大であって、これを耳にすると等しく、一同は、さながら、叫喚合唱《ヒップレッヒ・コール》といった風に、

『これは王様か』

『どうして、王様だとわかるんだ』

『これが王様だというんならその證拠《しょうこ》を見せてくれ』

と、異口同音に叫び出した。現在自分で電話の取次ぎをした警保局長までがこの合唱に参加して物狂わしく叫び立てている。その声々は陰気極まる屍体置場の天井に幾度もうち当り、波のように揺りかえしながら物凄い木精《こだま》をかえす。全然別な声がそこから降ってくるようにも思われるのだった。


こういう突発的な熱狂が言い合わしたようにピタリとしずまると、今度は反対に、何とも形容し難い精神の沈滞が一同の心を襲うことになった。誰れも彼《か》れも疲れ果てて、もう物をいう元気もない。ただ、一同の心の中《うち》に火のように燃え上るのは、ここに横《よこた》わっているこの紳士は王様ではないと何人《なんぴと》かによってはっきりと證明されたいという熾烈極まる願望であった。また王様なら王様でもいい。確然たる證拠によって明瞭に応《ウイ》とか否《ノン》とか言って貰いたいのである。

同座の一同の中で、これは王様ではないときっぱりと言い切れるものがいないと同時に、これこそは王様だと断言出来る者もいない。なるほど、昨日《きのう》の午後、欧亜局長も警保局長も帝国ホテルで偽の皇帝に拝謁しているが、顔をあげるよりお辞儀をしている時間の方が多かったの

だから、二人ながら、それについて意見を述べる資格はない。
この資格のあるものは、第一に、安南《あんなん》皇帝附諜報部長宋秀陳《そうしゅうちん》。次は最も屢々《しばしば》皇帝に拝謁している林《はやし》コンツェルンの親玉、林謹直《きんちょく》。これが古市加十《ふるいちかじゅう》であるか否かを立證すべき側では、夕陽《ゆうよう》新聞《しんぶん》社長の幸田《こうだ》節三《せつぞう》。それに偽皇帝の膝の上で失神したあの美しい縫子《ぬいこ》の花《はな》。まずこんな顔触れである。

手近にいた関係で、真先に宋秀陳が呼び込まれた。既にご承知の通り、これは並々ならぬ感激的人物であって、無闇にとりのぼせる習癖を持っているのであるから、台上に横たわったこの無惨な屍体を見ると、忽《たちま》ち逆上してしまって、特徴を探すなどという沈着な態度をとるわけにはゆかず、ただもう泣くやら喚くやら一向埒がない有様。これが王様だとするわけを聞き訊《ただ》して見ると、これこそは日頃、郵便切手や金貨の裏側で熟知申上げる殿下なのであって、その理由は、現にこうしていて、なんとなく頭の下る心持がせらるるではないかというのである。

どうもこういう有様ではとても信用するに足りないのだから、続いて林謹直が呼び込まれる。この方はさして逆上せぬかわり、皇帝の死が直ちに安南に於《お》ける既得利権の損害を意味するので、もう愚痴たらたら、碌《ろく》すっぽ顔も見ようともせず、ひたすら深き嘆きに沈むのであった。然《しか》し、秀陳よりは年劾のせいもあり、一方沈着なところもある人物なのだから、次のような理由で、これこそは宗龍王《そうりゅうおう》であると断案を下した。

そもそも自分が最初順化《ユエ》の宮殿で皇帝に拝謁した時、一介の商賈《しょうこ》にすぎぬこの自分に殿下はわざわざ手を差しのべて優渥《ゆうあく》なる握手を賜《たまわ》ったのである。ああ、なんという感激であったろう、されば、その故に、自分の掌《てのひら》は今もまざまざと当時の感触を記憶しているのであるが、今こうしてこの手を握ってみるところ、肉づきといい、握り工合《ぐあい》といい、当時のそれと全く合致するので、この紳士が王様であるということは確信を持ってお答え申上げる事が出来るのであると言った。そう言う奇妙な記憶力は決して無いとはいわぬが、なにしろ独り合点なところが多くて、そのままに信用しにくい。

一同は段々焦立《いらだた》しい気持になりかけているところへ、悪徳新聞の幸田節三が留置場から呼び込まれて来た。

ずり下りそうになったズボンを危《あぶな》っかしく細紐で括り、日頃の辛辣な俤《おもかげ》もなくして、いわば被告面《づら》とも言うべき卑屈な面をしながら、ぼんやりと屍体を眺めていたが、幸田は今日《きょう》までの加十の活躍ぶりを知らぬものだから、この上等なタキシードを着、指に素敵もない金剛石《ダイヤモンド》の指輪をはめ、広大な様子で寝そべっているこの紳士が、何故に古市加十であらねばならぬか判断に苦しむように、しきりに首をひねる態だったが、やがて、

『こりゃア古市なんかじゃありません。一体あいつは気の小さな男で、たとえ死んだってこんな横柄な様子で寝ッ転がッているなんてことはありませんでしょう。だいいち、身丈にしたッて、こんな馬鹿べらぼうにひょろ長いんじゃありません。また指にしたって、こんな豪勢もない指輪がはまるようには出来ちゃいないんです。なにもかにも造作が違いまさア。古市が米松《べいまつ》なら、こっちは檜《ひのき》といったわけで、ひと眼で人違いだッてえことが判るんです。それがご不審ならひとつひっくり返して裏ッ側の方も調べて見ましょうか』

と、今度はまた威勢がいいばかりで、なんの事やら一向要領を得ない。思うにこの人物は、途方もない金剛石《ダイヤモンド》に眼が眩んで、思慮分別まで失ってしまったものと見える。

みんな尤《もっと》もだ。とりとめのないところを除けば、それぞれ一応の理窟ではあるのだが、なにしろこんな工合では仕様がない。一同の期待にかかわらず、今のところは皇帝説の方が優勢で、いわば、藪《やぶ》を突ついて蛇を出したてい。

これによって、恐るべき国際事件の当の責任者としていよいよ破局《カタストロフ》のどんづまりに追いつめられる事になったかと、一同暗雲に胸を閉《とざ》されている時、ここにはからずも救護の天使が現われて、これは皇帝ではない、古市加十だと大きな太鼓判を押してくれたのだった。それはこんな事情によったのである。

一同が、これはいかんとそろそろ匙《さじ》を投げかかっていたところへ、有明荘《ありあけそう》の崖下に住む例の縫子の花が、しとやかな様子で入って来た。冷徹比《たぐい》ない眞名古明《まなこあきら》を蹉跌《さてつ》させ、枯渇したその心情に一点朱点をうったあの美しい花である。

帝国ホテルで加十ではない本統《ほんとう》の王様に無情《すげな》い素振りをされて以来、どんなに思い悩んだのであろう。わずか半日のうちにすっかり面窶《おもやつ》れがして、それ故にまた一層メランコリックな美しさをました面差《おもざし》を振り向け、台の上の屍体をマジマジと眺めていたが、瞬間の後、魂消えるような甲高い声をあげながらその方に走りよると、ヒシとその胸に縋《すが》りついて声を惜しまずに泣き出した。その涙のひまひまに、

『ほらごらんなさい。あたしのいうことをおききにならなかったからですわ。だから、あたし

が申上げたように、早く逃げて下さればよかったのです。誰が見たって、あなたははしッこそうには見えませんもの。……あたし、撲《ぶ》ってあげてよ。なぜ、あたしの言うことを聞いて下さらなかったの』

　しかし、こんなことを綿々と書いていても仕様がないから、大体この位いにして置くが、さて、花はこんな風に赤剝けの顔に自分の頰を擦りつけながらなおもつくづくと掻き口説くのである。

　大の男が三人揃っても一向見分けのつかなかったものを、一体どういう直感力でこの小娘が、これは王様でなく古市加十であると看破し得たであろう。

　思わぬ舞台の急変に、一同ただ啞然と花の狂態を打ち眺めるばかりであったが、前の三人のあやふやな證言とはこと違い、何かそこに惻々《そくそく》と迫る質感がある。

　花がこの紳士を王様と呼ぶ以上、それは加十に違いないのだから、一同は盲亀《もうき》浮《ふ》木《ぼく》といった態《てい》たらく。していいものなら手を合せて拝みたかったろう、警保局長は喜色満面の趣で花の傍に近寄ると、その肩に手を掛け、その声に滴《したた》るばかりの愛嬌を含ませながら、

『これさ、娘さん。まアそう泣いてばかりいても仕様があるまい。それでは涙が種切れになるというものだ。それはそうと、君にはどうしてこれが王様だということがわかるんだね』

と、揉みほぐすような調子で言うと、花は何が気に障ったのか、急にキッと顔をあげ、

『何故《なぜ》あたしに判らない訳があるんです。あたしが誰れ彼れの見さかいもなく男の方の胸に縋りついたりするような女だとでも思っていらっしゃるんですか』

『いや、そんな失礼なことをいう気ではなかった。そう聞《きこ》えたら陳謝するが、それはともかく、一体どういう證拠によってこれを王様だと判定したのかくわしく説明してもらえまいか』

『ああ、あなたはやはり疑っていらっしゃるんですね。もしそうだとしたら、あなたはよっぽどオタンチンですわ。女心というものを知らないにも程があります。女というものは、自分の愛する人なら、小指一本だけ見せられたって必《かな》らず見分けることが出来るものですわ。ましてこんな風に頭から爪先まで揃っているんですもの。どうして見間違うなんてことがありましょう』

警保局長はたじたじとなって、妙な顔をしていたが、

『いや、よく判った。ところでわれわれの方は、女心というものを持ち合していないのだから、何分にもその機微を解するに苦しむわけだ。そういうほのかな話でなく、ひとつわれわれにも納得のゆくような證拠を示してもらえんものだろうか。どうか、お願いする』

すると花は、ようやく穏やかな顔つきになって、

『あたし、昨日《きのう》、王様のところへお伺いした時、急に王様に抱いていただきたくなったので、気絶した真似《まね》をし寝っころがってしまったのですわ。すると、王様はしっかりとあたしを抱いて、長椅子まで運んで行って下さいました。その時、あたし、王様の二の腕へそっとあたしのしるしをつけておいたのです。そんなにまでおっしゃるんなら、それを見せてあげましょう』

と言いながら、懐しそうに死体の左腕をとりあげ、ソロソロと服の袖をまくりあげた。

そこに一体何があったと思いますか。屍体の手首から少し上ったところに、さながら早咲き

の紅薔薇《べにばら》でもあるかの如くに、花の口紅のあとが、今にも匂い出さんばかりに咲き出していたのであった。

この屍体は皇帝のそれではなかった。あの愛すべき田舎漢《いなかもの》、夕陽新聞記者、古市加十の憐れな末路だったのである。身の程もわきまえずに客気にはやり、古今未曾有の大スクープを、モノしようなどと企てたばっかりに、魔都「東京」の魑魅《ちもう》の呪《のろい》を受け、こんな悲惨な最後をとげることになった。

陰暗たる地下道の溜井戸の底で、最後まで探訪記者の義務を果すために淡い手提《てさげ》ランプの光を頼りにせっせとこの大事件の記事を書き綴っていたあの颯爽たる姿が最後となった。思うに、加十はあの古井戸の底で惨殺され、何か為すところあらんとする悪人どもに依《よ》って、王様の身代りにその屍体を時計台にかけられる事になったのであろう。どうも気の毒な事をした。古市加十よ、さよなら。恐らくあの原稿も、闇から闇へ葬り去られてしまったのであろう。せめてあれだけでも陽の目を見ることが出来たら、いささか以《も》って瞑《めい》すべきであったろうに。

無闇な様子になって、猶も泣き狂う花を、ようやくのことで屍体置場から押し出すと、期せずして五人の大官達は相共に馳《か》けよってかたみに手を握り合って、心から祝意を伝え合う。日頃いがみ合ってばかりいるこの大官達がこんなにもしっくりと心がとけあったことは、後にも先にもないことなのであった。

さて、事情がこういう風に好転すると、一同の心にはまた一縷《いちる》の希望が萌して来た。なんとかして、定刻までに王様を捜し出してホテルに返し、うるさい紛紜《ふんうん》から体をかわしたいという欲望が燃え上って来た。

時計を見ると三時四十分。仏国大使が東京駅につく時間までにまだ四十分ある。ひょっとしたら、なんとかならぬものでもない。そこで、一同はまた躍起となって、なんとかならぬかならぬかと警保局長に詰め寄る事になった。

警保局長は流石《さすが》その道の通人だけあって、もう皇帝を救い出す望《のぞみ》はないと、一と足先にその後の善後策を考究していたのだったが、事情がこういう工合になるとまた話がちがう。これも俄《にわ》かに活況を呈して、

『よろしい、もうひと奮発して見ましょう。加十の屍体を王様の屍体に見せかけようとしたことは、本当の王様がまだ何処《どこ》かに健在でいられるということを證拠立てるんです。なにしろ、管下八十署を総動員して、草の根を分けているんだから、それも、そう遠いところにいる筈はない。王様を日比谷《ひびや》署から持って行ったのは、午前二時から二時半までの間だと思われるから、どうしたって王様はまだ旧市域内にいると見るのが至当です。即刻市郡の警官を市管内に集中して、ひとつ死物狂いにやって見ましょう』

と潑剌《はつらつ》たる威勢を示しているところへ、警視総監が白皙《はくせき》な額を聳やかしながら静かに屍体室へ入って来て外務大臣の傍まで行くと、謹直な口調で、

『御命令通りに致しました』

といった。つまり、あの危険な条約書が無事であったという意を伝えたのである。外務大臣は意味深長に首肯《うなず》く。よっぽど嬉しかったのであろう、なろう事なら総監を自分の胸にひきよ

せたいといった風な眼つきをした。
うまくゆく時は、何もかもうまく行くものだ。この時、眞名古の四銃士の一人が、手に一枚の紙片《かみきれ》を持って、歓声をあげながら屍体置場に飛び込んで来た。それこそは、あの不幸な眞名古がハッチソンの屍体の枕元に坐って書き認《したた》めたあの報告書なのであった。それはこんな風に書かれてあった。

皇帝は健在。有楽町《ゆうらくちょう》二丁目角、元日東生命《にっとうせいめい》の廃屋中に監禁せられあり。屋内に安井《やすい》亀二《かめじ》郎《ろう》外《ほか》九人の博徒。機銃の用意あり。

四十一　市街戦記の事、並に納めの台詞《エピロオグ》の事

日比谷の交叉点から銀座の方を向いて電車通りを行きかかると、ちょうど美松《みまつ》と対角線上に、その頃、古びた一棟の混凝土《コンクリート》建の廃屋があった。その向いには間もなく美松の宏荘な建築が建ち上り、横通りには、電気協会《でんききょうかい》のクリーム色の瀟洒たる建物が出来上ったのに、この不等三角形の空面だけは、そのボロボロの建物をのせたまま板囲いもなく荒れるに任《ま》かせられてあった。この空地は一時ベビーゴルフ場になった事もあるが、それも間もなく廃《すた》れて、前より一層ひどいようすになり、チャチなゴルフ・コースが雑草に閉《とざ》され、夏ならば昼間から蟲の音が聞えよ

うという荒れ方。その隅にショボショボと生えた胡麻竹が風に揺られている有様なんて言うものは、これが東京丸《まる》の内《うち》の地内かと怪しまれるばかりのはかなさ。

建物がまたひどい。もとは日東生命の社屋だったが、それが丸の内の新館に移転して以来十年、雨風にさらされて立ち腐れになっていた。元来余程以前に出来た建物なので、壁は雨と埃にまみれてドス黒く汚れ、窓硝子《ガラス》はさんざんに砕《くだ》け落ちて、螽斯《ばった》や蟋蟀《こおろぎ》の住家になっていた。軒は傾き、蛇腹は落ち、棟の下から大きな亀裂が電光形に壁の上を走って、その亀裂に沿って青苔が生えている。さながら、西洋風の相馬御殿といったてい。試みに窓硝子《ガラス》の破れから屋内を覗いてみると、床の上には足のない椅子やら、蓋のとれた非常箱やらが、仰向《あおむ》いたり、俯向《うつむ》いたりおぼつかない陽の光りの中に参差落雑と転がっている。光の届かぬ奥まった壁の上には、剝げ落ちた壁紙の切れっぱしが垂れ下り、それが風に揺られてヒラヒラと動いている。心なしか物《もの》の怪《け》でも立ち迷いそうな物凄い有様。

御存じの方もあるでしょう、日比谷公園の方から来かかると、如何《いか》にもこの建物が目障りで、思わず誰も顔を顰《しか》める、その建物。

一月二日の深夜で、前回に引続いてずっと空には月がある。寒月梅花を照らすといえば渋いが、相手がこういう廃屋となると何となく凄味を増す。これが妙に白々と月の光の中に浮き上って、硝子《ガラス》のない窓々がちょうど眼鼻のように見える。月に照された建物の片側一面が、そのまま顔になって今にもゲラゲラと笑い出そうふう。

胡麻竹の葉の上に霜がおりたか、風に飜るたびそれが匕首《あいくち》のように光る。その胡麻竹の蔭を、廃れたゴルフ・コースに沿って一団の黒い影がソロソロと建物の方に迫って行く。人数にしたら六、七人もあろうか。然し、それだけではない。その一団が建物の裾で横隊に散開すると、またすぐ別の一団がヒタヒタと草を踏んで、第二陣に行く。続いて第三陣、第四陣……いや、正面《ファサード》の方ばかしではない。闇をすかして眺めると、駅寄りの側面の方にも、裏手にも、さながら現象のように隠現する黒い無数の影がある。時々寄り添いまた離れ、整然たる陣形をつくりながらじりじりとその輪を狭《せ》ばめて行く。要するに、この廃屋は殺気満々たる円陣で取《と》りかこまれてしまったのである。一体どんな大捕物が始ろうというのであろう。いやいや捕物なんていう生易しいものではなかった。これから市街戦が始ろうというのだ。

乙亥《きのとい》正月二日、午前三時五十分。首都大東京の中心。丸の内有楽町に行われたこの壮烈な市街戦の事実を御存じの方はすくなかろう。読者諸君の中にもこれを知っておらるる方はあるまい。正確に言えば、この戦闘は午前三時五十二分に始って、同四時十二分に終った。十人の兇徒は二台の軽機関銃とトムソン・ガンで、最後まで慓悍《ひょうかん》に抵抗したが、四時十二分にとうとう殲滅《せんめつ》されてしまったのである。

この捕物を敢《あ》えて市街戦というゆえんは、このために旧市域管内は事実上純然たる戦時体制に入ったからである。

眞名古の報告書が到着すると同時に、捜査本部は即刻各支部に非常警報を発し、銀座四丁目を起点にする円周内のあらゆる交通を遮断してしまった。銀座四丁目、新橋駅北口、溜池《ためいけ》、四《よっ》谷見附《やみつけ》、九段上《くだんうえ》、小川町《おがわまち》、呉服橋《ごふくばし》を経て再び銀座四丁目に至る。この大円周上には三十二の哨所《ポスト》を置き、円周上のあらゆる街角、路地、橋詰《はしづめ》には洩なく新撰組《しんせんぐみ》と武装警官を配置し、如何《いか》なるものをもこの非常地区には立入ることを禁止したのみならず外濠川《そとぼりがわ》の常盤橋《ときわばし》、土橋《どばし》間の河船遡航《せんさくこう》を禁じ、いわば水も洩さぬ警戒陣をしいた。何《な》にしろ兇徒は機関銃を持つ兇暴な一団なので、当然死傷者もある見込で、日比谷公園の桜田門《さくらだもん》寄りの暗闇には赤十字社の病院自動車を六、七台待機させ、大手町《おおてまち》側の横通りには防弾衣をつけた警官を満載した四台のトラックを後《ご》詰《づめ》として配置し、物々しいまでの手配だった。

　読者諸君、試みに四年前の記憶を辿ってごらんなさい。昭和十年一月二日の午前三時半頃、酔歩蹣跚《すいほまんさん》として、新橋から山手へ帰ろうとされた方々、或《あるい》は、タキシーによって銀座四丁目を経て、四谷、牛込《うしごめ》の方へ趣《おもむ》かれようとなさった方々がそれらの地点に差しかかった時、突然暗闇から私服或は新撰組の隊士が現われて交通を制止し、非常なる大廻りをさせられて帰宅されたことを思い出されるでしょう。読者の中には、その際有楽町の方から単音符をうつような、気ぜわしい連続音が聞えてくるのを耳にされた方もあって、この早朝、建築場ではもう鉄鋲打《リベッチング》が始ったかと思い、いささか遊びに耽りすぎたことを後悔された向もあったであろう。

　鉄鋲打《リベッチング》ではない。諸君が立入ることが出来なかった地域の内ではその時人知れず悲愴陰惨な市街戦が行われていたのである。

　この市街戦は次に述べるような事情によって一種陰険な性質をとることになった。この戦闘は断じて発表出来ぬ性質のものであったばかりでなく、地域の関係から如何《いか》なる犠牲を払っても最も短時間の間に終結させてしまわなければならぬ必要があったので、勢い一種惨忍とも言う表情をもつようになった。

安南の皇帝が、武装した兇徒に捕禁されたという事実を一般に知らしめることは甚だ遺憾であるばかりでなく、この丸の内の中心に銃器を携《たずさ》えた兇徒の一団が蟠居《ばんきょ》して警視庁に対抗の姿勢をとったなどということは、社会事相としてはあまり重大すぎて到底発表の出来ない性質のものだったから、この戦闘は陰密のうちに始め、陰密のうちに終らせる必要があった。それ故にこそ、警視庁は全機能をあげて事態遮閉に努め、この凄絶な戦闘は、東京市民が誰一人知らぬうちに完了されてしまったのである。

この市街戦の経過をしるす前に、この戦闘が世にも悲愴《パテチック》なものだったというその裏の事情を叙述するのが順序であろう。

近代日本に於ける新興のコンツェルンの双璧。一方は熊本の山奥の、僅か八百キロの電気会社から出発して今では構成会社二十七、払込資本三億円の小口翼《おぐちたすく》の日興《にっこう》コンツェルン。一方は房総《ぼうそう》半島の漁村の微々たる沃度会社《ようどがいしゃ》からノシ上げ、林《はやし》興業を主体とする傍系会社二十二、公称資本二億二千万円の大構成となった林謹直《きんちょく》の林コンツェルン。共に国防産業を眼ざすこの二大コンツェルンはその資源を仏領印度支那《インドシナ》に於いて開発すべく、安南を舞台として華々しく鎬《しのぎ》を削ることとなったが、林は逸早《いちはや》く、宗皇帝を抱え込み、小口に一歩先んじて、採掘面六十万坪、年五万瓩《キロ》の優良ボーキサイトの採掘権を先取してしまった。

この鉱山は安南皇室の財産なので、もし皇帝が退位又は逝去されるような場合には、当然契約の効力が消失する訳であるから、林興業にとっては皇帝の一身上の安危が何より不安の種になっていた。

然るに計らずも、昨晩有明荘に於て皇帝が愛妾松谷鶴子《まつたにつるこ》を殺害したという事件が起り、引続いて波瀾万丈を極めるものだから、流石《さすが》に豪腹な林もとりとめのない迄に錯乱したのである。

風聞によれば、敵手《ライバル》の日興コンツェルンが、なんとかしてボーキサイトの採掘権を林の手から取上げようと、皇帝の反対派、即《すなわ》ち皇甥《こうせい》擁立派を突ついて盛《さかん》に暗躍してるという事が、ちらちらと耳に聞えてくる最中だったから、条理をつくした眞名古の説明にも拘《かかわ》らず、皇帝を誘拐したのは実は日興コンツェルンの一味なる鶴見組《つるみぐみ》の仕業《しわざ》だという疑念を捨てることが出来なかった。

既に昨朝八時頃、日比谷公園の「歌う鶴の噴水の会」の会場で、鶴見組の一派、武州小金井《ぶしゆうこがねい》に縄張を持つ安亀《やすかめ》事安井亀二郎が取ってつけたような騒《さわぎ》を起し、そのどさくさ紛れに皇帝を誘拐して行ったという評判も耳にしたので、愈々《いよいよ》以て自分の想像に違わず、林興業の先取権を毀損して皇甥派と新なる契約を成立せしめる目的で皇帝に危害を加えようとしているのだと思い込むようになった。そうなってみると、警視庁のやり方がもどかしくってたまらない。向うがそうならこっちはこう、場合によっては鶴見組と一合戦し、血の雨を降らしても皇帝を奪回しようと、自分の配下に属する前田組《まえだぐみ》の大親分と謀議を凝《こら》し、近接五県に急廻状をまわし、血気の身内六百名を常盤橋際の常盤ビルディング内に集め、二十台のトラックを待機させ、命令一下、時を移さず出動出来るように手配をした。

ところで、蛇《じゃ》の道は蛇《へび》で、いつかこの動勢が筒ぬけに野澤組《のざわぐみ》に判ったものだから、どうしてこれが無事に済むわけがない。鶴見組の方でも急遽木挽町《こびきちょう》、木挽クラブに略《ほぼ》同数の人数を集結して、殺気満々とこれに対峙することになった。

御存じの方もあろうが、野澤組、鶴見組というのは関東土木倶楽部《かんとうどぼくくらぶ》の両横綱。前者は日暮里《にっぽり》に本拠が在るから、一口に道灌山《どうかんやま》といい、後者は横浜《よこはま》に本拠をおくから野毛山《のげやま》と唱え、親分御用の節は何時《いつ》にても一命を差上ぐべく、という誓紙をたてた血気盛んな数千の命しらずを擁し、両々相譲らざる二大勢力、これが皇帝誘拐事件を中心にして、風雲を孕《はら》んで相対抗する。どうせ血を見ずにはおさまらぬのであった。

さて、林が皇帝の首実検に警視庁に召喚されたのはこういう騒ぎの最中だったのである。皇帝らしい人物の屍体が服部時計店の時計台に吊り下げられていたという話をきいて、宙をとんで馳《か》けつけて来た。この場の経緯《いきさつ》は先程述べたから再び繰り返《か》えす必要はないが、結局花の證言で、それは皇帝ではなく、夕陽新聞の雑報記者、古市加十という愚にもつかぬ人物だということが判り、ほっと安堵の胸を撫で下しているところへ、不幸な眞名古からの報告で、皇帝は野毛山の身内の安亀一派によってつい眼と鼻の先の、元日東生命の廃屋の中に監禁されているということが判った。

何しろ分秒を争う仕事なのだから、新撰組の隊士が先発となって間髪を入れずにどやどやとトラックに乗込む。捜査部長の号令一下、まさにそのトラックが動き出そうとしているところへ、前田組即ち道灌山の大親分が宙を飛ぶ様に自動車で乗りつけて来て、お手間はとらせませんから、ちょっと五分ほど進発を見合せてくれと言う。是悲ともお願いしたいことがあるとい

って、そそくさと総監室へまかり通ると、総監と警保局長に向い、

『藪から棒でおそれ入りますが、なにしろ分秒を争うことでございますから、ザッカケなく申上げます。お願いの筋というのは他でもございません。とるにも足りないわれわれではござんすが、何卒《なにとぞ》この御鎮圧《おとりしずめ》にわれわれもお差し加えなすって頂きたいんでございます』

白銀のような白髪をオールバックに撫でつけ、團十郎《くだいめ》張りのハリのある眼に柔和な光を湛え、膝に握り拳を置いてゆったりと語り続けるのである。

『御存じの通り、いまお上をお騒がせ申している野郎共は、わたくしの身内でこそござんせんが、同じ筋をひく土方者《やくざ》、聞けばどうやら必死の様子で、機関銃さえも持っているという話。どういう訳柄があって、こういう騒をするのか存じませんが、それに向って行けば必ずや、二十の人死《ひとじに》が出来る道理でございます。それがお上の役目とは言いながら、埒もねえ奴らを押えるのに行先永い立派なご人数の命がむざむざ落されるのかと思うと、わたくしはいても立ってもいられない心持がするんでございます。これが素人衆というならばこんな差出《さしで》がましいことを申上げるんじゃありませんが、今申上げました通り、相手はわたくし共と同様な土方《やくざ》だということになれば所詮見過しにしているわけには参りません。それでこういうお願いを申すんでございますが、出来ますことならば応分の御手伝いをさせて頂きたいんでございます。どうせわれわれの命なんぞは安いもので、日本人の端っくれであるならば、こういう時に御役にたたなければ、立てる折がないんでございます。ありようは、みすみす十、二十と命をおとす有用な方々の、せめて弾丸《たま》よけにでもなりたいというだけで、ほかに存意のあることじゃございま

せん。どうか枉《ま》げて御聞きずみ願いたいんでございます』

と、ことを分けて頼み入るのである。然し、こんな申出《もうしで》がその儘《まま》きき入れられよう道理がない。警視庁としては土方《やくざ》の手をかりて捕《とり》ものをするという訳には行かないが、然し、まるまるあなたの顔を潰す訳にもいくまいから、何かの場合の用心に遠巻きにしてくれることは差支えない。

何《な》んだか意味深長な言い方だが、前田の親分は納得してそれで早々に総監室を立出《たちいで》る。これで愈々戦闘が開始されることになった。

見上れば、はや月は西に傾き、満地には一月の霜、人影一つない坦々たる馬場先門《ばばさきもん》の大道を轟々たる爆音を轟《とどろか》せながら、消燈したトラックの大列が宛《さなが》ら天からでも繰り出してくるように蜿々《えんえん》と有楽町の方に近づいて来る。言うまでもない。これこそは関東を二分してその覇を争う前田組の尖兵隊。

何《いず》れもコール天の半ズボンに長靴下。喧嘩の定法で印絆纏《しるしもの》は一切身につけない。白木綿を畳んでキリリと鉢巻をし、小隊別の番号のついた腕章を腕に巻いている。大抵は折襟の襯衣《シャツ》に腹掛をしているが、中にはこの寒空に素裸で守《まもり》袋《ぶくろ》一つひっ背負《ちょ》ったのもいる。竹槍を持ったり長ドスを下げたりしている訳ではないから、知らないものが見たら土工のピクニックかと思ったろう。然し、この経緯《いきさつ》を知っているものが見たら、慓悍《ひょうかん》さに思わず震え上ったに違いない。

事実この六百人の土方《やくざ》は身に寸鉄を帯びているのであった。

警視庁からの親分の電話でこの喧嘩の趣旨を知り、敵方が機関銃なんていうチャンチャラ可《お》笑《か》しいものを持っていると聞くと、皆言い合わしたように一斉に武器を捨ててしまった。丼《どんぶり》の匕首《あいくち》までほうり出し五尺の身体《からだ》一本でトラックに乗込んだ。二台の機関銃とトムソン・ガンに生身の身体《からだ》を張り、土方《やくざ》の意気を示そうというのである。

さて、この蜿蜒《えんえん》たるトラックの列が暁天の霜に、轍《わだち》をぬらしながら、ちょうど日比谷の交叉点まで来た時、銀座四丁目の方から旋風のように飛んで来た一台の自動車。危《あやう》くトラック隊の先頭《はな》を切るとそれに寄り添うようにして線路の真中《まんなか》にピタリと止まる。その中から転び出るように下り立った一人の人物。今しも有楽町の方へ急カーヴを切ろうとする先頭のトラックの真ン前に突っ立つと大手を拡げて、

『待て、待て、俺は野毛山の相模《さがみ》寅造《とらぞう》だ。生命《いのち》にかけてたのみてえことがある。一寸《ちよつと》、車をとめてくれ』

と、大声あげて叫び立てる。

先頭のトラックの中央に凝然と腕組をして突ッ立っているのは、先程総監室に現われた前田組の大親分。それをかばうようにそのそばに押並《おしなら》んでいるのは、第六回幸田節三の妾宅の場に立現われた、前田の養子の駒形伝次《こまがたでんじ》であった。

二人は素早い眼配《めくばせ》を交しながら、意を通じ合っていたが、何思ったか、前田の大親分は励声《れいせい》一番、

『やい、とめろ。野毛山の親分がいらした』

ギーッとブレーキがかかって、トラックが止る。

前田栄五郎《えいごろう》はトラックを下りると静《しずか》に野毛山の方に近づいて行く、その後に油断なくつき従うのは件《くだん》の伝次。

野毛山の親分というのは年齢《とし》の頃六十一、二、赭顔《あからがお》の薄菊石《うすあばた》のある大男で、右の眼の下に三日月の大きな傷痕がある。身の丈は五尺六、七寸もあろうか、草相撲《くさずもう》の大関といったような厳《がん》丈《じょう》な体をかがめて、丁寧に会釈すると、

『これは道灌山の。その後かけ違って碌《ろく》すッぽ挨拶も申さず御無沙汰ばかり致しておりながら、こんなところ素頓狂《すっとんきょう》にとび出して声をかけるんだから、聞えぬふりをして轢倒《ひきたお》して行かれたって文句のねえところなのに、よくまア停めて下すった。厚く御礼を申しやす』

前田の親分は、これも膝まで手を下げ、

『御丁重な御挨拶で痛《い》たみ入ります。どういう意気張りがあろうと、大手を拡げて停めなさるあなたを轢き倒して行くような、そんながさつな真似《まね》はしねえんです。御言葉の趣旨はよく判るが、そんな風に仰有《おつしや》られると、こちらがまるっきり仁儀を知らねえようで当惑いたしやす。それはともかく、一体どういう御用でありましたか』

薄月《うすづき》の光をつらつらに照りかえす電車の軌道を差し挟んで対《むか》い合う二人の大親分。何れも寛《かん》濶《かつ》なる貫禄を身につけ、抜き差しならぬ一問一答をしているさまは、譬《たと》えて言うなら、二人の明智《めいち》大将が戦場に於いて馬首を交《まじ》うるが如き、一種凜然たる趣があるのであった。野毛山の親分は、慇懃に挨拶を返し、

『無作法のお詫はまた改めて致すとして、早速ながら、お尋ねに従ってお願いの筋を披瀝いた

しやす』

といって、鋭い眼差を相手の面に注ぎながら、急に吃々《きつきつ》たる口調になり、

『御存じの通り、今あすこにおります安井亀二郎という野郎は、以前縁あってわたくしと親分乾分《こぶん》の盃《さかずき》を交したもの。その後腑におちねえことがあって、盃を返《け》えさせましたが、たとえ縁は切っても、やはりわたくしの血脈につながる一人、それが大べらぼうなものまで担ぎ出して、こういう馬鹿な騒ぎをいたします。いま、あなたが相当な御趣意があってあいつを取り鎮めなさろうというには、勿論わたくしになんの異論のあろう筈はないが、それによって御身内衆に人死《ひとじに》、怪我人でも出来たとなっては、わたくしは、向後《きょうご》世間さまに顔向けがならねえのでございます。お願いと申しますのはほかのことでもございません。もう多分お察しのことでございましょうが、日頃の御懇意に免じて今夜のことはこのわたくしにお委《まか》せ願いたいんでございます。といった丈では、とても御承引下さりますまいから、打明けたところを申しやす。諄《くど》いようだが一度縁を切ったとは言いながら、やはり昔の乾分《こぶん》は可愛いんでございます。事情《こと》わけて叱りつけ、それでもきき入れないとなりゃ、せめてわたくしの手にかけて殺《ねむ》らせてやりたいと思うんでございます。ざっくばらんに申しますが、あなたとわたくしとは以前から仲違いの間柄。その、あなたの身内の手にかかって惨めな殺されようをさせたくねえのでございます。この通り、七重の膝を八重に折って、お情《なさけ》におすがり申しやす。なにとぞ、おきき入れになって。……一生恩に着やす』

つぶらなる眼頭にきらめくは露か涙か。惻々《そくそく》たるその音声にも男の真情が偲《しの》ばれてなかなか

憐れ深いのであった。

前田の大親分は深く腕を組み、月に顔をふり向け、黙然とこの長台辞《せりふ》をきすましていたが、やがて、静《しず》かに腕をふりほどき、

『野毛山の、乾分《こぶん》は可愛いいもんでございます。如何《いか》にもお委せ申しましょう。一生恩にきせます』

クルリとトラック隊の方にふり向くと、高く片手をさし上げて、

『引上げ』

と命令した。前田の大親分と駒形伝次はトラックの上に乗り移り、車上から軽く会釈をする。トラックの大列はそこで百八十度の廻転をすると、今来た常盤橋の方へ、一絲紊《みだ》れず粛々と引上げて行くのであった。

霜を帯びた胡麻竹が匕首のように光る。その陰を六、七人宛《ずつ》一団になった黒い影が三陣四陣になって、地を舐めるようにして四方から廃屋の方へ詰め寄って行く。その円陣の間を、伝令がチラチラと駈けちがう。しかし、それも一瞬の事で、蠢《うご》めいたり、匍《は》い廻っていたりしたものの影は、間もなく雑草に埋《うず》もれてひっそり動かなくなってしまった。なんとも言えない切迫した空気がこの空地を占領する。

この時、空地の入口の方から、寛々《かんかん》たる足どりで廃屋の玄関の方に近づいて行く一つの黒影

があった。玄関から二十歩ほどのところに突っ立って廃屋の二階の窓を見上げていたが、その窓に向って沈着極《きわま》る声で、

『おい、安亀。面を出せ、俺だ』

と叫んだ。

暫《しばら》くすると、正面の二階の窓が押開けられ、四角な黒い闇の中にほんのりと白い顔が浮び上った。

『大親分でございますか、お変りもございませんで』

『安亀、暫くだったな。お前も丈夫で何よりだ。すこしお前《めえ》に話したいことがあるから内部《なか》へ入れろ』

『どうぞお通りなすって。……只今《ただいま》ご案内いたします』

窓の顔が引込むと、程なく玄関の戸が内側から細目に引開けられ、寅造はその内部《なか》へ入る。何処《どこ》から集めて来たのか、窓という窓には古畳や土嚢で厳重な防塞が施され、玄関を挟んだ左右の窓の窓枠の上に据えつけた二台のホッチキッス機関銃が蒼黝《あおぐろ》い銃身を物凄く光らせている。

もとは広間《ホール》でもあったのだろう、七十畳ほどの広い部屋の床の上に三つばかりカンテラを置き、それを囲んで九人の人間がしゃがんだり、胡坐《あぐら》をかいたりしている。服装はてんでんばらばらで、背広を着たのもあれば、腹掛をしたものもある。人相もまた雑多だが、床から脚光《フットライト》のように照し上げられた赧黒《あかぐろ》い顔々には、何れも何んとも形容しかねるような凄愴な色

が流れている。

親分の先に立って安亀がこの広間に入ってくると、この九人の人間は一斉に首をうなだれてしまった。一人として大親分の顔を仰ぎ見るものもない。

相模寅造は立ったままでジロジロと一同を見下していたが、唐突に安亀の方に向き直ると、まるで迸《ほとばし》り出るような声で、

『俺は、おめえに盃をかえさせ、今では赤の他人なんだから、親分面をしてここへやって来たんじゃねえ。また親分面をして物を言うつもりもねえ。然し、安亀、間違ったことをやっているやつに、おめえのやり方は間違だということにはたとえ赤の他人の間柄だって一向差支えはねえ筈だ。いわんや、縁あって一度つながった仲であってみれば、こんなお節介をしたって無下に腹も立てるまい。……どういう意地張りでこんな騒をするのかしらねえが、俺に言わせりゃ、どう考えてもこりゃア道が違う。おめえも知ってる通り、これまでの度々の喧嘩は、縄張り争いか男を磨くため、只の一度もお上を向うに廻した事なんぞありゃしねえ。……それを、何だ。場処柄もあろうに東京のど真ン中にたぐまり込み、機関銃なんぞかつぎ出すなんて言うのは、ちっと行きすぎていやあしねえか。……それに、聞けば、安南とやらの王様をここへ監《とり》禁《こめ》してあるそうだが、そりゃ一体どういう了見でやったことなんだ。てめえがこんなことをしたばっかりに、お上じゃひっくりかえるような騒をしていなさる。男の意地も事によりけりだ。これほど世間さまを騒《さわが》してそれで立つ男の面なんかありゃしねえのだ。……おい、安亀。てめえも日本人の端っくれだからお国のおかげということを知っているだろう。てめえがこんな馬

鹿をしたら、日本帝国の不為《ふため》になるという事が判らねえのか。この、大馬鹿野郎』

安亀は片膝を床の埃に沈めて、しょんぼりと首を垂れていたが、やがて窶《やつ》れ切った蒼白い顔を振り上げ、

『親分、お言葉までもございません。われながら大それた、外国の王様をひっつかまえてこういう無態なることをすれば、日本の国にどんなご迷惑をかけるか、それを知らねえわたしじゃアありません。それを知りながら、こういうことをやらかそうというには、言うに言われぬ深い訳合《わけあい》があることとなんでございます。どうか一通りおききなすって下さいまし』

急に床の埃の中に両手をつき、思い迫ったように、烈しく身悶えをしながら啜《すす》りあげて泣いていたが、やがて手の甲で無器用に涙を払うと、床に両手をついたまま、縋《すが》りつくような眼付で、寅造の顔を見上げながら、

『親分、御存じの通り、わたくしには、長太郎《ちょうたろう》という今年六つになる一粒種の伜《せがれ》がございます。そいつがこの夏、ふとしたことから消化不良とかいう病気になり、まるっきり湯も水も受けつけねえ。なにしろ、土用の最中に米粒一つ通さねえのだから、日増しに瘦せ衰えてもう骨と皮ばかり、医者もとうに匙を投げて、これはどうでも助らねえという。これがチブス、コレラという病気なら諦めようもありましょうが、ものが喰えねえで死ぬなんてえ馬鹿な話はねえ。てめえの命よりも愛しく思うたった一人の伜が、こんなつまらねえ病気で死んで行く。それを手も足も出ねえでじッと見ているわたくしの辛さはまあどんなでござんしたでしょう。あなたも子供の父親でおあんなさるから、その時の切なさ遣瀬《やるせ》なさを多分お察し下さるでしょう。生れ

てからまだ一度も合わせたことのねえ手を合せ、この子の代りにわたしの命をとってくれと、神も仏も一緒くたに、気狂いのように祈っても、段々果敢《はか》なくなるばかり。……ちょうどその頃、お茶松《ちゃまつ》の賭場《とば》へ岩井《いわい》さんという華族くずれが出入りするようになりました。きくところでは、永らく外国にいたこともあるということでございますから、何かいい智慧はありはしないか、医者でもねえその人に無理な相談を持ちかけてみますと、ああ、有り難てえ。その人の友達に呉《くれ》というえらい先生がいらして、百に一つも助からねえと、医者が見放した栄養不良の餓鬼を助けてくれた例《ためし》があるという。絹糸より細い血の管から栄養分を送り込んで、身体《からだ》に元気をつけるんだという。こういう神業のようなことをするのは、日本ではこの先生ただ一人。だが、その方は町医者じゃねえ、千万両積んだって、おいそれと引受けてはくれねえのだが、おれがこれから引添《ひきそ》って行って、無理にもたのみ込み、必ず手術をしてもらってやる。さあ、そういううちにも時が移る。もう、引く息ばかりになって白眼を出しているのを、自分の子供でもあるまいに、いきなり横抱《よこだき》にひっ抱え、あわてふためくあたしを叱りつけ叱りつけ、宙を飛ぶようにして呉先生の処へ担ぎ込みました』

涙で咽喉《のど》をつまらせながら、声もおぼろになって、

『長太郎はそれで助ったんです。その有難さ、忝《かたじけな》さ。親分もうあたしには言えません。お察し下さいまし。……その岩井さんが、昨日の朝の八時頃、突然あたしのところへとび込んで来なすって、事情があって訳は言えないが、安南とやらの王様を、明日の朝の五時までどうでもお前の手で監禁《とりこめ》ておいてもらわなければならねえような破目になった、何んにも言わずに引受

けてもらえまいかと申します。いやも応もあるもんじゃねえ。あたしの息のあるうちは、例え日本国中を相手にしても、約束の時間迄は王様を人手に渡さねえと男の誓いをいたしました。こんな無器用なものを担ぎ出してお上にご迷惑かけるのも、みな岩井さんの恩義に報いるためなんでございます』

寅造は深く差しうつむきながら、安亀の話を黙然ときいていたが、この時フイと顔を上げ、

『するてえと、今朝方《けさがた》日比谷公園で騒いだのは、やっぱりてめえの仕業だったのか』

『へえ、左様《さよう》でございます』

『今夜、日比谷警察の留置場から王様をつれ出したのも、やはりてめえの仕業なのか』

『へえ、左様でございます』

『すると、王様はお怪我なく今この中においでになるんだな』

『へえ、地下室にお入れ申してあるんでございます』

寅造は腕を組み、悵然《ちょうぜん》たる面持で眼を閉じていたが、また不意に眼を開き、

『よく判った。そういう訳柄があったのなら、俺も無下に王様をかえせとは言わねえ。だが、安亀。ものの道理だけは言ってきかせてやる。いまお上の心配というのは外《ほか》でもねえ、この騒がもとになってフランスという国と気まずいことにでもなれば、実に取りかえしがつかねえことになる、場合によってはそのために日本の国が抜き差しのならねえ破目に落ちねえとも限らねえ。フランスの大使が東京へつくまでに、なんとかして王様をホテルにお帰し申し、うまく後先の経緯《いきさつ》さえ伏せれば、政府の面もよごさずに済む。それでこんなに大騒ぎをしていなさる

んだ。そのもとはと言えば、たった一人のお前の仕業。……なア、安亀。出来にくいところであろうがひとつ意地を捨ててはくれめえか』

『親分、ご勘辨なすっておくんなさい。たとえ親分のお言葉でも、そればかりはおきき申すわけには参りません。あたしがこの騒ぎをおこせば、必ず親分が理解をつけにお出《いで》になるものと、予《かね》て覚悟をいたして居りました。そんなことであたしが意地を捨てるくらいなら、始めっから騒なんぞ起しはいたしません。わたしを始め、ここにいる九人の野郎どもも、どうせ命はないものと覚悟してかかったことなんでございます。一度つがえた男の約束、弾丸《たま》のつづく限りお手向いをいたします。然しながら、どうせ多勢に無勢、永いことではありますまい。親分、最後のおたのみでございます。王様をお引取なさるんなら、どうかこの安亀が死んだのを見届けてからになすって下さいまし。ご無理を申します』

『そうか。では、やるぞ』

『はい、どうかご存分に』

『安亀、短い縁だったなア』

　安亀はスックリと立上る。この時、安亀の顔にはもう涙のあとさえ無かった。蒼白い面上に決然たる凄気を漂わせ、キッと寅造と眼を見合せると、床に膝をついている一人に、

『おい、親分をお送り申せ』

といった。

　戦闘は二十分で終った。廃屋から撃ち出す弾丸《たま》は、始めのうちは勢《いきおい》当るべからざるていに

見えたが、そのうち追々間遠になり、やがてばったりと聞えぬようになってしまった。

廃屋の中に入って見ると、そこに壮烈な光景が展開されていた。夥《おびただ》しい弾丸を悉《ことごと》く撃ちつくし、最後に生き残った三人は互いに刺しちがえて死んでいたのである。

廃屋の中を隈なく捜したが王様の姿は無かった。王様は始めからここにはいなかったのである。安亀の手の中にこんな手紙があった。金釘流の稚拙な文字でこんな風に書かれてあったのである。


王様はここにはいない。嘘を言って済まぬ。岩井さんを東京から落すために、こんな騒ぎをしたのだ。親分ゆるしてくれ。


もう長々と書く必要はあるまい。この事件の結末をエピローグ風に述べよう。

一月元日の早朝以来、警視庁が全機能をあげて必死の努力を続けた甲斐もなく、とうとう規定の時間までに皇帝を捜し出すことは出来なかった。フランス大使の乗った汽車は四時二十分に東京駅に到着し、大使は直ちに帝国ホテルに伺候《しこう》した。

支配人の案内で大使が応接間へ入って行くと、ゆっくりと扉《ドア》を排して王様が出てこられた。何時《いつ》ものように、瓢逸《ノンシャラン》な口調で、

『お早よう。あなたがいらしたのは、帰国の勧告でしょうか、それとも、金剛石《ダイヤモンド》のことでしょうか。どちらにしろ、わざわざこんなに早くお出でになるには及ばなかったのでした』

といって、チョッキの衣嚢《かくし》から、あの大金剛石《ダイヤモンド》を取り出し、それをほのぼのと机の上に差し置かれた。

王様をホテルにかえしたのは安亀だったのである。岩井との約束の手前、加十を身代りに時計台へつるし、本当の王様をそっとホテルへかえして置いたのだった。

有楽町の通りを一人の酔漢が口笛を吹きながら蹣跚《まんさん》たる足どりで歩いて行く。どこにもあの壮烈な戦闘のあとなどはない。月が空からそれを見ている。魚河岸《うおがし》を出た初荷のトラックが、ブリキ罐を叩きながら威勢よく尾張町の方からやってくる。この大都会の最初のどよめきがいま始ろうとしているのである。

ちょうどこの頃、両国《りょうごく》駅の始発列車の片隅に、古風なインバネスの襟を立て、秋風落莫たる面持で眼を閉じている一人の人物があった。あの優しげな花の写真を胸に秘め、いま東京を立ち去ろうとするあの不幸な眞名古の姿であった。

解説

新保博久

戦前の日本探偵小説の二大巨峰として、ともども昭和十（一九三五）年に刊行された小栗虫《おぐりむし》太郎《たろう》『黒死館殺人事件』、夢野久作《ゆめのきゅうさく》『ドグラ・マグラ』が挙げられる。これらに昭和三十九年の中井《なかい》英夫《ひでお》『虚無への供物』を加えて日本ミステリの三大奇書とされる現代だが、戦前作品に限るとしたら本書、久生十蘭『魔都』にまず指が屈せられよう。もっとも、みずからジュラニアンと称するほどの中井英夫自身、『魔都』に三大奇書の座を譲るにやぶさかでないとしても、その編纂になる現代教養文庫版〈久生十蘭傑作選〉（一九七六～七七年）では、「長編の中からは『魔都』だけを選んだが、これは『新青年』に連載されたといっても探偵小説でもモダン伝奇小説でもない。……つまりは得意のスタイルの下に何となく生まれてしまった〝譚〟というほか名づけようはない」（幻戯書房刊『ハネギウス一世の生活と意見』）と、ミステリとしては評価していない。また、この教養文庫版で『魔都』に親しんだ津《つ》原泰水《はらやすみ》も、「……犯人当て推理小説のフェア／アンフェアにこだわるようなカチカチ頭に『魔都』は読めない。昭和九年から十年の不穏な予感に満ちた魔都の空気を、ひたすら慎重に嗅ぎ続けるのが正しい。昭和十二年（十月号）から十三年（十月号まで十三回）に亘って『魔都』は記された。国家日本の自殺ともいえる日中戦争の勃発と、ものの見事に時期が重なっている」（「『魔都』の時間……『妖都』の頃」、河出書房新社刊〈文芸の本棚〉『久生十蘭』二〇一五年）という。

津原泰水より十歳ほど年長の私も、この版で初めて『魔都』を手に取ったのだが、いま四十年ぶりに再読してみて、かつても現在も、「犯人当て推理小説のフェア／アンフェアにこだわるようなカチカチ頭」のくせに『魔都』はすんなり読めた。『黒死館殺人事件』も『ドグラ・マグラ』も読みかけては挫折を繰り返し、四度目か五度目にどうにか通読しおおせた身ながら。

『魔都』という題名は、江戸川乱歩《えどがわらんぽ》「類別トリック集成」の「意外な犯人トリック」の項で、「久生十蘭の『魔都』が（警視）総監を犯人にし」ているというのを読んで初めて知ったが、作品の存在と犯人を同時に教えられるのは迷惑な話だ。しかし本書をお読みになればお分かりのように、『魔都』の犯人は総監ではない（明かしてしまった）。全体の半分もいかぬ第二十二章で真名古《まなこ》警視は総監が犯人であるとほのめかすが、この推理は外れている。

『魔都』は、日中戦争の軍靴の響きとどろく時局のせいもあったのだろう、連載完結後すぐには単行本化されず、戦後になってようやく、十蘭名義の最初の長編ミステリでやはり本になっていなかった『金狼』と同じく新太陽社から、昭和二十三年に刊行されていたが、現在での稀覯《きこう》性から推してきわめて少部数で、大方の読者は連載時の曖昧な記憶に頼っていたのではないか。三一書房版〈久生十蘭全集〉も、教養文庫版も、平成七年の朝日文芸文庫版もすべて初出誌を底本にし、新太陽社版を参照した形跡がない。今度の創元推理文庫版も『新青年』連載に基づいている。

新太陽社版は、〈国書刊行会版〈定本 久生十蘭全集〉第一巻（二〇〇八年）で初めて底本に採用された。ただ、連載による重複が整理されたほか「前回」といった表現が基本的に修正されているものの、GHQの検閲を見越しての自粛か版元の要望か、著者の意向ではなさそうな削除箇所も散見し、一概に定本と呼びたくない。たとえば第七章で、来日したレビュー団カーマス・ショオについて、「この一座の踊子たちはたいへんに心が優しく、日米親善の方にも充分に努力するそうだという」噂で大人気になったとは、戦勝国側の女性がのちの敗戦国になる男どもに性的サービスをしていた意味になるから、カーマス・ショオが実在のマーカス・ショーのもじりであってみれば、なおさら削除せざるを得なかっただろう。

さて私が次に『魔都』に出会ったのは、昭和五十一年のNHKテレビで、坂本九《さかもときゅう》が講談調で語る「九ちゃんの探偵劇画 謎のダイヤモンド」と題して放映されたときだ。設定が元日だから原作に選ばれたのだろうが、正月三が日連続の計四十五分でこの大長編をまとめきれるはずもなく、日比谷公園で鶴の噴水が唄うエピソードと安南国（フランス領インドシナ。現在のベトナムの一部）皇帝誘拐、ダイヤ紛失事件に絞っていた（年始にふさわしくない殺人事件などはオミット）。画面を飾った花輪和一《はなわかずいち》の紙芝居ふうのイラストのうち二十八点が雑誌『幻影城』昭和五十三年十月号の口絵に再録されているのを見れば、番組の雰囲気は感じ取れるだろう。原作にない真名古警視対怪人二十面相的なシーンも加味されて楽しめる出来だったが、どこが警視総監（登場しない）が犯人なのだと私には不審だった。同年五月、教養文庫が〈異端作家三人傑作選〉と銘打ち十蘭、久作、虫太郎の五巻ずつの作品集を刊行するや、真っ先に『魔都』を手に取ったのは、「犯人当て推理小説のフェア／アンフェアにこだわるようなカチカチ」脳が、本当に総監が犯人なのかどうか確かめたくなったせいだったような気もする。

そのころは知る由もなかったが、日比谷公園の鶴の噴水が歌を唄うという趣向は、フランスのスーヴェストル＆アランによる犯罪王ファントマ・シリーズ第五巻、「ヘッセ＝ワイマール王国なる架空国の王フレデリック＝クリスチャン二世は愛人殺害の嫌疑をかけられ、パリから姿を消すが、この瞬間からコンコルドの広場の噴水から毎晩歌が聞こえるようになったという物語」（千葉《ちば》文夫《ふみお》『ファントマ幻想』一九九八年、青土社）である *Un Roi prisonnier de Fantômas*（一九一一年『ファントマに囚われた王』、未訳）から借用したものだ。実際その直前に十蘭はファントマの初期三作を、より直接的に翻訳している（超訳だが）。

明治三十五（一九〇二）年、函館に生まれた久生十蘭、本名阿部《あべ》正雄《まさお》は中学時代に下級生だった水谷準《みずたにじゅん》らを相手に、黒岩涙香《くろいわるいこう》やコナン・ドイルのストーリーを語って聞かせ、犯人を推測させて興じたそうで、早くもリトールドの才を発揮していた。水谷準は長じて『新青年』四代目編集長に就任して誌面にフランス趣味を盛り込んだが、演劇研究のため遊学していたフランスから帰国した十蘭とたまたま再会し、欧州旅行記などの読み物を依頼している。十蘭の文才、器用さに嘆賞した準の慫慂《しょうよう》により創作にも進出し、筆名を十蘭と定めた第一作が長編ミステリ『金狼』（一九三六年）だ。中島河太郎《なかじまかわたろう》は、先行する『黒死館殺人事件』や木々高太郎《きぎたかたろう》『人生の阿呆』といった連載長編に比べて、「沖縄人と共産党などの地味な味つけが、小栗・木々の鮮烈なスタイルの後に続くものとしては弱かったし、同時に作品の暗澹たる雰囲気が救いのないものとなって、当時の読者からは予想したほどの喝采が得られなかった」(『別冊宝石』七十八号「久生十蘭・夢野久作読本」、一九五八年七月)と、その後も繰り返し述べている。

水谷編集長も十蘭に新たな可能性を拓《ひら》かせたかったのか、『金狼』連載の翌昭和十二年にはレオン・サジイ原作『ジゴマ』、『ファントマ』(シリーズ第三巻『ファントマの逆襲』)、ガストン・ルルウ『ルレタビーユ』(『黄色い部屋の謎』『黒衣婦人の香り』の圧縮版)、『第二ファントマ』(シリーズ第一巻『ファントマ』と第二巻『ファントマ対ジューヴ警部』の圧縮版)、『第二ルレタビーユ』(*Rouletabille chez le Tsar*)と新聞連載小説《ロマン・フィユトン》を、往年の黒岩涙香を彷彿させる名調子で訳させ、文庫判の別冊付録として立て続けに刊行した。これらを布石として開始されたのが『魔都』にほかならない。水谷準は三一書房版全集第一巻の書評で、「われわれ(『新青年』編集部)はフランスの『ファントマ物語』とか『ロキャンボール伝奇譚』のような分野を開拓してみたかった。その一役を買って出たのがこの第一巻にある『魔都』である。これは東京という得体の知れぬ怪物を相手どった十蘭の大冒険だったが、ややロマネスク調が勝ちすぎて、とらまえどころのない作品となった」(『朝日ジャーナル』一九七〇年二月八日号)と回想している。

この「とらまえどころのなさ」は、原典ファントマが展開・(たぶん)行文とも粗雑ながら、怪人対正義漢という明確な構図で辛うじて均衡を保っているのに、『魔都』は古市加十《ふるいちかじゅう》記者および真名古明《あきら》警視と、原典ファントマのファンドール記者&ジューヴ警部の探偵コンビの設定を踏襲しながら、古市と真名古は一致協力しないばかりか、真犯人（しつこいけれども警視総監ではない）がファントマ的でなく、ファントマ不在でパリならぬ帝都東京そのものに探偵役が対峙しているせいではないか。それで題名からして『魔都』なのだ。この強敵の前に古市は死亡し、真名古は失脚する。

　すなわち『魔都』は東京小説でもあり、三大奇書に押し込めるより、先んじて『新青年』に連載された海野《うんの》十三《じゅうざ》『深夜の市長』とともに、『黒死館殺人事件』『ドグラ・マグラ』の二大巨峰に雁行《がんこう》する二大東京ミステリの一つと位置づけるほうが良さそうだ。あまり紙幅がないので、詳しくは川本三郎《かわもとさぶろう》『ミステリと東京』（二〇〇七年、平凡社）あたりを参照されたい。『深夜の市長』が「昼の東京」に対する「夜の東京」という二分法で後者をフィーチュアしたのに対抗するように、『魔都』は「地上の東京」と「地下の東京」との二重構造になっている。

　海野弘《うんのひろし》は『久生十蘭――『魔都』『十字街』解読』（二〇〇八年、右文書院）で、『魔都』に登場する人物や事件のモデルを詳細に考証しているが、実在のモデルを教えられても、若い読者には「それ誰？」感を免れないだろう。いっそ歴史上の人物のほうが親近感が湧くくらいで、「古市加十」というネーミングが、慶安の変で由井正雪《ゆいしょうせつ》を補佐して幕府転覆を謀《はか》ったが事前に発覚、磔刑に処された「丸橋忠弥《まるばしちゅうや》」を踏まえているのではないかと卓見を示したものの、加十の勤める夕陽新聞社の社長幸田節三まで由井正雪に擬《なぞら》えるのはどんなものか。加十は幸田に心服しているわけではない。こじつけようと思えば、「古市加十」は「古い地下・十」とも読める。「十」が十蘭の十だとするのは短絡的だが、旧仮名では「じふ」なので中・重・住（ぢゅう）などと読み替えるのも無理があって解釈に持て余すけれども。岡本綺《おかもとき》堂《どう》〈半七《はんしち》捕物帳〉、都筑道夫《つづきみちお》〈なめくじ長屋捕物さわぎ〉と並んで、今や三大捕物ミステリと評価の定まった〈顎《あご》十郎《じゅうろう》捕物帳〉（創元推理文庫版〈日本探偵小説全集〉第八巻『久生十蘭集』に全二十四話を収録）を発表するさい六戸《むと》部力《べつとむ》と名乗り、英国でシャーロック・ホームズの人気を当て込んだ少年向け探偵小説を複数作家が書いたシリーズ探偵、セクストン・ブレークにシックス・ト・ブリーキと字を宛てた十蘭だから、こうした言葉遊びの詮索も無意味ではない。

しかし、いくら詮索しても『魔都』は一編の壮大なホラ話なのだ。永瀬唯《ながせただし》の労作「公園の腸《はらわた》——『魔都』地下迷宮を読み解く」（『ユリイカ』一九八九年六月号「特集　久生十蘭」）によれば、日比谷入江が埋め立てられたのは江戸開府の慶長八（一六〇三）年ごろなので、加十が『天正日記』（一五九〇年）を頼りに、江戸期の上水道だという「大伏樋《おおふせど》」をたどって安南皇帝が潜んでいる場所に行き着くことは不可能だという。また、東京都水道歴史館で私が実見した限りでは、展示されているなかで最も太い木樋《もくひ》でも人間が匍匐《ほふく》前進するのがせいぜいで、『レ・ミゼラブル』ばりの地下冒険を演じる空間があったとは信じられない。『魔都』は奇譚とも、海野弘が説くように政治陰謀小説とも、さまざまな読み方ができるものの、合理的探偵小説として読んではならない。作者自身を含む登場人物の饒舌の奔流、それでいて快速に展開する、翻訳・翻案時代から戦後には研ぎ澄まされた短編へと移行する十蘭が途上の最初期、奔放な想像力と展開に任せた「物語」に、ひたすら酔うべきなのだ。

初出誌〈新青年〉（一九三六年十一月号〜一九三七年十月号）に連載されたものを書籍化した。

固有名詞など一部の例外を除いて、表記は現代仮名遣いに、常用漢字は新字体に改めた。明らかに拗促音と判断されるものは小字を用いた。送り仮名の不統一は原文のままとして、許容から外れるもの、あて字、熟字訓には振り仮名を付した。

現在からすれば穏当を欠く表現があるが、著者が他界して久しく、古典として評価すべき作品であることに鑑み、原文のまま掲載した。

（編集部）

著者紹介　1902年北海道生まれ。52年「鈴木主水」が第26回直木賞を受賞。55年、吉田健一の英訳した「母子像」が国際短篇小説コンクールの第一席に入選する。『キャラコさん』『顎十郎捕物帳』ほか著作多数。57年没。

魔都

2017年4月21日　初版
2025年3月28日　4版

著者　久《ひさ》生《お》十《じゅう》蘭《らん》

発行所　(株)東京創元社
代表者　渋谷健太郎

162-0814 東京都新宿区新小川町1-5
電話　03・3268・8231-営業部
03・3268・8201-代表
URL　https://www.tsogen.co.jp
組版　精興社
印刷・製本　大日本印刷

乱丁・落丁本は、ご面倒ですが小社までご送付ください。送料小社負担にてお取替えいたします。

2017 Printed in Japan

ISBN978-4-488-47111-8　C0193

第44回日本推理作家協会賞受賞作

NIGHT CICADA◆Kaoru Kitamura

夜の蟬

北村 薫

創元推理文庫

◆

呼吸するように本を読む主人公《私》を取り巻く女性
——ふたりの友人、姉——を核に、
不可思議な事どもの内面にたゆたう論理性を
すくいとって見せてくれる錦繡の三編。
色あざやかに紡ぎ出された人間模様に綾なす
巧妙な伏線が読後の爽快感を誘う。
日本推理作家協会賞を受賞し、
覆面作家だった著者が
素顔を公開するきっかけとなった第二作品集。

収録作品＝朧夜の底，六月の花嫁，夜の蟬

かりそめの恋、揺るぎない愛、掛け違う心
二十歳の《私》は何を思う……